MIMI MATTHEWS

Belles of London

Die Nähe, die uns trennt

Die Romane von Mimi Matthews bei LYX:

Die Belles-of-London-Reihe:

1. Belles of London – Die Nähe, die uns trennt
2. Belles of London – Die Wahrheit deiner Worte
(erscheint im Herbst-/Winterprogramm 22/23)

Weitere Romane der Autorin sind bei LYX in Vorbereitung.

Mimi Matthews

BELLES OF LONDON

Die Nähe,
die uns trennt

Roman

Ins Deutsche übertragen
von Stephanie Pannen

LYX

LYX in der Bastei Lübbe AG
Dieser Titel ist auch als E-Book und als Hörbuch erschienen.

Die Bastei Lübbe AG verfolgt eine nachhaltige Buchproduktion. Wir verwenden Papiere aus nachhaltiger Forstwirtschaft und verzichten darauf, Bücher einzeln in Folie zu verpacken. Wir stellen unsere Bücher in Deutschland und Europa (EU) her und arbeiten mit den Druckereien kontinuierlich an einer positiven Ökobilanz.

MIX
Papier aus verantwortungsvollen Quellen
FSC® C014496

Die Originalausgabe erschien 2022 unter dem Titel
»The Siren of Sussex«
bei Berkley, an imprint of Penguin Random House LLC, New York.

This edition published by arrangement with Berkley,
an imprint of Penguin Publishing Group,
a division of Penguin Random House LLC.

Für die deutschsprachige Ausgabe:

Textredaktion: Susanne Kregeloh
Umschlaggestaltung: © Zero Media, München, unter Verwendung
von Motiven von © Lee Avison/Trevillion
Satz: Greiner & Reichel, Köln
Gesetzt aus der Adobe Caslon
Druck und Verarbeitung: GGP Media GmbH, Pößneck
Printed in Germany
ISBN 978-3-7363-1786-4

1 3 5 7 6 4 2

Sie finden uns im Internet unter lyx-verlag.de
Bitte beachten Sie auch: luebbe.de und lesejury.de

Für Centelleo

Wer reitet das beste Pferd in der Reihe? Wer führt die wildesten Ponys? Wen imitieren die schönsten Mädchen in Kleidung und Benehmen, und in Gespann, wenn sie können, ja, selbst in der Art, wie sie reden? … Natürlich eine unserer »Hübschen Bereiterinnen.«

– The Times (London), 29. Januar 1861

1. KAPITEL

London, England
März 1862

Evelyn Maltravers betrat den schwach beleuchteten Laden in der Conduin Street. Ein schlichtes Schild über der Tür verkündete Namen und Gewerbe der Inhaber: *Messrs. Doye und Heppenstall, Herrenschneider.* Das Innere des Ladens war ebenso schlicht – ein kleiner Ausstellungsraum, ausgestattet mit zwei bequem aussehenden Ledersesseln, einem Dreifachspiegel und einem hohen Tresen aus poliertem Mahagoni. Die Gaslampen an den Wänden warfen ihr diffuses Licht auf die dahinter lagernde Ware. Ballen feiner Wollstoffe in gedämpften Schwarz-, Braun- und Blautönen.

Es war Viertel vor sieben, kurz vor Ladenschluss. Eine tiefe männliche Stimme war gedämpft aus dem Hinterzimmer zu hören, das durch einen Vorhang vom Verkaufsraum getrennt wurde.

Evelyns Puls beschleunigte sich. Eine Herrenschneiderei war eine Männerdomäne. Eine, in der die Anwesenheit einer Dame so selten wie unwillkommen war. Aber sie ließ sich von dieser Tatsache nicht abschrecken. Sie richtete sich auf, trat an die Ladentheke und betätigte die Klingel.

Die Stimme im Hinterzimmer verstummte. Einen Moment später trat ein dünner, weißhaariger Herr hinter dem Türbehang hervor. Seine Augen waren wässrig und sein Rücken gebeugt, als hätte er sein ganzes Leben über einem Werktisch hockend verbracht.

»Kann ich Ihnen helfen, Madam?« Seine Stimme war so dünn wie seine Gestalt.

»Ja, vielen Dank. Ich würde gern mit Mr Doyle sprechen.«

»Ich bin Mr Doyle.«

Ihr sank der Mut. Sie hatte einen modisch gekleideten Mann erwartet. Jemanden mit einer Vision. Mit Magie in seinen Fingern. Nicht diesen betagten Herrn, der weder modisch noch besonders kompetent wirkte. Seine Finger waren gekrümmt, und seine Hände zitterten, als litte er an einer Art Lähmung.

Ihr kam ein hoffnungsvoller Gedanke. »Und Mr Heppenstall? Ist er auch zugegen?«

»Mr Heppenstall ist im vergangenen Herbst verstorben.«

»Oh.« Wieder sank ihr Mut. Die tiefe Männerstimme hinter dem Vorhang musste einem Gehilfen oder Zuschneider gehören. Jemandem ohne Bedeutung.

»Gibt es etwas, das ich für Sie tun kann?«, fragte Mr Doyle mit einer Spur Ungeduld.

Sie rief sich ins Gedächtnis, dass das Äußere einer Person oftmals täuschen konnte. In ihrem Fall traf das jedenfalls zu. Es war durchaus möglich, dass dieser Schneider trotz seines hohen Alters ein wahrer Zauberer mit Nadel und Faden war. »Das hoffe ich doch. Wissen Sie …« Evelyn schob das zierliche Silbergestell ihrer Brille fester ihre Nase hoch. »Sie wurden mir empfohlen. Von einem Freund.«

Nicht ganz die Wahrheit, aber auch keine glatte Lüge.

Er zog die buschigen weißen Augenbrauen hoch. »Einer meiner Kunden?«

»In der Tat«, sagte sie. »Ich würde gern einen Reitrock in Auftrag geben.«

Sein skeptischer Blick glitt zu ihrer Brille, dann über ihre schlichte Kleidung.

Plötzlich empfand sie Befangenheit.

Vielleicht hätte sie sich vor ihrem Besuch ein neues Kleid machen lassen sollen? Etwas Elegantes von einer angesagten Modistin, das ihr ein wenig Schick verliehen hätte? Stattdessen trug sie nun einen schmucklosen Rock mit einem Caraco. Ein vernünftiges Ensemble, angefertigt von der Dorfnäherin in Combe Regis. Zweifellos ließ es Evelyn wie eine Landpomeranze aussehen.

Doch es war müßig, sich darüber jetzt Gedanken zu machen …

Momentan mochte sie wie eine Provinzlerin wirken, doch nicht mehr lange.

»Jeder, der sich auch nur ein wenig mit Mode auskennt, weiß, dass Herrenschneider die besten Reitröcke für Damen anfertigen«, fuhr sie unbeirrt fort. »Und ich gedenke, den allerbesten zu haben.«

»Verständlich, aber mit Verlaub …« Er machte eine Pause. »Wir entwerfen keine Kleidung für Blaustrümpfe.«

Evelyn gelang es nicht, ihr Zusammenzucken zu überspielen, auch wenn die Anschuldigung wenig überraschend war. Dies war nicht das erste Mal, dass man sie einen Blaustrumpf nannte. Oder ein Mauerblümchen und sie mit einer Reihe anderer, nicht besonders origineller Bezeichnungen für junge Damen bedachte, denen es nicht gelang, sich anzupassen. Dennoch fühlten sich Mr Doyles Worte an, als hätte er ihr einen Eimer kaltes Wasser ins Gesicht geschüttet. »Sie verkennen mich, Sir.«

»Ich denke nicht, Ma'am. Dürfte ich Sie an Mr Inglethorpe in der Oxford Street verweisen? Er hat sich auf Damenkleidung spezialisiert und hätte keine Bedenken, Ihren Auftrag anzunehmen.« Mr Doyle verbeugte sich kurz und wandte sich zum Gehen. »Ich wünsche Ihnen einen guten Abend.«

Sie setzte zu einem Widerspruch an, doch bevor sie ihre Argumente formulieren konnte, war er bereits hinter dem Vorhang verschwunden. Sie stand allein im leeren Laden und verschränkte fest die behandschuhten Finger ineinander.

Es kostete Evelyn Kraft, die Worte des alten Schneiders nicht durch den Schutzpanzer dringen zu lassen, den sie sich geschaffen hatte. Sie wusste nur zu gut, was die Leute sahen, wenn sie sie betrachteten – wenn sie sie überhaupt bemerkten. Genau das war der Grund, warum sie sich ihren Plan in den Kopf gesetzt hatte. So leicht würde sie sich nicht abwimmeln lassen. Nicht von Mr Doyle. Von niemandem.

Sie dachte darüber nach, erneut zu klingeln. Nachdem sie so weit gekommen war, würde sie sich nicht so leicht entmutigen lassen. Aber was würde es nutzen, Mr Doyle zurückzurufen? Sie konnte den Mann schließlich nicht zwingen, ihren Auftrag anzunehmen. Außer …

Sie könnte ihm anbieten, einen höheren Preis zu zahlen.

Laut Evelyns Quellen hatte Miss Walters für ihre neueste Robe dreizehn Pfund bezahlt. Evelyn konnte doch bestimmt ein paar Schillinge mehr zusammenkratzen?

Lange Sekunden der Unentschlossenheit vergingen, begleitet vom lauten Ticken einer Wanduhr. Evelyn zählte die Minuten herunter, bis sie in das Haus ihres Onkels in Bloomsbury zurückkehren musste.

Nein, entschied sie schließlich. Sie würde Mr Doyle nicht bestechen. Das konnte sie nicht. Es war eine Frage des Prinzips. Des persönlichen Stolzes. Wenn er sie nicht für würdig erachtete, eine seiner Kreationen zu tragen, musste sie einfach einen anderen Schneider finden. Jemanden mit vergleichbarer Kunstfertigkeit.

Wenn solch eine Person überhaupt existierte.

Entschlossen wandte sie sich zum Gehen, doch der Klang einer tiefen Stimme hinter ihr ließ sie innehalten.

»Der Laden schließt um sieben.«

»Ja, dessen bin ich mir bewusst. Ich wollte gerade …« Sie drehte sich um, und die Worte erstarben auf ihren Lippen.

Hinter der Ladentheke stand ein Mann. Ein großer, kräftig gebauter Mann mit kupferfarbener Haut und kohlrabenschwarzen Haaren. Der schwache Schein der Gaslampen warf Licht und Schatten auf seine kantigen Gesichtszüge, was ihn fast unheimlich aussehen ließ.

Plötzlich hatte sie einen ganz trockenen Mund.

Dies war also der Besitzer der Stimme, die sie hinter dem Vorhang gehört hatte. Die Stimme, die ihr Herz hatte schneller schlagen lassen. Die es *immer noch* schneller schlagen ließ.

Sie befeuchtete ihre Lippen. »Ich wollte gerade gehen.«

Doch sie ging nicht.

Denn sie war von seinem unverschämten Blick wie gebannt. Er wanderte über sie und schien eine Bestandsaufnahme ihrer gesamten Person zu machen, von der Spitze ihres bereits dreimal überarbeiteten Filzhuts bis zum Saum ihres braunen Popelinerocks.

Ihr stockte der Atem. Noch nie in ihrem Leben hatte ein Mann sie so angesehen. So kühn und wissend. Sie hatte das beunruhigende Gefühl, er könne durch den Stoff ihrer Kleidung auf die nackte Haut darunter blicken.

Wärme schoss ihr in die Wangen. »Sind Sie Mr Doyles Assistent?«

Seine Augen blickten in die ihren. Sie waren so dunkel wie sein Haar. Schwarz und leuchtend, wie Obsidian.

Wenngleich sie wusste, dass dies nicht möglich war. Es musste sich um eine optische Täuschung handeln.

»So etwas in der Art«, sagte er mit einem fast amüsierten Unterton.

Ihre Verlegenheit wurde rasch durch Verärgerung ersetzt. Es war das eine, von Mr Doyle beleidigt und abgetan zu werden, doch von einem seiner Untergebenen verspottet zu werden war etwas ganz anderes. Sie bedachte ihn mit ihrem verächtlichsten Blick. »Mit Verlaub, Sir, der Service in diesem Geschäft ist grässlich.«

»Haben Sie eine spezielle Beschwerde?«

»Die habe ich.« So würdevoll wie möglich kehrte sie an die Theke zurück. »Bitte richten Sie Ihrem Arbeitgeber aus, nur weil eine Dame eine Brille trägt, gerade erst in London eingetroffen ist und sich daher noch keine neue Garderobe anfertigen lassen konnte, bedeutet dies *nicht*, dass sie ein Blaustrumpf ist.«

Einen angespannten Moment lang schwieg er. »Bei allem Respekt, Ma'am, ein Geschäft muss auf seinen Ruf achten.«

»Und ich auf meinen.« Sie beugte sich über die Theke. »Ich bin *kein* Blaustrumpf. Ich besuche keine intellektuellen Salons oder Vorträge über geziemende Kleidung. Ich schreibe nicht im Geheimen Romane oder Zeitungsartikel. Und ich beschäftige mich auch keinesfalls mit wissenschaftlichen Experimenten. Ich habe nur zwei Leidenschaften im Leben: Pferde und Mode. Was Erstere angeht, gebe ich bereits eine hervorragende Figur ab, doch für Letzteres brauche ich Mr Doyles Hilfe.«

»Selbst wenn das, was Sie sagen, wahr ist, müsste Doyle Sie dennoch abweisen. Seine weiblichen Kunden existieren in einer anderen Sphäre ...«

»Er stattet die Hübschen Bereiterinnen aus«, unterbrach ihn Evelyn. »Ja. Ich weiß. Genau deshalb bin ich hier.«

Der Blick des Mannes wurde noch intensiver. »Diese ›Hübschen Bereiterinnen‹, wie Sie sie nennen, sind keine gewöhnlichen Frauen.«

Trotzig hob sie das Kinn. »Ich weiß, was sie sind.« Kurtisanen. Berühmt-berüchtigte, wunderschöne Kurtisanen, bei denen es sich zugleich um die bestgekleideten und versiertesten Reiterinnen handelte, die jemals die Rotten Row entlanggaloppiert waren. »Und ich bin fest entschlossen, sie alle zu übertreffen.«

»Sie?« Glücklicherweise lachte er sie nicht aus, sondern betrachtete sie nur auf die gleiche taxierende Art wie zuvor, als wäre sie ein Exemplar einer seltsamen Gattung, über das er unerwartet gestolpert war. »Haben Sie Miss Walters und ihresgleichen schon einmal gesehen?«

»Fast jeden Nachmittag, seit ich in London angekommen bin. Ihre reiterischen Fähigkeiten sind gut, aber nicht überragend. Und mit Sicherheit nicht so gut wie meine.« Evelyn straffte ihre Schultern. »Zugegeben, was die Kleidung angeht, übertreffen sie mich. Aber ich habe vor, dies zu korrigieren.«

»Mit Mr Doyles Hilfe?«

»Nicht unbedingt. Mr Doyle ist nicht der einzige Schneider in London.«

Er betrachtete sie nachdenklich. »Warum dann er?«

Sie hätte gedacht, dass die Antwort offensichtlich war. »Weil seine Reitkostüme wunderschön sind. Und weil sie die Damen, die sie tragen, ebenfalls wunderschön machen. Ich halte es für eine Art Magie. Kleidung zu erschaffen, die das für eine Person tun kann. Sie in etwas Außergewöhnliches zu verwandeln.« Und genau das wollte sie für sich. Ein bisschen von Mr Doyles Magie, um ihr Schicksal auf den richtigen Weg zu bringen. »Aber wie ich bereits sagte, ist Mr Doyle nicht der einzige Schneider in London. Ich bin sicher, ich kann …«

»Wo reiten Sie?«, fragte der Mann abrupt.

Sie blinzelte ihn durch die Gläser ihrer Brille an. »Wie bitte?«

»Sie behaupten, eine exzellente Reiterin zu sein – die allerbeste. Besser noch als Miss Walters. Wo demonstrieren Sie Ihr enormes Talent?«

Sie presste die Lippen zusammen. »Ich würde es nicht als Demonstration bezeichnen.«

»Wo?«, fragte er erneut.

»Ich bin in London noch nicht geritten. Mein Pferd ist erst heute Morgen eingetroffen. Ich wollte damit warten, bis ich meinen neuen Reitrock habe. Auf diese Weise …« Sie verstummte, als ihr bewusst wurde, wie berechnend sie klingen musste.

»Sie wollen Eindruck machen.«

»So etwas in der Art.« Sie warf ihm seine eigenen Worte entgegen.

Es schien ihm nichts auszumachen. »Morgen früh bei Sonnenaufgang werde ich entlang der Rotten Row spazieren gehen. Um diese Stunde sind noch nicht viele Leute unterwegs.«

Sie starrte ihn an. »Sie wünschen, mich reiten zu sehen?«

Unverwandt erwiderte er ihren Blick.

Und da dämmerte ihr die Wahrheit. Das Selbstbewusstsein, das er ausstrahlte. Die wissenden Blicke, mit denen er sie bedachte. Und die Art, wie er sprach. Nicht auf die unterwürfige Weise eines Ladengehilfen oder Dieners, sondern im Tonfall der Autorität.

»Wer sind Sie?«, fragte Evelyn.

»Ahmad Malik. Ich bin der Schöpfer der Reitröcke.«

»*Sie?*« Neue Hoffnung stieg in ihr auf. Sie machte unwillkürlich einen Schritt vorwärts und stolperte fast über ihre eigenen Füße. »Aber mir wurde gesagt, dass Mr Doyle …«

»Momentan ist Doyles Name noch anerkannter als meiner.«

Sie runzelte die Stirn. Malik war ein indischer Name, nicht wahr? Und doch kam ihr Mr Malik nicht indisch vor. Nicht völlig. Tatsächlich konnte er von überall her kommen – Indien, Persien, Italien oder Spanien. Er mochte sogar Roma-Blut in sich tragen, wie die Travellers, die manchmal durch ihr Dorf in Sussex gereist waren. Es war schwer zu sagen. Er hatte keinen hörbaren Akzent. Alles, was man bemerkte – das Einzige, was *sie* bemerkte –, war, dass er groß, dunkel und enervierend attraktiv war.

»Aber sie sind *Ihr* Werk?«, fragte sie. »Sie schneidern sie selbst?«

Er nickte.

»Und Sie erwägen, auch für mich einen davon anzufertigen? Wenn ich so gut reite, wie ich sage?«

»Ich kann nichts versprechen.«

Zum ersten Mal, seit Evelyn den Laden betreten hatte, wusste sie, dass alles gut werden würde. Sobald er sie reiten sah – sobald er einen Blick auf Hephaestus geworfen hatte –, würde er erkennen, dass sie würdig war. Mehr als würdig. »Dann also morgen? Bei Sonnenaufgang?« Sie streckte ihre behandschuhten Finger aus. »Ich werde Sie nicht enttäuschen, Mr Malik.«

Sein Gesicht nahm einen seltsamen Ausdruck an. Als hätte sie ihn überrumpelt. Ihn irgendwie überrascht … oder gekränkt. »Sie haben mir etwas voraus.«

Ihr Selbstbewusstsein geriet ins Wanken. »Es tut mir leid. Ich …«

»Ich kenne Ihren Namen nicht.«

»Ach so.« Sofort lächelte sie wieder und streckte ihm ihre Hand noch ein bisschen weiter entgegen. »Evelyn Maltravers.«

»Miss Maltravers.« Seine große und starke Hand legte sich um ihre.

Und … *gütiger Himmel.* Sie fühlte es überall. Diesen warmen, pulsierenden Kontakt. Sie hallte tief in ihr wider, die seltsamste Empfindung. Gleichzeitig beängstigend und aufregend. Als wäre ein Blitz zwischen ihnen übergesprungen. Der Funke von etwas Neuem. Etwas Wichtigem.

Erstaunt sah sie zu ihm auf, und da sah sie es in seinen Augen. Er fühlte es auch.

Seine schwarzen Brauen zogen sich zusammen. »Es ist doch *Miss*, oder?«

Sie nickte stumm und spürte ihr Herz bis zum Hals schlagen.

Er betrachtete sie prüfend. Dann ließ er ihre Hand los. »Morgen bei Sonnenaufgang«, sagte er. »Seien Sie pünktlich!«

Ahmad stieg die knarrenden Stufen zu seiner Junggesellenwohnung hinauf, die er über der Teehandlung in der King William Street gemietet hatte. Fern der eleganten Gegend um Mayfair, handelte es sich um eine gewöhnliche Adresse in einer Nachbarschaft voller Lagergebäude und Geschäfte. Eine Umgebung, in der sich ein Mann im geschäftigen Treiben der Kunden und übereifrigen Straßenhändler ungestört bewegen konnte.

Seine Wohnung befand sich am Ende eines schmalen Flurs. Unter der Tür drang Licht hervor. Ein schwerer Seufzer entfuhr ihm, denn er hatte gehofft, an diesem Abend ein wenig Ruhe zu haben, um an dem Kleid zu arbeiten, das er für Viscountess Heatherton anfertigte.

Es war der erste von hoffentlich vielen Aufträgen in dieser Saison. Eine Gelegenheit, um seine Kreationen nicht nur von den Kurtisanen der Rotten Row präsentiert zu sehen, sondern von einem hochrangigen Mitglied der eleganten Londoner Gesellschaft.

»Bist du das, Ahmad?«, drang Miras schwache Stimme durch die Tür.

»Wer sonst?« Er schloss auf und sah seine Cousine, die in der Stube am runden Holztisch saß. Sie nähte ein Stück Spitze an den Kragen von Lady Heathertons unfertigem Abendkleid aus eisblauem Musselin. Er sah sie verärgert an. »Was machst du denn hier?«

Mira sah von ihrer Näharbeit auf. Mit vierundzwanzig war sie sechs Jahre jünger als er. Sie hatte schwarzes Haar wie er, doch ihre Augen waren im Gegensatz zu seinen dunklen von einem überwältigenden Olivgrün. Ein Zeugnis ihrer gemischten paschtunisch-englischen Herkunft.

Ihre Mutter Mumtaz war Ahmads Tante gewesen, eine Inderin, die am Stadtrand von Delhi gewohnt hatte. Nach dem Tod seiner Mutter hatte Mumtaz Ahmad zu sich genommen und ihn wie ihr eigenes Kind behandelt. Diese gute und liebenswürdige Frau war im Sommer 1846 dem Schweißfieber erlegen. Auf ihrem Totenbett hatte sie Miras leiblichem Vater, einem britischen Soldaten, das Versprechen abgerungen, Mira bei seiner Rückkehr nach England mit sich zu nehmen. Und Ahmad, der versprechen musste, auf seine Cousine achtzugeben, hatte die beiden begleitet.

Und er *hatte* auf sie achtgegeben.

Kurz nach ihrer Ankunft in London hatte sich Miras Vater zu Tode gesoffen und sie allein und völlig mittellos auf den Straßen des East End zurückgelassen. Ihr Überleben war völlig von Ahmad abhängig. Er hatte alles in seiner Macht Stehende getan, doch er war erst fünfzehn gewesen, selbst noch ein Kind.

Zusammen hatten Mira und er einige der schlimmsten Erfahrungen gemacht, die die Metropole zu bieten hatte. Doch in letzter Zeit hatte sich ihr Glück gewandelt, was größtenteils Miras Arbeitgebern, dem Anwalt Tom Finchley und seiner Frau Jenny, zu verdanken war. Mira war Mrs Finchleys Gesellschafterin, und Ahmad hatte ebenfalls für die Finchleys gearbeitet, bis es ihm vor einem Jahr endlich gelungen war, auf eigenen Beinen zu stehen.

»Mrs Finchley hat mich heute Nachmittag nicht gebraucht«, sagte Mira. »Also hatte ich Zeit, dich zu besuchen.«

»Wie lange bist du denn schon hier?«

»Seit siebzehn Uhr.«

Natürlich. Im Kamin brannte ein Feur, die Kohlen glühten hell. Und aufgeräumt hatte sie auch. Die Kissen des fadenscheinigen Sofas aufgeschüttelt und seine Bücherstapel und halbfertigen Skizzen geordnet.

Sie hob das Abendkleid an. »Diesen Teil der Bordüre habe ich fast fertig.«

Ahmad ging zum Tisch, um ihre Arbeit zu prüfen. »Sehr gut.«

Sie lächelte selbstzufrieden. »Finde ich auch.«

Er tätschelte sie unterm Kinn. In den vielen gemeinsam verbrachten Jahren hatte er ihr fast alles beigebracht, was er über die Damenschneiderei wusste.

Anfangs war das herzlich wenig gewesen.

In Indien war er bei einem Herrenschneider in die Lehre gegangen. Bei seiner Arbeit auf dem Chandni-Chowk-Basar in Delhi hatte er gelernt, wie man mit Effizienz und Präzision Hemden, Jacken und Hosen im europäischen Stil anfertigte. Doch es war nicht die Garderobe der britischen Männer gewesen, die ihn inspiriert hatte. Sondern die Kleider der britischen Damen. Die Eleganz eines enganliegenden Mieders und der sinnliche Schwung eines voluminösen Rocks.

»Du solltest nicht hier sein«, sagte er.

Mira machte sich wieder an ihre Näharbeit. »Und wieso nicht? Wäre es dir lieber, deinen Abend allein zu verbringen?«

Sie sah kurz zu ihm auf. »Du hattest doch vor, allein zu bleiben, oder?«

»Das geht dich nichts an, *bahan.*« Er legte seinen Gehrock ab und warf ihn über die Rückenlehne eines Stuhls. Dann streckte er sich. Das Nähen war eine Belastung für Nacken und Rücken. Und in letzter Zeit hatte er viel genäht und versucht, seine Bestellungen für Abendkleider und die für Reitröcke gleichzeitig zu erfüllen.

Das alles war Teil seines Plans. Ein notwendiges Opfer, das ihn einen Schritt näher an die Eröffnung seines eigenen Modegeschäfts bringen würde.

Er unterdrückte ein Gähnen.

»Warst du heute den ganzen Tag in der Schneiderei?«, fragte Mira.

»Fast. Doyle hatte zwei Aufträge für Anzüge, die er fertig bekommen musste.«

»Und du musstest sie fertigstellen, oder?« Ihre Missbilligung war klar ersichtlich. »Er glaubt, du arbeitest für ihn.«

Das tat Ahmad nicht. Jedenfalls nicht offiziell. Der alte Schneider und er hatten eine mündliche Abmachung getroffen, an die sie sich seit dem Herbst hielten.

Nach Heppenstalls Tod hatte Doyle nur ungern weitermachen wollen. Und genauso ungern hatte er einen Inder als Partner akzeptiert.

Mit Finchleys Hilfe hatten sie einen Kompromiss gefunden.

Ahmad würde vom Laden aus arbeiten und sein Talent der Herrenschneiderei widmen. Dafür hatte Doyle zugestimmt, dass er in einem Jahr in den Ruhestand gehen und Ahmad das Geschäft übernehmen lassen würde.

Seit sie diese Abmachung getroffen hatten, waren bereits sechs Monate vergangen. Das bedeutete, noch sechs Monate länger, und *Doyle und Heppenstall* würde ihm gehören. Das nötige Kapital hatte Ahmad bereits zusammen. Das Einzige, was noch fehlte, war die Klientel.

»Und die restliche Zeit?«, fragte Mira.

»Am Morgen war ich für eine Anprobe am Grosvenor Square«, antwortete er.

»Für Lady Heatherton?« Mira runzelte die Stirn. »Ich mag sie nicht.«

»Du musst sie auch nicht mögen.«

Viscountess Heatherton hatte angedeutet, mit dem Gedanken zu spielen, seine Patronin zu werden. Seit Beginn der Saison hatte sie bereits drei Abendkleider bei ihm bestellt. Und sobald die Damen der Gesellschaft seine Arbeit sahen, würden sie bestimmt auch Kleider von ihm haben wollen.

»Es ist die Art, wie sie dich ansieht«, sagte Mira. »Als würde sie dich am liebsten mit Haut und Haaren verschlingen.«

Er verzog das Gesicht. »Je weniger wir darüber reden, umso besser.«

Mira ignorierte ihn. »Ich nehme an, sie hat dich wieder gebeten, bei ihr Maß zu nehmen.«

Ja, das hatte sie. Und zwar in ihrem Boudoir. Wie immer hatte er ihre zweideutigen Bemerkungen und die vertrauliche Art, auf die sie ihn berührte, ignoriert. Was für eine andere Wahl hatte er denn? Er brauchte eine Patronin. Eine, die seine Kreationen den richtigen Leuten auf die richtige Weise präsentierte.

Mira schnalzte mit der Zunge. »So gefordert von ihr und deinen ruchlosen Täubchen ist es ja kein Wunder, dass du immer so erschöpft bist.«

»Meine ruchlosen Täubchen«, schnaubte er.

»Sind sie das denn nicht? Diese Kreaturen, die deine Reitröcke tragen?«

Er löste den Knoten seines Halstuchs. »Was weißt du denn schon über sie?«

»Ich lese die Zeitung. Ich höre, was die Leute über diese Miss Walters sagen. Sie nennen sie ›Inkognita‹ oder ›Anonyma‹, aber jeder weiß, wer gemeint ist.«

»So ist es wohl«, sagte er tonlos.

Catherine Walters war die berühmteste Kurtisane Englands und eine hervorragende Reiterin. Dadurch hatte sie die Gesellschaft auf dem Reitweg ebenso im Sturm erobert wie im Ballsaal. Ihre schlanke Gestalt, noch betont durch die hinreißenden Reitkostüme, die sie trug, war für jeden, der sich regelmäßig im Hyde Park aufhielt, zu einem gern gesehenen Anblick geworden. Jeden Tag versammelte sich zur angesagten Zeit eine Zuschauermenge entlang Rotten Row, um sie vorbeireiten zu sehen.

Nachdem Miss Walters in der letzten Saison eine von Ahmads Kreationen an Mrs Finchley gesehen hatte, war sie mit der Bitte an ihn herangetreten, ihr ebenfalls ein Reitkostüm anzufertigen. Zuerst hatte sie nur einen Reitrock bestellt, nach dessen Fertigstellung dann weitere fünf. Das war so etwas wie sein Durchbruch gewesen. In Anbetracht ihres Publikums die beste Art Werbung und fast die Kosten wert, die er in Zeit und Materialien gesteckt hatte.

Seit Miss Walters das erste Mal in einer seiner Schöpfungen aufgetreten war, hatten zwei weitere Kurtisanen ihre Reitkostüme bei ihm bestellt. Die »Hübschen Bereiterinnen« nannte die Presse sie. Ihrem Stil und ihren Reitkünsten eiferten alle Frauen der Gesellschaft nach.

»Du kannst beruhigt sein«, sagte er. »Miss Walters wird London bald verlassen.«

Mira hob die Augenbrauen. »Hat sie einen neuen Gönner gefunden?«

»Ich denke, ja. Mit ein bisschen Glück bezahlt er noch ihre Rechnungen, bevor er mit ihr verschwindet.«

»Sag nicht, sie hat dich noch nicht bezahlt?«

»Nicht für die Bestellungen dieser Saison.« In Wahrheit hatte Miss Walters erst jetzt die Rechnung für ihre Garderobe von letztem Jahr beglichen. Wie die meisten Damen der Gesellschaft hatte sie kein Problem damit, ihre Rechnungen monatelang unbezahlt zu lassen.

»Wie viel schuldet sie dir?«, fragte Mira.

»Eine beträchtliche Summe.«

»Wie beträchtlich?«

»Hundert Pfund.« Es laut auszusprechen ließ Ahmad ganz mulmig zumute werden. Das war keine kleine Summe, besonders nicht für einen Mann in seiner Position. Weil Miss Walters nicht bezahlte, sah er sich gezwungen, für die Begleichung seiner Ausgaben seine Ersparnisse anzutasten. Ebenjene Rücklage, die er für die Eröffnung seines eigenes Geschäfts brauchte.

»*Einhundert Pfund?*« Miras Gesicht verzog sich zu einer wütenden Miene. Als Gesellschafterin einer Dame erhielt sie nur dreißig Pfund im Jahr, und dabei handelte es sich bereits um einen großzügigen Lohn. »Ich wusste, dass du keine Bestellung von ihr hättest annehmen sollen. Sie hat den Ruf, ihre Schulden nicht zu begleichen. Erst gestern habe ich gelesen …«

»Weiß Mrs Finchley eigentlich von deiner Leidenschaft für das Lesen von Skandalblättchen?«

»Wechsle nicht das Thema.«

Er ging zum Kabinett, in dem er seinen Alkohol aufbewahrte. Auf dem Weg drückte er ihre Schulter. »Hast du schon gegessen?«

Sie nickte. »Und du?«

»Noch nicht.« Er nahm eine Flasche Brandy und ein Glas heraus. »Ein Drink«, sagte er. »Und dann rufe ich dir eine Droschke. Ich muss morgen früh raus.«

»Wieder Lady Heatherton?«

Er schüttelte den Kopf. »Eine potenzielle neue Kundin.« Er setzte sich an den Tisch und erzählte Mira von der sonderbaren jungen Frau, die heute in den Laden gekommen war.

»Eine weiteres ruchloses Täubchen?«, fragte Mira, als er geendet hatte.

»Ich weiß es nicht«, entgegnete er stirnrunzelnd. »Sie hat sich wie eine Dame verhalten und gesprochen, aber ...«

»Aber?«

»Sie hatte keine Zofe dabei. Und es wartete auch keine Kutsche auf sie. Ich nehme an, sie ist mit dem Omnibus gekommen.«

»War sie sehr hübsch?«

Er starrte in seinen Brandy. »Möglich.«

Es war schwer zu sagen, denn was für Vorzüge Miss Maltravers besitzen mochte – wenn überhaupt –, sie waren gut verborgen gewesen.

Dennoch hatte er einen Blick auf ihr Potenzial erhaschen können.

Die großen, ausdrucksstarken Augen hinter ihrer Brille waren grünbraun gewesen und eingerahmt von unmöglich langen schwarzen Wimpern. Und die Locken, die unter ihrem schäbigen schmalkrempigen Hut hervorgeschaut hatten, schienen von einem schimmernden Braun zu sein, durchsetzt mit Strähnen aus Rot und Gold, die im Licht der Gaslampen gefunkelt hatten. Kastanienbraunes Haar. Lang und üppig, frisiert zu einem unvorteilhaften Knoten in ihrem Nacken.

Was ihre Figur anging, hatte diese unter ihrem schlecht sitzenden Caraco und dem unförmigen Rock gut proportioniert gewirkt. Sie war ungefähr ein Meter siebzig, eine respektable Größe für eine Dame, und schien über eine großzügige Büste zu verfügen.

Alles darüber hinaus wäre zu diesem Zeitpunkt nur geraten. Er würde es erst sicher wissen, wenn er sie unbekleidet sah.

Die Vorstellung ließ seine Wangen plötzlich heiß werden.

Miras Augen funkelten. »Du weißt es nicht genau? Du musst sie doch hübsch genug gefunden haben, um zuzustimmen, einen Reitrock für sie anzufertigen.«

»Ich habe noch nicht zugestimmt. Ich bin nur neugierig.«

»Sie ist wahrscheinlich nur eine dieser Damen, die den Stil der Kurtisanen kopieren will.«

Ahmad nahm an, dass sie damit recht haben könnte. Davon gab es heutzutage genug. Doch bis jetzt hatte keine dieser jungen Damen den Scharfsinn besessen, *Doyle und Heppenstall* zu besuchen.

Bis heute.

Miss Maltravers hatte erkannt, dass seine Kreationen etwas Außergewöhnliches waren. »*Magie*« hatte sie sie genannt. Er hatte sich lächerlich geschmeichelt gefühlt.

»Oder vielleicht hat sie vor, selbst ins Geschäft einzusteigen?«, sagte Mira.

»Als Kurtisane?« Das hielt er für unwahrscheinlich. Und doch …

Und doch hatte eine bloße Berührung ihrer behandschuhten Finger seinen Körper mit einer Schockwelle der Erregung erschüttert. Es hatte ihm den Atem verschlagen, und sein Blut war in Wallung geraten.

In jenem Moment hatte er sich gefragt, was für ein seltsames Geschöpf sie war, diese altbacken wirkende Frau, die doch die Macht hatte, einen Mann wie eine Sirene zu betören.

Ihn zu betören.

Gütiger Himmel.

Er hatte seine prägenden Jahre als Rausschmeißer in Mrs Pritchards Herrenclub in Whitechapel verbracht. Es war die erste Arbeit gewesen, die er in England gefunden hatte, die einzige, die es ihm ermöglicht hatte, Mira bei sich zu behalten. Dort war er von attraktiven Frauen umgeben gewesen – regelrechten Meisterinnen ihres Fachs –, und keine von ihnen hatte je so eine Wirkung auf ihn gehabt wie Miss Maltravers heute. Sicher nicht durch eine bloße Berührung.

Wenn dies eine Kostprobe ihrer erotischen Künste gewesen war, würde sie in kürzester Zeit ebenso gefragt sein wie Catherine Walters persönlich.

Die Vorstellung hinterließ einen bitteren Geschmack in seinem Mund. Er trank einen weiteren Schluck Brandy.

»Was sonst?«, fragte Mira.

Er warf ihr über den Rand seines Brandys einen fragenden Blick zu.

»Wenn sie keine Dame oder Kurtisane ist, was ist sie dann?«

»Ich weiß es nicht«, sagte er. »Aber ich habe vor, es herauszufinden.«

2. KAPITEL

Evelyn schlich sich durch die Hintertür des Stadthauses ihres Onkels am Russell Square. Onkel Harris gab seinem Personal mittwochs und sonntags einen halben Tag frei. So war es ihr an diesem Abend gelungen, unbeobachtet das Haus zu verlassen. Dennoch konnte man sich nie sicher sein, ob nicht zufällig doch ein Zimmermädchen oder ein Diener in der Nähe war. Es war besser, vorsichtig zu sein.

Sie schlich sich durch die leere Küche und ging auf Zehenspitzen die Gesindetreppe hinauf in den dunklen Flur im dritten Stock, der zu ihrer Schlafkammer führte. Dort angekommen, schloss sie die getäfelte Tür hinter sich und sank erleichtert seufzend dagegen.

Es war über eine halbe Stunde her, seit sie *Doyle und Heppenstall* verlassen hatte, und doch hatte sie immer noch Schmetterlinge im Bauch. Sie fühlte sich wie damals als junges Mädchen, wenn während der jährlichen Jagd in Babbington Heath ein besonders schweres Hindernis zu nehmen gewesen war. Es war eine Mischung aus ein wenig Angst und einer überwältigenden Vorfreude.

Dieser Sprung wird mich nicht besiegen, hatte sie oft gedacht.

Und London würde das auch nicht.

Sie zündete eine Lampe an und zog die schmutzige Kleidung aus. Da sie den Omnibus in der Bond Street verpasst hatte, war sie gezwungen gewesen, den Großteil des Heimwegs zu Fuß zurückzulegen. Es waren nicht mehr als anderthalb Meilen, keine große Entfernung für jemanden, der es gewohnt war, in der Landschaft von Sussex spazieren zu gehen. London hingegen war viel dreckiger als Combe Regis. Überall waren Rauch und Ruß, eine Mischung, die den Abendhimmel verdunkelte und die Sterne verschleierte. Ihr Rocksaum und ihre Ärmelaufschläge waren ganz schmutzig davon.

Sie wusch sich Gesicht und Hände und zog ein verwaschenes blaues Tageskleid an. Es brauchte nicht viel Zeit, ihr störrisches Haar zu bändigen und sich einen alten Kaschmirschal um die Schultern zu legen. Nachdem das erledigt war, verließ sie ihr Zimmer und ging nach unten.

Um ihre erste Saison zum Erfolg zu machen, brauchte sie mehr als ein, zwei elegante Reitkostüme. Sie brauchte eine komplette Garderobe. Keine umgearbeiteten Hüte und Mäntel, und keine Kleider aus langweiligen Stoffen, die im Angebot gekauft worden waren. Sie benötigte das Beste. Und das Beste würde viel Geld kosten.

Es war höchste Zeit, das Thema an Onkel Harris heranzutragen.

Das Studierzimmer ihres Onkels befand sich im ersten Stock neben der Bibliothek. Es handelte sich um sein kleines privates Reich. Die Tür war stets geschlossen, und ein Licht schimmerte Tag und Nacht darunter hervor. Er kam selten heraus, und bei den wenigen Gelegenheiten, wenn er es doch tat, erinnerte er Evelyn an einen Maulwurf, der den Kopf aus seiner Erdhöhle steckte und geblendet in die Sonne blinzelte.

»Denk daran«, hatte Tante Nora gesagt, bevor Evelyn Combe Regis verlassen hatte. »Mein Bruder ist ein Gelehrter. Du musst ihn täglich an deine Anwesenheit erinnern, sonst wird er vergessen, dass du da bist.«

Evelyn hatte versprochen, genau das zu tun, doch seit sie

letzte Woche in London eingetroffen war, hatte sie es einfacher gefunden, ihren Onkel in Ruhe zu lassen. Sie bevorzugte ihre Unabhängigkeit. Die gleiche Unabhängigkeit, die sie zu Hause praktiziert hatte.

Leider gab es ein paar Dinge, für die Onkel Harris notwendig war.

Leise klopfte sie an die Tür seines Studierzimmers.

»Wer ist da?«

»Ich bin es, Onkel«, sagte sie und öffnete die Tür einen Spalt. »Evelyn.«

Harris Fielding saß an einem riesigen und sehr unordentlichen Mahagonischreibtisch, auf dem sich so viele Bücher und Papiere stapelten, dass er kaum zu sehen war. Nur die Spitze seiner Quastenmütze war sichtbar.

»Evelyn?« Er wiederholte den Namen, als hätte er ihn noch nie zuvor gehört. »Ach ja. Dianas Mädchen. Komm herein, komm herein.«

Evelyn betrat das Zimmer und stellte sich vor seinen Schreibtisch.

Ihre Mutter Diana war Onkel Harris' jüngste Schwester gewesen. Sie war gestorben, als Evelyn erst fünfzehn gewesen war. An Erschöpfung, hatte die Dorfhebamme gesagt. Sie hatte zu viele Kinder in zu kurzer Zeit auf die Welt gebracht, nicht alle davon waren am Leben geblieben. Die letzte Geburt war ihr zum Verhängnis geworden. Die kleine Isobel hatte zwar überlebt, doch Mama hatte ihre Augen geschlossen, als würde sie sich nur einen Moment ausruhen wollen, und sie nie wieder geöffnet.

Ihr Tod war für Evelyn der Beginn all ihrer Probleme gewesen.

Sie war ihrer aller Leitstern gewesen. Ihr Anker. Stark und pragmatisch hatte sie jedem von ihnen den rechten Weg gewiesen. Ohne sie waren die Dinge schnell auseinandergefallen.

Natürlich war Papa gar keine Hilfe gewesen. Schuldzerfressen hatte er sich seinen Trost im Reisen gesucht und war nie für mehr als ein paar Tage nach Hause zurückgekehrt. Evelyn und ihre Schwestern waren der Obhut ihrer Tante Nora überlassen worden, einer alten Jungfer. Sie war eine liebenswürdige Frau, aber nicht die Klügste der Familie.

»Gerade wird mir klar, dass ich mal wieder das Abendessen verpasst habe«, sagte Onkel Harris. »Es ist dieser vermaledeite Artikel für die Antiquarische Gesellschaft. Der schreibt sich nicht von allein, weißt du?«

»Meinetwegen musst du dich nicht bemühen«, erwiderte Evelyn. »Ich komme sehr gut allein zurecht.«

Tatsächlich hatte sie seit ihrer Ankunft letzte Woche ihren Onkel erst zwei Mal beim Abendessen gesehen. Selbst dann war er früh vom Tisch aufgestanden, um sich – in Gedanken bereits wieder bei der Arbeit – in sein Studierzimmer zurückzuziehen.

Er sah sie über das Chaos auf seinem Schreibtisch hinweg an. Das Licht der Öllampe ließ die Gläser seiner Halbbrille funkeln. »Du gewöhnst dich gut ein, hoffe ich? Dein Zimmer und so weiter?«

»Vielen Dank, ja. Ich fühle mich recht wohl.«

»Und dein Pferd?«

»Er gewöhnt sich ebenfalls gut ein. Mein Stallbursche kümmert sich um ihn.«

»Gut, gut. Nora sagte, dass du da jemanden hast. Reitknecht, Diener, Mädchen für alles. Wie heißt der Bursche?«

»Lewis«, antwortete Evelyn. Lange bevor er ihr Stallbursche geworden war, hatte er ihrem Vater gedient. Es war Lewis gewesen, der den jungen Hephaestus nach England gebracht hatte, nachdem Papa vor vier Jahren in Spanien gestorben war.

»Und du hast mit Mrs Quick darüber gesprochen, eine … wie nennt man es noch mal … einzustellen?«

»Eine Zofe? Ja. Sie hat mir angeboten, während meines Besuchs Agnes' Dienste in Anspruch zu nehmen.«

»Hm?«

»Agnes. Eines deiner Hausmädchen.« Evelyn hatte bereits eine Art Vereinbarung mit der jungen Frau getroffen. Agnes war zuvor in Mayfair in Anstellung gewesen und kannte dort viele Dienstboten in der Nachbarschaft – einschließlich eines Zimmermädchens im Stadthaus von Miss Catherine Walters in der Park Street. So hatte Evelyn in Erfahrung gebracht, wo die berühmte Kurtisane ihre Reitröcke kaufte.

»Ich hatte noch nie den Überblick über das Personal«, sagte Onkel Harris abgelenkt. »Das überlasse ich Mrs Quick. Sie ist eine hervorragende Haushälterin. Weiß immer genau, was zu tun ist.« Eine Pause. »War das alles?«

»Ich fürchte nicht. Da ist immer noch die kleine Angelegenheit meines Garderobenbudgets für diese Saison. Ich habe selbst ein bisschen Geld zurückgelegt, aber Tante Nora hat gehofft …«

»Dass ich etwas dazu beitrage? Ja, ja. Ganz recht. Sie hat so etwas erwähnt.« Er durchstöberte die Papiere auf seinem Schreibtisch. »Hab heute Morgen einen Brief von ihr bekommen, der mich daran erinnern sollte.«

»Ein Brief von Tante Nora?« Evelyn trat einen Schritt vor. »Was schreibt sie?«

»Eine ganze Menge, wenn ich mich richtig erinnere. Ah. Hier ist er.« Er hob ein Blatt fein gepresstes Papier ans Licht. Es war von oben bis unten mit Tante Noras vertrauter Krakelschrift bedeckt. »Ich soll dafür sorgen, dass du ordentlich mit

Kleidung und Schuhen versorgt bist und so weiter und so fort. Und dass ich eine Zofe für dich engagieren soll und so weiter. Die gleichen Dinge, die sie schon in ihrem letzten Brief geschrieben hat. Nora wiederholt sich gern.«

Bei einem so zerstreuten Bruder wie Onkel Harris wunderte Evelyn das nicht. »Hat sie sonst noch etwas erwähnt?«

»Sie hat mich daran erinnert, dass ich noch Lady Arundell schreiben muss.«

»Das hast du noch nicht?« Es gelang Evelyn nicht, sich ihre Enttäuschung nicht anhören zu lassen.

Rosamond Deveril, Countess of Arundell, war eine Bekannte von Onkel Harris und wie er Mitglied der Antiquarischen Gesellschaft. Die reiche Witwe engagierte sich für eine Vielzahl wohltätiger Zwecke. Am bekanntesten war sie für den illustren Ball, den sie in jedem Frühling veranstaltete und den Onkel Harris in den Briefen an seine Schwester Nora stets erwähnte. Laut ihm war der Ball der Arundells der Höhepunkt der Saison.

Evelyn hatte geglaubt, dass Onkel Harris seine Freundin schon längst ihretwegen kontaktiert hätte. Dass Lady Arundell ihr schon in den nächsten Tagen einen Besuch abstatten und ihre Hilfe anbieten würde.

»Ich wüsste nicht warum. Außer …« Er runzelte die Stirn. »In letzter Zeit engagiert sie sich für eine Mädchenschule in Wimbledon. Ist immer auf der Suche nach Lehrkräften. Nora meint doch nicht, dass du dort anfangen sollst?«

»Das denke ich nicht. Ich habe weder den Wunsch noch die Begabung, Lehrerin zu werden.«

»Was könntest du dann sonst von ihr wollen?«

Evelyn zwang sich, ruhig zu bleiben. Es war nicht leicht. Nicht, wenn ihre gesamte Zukunft – und die ihrer Schwestern – von den Entscheidungen ihres Onkels abhing. »Tante

Nora hatte gehofft, dass Lady Arundell vielleicht davon überzeugt werden könnte, mich unter ihre Fittiche zu nehmen, solange ich in der Stadt bin. Dass sie mir dabei helfen könnte, mich in die Gesellschaft einzuführen.«

Er brummte nachdenklich. »Und ich bin es, der sie überzeugen soll, richtig?«

»Ja, das wäre deine Aufgabe.«

»Kann mir nicht vorstellen, dass es dieses Jahr eine große Saison geben wird, mit oder ohne die Unterstützung Ihrer Ladyschaft. Nicht jetzt, wo der Prinzgemahl den Löffel abgegeben hat. Das wird allem einen Dämpfer versetzen.«

Damit hatte ihr Onkel nicht unrecht. Prinz Alberts Tod kam tatsächlich ziemlich ungelegen. Er war im Dezember verstorben, Berichten zufolge an Typhus. Eine Tragödie nicht nur für die Königin, sondern für das ganze Land. Eine Zeit lang hatten alle Geschäfte geschlossen gehabt, und öffentliche Veranstaltungen waren abgesagt worden. Selbst jetzt, drei Monate später, waren einige Schaufenster in London immer noch mit schwarzem Stoff ausgekleidet.

Doch das Leben musste weitergehen.

Und ihr blieb keine andere Wahl, als das Beste aus ihrer Situation zu machen. »Dennoch …«

»Brauchst du eine Gönnerin.«

»Es muss ja nichts Formelles sein.« Evelyn wünschte sich während ihres Besuchs ein gewisses Maß an Unabhängigkeit. Doch sie konnte nicht alles allein machen. »Tante Nora hat sich darauf verlassen, dass du mir zumindest eine Einladung zu Lady Arundells Ball nächsten Monat verschaffst.«

»Das kann ich wohl tun. Wenn Nora darum bittet.« Dann starrte er schweigend auf den Brief in seiner Hand.

»War das alles, was sie geschrieben hat?«

Er räusperte sich. »Sie sagt noch, ich solle darauf achten,

dass du nicht den gleichen Weg wie deine Schwester einschlägst.«

Die Erwähnung der Schande ihrer älteren Schwester ließ Evelyn die Stirn runzeln. »Diese Gefahr besteht nicht, Sir.«

Er musterte sie mit einer Spur Geringschätzung. »Kann ich mir auch nicht vorstellen.«

Evelyn nahm an, dass sie dies als Beleidigung auffassen sollte. Sie war sich der Tatsache, dass sie nicht so hübsch war wie ihre Schwester, durchaus bewusst.

Fenella war die unangefochtene Schönheit der Familie gewesen. Auf ihr hatten sämtliche Hoffnungen geruht. Drei Jahre zuvor hatte Tante Nora einen Großteil ihrer Ersparnisse ausgegeben, um Fenny eine angemessene Saison in London zu ermöglichen. Damals hatte es wie eine vernünftige Investition gewirkt. Wäre Fenny eine hochkarätige Verbindung eingegangen, hätte sie sich in der Position befunden, auch Evelyn und ihre vier jüngeren Schwestern in die Gesellschaft einzuführen.

Doch Fenny hatte sich keinen reichen Ehemann geschnappt.

Stattdessen war sie mit Anthony Connaught durchgebrannt, dem liederlichen Sohn und Erben ihres Nachbarn Sir William.

Sir Williams Anwesen Babbington Heath lag nicht weit von Combe Regis entfernt. Die Familie Maltravers war seit Langem mit Sir William und dessen Söhnen bekannt gewesen. Evelyn hatte Anthonys jüngeren Bruder Stephen als Freund betrachtet. Mehr als einen Freund. Oft war sie mit ihm ausgeritten oder zu Dorfversammlungen gegangen.

Doch dann nicht mehr.

Der Skandal hatte von London bis Sussex Wellen geschlagen. Als Ergebnis hatte Tante Nora jeden Gedanken daran, Evelyn und ihre jüngeren Schwestern in die Gesellschaft einzuführen, beiseite geschoben. Schlimmer noch war gewesen, dass Evelyns mädchenhafte Schwärmerei für Stephen zu Staub zerfallen war. Stephen selbst hatte ihr ins Gesicht gesagt, dass Fenny seinen Bruder verführt hatte und dass Evelyn nun beabsichtigte, auch ihn in die Falle zu locken.

In die Falle zu locken. Als wäre sie irgendeine verzweifelte, habgierige Person! Ihr Vater mochte weder einen hohen Rang noch Reichtum besessen haben, dennoch war er ein Gentleman gewesen und sie somit die Tochter eines Gentlemans. Was spielte es für eine Rolle, dass ihr illustre Verbindungen fehlten? Dass sie über keine große Aussteuer verfügte? Dennoch war sie der Achtung würdig.

Zumindest dachte sie das *jetzt*.

Vor drei Jahren, mit gerade mal zwanzig Jahren, war sie nicht so vernünftig gewesen. Und Stephens Anschuldigung hatte ihr das Herz gebrochen. Es versetzte ihr immer noch einen Stich, wenn sie daran dachte.

Doch es hatte keinen Zweck, verpassten Chancen hinterherzutrauern.

Fenny war fortgegangen, womöglich für immer. Auf den Kontinent, sagten einige, um dort mit Anthony als seine Mätresse zu leben. Das Schicksal der Maltravers-Mädchen ruhte nun ganz und gar auf Evelyns Schultern.

Und sie war entschlossen, ihre jüngeren Schwestern nicht im Stich zu lassen.

»Eine üble Angelegenheit«, sagte Onkel Harris und faltete den Brief seiner Schwester zusammen. »Gott sei Dank konnte nichts davon auf mich zurückfallen.«

Es stimmte. Fenny war während ihrer Saison nicht bei ihm untergekommen, sondern bei Freunden – einer eleganten Dame der Gesellschaft und ihrer Tochter. Tante Nora hatte es für angemessener gehalten. »Was weiß mein Bruder schon darüber, wie man ein Mädchen in die Gesellschaft einführt?«, hatte sie damals gesagt. »Nicht das Geringste.«

Evelyns eigene Saison würde wohl völlig anders verlaufen. Nicht nur, weil sie am Russell Square relativ unauffällig logierte, sondern auch, weil der Skandal ihrer Schwester ihr noch immer nachhing. Und sie hatte viel weniger Geld zur Verfügung, als Fenny verprasst hatte. Die Summe, mit der sie ausgestattet war, würde bis August reichen – wenn sie sparsam damit umging. Hatte Evelyn bis dahin noch keinen Heiratsantrag bekommen, würde sie als gescheitert nach Combe Regis zurückkehren müssen.

Niemals.

Sie würde nicht scheitern. Nicht, wenn sie ein Wörtchen mitzureden hatte.

»Ich nehme nicht an, dass du etwas von Fenny gehört hast?«, fragte Onkel Harris.

»Nichts«, entgegnete Evelyn. »Nicht, seit sie London verlassen hat.«

»Eine Schande. Sie hätte eine achtbare Verbindung eingehen können.« Seine Stimme nahm einen frischen Tonfall an. »Doch Aussehen ist nicht alles. Viele Herren bevorzugen eine schlichte, vernünftige Frau.«

»Aber selbst schlichte, vernünftige Frauen müssen für die Saison angemessen gekleidet sein«, wandte Evelyn ein. »Man könnte sogar sagen, dass es in ihrem Fall unbedingt notwendig ist, da sie so wenig andere Vorzüge haben, die sie empfehlen.«

Onkel Harris nickte. »Ganz recht. Nora sagte schon, du seist pragmatisch.«

»Ach ja? Wie erfreulich.«

Er warf ihr einen scharfen Blick zu.

Sofort bereute sie ihre Spitze, denn dies war nicht der richtige Zeitpunkt, um sich zu empören. Sie bemühte sich, Demut zu zeigen. »Mir wurde immer gesagt, ich würde in dieser Hinsicht meiner Mutter ähneln.«

»Fürwahr ein hohes Lob«, sagte Onkel Harris besänftigt. »Du darfst mein Konto für alles beanspruchen, was du benötigst. Natürlich in einem vernünftigen Rahmen.«

»Vielen Dank, Onkel«, sagte sie. »Und du vergisst nicht, Lady Arundell wegen des Balls zu fragen?«

»Ich werde ihr eine Nachricht schicken.«

»Magst du sie jetzt gleich schreiben?« Wenn nicht, hatte Evelyn nur wenig Hoffnung, dass er sie überhaupt verfassen würde. »Es macht mir nichts aus, zu warten.«

Onkel Harris schwieg einen Moment. »Meinetwegen«, brummte er schließlich. »Sonst bekomme ich doch keine Ruhe.«

Später an diesem Abend saß Evelyn in ihrer Kammer an ihrem kleinen Schreibtisch und beendete den letzten ihrer Briefe nach Hause. Sie hatte jeweils einen an ihre Tante Nora und an jede ihrer Schwestern geschrieben: Augusta, Caroline, Elizabeth und Isobel – liebevoll Gussie, Caro, Bette und Izzy genannt. Die jüngste war acht, die älteste achtzehn, und jede von ihnen war eine höchst einzigartige Persönlichkeit.

Gussies Talent waren Aquarelle und Handarbeiten. Caro liebte Geistergeschichten und Schauerromane. Bette war ein Wildfang, weigerte sich, im Damensattel zu reiten und hielt bereits große Reden über das Frauenwahlrecht. Und Izzy, die jüngste, kam nach Papa und war die geborene Abenteurerin.

»Ich werde deiner Reise auf der Karte folgen«, hatte sie am Tag von Evelyns Abreise aus Combe Regis verkündet.

»Und ich werde auf den Gesellschaftsseiten nach dir Ausschau halten«, hatte Gussie hinzugefügt und Evelyn fest umarmt.

Ihre Schwestern waren wegen Evelyns Londoner Saison fast ebenso aufgeregt gewesen wie sie selbst. Und das war es, was sie ihren Schwestern in ihren Briefen übermittelte: Aufregung. Die Pracht der Stadt, der Nervenkitzel einer Fahrt im Omnibus und die Aussicht auf die Teilnahme an einem Ball.

Alles wird gut. Auch wenn sie die Worte nicht niederschrieb, durchdrangen sie jede ihrer Zeilen. *Ihr seid in Sicherheit. Ihr werdet geliebt. Ich habe alles unter Kontrolle.*

Als sie die Tinte der letzten Seite ablöschte, klopfte jemand an ihre Tür.

»Ich bin es, Miss.« Agnes kam herein. Sie trug ein schlichtes schwarzes Kleid, ihr mausbraunes Haar war zu einem strengen Knoten frisiert. »Brauchen Sie noch etwas, bevor ich zu Bett gehe?«

»Nein, danke. Ich werde auch gleich schlafen gehen.« Evelyn sah auf. »Wie war der Besuch bei deiner Cousine?«

»Oh, es geht ihr gut. Nur ein bisschen erschöpft wegen des neuen Babys. Aber sie hat sich über die Gesellschaft gefreut.« Agnes sammelte Evelyns Kleidung von der Sitzbank am Ende des Himmelbetts ein. Sie runzelte die Stirn, als sie den dreckigen Saum entdeckte. »Waren Sie etwa bei diesem Schneider?«

Evelyn steckte den fertigen Brief in einen Umschlag. »Das war ich.«

Agnes sah sie streng an. »Allein?«

»Ich erledige meine Einkäufe oft allein. Das tun viele junge Frauen.«

»Aber keine Damen«, erwiderte Agnes. »Zumindest keine *anständigen*.«

»Vielleicht nicht, aber es ist ja nicht so, als hätte mich jemand gesehen. Im Laden war kein anderer Kunde, und auf der Straße hat mich niemand beachtet. Jeder ist viel zu sehr mit seinen eigenen Angelegenheiten beschäftigt.«

»Ja, Miss, aber Mrs Quick hat gesagt, dass ich Sie begleiten soll …«

»Doch nicht an deinem freien Nachmittag. Außerdem war ich völlig sicher.« Evelyn versiegelte den Umschlag mit Wachs. »In den kommenden Tagen habe ich noch sehr viel mehr einzukaufen. Dann kannst du mich begleiten.«

Dies schien Agnes für den Moment zufrieden zu stellen. Sie legte sich die schmutzigen Kleidungsstücke über den Arm. Sie mussten gereinigt und gebügelt werden, bevor Evelyn sie wieder tragen konnte. »Haben Sie bei Mr Doyle Ihre Bestellung aufgeben können?«

»Bei Mr Malik.«

»Wem?«

»Er ist derjenige, der die Reitkostüme entworfen hat, nicht Mr Doyle oder Mr Heppenstall.« Während sie die Schreibutensilien wegräumte, beschrieb Evelyn ihren Besuch im Geschäft und berichtete der Zofe alles, was sich dort zugetragen hatte.

Nun, fast alles.

Sie erwähnte nicht, wie attraktiv Mr Malik war. Außerdem ließ sie aus, was sein Blick und seine Berührung bei ihr ausgelöst hatten.

»Sie haben ihm wirklich gesagt, Sie wären kein Blaustrumpf?« Ein Lächeln umspielte Agnes' Lippen.

Es war keine besonders schmeichelhafte Reaktion.

»Und warum sollte ich mich in eine Schublade stecken lassen?«, fragte Evelyn gereizt. »Zuerst heißt es *Mauerblümchen*, dann *Blaustrumpf* und schließlich *alte Jungfer*. Ich will mir nicht von der Gesellschaft einen Stempel aufdrücken und mich abtun lassen, als sei ich kein komplexer Mensch voller Geheimnisse. Noch kenne ich nicht die ganze Stärke und Tiefe meines Wesens – oder wozu ich fähig bin. Wie kann das dann ein Mann wissen? Wie überhaupt jemand?«

Agnes wirkte skeptisch.

»Und ja«, fügte Evelyn hinzu. »Ich bin mir bewusst, dass es genau diese Gedankengänge sind, die mich geradewegs in die Kategorie Blaustrumpf befördern.«

Doch das ging niemanden etwas an außer ihr.

Sie war nicht mehr in Combe Regis. Sondern in London – einem Ort, an dem keine Menschenseele sie kannte. Wenn man ihr ein Etikett aufdrücken musste, dann würde es eines sein, das sie selbst gewählt hatte. Nicht *Mauerblümchen* oder *Blaustrumpf*, sondern *Reiterin*.

Es war Mama, durch die sie auf diese Idee gekommen war. Sie hatte immer gesagt, dass man ein Problem am besten von einer Position der Stärke heraus anging.

An diesen Rat hatte Evelyn unzählige Male gedacht, seit sie sich entschlossen hatte, nach London zu reisen. Sie wusste, dass es für sie eher unwahrscheinlich war, in einem Ballsaal oder Salon einen wohlhabenden Verehrer für sich zu gewinnen. Anders als Fenny war sie weder in Tanz, Musik noch Konversation besonders begabt. Ihre Stärke lag im Reiten. Und es war die Rotten Row, wo sie vorhatte, ihren Plan in die Tat umzusetzen.

»Und wird Mr Malik es tun?«, fragte Agnes. »Wird er Ihnen die gleiche Art Reitrock anfertigen wie Miss Walters?«

»Was das angeht … weiß ich es noch nicht.« Evelyn erhob sich von ihrem Schreibtisch. »Das werde ich erst wissen, wenn er mich morgen früh hat reiten sehen.«

»Das gefällt mir nicht«, sagte Agnes. »Dass er Ihnen eine solche Prüfung auferlegt. Welches Recht hat er …«

»Er ist ein Künstler und noch dazu ein Mann. Wir werden ihm seine Impertinenz vorläufig nachsehen müssen.« Evelyn lächelte schwach. »Er wird es schon bald besser wissen.«

3. KAPITEL

Evelyn ließ Hephaestus im Trab gehen, als sie am folgenden Morgen in die Rotten Row einbog. Ihr Reitknecht folgte dichtauf. Sie spürte, wie der Hengst seine Muskeln anspannte. Er begann, nervös zu tänzeln, war bereit, bei der kleinsten Provokation loszupreschen.

Er war noch nie in London gewesen, geschweige denn im Hyde Park. Und das Wetter half auch nicht, ihn zu beruhigen. Es war diesig und nieselte. Hin und wieder brach das Sonnenlicht in hellen Strahlen durch die Baumkronen und stach Evelyn in die Augen. Sie war froh, ihre Brille nicht zu tragen. Das grelle Licht hätte sie unerträglich geblendet.

Lewis ritt neben ihr auf seinem zuverlässigen rotbrauen Wallach. Er war ein stämmiger Mann mittleren Alters, hinter dessen ausdrucksloser Miene sich eine Fülle an Pferdeverstand versteckte. »Er will durchgehen.«

»Das wird schon«, sagte sie. »Er ist ein wenig nervös, aber ich habe alles unter Kontrolle. Er will nur galoppieren, um seine Anspannung loszuwerden.«

Dafür blieb noch genug Zeit. Mr Malik schien noch nicht da zu sein. Sie schaute zum Zaun, der den Fuß- und Reitweg trennte. Dort blieben Spaziergänger gern stehen, um die vorbeiziehende Parade von Pferden und Reitern zu betrachten. Doch noch hatte sich dort niemand eingefunden. Auch der übrige Park war menschenleer.

Hephaestus reckte den Kopf, blähte die Nüstern und

schnaubte eine große Dampfwolke aus. Um ihn zu beruhigen, kraulte sie ihn am Hals.

»Denken Sie, es gelingt Ihnen, ihn von einem Galopp wieder unter Kontrolle zu bekommen?«, fragte Lewis.

Bei jedem anderen hätte es Evelyn beleidigt, dass man ihre Fähigkeiten anzweifelte. Doch Lewis kannte sie seit ihrer Kindheit. »Natürlich kann ich das.«

Ganz leicht verlagerte sie ihr Gewicht im Damensattel, zog die Zügel an und übte mit Sattel und Bein leichten Druck aus. Hephaestus bäumte sich leicht auf und sprang dann wie aus der Kanone geschossen vorwärts.

Sie konnte niemanden sehen, der etwas dagegen einzuwenden gehabt hätte, dass sie die Zügel locker ließ und ihm erlaubte, in einen Galopp zu gehen.

Der Schleier ihres Huts peitschte ihr ins Gesicht, und der Rock ihres alten schwarzen Reitkostüms schlug gegen Hephaestus' mächtige Flanken.

»Ganz ruhig«, murmelte sie. »Ganz ruhig.«

Hephaestus war ein in Spanien gezüchteter Andalusier. Diese Rasse war bekannt für ihr sensibles Temperament und die Geschmeidigkeit ihres Gangs. Papa hatte einst gesagt, dass man auf einem galoppierenden Andalusier eine Tasse Tee trinken könnte, ohne auch nur einen Tropfen zu verschütten. Das war natürlich eine Übertreibung, aber näher an der Wahrheit, als man denken könnte. Hephaestus' Gang war wirklich spiegelglatt.

Evelyn hielt die Zügel gerade fest genug, um den Kontakt aufrechtzuerhalten. Sie glaubte nicht daran, dass ein Pferd mit den Zügeln gelenkt werden musste. Die Kontrolle musste über den Sattel kommen. Das war mit Damensattel natürlich schwieriger, doch nicht unmöglich. Nicht bei einem so aufmerksamen Pferd wie ihrem.

Langsam ließ sie ihn wieder herunterkommen, zuerst in einen Trab, dann in den Schritt. Dabei lobte sie seinen Gehorsam durch ein Schulterklopfen. »Das ist besser«, sagte sie zu ihm.

Und dann sah Evelyn, dass sie nicht mehr allein waren.

Eine weitere Reiterin war vor ihnen zwischen den Bäumen hervorgekommen. Eine schlanke, junge Frau mit dunklen Haaren auf einem unmöglich großen schwarzen Jagdpferd. Sie hielt die Zügel locker, während sie ihnen entgegenkamen, als ließe auch sie ihr Pferd nach einer anstrengenden Übung abkühlen. Nicht weit dahinter folgte ihr Reitknecht.

»Guten Morgen«, rief die junge Frau.

Evelyn hob die Hand zu einem widerwilligen Gruß. Sie hatte gehofft, anderen Menschen an diesem Morgen aus dem Weg gehen zu können. Ihr erster Auftritt im Park sollte etwas Besonderes sein, kein turbulenter morgendlicher Galopp durch den Matsch in einem alten Wollrock. Sie betete, dass die andere Reiterin ihrer Wege ziehen würde.

Doch die junge Dame tat nicht, was Evelyn von ihr wollte. Ganz im Gegenteil. Sie brachte ihr Pferd zum Stehen und musterte Hephaestus. »Was für ein schöner Hengst! Ist er ein Spanier? Er sieht spanisch aus. Auch wenn ich noch nie einen grauen gesehen habe.«

»Diese Fellfarbe ist bei seiner Rasse eigentlich nicht üblich«, erklärte Evelyn. »Doch sie kommt gelegentlich vor.« Ihre Seltenheit machte diese Tiere umso wertvoller. Es war einer der Gründe, warum Papa Hephaestus gekauft und viel mehr für ihn ausgegeben hatte, als er sich leisten konnte.

»Und Sie reiten ihn mit einer Wassertrense? Wie außergewöhnlich. Ich betrachte mich selbst als Pferdekennerin, und ich würde Cossak nie mit etwas anderem als einem Pelham lenken. Nicht hier im Park.«

Das Kompliment zauberte Evelyn ein Lächeln ins Gesicht. »Hephaestus hat ein weiches Maul. Ich reite ihn regelmäßig mit nur einem Zügel.«

»Aber er ist doch ein Hengst!«

»Ein sanfter Hengst.«

»Lady Anne reitet ebenfalls einen Hengst. Doch Miss Hobhouse bevorzugt eine Stute. Momentan hat sie eine graue Vollblutkreuzung. Ein wunderschönes Tier – fast völlig weiß. Wir drei reiten morgens oft miteinander aus. Das ist angenehmer als nachmittags, wenn es so überlaufen ist.« Die junge Frau runzelte die Stirn. »Ich habe Sie hier noch nie gesehen. Daran würde ich mich erinnern.«

»Dies ist mein erster Ausritt. Mein Reitknecht hat mir mein Pferd erst gestern in die Stadt gebracht.« Evelyn drehte Hephaestus in einem Halbkreis. Er hatte immer noch zu viel Energie und könnte einen weiteren Galopp gebrauchen. »Bitte verzeihen Sie mir, aber ich muss weiter.«

»Aber natürlich. Er soll sich ja nicht verkühlen.« Die junge Frau begann neben ihnen her zu reiten. »Sind Sie für die Saison hier?«

»Das bin ich«, antwortete Evelyn.

»Genau wie ich.« Nach einer kurzen Pause fügte sie hinzu: »Zum dritten Mal.« Ihre blauen Augen nahmen einen reumütigen Ausdruck an. »Ich bin Julia Wychwood.«

»Evelyn Maltravers.«

»Miss Maltravers.« Miss Wychwood schenkte ihr ein Lächeln. »Ich werde Sie jetzt nicht länger aufhalten. Mein Ritt ist vorbei, und Ihrer beginnt gerade erst.« Sie wendete ihr Pferd und verließ den Weg. »Ich nehme an, wir werden uns bald wiedersehen. Um diese Zeit reite ich hier regelmäßig aus.«

»Ich freue mich darauf«, sagte Evelyn aufrichtig.

Bevor Miss Wychwood davonritt, hob sie grüßend die Hand. »Einen schönen Tag noch!«

»Ihnen auch!«, rief Evelyn ihr hinterher.

Wie seltsam diese junge Frau gewesen war. Und wie redselig. Dennoch freute sich Evelyn, sie getroffen zu haben. Sie hatte hier in London keine Freunde. Noch nicht. Mit Sicherheit niemanden, der ihre Leidenschaft für das Reiten teilte. Und Miss Wychwood sah auch, als würde sie sich auskennen.

Heutzutage war es selten, einen wirklich guten Reiter zu finden. So viele verließen sich auf grausame Trensen, Hilfszügel und andere Strafmethoden, um ihr Pferd unter Kontrolle zu halten.

Evelyn brachte Hephaestus wieder in einen Trab, dann in einen Galopp. Seine Hufe stampften auf den Boden. Sie hielt ihn eine Weile in dieser Gangart und genoss die mühelose Bewegung. In einiger Entfernung hinter ihnen hallten die Hufschläge von Lewis' Pferd wider.

Erneut schaute Evelyn hinüber zum Zaun. Dort war es immer noch ebenso leer wie bei ihrer Ankunft. Mr Malik war nicht gekommen. Gerade hatte sie sich mit dieser Tatsache abgefunden, als sie vor sich eine Bewegung bemerkte.

Ihre Augen weiteten sich überrascht.

Gütiger Himmel, es war *er*.

Er stand im Schatten einer Ulme und war auf den ersten Blick kaum zu bemerken. Doch sobald sie ihn entdeckt hatte, war er nicht zu verkennen. Er trug einen makellosen schwarzen Mantel und sah zugleich attraktiv und gefährlich aus. Wie ein gefallener Engel, der widerwillig zur Erde zurückgekehrt war.

Verlegenheit überkam Evelyn, sie wusste selbst nicht, warum. Mit dreiundzwanzig war sie durchaus nicht mehr grün hinter den Ohren. Und es war auch nicht so, als wäre er besonders nett zu ihr gewesen. Selbst jetzt hatte die Art, wie er sie ansah, etwas Düsteres an sich. Als wäre er sich noch nicht ganz sicher, was er von ihr halten sollte.

Sie galoppierte zu ihm. Hephaestus piaffierte ein wenig – ein kraftvolles Traben auf der Stelle –, bevor er zum Stehen kam. »Mr Malik«, sagte sie ein wenig atemlos. »Guten Morgen.«

Er verneigte sich. »Miss Maltravers.«

»Sind Sie schon lange hier?«

»Seit Sie in die Rotten Row eingebogen sind.«

Fast hätte ihr vor Überraschung der Mund offen gestanden. »So lange schon? Aber … ich habe Sie nicht gesehen.«

»Warum sollten Sie auch? Sie sind geritten.«

»Und Sie haben zugesehen? Die ganze Zeit?«

»Das habe ich.«

Sie spürte Frustration in sich aufsteigen. Bis jetzt hatte sie noch nicht mehr getan, als auf gerader Strecke zu galoppieren, was weder von ihr noch von Hephaestus besonderes Können erforderte. Kaum die Art von Demonstration, die Mr Malik erwartet hatte. »Ich kann noch ein bisschen länger reiten, wenn Sie mögen«, sagte sie. »Um Ihnen zu zeigen, was er kann. Er ist gut in Dressurreiten geschult und kennt die meisten Aufgaben der Hohen Schule. Ich habe ihn selbst trainiert.«

»Ich habe genug sehen«, sagte Mr Malik.

Ihr wurde schwer ums Herz.

Verflixt! Es war nicht gerecht, dass sie ihre Reitkünste nicht angemessen hatte präsentieren können. Doch wann war das Leben je gerecht gewesen? Ihr Plan konnte immer noch aufgehen. Sie würde nicht zulassen, dass seine Ablehnung sie ihrer Hoffnung beraubte.

Wenn es denn eine Ablehnung war.

Schließlich war er immer noch hier. Das musste doch irgendetwas zu bedeuten haben.

»Nun?«, fragte sie angespannt vor Erwartung.

»Sie sind eine versierte Reiterin.«

»Das weiß ich«, erwiderte Evelyn ungeduldig. »Was ich meine, ist … haben Sie sich entschieden? Werden Sie mir Ihre Zeit widmen?«

Mr Maliks Mundwinkel verzogen sich zu einem Lächeln. Zu spät wurde ihr die Doppeldeutigkeit ihrer Worte klar. »Wissen Sie, Miss Maltravers, ich denke, das werde ich.«

Ahmad steckte die Hände in die Manteltaschen, als Miss Maltravers davonritt.

Sie wirkte anders auf einem Pferd. Elegant und selbstbewusst. Vollkommen entspannt.

In Wahrheit hatte er so etwas wie sie noch nie gesehen.

Sie hatte nicht übertrieben, als sie behauptet hatte, besser zu sein als die Hübschen Bereiterinnen. Nach allem, was er an diesem Morgen gesehen hatte, waren Miss Maltravers' Reitkünste unvergleichlich. Als sie auf diesem großen spanischen Hengst, der die meisten Männer einschüchtern würde, die Rotten Row entlanggaloppiert war, waren sie und ihr Pferd eins gewesen. Sie war Herrin der Lage, scheinbar ohne eine Spur körperlicher Kraft aufwenden zu müssen.

Beeindruckend, zweifellos. Doch es war mehr als das.

Ihr Reiten hatte eine faszinierende feminine Anmut an sich gehabt, die seinen Blick gefesselt hatte. Es war fast sinnlich gewesen, wie ihr Körper mit jeder Bewegung harmoniert hatte. Gelassen und sicher, mit sanften Händen und ruhigem Sitz.

Er hatte ihr mit wachsender Ehrfurcht zugesehen. War ihr bewusst, wie viel Potential sie hatte? Alles, was sie noch brauchte, war die richtige Garderobe, die richtige Frisur, das richtige Korsett.

Den richtigen Schneider.

Miss Walters war es gelungen, sich einen Marquess als Gönner zu sichern. Worauf zielte Miss Maltravers ab? Auf einen Herzog? Einen Prinzen?

Wenn sie ihre Karten richtig ausspielte, hatte Ahmad keinen Zweifel daran, dass sie haben konnte, wen immer sie wollte.

Er ging den Weg zurück, den er gekommen war. Der Nieselregen durchnässte die Schultern seines Mantels und seine Hutkrempe. Doch er war zu sehr in Gedanken, um es zu bemerken, denn er malte sich bereits aus, welchen Stoff er verwenden würde – Farbe, Textur und Schnitt.

Momentan gab es in der Schneiderei nichts, was dem ähnelte, was er wollte. Miss Maltravers verdiente etwas Neues. Etwas Besonderes.

Zurück auf der Hauptstraße winkte Ahmad eine Droschke heran. »Phillotson's in Holborn Hill«, sagte er dem Fahrer, bevor er einstieg.

Phillotson's war eines von vier Stofflagern der Stadt. Ahmad zog es den anderen vor, weil es das größte war. Hier waren Schätze zu finden, wenn man nur genug Zeit mitbrachte.

Die er heute nicht hatte, denn eigentlich sollte er Lady Heathertons Abendkleid fertigstellen. Sie erwartete von ihm, dass er es ihr am Morgen für die letzte Anprobe brachte. Doch Lady Heatherton war ihm gerade egal.

Er hatte nur noch Evelyn Maltravers im Kopf.

Am selben Abend, nur wenige Minuten vor Ladenschluss, betrat Miss Maltravers in Begleitung ihrer Zofe die Schneiderei.

Ahmad war in Hemdsärmeln, ein Maßband um den Hals gehängt. Er hatte sie für diese Zeit herbestellt. Er führte seine Anproben im Allgemeinen nach Ladenschluss durch, wenn sich die Zuschneider in ihre Zimmer über dem Geschäft zurückgezogen hatten und Doyle nicht mehr da war, um ihm über die Schulter zu schauen.

Miss Maltravers blieb kurz in der Tür stehen. Ihr Blick wanderte von Ahmads Gesicht zu seiner Weste und dem weißen Leinenhemd und wieder zurück. In dem unförmigen Gesellschaftskleid, das sie trug, hatte sie keine Ähnlichkeit mit dem überwältigenden Anblick, den sie zu Pferde geboten hatte. Tatsächlich wirkte sie nervös. Mit großen Augen, geröteten Wangen und zitternden Händen.

Ihm war selbst ein bisschen zittrig zumute. Es war völlig verrückt. Und es ließ ihn noch mürrischer als sonst sein. »Sie tragen Ihre Brille.«

Sie hob die Hand und rückte das störende Objekt auf ihrer Nase zurecht. »Sollte ich das nicht?«

»Heute Morgen haben Sie sie nicht getragen.«

»Das tue ich nie, wenn ich reite. Ich benötige sie nicht für die Weitsicht, sondern nur fürs Lesen oder wenn ich mich mit Leuten unterhalte und so weiter. Ohne die Brille sähe ich Ihr Gesicht nur als einen undeutlichen Fleck, ebenso wie jeden Stoff, den Sie mir zeigen.«

Vor dem Schaufenster herrschte reges Treiben – Kunden verließen die Geschäfte, und die Mitarbeiter schlossen ab, um Feierabend zu machen. Einer der Passanten zog die Aufmerksamkeit von Miss Maltravers' Zofe auf sich.

»Oh, Miss!«, rief sie aus. »Das ist Sally, von meiner alten Arbeitsstelle in der Green Street. Darf ich mit ihr sprechen? Es dauert auch nicht lange.«

»Natürlich«, sagte Miss Maltravers. »Lass dir so viel Zeit, wie du brauchst.«

Die Zofe eilte auf die Straße hinaus. Die Tür fiel hinter ihr ins Schloss.

»Ist sie neu?«, fragte Ahmad.

Miss Maltravers' Mund verzog sich zu einem Lächeln. »Ein Hausmädchen meines Onkels.«

Ihres Onkels.

»Ich darf während meines Aufenthalts nicht unbegleitet hinausgehen«, erklärte sie. »Jedenfalls normalerweise. Obwohl ich sagen muss, dass ich meine Unabhängigkeit bevorzuge. Daheim in meinem Dorf bin ich immer allein unterwegs gewesen.«

Er betrachtete sie schweigend. Sie wohnte bei einem Onkel. Und sie hatte ein Pferd mit Reitknecht hier untergebracht. Nun hatte sie auch noch eine Zofe. Alles sehr respektabel. »Ich nehme an, Sie haben nicht vor, sich in Miss Walters Gewerbe einen Namen zu machen?«

Miss Maltravers' Wangen wurden dunkelrot. »Natürlich nicht. Haben Sie das etwa gedacht?«

»Sie wären nicht die Erste«.

Jeden Tag kamen hübsche junge Frauen vom Land nach London, auf der Suche nach einem besseren Leben für sich und ihre Familien. Und im ältesten Gewerbe der Welt waren sie immer willkommen. Manchmal wurden sie von gerissenen Zuhälterinnen oder brutalen Bordellbetreibern auch dazu genötigt.

Ahmad hatte viele dieser Frauen während seiner Arbeit für Mrs Pritchard kennengelernt. Und jene, die Sprache und Manieren einer Dame imitieren konnten, waren besonders gefragt. Viele reiche Herren legten Wert darauf, dass ihre Mätresse den Anschein von Eleganz bot. Und für all diese Vorzüge wurden die Frauen reich belohnt, mit Stadthäusern, Dienern, Pferdegespannen und monatlichen Apanagen, die höher waren als das, was die meisten Leute in einem Jahr verdienten.

Zu dieser Klasse gehörten Miss Walters und die anderen Hübschen Bereiterinnen.

Ahmad verurteilte sie nicht. Er hatte den Großteil seines

Lebens in London unter Huren zugebracht. Einige waren gut und andere schlecht, genau wie in jedem anderen Gewerbe. Was die Moral anging, hatte er keine feste Meinung. Man musste tun, was immer nötig war, um zu überleben. Das Leben war schon schwer genug, ohne sich ständig dafür zu schämen. Dennoch …

Die Entdeckung, dass Miss Maltravers nicht vorhatte, die nächste *grande horizontale* zu werden, ließ ihn eine gewisse Erleichterung verspüren. Er wusste selbst nicht, warum. Ihre Berufswahl ging ihn nichts an.

»Nein«, sagte sie erneut. »Ich bin nicht daran interessiert, eine Kurtisane zu werden. Aber ich erkenne die Macht der Bereiterinnen. Ihre besondere Anziehungskraft. Sie ist es, die ich mir aneignen möchte, nicht ihr Gewerbe.«

»Für welchen Zweck?«

»Natürlich für den offensichtlichen. Um einen Ehemann zu finden.«

»Ah.« Die Banalität ihres Ziels war ein wenig enttäuschend, obwohl er selbst nicht wusste, was er erwartet hatte. Vielleicht etwas Größeres? Etwas Ambitioniertes? Etwas, das die Sterne in Brand setzen würde?

»Sie missbilligen das?«

Er zuckte mit den Schultern. »Warum sollte ich?« Ein Blick durchs Schaufenster zeigte, dass Miss Maltravers' Zofe immer noch angeregt mit ihrer Freundin plauderte.

Miss Maltravers folgte seinem Blick. »Wir brauchen nicht auf Agnes zu warten. Sie begleitet mich nur, um dem Wunsch meines Onkels Genüge zu tun.«

»Wie Sie wünschen.« Er zog den Vorhang zurück, der den Verkaufsraum von den Arbeits- und Anproberäumen trennte, und machte eine einladende Handbewegung. »Nach Ihnen.«

Sie duckte sich unter seinem ausgestreckten Arm hindurch,

und Ahmad nahm den schwachen Duft von Orangenblüten wahr.

Sein Puls beschleunigte sich.

Lächerlich.

Sie war nur eine Frau. Eine von vielen, die zur Rotten Row kamen, um Miss Walters und deren Kameradinnen zu imitieren. Reiche, verwöhnte junge Damen in enganliegenden Reitkostümen auf teuren Pferden. Blasse Kopien der Kurtisanen, ermüdend in ihrer Mittelmäßigkeit.

Aber nein. Er war ungerecht. Und das nur, weil Miss Maltravers eine Reaktion in ihm auslöste. Ihr Anblick und ihr Duft. Wie sie ihm gestern die Hand entgegengestreckt hatte, als wäre er auf Augenhöhe mit ihr. Wie sie mit ihm gesprochen hatte – als sei er kein dunkelhäutiger Mann, der ihrer Aufmerksamkeit nicht würdig war, ein Diener, der etwas für sie erledigen sollte, sondern ein Künstler, dem man mit Respekt und Bewunderung begegnete.

»Ich halte es für eine Art Magie«, hatte sie gesagt. *»Kleidung zu erschaffen, die das für eine Person tun kann. Sie in etwas Außergewöhnliches zu verwandeln.«*

Seit ihrer Begegnung heute Morgen im Park waren Ahmad ihr Auftrag und sie nicht mehr aus dem Kopf gegangen. Sie reiten zu sehen hatte ihn inspiriert wie nichts anderes in letzter Zeit. Den halben Nachmittag hatte er damit zugebracht, Entwürfe für sie zu skizzieren.

»Ist sonst niemand hier?«, fragte sie, während er sie am leeren Arbeitsraum vorbeiführte.

»Heute Abend nicht.« Er geleitete sie in ein großes, mit Gaslampen beleuchtetes Anprobezimmer. Vor einem Podest stand ein Drehspiegel. Auf einem schmalen Tisch an der Wand stapelten sich Stoffballen. Und in einer Ecke stand ein hölzernes Pferd mit einem alten Damensattel.

Miss Maltravers musterte es skeptisch.

Er stellte sich zwischen sie und die beleidigende Vorrichtung. »Sind Sie sicher, dass Sie nicht die Hilfe Ihrer Zofe benötigen?«

»Ich kann mich selbst entkleiden.« Langsam setzte sie ihren Hut ab. »Wie viel soll ich …«

»Bis aufs Unterhemd«, sagte er barsch. »Diesmal können Sie Ihr Korsett noch anbehalten.«

Sie senkte den Blick und sah schüchtern weg.

»Rufen Sie mich, wenn Sie fertig sind.« Damit zog er sich zurück und ließ sie allein.

Die meisten Damenschneider beschäftigten weibliche Angestellte für die Anproben. Doch so arbeitete Ahmad nicht. Das Abstecken und Ausmessen erledigte er selbst, damit er ein Gefühl dafür entwickeln konnte, was erforderlich war. Dieses besondere Wissen war es, das seine Arbeit zu etwas Besonderem machte. Jedenfalls glaubte er das.

Bis jetzt hatte sich noch keine Kundin beschwert.

Andererseits bestand seine Klientel bis jetzt aus Kurtisanen und verheirateten Damen wie Lady Heatherton. Mit ihnen war es leichter. Sie kannten sich aus und bekamen nicht gleich einen Anfall, wenn er das Maßband an ihre knapp bekleideten Körper legte.

Gütiger Himmel, er hoffte, dass Miss Maltravers nicht ohnmächtig werden würde.

Doch als sie ihn nach einigen Minuten zurückrief, stellte er zu seinem Verdruss fest, dass es genau anders herum war. Als sie in ihre verblassten weißen Baumwollunterwäsche und dem abgetragenen Korsett vor ihm stand, war er es, dem ein bisschen schwindlig wurde.

Das also hatte ihre sackartige Kleidung verborgen. Eine Figur nach dem Vorbild der Venus. Eine volle Büste und ausgeprägte Hüften, eine schmale Taille, lange wohlgeformte Beine und anmutig rundliche Arme. Sie war eine hinreißend schöne Frau mit genau den richtigen Kurven an den richtigen Stellen. Und dann war da diese innere Kraft zu spüren, die sich auch in der Straffheit ihrer Gliedmaße und dem rosigen Schimmern ihrer Haut zeigte.

Sie war atemberaubend. Und es war nicht nur ihre Figur, die er jetzt zum ersten Mal sah. Es war ihr Gesicht.

Es wirkte anders im Licht der Gaslampen. Weich und verletzlich, mit dunklen, fein geschwungenen Brauen und filigran geformten Wangenknochen, die einen Schatten entlang der eleganten Kinnlinie warfen. Ihre Nase war eine Spur zu groß und leicht gebogen. Ein stolzes, fast schon arrogant wirkendes Merkmal, das von der Form ihres Mundes ausgeglichen wurde.

Und was für ein Mund das war.

Breit und mit Lippen, die zum Küssen aufforderten.

Er musste schlucken.

»Ich gebe zu, dass dies alles sehr seltsam ist.« Sie verschränkte die Arme vor der Brust. »Ich wurde noch nie von einem Mann vermessen. In Combe Regis kümmert sich die Dorfschneiderin um meine Reitröcke.« Sie warf einen nervösen Blick in den Drehspiegel. »Es ist gut, dass ich mein Spiegelbild auf diese Entfernung nicht erkennen kann. Es wäre mir peinlich, mich in einem solchen Zustand zu sehen.«

»Dazu besteht kein Grund«, sagt er. »Ich habe schon Hunderte Damen in ihren Unterhosen gesehen.«

»Mich aber nicht, Mr Malik.«

Er lächelte. »Verstanden. Sollen wir die Peinlichkeit der Situation anerkennen und uns einigen, sie hinter uns zu lassen? Denn sonst werden wir die ganze Nacht hier sein.«

Sie nickte. »Das klingt vernünftig.« Sie ließ die Arme sinken. »Was nun?«

»Eins nach dem anderen.« Er bot ihr seine Hand.

Sie ergriff sie, ohne zu zögern.

Und wieder spürte er sie – die gleiche Erschütterung, die er empfunden hatte, als sie sich gestern die Hand gegeben hatten. Nur dass sie diesmal keine Handschuhe trug.

Verdammte Hölle.

Ihre Haut war warm und seidig zart, der Griff ihrer Hand jedoch erstaunlich stark.

Er half ihr auf das Podest. »Alles in Ordnung?«

»Ja, vielen Dank.«

Er trat zurück und ließ seinen geübten Blick über ihre Figur wandern. Aufregung brodelte in seinen Adern. »Ich nehme an, Sie haben sich noch nicht auf eine besondere Farbe oder einen speziellen Stoff fixiert?«

»Eigentlich nicht. Warum?«, fragte sie. »Haben Sie bereits eine Idee, was zu mir passen würde?«

»Einige.«

»Unterscheiden sich diese Ideen von Ihren anderen Reitröcken?«

»Was die Grundlagen angeht, nein. Aber in jeder anderen Hinsicht schon.«

Sie runzelte die Stirn. »Ich verstehe nicht.«

Für ihn war jedoch alles ganz klar. Und jetzt, da er sie gesehen hatte – *wahrhaftig* gesehen hatte –, sogar noch klarer. »Sie wollen ein Reitkostüm, das Sie verwandelt. Ich glaube, ich kann etwas noch Besseres entwerfen. Etwas, das Ihr wahres Ich enthüllen wird.«

Sie war einen Moment still. Dann lächelte sie. »Ich zögere zu fragen, was das sein könnte. Mir wurde bereits vorgeworfen, ein Blaustrumpf zu sein.«

»Sie verbergen es in der Tat sehr gut. Ich habe es auch erst erkannt, als ich Sie heute Morgen reiten sah.«

»Was erkannt?«

»Sie sind eine einzigartige Schönheit, Miss Maltravers. Ein Diamant höchster Güte. Alles, was Ihnen fehlt, ist eine angemessene Inszenierung.« Ahmad ging zum Tisch und holte einen dunklen Stoffballen, den er bei Phillotson's erworben hatte. »Was halten Sie von dieser Farbe?«, fragte er, nachdem er an ihre Seite zurückgekehrt war.

Sie starrte ihn verblüfft an. Es dauerte einen Moment, bis sie den Blick auf den Stoffballen richtete und dann die Stirn runzelte. »Schwarz?«

»Nicht schwarz.« Er kam näher und trat in den Lichtschein der Gaslampe an der Wand. »Schauen Sie noch mal hin.«

Sie kniff die Augen hinter ihrer Brille zusammen, dann riss sie sie erstaunt auf. »Er ist grün!«

»Richtig. Ein so dunkler Ton, dass er schwarz wirkt, außer man betrachtet ihn in der Sonne.« Er bewegte den Stoffballen im Licht.

»Meine Güte«, hauchte sie. »Er schimmert.«

»Eine Illusion, hervorgerufen durch die feine Webung der Wolle.« Ein satter Schimmer, so elegant wie verführerisch. Er legte ihr den Stoff über die Schulter. »Dürfte ich?«, fragt er und griff nach ihrer Brille.

Ihre Wimpern flatterten. »Oh … ja. Natürlich.«

Vorsichtig nahm er ihr die Brille ab. Als sie ihn schüchtern ansah, fingen ihre Augen die subtile Farbe des Stoffs ein, absorbierten und reflektierten sie wie Zwillingsjuwelen. Eine tiefe Zufriedenheit erfüllte ihn, und er drehte Evelyn zum Spiegel. »Sehen Sie selbst.«

Ihre Wangen nahmen die Farbe von Damastrosenblättern an. Ihre Büste hob und senkte sich unregelmäßig. »Die Farbe *ist* sehr schmeichelnd.«

Eine Untertreibung.

Denn sie ließ Evelyns kastanienbraunes Haar vor feuriger Wärme glänzen und ihre Haut so sanft wie makelloses Elfenbein schimmern.

»*Sehr* schmeichelnd«, sagte er. »Und das ist erst der Anfang.«

Sie berührte den Stoff mit den Fingerspitzen. »Es kommt noch mehr? So langsam machen Sie mir Angst.«

»Sie ziehen es vor, sich zu verstecken?«

»Ich war mir nicht bewusst, dass ich mich verstecke.« Sie griff nach der Brille, die er ihr reichte, und setzte sie auf. »Ich habe doch ein Reitkostüm bei Ihnen in Auftrag gegeben, oder nicht?«

»Aus einem bestimmten Grund. Sie wollten ein Stück meiner Magie. Und Sie können es haben. Ich bitte Sie nur darum, sich völlig in meine Hände zu begeben.«

Nachdenklich sah sie ihn mit ihren sanften grünbraunen Augen an. »Also gut«, stimmte sie schließlich zu. »Das werde ich.«

4. KAPITEL

Evelyn stand wie erstarrt da, während Mr Malik sein Maßband um ihre Taille, Hüften und Büste legte. Jede Scham, die sie bei der Intimität seiner Berührung empfand, wurde von der Erinnerung an seine Worte überschattet, die ihr immer noch durch den Kopf schwirrten.

»Eine einzigartige Schönheit«, hatte er sie genannt. *»Ein Diamant höchster Güte.«*

Sie war davon überzeugt, dass sie noch nie zuvor von jemandem für eine Schönheit gehalten worden war. Sie selbst hielt sich ja nicht mal dafür.

Es war nicht so, dass sie sich als hässlich betrachtete. Doch sie hatte ihr ganzes Leben in Fennys Schatten gestanden. Und Fenny war eine Schönheit. Die schönste junge Dame in ganz Sussex. Der Inbegriff weiblicher Anmut, mit einer betörenden Figur und einem Lachen so zart wie ein Silberglöckchen.

Evelyn war nie so gewesen und hatte auch nie so sein wollen. Und dank Fenny war das auch nie nötig gewesen. Stattdessen hatte sich Evelyn zu etwas anderem entwickelt. Einer Athletin, die es auf dem Pferd mit jedem Mann in Sussex aufnehmen konnte. Oder zumindest bildete sie sich das ein.

Nicht, dass sie die Mode nicht lieben würde.

Sie hatte Mr Malik nicht angelogen, als sie gesagt hatte, dass sie eine der beiden großen Leidenschaften ihres Lebens war. Tatsächlich ging ihr beim Anblick einer leuchtend bunten

Schleife, einem Volantunterrock oder einem eleganten Hut das Herz auf.

Gleichzeitig hatte sie nie angestrebt, eine große Schönheit zu werden oder als eine solche gesehen zu werden. Ihr war nicht mal bewusst gewesen, wie sehr sie die Worte hören wollte, bis Mr Malik sie ausgesprochen hatte.

»Eine einzigartige Schönheit.«

Er kniete sich vor sie, um ihre Beine zu vermessen.

In diesem kurzen Moment, als er sie nicht ansah, sondern den Blick auf das Maßband gerichtet hielt, entfuhr ihr die Frage: »Halten Sie mich wirklich für schön?«

Er hob den Kopf und runzelte die Stirn, als er sie ansah.

Sofort bereute Evelyn, gefragt zu haben. Gütiger Himmel. Man musste ihn sich nur ansehen! Er war so herzzerreißend attraktiv, dass es ihr den Atem raubte. Und da war sie in ihrer abgetragenen Unterwäsche, mit rutschender Brille und zerzaustem Haar, und bat ihn um eine weitere Bestätigung, ausgerechnet zu ihrem Aussehen. Eine Bestätigung von ihm, der attraktiver war als jeder andere Mann, den sie kannte.

»Ich bin nicht auf Komplimente aus«, fügte sie schnell hinzu. »Es ist nur, dass … ich in meinem ganzen Leben noch nie schön genannt worden bin.«

»Nein?« Er stand in einer flüssigen Bewegung auf und ging zum Tisch in der Ecke. Dort lag ein Notizblock, auf dem er ihre Maße mit dem Stift notierte, den er ansonsten hinter sein Ohr geklemmt hatte. Nun hielt er die letzten Zahlen fest.

»Noch nie«, sagte sie. »Meine große Schwester war die Schönheit, nicht ich. Sie sah genauso aus wie eine der Ladys in den Damenmagazinen. Man nannte sie eine englische Rose.«

»Sie verwechseln Gleichheit mit Schönheit.«

»Wie bitte?«

»Das tun viele.« Er wandte sich wieder zu ihr um und sah sie nachdenklich und abwägend an. »Gleichheit ist angenehm. Die Leute mögen sie, weil sie beruhigend ist. Doch sie ist nichts Außergewöhnliches. Nicht die wahre Schönheit. Nicht die Schönheit, die die Seele anrührt.«

Sie blinzelte. Er sagte doch nicht etwa, dass sie diese Art Schönheit war, oder? Bestimmt nicht. Sie wollte ihn danach fragen – und das hätte sie auch, wenn nicht genau in diesem Moment Agnes den Anproberaum betreten hätte.

»Bitte entschuldigen Sie, Miss«, sagte sie und machte einen unbeholfenen Knicks. »Ich habe die Zeit aus den Augen verloren.« Ihre Stimme verlor sich, als ihr auffiel, dass keine weiblichen Angestellten zugegen waren. Ihr reumütiger Gesichtsausdruck wurde durch den purer Fassungslosigkeit ersetzt.

»Nicht schlimm.« Evelyn sah zu Mr Malik. »Wir sind ohnehin fast fertig, nicht wahr?«

»Fast.« Wieder ließ Mr Malik seinen Blick über sie wandern. Die Ankunft ihrer Zofe schien ihn nicht im Geringsten zu stören. Er benahm sich weiterhin so, wie er es von Anfang an getan hatte: wie ein Künstler, der seine Leinwand betrachtete. »Sie werden ein neues Korsett brauchen.«

Agnes schnappte empört nach Luft.

Evelyn ignorierte das Geräusch. Sie war bereits in ihrer Unterwäsche und hatte die peinliche Verlegenheit eines Schulmädchens längst hinter sich gelassen. »Was stimmt denn nicht mit dem, das ich habe?«

Mit zwei Schritten war er bei ihr und legte ihr seine großen Hände auf die Taille, als wäre er ihr Arzt.

Oder ihr Liebhaber.

Ihr Herz schlug so schnell, dass sie kaum noch atmen konnte.

»Es ist hier zu lang.« Seine Finger glitten an ihren Hüften

vorbei zu der Stelle, an der ihr das Korsett ins Fleisch schnitt. »An dieser Stelle sollte es elastisch sein, mit kürzeren Fischbeinstäben für mehr Bewegungsfreiheit. Und hier.« Seine Hände bewegten sich zu ihrer Taille. »Dieses Korsett ist unzureichend. Es tut nichts, um Ihre Figur zu stützen – oder zu betonen.«

»Ich nehme an, ich könnte es enger schnüren«, schlug Evelyn vor. »Aber nicht zu eng. Es darf mir nicht die Luft aus der Lunge quetschen. So könnte ich nicht reiten.«

»Ich rate Ihnen, sich seiner ganz zu entledigen. Es ist keine Frage der Schnürung. Sie brauchen ein Korsett, das Ihre Figur formt. Es sind viel bessere Modelle erhältlich.«

»Welches empfehlen Sie?«

»Für meinen Entwurf? Sie werden ein Reitkorsett brauchen.« Er kehrte zu seinem Notizblock zurück und schrieb etwas nieder.

Evelyn starrte ihm nach. Innerlich brodelte es in ihr. Immer noch spürte sie den warmen Druck seiner Hände auf ihrer Taille. Sie fragte sich, wie seine anderen Kundinnen es mit Gleichmut ertragen konnten, so intim von ihm berührt zu werden, wenn er bei ihnen Maß nahm. Jede Berührung brannte sich durch die Schicht ihres Korsetts und des dünnen Hemdchens darunter bis auf ihre Haut.

»Und was ist mit meiner übrigen Garderobe?«, fragte sie ein wenig atemlos.

»Das hängt von den Kleidern ab. Haben Sie schon eine Modistin?«

»Noch nicht. Ich habe vor, Madame Elise morgen einen Besuch abzustatten.« Laut Agnes war Madame Elise momentan die beliebteste Schneiderin Londons.

Mr Malik warf ihr über die Schulter einen finsteren Blick zu. »Davon würde ich abraten.«

Agnes war sichtlich empört. Einen Moment lang sah es aus, als wollte sie etwas Unangebrachtes sagen.

Evelyn gab ihr nicht die Gelegenheit. »Warum nicht?«

»Gehen Sie besser zu Madame Lorraine in der Bruton Street. Sie ist nicht so berühmt wie Madame Elise, aber sie wird Sie auf eine Weise einkleiden, die Ihrer Figur am besten schmeichelt.« Er riss ein Stück Papier ab, das er beschrieben hatte, und reichte es ihr. »Ihre Adresse, zusammen mit der eines guten Korsettmachers.«

Evelyn überflog den Zettel. Unter den ersten beiden Adressen stand eine dritte. Sie blickte auf und sah Mr Malik in die Augen. »Wer ist Monsieur Phillipe?«

»Ein Friseur.«

Sie verstummte. Unsicherheit stieg in ihr auf. Gab es denn nichts an ihr, was gut genug war? Aber nein. Sie würde sich nicht gestatten, gekränkt zu sein. Schließlich hatte sie versprochen, sich in seine Hände zu begeben. Und zwar völlig. »Ich verstehe.« Sie faltete den Zettel zusammen und reichte ihn Agnes. »Ist das alles?«

»Für den Moment.« Er ging zur Tür und nahm den Ballen dunkelgrünen Stoffs mit sich. »Sie können sich wieder ankleiden.«

Sobald er den Anproberaum verlassen hatte, half Agnes Evelyn vom Podest. »Was für eine Frechheit«, murmelte sie. »Allein mit Ihnen und keine Angestellte dabei. Für wen hält er sich? Er ist ja nicht mal Engländer!«

Evelyn runzelte die Stirn. »Was willst du denn damit sagen?«

Agnes holte Evelyns zusammengefaltete Kleidung von dem Stuhl in der Ecke. »Bei denen weiß man doch nie, was sie vorhaben, oder? Und Sie in Ihrer Unterwäsche!«

»Also wirklich, Agnes.« Während sich Evelyn ankleidete,

warf sie der Zofe einen strengen Blick zu. »Mr Malik ist daran gewöhnt, Damen in ihrer Unterwäsche zu sehen. Er ist Schneider, Herrgott noch mal.«

»Ein indischer Schneider«, murmelte Agnes und half Evelyn in ihre Unterröcke und Krinoline. »Es ist so, wie ich sage, Miss. Bei Männern wie ihm weiß man nie, welche Freiheiten sie sich herausnehmen.«

»Unsinn. Er war der perfekte Gentleman.« Evelyn verknotete die Bänder ihrer Röcke an der Taille. »Und du kannst dir keine allzu großen Sorgen gemacht haben, sonst hättest du nicht so lange mit deiner Freundin geplaudert.«

Agnes errötete. »Sie werden das doch Mrs Quick gegenüber nicht erwähnen, oder?«

»Natürlich nicht.« Evelyn schlüpfte in die Ärmel ihres Mieders. »Ich wollte damit nur sagen, dass dein Instinkt richtig war. Mr Malik hat sich keine Freiheiten herausgenommen. Er hat sich viel mehr mit den Maßen und Stoffen beschäftigt als mit mir.«

Agnes schnaubte. »Ich habe etwas anderes gesehen.« Sie schloss die Haken an der Vorderseite von Evelyns Mieder. »Wenn Sie wüssten, wie er Sie angestarrt hat, als Sie nicht hingesehen haben.«

Evelyns Wangen wurden warm. »Unsinn.« Mr Maliks Interesse an ihr war das jedes talentierten Schneiders an seinen Kunden. »Er ist ein Visionär, das ist alles. Es ist ihm wichtig, dass ich in seinem Reitkostüm eine gute Figur mache.«

Ein weiteres Schnauben.

»Es stimmt«, sagte Evelyn nachdrücklich. »Es geht auch um seinen Ruf. Und wenn er es für nötig hält, mir ein neues Korsett, eine spezielle Modistin und einen Friseur zu empfehlen, werde ich seinen Rat annehmen.«

Ahmad folgte Viscountess Heathertons mürrisch dreinblickender Zofe die Dienstbotentreppe im Stadthaus Ihrer Ladyschaft am Grosvenor Square hinauf. Es war ihm nicht gestattet, die Residenz durch die Vordertür zu betreten. Stattdessen kam er durch die Küche hinein, wo er wartete, bis man ihn rief. Und bis dahin sah er sich den misstrauischen Blicken des Küchenmädchens, der Köchin und der vorbeikommenden Diener und Zimmermädchen ausgesetzt.

Erst wenn er Lady Heathertons üppig eingerichtetes Boudoir im dritten Stock betrat, wurde er anders behandelt als irgendein gewöhnlicher Krämer.

»Mr Malik. Endlich.« Mildred Lacey, Viscountess Heatherton, war eine blonde Dame jenseits der Dreißig, mit einer Vorliebe für eng geschnürte Korsetts, die das Beste aus ihren bescheidenen Reizen machten. Sie begrüßte ihn mit einem verführerischen Lächeln und trug neben ihrer spitzenbesetzten Chemise und einem hellrosa Morgenmantel nur Strümpfe und ein französisches Korsett. Der durchsichtige Gazestoff schmiegte sich an ihre schlanken Kurven. »Das wäre dann alles, Crebbs.«

»Ja, Mylady.« Crebbs war eine drahtige ältere Frau mit scharfem Verstand, grauen Haaren und einem Mund, der von tiefen Falten eingerahmt wurde. Sie machte einen Knicks und warf Ahmad noch einen warnenden Blick zu, bevor sie die Tür hinter sich schloss.

Ahmad wusste nicht, ob er Crebbs wegen seines Geschlechts, seiner Klasse oder seiner Herkunft verdächtig war. Wahrscheinlich eine Mischung aus allen drei. Für so manche war es eine vernichtende Kombination.

Aber nicht für Lady Heatherton.

Für ihren übersättigten Gaumen war diese Mischung so verlockend wie ein exotischer Likör.

Mit dem gleichen verführerischen Lächeln kam sie auf ihn zu. Ihr Blick war starr auf sein Gesicht gerichtet. Sie zeigte kein Interesse an der großen weißen Schachtel in seinen Armen. »Wie Sie sehen, bin ich für Sie bereit.«

Ahmad ignorierte Lady Heathertons Avancen und stellte die Schachtel auf dem rosafarbenen Kanapee ab. Sie war die Art Frau, die es liebte, zu flirten. Er nahm an, dass es sich um einen Auswuchs ihres Ranges handelte. Romantische Verwicklungen waren eines der Lieblingsspiele der Damen der feinen Gesellschaft.

»Die Frage ist«, fuhr Lady Heatherton fort, »sind Sie bereit für mich?«

Während sie immer näher kam, konnte er nicht anders, als ihre berechnende Art mit der Offenheit Evelyn Maltravers' zu vergleichen.

Lady Heatherton schnitt dabei nicht besonders gut ab.

Miss Maltravers übertraf sie in jeder Hinsicht außer einer: Lady Heatherton war keine unerfahrene Debütantin, sondern jemand, der die Mode vorgab. Eine Dame, deren Reichtum und Gönnerschaft für Ahmad nötig waren, damit sein Ruf weiter gedieh.

Eines Tages würde er sein eigenes Geschäft mit einem Dutzend Näherinnen besitzen. Dann könnte er sich den Luxus leisten, Garderoben für jede Frau anzufertigen, die ihn inspirierte.

Frauen wie Miss Maltravers.

Doch bis dahin musste er seine Kundschaft sorgfältig auswählen.

Die Herstellung von Abendkleidern und Ballroben war zeitaufwendig und teuer. Und gegenwärtig hatte er nur wenig Zeit und Geld. Seine Aufträge – Reitkostüme und gelegentlich ein Herrenanzug – nahmen fast seine ganze Zeit in Anspruch. In den wenigen Stunden, die ihm verblieben, konnte er nur für eine Dame eine Abendgarderobe kreieren. Und das war diejenige, die ihm am besten dabei helfen konnte, sein Ziel zu erreichen.

Dass er die fragliche Dame nicht besonders mochte, spielte dabei keinerlei Rolle.

»Ihr Kleid ist noch nicht ganz fertig«, sagte er. »Aber die Änderungen von Ihrer letzten Anprobe wurden durchgeführt.« Er nahm das Kleid aus der Schachtel und hielt es hoch, so dass der ausladende hellblaue Rock bis zum kostspieligen Teppichboden reichte.

Kurzzeitig abgelenkt strich Lady Heatherton mit der Hand über den Stoff. »Wie unscheinbar es aussieht.«

Ahmad versuchte, sich seine Verärgerung nicht anmerken zu lassen. Das Abendkleid war nicht unscheinbar. Der zarte Musselin war zugeschnitten, um der Viscountess wie ein Handschuh zu passen, und jedes Stück kostbarer Spitze war mit wohlkalkulierter Absicht platziert. »Sie müssen es anziehen, um es richtig würdigen zu können.«

»Wenn Sie darauf bestehen.« Sie zuckte anmutig mit den Schultern und streifte den Morgenmantel ab. Er glitt zu Boden, wo er sich duftig um ihre Füße bauschte. »Wie viele Unterröcke, sagten Sie noch, würde es benötigen? Und was für eine Krinoline? Da ich meine Zofe fortgeschickt habe, werden Sie mir hineinhelfen müssen, Sir.«

»Soll ich sie zurückrufen?«

Lady Heathertons hellblaue Augen funkelten irritiert. »Machen Sie sich nicht lächerlich. Sie sind es, den ich will, nicht die mürrische alte Crebbs.« Sie deutete auf einen großen lackierten Schrank, der gegenüber ihrem Himmelbett stand. »Darin finden Sie frische Unterwäsche. Holen Sie sie mir.«

Ahmad sah keinen Sinn darin, sich zu widersetzen. Sie hatten das schon öfter hinter sich gebracht. Eines der vielen kleinen Machtspielchen, an deren Ende die Viscountess unvermeidlicherweise ihren Willen bekam.

Und warum sollte sie auch nicht? Sie war seine Kundin. Praktisch seine Gönnerin. Es nutzte nichts, ihr zu widersprechen.

Aber es bedeutete nicht, dass er es genoss, die kleinen Verrichtungen, sie sie ihm auftrug, zu erledigen. Er war nicht ihr Spielzeug. Wenn das zuträfe, wäre er nur halb so entgegenkommend.

Schließlich war er in einem Hurenhaus aufgewachsen. Falls sie ihn durch ihre Avancen verunsichern und zum Stottern und Rotwerden bringen wollte, erwartete sie eine Enttäuschung.

Nachdem er ihr Unterröcke und Krinoline aus dem Schrank gebracht hatte, half er ihr mit einer Flinkheit hinein, die eher von Ungeduld zeugte als von Intimität. »Dürfte ich vorschlagen, dass Sie diese Dinge in Zukunft bereits tragen, bevor ich gerufen werde?«

»Und warum sollte ich das tun, wenn Sie doch so entgegenkommend sind?«

Er beugte sich vor, um die Bänder ihrer Krinoline an der Taille zu binden. »Weil es uns viel Zeit sparen würde.«

Ihre Finger glitten durch seine Haare.

Die Berührung ließ ihn erstarren. Es war nichts Angenehmes daran und ließ ihn völlig kalt. Widerte ihn an. Genauso hatte er sich als Junge gefühlt, wenn sich Mrs Pritchard derartige Freiheiten herausgenommen hatte.

Er verabscheute es, ohne seine Erlaubnis angefasst zu werden.

»Es ist so dicht«, raunte sie. »Ich hab mich schon lange danach gesehnt, damit zu spielen.«

Er richtete sich wieder auf und entzog sich ihrer Berührung. »Lady Heatherton …«

»Habe ich Sie schockiert? Auf mein Wort, das habe ich wohl. Kein Wunder, dass dieses Kleid, das Sie mir gefertigt haben, so prüde und unscheinbar ist. Wie es scheint, haben Sie meinen Charakter missverstanden.«

Von wegen.

»Vielleicht sollten Sie es einfach mal anprobieren«, schlug er vor.

»Das habe ich vor. Doch zuerst …« Sie lockte ihn mit einem Fingerkrümmen heran. »Kommen Sie her. Mein Korsett muss geschnürt werden.«

»Es ist eng genug.«

»Ich bestehe darauf.« Sie wandte ihm den Rücken zu. »Sie sind stärker als Crebbs. Ich wäre eine Närrin, das nicht auszunutzen, wenn Sie schon mal hier sind.«

Ahmad biss die Zähne zusammen und tat widerwillig, was sie von ihm verlangte. Er wusste nicht, warum ihn ihr Benehmen so überraschte. Lady Heatherton bewegte sich stets am Rand dessen, was sich gehörte. Immer sprach sie in einem übermäßig vertrauten Ton mit ihm oder berührte ihn mit ihren Fingerspitzen, während er ihre Kleider absteckte. Er war daran gewöhnt.

So sehr daran gewöhnt, wie es einem Mann möglich war.

Dennoch hatte sie ihn noch nie zuvor so intim berührt wie heute.

Sie wurde immer dreister.

»Sie sind sehr stark«, keuchte sie atemlos, während er ihr Korsett schnürte. »Das habe ich unlängst erst zu Lady Godwin gesagt. Sie sucht gelegentlich einen Schuster im Süden der Stadt auf. Ein schockierend gutaussehender Bursche. Er macht ganz bezaubernde Stiefel. Und er ist ebenfalls ziemlich stark. Bestimmt kennen Sie ihn.«

»Sollte ich?«

»Habe ich das nicht erwähnt? Er ist auch Inder.«

Ahmad zog ein letztes Mal fest an den Schnüren des Korsetts, bevor er sie verknotete. »Indien ist ein außerordentlich großes Land.«

Lady Heatherton atmete aus, so weit sie konnte. »Hmm.« Sie klang skeptisch. »Darüber weiß ich nichts. Ich habe die Kolonien nie besucht. Wer würde das nach der Meuterei schon wollen? Diese Leute scheinen die reinen Wilden zu sein. Aber nicht Sie.« Lady Heatherton sah ihn unter schweren Lidern hinweg an. »Sie sind recht zahm, nicht wahr?«

Ihre Worte verletzten ihn. Er nahm an, dass dies auch so beabsichtigt war. Ein weiterer, nicht besonders subtiler Ausdruck ihrer Dominanz. Unter anderen Umständen hätte er sie ignoriert. Er war bei Damen ihrer Art ziemlich versiert darin geworden.

Doch nicht heute.

Die Inder, die vor fünf Jahren rebelliert hatten, waren keine primitiven Wilden. Sondern ein Volk, das in seinem eigenen Land von einer Kolonialmacht unterdrückt wurde, die keinerlei Respekt für Indiens Geschichte, seine Traditionen oder die Religionen der Einheimischen hatte. Tatsächlich war der Aufstand von dem Gerücht ausgelöst worden, dass die Patronen der britischen Musketen mit Schweineschmalz und Rindertalg behandelt wurden.

Ahmad hatte Indien als Junge verlassen. Er hatte keine nennenswerten religiösen Überzeugungen. Dennoch konnte er sich vorstellen, wie entsetzlich und kränkend dies auf Hindus wie Muslime gewirkt haben musste. Was für eine unerhörte, unfassbare Respektlosigkeit.

Er erwartete nicht, dass Lady Heatherton das verstand.

»Ihr Kleid, Mylady«, sagte er betont ruhig.

»Ja, ja. Dann bringen Sie es mir schon. Noch nie habe ich

einen so unbeirrbaren Mann gesehen.« Ihr Mund verzog sich zu einem Schmollen. »Ich beginne zu glauben, dass Sie mich überhaupt nicht bemerken. Sie denken an nichts anderes als an Frauenkleider.«

»Darum haben Sie mich doch beauftragt.«

»Ich habe Sie beauftragt, weil ich eine Ihrer Roben an Mrs Finchley, der Frau dieses Anwalts, beim Dinner für die Gesellschaft zur Unterstützung der Waisen gesehen habe. Sie sah viel besser aus, als sie sollte.«

Ahmad ersparte sich einen Kommentar. Er hatte Jenny Finchley viel zu verdanken. Obwohl er nur als ihr Diener eingestellt worden war, hatte er für sie ein Reitkostüm und einige Kleider entwerfen dürfen. Kleider, sie sie bei gelegentlichen Abendunterhaltungen oder Spendenveranstaltungen, wie der von Lady Heatherton erwähnten, trug.

Leider bewegte sich Mrs Finchley nur selten in der Gesellschaft. Tatsächlich residierte sie nur selten mehr als ein paar Monate in London. Dass Lady Heatherton überhaupt auf sie hatte aufmerksam werden können, war ein mehr als glücklicher Zufall gewesen.

»Es steht einer Frau ihrer Klasse nicht zu, die Mode zu bestimmen. Ausgerechnet die Frau eines Anwalts!« Lady Heatherton hob die Hände über den Kopf, damit ihr Ahmad die Röcke über den Kopf und bis auf ihre Taille ziehen konnte. »Noch nie bin ich mit Madame Elise so unglücklich gewesen. Kaum vorzustellen, dass ich mich zuvor mit ihren Entwürfen zufriedengegeben habe.«

»Ich bin mir sicher, dass Sie mit meinen zufrieden sein werden.« Er half ihr in das Mieder, schloss die vielen kleinen Haken im Rücken und richtete den spitzengesäumten Kragen, so dass er ihre Büste auf gleicher Höhe umschmeichelte wie die kurzen gebauschten Ärmel.

Es war ein außergewöhnlich bezauberndes Kleid, das die Schönheit seiner Trägerin betonte, statt sie künstlich zu erzeugen. Eher wie der Rahmen eines Porträts. Das eine sollte das andere niemals überschatten.

Zumindest war dies Ahmads Überzeugung.

Sobald er das letzte Stück Spitze arrangiert hatte, schob sie seine Hände fort und eilte zu ihrem Spiegel.

»Nun, das ist tatsächlich recht hübsch.« Sie warf sich vor dem Spiegel in Pose. »Ich sehe recht jung aus, nicht wahr? Und doch entblößt es viel mehr Büste als mein letztes Abendkleid.«

»Es entspricht der kommenden Mode.«

»Von mir werden Sie in dieser Hinsicht keinen Einspruch hören. Auch wenn es etwas mehr Verzierungen vertragen könnte. Keine Volants und nicht eine einzige Schleife. Überhaupt nicht wie die Roben, die meine Freundinnen für diese Saison bestellt haben.«

»Verschwenderische Verzierungen sind gerade sehr beliebt«, gab er zu.

Ein Umstand, der Charles Worth zu verdanken war.

Der berühmte Schneider luxuriöser Pariser Roben, die in seinem beliebten Salon in der Rue de la Paix verkauft wurden, quollen über vor teurer Spitze, Glasperlen, Seidenschleifen und Volants. Dafür war Worth bekannt. Kleider, die so kostspielig waren wie begehrt. Seine Entwürfe wurden von Modistinnen von London bis New York kopiert.

»Aber übermäßige Volants und Schleifen schmeicheln nicht jedem.« Ahmad richtete die kunstvollen Nähte ihres Mieders. »Diese Robe betont Ihre Figur viel mehr, als es ein Kleid voller Flitterwerk tun würde.«

»Hmm. Vielleicht. Obwohl ich mich frage, ob es an einer hässlichen Frau ebenso schmeichelnd sein würde? Ich denke nicht. Denn …« Sie warf ihm über ihre Schulter hinweg einen

Blick zu. »Es ist ja meine Schönheit, die die Blicke auf sich zieht.«

»Da haben Sie sicher recht«, sagte er.

Lady Heatherton galt in der Tat als große Schönheit. Darüber hinaus wurde sie in den Gesellschaftsblättern regelmäßig erwähnt.

Eine Tatsache, die Ahmad zu seinem Vorteil zu nutzen hoffte.

Wenn sie eine seiner Kreationen zu einem Ball oder einer Soiree trug, würde das den anderen Damen auffallen. Und viele von ihnen würden ihrem Beispiel folgen.

»Natürlich habe ich recht.« Stirnrunzelnd betrachtete sie ihre Röcke. »Darüber werde ich stolpern.«

»Sie sind noch nicht gesäumt.« Er deutete auf den gepolsterten Schemel, auf dem sie für gewöhnlich stand, während er Änderungen vornahm. »Wenn Sie bitte hinaufsteigen würden, Mylady.«

»Ja, aber machen Sie schnell. Ich habe heute Nachmittag Verpflichtungen und kann nicht den ganzen Morgen herumstehen.« Gebieterisch streckte sie eine Hand aus.

Er half ihr auf den Schemel.

Und er spürte nichts dabei.

Nichts außer einem starken Verlangen, diese Angelegenheit hinter sich zu bringen.

Es war vollkommen anders als das, was er beim Ergreifen von Miss Maltravers' Hand empfunden hatte. Da war keine Wärme. Kein Kribbeln. Kein Herzklopfen.

Er war völlig unberührt.

Eine seltsame Sache. Unter allen Frauen, die er gekannt hatte – all den Reitkostümen und Kleidern, die er für Kurtisanen und die Huren in Mrs Pritchards Etablissement angefertigt hatte –, war es der Blaustrumpf, der ihm nicht mehr aus dem Kopf ging. Ausgerechnet ein bebrillter Blaustrumpf aus Sussex.

Aber nein. Kein Blaustrumpf.

Eine Reiterin.

Lächelnd kniete sich Ahmad vor Lady Heatherton, um ihren Saum abzustecken.

5. KAPITEL

Evelyn zog ihre Handschuhe aus, als sie die Empfangshalle des Stadthauses ihres Onkels am Russell Square betrat. Agnes und einer der Diener folgten ihr mit Dutzenden Schachteln – dem Ergebnis eines morgendlichen Einkaufsausflugs in die Bond Street.

»Bringt die Sachen in mein Zimmer«, sagte Evelyn.

»Ja, Miss.« Agnes trieb den Diener die Treppe hinauf. »Vorsichtig damit! Miss Maltravers will bestimmt nicht, dass deine dreckigen Pfoten ihre edlen Stoffe zerdrücken.«

Evelyn seufzte. Sie hatte den ganzen gestrigen Tag damit verbracht, die Geschäfte auf Mr Maliks Liste aufzusuchen. Zuerst die Modistin, bei der sie eine kleine Auswahl von Tageskleidern bestellt hatte, dann zum Korsettmacher, wo sie drei neue Korsetts erworben hatte, einschließlich eines kürzer geschnittenen Reitkorsetts.

Heute Morgen hatte sie beim Tuchhändler Handschuhe, Sonnenschirme und Strümpfe erstanden, danach war sie zunächst bei der Putzmacherin und schließlich beim Friseur gewesen.

Sie zog die lange Nadel aus ihrem neuen Hut, nahm ihn vorsichtig ab und legte ihn auf die Anrichte. Darüber hing ein goldgeränderter Spiegel, in dem sie sich nun betrachtete.

Wie Mr Malik hatte sich auch Monsieur Phillipe ganz geschäftsmäßig gegeben. Der kleine Franzose mit dem großen Schnurrbart hatte sie von allen Seiten gemustert und ihren

Kopf hin und her gedreht. Schließlich hatte er sich ans Werk gemacht und seine Scheren dabei mit der Entschiedenheit eines Meisters geschwungen.

Ihre Haare waren immer noch lang und fielen bis weit über die Schultern, doch sie waren nicht länger eine unbändige buschige Masse. Ihre Locken wirkten nun sanft und glänzend und rahmten ihr Gesicht auf höchst schmeichelhafte Weise ein.

Und welch eine Frisur hatte Monsieur Phillipe daraus geschaffen!

Er hatte ihr die Haare an den Seiten eingedreht und nach hinten über ein Polster gesteckt, um eine große Rolle in ihrem Nacken zu formen. Das Endergebnis war schimmernd und dicht, gehalten von einem unsichtbaren Haarnetz und mehr als einem Dutzend Metallklammern, und schließlich mit einer klaren, flüssigen Gummilösung namens Bandoline fixiert.

Agnes hatte den Prozess aufmerksam beobachtet, da sie wusste, dass sie die Frisur in den folgenden Tagen replizieren musste.

Evelyn glättete eine verirrte Strähne mit ihrer Hand. Sie konnte es immer noch nicht so ganz glauben. Zusammen mit einem ihrer neuen Kleider von Madame Lorraine begann sie sich allmählich wie eine völlig neue Person zu fühlen.

»Miss Maltravers.«

Evelyn drehte sich um und sah die Haushälterin ihres Onkels die Treppe herunterkommen.

Mrs Quick war eine ältere Frau von großer Effizienz, so dürr und spitz wie ein verwitterter Zweig. Über ihrem grauen Haar trug sie eine makellose gestärkte Haube. »Es ist halb zwei.«

»Ach ja?« Evelyn warf einen Blick zu der großen Standuhr aus Walnussholz in der Empfangshalle.

»Mr Fielding hat mich darüber informiert, dass Sie von eins bis drei empfangen werden.«

»Später. Sobald ich eingeführt wurde.« In der Zwischenzeit hatte es Evelyn nicht für notwendig erachtet, sich während der Empfangsstunden bereitzuhalten, besonders nicht an einem Samstag. »Warum? Ist jemand gekommen?«

»Lady Arundell und ihre Tochter.«

Evelyn erstarrte. »Um *mich* zu sehen?«

»Und Mr Fielding. Auch wenn er momentan nirgendwo zu finden ist.«

»Er befindet sich nicht in seinem Studierzimmer?«

»Er ist nicht im Haus.«

»Vielleicht ist er ins Museum gegangen?«, schlug Evelyn vor. Das tat er manchmal. Das British Museum befand sich praktisch nebenan in unmittelbarer Laufweite, wenn er etwas zu recherchieren hatte.

»Möglich.« Mrs Quick wirkte nicht besonders beunruhigt. Zweifellos war sie an Onkel Harris' seltsames Verhalten gewöhnt. »Ich habe Ihre Gäste in den Salon gebeten und Tee bereitgestellt. Wenn Sie sich ihnen nun anschließen würden?«

»Natürlich.« Evelyn richtete die Röcke ihres neuen Seidenkleids. Es war ursprünglich für jemand anderen angefertigt worden, eine Dame, die es dann doch nicht gewollt hatte. Madame Lorraine hatte es gleich vor Ort für Evelyn geändert und darauf bestanden, dass das dunkle Rosa sehr schmeichelhaft für ihren Teint sei. Evelyn hatte so ihre Zweifel daran, doch was Fragen der Garderobe anging, war sie entschlossen, sich auf Expertenmeinungen zu verlassen.

Sie folgte Mrs Quick die Treppe hinauf in den Salon. Wie der Rest von Onkel Harris' Haus war er gut möbliert, wenn auch nicht besonders elegant. Schwere Mahagonitische voller Tand standen neben mit verblichener Seide bezogenen Sofas und Sesseln. Die großen Fenster wurden von dunklen Damastvorhängen eingerahmt, und die Teppiche, die den teuren Boden bedeckten, waren an manchen Stellen schon fast fadenscheinig.

Lady Arundell und ihre Tochter saßen nebeneinander auf einem Sofa am Kamin. Das Feuer darin wärmte den kalten und ungelüfteten Raum ein wenig, der praktisch nie benutzt wurde.

»Miss Maltravers, Mylady«, stellte Mrs Quick Evelyn vor.

Als sich Lady Arundell erhob, raschelten die teuren Stoffe ihrer Kleidung. Sie war eine imposante dunkelhaarige Frau mit leichtem Doppelkinn und einer enormen Büste, von Kopf bis Fuß in schwarzen Krepp gehüllt. An ihrem blassen Hals funkelte eine Gemme.

Evelyn machte einen Knicks. »Lady Arundell.«

Lady Arundell neigte den Kopf. »Miss Maltravers.« Sie deutete auf die junge Frau neben sich. »Meine Tochter, Lady Anne.«

Lady Anne tauchte kurz aus dem Schatten ihrer Mutter auf. Sie trug den gleichen schwarzen Kreppstoff und war mit einem ebenso großen Busen gesegnet. Damit endeten die Ähnlichkeiten aber auch. Anders als ihre Mutter war sie von graziler Gestalt und ihr Haar schimmerte wie gesponnenes Gold. Ihre Frisur wurde von kunstvoll verzierten Kämmen gehalten.

»Sie sehen Ihrem Onkel überhaupt nicht ähnlich«, stellte Lady Arundell fest, nachdem sich Mrs Quick zurückgezogen hatte. »Ich nehme an, er ist immer noch nicht zurückgekehrt?«

»Nein, Ma'am«, erwiderte Evelyn. »Bitte entschuldigen Sie die Unannehmlichkeiten.«

»Das macht doch nichts. Sie sind es, die ich besuchen wollte. Fielding hat mich gebeten, Ihnen bei Ihrer Einführung behilflich zu sein.« Lady Arundell zog eine silberne Stielbrille aus ihrer Handtasche und hielt sie sich vor die Augen. »Treten Sie vor, mein Mädchen. Lassen Sie mich sehen, womit ich arbeiten muss.«

Evelyn presste die Lippen zusammen. Es gefiel ihr ganz und gar nicht, so herumkommandiert zu werden. Dennoch folgte sie der Anweisung. Sich trotzig denjenigen zu verweigern, die ihr dabei helfen könnten, ihr Ziel zu erreichen, würde nichts bringen. Es war besser, still und entgegenkommend zu sein.

Zumindest fürs Erste.

Sie blieb vor dem niedrigen Tisch stehen, auf dem der Tee serviert worden war, und ergab sich Lady Arundells Inspektion.

Lady Anne blieb mit sittsam auf dem Schoß gefalteten Händen sitzen.

»Sie waren zu viel in der Sonne«, verkündete Lady Arundell schließlich und ließ ihre Stielbrille sinken. »Wenn Sie nicht achtgeben, werden Sie sich Ihren Teint ruinieren.«

»Ich trage stets einen Hut, wann immer ich …«

»Und was ist mit dieser Brille, die Sie tragen?«, fuhr Lady Arundell fort, als hätte Evelyn nichts gesagt. »Sie ist alles andere als schmeichelhaft und betont die unglückliche Form Ihrer Nase, die für meinen Geschmack viel zu gebogen ist. Das sieht an einer jüngeren Person nie ganz richtig aus.«

Diese Kritik nahm Evelyn ohne Kommentar an. Es war nicht das erste Mal, das jemand ihre Nase kritisierte oder ihr sagte, dass die Brille unvorteilhaft war. Und es würde mit Sicherheit auch nicht das letzte Mal sein. Es hatte keinen Sinn, sich das zu Herzen zu nehmen.

Lady Arundell schwenkte ihre Stielbrille. »Besorgen Sie sich so eine. Die können Sie an einer Seidenkordel am Handgelenk tragen und nur dann benutzen, wenn Sie etwas deutlich sehen wollen. Die restliche Zeit kann man sie im Ärmel verstecken.«

»Aber ich möchte immer alles deutlich sehen, Ma'am.« Evelyn setzte sich in einen Sessel. »Und was meinen Teint angeht …«

»Ich werde Ihnen die Rezeptur für ein Mittel zukommen lassen, mit dem Sie ihn bleichen können.« Lady Arundell nahm wieder neben ihrer Tochter Platz. »Anne nutzt es selbst jeden Abend. Nicht wahr, Anne?«

»Ja, Mama«, antwortete Lady Anne mit einem steifen Unterton in der Stimme, der nicht zu ihrem unterwürfigen Verhalten passte.

Evelyn musterte sie fasziniert. So sehr sie sich ihrer Mutter auch fügte, schien sie kein schüchternes Lämmchen zu sein. Sie strahlte ein spürbares Selbstbewusstsein aus, das sich sowohl in ihrer Haltung als auch ihrem Auftreten widerspiegelte. Wenn sie im Schatten ihrer Mutter stand, hatte man den Eindruck, dass sie es genau so haben wollte.

Und ihre Haut *war* makellos, stellte Evelyn nach jetzt genauer Betrachtung fest. Wie Alabaster. Ein Ton, den Evelyn nie angestrebt hatte.

»Dazu abwechselnd noch Erdbeerwasser, Zitronensaft und Gowland's Lotion«, fuhr Lady Arundell fort. »Das ist meine Empfehlung.«

»Ich danke Ihnen für den Rat.« Evelyn schenkte den Tee ein. Glücklicherweise war er immer noch heiß. »Nehmen Sie Milch, Mylady? Oder Zitrone?«

»Zitrone bitte«, antwortete Lady Arundell. »Und für Anne auch.«

Evelyn reichte ihnen die handbemalten Porzellantassen, die Mrs Quick auf das Tablett gestellt hatte, zusammen mit einem Teller gezuckerter Kekse. Lady Anne beäugte sie sehnsuchtsvoll. Doch als Evelyn sie ihr anbot, lehnte Lady Arundell für sie beide ab.

»Wir halten nichts von Süßigkeiten«, erklärte sie. »Sie sind schlecht für die Zähne und die Figur. Eine Dame kann nicht zu vorsichtig sein.«

Evelyn stellte den Teller auf das Tablett zurück. Nach einer solchen Aussage wäre es unangebracht gewesen, selbst einen Keks zu nehmen. Sie tröstete sich mit einem Schluck Tee. »Daran habe ich noch nie gedacht.«

»Ihnen fehlt die Mutter, um Sie zu beraten. Sie müssen mir erlauben, diese Stelle auszufüllen, solange Sie in der Stadt sind.«

Reflexartig verstärkte sich Evelyns Griff um ihre Teetasse, und sie musste sich regelrecht dazu zwingen, ihn wieder zu lockern. »Sie sind zu freundlich.«

»Keineswegs. Fielding und ich sind alte Freunde. Es ist das Mindeste, was ich für ihn tun kann.« Lady Arundell trank ihren Tee und fuhr damit fort, Evelyn zu inspizieren. »Ich hatte keine Gelegenheit, Ihre ältere Schwester während ihres Debüts kennenzulernen. Wir waren damals nicht in der Stadt, sonst hätte ich mich ihrer angenommen. Soweit ich gehört habe, war sie eine große Schönheit.«

»So hieß es im Allgemeinen«, bestätigte Evelyn.

»Und Sie … ähneln Ihrer Schwester nicht besonders?«

»Nicht in dieser Hinsicht, Ma'am«, sagte Evelyn. »Noch in irgendeiner anderen, denke ich.«

Lady Arundell kniff die Augen zusammen. »Fielding hat mir erzählt, dass Sie gern reiten. Auf einem Hengst, den Sie vom Land mitgebracht haben.«

»Ja, Ma'am. Ich habe vor, während meines Aufenthalts hier viel zu reiten.«

»Eine Schande. Wenn eine Ehe Ihr Ziel ist, sollten Sie damit aufhören. Die Gentlemen mögen keine sportlichen Mädchen, wie sehr sie es auch vorgeben, zu tun. Anne kann das bestätigen.«

Lady Anne sagte kein Wort, doch als sie Evelyn kurz über den Rand ihrer Teetasse hinweg ansah, lag in ihren Augen etwas Verschmitztes.

»Keine Sorge«, fuhr Lady Arundell fort. »Wir bekommen Sie für meinen Ball noch rechtzeitig in Form. Ich werde Dmitri fragen, wie wir am Besten vorgehen.«

»Wer ist …« Evelyns Frage wurde von einem Dielenknarren unterbrochen, unmittelbar gefolgt von Mrs Quicks Wiedererscheinen.

»Bitte entschuldigen Sie, Miss«, wandte sie sich von der Tür aus an Evelyn. »Mr Fielding ist zurückgekehrt. Er sagt, er wird gleich bei Ihnen sein.«

»Ist er in sein Studierzimmer gegangen, Mrs Quick?«, fragte Lady Arundell.

»Das ist er, Mylady.«

Lady Arundell stellte ihre Teetasse ab. »In diesem Fall …«, sie erhob sich, »… werde ich ihn wohl besser holen.«

Evelyn wollte ebenfalls aufstehen, doch Lady Arundell bedeutete ihr und Lady Anne, sitzen zu bleiben.

»Trinkt in Ruhe euren Tee aus, Mädchen. Ich bin im Handumdrehen mit ihm zurück.« Damit rauschte Lady Arundell aus dem Salon, gefolgt von Mrs Quick.

Lady Anne hielt die Teetasse auf ihrem Schoß. »Sie müssen Mama entschuldigen. Sie und Mr Fielding teilen eine Leidenschaft für Antiquitäten. Sie besucht ihn so oft, dass sie daran gewöhnt ist, sich frei in diesem Haus zu bewegen.«

»Das macht mir wirklich nichts aus.« Evelyn hatte auch kein Recht dazu, denn dies war nicht ihr Zuhause. »Ich bin nur dankbar, dass sie mir helfen will.«

»Sie haben sonst niemanden, der Sie bei Ihrem Debüt unterstützen könnte?«

»Leider nicht. Meine Tante wäre infrage gekommen, doch sie ist bei meinen jüngeren Schwestern in Sussex geblieben. Ich war gezwungen, allein nach London zu kommen.«

»Wie bedauerlich.«

»Keineswegs.« Evelyn lächelte. »Ich bin daran gewöhnt, die Dinge selbst in die Hand zu nehmen.«

Lady Anne warf einen kurzen Blick zur Tür, bevor sie nach einem Keks griff. »Mama wird das nicht gerne hören. Sie liebt es, die Angelegenheiten anderer Leute zu regeln. Es gibt niemanden auf der Welt, der ihre Meinung ändern kann, sobald diese einmal feststeht. Und sie nimmt von niemandem Ratschläge an.«

Evelyn nahm sich selbst einen Keks. »Das kann nicht stimmen. Sie erwähnte doch, jemanden namens Dmitri um Rat fragen zu wollen.«

»Nein, es ist so, wie ich sagte.« Lady Anne aß erst ihren Keks auf, bevor sie weitersprach. »Dmitri ist nicht von dieser Welt. Er ist Mamas Geistervertrauter.«

Geistervertrauter?

Evelyn sah ihren Gast fragend an.

Lady Annes Mundwinkel verzogen sich zu einem Lächeln. »Sie kommen wirklich vom Land. Haben Sie in Sussex keine Spiritisten?«

»Nicht, dass ich wüsste.« Natürlich hatte Evelyn schon mal von ihnen gehört. Ihre kleine Schwester Caro hatte eine Leidenschaft für alles Übernatürliche. Ständig erzählte sie etwas über Séancen, von denen sie etwas in der Zeitung gelesen hatte. Evelyn konnte es kaum abwarten, ihr von den heutigen Ereignissen zu schreiben. Man stelle sich vor, eine echte Spiritistin in Onkel Harris' Salon!

»Es gibt sehr viele davon in London«, sagte Lady Anne. »Mama hat seit Papas Tod mit ihnen zu tun.«

Nun wusste Evelyn, warum Lady Anne und ihre Mutter Schwarz trugen. Der Earl of Arundell musste im vergangenen Jahr verstorben sein. »Oh, das tut mir sehr leid«, sagte sie. »Mein herzliches Beileid für Ihren Verlust.«

Lady Anne nahm sich noch einen Keks. »Welchen Verlust?«

»Aber … den Verlust Ihres Vaters. Sie sind doch in Trauer, oder nicht?«

»Meine Güte, nein. Jedenfalls nicht um meinen Vater. Er starb vor Jahren.«

»Aber dann …«

»Für Prinz Albert. Mama beharrt darauf.«

»Ich verstehe. Kannte Ihre Mutter den Prinzen?«

»Nein, aber sie hofft, schon bald seine Bekanntschaft zu machen.«

Evelyn wusste nicht, was sie darauf sagen sollte. Meinte Lady Anne das etwa ernst? Oder war dies ein Scherz auf Evelyns Kosten? Die bloße Vorstellung reichte aus, um Evelyns Rücken aufzurichten. »Ich fürchte, ich kann Ihnen nicht folgen.«

Lady Annes Blick wurde mitfühlend. »Das wundert mich nicht. Aber am besten gewöhnen Sie sich daran. Mama ist nicht die einzige hingebungsvolle Spiritistin in London. Ihr Onkel gehört auch zu diesem Kreis. Das müssen Sie doch gewusst haben.«

Evelyns Hand mit der Teetasse erstarrte auf halben Weg zu ihrem Mund. »Mein Onkel ein Spiritist?« Sie war völlig überrascht. »Aber … ich dachte, sein Interesse gilt den Antiquitäten.«

»Antiquitäten, ja«, sagte Lady Anne. »*Das Buch der Toten* und so weiter. Mama und Mr Fielding haben es sich zum Ziel gemacht, in antiken Schriften Beweise für Geisterkontakte zu finden. Oder genauer gesagt, sie hatten es sich bis vor Kurzem zum Ziel gemacht. Doch in letzter Zeit hat der Tod von Prinz Albert all ihre Energie verbraucht. Medien von hier bis Amerika versuchen in Kontakt zu treten.«

»Ach wirklich? Meine Güte.«

Lady Annes bernsteinfarbene Augen funkelten amüsiert. »Das wussten Sie wirklich nicht?«

»Ich dachte, mein Onkel wäre lediglich ein wenig zerstreut. Ich hatte keine Ahnung davon, dass er mit Spiritisten und anderen Gleichgesinnten Umgang pflegt.«

Tante Nora hatte nie davon gesprochen. Evelyn fragte sich, ob sie es überhaupt wusste. Sie hatte Onkel Harris immer als respektablen Gelehrten bezeichnet. Ein zurückgezogen lebender Junggeselle, der sich lieber mit seinen Büchern beschäftigte als mit seinen entfernten Verwandten. Er hatte nur deshalb zugestimmt, Evelyn bei sich aufzunehmen, weil ihm Tante Nora keine andere Wahl gelassen hatte.

»Ich würde sie nicht unbedingt Gleichgesinnte nennen«, sagte Lady Anne. »So abwesend Ihr Onkel wirkt, so allgegenwärtig ist meine Mutter. Es gibt nur eine einzige Aktivität, bei der sie mich nicht auf Schritt und Tritt überwacht.« Sie trank einen Schluck Tee. »Stimmt es, dass Sie gern reiten?«

»Ich liebe es. Das Reiten ist meine große …« Evelyn hielt inne, als ihr plötzlich die Begegnung mit der jungen Frau im Park wieder einfiel. »Vergeben Sie mir, aber Sie sind nicht zufällig mit einer Dame namens Miss Wychwood bekannt?«

Lady Anne begann zu strahlen. »Sie haben Julia getroffen?«

»Nur ein Mal, vor drei Tagen. Ich bin ihr in der Rotten Row begegnet. Sie erwähnte, dass sie des Öfteren mit Ihnen und einer weiteren Dame ausreitet. Miss Hobhouse, wenn ich mich richtig entsinne.«

»Stella Hobhouse.« Lady Anne nickte. »Wir reiten regelmäßig zu dritt aus. Oder zumindest taten wir das. Julia zieht es zurzeit vor, im Morgengrauen auszureiten. Sobald die Saison beginnt, gibt es zu viel Getratsche.«

Evelyn runzelte die Stirn. »Was für Getratsche?«

»Einige der jungen Herren in der Stadt halten sich für besonders geistreich, und wenn sie uns drei nebeneinander in der Rotten Row reiten sehen, belegen sie uns mit allerlei albernen Spitznamen. Natürlich nur unter sich. Sie haben nicht den Mut, es uns ins Gesicht zu sagen.«

Evelyn gefiel diese Vorstellung ganz und gar nicht. Sie zögerte zu fragen, tat es aber schließlich doch. »Was für Spitznamen?«

»Die drei Parzen. Die drei Furien. Die drei alten Jungfern.« Lady Anne verzog das Gesicht. »Keine von uns ist auf dem Heiratsmarkt besonders begehrt.«

Evelyn war schockiert. »Was spielt das denn für eine Rolle?«

»Eigentlich gar keine, solange wir uns zurückhalten. Doch ich konnte noch nie widerstehen, einem impertinenten Burschen deutlich zu machen, dass ich durchaus über eine scharfe Zunge verfüge. Und Stella lässt sich auch von niemandem einschüchtern, schon gar nicht von einem übergriffigen jungen Mann. Und was Julia angeht … ihre Schüchternheit hat eine ganz eigene Macht.«

Evelyn erinnerte sich an die lebhafte Art, mit der Miss Wychwood geplaudert hatte. »Sie wirkte auf mich gar nicht schüchtern.«

»Ah, aber Sie haben sich beim Reiten getroffen. Zu Pferde ist Julia häufig viel selbstbewusster – wie wir alle.« Lady Anne schmunzelte, während sie sich noch einen Keks genehmigte. »Wirklich eine Schande, dass man mit seinem Pferd nicht in den Ballsaal reiten kann.«

6. KAPITEL

Die Schneiderei war sonntags geschlossen, eine Tatsache, die Ahmad voll zu nutzen wusste. Er saß an einem der leeren Arbeitstische und beendete das Zusammenheften der letzten Teile von Miss Maltravers' Reitkostüm.

Es war nicht seine einzige Arbeit. Und auch nicht die dringendste. Er musste Lady Heathertons Roben fertigstellen. Sie erwartete, dass er ihr am Mittwochmorgen die erste lieferte. Es war das Kleid, das sie zu ihrem ersten Ball der Saison zu tragen plante – einer Veranstaltung, die Ahmad genauso wichtig war wie ihr.

War das nicht sein Traum? Dass die Elite seine Kreationen trug?

Und doch hatte er einen Großteil der letzten Tage nicht damit verbracht, an Lady Heathertons hellblauem Kleid zu arbeiten, sondern an Miss Maltravers' Reitkostüm.

Am Freitag hatte er den Stoff nach eigenem Muster zugeschnitten. Es war eine Variation des letzten Reitrocks, den er angefertigt hatte. Einen für die berüchtigte Miss Walters.

Dieser hier war jedoch anders.

Er hatte das Kostüm nicht nur an Miss Maltravers' Maße angepasst, sondern auch die Jacke gekürzt, die Ärmel weiter gemacht und in Mieder und Röcken viel Platz für zusätzliche Abnäher und Säume gelassen. Es war eine Abkehr von seinem üblichen Stil. Etwas Neues, so zweckmäßig wie schön. Ein Kleidungsstück, das zu einer Dame wie Miss Maltravers perfekt passte, und er hoffte inständig, dass es ihr gefallen würde.

Er hatte ihr gestern eine Nachricht geschickt, in der er ihr mitteilte, dass er für die zweite Anprobe bereit war, und sie fragte, ob ihr Sonntagnachmittag passen würde. Sie hatte den Termin umgehend bestätigt.

Während er den Faden des letzten Stichs abschnitt, spürte er bei der Aussicht, sie wiederzusehen, einen Anflug von Vorfreude.

Lächerlich.

Er war ein Mann von dreißig Jahren, kein unerfahrener Jüngling, der nach seinem ersten Schwarm schmachtete.

Es lag bestimmt nur an dem Reitkostüm. Er wollte es unbedingt an ihr sehen. Es ihr anpassen und es seinem letztendlichen Aussehen annähern.

Doch noch während er sich das einredete und sich sogar noch versicherte, dass nichts Persönliches an seinem Wunsch war, sie wiederzusehen, erkannte er die Wahrheit über seine Gefühle.

Miss Maltravers inspirierte ihn nicht nur. Sie hatte sein Interesse geweckt.

Neugier war eine gefährliche Sache. Besonders was englische Frauen anging. Er war sehr stolz auf sein mangelndes Interesse an ihnen. Je weniger man wusste, desto weniger war man versucht, sich mit ihnen einzulassen.

Denn das nahm nie ein gutes Ende. Es gab einfach zu viele Unterschiede. Zu viele Ungleichheiten, um sie alle aufzuzählen. Das hatte er in seinen Jahren bei Mrs Pritchard gelernt.

Doch das alles hielt sein Herz nicht davon ab, einen Schlag auszusetzen, als es an der Ladentür klopfte.

Er legte die Näharbeit beiseite und betrat den leeren Ausstellungsraum, um die Tür aufzuschließen. Auf der anderen Seite wartete Miss Maltravers. Allein.

»Meine Zofe hat sonntags einen halben Tag frei«, erklärte sie, als sie das Geschäft betrat, und schüttelte Regentropfen von ihrem tristen Wollumhang. Draußen nieselte es. Das tat es schon seit Sonnenaufgang.

Er schloss die Tür hinter ihr ab. »Hätten Sie das erwähnt, hätten wir einen anderen Termin ausmachen können.«

»Ich wollte keine weitere Minute verschwenden.«

Ahmad betrachtete ihr von der Kapuze ihres Umhangs eingerahmtes Gesicht. »Ihr Reitrock ist noch nicht fertig.«

»Das weiß ich.«

»Es kommt noch eine letzte Anprobe nach dieser.«

Sie lächelte. »Auch das weiß ich. Aber ich kann es kaum noch erwarten. Ich bin so gespannt, wie es inzwischen aussieht.«

Er bedeutete ihr, ihm durch den Vorhang nach hinten in den von Gaslampen beleuchteten Anproberaum zu folgen. Sobald sie dort waren, nahm sie ihre Kapuze ab. Sein Herzschlag beschleunigte sich. Ihr kastanienbraunes Haar war kein wildes Durcheinander mehr, sondern glatt und elegant. Die Seiten waren eingedreht und die Locken am Hinterkopf mit einem perlenbesetzten Haarnetz fixiert. »Sie waren bei Monsieur Phillipe.«

»In der Tat. Sowie bei Madame Lorraine.« Sie öffnete ihren Umhang. Er rutschte ihr von den Schultern und enthüllte das Kleid darunter: Ein übermäßig gerüschtes Teil in einem so schrillen Magenta, dass es ihm in den Augen wehtat.

Ahmad starrte sie entsetzt an.

Ihr Lächeln erstarb. »Es gefällt Ihnen nicht?«

»Haben Sie es ausgesucht?«

»Nein. Es ist von jemand anderem bestellt worden. Dies und noch ein anderes Kleid. Madame Lorraine hat mich überredet, beide zu kaufen, damit ich etwas anzuziehen habe, während ich auf den Rest meiner Bestellung warte. Sie sagte, die Farben wären schmeichelnd.«

»Wohl eher blendend. Welche Farbe hat denn das andere Kleid?«

»Rosa.«

Er verzog sein Gesicht. »Es wird immer ärger.«

Betrübt betrachtete Miss Maltravers ihr Kleid. »Ist es wirklich so schrecklich?«

»Sehen Sie das anders?«

»Ich gebe zu, dass ich unsicher war.« Sie hängte ihren Mantel über den Holzstuhl in einer Ecke des Anprobezimmers. »Keines der beiden Kleider entspricht meinem eigenen Geschmack. Aber Sie sagten, dass Madame Lorraine besser wäre als Madame Elise und dass ich …«

»In vielerlei Hinsicht besser als Madame Elise.« Aber offensichtlich nicht, was Farbauswahl und Besatz anging. Die übermäßigen Volants schmeichelten Miss Maltravers' Figur ganz und gar nicht.

»Mit anderen Worten schrecklich.« Sie sah ihn an. »Was soll ich jetzt tun?«

Er rieb sich übers Kinn. »Haben Sie eine große Bestellung aufgegeben?«

»Nicht sehr groß. Nur ein paar Tageskleider. Noch keine Ballroben.«

»Dann tun Sie das auch nicht.«

»Aber wohin soll ich mich denn sonst wenden? Bis zu meinem Debüt ist nicht mehr viel Zeit.«

»Sie müssen nirgendwo anders hingehen. Madame Lorraine sollte in der Lage sein, bei Ihrer Bestellung nachzubessern. Vorausgesetzt, sie hat den Stoff noch nicht zugeschnitten.« Ahmad bezweifelte das. Während der Saison priorisierten Londoner Modistinnen ihre Aufträge nach Höhe des Rangs und

Vermögens der Auftraggeberin. Miss Maltravers befand sich auf dieser Liste weit unten. »Ich werde Ihnen eine Liste mit angemessenen Farben für sie mitgeben.«

Miss Maltravers war sichtlich erleichtert. »Ich bin Ihnen zu Dank verpflichtet.«

»Keineswegs«, sagte er. »Benötigen Sie beim Entkleiden Hilfe?«

Ihre Wangen nahmen ein zartes Rosa an. »Die Verschlüsse im Rücken sind ein bisschen schwierig für mich. Würde es Ihnen etwas ausmachen?«

»Drehen Sie sich um.«

Sie tat es. »Es sind nur die ersten fünf Häkchen«, sagte sie entschuldigend.

Er stellte sich nah hinter sie. So nah, dass er ihr Orangenblütenparfüm riechen konnte, ein zarter Duft, der sein Herz schneller schlagen ließ. Er öffnete den ersten der kleinen Metallhaken am Kragen ihres Mieders. Das war etwas, das er bei seinen Anproben schon unzählige Male gemacht hatte ... Frauen beim An- und Ausziehen zu helfen. Und immer hatte er es mit gleichgültiger Effizienz ausgeführt. Es war für einen Mann seines Handwerks vollkommen üblich. Doch dieses Mal ...

Dieses Mal fühlte er sich weder gleichgültig noch besonders effizient.

Es lag etwas ungemein Verführerisches darin, Evelyn Maltravers so nah zu sein. Es waren ihr Duft und ihre Haltung, die anmutige Linie ihres Halses. Es lag darin, wie sich ihr Mieder Haken für Haken öffnete, um die Makellosigkeit ihrer nackten Haut über ihrem spitzenbesetzten Unterhemd zu entblößen. Es war eine weiche, geheime Stelle, die regelrecht danach schrie, berührt zu werden. Geküsst zu werden.

Natürlich nahm er sich keine solchen Freiheiten heraus.

Das hatte er nie getan, auch dann nicht, wenn er Kleider für die Frauen bei Mrs Pritchard umgearbeitet hatte. Es war nur der Gedanke, der ihn jetzt heimsuchte. Die Art von Gedanke, die ihm bei der Arbeit noch nie zuvor gekommen war, ganz egal, wie attraktiv seine Kundin war.

Fühlte sie es auch?

Wenn ja, ließ sie sich nichts anmerken. Nichts außer dem üblichen Erröten einer anständigen, respektablen jungen Dame, die von einem Mann entkleidet wurde.

»Vielleicht ist da etwas, das ich hätte erwähnen sollen«, sagte sie. »Die Wichtigkeit, mich selbst an- und auszuziehen. Wird das Reitkostüm die Hilfe einer Zofe erfordern?«

»Nein.« Als er die letzten Häkchen öffnete, berührten seine Finger ihr seidiges Haar. Es war, als hätte ihn der Blitz getroffen.

Verdammt.

Er wich zurück.

Sie warf ihm über die Schulter einen unsicheren Blick zu. »Stimmt etwas nicht?«

»Nein.« Er räusperte sich. »Schaffen Sie den Rest allein?«

»Ich denke schon.«

»Dann lasse ich Sie einen Moment allein.« Er zog sich zurück und floh in die Sicherheit seines Arbeitszimmers.

Nachdem Evelyn ihr Kleid abgestreift hatte, trat sie aus ihrer Krinoline und den Unterröcken und faltete jedes Stück fein säuberlich, bevor sie es auf den Stuhl des Anproberaums legte. Vielleicht wäre es klüger gewesen, eine Zofe mitzubringen. Es hätte das Ausziehen mit Sicherheit leichter gemacht. Leider hatte in diesem Fall der Anstand der Zweckmäßigkeit weichen müssen.

Wenn es darum ging, sich für die Saison auszustatten, hatte sie keine Sekunde mehr zu verlieren. Eine Saison, das war alles, was sie bekommen würde. Eine Zeitspanne von nicht einmal fünf Monaten, um einen angemessenen Partner zu finden. Eine vorteilhafte Ehe, die nicht nur ihre, sondern auch die Zukunft ihrer Schwestern sichern würde. Und diese Saison konnte für sie nicht ohne die entsprechende Garderobe beginnen.

Sie hinkte dem Zeitplan bereits enorm hinterher. Und nun hatte sie auch noch Kleider in den falschen Farben gekauft!

»Sollte ich kein Rosa oder Magenta tragen?«, fragte sie, als Mr Malik zurückkehrte.

Der große, breitschultrige Schneider trug eine schwarze Stoffhose und eine einreihige Weste. Seines Gehrocks hatte er sich entledigt. Der weiße Leinenstoff seines Hemds stand in starkem Kontrast zu dem gesunden Bronzeton seiner Haut. »Niemals.«

»Oh.« Eine so entschiedene Antwort hatte sie nicht erwartet. »Aber welche Farben …« Ihre Stimme verlor sich, als sie über seinem Arm ihr neues Reitkostüm hängen sah. »Meine Güte. Ist es das?«

»Der Anfang davon.« Mr Malik legte das unfertige Kleidungsstück auf den Tisch, drehte sich wieder zu ihr um und streckte seine Hand aus.

Sie nahm seine Hand und starrte wie hypnotisiert auf das Kostüm, während sie auf das Podest vor dem Spiegel stieg.

Kleider zu kaufen war ein Vergnügen gewesen. Muster und Stoffe und Besatz auszusuchen. Doch ihre Vorfreude auf einen neuen Reitrock war unübertroffen. Besonders auf diesen Reitrock. Es war der Dreh- und Angelpunkt all ihrer Pläne.

»Grün ist dann wohl geeignet, nehme ich an«, sagte sie.

»Allerdings nicht jeder Grünton. Nicht bei Ihrem Teint.« Sein Blick fiel auf ihr Reitkorsett.

Dieses abgewandelte Korsett aus feinem Leinencoutil war hoch über ihren Hüften ausgeschnitten, mit kurzen Fischbeinstäben und ohne Schultergurte, die ihre Bewegung einschränken könnten. Genau der Stil, den er beschrieben hatte.

Er hielt inne, um es in Augenschein zu nehmen.

Evelyn spürte jeden Blick bis ins Mark. Als wäre jeder eine Berührung ihrer eng geschnürten Brust und Taille. Eine kühne Liebkosung, die ihr Blut in Wallung brachte und Schmetterlinge in ihren Bauch zauberte.

Sie befeuchtete ihre Lippen. »Ich nehme an, es sagt Ihnen zu?«

»Voll und ganz. Es passt hervorragend zu meinem Entwurf. Solange Sie darin noch atmen können?«

Momentan konnte sie das nicht besonders gut. Denn er hielt immer noch ihre Hand. Ganz natürlich, als hätte er das immer schon getan. Und sie ließ es zu. Gestattete ihm etwas, das normalerweise eine unfassbare Impertinenz darstellen würde. Doch ihre Hand passte so gut in seine. Als wäre sie genau dafür geschaffen.

Was sie auf keinen Fall war.

Langsam entzog Evelyn sie ihm. Es war unmöglich, dass er es nicht bemerkte. Unmöglich, keine Aufmerksamkeit auf die unglaubliche Peinlichkeit der Situation zu lenken.

Direkt über seinem schwarzen Halstuch erschien ein roter Fleck. »Ich bitte um Entschuldigung«, sagte er steif.

»Es war meine Schuld. Ich …«

»Sie waren abgelenkt. Genau wie ich. Zweifellos war es die Vorfreude.«

Vorfreude?

»Sie müssen genauso gespannt sein, es an Ihnen zu sehen, wie ich es bin.« Er kehrte an den Tisch zurück, um das erste Teil ihres Kostüms zu holen.

»Ja«, gelang es ihr zu sagen. »Höchst gespannt.«

»Ich muss Sie allerdings um Geduld bitten. Bei zukünftigen

Bestellungen wird es schneller gehen, doch heute muss ich alle vier Teile markieren.«

»Vier?« Die Reitkostüme der Schneiderin in Combe Regis hatten immer nur aus drei Teilen bestanden: einem Rock, einer Jacke und der engen Reithose, die man darunter trug.

Mr Malik schien ihre Gedanken zu lesen. »Ich habe einen seidenen Unterrock hinzugefügt.«

»Warum Seide?«

Er kehrte mit ihrer Reithose zurück. Sie bestand aus einem dünnen Gamsleder und war im gleichen Grünton gefärbt wie ihr Reitkostüm. »Seide rafft sich nicht unter Ihrem Rock zusammen«, erklärte er. »Mein Entwurf erfordert eine glatte Linie. Darunter darf keine unnötige Stoffansammlung entstehen.«

»Oh. Daran habe ich nicht gedacht.« Für gewöhnlich trug sie unter ihrem Reitkostüm einen ihrer alltäglichen weißen Baumwollröcke. Die dadurch entstehenden Unebenheiten hatten sie nie gestört. Nicht, wenn man auf dem Land ritt.

Kein Wunder, dass Mr Maliks Kreationen an den Hübschen Bereiterinnen so blendend aussahen. Er schien an alles zu denken.

Er kniete sich hin und half ihr in die Reithose. Evelyn musste ihm eine Hand auf die Schulter legen, um die Balance zu behalten.

Diese Schulter war außerordentlich muskulös.

Die Empfindung war so stark, dass sie kurz die Augen schloss. Gütiger Himmel. Er hätte ebenso gut aus Granit gemeißelt sein können.

Er zog ihr die Hose die Beine hinauf und über die Hüfte.

»Sie scheint gut zu passen«, brachte sie mühsam heraus.

»Sehr gut.« Er klang mit sich zufrieden. »Es müssen nur ein paar kleinere Änderungen vorgenommen werden.«

Es folgte ein angespannter Moment, in dem Evelyn darüber nachsann, wie völlig anders es sich anfühlte, wenn Mr Malik ihre Hose absteckte und markierte. So völlig anders als ihre letzte Anprobe bei der Schneiderin in Combe Regis.

Nicht, dass er sich Freiheiten herausnehmen würde. Seine Berührungen waren flink und effizient. Dennoch … waren sie überall. Er markierte nicht nur Änderungen an ihrer Hüfte und dem Hintern, sondern sogar an der Innenseite ihrer Schenkel.

Sie begann sich zu fragen, ob es möglich war, von unterdrücktem Erröten spontan in Flammen aufzugehen. Denn als er endlich fertig war, hatten sie sich wahrscheinlich ein halbes Dutzend Mal beieinander entschuldigt.

Und es war noch nicht vorbei.

Als Nächstes kam der Seidenunterrock und dann der eigentliche Reitrock.

Mr Malik erhob sich und zog ihn über Evelyns Hüften. Ihre Blicke trafen sich, und er schenkte ihr ein Lächeln. Es war so flüchtig wie mitfühlend, schien ihr gegenseitiges Unbehagen anzuerkennen, um es gleichzeitig abzutun. »Wir können uns nicht immer weiter entschuldigen.«

Ihre Mundwinkel verzogen sich ebenfalls zu einem unsicheren Lächeln. »In der Tat.«

»Ein wenig Vertrautheit kann unter solchen Umständen nicht vermieden werden. Ich muss Sie berühren.«

»Natürlich müssen Sie.« Evelyn dachte fieberhaft nach, was sie als Nächstes sagen könnte. Etwas, um diese seltsame Intimität, die sich zwischen ihnen entwickelte, zu beenden. »Ähm, er hat noch nicht viel Form, oder? Der Rock, meine ich.«

»Die bekommt er noch.« Er schob eine Stecknadel durch eine teilweise offene Seitennaht, um den Stoff an ihrer Taille zu fixieren. »Dieser Teil wird ein bisschen länger dauern. Wenn es Ihnen nichts ausmacht, völlig still zu stehen?«

Evelyn nickte. Wie oft war sie von der Dorfschneiderin gebeten worden, sich nicht zu bewegen? Oder von Tante Nora, während sie die Säume eines aufgetragenen Kleids ausließ? Wie oft war sie beim Herumzappeln von einer irregeleiteten Stecknadel gestochen worden?

»Ich werde mich nicht bewegen«, versprach sie.

Und das tat sie auch nicht in den langen stillen Minuten, die folgten.

Mr Malik stand und kniete abwechselnd, steckte Säume ab und markierte den Stoff mit Kreide, die er in seiner Westentasche aufbewahrte.

»Sie haben nach Farben gefragt«, sagte er schließlich, während er hinter ihr stand und sich an dem Stoff zu schaffen machte, der ihren Rücken bedeckte.

»Ja?«

»Rosa- und Mauvetöne sind für Damen mit kastanienbraunem Haar nie geeignet.«

»Und Grün auch nicht, haben Sie gesagt. Jedenfalls nicht jeder Grünton.«

»Dunkleres Grün wie das hier wird Ihnen immer stehen. Aber halten Sie sich von helleren Tönen fern – Apfelgrün oder Moos. Sie entziehen Ihrem Gesicht das Leben.« Er faltete den Stoff leicht über der Rundung ihrer Rückseite und sicherte ihn mit einer weiteren Stecknadel. »Was für Farben tragen Sie denn zu Hause?«

»Hauptsächlich blau. Dunkelblau und -grau.« Es waren nichtssagende gedämpfte Töne, die zu einer jungen Frau ihres Standes – und ihres Geldbeutels – passten. Farben, die regelmäßiger Wäsche widerstehen konnten. Sie erwartete, dass er ein zustimmendes Geräusch von sich gab. Doch es kam keines. »Ist das auch falsch?«

»Ja.«

Sie lachte auf. »Aber was empfehlen Sie dann? Ich kann nicht immer Grün tragen.«

Er stand von seiner Arbeit auf und trat einen Schritt zurück, um sie mit einem nachdenklichen Stirnrunzeln anzusehen. »Schwarz wird Ihnen stehen. Tatsächlich wäre es ziemlich wirkungsvoll. Außerdem Weinrot, Steingrau sowie Gold- und Bernsteintöne. Und natürlich weiß. Allerdings kein Hoch- oder Blauweiß, sondern Creme.«

»Cremeweiß«, wiederholte sie. »Also Elfenbein?«

Er schüttelte den Kopf. »Es ist heller als Elfenbein. Klarer, mit einer Tiefe in sich. Einer Weichheit. Bedauerlicherweise habe ich gerade keinen Musterstoff, den ich Ihnen zeigen könnte. Der Ton würde für jemandem mit Ihrem Teint eine fantastische Ballrobe abgeben.«

»Ich dachte, nur Debütantinnen tragen Weiß.«

»Es ist doch Ihre erste Saison, oder nicht?«

»Meine erste und letzte«, sagte sie. »Ich bin dreiundzwanzig, Mr Malik. Kein junges Mädchen mehr. Wenn ich meine Zeit hier nicht erfolgreich nutze …«

Für einen langen Moment betrachtete er sie schweigend. Es war enervierend, dieses Schweigen, aufgeladen mit fast greifbarer Anspannung. Ein Teil von ihr sehnte sich danach, es aufzufüllen, um diese unerhörte Anziehung, die sie für ihn empfand, zu dämpfen.

Ausgerechnet ein Schneider!

Er war nicht mal ein Gentleman. Sicherlich kein Mann, der ihre Familie ernähren konnte.

War sie tief in ihrem Herzen nicht besser als Fenny? War sie bereit, ihren Ruf für ein hübsches Gesicht in den Wind zu schlagen?

»Es war meine Schwester, die all das hier tun sollte«, platzte es überraschend aus ihr heraus. »Die Garderobe, die Saison –

und die Jagd nach einem Ehemann. Und das hat sie vor drei Jahren auch getan. Doch nicht so, wie es von ihr erwartet wurde.« Evelyn betrachtete sich im Spiegel. »Sie war viel hübscher als ich.«

»Das sagten Sie bereits.«

»Es stimmt. Sie hatte eine entzückende kleine Stupsnase. Und sie brauchte keine Brille. Und wenn doch, so hätte sie das niemals zugegeben.«

»Ist sie tot?«

Sie starrte ihn an. »*Was?* Nein. Warum fragen Sie das?«

»Sie sprechen von ihr, als ob sie das wäre. In der Vergangenheitsform.«

Evelyn runzelte die Stirn. »Ja, das tue ich wohl.« Aus Nervosität wollte sie ihren Rock glätten und stach sich fast an einer Stecknadel. »Nein. Sie ist nicht tot. Nur fort. Wenn Sie es unbedingt wissen möchten, sie brannte während ihrer ersten Saison mit einem Mann durch. Es war ein großer Skandal.«

»Es tut mir leid, das zu hören.«

»Mir auch. Hätte sie ihre Pflicht getan, hätte ich nicht nach London kommen müssen, um diesen waghalsigen Plan durchzuführen.«

Mr Maliks Augenbrauen schossen ein wenig in die Höhe.

Zu spät wurde Evelyn klar, dass sie zu viel gesagt hatte.

»Was für ein Plan?«, fragte er.

Sie begann nervös auf ihrer Unterlippe zu kauen. Ihr Plan für die Saison war kein Geheimnis. Nicht ganz. Und selbst wenn, warum sollte sie es ihm nicht erzählen. Schließlich war er in gewisser Weise ihr Verbündeter.

»Mein Debüt in der Rotten Row zu machen«, sagte sie.

»*Das* ist Ihr Plan?«

»Nun … ja. In einem Ballsaal kann ich wohl niemanden beeindrucken.«

»Selbst wenn das stimmen würde, was ich stark bezweifle … machen junge Frauen ihr Debüt nicht zu Pferde.«

»Einige schon.«

»Keine Damen.«

»Nur weil es noch keine getan hat, heißt das nicht, dass es unmöglich ist. Ich bin eine ausgezeichnete Reiterin.«

»Das sind Sie«, bestätigte er.

Seine Worte erfüllten sie mit einer unerwarteten Wärme. Er hatte es so schnell und vollkommen sachlich gesagt, als wäre gegen ihr Talent rein gar nichts zu sagen. »Ja, also … meine Mutter hat mir immer gesagt, man soll in einer schwierigen Situation aus einer Position der Stärke heraus agieren.«

»Ein weiser Rat.«

»Das fand ich auch immer. Und als ich dann diese Geschichte in der Zeitung gelesen habe …« Sie unterbrach, um zu erklären: »Meine Tante bezieht die *Times*. Gegen Ende des letzten Sommers war darin ein Artikel über den Mangel an potenziellen Ehemännern in London. Er besagte, dass die begehrten Gentlemen die Ballsäle – und damit die jungen Damen auf dem Heiratsmarkt – zugunsten der Hübschen Bereiterinnen ignorieren würden.«

»Also dachten Sie …«

»Ich dachte, dass ich auf diesem Wege einen Ehemann finden könnte.«

»Um so aus einer Position der Stärke heraus zu agieren.«

»Ganz genau.«

Er holte die Jacke ihres Reitkostüms vom Tisch, kehrte zu ihr zurück und hielt sie ihr hin, während sie ihre Arme in die übergroßen Ärmel steckte. »Die Hübschen Bereiterinnen sind aber nicht auf der Suche nach Ehepartnern. Das ist Ihnen doch hoffentlich klar?«

»Ja, aber es sind nicht nur Kurtisanen in der Rotten Row,

sondern auch viele respektable junge Damen, die deren Stil zu kopieren versuchen. Das stand ebenfalls im Artikel. Dass keine von ihnen mithalten kann. Ich jedoch schon. Zumindest, was das Reiten angeht. Mir ist klar, dass ich beim Rest ein bisschen Unterstützung gebrauchen kann.«

»Und darum haben Sie sich an mich gewandt.«

Die Bemerkung ließ einen Teil ihres Muts verschwinden. Es war unmöglich zu sagen, was er dachte. Sein Gesicht war völlig ausdruckslos und seine Aufmerksamkeit mehr auf das Abstecken ihres Mieders gerichtet als auf sie. Evelyn war unsicher, ob er sie innerlich nicht auslachte. »Mit einem Ihrer Reitkostüme werde ich bestimmt einen Eindruck hinterlassen.«

»Zweifellos.« Er hob ihren Arm.

Sie hielt ihn ausgestreckt und hielt den Atem an, als er einen Abnäher an der Seite ihrer Büste markierte. »Die Rotten Row ist nicht der einzige Ort, an dem ich mich zeigen will«, sagte sie eilig. »Ich habe eine Einladung zu Lady Arundells Frühlingsball. Das wird mein offizielles Debüt.«

Er warf ihr einen interessierten Blick zu. »Die Witwe des Earl of Arundell?«

»Mein Onkel ist mit ihr befreundet. Sie hat angeboten, dabei zu helfen, mich in die Gesellschaft einzuführen.«

»Kennt sie Ihren Plan?«

»Natürlich nicht. Niemand kennt ihn.« Evelyn sah ihm in die Augen. »Niemand außer Ihnen.«

Etwas blitzte in den Tiefen seines dunklen Blicks auf. »Ich fühle mich geehrt.«

»Sie sind unerlässlich.« Es war die Wahrheit. Sie hatte nicht wirklich geglaubt, dass ihr Plan funktionieren könnte, bis sie seine Reitröcke gesehen hatte. »Sie haben großes Talent.«

»Sie schmeicheln mir.« Sanft drückte er ihren Arm herunter. »Was denken Sie bis jetzt? Gefällt es Ihnen?«

»Es ist momentan noch schwer zu sagen. Die Farbe ist natürlich wunderschön. Was den Rest angeht …« Sie studierte ihr Spiegelbild. Wieder breitete sich Wärme in ihr aus.

Das unfertige Kostüm hatte nur eine vage Form und schien hauptsächlich aus Kreidemarkierungen und Stecknadeln zu bestehen, ohne Ärmelaufschläge oder Knöpfe, um die Jacke zu schließen.

Doch es störte ihre Erscheinung nicht.

Sie konnte bereits sehen, wie alles zusammenkommen würde. Es umschmeichelte und betonte ihre Kurven wie die Umarmung eines Liebhabers. Er passte es so fachmännisch an ihren Körper an, wie er es mit den Reitröcken der Hübschen Bereiterinnen getan hatte.

Auch wenn es nicht völlig dasselbe war.

»Der Rock ist ein wenig anders als der, den ich Miss Walters habe tragen sehen«, sagte sie. »Er wirkt irgendwie weniger voll.«

»Richtig. Dies ist ein anderer Entwurf.« Er passte die Abnäher an ihrem Rock an, um ihn über ihrem Bauch und den Hüften zu glätten. »Ich habe den Stoff keilförmig zugeschnitten, damit er vorn und an den Seiten enger anliegt. Dies hat den Effekt, dass ein Teil der Fülle nach hinten gedrückt wird.

Evelyn drehte den Oberkörper, um einen besseren Blick auf den Stoff hinten zu bekommen. »Das ist gefährlich nah an einer Schleppe.«

»In der Tat.«

Sie warf ihm einen fragenden Blick zu. »Ist das jetzt die Mode?«

Mr Maliks Gesicht wirkte entschlossen. »Das wird sie sein.«

7. KAPITEL

Als Ahmad endlich aus dem Arbeitszimmer der Schneiderei kam, war es bereits halb sechs. Er zog sich den großen Kastorhut tief in die Stirn und ging zur Bond Street, wo er eine Droschke heranwinkte. »Zur Half Moon Street«, sagte er beim Einsteigen.

Der Kutscher ließ die Zügel schnalzen, und der große Fuchs trottete in Richtung Piccadilly los. Die Half Moon Street ging direkt von der Hauptkreuzung ab – eine elegante, wenn auch nicht pompöse Adresse, etwas versteckt von dem üblichen regen Treiben in Mayfair.

Ahmad ließ sich auf den schlecht gepolsterten Passagiersitz der Droschke sinken. Das Innere stank nach billigem Parfüm, und das Stroh auf dem Boden war feucht vom Regen. Bei besserem Wetter wäre er zu Fuß zu den Finchleys gegangen. Ihr Haus lag keine Meile von der Schneiderei entfernt. Aber er war spät dran. Zuerst hatte er sich für Miss Maltravers Zeit genommen, und nachdem sie gegangen war, hatte er sich mit den Änderungen ihres Reitkostüms beschäftigt.

Ihr Besuch hatte ihn inspiriert, genau wie der vorherige. Er verstand ihn selbst nicht ganz, diesen seltsamen Wunsch, ihr dabei zu helfen, ihr volles Potenzial zu entfalten. Er fühlte sich zu ihr hingezogen, so viel war klar. Aber da war noch etwas anderes. Eine Art Seelenverwandtschaft. Ein gegenseitiges Erkennen, das seine Seele ansprach.

Und es *war* gegenseitig.

Er kannte sie noch nicht besonders gut, doch er wusste genug über Frauen, um die Zeichen zu erkennen. Es lag in der Art, wie sie seine Hand hielt und wie ihr Atem stockte, wenn er sie berührte. Wie sie seinen Blick hielt, selbst wenn sie errötete.

Wie mutig es von ihr war, diesen Plan durchzuführen, nach London zu kommen und ihn ganz allein aufzusuchen. Alles nur, weil sie seine Reitröcke an den Hübschen Bereiterinnen gesehen hatte.

»Ich bin fest entschlossen, sie alle zu übertreffen«, hatte sie an dem Tag verkündet, als sie die Schneiderei das erste Mal betreten hatte.

Die Erinnerung zauberte ihm ein Lächeln ins Gesicht.

Er lächelte immer noch, als die Droschke vor dem Stadthaus der Finchleys zum Stehen kam. Nachdem er bezahlt hatte, ging Ahmad am Vordereingang vorbei zu dem schmiedeeisernen schwarzen Zaun an der Treppe nach hinten.

Der Dienstboteneingang.

Er stieg die feuchten Steinstufen herab und klopfte an der Tür. Fast unmittelbar darauf wurde sie von Mrs Jarrow geöffnet, der mürrischen Haushälterin und Köchin der Finchleys.

Sie kniff misstrauisch die Augen zusammen. »Du schon wieder?«

Ahmad nahm den Hut ab, bevor er die Küche betrat. Auf dem Herd brodelte ein Topf, und weiter hinten stellte eine junge Küchenmagd mit weißer Schürze dampfendes Geschirr in den Speiseaufzug. »Haben sie schon mit dem Abendessen angefangen?«

»Nein, aber es wird nicht mehr lange dauern. Sie sind im Salon. Deine Cousine ist bei ihnen.« Mrs Jarrow kehrte an den Herd zurück und brummelte: »Hab nicht gedacht, dass ich heute Abend noch ein Extramaul zu stopfen habe.«

Ahmad ignorierte die Bemerkung und ging quer durch die Küche zur Gesindetreppe.

Mrs Jarrow und ihr Mann standen schon seit Jahren im Dienst der Finchleys. Sie waren ein griesgrämiges Ehepaar mittleren Alters und genau wie Ahmad und Mira ein Produkt von Mr Finchleys christlicher Nächstenliebe. Der einzige Unterschied bestand darin, dass es sich bei den Jarrows um Engländer handelte, während Mira und er ... nicht ganz englisch waren. Aber auch nicht ganz indisch.

Die Jarrows hatten ihre Anwesenheit nie so richtig akzeptiert.

Nicht, dass sie jemals etwas direkt sagen würden. So etwas taten zivilisierte Menschen nicht. Es waren die scharfen Blicke und doppeldeutigen Bemerkungen. Das ständige Misstrauen. Als ob Miras und seine Herkunft nur der erste Schritt auf dem Weg zu einem irgendwie gearteten Verbrechen war.

Oder vielleicht *war* dies schon das Verbrechen.

Die Jarrows wären mit Sicherheit nicht die Einzigen, die so dachten.

Ahmad stieg die Treppe zum kleinen Salon der Finchleys hinauf. Es war ein gemütlicher Raum mit einem dick gepolsterten Chintzsofa und dazugehörigen Sesseln, einer mit Troddeln besetzten Ottomane und schweren Tischen. Auf diesen stapelten sich Bücher und diverse Mitbringsel von den vielen Reisen der Finchleys.

Vor dem wohlig warmen Kamin saß Mira mit ihren Arbeitgebern Tom Finchley und seiner Frau Jenny.

»Ahmad!« Als Mira ihn sah, sprang sie auf. Sie trug ein schlichtes graues Seidenkleid, das jedoch alles andere als unscheinbar war. Denn es handelte sich um einen eleganten Schnitt mit klaren Linien, die ihrer Figur schmeichelten. Einer seiner eigenen Entwürfe, ergänzt durch eine filigrane Stickerei am Saum – Miras Werk. Sie hatte ein unübertreffliches Talent für Handarbeiten.

Finchley erhob sich ebenfalls. Seine Erscheinung war unauffällig. Mittelgroß, schlank, mit gewöhnlich braunem Haar und Augen von unbestimmtem Blau, versteckt hinter einer Brille. Ein in jeder Hinsicht durchschnittlich aussehender Mann. Doch der Eindruck täuschte.

In Wahrheit war an Tom Finchley nichts Durchschnittliches. Er war mit einem beeindruckend scharfen Verstand gesegnet und hatte einst als gefürchtetster Anwalt Londons gegolten.

»Was für eine Überraschung«, sagte er. »Stimmt etwas nicht?«

»Nein, alles in Ordnung.« Ahmad verneigte sich. »Mrs Finchley. Mira.«

Mrs Finchley begrüßte ihn von ihrem Platz auf dem Sofa. Sie war eine attraktive Frau und ebenfalls ziemlich beeindruckend. Ahmad hatte sie zwei Jahre zuvor als Jenny Holloway kennengelernt, eine eigensinnige alte Jungfer, die entschlossen war, Indien zu bereisen, um den vermissten Earl of Castleton zu finden – einen entfernten Cousin, der nach dem Aufstand für tot erklärt worden war. Finchley hatte Ahmad und Mira angeheuert, um sie zu begleiten.

Und dann hatte sich Finchley in letzter Minute entschlossen, sich ihnen anzuschließen.

Zusammen waren sie durch Frankreich und Ägypten nach Indien gereist, bis zu den Hill Stations von Darjeeling. Ihre Suche war erfolgreich: Sie fanden Lord Castleton, schwach und verletzt, aber am Leben.

Das ganze Abenteuer hatte zwischen ihnen eine Vertrautheit geschaffen, die eher einer Freundschaft glich als der Beziehung zwischen Herr- und Dienerschaft.

»Setz dich, Ahmad«, sagte Mrs Finchley. »Mein Mann lobte gerade die Vorzüge Londons während der Saison.«

Finchley nahm wieder Platz. »Und meine Frau erinnerte mich an die Schönheiten Devons im Sommer.«

»Nicht zuletzt, weil es eine Gelegenheit darstellen würde, Lady Helena und Captain Thornhill einen Besuch abzustatten.« Mrs Finchley lächelte. »Aber ich werde nichts mehr dazu sagen. Wir haben noch mehr als genug Zeit, um unsere Sommerreisepläne zu schmieden.« Sie sah zu Ahmad. »Ich hoffe, du bleibst zum Abendessen?«

Ahmad setzte sich in den leeren Sessel neben Mira. Die bloße Erwähnung von Lady Helena, der Schwester des Earl of Castleton, war genug, um ihn an seine missliche Lage zu erinnern.

Als ob er sie vergessen könnte.

»Ich möchte keine Umstände machen«, sagte er.

»Keineswegs«, erwiderte Finchley. »Es ist viel zu lange her, seit wir alle zusammen gespeist haben.«

»Das stimmt«, sagte Mrs Finchley. »Es wird wie in alten Zeiten sein.«

Einen Moment später erschien Mr Jarrow in der Tür des Salons, um die Anwesenden darüber zu informieren, dass das Abendessen fertig war, und die vier wechselten ins Speisezimmer.

Ahmad hatte seit einer Ewigkeit nicht mehr ordentlich im Sitzen gegessen. Seit er sich selbstständig gemacht hatte, schlang er seine Mahlzeiten meistens in den kurzen Arbeitspausen herunter. Manchmal, wenn er gedanklich völlig in seinen Projekten versunken war, vergaß er sie völlig.

Doch nicht an diesem Abend.

Es gab Frühlingssuppe, Hühnerbrustfilet, gekochte Lammkeule mit gedämpftem Gemüse und als Nachtisch einen Rhabarberkuchen. Eine einfache englische Mahlzeit, typisch für Mrs Jarrow. Ahmad verschlang alles bis auf den letzten Krümel. Erst, als er aufgegessen hatte, erkundigte sich Mrs Finchley nach dem Grund für seinen Besuch.

»Ich brauche Mira«, sagte Ahmad geradeheraus.

Mira, die sich gerade den Mund abwischte, erstarrte. »Mich?« Sie ließ die Serviette sinken. »Wofür?«

»Um mich in der nächsten Woche zu unterstützen. Ich habe momentan zu viele Aufträge. Drei Abendkleider und mehrere Reitkostüme, und fast alles muss innerhalb der nächsten zehn Tage fertig werden. Das ist mehr, als ich allein schaffen kann.«

Mrs Finchley wirkte erfreut. »Aber das ist doch vielversprechend, oder? So früh in der Saison so viel zu tun zu haben?«

Ahmad war ebenfalls dieser Meinung. Aber es gab keine Garantien. Nicht, wenn er seine anfänglichen Ausgaben erst wieder hereingeholt hatte, wenn ein Auftrag ausgeführt war. Leider war es in der Oberschicht durchaus üblich, Rechnungen erst Monate später zu begleichen. Tatsächlich war es so, dass viele Mitglieder der feinen Gesellschaft auf Kredit lebten und selbst dann noch ihre verschwenderischen Gewohnheiten pflegten, während die Kaufleute, denen sie Geld schuldeten, in den Ruin getrieben wurden.

»Es ist noch früh«, sagte er. »Aber ja. Solange nichts schiefgeht.«

Mira spitzte die Lippen. »Viscountess Heatherton hat ihre Rechnungen noch nicht beglichen.«

»Ich habe ihr auch noch keine Kleider geliefert«, sagte Ahmad. »Bestellungen werden nicht im Voraus bezahlt.«

»Und was ist mit Miss Walters?«, fragte Mira. »Sind ihre Rechnungen ebenfalls noch offen?«

Innerlich verfluchte er sich dafür, seiner Cousine diese Informationen anvertraut zu haben. »Ich bin nicht hier, um dieses Thema zu diskutieren«, erwiderte er mit wachsender Ungeduld. »Tatsache ist, dass ich Aufträge habe – reichlich Aufträge –, und sobald Lady Heatherton eines meiner Kleider trägt, erwarte ich noch viel mehr. Währenddessen brauche ich Unterstützung, um ihre Roben fertigzustellen – und die Reitkostüme für Miss Maltravers.«

Mira sah ihn verblüfft an. »Ich dachte, sie hätte nur eines bestellt.«

»Heute hat sie zwei weitere in Auftrag gegeben.« Er hatte sie praktisch dazu ermutigt. Wenn Miss Maltravers vorhatte, in der Rotten Row für Furore zu sorgen, würde sie dafür mehr als einen Reitrock benötigen.

»Ich habe vor, täglich auszureiten«, hatte sie ihm gesagt. *»Darum bin ich hergekommen.«*

Um einen Ehemann zu finden. Einen wohlhabenden Ehemann. Einen aus den Scharen von Männern, die sich jeden Tag im Hyde Park drängten, um die Hübschen Bereiterinnen zu begaffen.

Irgendwie ärgerte Ahmad diese Vorstellung.

Wie dumm von ihm.

Der ganze Sinn des Reitrocks, den er für Miss Maltravers anfertigte, war es, sie zu einer Schönheit zu machen. Jeder Stich und Saum war dazu gedacht, die Aufmerksamkeit auf ihre Vorzüge zu lenken. Genau darum war sie zu ihm gekommen.

Finchley sah Ahmad interessiert an. »Wer ist Miss Maltravers?«

Diesen Blick kannte Ahmad gut. Er verriet ihm, dass Finchley eine Bedeutung sah, wo keine existierte. »Eine junge Dame aus Sussex. Sie hat vor, diese Saison ihr Debüt zu geben.«

»Sie will ein Reitkostüm wie das von Miss Walters«, fügte Mira hinzu.

»Nicht genau wie das.« Ahmad legte seine zerknüllte Stoffserviette neben seinen leeren Teller. »Der Punkt ist, dass sie nicht länger als nötig warten soll. Und darum brauche ich Mira. Wenn Sie sie entbehren können?«

»Aber natürlich«, antwortete Mrs Finchley. »Wenn sie das möchte.«

»Das tue ich.« Mira lehnte sich vor. »Wann soll ich anfangen?«

»Direkt morgen, wenn du kannst«, sagte Ahmad. »Ich brauche dich nur diese Woche.«

»Ist das alles?« Der eifrige Ausdruck verschwand aus Miras Miene.

Finchley und seine Frau sahen sich an. Mit nur einem Blick fand eine unausgesprochene Unterhaltung statt. Beide erhoben sich praktisch gleichzeitig.

»Da das entschieden ist«, sagte Mrs Finchley und legte die Hand auf den Arm ihres Manns, »geben wir euch beiden ein bisschen Privatsphäre.«

»Ihr könnt auch mein Bücherzimmer nutzen, wenn euch das lieber ist«, bot Mr Finchley an. »Und bitte bedient auch am Portwein.«

Ahmad stand auf, als die Finchleys das Esszimmer verließen. Die Tür schwang hinter ihnen zu, und er blieb allein mit Mira zurück. Sie war seltsam still. »Möchtest du ein Glas?«, fragte er sie.

»Vom Portwein?«

»Warum nicht?« Er nahm die Karaffe und zwei Gläser aus einem Mahagonischrank. Im Allgemeinen tranken Damen keinen Portwein. Es war ein Herrengetränk, das nach dem Essen genossen wurde, wenn die Männer unter sich waren, frei von den Beschränkungen weiblicher Gesellschaft.

»Weil er widerlich ist«, erwiderte sie.

»Du hast ihn noch nie probiert.« Ahmad schenkte ihnen ein. Ein alter Jahrgang, wie es aussah. Die dunkelgelbe Flüssigkeit leuchtete im Licht des Kristalllüsters an der Decke. Er reichte Mira ein Glas. Es war ein bisschen mehr als ein Schluck. »Hier. Probier mal. Vielleicht macht es das einfacher.«

Mira hob das Glas an die Nase und roch skeptisch daran. »Was denn?«

»Was immer es ist, das du mir zu sagen hast.«

Sie starrte ihn an. Ihre grünen Augen waren wachsam, ihr Mund wirkte traurig.

»Ich kenne dich, *bahan*«, sagte er.

Und selbst wenn nicht, hätte das Verhalten der Finchleys nicht deutlicher sein können. Ihr plötzlicher Rückzug. Der Eifer, Ahmad und Mira Privatsphäre zu geben. Es war nicht gerade subtil.

Er setzte sich neben sie. »Was ist los?«

Mira starrte ihr Glas an und nahm einen kleinen Schluck. Sie verzog das Gesicht, musste husten und sagte plötzlich: »Ich vermisse dich.«

Das war nicht, was Ahmad zu hören erwartet hatte. Nicht ganz so direkt und mit so viel Verwundbarkeit hinter den Worten. Plötzlich hatte er einen Kloß im Hals und wusste nicht, wie er darauf reagieren sollte.

Er nahm an, zu wissen, dass sie ihn vermisste. Er nahm an, es war der Grund, warum sie ständig in der Schneiderei auftauchte. Ein vergeblicher Versuch, die Nähe bei Mrs Pritchard wiederherzustellen. Damals hatten sie beide in derselben Dachkammer mit einem verschlissenen Wandschirm zwischen ihren Betten geschlafen.

Alles andere als ideal.

Natürlich wäre ihm damals eine respektablere Arbeitsstelle lieber gewesen. Eine sicherere. Unglücklicherweise hatte er keine Wahl gehabt. Nicht, wenn Mira und er zusammenbleiben wollten.

»Achte darauf, dass sie sich während der Öffnungszeiten nicht blicken lässt«, hatte Mrs Pritchard an dem Tag gesagt, als Mira und er angekommen waren. *»Ich will nicht, dass einer von den Herren auf irgendwelche Ideen kommt.«* Damit hatte sie die beiden die wacklige Treppe nach oben gescheucht. *»Und ich will nichts von dem Kauderwelsch hören, das eure Leute gern reden. Das schreckt die Kunden ab. Sprecht Englisch oder haltet euren Mund.«*

Ahmad war erst fünfzehn gewesen und Mira gerade acht geworden. Sie hatte sich schwach an seinem schäbigen Wollmantel festgeklammert und ihr Gesicht gegen seinen Ärmel gedrückt. Er erinnerte sich daran, wie er ihr einen schützenden Arm um die schmalen Schultern gelegt hatte.

Das war nicht alles, woran er sich erinnerte.

Da war der Gestank dieses Orts, feucht und sauer, nach Schweiß und Sex. Und das Gefühl von Mrs Pritchards Fingern in seinen Haaren, als er durch die Tür gegangen war.

Genau wie Lady Heatherton es getan hatte.

»Wir waren immer zusammen«, sagte Mira. »Seit wir nach England gekommen sind. Dasselbe Haus, dasselbe Zimmer. Du warst meine ganze Welt. Und nun bist du fort …«

»Ich bin nicht fort«, widersprach er. »Die King William Street ist nur drei Meilen von hier entfernt.«

»Es könnten genauso gut hundert Meilen sein.«

»Aber wir sehen uns noch. Du kommst doch oft genug vorbei.«

»Natürlich tue ich das.« In ihrer Stimme lag eine Spur Verbitterung. »Ich habe hier in Mayfair keine Freunde. Und es ist nicht sicher, so häufig ins East End zu gehen, um die Freunde zu sehen, die ich bei Mrs Pritchard zurückgelassen habe.«

»*Was?*« Fast hätte er seinen Portwein ausgespuckt.

Sie starrte ihn trotzig an. »Hast du etwa gedacht, ich könnte das Leben vergessen, das wir hinter uns gelassen haben?«

»Ja. Genau das habe ich.« Es kostete ihn all seine Geduld, ruhig zu bleiben. »Du hast keinen Grund, an diesen Ort zurückzugehen. Hier bist du sicher. Weit weg von all dem Schmutz.«

Es war die eine gute Sache in all dem: ihr Leben hier bei den Finchleys. Das Leben einer Gesellschafterin. Eine bessere Existenz, als er ihr jemals hätte geben können. Hier in diesem Haus hatte sie gutes Essen, saubere Luft und ein warmes Bett. Eine Zuflucht, weit weg vom Elend des East End und den verdorbenen Gestalten, die Mrs Pritchards Etablissement aufgesucht hatten.

»Es war nicht schlecht«, erwiderte Mira. »Nicht alles.«

»Nein, nicht alles«, gab er zu. »Wir nicht. Und einige der Mädchen auch nicht. Was Pritchard und den Rest von ihnen angeht …« Die bloße Vorstellung, dass seine Cousine dorthin zurückkehrte, drehte ihm den Magen um. »Gütiger Himmel, Mira. Wie oft …«

»Spielt keine Rolle.«

»Doch, das tut es. Mrs Pritchard und wir sind nicht gerade im Guten auseinandergegangen.« Es war zu einer Handgreiflichkeit und daraus resultierend zu einem Skandal gekommen. Ahmad hatte die Deportation gedroht. »Wenn die Finchleys nicht interveniert hätten …«

»Ich weiß, ich weiß.« Der Trotz verschwand aus Miras Augen. »Du hast recht. Ich hätte nicht gehen sollen. Das waren ohnehin nie meine Freunde. Das ist mir jetzt klar. Sie haben mich nur toleriert, weil sie dich mochten.«

Mochten.

Das Wort hinterließ einen sauren Geschmack in seinem Mund. Ja, Mrs Pritchard hatte ihn gemocht. Sehr sogar.

Er trank einen Schluck Portwein. Er brannte in seiner Kehle. »Du hast keine Ahnung, wovon du da redest.«

»Ich hatte dort nie wahre Freunde. So viel weiß ich. Ich dachte, ich hätte welche. Eine Person insbesondere. Doch meine letzten Briefe blieben unbeantwortet. Es war an der Zeit, der Wahrheit ins Auge zu blicken.«

»Briefe an wen?«

»Spielt keine Rolle«, sagte sie erneut.

»Augenscheinlich wohl doch, wenn es dich so traurig macht.«

»Ich bin traurig, weil ich allein bin. Weil ich nirgendwo hinzugehören scheine.«

Ahmad seufzte. »Du bist schüchtern, das ist alles. Das warst du schon immer.« Schüchtern und durch eine Krankheit gezeichnet, das gleiche Schweißfieber, das ihre Mutter dahingerafft hatte. Sie hatte Mira als blasses, schwaches Kind zurückgelassen, das völlig von ihm abhängig gewesen war.

»Ich treibe dahin.«

Es fühlte sich wie ein Vorwurf an. Eine Anklage.

»Was soll ich dazu sagen?«, fragte er.

»Nichts. Ich dachte nur, dass du es wissen solltest. Darum bin ich auch so über den gegenwärtigen Zustand deiner Finanzen besorgt.«

»Unserer Finanzen«, korrigierte er sie. Ein Teil der Summe auf seinem Konto gehörte ihr. Eine Belohnung, die ihnen eine dankbare Lady Helena für die Hilfe bei der Suche nach Lord Castleton gewährt hatte. Das Geld war für die Eröffnung eines Modegeschäfts gedacht.

Und dafür würde es auch genutzt werden, sobald sein Ruf gut genug war, um eines am Laufen zu halten.

»Dann eben unsere Finanzen«, sagte sie. »Obwohl ich nichts getan habe, um dieses Geld zu verdienen. Du warst es, der all diese Leute befragt hat, nicht ich.«

»Du hast genug geholfen«, erwiderte er grimmig. Die Reise hatte Miras Gesundheit strapaziert und die Hitze in Ägypten und Indien sie noch weiter geschwächt. Sie war nicht mehr an extreme Temperaturen gewöhnt. Es hatte Monate gedauert, bis sie sich wieder einigermaßen erholt hatte. »Und du musst nicht besorgt sein«, sagte er. »Unsere Finanzen sind in hervorragendem Zustand.«

Sie trank einen Schluck Portwein und verzog erneut das Gesicht. »Du hast Beträge abgehoben.«

Er starrte sie an. »Woher …«

»Ich habe es erraten. Was nicht besonders schwer war. Schließlich schuldet dir Miss Walters hundert Pfund, und die Viscountess verlangt immer nach den besten Materialien.« Mira schwieg einen Moment, bevor sie fragte: »Wie viel hast du genommen?«

»Nur genug, um die Ausgaben zu decken. Stoffe, Besätze und so weiter.«

»Und Lady Heatherton hat vor, zu bezahlen?«

»Irgendwann, nachdem die Kleider geliefert wurden. Es ist nicht ungewöhnlich, dass sich die Damen der Gesellschaft Zeit lassen, um die Rechnungen ihrer Schneider zu bezahlen. Das weißt du doch. Es ist ein Berufsrisiko.«

»Ja, aber …« Ihre Finger krümmten sich um das Glas. »Ich bin davon abhängig, dass du dein eigenes Geschäft eröffnest. Damit ich bei dir arbeiten, dir bei deinen Entwürfen helfen und deinen Haushalt führen kann.«

Er hätte aufgelacht, wenn das Thema nicht so sensibel gewesen wäre. »Ich habe keinen Haushalt, den du führen könntest.«

»Noch nicht. Aber nicht mehr lange, dann wirst du erfolgreich sein. Das musst du. Mein ganzes Glück hängt davon ab.«

Wieder drehten ihm ihre Worte den Magen um. Ihm war mehr als bewusst, dass Mira auf ihn angewiesen war. Es half nicht, es auch noch zu hören. Nicht unter diesen Bedingungen. Es gab gerade genug, das ihn beschäftigte. »Ich dachte, du wolltest heiraten? Eines Tages dein eigenes Heim haben? Du hast so oft davon gesprochen.«

Sie zuckte mit den Schultern. »Ich bin erwachsen geworden.«

»Mira …«

»Ich meine es ernst. Wenn Mr Doyle am Ende des Sommers in den Ruhestand geht, musst du seinen Mietvertrag übernehmen und dein eigenes Geschäft eröffnen. Du musst einen Platz für mich schaffen. Denn sonst …«

»Ich tue, was ich kann«, sagte er. »Aber ich kann nichts versprechen. Die Saison hat ja noch nicht mal richtig begonnen.«

»Du wirst Erfolg haben. Sobald Lady Heatherton eines deiner Kleider trägt, werden alle sehen, wie gut du bist, und dann …«

»So einfach ist das nicht. Gott, ich wünschte, das wäre es.« Er lehnte sich zu ihr vor. »Verstehst du denn nicht, *bahan*? Bei einem Mann wie mir reicht es nicht, wenn er in dem, was er tut, gut ist. Es reicht nicht, wenn er großartig ist. Um Erfolg zu haben und akzeptiert zu werden, muss er außergewöhnlich sein. Besser als die besten. Sogar besser als Charles Worth. Es gelten völlig andere Maßstäbe.«

»Wegen unserer Herkunft.«

»Zusammengefasst? Ja.«

Sie ließ den Kopf hängen. »Und was genau ist unsere Herkunft? Wir haben kein Volk. Kein Heimatland. Keine Familie, bis auf uns.«

Er fühlte einen Anflug von Mitleid mit ihr.

In seiner Jugend hatte er sich häufig so gefühlt wie sie jetzt. Das Gefühl, immer außerhalb zu stehen, isoliert und zurückgewiesen von der Gesellschaft, in der sie lebten. Der britischen Gesellschaft.

Die indische hatte sie auch nicht freundlicher aufgenommen.

Als Ahmad vor zwei Jahren dorthin zurückgekehrt war, war er sich dort ebenso fehl am Platz und fremd vorgekommen wie jeder Engländer. Mira hatte es ebenfalls gespürt. Diese fehlende Verbindung. Die Abwesenheit eines Zuhauses.

»Wir sind in dieser Hinsicht nicht allein«, sagte er.

»Du nicht. Du hast ein Leben außerhalb dieses Hauses. Eine Bestimmung.«

»Das stimmt«, gab er zu. »Aber das bedeutet nicht, dass es einfach war.«

Die britische Kolonialherrschaft warf einen langen Schatten über sein Leben, einschließlich der Stoffe, mit denen er arbeitete, und des Zuckers, mit dem er seinen Tee süßte. Wenn man zu lange darüber nachdachte, bestand die Gefahr, über die Ungerechtigkeit des Ganzen zu verzweifeln.

Doch das durfte sich Ahmad nicht erlauben. Nicht, solange Mira auf ihn zählte.

Um unter Engländern zu leben und zu arbeiten, hatte er schon vor langer Zeit einen unbehaglichen Kompromiss mit sich schließen müssen. Er hatte sich vorgenommen, all das Raubgut des Kolonialismus zu nehmen – die chinesische Seide und den indischen Musselin – und es in etwas Schönes zu verwandeln. Etwas, das einzigartig und allein sein Werk war.

Es war natürlich nur eine symbolische Übung, doch eine mächtige.

»Als Mann hast du leicht reden«, sagte Mira. »Eines Tages wirst du jemanden treffen, dich verlieben, heiraten und …«

»*Mich verlieben?*« Ahmad war so überrascht, dass er freudlos auflachte. »Wie sind wir denn auf dieses Thema gekommen? Du weißt, dass ich an Romanzen kein Interesse habe. Ich will nur einen Modesalon eröffnen.«

»Und du willst, dass man dich für außergewöhnlich hält«, sagte sie.

»Meine Entwürfe sind außergewöhnlich. Die Leute müssen sie nur sehen. Die *richtigen* Leute.«

»Die Elite.«

»In der Tat.« Bis jetzt hatte keine seiner Kundinnen zur guten Gesellschaft gehört. Nicht mal Lady Helena. Obwohl sie die Schwester eines Earls war, hatte sie unter ihrem Stand geheiratet und führte nun ein zurückgezogenes Leben mit Mann und Kind in einer entlegenen Abtei an der Küste von North Devon.

Mira sah ihn nachdenklich an. »Du baust auf Viscountess Heatherton.«

»Sie ist bekannt dafür, die Mode zu bestimmen.«

»Das ist nicht das Einzige, für das sie bekannt ist«, sagte Mira unheilschwanger.

Ahmad wusste nur zu gut, worauf sie anspielte, sah aber keinen Grund, warum Mira es auch wissen sollte. »Wieder diese Klatschblätter?« Er sah sie stirnrunzelnd an. »So vergeudest du also deine Zeit?«

»Mit Lesen? Ja. So lerne ich etwas über die Welt.«

»Aus den Skandalblättern.«

»Aus allen Zeitungen. Aus Büchern. Und davon, was die Leute erzählen, wenn ich mit Mrs Finchley unterwegs bin. Du kannst mir glauben. Die Viscountess ist nicht dafür bekannt, eine besonders nette Person zu sein.«

Auch das wusste Ahmad. Er kippte den Rest seines Portweins herunter. »Mit Lady Heatherton werde ich schon fertig.«

8. KAPITEL

Evelyn schlug die Kapuze ihres Capes zurück, als sie die Ställe betrat. Hephaestus stand an der Holztür seiner Box und begrüßte sie mit einem leisen Wiehern. Seine lange Mähne hing ihm wie ein schwarzer Vorhang über die Augen …

»Hast du auf mich gewartet?« Sie näherte sich ihm mit ausgestreckten Händen, umfasste seinen Kopf und gab ihm einen Kuss auf seinen samtweichen Nasenrücken. »Hübscher Junge. Wie geht es dir heute Abend? Ist dir langweilig? Hast du Heimweh?«

Während sie leise mit ihm sprach, legte er behutsam den Kopf auf ihre Schulter. Sein Atem war warm und sanft, und die langen Tasthaare kitzelten ihre Wange.

Sie hatte keine Angst davor, dass er sie beißen könnte. In Hephaestus war kein bisschen Bösartigkeit. Nur die gleiche Zuneigung zu ihr, die sie auch für ihn empfand. Sie streichelte über seine zerzauste Mähne. »Ich hab auch Heimweh«, gestand sie ihm flüsternd. »Ganz furchtbar.«

»Sind Sie das wieder, Miss?«, durchbrach die Stimme eines Mannes die Dunkelheit.

Evelyn zuckte zusammen. »Gütiger Himmel, Lewis! Du hast mich fast zu Tode erschreckt. Ich dachte, du wärst beim Abendessen?«

Lewis tauchte mit einem öligen Lumpen in der einen und einem halb polierten Zaumzeug in der anderen Hand aus den Schatten auf. »Hab schon im *Seven Bells* gegessen. Mir ist nicht besonders nach der Gesellschaft in diesem Haus. Nichts für ungut.«

»Schon in Ordnung.« Evelyn ging es ähnlich. Nicht, was die Gesellschaft anging, sondern den Mangel daran. Sie hatte heute Abend wieder allein gespeist und war von einer stummen Mrs Quick und einem ebenso stummen Lakaien bedient worden. Onkel Harris nahm sein Abendessen in seinem Club ein und hatte das Haus am frühen Nachmittag verlassen. Der Himmel allein wusste, wann er zurückkehren würde. »Gewöhnt sich Hephaestus gut ein?«

»Er frisst jedenfalls gut.«

»Alles andere würde mich auch wundern. Es braucht mehr als einen Ortswechsel, um ihm den Appetit zu verderben. Er hatte schon immer einen beneidenswert robusten Magen.« Sie kraulte Hephaestus hinter den Ohren. »Und abgesehen vom Fressen?«

»Er ist ruhelos. Scharrt an der Tür seiner Box.«

Ruhelos.

Genau wie sie.

»Er vermisst seine Koppel.« Sie strich über den seidigen Hals des Hengstes. In Combe Regis hatte er den Großteil des Tages auf der eingezäunten Weide verbracht, sich im Schlamm gerollt oder unter seinem schattenspendenden Lieblingsbaum gedöst. Völlig sorgenfrei.

Nein. Sie war es, die damit begonnen hatte, sich Sorgen zu machen, während er sich von einem Fohlen zu einem großen prächtigen Hengst entwickelt hatte – einem äußerst wertvollen Vollblutpferd. Sie war immer davon ausgegangen, dass sie Hephaestus nach ihrer Hochzeit mit Stephen Connaught in ihr neues Heim mitnehmen würde. Dass er für viele Jahrzehnte ihr Reitpferd und geliebtes Haustier sein würde.

Mehr als das.

Als verheiratete Frau hätte sie Hephaestus zur Züchtung einsetzen können. Das war es, was Papa ursprünglich für den Hengst im Sinn gehabt hatte. Bislang war es Evelyn nicht gelungen, diesen Plan umzusetzen. Nicht, weil sie sich in der Pferdezucht nicht ausgekannt hätte, sondern weil ledige Frauen nichts über solche Dinge wissen durften. Sich damit zu beschäftigen hätte sie auf verheerende Weise exzentrisch wirken lassen, was nicht nur ihrem Ruf, sondern auch dem ihrer jüngeren Schwestern geschadet hätte.

Noch ein weiterer Grund, warum sie gehofft hatte, Stephen zu heiraten.

Er hätte ihr nur noch einen Antrag machen müssen. Gemocht hatte er sie wohl durchaus. Und waren sie nicht auch Freunde gewesen? Alles, was gefehlt hatte, war ein bisschen mehr Zeit. Ein weiterer Sommer, in dem sie zusammen ausgeritten wären, und er hätte sie gefragt.

Natürlich hatte sich mit Fennys Verschwinden all das geändert.

Nun war an eine Heirat mit Stephen Connaught nicht mehr zu denken.

Evelyn hatte den Entschluss gefasst, jemand anderen zu ehelichen. Jemand Neues. Nicht nur im Interesse ihrer Schwestern, sondern auch um ihrer selbst willen. Nicht, weil sie sich ein schönes Haus und schöne Kleider wünschte. Nicht, weil sie sich nach Reichtum oder Kindern sehnte. Sondern weil ein Reitpferd teuer war. Viel zu teuer für eine Familie, deren Vermögen zusehends dahinschwand. Der Verkauf eines Hengstes wie Hephaestus könnte ein hübsches Sümmchen einbringen.

Tante Nora hatte nichts in dieser Richtung gesagt. Noch nicht. Aber das würde sie, und zwar bald, wenn Evelyn nicht mit einem Heiratsantrag aus London zurückkehrte.

»Ich werde morgen Früh wieder mit ihm ausreiten«, sagte sie. »Kannst du ihn für Sonnenaufgang bereit machen?«

Lewis nickte.

Am nächsten Morgen verließ Evelyn das Haus im Morgengrauen für ihren Ausritt in die Rotten Row. Hephaestus stolzierte und tänzelte und warf seinen Kopf hin und her, als sie den Park erreichten. Genau wie beim letzten Mal ließ sie ihn zeigen, was er konnte, bis Hals, Schultern und Flanken des Pferdes schweißnass waren.

Bis auf einige wenige Fußgänger auf dem taubedeckten Rasen war niemand zu sehen. Ihrer Kleidung nach hielt Evelyn sie für Arbeiter. Während sie die Rotten Row entlangritt, hielt sie Ausschau nach Julia Wychwood, doch weder sie noch ihr schwarzes Jagdpferd waren zu entdecken. Außer Evelyn war überhaupt niemand zu Pferde unterwegs.

Vielleicht ritt Miss Wychwood inzwischen wieder nachmittags mit Lady Anne und Miss Hobhouse aus?

Die drei Furien.

Der Gedanke ließ Evelyn lächeln.

Lieber würde sie als Furie bezeichnet werden denn als Mauerblümchen oder Blaustrumpf. Die griechischen Furien waren beeindruckende Schwestern, die nach Gerechtigkeit trachteten – und nach Rache.

Das gefiel ihr.

Was nur wieder bewies, dass sie im Herzen eben doch ein Blaustrumpf war.

Ihr Lächeln erstarb, und sie ließ Hephaestus in den Trab fallen, während sie den Park verließ. Dicht hinter ihr folgte Lewis.

Sie würde hart an sich arbeiten müssen, um sich für die heiratswürdigen Junggesellen, die sie während der Saison kennenlernte, attraktiver zu machen. Kein Mann wollte eine Exzentrikerin umwerben. Die Herren der feinen Gesellschaft wollten Damen, die sanft und lieb waren. Die ihnen in ehrfürchtigem Schweigen lauschten und ihren sittsamen Mund nur aufmachten, um den Ideen eines Mannes zuzustimmen oder über seine schlechten Witze zu lachen.

So war sie einfach nicht. War es nie gewesen.

Du musst dich nicht ändern, sagte sie sich. *Nicht wirklich. Es ist nur ein Spiel. Ein Spiel, das du für eine Weile mitspielen musst.*

Sobald sie einen passenden Herrn gefunden hatte, konnte sie wieder ihr wahres Ich zeigen. Sie würde es ganz behutsam tun, Stück für Stück. Wer konnte schon sagen, ob der fragliche Gentleman sie nicht auch so mögen würde, wie sie wirklich war? Vielleicht würde er sich sogar in sie verlieben.

Ein unmöglicher Traum.

Sie wagte nicht, daran zu glauben. Solche Träume führten nur zu bitterer Enttäuschung.

Es war besser, pragmatisch zu sein. Sich an ihren Plan zu halten. Schließlich war die Ehe eine geschäftliche Transaktion. Jeder Gentleman von Rang und Reichtum würde das Gleiche sagen. Sie war entschlossen, sie als ebensolche zu betrachten. Was den Rest anging …

Es war besser, nicht allzu lange über die genaueren Einzelheiten nachzudenken. Über die Intimität, die am Ende des Umwerbens und Antrags kam. Die Küsse und Umarmungen.

Die Hochzeitsnacht.

Und all das mit einem Fremden. Mit jemandem, den Evelyn nicht aus Liebe heiratete, sondern weil er vermögend und mächtig war und ihrer Familie helfen konnte.

Das war keine Kleinigkeit.

Zurück am Russell Square wusch sich Evelyn, zog sich um und richtete ihre Frisur. Der Tag dehnte sich leer vor ihr aus.

Keine Termine oder Besucher, um die Monotonie zu durchbrechen. Sie blieb immer noch für sich, versteckte sich im Haus und wartete auf den Moment, in dem sie ihr offizielles Debüt geben konnte.

Morgen früh war ihre letzte Anprobe bei Mr Malik. Sie hatte also noch einen ganzen Tag durchzustehen. Ebenso ruhelos wie Hephaestus rief sie Agnes, um sich von ihr zur Buchhandhandlung *Hatchards* begleiten zu lassen.

»Mein Onkel hat die Kutsche genommen«, sagte Evelyn, während sie Haube, Handschuhe und Paletot anlegte. »Aber wir können einen Omnibus nehmen. Es ist nicht weit.«

Agnes schien von der Aussicht nicht besonders begeistert zu sein.

Die fast zwei Meilen währende Fahrt, während der sie in einem überfüllten Pferdeomnibus hin und her geschüttelt wurden, trug nicht dazu bei, ihre Laune zu bessern. Als die endlich in der Piccadilly Street vor der berühmten Buchhandlung ausstiegen, musterte Agnes angewidert das Schaufenster.

»Du musst nicht mit hineinkommen, wenn du nicht möchtest«, sagte Evelyn. Vor dem Geschäft standen Bänke, die von den Dienern anderer Kunden besetzt waren – einem jungen Mädchen in einem schwarzen Wollkleid und zwei livrierten Lakaien. »Du kannst hier warten, wenn dir das lieber ist.«

»Wenn es Ihnen nichts ausmachen würde, Miss?« Agnes warf einem der Lakaien einen Blick zu, den dieser erwiderte. »Mit Büchern konnte ich noch nie viel anfangen.«

»In Ordnung. Es wird nicht lange dauern.« Evelyn betrat das Geschäft allein. Sofort stieg ihr ein angenehmer Duft in die Nase, eine Zusammensetzung aus frischer Tinte, Papier und neuen Ledereinbänden… Sie atmete ihn tief ein und empfand eine seltsame Mischung aus Vorfreude und Seelenfrieden.

Für eine leidenschaftliche Leserin war eine Buchhandlung so etwas wie eine Kirche.

Ein kurioser Gedanke. Tante Nora würde ihn als Sakrileg bezeichnen. Doch für Evelyn war es ein angemessener Vergleich.

Sie und ihre jüngeren Schwestern liebten das Lesen. Es war eine ihrer wenigen Fluchtmöglichkeiten. Denn jeder staubige Foliant in Papas Bibliothek stellte eine Eintrittskarte in eine andere Welt dar. Die Regale quollen über vor Bänden über das antike Ägypten, Rom und Griechenland, daneben standen Sammlungen philosophischer Essays und Abhandlungen über die Flora und Fauna weit entfernter Länder. Ein Zeugnis der Liebe ihres Vaters zum Reisen. Die Maltravers-Mädchen hatten sie alle gelesen.

Doch Bücher waren ein Luxus.

Es war eine Ewigkeit her, seit sich Evelyn das letzte Mal einen Roman gekauft hatte. Ohne die Leihbücherei in Combe Regis hätte sie völlig auf das Lesen verzichten müssen. Leider war ihr das neueste Werk von Mr Dickens entgangen, denn die Bücherei hatte keine Ausgabe zur Verfügung gehabt.

Und darum verschwendete sie auch keine Zeit, sich bei *Hatchards* nach *Große Erwartungen* zu erkundigen.

Ein geschäftiger Angestellter an der Kasse schickte sie zu einem Wandregal. Dort waren Mr Dickens' Romane ordentlich mit Werken anderer Autoren und Autorinnen aufgereiht. Sie überflog die Namen auf den Buchrücken – Jane Austen, Wilkie Collins und Anthony Trollope. Und auch etwas von George Eliot.

Sie war versucht. Sehr versucht.

Aber nein.

Sie war wegen eines bestimmten Buches hergekommen. Es stand auf einem Regalbrett weit oben. Sie stellte sich auf die

Zehenspitzen und streckte die Hand danach aus. Ihre behandschuhten Finger berührten kaum den goldgeprägten Buchrücken.

Verflixt.

Der Angestellte würde es für sie herunterholen müssen. Sie wollte ihn gerade rufen, als ihr ein Gentleman zu Hilfe kam. Evelyn spürte seine Präsenz, noch bevor sie ihn sah – hochgewachsen, stark und männlich. Eine große Hand in einem schwarzen Handschuh griff über ihren Kopf hinweg, um das Buch mühelos aus dem Regal zu nehmen.

»Wenn ich dürfte«, sagte er.

Ihr Herz setzte einen Sprung aus und begann dann, wie wild zu klopfen. Nur drei Worte, dennoch hätte sie diese tiefe Stimme überall wiedererkannt. Sie drehte sich um und blickte geradewegs in ein Paar vertrauter dunkler Augen. »Mr Malik.«

Er trug einen elegant geschnittenen Anzug, und sein dichtes schwarzes Haar schimmerte im Sonnenlicht, das durch die Bleiglasfenster des Geschäfts hineinströmte. »Miss Maltravers.« Er reichte ihr das Buch. »Ist dies die Ausgabe, die Sie wollten?«

»Ja. Danke.« Sie nahm es entgegen und presste es an ihre Brust. »Was tun Sie denn hier?«

»Das Gleiche wie Sie, nehme ich an.«

»Vergeben Sie mir. Es ist nur … es kommt mir so seltsam vor, Sie außerhalb des Anprobezimmers zu sehen.« Als sie zu ihm aufsah, stiegen Erinnerungen an ihre letzte Begegnung in ihr auf. Sie war in ihrer Unterwäsche gewesen, und er hatte sie mit der Vertrautheit eines Liebhabers berührt.

Ein subtiles Lächeln umspielte seine Lippen, als wüsste er genau, woran sie dachte. »Gleichfalls.«

Hitze kroch ihren Hals hinauf. Gütiger Himmel. Er war doch nur ein Schneider. Kein potenzieller Galan. Nicht mal ein in Frage kommender Gentleman. Sie musste aufhören, auf diese Weise an ihn zu denken.

Es war aber seine eigene Schuld. Ein Schneider sollte nicht so schrecklich attraktiv sein und seine Kundinnen dahinschmelzen lassen, wenn sie ihn nur sahen.

Wenn *sie* ihn sah.

Sie befeuchtete ihre Lippen. »Sie, äh, sehen heute sehr gut aus, Mr Malik.«

Was?

»Und Sie …« Sein Blick fiel auf ihren schlichten Wollmantel über ihrem schlichten Tageskleid. Er runzelte die Stirn. »Ist das etwas Neues?«

»Etwas Altes. Ich bin nur kurz aus dem Haus, um mir dieses Buch zu kaufen. Ich bin also immer noch völlig inkognito.«

»Aber nicht mehr lange«, warnte er.

»Nein. Nicht mehr lange.« Die Aussicht auf ihr neues Reitkostüm hob ihre Stimmung. »Suchen Sie auch nach einer neuen Lektüre?«

»Nicht für mich, sondern für jemand anderen. Warum? Können Sie mir etwas empfehlen?«

»Das hängt davon ab, für wen Sie etwas suchen. Was für Geschichten mag er denn?«

»Sie.«

Sie.

Ein Anflug von Enttäuschung dämpfte Evelyns Lächeln. Mit einem Mal wurde ihr bewusst, wie wenig sie über ihn wusste.

Natürlich hatte er eine Liebste! Gütiger Himmel, wahrscheinlich war er verheiratet! Nur weil er keinen Ehering trug, bedeutete das nicht unbedingt, dass er keine Frau hatte … und wahrscheinlich mehrere Kinder. Aber das ging sie alles nichts an.

Sie drehte sich wieder zu den Regalen um. »In diesem Fall … was ist mit Liebesromanen?«

»Keine Liebesromane«, sagte er düster.

»Nein?« Gehörte er etwa zu jener Sorte Mann, die über Liebesromane die Nase rümpfte? Das taten viele. Dennoch hatte sie von ihm etwas Besseres erwartet. Ein Mann, der so wunderschöne Kleidung entwarf, sollte keine Aversion gegen Gefühle haben. »Und was ist mit dem hier? *Silas Marner.* Es wurde erst letztes Jahr veröffentlicht.«

Mr Malik nahm es aus dem Regal. Es war in braunes Leinen gebunden und goldgeprägt. »Worum geht es?«

»Um das Individuum und seinen Platz in der Gesellschaft. Der Held der Geschichte ist ein Weber. Ein Mann ohne Familie, der sich von der Gemeinschaft isoliert.«

»Ein bisschen zu nah an der Realität.« Er stellte das Buch zurück. »Sie braucht etwas Fröhliches. Etwas, das sie ein bisschen aufheitert.«

Evelyn fragte sich nach dem Grund. War sie krank? Melancholisch? War sie irgendwie enttäuscht worden? »In diesem Fall«, sie griff nach einem Roman von Jane Austen, »empfehle ich das hier.«

Er nahm es ihr ab und las skeptisch den Titel vor. »*Northanger Abbey*.«

»Es ist Miss Austens Satire eines Schauerromans. Höchst unterhaltsame Lektüre. Es sollte sie von dem ablenken, was sie bedrückt.«

Mr Malik blätterte es durch. Er wirkte nicht überzeugt.

»Ich gebe zu«, sagte Evelyn, »dass es durchaus eine Liebesgeschichte darin gibt, doch sie ist eher geistreich als rührselig geschrieben. Ich kann mir nicht vorstellen, dass es ihr nicht gefällt.«

»Es ist dennoch eine Liebesgeschichte.«

Jemand hustete, und ein Buch wurde geräuschvoll zurück ins Regal geschoben. Es war eine Erinnerung daran, dass Mr Malik und sie nicht unter sich waren. Ganz im Gegenteil. Das Geschäft schien immer voller zu werden.

Evelyn senkte ihre Stimme. »Was hat sie denn gegen Liebesgeschichten?«

»Nichts«, erwiderte er ebenso leise. »Ich möchte nur nicht, dass sie auf Ideen kommt.«

»Was für Ideen?«

»Über wahre Liebe und all diesen Unsinn.«

Evelyns Rock streifte sein Bein. Verspätet wurde ihr klar, wie nah sie beieinander standen. Dass ihre Unterhaltung etwas Intimes angenommen hatte. »Sie halten das für Unsinn?«

»Ich glaube nicht an Märchen.«

Sie sah ihn amüsiert an. »Ist denn jede Liebesgeschichte ein Märchen?«

»Meiner Erfahrung nach.«

»Wie aufschlussreich.«

»Ach ja?« Er blätterte weiter.

»In der Tat. Sie sind ein Zyniker, Mr Malik. Das hätte ich nicht erwartet.«

»Ich bin Realist.«

»Wahre Liebe gibt es. Zumindest für einige Menschen. Und selbst wenn nicht … ein wenig Romantik hat noch niemandem geschadet.«

Er sah sie an. In seinen Augen lag ein Ausdruck, den sie nicht deuten konnte. »Finden Sie?«

Und wieder hatte sie Schmetterlinge im Bauch. Das gleiche Gefühl, das sie empfunden hatte, als er das erste Mal ihre Hand berührt hatte. Ein Kribbeln, das ihr den Atem raubte. Als ob ihr Korsett zu eng geschnürt wäre. »Ja«, sagte sie. Und dann fiel ihr Fenny ein. »Jedenfalls nicht in einem Roman.«

Sein Mund verzog sich zur flüchtigen Anspielung eines Lächelns.

Erneut hatte sie das unangenehme Gefühl, dass er ihre Gedanken lesen konnte. »Ich sollte aufbrechen. Meine Zofe wartet draußen.«

Er klappte das Buch zu und behielt es in der Hand. »Danke für Ihre Hilfe.«

»Es war mir ein Vergnügen. Ich hoffe, Ihre …« Gattin? Verlobte? »Ich hoffe, sie hat Freude an dem Roman.«

»Meine Cousine.«

Fast stolperte Evelyn bei dem Versuch, einen weiteren Schritt rückwärts zu gehen. »Ich bitte um Verzeihung?«

»Das Buch ist für meine Cousine.«

Seine Worte drangen zu ihr durch, bevor sie ihre Züge unter Kontrolle hatte. Sie war sicher, dass ein Ausdruck von Erleichterung in ihrem Gesicht aufgeblitzt war.

Und genauso sicher war sie, dass er es gesehen hatte.

Der Himmel allein wusste, was er nun denken mochte.

»Ihre Cousine. Nun, das ist … das ist großartig.« *Großartig?* Evelyn schloss verlegen die Augen. Am liebsten wäre sie im Erdboden versunken. Sie trat einen weiteren Schritt zurück. »Bitte richten Sie ihr meine besten Empfehlungen aus.«

Sein Lächeln wurde breiter. »Das werde ich.«

Sie wagte nicht, noch ein weiteres Wort zu sagen. Gütiger Gott. Er amüsierte sich über sie. Und zwar nicht auf eine gute Weise. Zweifellos machten sich zahllose Damen vor ihm zum Narren.

Evelyn weigerte sich, eine von ihnen zu sein.

Sie machte auf dem Absatz kehrt, marschierte zur Kasse, wo sie hastig ihr Buch bezahlte, und dann floh sie mit so viel Würde, wie ihr geblieben war, aus dem Geschäft.

9. KAPITEL

»Ich kann dich begleiten«, bot Mira an. Sie saß am Tisch in Ahmads Wohnung und hielt Nadel und Faden in der Hand. Sie war fast damit fertig, die einzelnen Teile von Miss Maltravers zweitem Reitkostüm zusammenzufügen.

»Das ist nicht nötig«, sagte Ahmad. »Ich brauche dich hier.« Er zog seinen Gehrock über. »Das Kostüm, das ich heute Morgen anpasse, ist so gut wie fertig. Es sind diese Reitröcke hier, an denen noch gearbeitet werden muss.«

Mira nähte weiter, wie immer gewissenhaft und mit ruhiger Hand. Sie war daran gewöhnt, stundenlang zu sticken. Die Beschäftigung schien ihre Laune zu bessern, genau wie das Buch, das er ihr mitgebracht hatte. Sie las darin während ihrer Pausen – wenn sie überhaupt welche machte.

»Und Lady Heathertons Ballrobe?«, fragte sie. »Du musst sie morgen ausliefern.«

»Die stelle ich fertig, wenn ich zurückkomme.« Er gab Mira im Vorbeigehen einen Kuss auf die Wange. »Halte die Tür verschlossen.«

Er ging die Treppe hinunter und hinaus auf die Straße, wo er sich eine Droschke rief, die ihn zur Schneiderei brachte.

Miss Maltravers' letzte Anprobe war für zehn Uhr am Vormittag angesetzt. Ihm wäre lieber gewesen, wenn sie nach Feierabend gekommen wäre. Dann wären sie unter sich gewesen. Etwas, das er sich bei seinen bisherigen Kundinnen nie gewünscht hatte.

Doch die Zeit drängte.

Die Wahrheit war, dass er zu viele Aufträge angenommen hatte. Selbst mit Miras Unterstützung behielt er gerade noch so den Überblick und konnte nur hoffen, die Bestellungen fristgemäß auszuführen, ohne seine Ansprüche herunterzuschrauben.

Wenn das Geschäft weiterhin so gut lief, konnte er vielleicht bald eine weitere Hilfe einstellen. Viele Näherinnen arbeiteten von zu Hause aus. Er kannte auch schon die Richtige dafür. Becky Rawlins, ehemals bei Mrs Pritchard beschäftigt, war eine Könnerin mit der Nadel. Er sollte es wissen. Schließlich hatte er selbst ihr das Nähen beigebracht.

»Sie haben Mr Fillgrave verpasst«, sagte Doyle, als Ahmad im Geschäft an der Conduit Street ankam. »Er hat ausdrücklich nach Ihnen gefragt.«

»Hat er das?« Ahmad ging direkt nach hinten durch.

Doyle folgte ihm ins Arbeitszimmer. Dort waren zwei junge Männer – Mr Beamish und Mr Pennyfeather – damit beschäftigt, die Teile eines Herrenanzugs zuzuschneiden und zusammenzustecken. »Er hat einen neuen Gehrock und Hosen bestellt. Und er hat darauf bestanden, dass Sie sie anfertigen.«

Ahmad nahm Miss Maltravers' Reitkostüm von seinem Arbeitstisch. Er war gestern bis spät in die Nacht im Geschäft geblieben, um die letzten Änderungen auszuführen. »Wie schnell braucht er die Sachen?«

»Bis nächste Woche. Wenn möglich früher.« Doyle betrachtete das Reitkostüm stirnrunzelnd.

Es war nicht das erste Mal, dass er Ahmads Arbeit musterte.

Der alte Schneider drückte sich oft in der Nähe von Ahmads Arbeitstisch herum und beobachtete ihn dabei mit genau dem gleichen Missmut. Einmal hatte Ahmad Doyle sogar dabei erwischt, wie dieser einen seiner Entwürfe ans Licht einer

Öllampe gehalten und mit seinen trüben Augen jeden Stich und Saum inspiziert hatte.

»Ich kann nicht.« Ahmad brachte das Kostüm in das Ankleidezimmer, wo er es für Miss Maltravers' Termin bereitlegte. »Ich habe zurzeit mehr Bestellungen, als ich erfüllen kann.«

Doyle blieb in der Tür stehen. »Was soll ich ihm sagen? Ich habe den Auftrag bereits angenommen.«

»Sagen Sie ihm, dass es dauern wird«, antwortete Ahmad.

Doyles Mund wurde zu einer schmalen Linie. Er murmelte etwas und kehrte in den Arbeitsraum zurück.

Ahmad achtete nicht weiter auf ihn. Doyle war nicht sein Arbeitgeber, ganz egal, wie sehr er sich das einbilden mochte.

Die nächsten fünf Minuten verbrachte Ahmad damit, die Stoffballen zu ordnen und darauf zu warten, dass es zehn Uhr wurde.

Miss Maltravers kam genau pünktlich und von ihrer Zofe begleitet.

Er verspürte einen Anflug von Enttäuschung.

Wie dumm von ihm.

Natürlich hatte Miss Maltravers ihre Zofe dabei. Was hatte er denn sonst gedacht? Dass es nur wieder sie beide sein würden, allein im Anproberaum? Nicht um diese Tageszeit, außer sie wollten einen Skandal.

»Guten Morgen«, grüßte Miss Maltravers. »Sie sagten doch zehn, oder?«

»Das habe ich.« Er führte sie ins Ankleidezimmer. »Ihr Reitkostüm liegt dort bereit.«

Sie ging sofort zum Tisch und hob die Teile an, um sie genauer zu betrachten. »Soll ich sie anziehen?«

»Ja, bitte. Ich bin gleich wieder zurück.« Er verließ den Raum und ging ruhelos auf und ab, bis eine angemessene Zeitspanne vergangen war.

Beamish und Pennyfeather beäugten ihn neugierig. Ahmad hatte nur selten mit ihnen zu tun, da er ihnen seine Aufträge nicht anvertraute. Dieses Gefühl beruhte auf Gegenseitigkeit, und sie schienen ihn mit einer Mischung aus Ehrfurcht und Verachtung zu betrachten. Seine Position in der Hierarchie der Schneiderei war ihnen ein Rätsel.

Ahmad hielt es nicht für nötig, sie den beiden zu erklären. Nach einem weiteren Blick auf die Uhr kehrte er ins Ankleidezimmer zurück. Miss Maltravers stand vor dem Spiegel und betrachtete sich darin.

Sie war allein und hielt ihre Brille in der Hand.

Sein Puls beschleunigte sich. »Was ist aus Ihrer Zofe geworden?«

»Sie holt ein Paket von der Putzmacherin ab«, erwiderte Miss Maltravers, ohne den Blick von ihrem Spiegelbild zu nehmen. Sie wirkte wie hypnotisiert.

Ahmad konnte es ihr nicht verdenken. Mit einem gründlichen Blick überprüfte er den Sitz und Fall ihres dunkelgrünen Reitrocks.

Er empfand Stolz.

Das Kostüm schmeichelte ihrer Figur genau so sehr, wie er beabsichtigt hatte.

Die Jacke war an den Hüften leicht überstehend und mit goldenen Knöpfen geschmückt. Kunstvoll platzierte Abnäher verliehen ihrer Büste Fülle und betonten ihre schmale Taille. Zusammen mit dem glockenförmigen Rock spiegelte das Kostüm die beabsichtigte Sanduhrform wider.

Kombiniert mit dem einzigartigen Liebreiz ihres Gesichts und dem warmen Glanz ihres dichten kastanienbraunen Haars war sie der Inbegriff sinnlicher Eleganz, geheimnisvoller Schönheit und Anmut.

Miss Maltravers drehte sich ein wenig nach rechts, um sich

von der Seite zu betrachten. In ihren großen Rehaugen lag ein eigenartiger Schimmer.

Plötzlich war er beunruhigt. Gütiger Himmel, sie hatte Tränen in den Augen. Er ging auf sie zu, war aber unsicher, was er tun sollte, und blieb stehen. »Sie sind bestürzt.«

»Nein. Nein, keineswegs.« Sie wischte sich eine Träne von der Wange. »Ganz im Gegenteil.« Ein wehmütiges Lächeln erschien auf ihren Lippen. »Sehen Sie, als ich zum ersten Mal hier war, sagte ich, dass ich Mode liebe. Das Problem war nur, dass sie diese Liebe niemals zu erwidern schien. Bis jetzt.«

Da dämmerte ihm der wahre Grund für ihre Tränen. Und mit der Erkenntnis kam ein Anflug von Zuneigung zu ihr, der so heftig war, dass es Ahmad den Atem raubte. »Dann gefällt es Ihnen also.«

»Es ist perfekt.« Sie betrachtete erneut ihr Spiegelbild. »Es … es ist wunderschön.«

Er stellte sich hinter sie. »*Sie* sind wunderschön.«

Sie errötete. »Wenn ich so erscheine, ist es allein Ihr Werk.«

»Ich bin kein Magier.«

»Oh doch. Und ich bin überzeugt, dass Sie auch Blei in Gold verwandeln können.«

»Alchemie war nicht mit im Spiel. Sie haben mir eine hervorragende Grundlage gegeben.«

Sie sah ihn mit schimmernden Augen im Spiegel an. »Danke dafür, Mr Malik. Ich wusste, dass Sie mich erstaunen würden.«

Sein Herz drohte ihm aus der Brust zu springen. Er verspürte das plötzliche Verlangen, sie zu berühren. Nicht als ihr Schneider, sondern als Mann. Ihr Gesicht in seine Hände zu nehmen und ihren sinnlichen, weichen Mund zu küssen.

Hitze kroch seinen Hals hinauf.

»Nun reicht es aber«, sagte er. »Ich werde ja sonst noch rot.«

Er bot ihr den Arm an und führte sie zu dem Holzpferd, das in einer Ecke stand. »Wenn ich darf?«

Sie nickte. Und ihre Wangen wurden noch etwas röter. Wahrscheinlich hätte es niemand sonst bemerkt. Er jedoch schon. Er war sich ihrer schmerzhaft bewusst und bemerkte jede kleinste Veränderung ihrer Stimmung und ihres Atems wie eine Stimmgabel.

Es musste aufhören. Was auch immer das hier darstellte. Es war die eine Sache, sich körperlich zu einer Kundin hingezogen zu fühlen. Aber eine ganz andere, zärtliche Gefühle für sie zu entwickeln. Keines von beidem war ihm je zuvor passiert, doch er wusste ganz genau, dass eines sehr viel gefährlicher war als das andere.

Er durfte sich keinen Fehltritt erlauben. Nicht jetzt, wenn seine ganze Zukunft auf dem Spiel stand.

Und Miras Zukunft ebenfalls.

Sie war davon abhängig, dass er Erfolg hatte. Und das würde ihm nicht gelingen, wenn er sich mit einem reitenden Blaustrumpf aus Sussex einließ, von dem niemand je gehört hatte.

Es war Zeit, sich wieder auf seine Arbeit zu konzentrieren, und zwar nur auf seine Arbeit.

Er legte seine Hände um Miss Maltravers' Taille und hob sie auf den alten Damensattel des Holzpferds.

Sie legte ihr Bein um den Sattelknauf. Dabei blitzten ihr dunkler Seidenunterrock und die enge Reithose auf. »Geht es so? Oder soll ich …«

»Genau so.« Er arrangierte den Rock über ihren Beinen und bis zum Steigbügel hinab, dann trat er zurück und musterte sie.

Lange Sekunden vergingen.

»Ich frage mich, was Sie sehen, wenn Sie mich so betrachten«, sagte sie.

Ihre Frage ließ ihn zusammenschrecken. Ihre Blicke trafen sich, und fast hätte er ihre Frage mit ungefilterter Ehrlichkeit beantwortet: Möglichkeiten. Das war es, was er sah, wenn er sie betrachtete. Nicht nur die Möglichkeiten, die sie für seine Entwürfe darstellte, sondern das, was sie ihm bedeuten könnte, wenn die Umstände anders wären. Wenn sie nicht aus unterschiedlichen Welten kommen würden.

Doch Möglichkeiten waren genau das. Dinge, die sein *könnten*, nicht Dinge, die tatsächlich *waren*. Und gerade jetzt konnte es sich Ahmad nicht leisten, an Märchen zu glauben.

Er zwang sich dazu, gleichgültig zu klingen. Geschäftsmäßig. »Ich betrachte nicht Sie, Miss Maltravers«, sagte er. »Sondern das Reitkostüm.«

Seine Worte fühlten sich wie ein Tadel an. Wenn sie das waren, hatte Evelyn sie wohl verdient. Sie war zu emotional geworden, als sie sich im Spiegel betrachtet hatte. Ihr waren sogar Tränen gekommen, gütiger Himmel. Zweifellos hatte sie Mr Malik damit in Verlegenheit gebracht. »Ja, ich weiß«, sagte sie. »Das habe ich ja auch gemeint. Dass ich mich frage, worauf Sie speziell achten.«

Mr Maliks Gesichtsausdruck war undurchschaubar. Obwohl sie in seinen dunklen Augen einen Funken Emotion zu sehen glaubte. Als wäre er erleichtert, dass ihre Frage nicht länger auf etwas Persönliches abzielte.

»Ein Reitrock ist oft länger als der eines Tageskleides, manchmal bis zu einem Viertel Yard. Ich achte immer sehr darauf, wie ich den Stoff nutze.« Er kehrte zu ihr zurück und arrangierte die Falten ihres Rocks. »Er muss anmutig um eine Reiterin fallen, selbst im Galopp. Doch gleichzeitig darf es nicht so viel Stoff sein, dass er sie behindert.«

»Wenn ich auf Hephaestus sitze, kann ich alles bewältigen«,

sagte Evelyn. »Ich sorge mich mehr um das Aussehen des Kostüms als um seine Funktionalität.«

Mr Maliks Mundwinkel verzogen sich zum Anflug eines Lächelns. »Wenn ich fertig bin, wird beides gewährleistet sein.«

Sie saß bewegungslos da, während er nicht nur den Rock arrangierte, sondern auch den Sitz ihres Mieders und der Ärmel überprüfte. »Ich komme mir auf diesen Holzpferden immer ein wenig albern vor«, gestand sie ihm.

»Das brauchen Sie nicht. Es ist nötig, um den Sitz des Kleidungsstücks zu überprüfen, bevor ich den Saum feststecke. Sie wollen doch nicht, dass Ihr Rock ungleichmäßig fällt, nicht wahr? Oder dass Ihre Jacke beim Reiten hochrutscht?«

»Natürlich nicht. Ich hoffe, mein neues Reitkostüm wird zu Pferde genauso hübsch aussehen wie vorhin im Spiegel.«

»Noch viel hübscher.« Er glättete einen ihrer Ärmelaufschläge. »Ich habe die Farbe gewählt, um Ihnen *und* Ihrem Pferd zu schmeicheln.«

Sie lächelte. »Ach ja?«

Mr Malik holte sein Nadelkissen und sein Nähetui vom Tisch. »Der braune Hengst ist das einzige Pferd, das Sie diese Saison reiten werden?«

»Richtig. Aber mir war nicht klar, dass Sie das mitberücksichtigen.«

»Natürlich. Dieser Grünton wäre auf einem Fuchs oder Grauschimmel nicht so schmeichelhaft.« Mr Malik kniete sich vor sie und begann ihren Saum festzustecken.

Evelyn sah auf seinen gebeugten Kopf herunter. Wieder spürte sie Schmetterlinge im Bauch. Sein üppiges schwarzes Haar glänzte wie das Gefieder eines Raben. Der Mode entsprechend war es im Nacken und über den Ohren kurz geschnitten. Seine Koteletten waren ebenfalls kurz und endeten knapp unter seinen markanten Wangenknochen.

Bei ihrer Begegnung im Hyde Park letzte Woche hatte sie an einen gefallenen Engel denken müssen. Das tat sie immer noch. Das lag an seiner beeindruckenden Größe und Stärke. An dem grüblerischen Zug um seinen Mund und dem ebenso grüblerischen Ausdruck in seinen Augen. Es hätte ihr eine Warnung sein sollen. *Bleib weg. Komm nicht näher.*

Stattdessen weckte es ihre Neugier.

»Sie kennen sich so gut mit allem aus«, bemerkte sie.

»Es ist meine Aufgabe, mich damit auszukennen.«

»Ja, aber wie haben Sie das alles gelernt?«

Er steckte eine weitere Nadel durch ihren unfertigen Saum.

»Ich nehme an, es war Ihnen angeboren«, sagte sie. »Das muss es ja, bei Ihrem Talent.«

»Leider nein. Ich musste es wie jeder andere lernen. Bei jemandem, der mir auf die Finger geklopft und mir Ohrfeigen gegeben hat. Anfangs war ich ein hoffnungsloser Fall.«

»Sind Sie hier in London in die Lehre gegangen?«

»Bei einem alten Schneider in Delhi.« Er lehnte sich zurück, um sein Werk zu begutachten. Mit gerunzelter Stirn korrigierte er die Position einer Stecknadel.

»Dann stammen Sie also aus Indien?«

Er sah zu ihr auf. »War Ihnen das nicht klar?«

»Ich nahm es an, aber … ich gebe zu, dass ich mir nicht sicher war. Sie sehen nicht wie die anderen indischen Herren aus, die ich gesehen habe, seit ich nach London gekommen bin.«

Ein Lächeln umspielte seine Lippen. Es war das gleiche Lächeln wie das in der Buchhandlung. Als ob er von ihr amüsiert wäre. »Haben Sie denn schon viele gesehen?«

»Ein paar«, erwiderte sie zaghaft.

»Diener?«

Sie bereute es, das Thema angeschnitten zu haben. Er schien sich über sie lustig zu machen. Zweifellos hielt er sie für den reinsten Bauerntölpel. »Einen Lakaien«, antwortete sie schließlich. »Er trug eine scharlachrote Livree und folgte seiner Herrin in der Bond Street.«

»Das war wohl Mrs Perkins. Die Frau eines Soldaten, die vor Kurzem aus Kalkutta zurückgekehrt ist.« Mr Malik machte sich wieder an die Arbeit. »Einige der Memsahibs bringen gern Souvenirs mit.«

Evelyn erstarrte. »Sie meinen *Menschen*?«

»Sie klingen entsetzt.«

»Ich *bin* entsetzt. Ein Mensch ist doch kein Souvenir. Man kann doch nicht einfach jemanden aus seiner Heimat herausreißen und ihn in ein anderes Land verfrachten.«

»Nicht? Was denken Sie denn, wie ich hergekommen bin?«

Sie starrte ihn an. Die Vorstellung allein schockierte sie. »Das ist Ihnen doch nicht etwa passiert?«

Mr Maliks belustigter Gesichtsausdruck verschwand. »Nein. Es war nicht ganz das Gleiche.« Langsam faltete er den Saum ihres Rocks ein, bevor er ihn feststeckte. »Der Vater meiner Cousine war ein britischer Soldat. Als ihre Mutter starb, brachte er sie nach England. Sie war erst acht Jahre alt, kränklich und schwach. Er hatte keine Ahnung, wie er sich um sie kümmern sollte. Also … bin ich mit ihnen gegangen.«

»Um auf sie aufzupassen?«

»So sehr ich konnte. Ich war damals praktisch auch noch ein Kind.«

Evelyn ging das Herz auf. Sie hätte nicht geglaubt, dass es möglich wäre, ihn noch mehr zu bewundern. »Ist das dieselbe Cousine, für die Sie bei *Hatchards* den Roman gekauft haben?«

»Ebenjene. Er gefällt ihr übrigens ungemein. Sie ist Ihnen für die Empfehlung sehr dankbar.«

»Sie haben ihr von mir erzählt?«

»Natürlich«, sagte er, als wäre es die natürlichste Sache auf der Welt.

Und das war es wohl auch, nahm Evelyn an. Denn eigentlich war es nur eine Kleinigkeit. Und doch fühlte es sich irgendwie bedeutungsvoll an. Seine Cousine war Teil seines Lebens. Dieselbe Cousine, die er aus Indien begleitet und um die er sich all die Jahre gekümmert hatte. »Was ist mit Ihren eigenen Eltern?«, fragte sie. »Sie können es doch nicht gutgeheißen haben, dass Sie so jung Ihre Heimat verlassen.«

Er hielt in der Arbeit inne. »Ich hatte keine Eltern.«

»Wollen Sie damit etwa sagen, dass auch Sie verwaist sind?«

»In gewisser Weise.« Er sah zu ihr auf »Mein Vater war ebenfalls ein britischer Soldat. Aber ich habe ihn nie kennengelernt. Was meine Mutter angeht …« Ein Schatten fiel über sein Gesicht. »Sie starb kurz nach meiner Geburt.«

Ihr Herz zog sich vor Mitgefühl zusammen. »Das tut mir leid«, sagte sie. »Ich habe meine Eltern auch verloren.«

Er schenkte ihr ein flüchtiges Lächeln. »Das war vor langer Zeit. Aber danke.«

Sie spürte, dass sie einen Nerv getroffen hatte. Dass ihre Fragen etwas berührt hatten, von dem er nie sprach, an das er nicht mal dachte. Etwas Dunkles und Schmerzhaftes. Das war nicht ihre Absicht gewesen. »Ich nehme an, Ihrem Schneider tat es leid, Sie zu verlieren«, sagte sie leichthin.

Ihre Worte hatten den gewünschten Effekt.

Mr Malik lachte kurz auf. »Wohl eher nicht. Ich hatte nicht so viel Interesse daran, Herrenwesten zu besticken, wie daran, Damenkleider zu entwerfen. Mr Khan war froh, mich los zu sein.«

»Dann haben Sie diese Karriere also erst nach Ihrer Ankunft in England verfolgt?«

»Ja, wenn auch nicht offiziell.« Er schien dies nicht weiter ausführen zu wollen.

»Sie müssen es mir nicht erzählen«, sagte sie. »Ich bin mir darüber bewusst, dass es mich nichts angeht.«

Er zuckte mit seinen breiten Schultern. »Es ist kein großes Geheimnis.« Er steckte einen weiteren Teil ihres Reitrocks ab. »Als ich hier ankam, standen mir nicht viele Möglichkeiten offen, außer Berufen, in denen Muskelkraft gefragt ist. Ich war erst fünfzehn, aber ziemlich groß und stark. Als ich nach Arbeit an den Docks suchte, wurde ich von einer Frau angesprochen, die mir eine Position in einem Haus anbot, das sie im East End betrieb. Sie gestattete mir, meine Cousine mitzubringen und mit ihr dort ein Zimmer zu teilen. Es war die einzige Gelegenheit dieser Art.«

»Sie wollte, dass Sie für sie nähen?«

»Nein. Sie wollte mich aus dem gleichen Grund wie die Männer an den Docks. Wegen meiner Größe und Stärke. Es war meine Aufgabe, die Männer hinauszuwerfen, die sich danebenbenahmen, und darauf zu achten, dass sich niemand Zutritt verschaffte, der nicht willkommen war.« Er zögerte, bevor er weitersprach. »Türsteher nennt man es wohl. Ein Rauswerfer.«

Keinen der beiden Begriffe hatte sie je gehört. »Ich verstehe nicht. Was für ein Ort …«

»Es war ein Haus von üblem Ruf, Miss Maltravers.«

Vor Überraschung fiel ihr fast der Mund auf. Sie senkte ihre Stimme. »Ein Haus für Kurtisanen, meinen Sie?«

»Nichts so Nobles. Aber ja. Ein Haus für arbeitende Frauen.«

Nur mit Mühe gelang es ihr, die Contenance zu wahren. Gütiger Himmel. Er hatte in einem Bordell gearbeitet. Und nicht nur das, sondern auch dort gelebt.

Wenn er sich dafür schämte, ließ er es sich nicht anmerken, sondern steckte einfach weiter ihren Rock ab.

»Sie dienten für meine frühen Entwürfe als Modelle«, sagte er. »Wenn ein Saum riss oder ein Mieder enger genäht werden musste – oder weiter –, habe ich mich für sie darum gekümmert. Manchmal habe ich auch kleine Änderungen vorgenommen, um die Erscheinung ihrer Kleider zu verbessern. Mit der Zeit konnte ich ihre Kleider komplett selbst nähen.«

»Sie haben sich das alles selbst beigebracht?«

Er sank zurück. »Die Grundlagen hatte ich von Mr Khan gelernt, doch was den Rest angeht … ja. Das habe ich wohl. Glücklicherweise gab es genug Frauen in Mrs Pritchards Etablissement, denen es nichts ausmachte, dass ich an ihnen übte.«

Dessen war sich Evelyn sicher. »Haben Sie viel, äh, geübt?«

»In jeder freien Minute. Meine Fertigkeiten wurden mit der Zeit immer besser. Und jetzt bin ich, wie Sie mich sehen.«

»Ein Schneider bei *Doyle und Heppenstall.*«

Er lächelte. »So etwas in der Art.«

Es war die gleiche Antwort, die er ihr bei ihrer ersten Begegnung gegeben hatte. Eine ziemlich ausweichende, die andeutete, dass er nicht mehr verraten wollte. Jedenfalls nicht ihr.

Dies ernüchterte sie auf seltsame Weise.

Aber es geschah ihr recht dafür, dass sie so viele Fragen stellte.

Hatte sie sich nur eingebildet, dass sie die einzige Frau war, mit der er so umging? Sie wusste doch bereits von Miss Walters und den Hübschen Bereiterinnen. Auch bei ihnen hatte er seinen Zauber gewirkt. Was waren da schon ein paar Frauen mehr?

Ein ganzes Bordell voller Frauen.

Sie richtete ihre Brille. »Ist der Saum fertig?«

»Für den Rest müssen Sie absteigen.« Er erhob sich. »Lassen Sie mich Ihnen helfen.«

Sie hob ihr Bein über den Sattelknauf. »Das kann ich selbst.«

»Nicht mit einem Rock voller Stecknadeln.« Er nahm sie an der Taille.

Ihre Gesichter waren fast auf gleicher Höhe. Bei einem so großen Mann ein seltenes Ereignis. Er beugte den Kopf, um sie hochzuheben, und als sie sich in seine Arme lehnte, streifte ihre Wange die seine.

Gütiger Himmel.

Ein Schauer durchlief sie. Oder vielleicht auch ihn. Es geschah alles so schnell, dass sie sich nicht sicher sein konnte. Gerade drehte sie noch ihren Kopf, um sich zu entschuldigen, und im nächsten Moment …

Berührten sich ihre Lippen.

Es war ein Kuss, wie unbeabsichtigt auch immer. Eine sanfte, zögerliche Liebkosung. Leicht schief. Nichtsdestotrotz ein Kuss.

Sein Griff um ihre Taille verstärkte sich krampfartig. Einen Augenblick lang wurden seine Lippen unter ihren ganz weich.

Dann war es vorbei, so schnell, wie es begonnen hatte.

Mr Maliks Gesicht wich zurück. Er hob sie vom Sattel und stellte sie vorsichtig auf den Boden.

Ihr Herz klopfte so wild wie die Hufe eines galoppierenden Pferdes. Gütiger Himmel! Was in aller Welt war passiert?

Doch sie wusste, was passiert war.

Sie hatte Mr Malik geküsst. Und er hatte ihren Kuss erwidert.

Hatte er das?

Brennende Scham stieg in ihr auf. Sie wartete darauf, dass er sie losließ. Aber das tat er nicht. Jedenfalls nicht sofort.

Er blickte ihr in die Augen, und seine großen, begabten Hände ruhten auf der Rundung ihrer Taille. »Miss Maltravers«, begann er schroff. »Ich …«

»Miss?« Agnes öffnete die Tür des Anprobezimmers, sie trug eine rosafarbene Hutschachtel unterm Arm. »Ich habe Ihren neuen Reiterhut abgeholt.«

Mr Malik und Evelyn trennten sich so schnell voneinander, dass Evelyn stolperte. Seine Hand schoss vor, um sie am Ellbogen festzuhalten. »Alles in Ordnung?«, fragte er.

Sie starrte ihn an. Sein Gesicht war eine eingeübte Maske der Gleichgültigkeit. Und doch … waren seine Wangen gerötet. Dieser Anblick ließ ihren Magen einen seltsamen kleinen Purzelbaum schlagen. »Ja, vielen Dank. Wie ungeschickt ich bin.«

Agnes sah zwischen Evelyn und Mr Malik hin und her. Ihr Mund wurde zu einer schmalen Linie. »Soll ich ihn auspacken, Miss?«

»Ja, bitte.« Evelyn räusperte sich und gab sich alle Mühe, sich wieder zu beruhigen. »Das ist der Hut, den ich für mein neues Reitkostüm gekauft habe«, erklärte sie Mr Malik. »Ich würde gern Ihre Meinung dazu hören.«

Er entfernte sich von ihr, die Hände sicher hinterm Rücken verschränkt. »Natürlich.«

Agnes holte einen modischen schwarzen Filzhut aus der Schachtel. Er war mit schwarzen und grünen Federn besetzt und hatte ein grünes Hutband mit einer Schleife vorn. Sie setzte ihn Evelyn auf und befestigte ihn mit einer Hutnadel. »Die Putzmacherin sagt, sie könnte auch noch mehr Federn anbringen, falls Sie das wünschen.«

Evelyn nahm ihre Brille ab und betrachtete sich im Spiegel. In ihrem ganzen Leben hatte sie noch keinen so eleganten kleinen Reithut gesehen. Er sah regelrecht französisch aus. »Was denken Sie, Sir?«

Mr Malik trat vor. »Er gefällt mir. Aber vielleicht ein bisschen mehr …« Er richtete den Hut, so dass er ein wenig schräg und tiefer auf Evelyns Stirn saß. »So.« Er drapierte eine Feder entlang der Krempe. »Das ist besser. Er wird zauberhaft aussehen, wenn Sie ihn morgen bei Ihrem Ausritt tragen.«

Kurzzeitig vergaß sie ihren Kuss und drehte sich überrascht zu ihm um. »Mein Kostüm wird morgen fertig sein?«

»Wird es. Ich kann es Ihnen morgen früh liefern lassen.« So nüchtern wie jeder respektable Geschäftsmann deutete er auf das Podest. »Wenn ich bitten darf. Ich muss noch etwas weiter abstecken, bevor wir fertig sind.«

Evelyn ließ sich von Agnes hinaufhelfen. »Und was ist mit den anderen?« Sie hatte zwei weitere Reitröcke in anderen Farben und Stilen bestellt. Mr Malik kümmerte sich um die Einzelheiten. Sie vertraute ihm, die richtigen Entscheidungen zu treffen. Nach dem, was er mit ihrem grünen Kostüm erreicht hatte, konnte sie sich nur vorstellen, wie überwältigend ihr nächstes aussehen würde. »Wann soll ich zu meiner ersten Anprobe kommen?«

»Nicht vor nächster Woche«, sagte er.

Dies dämpfte ihre Vorfreude. Eine Woche schien ihr noch sehr weit entfernt zu sein. Sie hatte sich daran gewöhnt, Zeit mit ihm zu verbringen. Die Gespräche, die sie während ihrer Anproben führten, und die Art, wie er sie berührte, voller Sorgfalt und Vertrauen.

Und was war mit heute?

Was hatte er sagen wollen, bevor Agnes sie unterbrochen hatte?

Evelyn betrachtete sich selbst als pragmatisch. Dennoch … stellte sie sich ein Dutzend unterschiedlicher Dinge vor, die er ihr möglicherweise gesagt hätte, eines romantischer als das andere.

Was für ein Moment, um sich mädchenhaften Tagträumen hinzugeben!

Es war schlimm genug, dass sie ihn aus Versehen geküsst hatte. Nun stellte sie sich auch noch vor, dass er ebenfalls etwas für sie empfand. Dass er sich hatte erklären wollen, als er ihre Taille umfasst und ihr so tief in die Augen geblickt hatte.

Lächerlich.

Sie stand kurz davor, ihr Ziel zu erreichen. Alle Probleme ihrer Familie zu lösen. Sie konnte sich nichts Unpassenderes vorstellen, als sich albernen Fantasien über den Mann hinzugeben, der ihre Reitkostüme schneiderte. Es spielte keine Rolle, ob er mit Nadel und Faden ein Genie war. Oder attraktiv und liebenswürdig.

Oder dass er die sinnlichsten Lippen der Christenheit hatte.

Nein, nein, nein. Sie schüttelte sich innerlich. Es hatte keinen Sinn, sich auf diese Weise auf ihn zu fixieren.

Sie musste sich auf ihre Pläne konzentrieren. Auf ihr offizielles Debüt in der Rotten Row.

»Dann also nächste Woche«, sagte sie.

In einer Woche konnte viel passieren.

10. KAPITEL

Am folgenden Morgen packte Ahmad Miss Maltravers' fertiges Reitkostüm in eine mit Seidenpapier ausgelegte Kleiderschachtel und schickte sie mit dem rothaarigen Lieferjungen der Schneiderei zum Russell Square.

Ahmad hätte es lieber selbst zu ihr gebracht, doch nach dem, was gestern passiert war, wagte er es nicht. In Evelyn Maltravers' Nähe zu sein rief zu viele Gefühle wach. Es beeinträchtigte seine Contenance. Ließ ihn unangebrachte Dinge denken. Unangebrachte Dinge fühlen.

Wie konnte er nicht? Gütiger Himmel, sie hatten einander geküsst. Und es *war* ein Kuss gewesen. Es spielte keine Rolle, wie unabsichtlich er begonnen hatte oder wie kurz er gewesen war. Wichtig war nur, dass ihre Lippen die seinen berührt hatten, süß und weich und zitternd. Eine Gluthitze hatte sich in seinem Inneren wie ein Lauffeuer ausgebreitet. Es hatte ihn alle Selbstbeherrschung gekostet, sich von ihr zurückzuziehen.

Er hatte gefährlich kurz davor gestanden, etwas zu sagen. Er wusste selbst nicht, was. Zweifellos irgendeine lächerliche Erklärung. Er hatte in jenem Moment nicht besonders klar denken können.

Es würde ihm guttun, sie eine Woche weder zu sehen noch mit ihr zu sprechen. Eine Woche, während der er sich beruhigen konnte. Es fiel ihm schwer, sich jetzt wieder auf die Viscountess Heatherton zu konzentrieren.

Anders als Miss Maltravers verlangte Lady Heatherton, dass ihre Bestellungen persönlich geliefert wurden. Er hatte ihre Ballrobe am Abend zuvor fertiggestellt und sie heute Morgen eingepackt. Nun musste er sie ihr nur noch überbringen.

Als er um halb zwölf am Stadthaus der Heathertons ankam, wurde er in der Küche von Crebbs, der Zofe Ihrer Ladyschaft, empfangen.

»Wenn du weißt, was gut für dich ist, benimmst du dich besser«, warnte sie Ahmad, als sie mit ihm die Gesindetreppe zu Lady Heathertons Kammer hinaufging. »Mylady mag dich für gut genug halten, um sich mit dir abzugeben, aber ich weiß, was du wirklich bist.«

»Und was ist das?«, fragte Ahmad.

Crebbs verzog nur das Gesicht, öffnete die Tür des Boudoirs und verkündete: »Mr Mah-leeky, Mylady.«

Ahmad warf ihr einen Seitenblick zu. Engländer verunstalteten seinen Namen gern. Seiner Erfahrung nach war es genauso oft ein Zeichen von Dominanz wie ein ehrliches Missverständnis. Eine weitere Methode, um ihm zu zeigen, dass er anders war – fremd und deswegen tiefer stehend.

Anfangs hatte es ihn noch sehr gestört. Als Junge hatte er so sehr dazugehören wollen. Nun fand er solch kaum verhüllten Angriffe nur noch ermüdend und wenig originell.

»Kommen Sie herein, Sir«, rief Lady Heatherton aus ihrem Ankleidezimmer. »Und, Crebbs? Sorge dafür, dass wir nicht gestört werden.«

Crebbs runzelte die Stirn. »Ja, Mylady.« Sie warf Ahmad noch einen letzten bösen Blick zu, bevor sie sich zurückzog und die Tür geräuschvoll hinter sich schloss.

Ahmad blieb am Eingang stehen. Das Boudoir der Viscountess war für diese Uhrzeit ungewöhnlich dunkel. Bei seinen vorherigen Besuchen waren die Vorhänge offen gewesen. Doch nicht heute. Sie waren zugezogen und hielten die Mittagssonne ab. Das wenige Licht im Raum stammte von ein paar Kerzen auf dem Sims des Kamins und dem Feuer darin.

Auf der anderen Seite des Zimmers lag die Tagesdecke auf dem Himmelbett Ihrer Ladyschaft einladend aufgeschlagen. Auf einem Tisch daneben standen eine Kristallkaraffe und zwei Gläser bereit.

Unbehagen machte sich in ihm breit, gefolgt von einem Gefühl grimmiger Resignation. Ein Besuch bei Lady Heatherton war nie eine angenehme Angelegenheit. Doch heute schien es noch viel weniger der Fall zu sein. »Ihr Ballkleid, Mylady.«

»Bringen Sie es mir.« Die Viscountess kam aus ihrem Ankleidezimmer, gehüllt in einen seidenen Morgenmantel und – wie er vermutete – nicht viel darunter. Ihre Füße waren nackt, und das blonde Haare fiel ihr offen über die Schultern. Sie klopfte auf den Tisch am Bett und öffnete die Karaffe.

Ahmad stellte die Kleiderschachtel auf ein Kanapee. »Möchten Sie, dass ich es herausnehme?«

»Das Kleid?« Sie lachte leise auf. »Ja. Warum nicht?«

Er nahm den Deckel ab, befreite die Robe vom Seidenpapier und hob sie zur Prüfung hoch. Er war ziemlich stolz darauf, wie das Kleid geworden war. Schlicht und doch elegant. Ein Meisterwerk der Säume und Stickereien, das ihre Figur zur Geltung bringen würde, ohne sie in einem Meer aus Stoff und Besatz zu verstecken.

Sie warf einen flüchtigen Blick auf das Kleid. Dann sah sie erneut hin. Ein anerkennender Ausdruck erwärmte kurz ihr sonst so kühl wirkendes hübsches Gesicht. »Prachtvoll«, sagte sie. »Ich habe nichts anderes erwartet.«

»Es freut mich, dass es Ihnen zusagt.« Er legte das Kleid vorsichtig über die gepolsterte Rückenlehne des Kanapees. »Möchten Sie es noch mal anprobieren?«

»Gerade nicht. Ich habe andere Pläne für uns.« Sie füllte die Gläser. »Kommen Sie. Ich bestehe darauf, dass Sie mit mir ein Glas Brandy trinken.«

Ahmad erstarrte. Er kam sich wie ein einsamer Reisender vor, der eine entscheidende Wegkreuzung erreicht hatte. Eine Kreuzung, die er wohl schon vom ersten Moment ihrer Bekanntschaft erwartet hatte.

Nun blieb ihm nur noch, seinen Weg zu wählen.

Es wäre so leicht gewesen, ihre Einladung anzunehmen. Mit ihr zu trinken und es dadurch zu vermeiden, sie vor den Kopf zu stoßen und ihre Geschäftsbeziehung dadurch zu beeinträchtigen.

Doch er war kein Narr.

Denn der Brandy wäre nicht das Ende. Sondern nur der Anfang.

»Ich bitte Sie, mich zu entschuldigen, Ma'am«, sagte er.

»Das werde ich nicht tun. Mein Gatte ist für den Rest der Woche in Berkshire, und ich kann tun und lassen, was immer ich will. Sie haben keinen Grund, sich mir zu verweigern.«

Ahmad blieb, wo er war.

Ihr Lächeln wirkte plötzlich gezwungen. »Sie können nicht behaupten, keinen Alkohol zu trinken, denn ich weiß aus verlässlicher Quelle, dass Sie das tun.«

Seine Augenbrauen gingen ein winziges Stückchen in die Höhe.

»Crebbs hat Erkundigungen eingeholt. Sie hat einen starken Beschützerinstinkt, was mich angeht.« Lady Heatherton kam mit beiden Gläsern in den Händen auf ihn zu und bot ihm eines davon an. »Wie ich höre, halten Sie sich nicht an diesen religiösen Unsinn, auf den so viele Ihrer Leute bestehen. Tatsächlich hat mich Crebbs sogar darüber informiert, dass Sie einst in einem der skandalösesten Orte überhaupt gearbeitet haben. Mir scheint, Sie haben überhaupt keine Skrupel, abgesehen von jenen, die mit Damenmode zusammenhängen.«

Stumm nahm er das Glas von ihr entgegen.

Sie hob ihren eigenen Brandy an die Lippen und nahm einen großen Schluck. »Ich vertraue darauf, dass Sie nicht alles über Ihre Kultur vergessen haben. Lady Godwin behauptet, dass indische Männer in der Liebeskunst sehr erfahren sind. Sie haben doch entsprechende heilige Schriften, nicht wahr? Bücher mit unzüchtigen Illustrationen. Alles äußerst erregend. Und jetzt, wo ich weiß, dass Sie in einem …«

Er stellte seinen Brandy unberührt auf einer Kommode neben einer Blumenvase ab. Das Glas klirrte laut auf der Malachitoberfläche.

Lady Heatherton brach ab. »Sie verhalten sich äußerst unhöflich.«

»Wenn dem so ist, bitte ich um Vergebung.«

Sie näherte sich ihm. »Sie müssen gewusst haben, was ich im Sinn hatte. Ich habe kein Geheimnis um mein Interesse gemacht, und Sie haben Ihres ebenfalls nicht groß verborgen.« Ihre Hand ging an seine Brust. »Wenn es mein Gatte ist, der Sie zögern lässt …«

Er trat einen Schritt zurück und aus ihrer Reichweite heraus. »Sie haben mich missverstanden.«

Ihre Hand sank an ihre Seite und ballte sich zu einer Faust. »Wohl kaum. An der Art, wie Sie mich berührt haben, war nichts misszuverstehen. Soll ich etwa glauben, dass Sie bei all diesen Anproben an nichts anderes als an Ihre Arbeit gedacht haben?«

»Genau deshalb haben Sie mich doch beauftragt.« Genau das hatte er ihr unzählige Male gesagt und sie daran erinnert, dass es sich um eine geschäftliche Beziehung handelte, keine persönliche. Und mit Sicherheit keine romantische.

»Richtig, ich habe Sie beauftragt.« Ihre Augen funkelten. »Passen Sie auf, dass Sie mich nicht vor den Kopf stoßen.«

Ahmad war in der Lage, eine Drohung zu erkennen, wenn er sie hörte.

Sein Kopf riet ihm, ihren Forderungen nachzugeben. Mit ihr ins Bett zu gehen, ihr die exotische Zerstreuung zu liefern, nach der sie sich so verzweifelt sehnte. Und warum auch nicht? Er brauchte Lady Heathertons Gönnerschaft. Unbedingt.

Aber er konnte nicht mit ihr schlafen.

Sie hatte bereits genug von ihm bekommen. Das Beste von ihm. Sie hatte seine Arbeit.

»Ihre Ballrobe ist das schönste Kleidungsstück, das ich jemals angefertigt habe, Mylady«, sagte er. »Ich vertraue darauf, dass es Sie für jede Kränkung, die ich Ihnen zugefügt haben sollte, entschädigen wird.« Er verbeugte sich und wollte gehen.

»Wie können Sie es wagen?«, rief sie ihm hinterher. »Ich habe Sie noch nicht entlassen!«

Die hinter ihm zugezogene Tür dämpfte ihre Worte.

Es hatte keinen Sinn, zu bleiben. Das würde nur noch mehr böses Blut verursachen. Keiner Frau gefiel es, abgewiesen zu werden. Nicht unter Umständen wie diesen – mit Kerzenlicht, Brandy und einem wartenden Bett.

Er stieg die Gesindetreppe hinab und betrat die Küche.

Crebbs saß am Tisch und trank einen Tee. Sie starrte ihn an und öffnete den Mund, als wolle sie etwas sagen.

Ahmad ignorierte sie, während er durch den Dienstboteneingang verschwand. Draußen war er dankbar für die frische Luft und den strahlenden Sonnenschein, der ihn auf der Straße begrüßte. Er atmete tief ein.

»Das schönste Kleidungsstück, das ich jemals angefertigt habe.«

Noch während er die Worte ausgesprochen hatte, war ihm klar gewesen, dass er log. Lady Heathertons Ballkleid war natürlich atemberaubend und würde auf alle, die es sahen, Eindruck machen. Doch er hatte es nicht aus vollem Herzen und mit ganzer Seele erschaffen.

Dies war für die Kleidung einer anderen Person reserviert gewesen.

Der Hyde Park am Nachmittag hatte keine Ähnlichkeit mit dem Hyde Park im Morgengrauen, denn die Rotten Row war zu dieser Zeit so überfüllt wie eine Geschäftsstraße. Evelyn hatte gewusst, dass es so sein würde. Während ihrer Besuche, um die Hübschen Bereiterinnen zu beobachten, hatte sie mit eigenen Augen gesehen, wie voll es war. Überall Reiter auf teuren Pferden neben offenen Kutschen und sportlichen Einspännern, darin die Crème de la Crème der Londoner Gesellschaft.

Hephaestus geriet aus dem Tritt, als sie sich dem Gedränge anschlossen. Evelyn war nervös, was sich auf ihn übertrug. Sie verstärkte ihren Griff auf die Zügel. Er trug heute sein Pelham-Zaumzeug als zusätzliche Sicherheitsmaßnahme. Sie konnte nicht zulassen, dass etwas schiefging.

»Passen Sie auf, dass er nicht seinen Kopf bekommt«, riet Lewis, der neben ihr ritt. »Ziemlich viele Stuten hier.«

»Ich werde ihn ablenken.« Evelyn presste ihr Bein gegen Hephaestus und drängte ihn so in eine Passage, eine langsame rhythmische Art des Trabs. Genau für solch kunstvolle Bewegungen wurden Andalusier gezüchtet, und dies war eine, die er mit großem Ausdruck ausführte. Seine Hufe hoben sich und schwebten für einen Moment in der Luft, bevor sie auf den Boden zurückkehrten.

Ein Gentleman auf einem rötlichen Jagdpferd drehte sich zu ihr um, als sie an ihm vorbeiritt.

Evelyns Puls beschleunigte sich. Sie hatte darauf gehofft, Aufmerksamkeit zu erregen, sowohl mit ihrer Reitkunst als auch mit ihrem neuen Reitrock. Das dunkelgrüne Kostüm passte ihr wie eine zweite Haut, das kunstvoll genähte Mieder betonte ihre Büste, und der volle Rock schwang sinnlich über ihre Beine. Und die Details waren nicht weniger elegant. Aus ihren weiten Ärmeln lugte Spitze hervor, und die goldenen Knöpfe ihrer Jacke funkelten im Sonnenlicht.

Mit ihrem eleganten Haarknoten im Nacken und ihrem schicken kleinen Hut auf dem Kopf, dessen gefärbte Federn in der schwachen Nachmittagsbrise flatterten, fühlte sie sich so schick wie eine dieser französischen Modezeichnungen. Tatsächlich war sie sich noch nie so schön und beeindruckend vorgekommen.

Die Leute sahen sie an. *Starrten* sie an. Sie spürte die Blicke der Männer und Frauen wie eine Berührung. Sie provozierten einen flüchtigen Anflug von Verlegenheit. Den Impuls, zu posieren anstatt zu reiten. Sich Gedanken um ihre Haltung zu machen, die Neigung ihres Kopfs und ob sie genug lächelte – oder vielleicht zu viel.

Doch sie weigerte sich, solchen Zweifeln nachzugeben.

Stattdessen konzentrierte sie sich auf ihre Reiterei. Sie führte Hephaestus um eine Barouche mit zwei arrogant dreinblickenden Damen darin und vorbei an zwei Herren zu Pferde, die aussahen, als wären sie auf der Jagd.

Eine offene Kutsche rollte vorbei, gelenkt von einem jungen Mann in Gesellschaft einer jungen Frau, und vor ihr ritt eine blonde Dame in einem dunkelblauen Reitkostüm auf einem gewaltigen goldgelben Hengst mit flachsblonder Mähne.

Evelyn erkannte sie sofort. »Lady Anne. Guten Tag.«

»Miss Maltravers.« Lady Anne nickte Evelyn zu. »Wie geht es Ihnen?«

»Sehr gut, vielen Dank. Und Ihnen? Ich hoffe, Sie sind wohlauf?«

»Ich bin immer wohlauf.« Lady Anne brachte ihr Pferd in Gleichschritt mit Hephaestus. Sie schien eine fähige Reiterin zu sein, mit gutem Sitz und ruhigen Händen.

»Ihr Pferd ist wunderschön«, sagte Evelyn. »Und so brav.«

»Saffron.« Lady Anne lehnte sich vor, um seine Schulter zu kraulen. »Er ist fast siebzehn und würde lieber dösen, als sich mit diesem Unsinn abzugeben.« Sie warf Hephaestus einen bewundernden Blick zu. »Ihrer hat ein bisschen mehr Feuer. Wie alt ist er?«

»Sechs. Noch recht jung.«

»Er erregt einiges an Aufsehen.« Sie musterte Evelyn. »Oder vielleicht sind Sie es auch, die es erregt. Ist das ein neues Reitkostüm?«

»Ist es. Es wurde mir erst heute Morgen geliefert.«

»Von welchem Schneider? Bestimmt nicht von meinem in der Oxford Street. Zu solcher Kühnheit wäre er nicht fähig.«

Evelyn zögerte. Irgendwie widerstrebte es ihr, Mr Malik zu teilen. Was wirklich dumm war. Zweifellos wüsste er eine Empfehlung zu schätzen. »Seine Name ist Mr Malik. Er ist in der Conduit Street zu finden, bei *Doyle und Heppenstall.*«

»Er ist dort angestellt?«

»Ich bin mir nicht ganz sicher, welche Position er dort innehat«, gestand Evelyn. »Aber dies ist seine Kreation.«

»Ich werde es mir merken. Nicht, dass Mama jemals zustimmen würde. Sie besteht darauf, dass ich bei Mr Inglethorpe kaufe. Er hat ihr einst einen Rock gemacht, der auseinanderriss, als sie abgeworfen wurde. Sie behauptet, sie wäre sonst zu Tode geschleift worden. In Wahrheit war es minderwertige Arbeit. Doch Mama glaubt, was immer sie will.«

»Ich habe Ihre Mutter seit Ihrem Besuch bei uns nicht mehr gesehen.«

»Ach nein? Ich weiß, dass sie Ihren Onkel aufgesucht hat. Die beiden planen zusammen den Ball.«

Evelyn warf Lady Anne einen beunruhigten Blick zu. »Was hat mein Onkel damit zu tun?«

»Mama holt sich in den letzten Wochen vor dem Ball gern seinen Rat. Es gibt niemanden, dem sie in okkulten Angelegenheiten mehr vertraut. Natürlich abgesehen von Dmitri. Er hat bei Mamas Veranstaltungen immer seine Hand im Spiel.« Lächelnd fügte Lady Anne hinzu: »Eine Geisterhand.«

Evelyn fand die Situation alles andere als amüsant. »Aber es handelt sich dabei doch wohl nicht um eine okkulte Veranstaltung, oder? Ich hatte den Eindruck, dass es ein völliger normaler Ball ist. Ein prachtvolles Ereignis, wo eine Dame während der Saison geeignete Herren kennenlernen kann.«

»Aber natürlich. Da fällt mir ein«, sagte Lady Anne plötzlich. »Haben Sie schon ein Ballkleid bestellt?«

»Noch nicht. Aber wenn der …«

»Mama sagt, ich soll Sie morgen zu Madame Elise' Salon begleiten. Wenn sie gut genug bezahlt wird, kann sie etwas innerhalb einer Woche zustande bringen, und Sie werden außerhalb von Paris nichts Besseres finden.«

Evelyn atmete tief durch. »Das ist ja alles gut und schön, aber mir war nicht klar, dass es sich um einen okkulten Ball handeln würde. Wenn die einzigen teilnehmenden Männer Spiritisten sind …«

»In dieser Hinsicht müssen Sie sich keine Sorgen machen«, sagte Lady Anne. »Es werden ausreichend Herren der Gesellschaft anwesend sein. Für einige von ihnen ist es ein großer Spaß. Und jetzt, da man Sie gesehen hat, werden bestimmt noch mehr teilnehmen. Man muss sich ja nur anschauen, wie Mr Fillgrave Sie beäugt. Oder ist es Ihr Hengst, den er bewundert? Passen Sie auf, dass er Ihnen das Pferd nicht unter Ihnen wegstiehlt. Er hat zwei spanische Stuten, die er gern decken lassen würde.«

Evelyn sah sich um. »Welcher ist Mr Fillgrave?«

»Um Himmels willen, seien Sie doch nicht so auffällig. Man darf als Frau nicht dabei gesehen werden, dass man an ihrer Impertinenz Interesse zeigt.« Lady Anne ließ Saffron langsamer gehen. »Er ist da drüben am Laternenmast. Der mürrisch dreinblickende Herr mit dem braunen Backenbart.«

Evelyn brachte Hephaestus neben Saffron in einen Schritt. Im Vorbeireiten warf sie Mr Fillgrave einen unauffälligen Seitenblick zu. Seine Miene war nicht besonders inspirierend. »Gilt er als gute Partie?«

»Einige sehen das so. Wenn auch keine so gute Partie wie Lord Milburn.«

»Wer …«

»Der dünne Bursche auf dem grauen Wallach. Er starrt Sie ziemlich unverhohlen an.«

Evelyn gab vor, es nicht zu bemerken, als sie mit Lady Anne an ihm vorbeiritt.

»Vor ihm sollten Sie sich auch in Acht nehmen«, sagte Lady. »Er behandelt seine Pferde grässlich.«

Evelyn begann zu vermuten, dass Lady Annes Wissen über die Herrenwelt sich eher an deren Ställen orientierte denn an deren Eignung als Ehemann. »Da fragt man sich, wie er junge Damen behandelt.«

»Ebenso grässlich. Er gehört zu jener Schule von Herren, die glauben, eine spitze Bemerkung wäre effektiver als ein Kompliment.«

»Davon gibt es eine ganze Schule?«

»Wenn ja, ist Mr Hartfort ihr Leiter.« Lady Anne deutete mit ihrer Reitgerte in die Richtung eines Gentlemans, der sich in einem Einspänner näherte. Er war groß, trug ein elegantes

Sakko und hatte etwas Schneidiges an sich. Ein spitzbübisches Lächeln umspielte seine Lippen. »Da ist er. Das Schwein.«

Als Mr Hartford Lady Anne sah, tippte er sich an den Hut. »Seid gegrüßt, schöne Furie.«

»Ignorieren Sie ihn, Miss Maltravers«, sagte Lady Anne. »Es gibt nichts Erbärmlicheres als einen Narren, der sich für geistreich hält.«

Mr Hartford grinste nur. Er sah von Lady Anne zu Evelyn. »Miss Maltravers, richtig? Wie ich sehe, auch eine Reiterin.«

Evelyn nickte ihm im Vorbeireiten zu, da sie nicht sicher war, ob es nötig war, ihn zu brüskieren. Sie kannte ihn schließlich nicht, und es war zu früh, um alle Brücken hinter sich abzubrechen.

»Einen schönen Tag, Ma'am«, rief er ihr mit übertriebener Höflichkeit hinterher. »Und Ihnen auch, Mylady. Grüßen Sie Ihre Schwestern von mir.«

»Lästiger Quälgeist«, murmelte Lady Anne, als sie außer Hörweite waren. »Und nein, ich habe keine Schwestern. Er spricht von Miss Wychwood und Miss Hobhouse. Er war es, der mit diesem Unsinn angefangen hat, uns die drei Furien zu nennen.«

»Vielleicht hält er sich für amüsant?«

»Da trauen Sie ihm zu viel zu. Er ist der provozierendste Mann, den ich je getroffen habe. Immer muss er spotten und sticheln. Und immer nimmt er an, er wüsste, was am besten für andere ist.«

Evelyn warf Lady Anne einen neugierigen Blick zu. »Es klingt, als würden Sie ihn recht gut kennen.«

»Ich kenne ihn genug. Er ist viel zu sehr von seiner eigenen Bedeutung überzeugt. Das gilt für die meisten jüngeren Gentlemen während der Saison. Sie begaffen lieber die Hübschen Bereiterinnen, als um respektable junge Damen zu werben.«

Evelyn konnte nicht anders, als sie im Vorbeireiten anzusehen. Heute waren nur zwei Bereiterinnen unterwegs – eine dunkelhaarige und eine blonde Kurtisane. Eine saß auf einem schimmernden Fuchs, die andere ritt einen gescheckten Schimmel. Beide Frauen trugen schwarze Reitkostüme, die ihre eng geschnürten Taillen betonten.

Hatte Mr Malik sie entworfen? Das glaubte Evelyn nicht. Auch wenn die Reitröcke der Frauen ihre Vorzüge herausstellten, war nichts wirklich Besonderes an ihnen. Sie besaßen weder die elegante Sinnlichkeit von Evelyns Kostüm noch diesen schwer zu fassenden französischen Flair.

»Ich wünschte, sie würden nicht um diese Stunde ausreiten«, sagte Lady Anne ärgerlich.

»Sie billigen sie nicht?«

»Ich billige keine Frau, die die bereits schwindenden Aussichten meiner Freundinnen auf den Ehestand noch weiter schmälert.«

Evelyn warf ihr einen neugierigen Blick zu. »Was ist mit Ihren eigenen Aussichten?«

Anne zuckte mit den Schultern. »Wenn ich die Wahl hätte, wäre ich damit zufrieden, unverheiratet zu bleiben.«

»Aber Sie nehmen doch an der Saison teil, oder?«

»Was soll ich denn sonst tun? Mama und ich leben fast das ganze Jahr in London. Ich würde vor Langeweile sterben, wenn ich mich nicht in der Gesellschaft bewegen würde.« Sie runzelte die Stirn. »Nein. Es sind Miss Wychwoods und Miss Hobhouse' Aussichten, um die ich mich sorge. Sie müssen dieses Jahr einen Ehemann finden. Doch wie können sie sich von der Masse abheben, wenn die Bereiterinnen unterwegs sind? Sehen Sie, wie die Herren sie anstarren? Wie Hunde vor einer Metzgerei.«

»Wir stehen nicht in Konkurrenz mit den Bereiterinnen«, sagte Evelyn. »Und selbst wenn ... ihre Reiterei ist nicht besonders beeindruckend. Sehen Sie sich nur die Trense an, die der Fuchs trägt. Sie hat ihn völlig hinter der Vertikalen. Und was ist mit dem Schimmel? Seine Hinterhand ist vollkommen unbewegt.«

»Denken Sie, Männer scheren sich um solche Dinge, wenn eine Reiterin eine solche Büste hat? Oder ihre Taille nur siebzehn Inch misst?«, schnaubte Lady Anne. »Ich nehme an, wir müssen dankbar sein, dass Miss Walters nicht unter ihnen ist. Dann wäre es noch schlimmer. Alle jungen Männer wären unterwegs.«

Evelyn sah sich um. Lady Anne hatte recht. Die berühmte Catherine Walters war nirgendwo zu sehen. Zweifellos war sie irgendwo mit ihrem neuesten Gönner. Es hieß, dabei solle es sich um den Marquess of Hartington handeln. »Es muss doch ein paar Herren geben, die dem Charme der Bereiterinnen widerstehen können.«

»Niemand im Alter zwischen fünfzehn und fünfzig. Wenn Sie vorhaben, in Ihrer ersten Saison zu heiraten, suchen Sie sich besser einen älteren Gentleman. Die sind sehr liebenswürdig. Fast schon väterlich. Oder Sie könnten es mit einem der Militärmänner im Ruhestand versuchen. Es heißt, Captain Blunt ist in der Stadt und sucht eine neue Braut, um seine Brut unehelicher Kinder aufzuziehen.«

»Captain Blunt?«

»Der berüchtigte Held der Krim«, erklärte Lady Anne. »Und der Earl of Gresham ist erst gestern eingetroffen. Er ist ebenfalls auf Brautschau, wie man hört. Frisch verwitwet und auf der Suche nach einem fruchtbaren Weib, das ihm einen Erben gebärt.«

Evelyn unterdrückte eine angewiderte Grimasse. Ihre Aussichten begannen recht trostlos auszusehen. »Kennen Sie alle hier? Alle Herren?«

»Die meisten.« Lady Anne schnalzte missbilligend mit der Zunge, während sie sanft an Saffrons Zügeln zog und ihn davon abhielt, Hephaestus in den Hals zu zwicken. »Dort ist Mr Phillips, der mit Mr Edgeware reitet. Beide sind überzeugte Junggesellen und hoffnungslose Spieler. Dieser große Mann in der Barouche ist Sir Newton, ein jagdbesessener Baronet aus Hampshire, der vorhat, ein Vermögen zu heiraten. Und dieser Gentleman … Hmm. Das ist seltsam. Ich kenne ihn nicht. Auch wenn er Sie zu kennen scheint.«

Evelyn folgte Lady Annes Blick. Am Geländer stand ein blonder Mann. Er war blass und dünn und wirkte beunruhigend vertraut.

Ihr lief ein Schauer über den Rücken.

Hephaestus fühlte es und reagierte, indem er in einen beschleunigten Trott ging.

»Da vorn ist etwas Platz«, sagte Evelyn hastig. »Sollen wir galoppieren?« Sie wartete nicht auf Lady Annes Zustimmung. Eine Berührung mit dem Absatz und Hephaestus sprang vorwärts.

Lady Anne ging mit Saffron ebenfalls in einen Galopp und holte sie schnell ein. »Wer ist er?«, fragte sie. »Kennen Sie ihn?«

»Das tue ich«, gab Evelyn zu. Es war ihr ehemaliger Freund. Der Mann, von dem sie bis vor drei Jahren noch geglaubt hatte, sie würde ihn heiraten. »Sein Name ist Stephen Connaught.«

11. KAPITEL

Ahmad hatte die Erfahrung gemacht, dass jede Tat, egal wie gut gemeint sie gewesen war, unausweichliche Konsequenzen mit sich brachte. Er würde für die Zurückweisung der Viscountess und ihrer Avancen einen Preis zahlen müssen. Er erwartete die Vergeltung, seit er ihr Stadthaus verlassen hatte und zur Schneiderei zurückgekehrt war.

Und die Aussicht darauf machte ihn ruhelos. Er war kaum in der Lage, sich auf die Arbeit an Miss Maltravers' drittem Reitrock zu konzentrieren. Nicht einmal der opulente nerzbraune Brokat, den er für sie gewählt hatte, konnte ihn begeistern.

Das Schlimmste an einer Situation war die Unsicherheit. Die Ahnung bevorstehenden Unheils. Er würde viel lieber gleich wissen, wo er stand, anstatt darauf zu warten, es herauszufinden. Sobald er es wusste, konnte er sich einen Plan zurechtlegen. Bis dahin schwebte er in Unsicherheit, und seine Existenz hing von der Laune der Viscountess ab.

Doch es dauerte nicht lange.

Keine drei Stunden später, als er gerade einen Ballen Wollstoff hinter der Theke des Ausstellungsraums verstaute, betrat Crebbs, die Zofe der Viscountess, das Geschäft. Sie trug einen dunklen Mantel und eine Haube, und in den Armen hielt sie eine große Kleiderschachtel. Es war die gleiche, die Ahmad am Morgen ausgeliefert hatte. Sie ließ die Schachtel kurzerhand auf die Theke fallen. »Mein Herrin will das nicht.«

Ahmad hatte einen Gegenschlag dieser Art erwartet. Dennoch versetzte es ihm einen höllischen Stich. Er ging zur Theke, nahm den Deckel ab und warf einen düsteren Blick auf das Ballkleid, an dem er so lange gearbeitet hatte. Es war hineingestopft worden und völlig zerknittert. »Sie wünscht eine Änderung?«

»Sie will es nicht«, wiederholte Crebbs. »Und für dich hat sie auch keine Verwendung mehr.«

Er hätte wissen müssen, dass Lady Heatherton auf diese Weise reagieren würde. Sie war wütend darüber, dass er sie in Verlegenheit gebracht hatte.

Doch solche Gefühle waren nicht von Dauer.

In ein, zwei Tagen würde sie sich beruhigt haben. Dann würde ihr wieder einfallen, wie gut ihr das Kleid gestanden hatte, und es zurückwollen. Es brauchte nur ein wenig Zeit und Geduld.

»Sagen Sie Ihrer Herrin, dass ich morgen vorbeikommen werde«, sagte er unbeirrt. »Wenn sie wieder sie selbst ist.«

»Das wirst du nicht.« Crebbs lehnte sich halb über die Theke. Ihr stinkender Atem wehte ihm ins Gesicht. »Verstehst du unsere Sprache nicht? Du bist nicht mehr willkommen im Haus. Mylady hat den Butler und die Lakaien informiert. Wenn du auch nur einen Fuß auf das Grundstück setzt, landest du vorm Friedensrichter.«

Ahmad gefror das Blut in den Adern. So leer die Drohung auch sein mochte, durfte er sie nicht auf die leichte Schulter nehmen. Er hatte schon mal vor dem Friedensrichter gestanden und fast seine Freiheit verloren. »Unter welcher Anschuldigung?«

»Stell dich nicht dümmer, als du bist! Deine Sorte kenne ich. Du hast mit meiner Herrin nichts zu schaffen.« Crebbs stieß die Schachtel in seine Richtung. »Und sie wird weder das hier tragen noch sonst etwas, das du gemacht hast. Wenn sie ein Abendkleid will, wird sie zu einem richtigen Schneider gehen, nicht zu jemandem wie dir.«

»Ich verstehe.« Er betrachtete Crebbs mit eingeübter Gleichgültigkeit. Sie war nicht die erste aggressive Engländerin, mit der er zu tun hatte, und auch nicht die schlimmste. Er hatte auf harte Weise Selbstbeherrschung lernen müssen. Die Geduld zu verlieren war niemals eine Option. Selbst jetzt nicht. Selbst wenn sie mit jedem Wort seine Zukunft zerstörte.

Und nicht nur seine.

»Und was ist mit der Rechnung Ihrer Ladyschaft?«, fragte er. »Wann darf ich die Begleichung erwarten?« Crebbs lachte, als wäre die bloße Vorstellung von Bezahlung seiner Arbeit vollkommen abwegig. »Du wirst von meiner Herrin keinen einzigen Penny zu sehen bekommen«, sagte sie. »Was ihr Leute euch einbildet! Ihr scheint einfach nicht zu wissen, wo ihr hingehört! Du solltest es besser lernen, bevor du richtig in Schwierigkeiten gerätst.«

Ahmad blieb reglos stehen, während Crebbs aus dem Laden rauschte. Sie schlug die Tür so fest hinter sich zu, dass die Glasscheibe des Schaufensters klirrte. Das Geräusch riss ihn aus seiner Erstarrung.

Gütiger Himmel.

Er hatte gerade seine beste Kundin verloren. Seine einzige Möglichkeit, sich in der feinen Gesellschaft einen Namen zu machen. Und alles nur, weil er zu stolz gewesen war, den erotischen Forderungen der Dame nachzukommen.

Warum hatte er es nicht einfach getan?

Sie war nicht unattraktiv. Ganz im Gegenteil. Sie war eine schöne Frau im besten Alter. So ansehnlich wie jede ihrer Klasse. Wäre es so schwierig gewesen, ihr entgegenzukommen? So abscheulich? Prinzipien waren gut und schön, doch was hatten sie für einen Sinn, wenn sie einen in diese Position brachten? Ohne Auftrag. Ohne Optionen. Und mehrere hundert Pfund im Minus.

Zweifel nagten an ihm. Wenn er nur getan hätte, wonach es ihr verlangte. Sie geküsst hätte. Mit ihr geschlafen hätte. Wenn er sich nur so verhalten hätte, wie sie es von ihm erwartet hatte.

Doch er hatte nicht den Luxus, seine Entscheidung zu hinterfragen.

In genau diesem Moment saß Mira in seiner Wohnung in der King William Street und arbeite fleißig am Rest von Lady Heathertons Bestellung. Ein Auftrag, für den Ahmad keine Bezahlung mehr erwartet konnte.

Er musste es ihr sagen. Je früher, desto besser.

Mira sah Ahmad wie erstarrt an. Sie saß in einem Lehnsessel neben dem Fenster der Stube in seiner Wohnung, auf dem Tisch neben sich ihren Nähkasten aus Rosenholz. Auf ihrem Schoß ausgebreitet lag eines von Lady Heathertons Abendkleidern. »Was meinst du damit, sie hat das Kleid zurückgegeben?«

»Genau das. Ihre Zofe hat es in die Schneiderei zurückgebracht.« Ahmad nahm Mira Nadel und Faden aus der Hand, legte sie in ihren Nähkasten und klappte den Deckel zu. »Du kannst die Arbeit an ihren anderen Kleidern auch einstellen. Sie wird auch die nicht nehmen.«

»*Was?*«

»Mit ein bisschen Glück können wir sie noch für eine andere Kundin umarbeiten. Auch wenn ich gerade nicht weiß, für wen.« Er nahm ihr das Abendkleid vom Schoß. Es handelte sich um ein Modell aus mazarinblauer Seide mit Glasperlen am Mieder. »Eine Schande. Das hier ist fast fertig.«

»Warte mal.« Mira stand auf und folgte ihm. »Das ergibt

doch überhaupt keinen Sinn. Willst du damit sagen, dass ihr das fertige Kleid nicht zusagt?«

»Ich bin es, der ihr nicht mehr zusagt.« Er öffnete eine Holztruhe in der Ecke und legte das Kleid hinein. Später würde er es ordentlich verstauen. Jetzt reichte es erst mal, dass es ihm aus den Augen war. Das Letzte, was er gerade sehen wollte, war eine Erinnerung an Lady Heatherton.

Seine *Gönnerin*.

Endlich stieg Wut in ihm auf. Nicht auf sie, sondern auf sich selbst.

Er war so von seinem Können überzeugt gewesen – so sicher, dass sich seine Entwürfe durchsetzen würden –, dass er jedes Warnzeichen ignoriert hatte.

Und die hatte es reichlich gegeben.

Er hatte sie alle erkannt. Lady Heathertons Launen. Die Tatsache, dass sie eine Vorliebe für ihn hatte. Dass sie bei jeder Begegnung in Worten und Taten kühner wurde.

Hatte er wirklich geglaubt, dass sich ihr Interesse auf eine Berührung hier und da beschränken würde? Auf eine gelegentliche Doppeldeutigkeit? Er hätte wissen müssen, dass sie irgendwann mehr von ihm erwartet würde. Die Tatsache, dass er das nicht gewusst hatte – oder genauer gesagt, es gewusst, aber vorgezogen hatte, die Gefahr zu übersehen –, reichte, um zu erwägen, mit der Faust gegen die Wand zu schlagen.

Er war so davon überzeugt gewesen, dass seine Arbeit genug für sie sein würde. Dass alles andere in den Hintergrund rücken würde, sobald sie erst das Abendkleid trug, das er entworfen hatte, ersetzt durch Anerkennung. Ehrfurcht. Die gleichen Gefühle, die von Miss Maltravers Besitz ergriffen hatten, als sie sich in ihrem Reitkostüm im Spiegel betrachtet hatte.

»Ich wusste, dass Sie mich erstaunen würden.«

Ahmads Herz zog sich bei dem Gedanken an Miss Maltravers schmerzhaft zusammen. *Evelyn.* Seine persönliche Sirene, geschickt, um ihn zu versuchen.

»Warum nicht?«, fragte Mira. »Hast du dich mit ihr gestritten?«

Er fuhr sich mit der Hand durchs Haar. »So etwas in der Art.«

»Ahmad, bleib stehen.« Sie hielt ihn am Arm fest, als er an ihr vorbeigehen wollte. »Sieh mich an. Erzähl mir, was passiert ist!«

Widerwillig drehte er sich zu ihr um. Ihm kam es nicht in den Sinn, zu lügen. Mira war kein naives Kind mehr. »Lady Heatherton hat mir heute ein anzügliches Angebot gemacht, das ich nicht annehmen wollte. Darum hat sie das Kleid zurückgegeben. Nicht, weil es ihr nicht gefällt, sondern weil ich ihren Stolz verletzt habe.«

Miras Gesichtsausdruck verfinsterte sich. »Ich *wusste* es. Ich wusste, dass es das ist, was sie will.«

»Nicht sehr schmeichelhaft für mein Können als Schneider.«

»Ich meinte nicht …«

»Sie *hat* das Kleid bewundert, weißt du? Sie war sehr zufrieden damit, bis zu dem Moment, als ich ihre Avancen zurückgewiesen habe.«

»Natürlich hat sie es bewundert!«, rief Mira. »Sie müsste blind sein, um nicht zu sehen, wie perfekt es für sie ist. Was den Rest angeht … wie kann sie es wagen! Was gibt ihr das Recht …«

»Ihr Rang. Ihre Hautfarbe. Alles Mögliche.« Sanft entzog er sich Miras Griff. »Es hat keinen Zweck, sich zu ärgern, *bahan*.«

»Ich ärgere mich nicht«, sagte Mira. »Ich bin stinkwütend. Die Tatsache, dass du es nicht bist …«

»Ich weiß nicht, was ich bin. Wahrscheinlich stehe ich immer noch unter Schock.« Er schenkte seiner Cousine ein flüchtiges, freudloses Lächeln. »Sie hat mir mit dem Friedensrichter gedroht, sollte ich noch einmal bei ihr auftauchen.«

Mira riss überrascht den Mund auf. »Das hat sie nicht.«

»In gewisser Hinsicht bin ich erleichtert. Ein sauberer Schnitt ist besser, als vor ihr zu Kreuze kriechen zu müssen. Und wer weiß, was ich später vielleicht doch noch getan hätte. Allerdings hinterlässt die Sache ein ziemlich großes Loch in meiner Tasche.«

Mira erbleichte. »Sie wird dich nicht für die bestellten Kleider bezahlen?«

»Laut ihrer Zofe werde ich keinen Penny von ihr sehen.«

Mira schüttelte den Kopf. »Aber sie kann sich nicht einfach weigern. Nicht, wenn du im Vorfeld so viel Geld für sie ausgegeben hast.«

»Sie kann und sie hat. Es gibt nichts, was ich dagegen tun kann.«

»Natürlich gibt es etwas. Du musst es Mr Finchley erzählen.«

Er runzelte die Stirn. »Auf keinen Fall.«

»Du *musst*«, beharrte sie. »Er könnte etwas in der Sache unternehmen. Eine Klage anstreben, damit sie dir zumindest deine Ausgaben erstattet. Oder …«

»Und wie würde das aussehen?«

»Es wäre nur gerecht.«

»Es wäre das Ende meiner Karriere. Ich kann doch kein Geschäft gründen, indem ich meine Kunden verklage. Was würde das mit meinem Ruf machen?« Ahmad atmete tief durch. »Tatsache ist, dass mich Lady Heatherton in eine abscheuliche Situation gebracht hat. Und ich nehme an, dass sie sich dessen bewusst ist.«

»Was wirst du tun?«

»Ich weiß es nicht.« Er ging zum Fenster und zurück. Seine Gedanken waren ein einziges Durcheinander und seine Muskeln völlig verspannt.

All seine Pläne lösten sich in Luft auf und er sah keinen Ausweg. Es gab nichts, was er wegen Lady Heatherton unternehmen konnte, und es wartete auch kein anderer Liebling der Gesellschaft in den Startlöchern, um seine Kleider zu tragen. Er hatte niemanden, an dem er der feinen Gesellschaft sein Können präsentieren konnte. Nur Kurtisanen. Die Hübschen Bereiterinnen.

Außer …

Ihm kam eine Idee. Es war ein alberner Einfall, geboren eher aus Verzweiflung denn aus gesundem Menschenverstand.

Aber nein. Das konnte nicht funktionieren.

Oder doch?

Ahmads Puls beschleunigte sich. Er sah zur Uhr auf dem Kaminsims. Es war Viertel nach fünf. Wenn er sich beeilte, blieb noch Zeit.

»Was ich brauche, ist frische Luft, um wieder einen klaren Kopf zu bekommen«, sagte er schließlich und sah Mira an. »Schließt du dich mir zu einem Spaziergang im Hyde Park an?«

»Um diese Uhrzeit?« Sie rümpfte die Nase. »Es wird nicht sehr erholsam sein. Jedermann in Mayfair wird gerade spazieren gehen oder ausreiten. Bestimmt auch deine Miss Maltravers.«

Ahmad reichte Mira ihre Jacke. »Das hoffe ich doch.«

12. KAPITEL

Als Evelyn aus dem Park nach Hause ritt, begann es leise zu donnern.

Das erste Omen eines noch viel schlimmeren Wetters.

Der Abend brachte schweren Regen und dunkle Wolken, die die untergehende Sonne verdeckten. Die Kälte drang Evelyn bis in die Knochen. Ein seltsamer Zustand, der so gar nicht zu dem Gefühl des Triumphs passte, das sie empfunden hatte, als sie auf Hephaestus die Rotten Row entlanggeritten war. Das Gefühl von Schönheit und Macht, bis …

Bis sie *ihn* gesehen hatte.

Was in aller Welt machte Stephen Connaught in der Stadt? Er gehörte zum Landadel und hatte Sussex bis auf ein paar Jahre an der Universität nie verlassen. Und er hatte immer betont, wie sehr er London verachtete.

»Du würdest doch wohl nicht dort leben wollen, oder?«, hatte er sie einst gefragt.

»Niemals«, hatte sie geantwortet. *»Ich bin hier in Combe Regis glücklich.«*

»Sehr vernünftig«, hatte er anerkennend gesagt. *»Zu vernünftig, um dich in der Saison in der Stadt herumzutreiben. Du würdest dort ohnehin nicht hineinpassen. Und es hätte ja doch keinen Zweck, hinzureisen, nur um enttäuscht zu werden.«*

Die Worte hatten Evelyn gekränkt. Gekränkt und verwirrt. Wie so vieles, was Stephen während des letzten Jahres ihrer Freundschaft zu ihr gesagt hatte, war es ihr doch wie eine als

Kompliment getarnte Beleidigung vorgekommen. Es waren Worte, die sie an ihrem Selbstwert zweifeln lassen sollten.

Sein Schweigen hatte sie noch stärker an sich zweifeln lassen.

Nach dem Skandal hatte er nicht nur aufgehört, mit ihr zu sprechen. Als sie sich das nächste Mal im Dorf begegnet waren, hatte er sie ignoriert. Alle hatten es mitbekommen. Alle wussten Bescheid.

Das hatte sie am meisten verletzt.

Zurück in ihrem Zimmer tauschte Evelyn ihr Reitkostüm und die Stiefel gegen ein bequemes Kleid und ein Paar weicher Pantoffeln aus. Nachdem sie sich einen alten Kaschmirschal umgelegt hatte, zog sie sich in den Salon zurück. Dort war es weniger zugig als in ihrer Schlafkammer und auch wärmer. Die Wandlampen waren erleuchtet, und im Kamin knisterte ein Feuer.

Sie machte es sich auf der gepolsterten Fensterbank gemütlich und überflog die Gesellschaftsspalten der Tageszeitung ihres Onkels, um ihre Aufmerksamkeit wieder auf ihren Plan zu richten.

Doch es war sinnlos.

Stephen war hier und mit ihm das Wissen über Fennys Skandal. Was, wenn er das alles wieder aufwärmte?

Dies war Evelyns größte Angst. Dass das Betragen ihrer älteren Schwester aus der Vergangenheit erneut die Aussichten der Familie Maltravers zerstören würde. Und das kurz bevor es Evelyn gelingen könnte, die Situation zum Guten zu wenden.

Der Gedanke war kaum zu ertragen.

Ihre jüngeren Schwestern verdienten es nicht, mit in den Ruin gerissen zu werden. Jede von ihnen hatte ihre Hoffnungen und Träume. Einige davon kannte Evelyn, andere erahnte sie nur.

Gussie war eine sanfte Seele, die sich nach einem Heim und Kindern sehnte. Caro wollte eines Tages ihren eigenen Schauerroman schreiben. Bette hatte oft erwähnt, sich am Ladies College in Bedford einschreiben zu wollen. Und Izzy wollte reisen und Paris, Rom und Konstantinopel mit eigenen Augen sehen.

Was für Möglichkeiten würden ihnen bleiben, wenn es Evelyn nicht gelang, ihr Ziel zu erreichen?

Sie legte ihre Wange ans Fenster, gegen das von außen der Regen prasselte, und unternahm dann erneut einen vergeblichen Versuch, die Gesellschaftsspalten zu lesen. Fast eine halbe Stunde später saß sie immer noch dort, als Mrs Quick in der Tür erschien.

»An der Küchentür steht ein Mann, Miss Maltravers. Er bittet darum, mit Ihnen zu sprechen.«

Evelyn ließ die Zeitung sinken. »Mit mir? In welcher Angelegenheit?«

»Er behauptet, Ihr Schneider zu sein.«

Evelyns Herz setzte einen Schlag aus. Mr Malik war hier? Sie sollten sich doch erst nächste Woche wiedersehen. Sie hatte sich resigniert damit abgefunden.

»Soll ich ihn wegschicken?«, fragte Mrs Quick.

»Nein, nein. Nicht notwendig.« Evelyn legte die Zeitung beiseite und erhob sich hastig. »Ich nehme nicht an, dass mein Onkel aus dem Museum zurück ist?«

»Noch nicht.«

»Und Agnes? Ist sie wieder da?«

»Nein, Miss. Ich würde sie nicht vor acht zurückerwarten.«

Evelyn glättete ihr verblichenes graues Kleid. Es war nur Mr Malik. Sie waren schon häufig unter viel intimeren Umständen als diesen zusammen gewesen. Sie brauchte ihren Onkel nicht, um ihr Schicklichkeit zu verleihen. Und auf die Anwesenheit ihrer Zofe konnte sie ebenfalls verzichten.

Doch es war nicht das Fehlen einer Aufsichtsperson, die sie zögern ließ. Sondern dieser Kuss.

Dieser Kuss.

Er hatte alles verändert. Und nun …

»Miss Maltravers?«

Evelyn seufzte. »Also gut.« Sie stellte sich vor den Kamin. »Führen Sie ihn herein.«

Mrs Quick kehrte kurz darauf zurück. »Mr Malik, Miss.«

Mr Malik betrat den Raum. Er trug einen dunklen Wollanzug, und sein Gesichtsausdruck war der eines Mannes, der fest entschlossen war, sich einem unerbittlichen Feind zu stellen. In den Händen hielt er eine eingedrückte Schachtel. »Miss Maltravers.« Er verbeugte sich.

Evelyns Herz begann wild zu klopfen. »Mr Malik. Was für ein unerwartetes Vergnügen.« Sie wandte sich an Mrs Quick. »Danke. Das wäre dann alles.«

Die Haushälterin zog sich zurück, ohne auch nur mit der Wimper zu zucken.

Evelyn verwunderte es nicht. Der Himmel allein wusste, was für bizarre Dinge Mrs Quick während ihrer Arbeit für Onkel Harris zu sehen bekam. Ein später Besuch eines indischen Schneiders gehörte da sicherlich zu den geringsten ihrer Sorgen.

»Vergeben Sie die Störung«, sagte Mr Malik.

»Aber Sie stören nicht.« Evelyns Blick fiel auf die Schachtel, die er dabeihatte. »Ist das mein neuer Reitrock?« Aufgeregt ging sie zu ihm. »Ich dachte, er würde noch eine weitere Anprobe erfordern?«

»Dem ist auch so. Dies ist nicht Ihr Reitrock, sondern etwas anderes.« Er reichte ihr die Schachtel. »Ich kann es besser erklären, sobald Sie es geöffnet haben.«

Sie legte die Schachtel aufs Sofa und warf Mr Malik einen

unsicheren Blick zu. Dann nahm sie den Deckel ab und faltete das Seidenpapier darin auseinander. Was sie darin fand, raubte ihr den Atem. »Oh«, sagte sie leise. »Gütiger Himmel.«

Es war eine Ballrobe. Ein überwältigendes Kleid aus makellosem silberblauem Musselin. Vorsichtig nahm sie es aus der Schachtel und staunte über den schimmernden ausladenden Rock und den gewagten Ausschnitt.

Sie sah Mr Malik an. Er beobachtete sie genau. »Haben Sie das gemacht?«

»Das habe ich«, sagte er. »Erst kürzlich.«

»Aber nicht für mich?«

»Nein. Es würde Ihnen nicht stehen.«

Innerlich zuckte sie zusammen. Es war eine Feststellung, keine Beleidigung. Das Ballkleid war für eine Feenprinzessin gedacht. Für eine Frau, die hochgewachsen und sehr schlank war – und keine braunen Haare hatte. Dennoch fühlte sich Evelyn durch Mr Maliks Worte irgendwie unwürdig. Genau wie sie sich seit ihrer Rückkehr aus dem Park gefühlt hatte.

Stephen zu sehen hatte ihr Selbstbewusstsein angegriffen. Dabei brauchte sie es jetzt mehr denn je.

»Das würde es wohl nicht«, sagte sie und zwang sich zu einem Lächeln. »Ich weiß aus verlässlicher Quelle, dass Hellblau nicht meine Farbe ist.«

Mr Maliks Gesichtsausdruck entspannte sich ein wenig. »Das stimmt. Ich stelle Sie mir in etwas ganz anderem vor.«

»Sie stellen sich mich in einem Ballkleid vor?«

»Das tue ich«, sagte er. »In einem von meinen.«

Sie zögerte einen Moment, gefangen von der Intensität in seinen dunklen Augen. Dies war ihm wichtig, so viel war klar. Was auch immer *dies* war. »Ich wusste gar nicht, dass Sie auch noch etwas anderes für Damen anfertigen als Reitkostüme.«

»Nicht für Damen der Gesellschaft, nein. Aber ich hatte es diese Saison vor.« Ein Schatten fiel über seine Züge. »Das heißt, ich hatte einen Auftrag von einer Dame von Rang und Namen. Das Kleid, das Sie hier sehen, sowie zwei weitere. Doch nun hat sie sich entschieden, dass sie die Roben nicht will.«

»Ich kann mir nicht vorstellen, warum. Noch nie habe ich etwas so Schönes gesehen.« Vorsichtig faltete Evelyn das Ballkleid wieder zusammen und legte es in die Schachtel zurück. »Haben ihr die Kleider nicht gestanden?«

»Doch, das haben sie«, sagte er. »Perfekt.«

»Und doch hat diese Dame sie abgelehnt?«

»Es handelt sich um eine überaus launische Person.«

Evelyn wartete auf weitere Erklärungen, doch er sagte nichts mehr. Und es *gab* mehr, das spürte sie. Etwas war passiert, um seine Stimmung so zu verdüstern. Als würde seine gesamte Zukunft von diesem Moment abhängen.

Sie deutete auf das Sofa. »Möchten Sie nicht Platz nehmen?«

Doch Mr Malik blieb zunächst stehen und setzte sich erst, nachdem sie es sich im gegenüberliegenden Sessel bequem gemacht hatte.

Sie arrangierte ihren Rock und wünschte sich insgeheim, eines ihrer neuen Kleider angezogen zu haben. Dass sie sich in die Wangen gekniffen und ihr Haar geordnet hätte. Stattdessen war sie so schlicht gekleidet und frisiert wie bei ihrer ersten Begegnung.

Wenn er es bemerkte, ließ er sich nichts anmerken. Seit er das Zimmer betreten hatte, blickte er ihr unverwandt ins Gesicht.

Sie verschränkte die Hände auf dem Schoß. »Wie gesagt, es ist ein wunderschönes Kleid. Doch ich verstehe nicht, warum Sie es mir gebracht haben.«

»Weil ich wollte, dass Sie sehen, wozu ich in der Lage bin«, antwortete er.

Diesmal war ihr Lächeln alles andere als gezwungen. »Ich hoffe, dies bereits zu wissen. Man muss sich nur den Reitrock ansehen, den Sie für mich angefertigt haben, um Ihr Talent zu würdigen.« Ihn zu tragen war magisch gewesen. Bedeutsam. Bis zu dem Moment, als sie Stephen Connaught erblickt hatte, war sie sich fast wie eine der Hübschen Bereiterinnen vorgekommen. »Sie hätten mich heute im Park sehen sollen. Ich glaube, jeder Gentleman, an dem ich vorbeigeritten bin, blieb stehen und hat mir nachgestarrt. Ihre Kreation war ein großer Erfolg.«

»Ich habe Sie gesehen«, sagte er.

Sie sah ihn überrascht an. »Sie waren dort?«

»In der Tat. Und Sie waren …« Er runzelte die Stirn und schüttelte den Kopf.

Das Lächeln erstarrte ihr auf den Lippen. Sofort bereute sie ihre Prahlerei. »Was?«

»Sie waren überwältigend.«

Hitze durchdrang ihre Adern, wärmte ihre Wangen und beschleunigte ihren Herzschlag.

Überwältigend.

Noch nie war sie so beschrieben worden. Mit Sicherheit nicht von einem hübschen Gentleman, den sie allmählich viel zu lieb gewann. Komplimente waren in ihrem Leben ohnehin rar gesät. Doch ein solches Kompliment ausgerechnet von ihm zu erhalten …

Die Wirkung, die es auf Evelyn hatte, war nicht zu verleugnen. Sie war einfach keine elegante Schönheit, die so etwas ständig zu hören bekam.

Sie atmete zitternd aus. »Sind Sie wirklich dieser Ansicht?«

»Dies ist keine Ansichtssache. Sie haben jede andere Frau im Park in den Schatten gestellt. Ich wäre nicht überrascht, wenn in der morgigen Zeitung etwas über Ihren Triumph zu lesen ist.«

Sie lehnte sich vor und sah ihn hoffnungsvoll an. »Sie sagen das auch wirklich nicht einfach so?«

Er erwiderte ihren Blick. »Ich sage nie etwas einfach so, Miss Maltravers.«

»Das stimmt wohl.« Ihre Lippen verzogen sich zu einem lächerlich breiten Grinsen. Am liebsten hätte sie laut aufgelacht. »Es war Ihr Kostüm, das zu diesem Ergebnis geführt hat, wissen Sie? Ihr Kostüm und meine Reitkunst.« Sie sank zurück in den Sessel. »Oh, aber wie sehr ich mich bestätigt fühle, dass alles nach Plan lief! Wenn doch nur alles im Leben so erfolgreich arrangiert werden könnte.«

»Vielleicht kann es das.«

»Ja, nun ... es hängt alles davon ab, ob ich geeignete Gentlemen kennen lerne. In dieser Hinsicht war der heutige Tag leider kein Erfolg, befürchte ich.« In Wahrheit war Evelyn mehr als enttäuscht. Die potenziellen Kandidaten, die sie heute in der Rotten Row gesehen hatte, waren alles andere als dazu geeignet, das Herz einer jungen Dame schneller schlagen zu lassen.

Ganz im Gegenteil.

Sie war völlig unbeeindruckt und sogar leicht verzweifelt gewesen und hatte sich vorgestellt, wie eine Zukunft als Frau eines abscheulichen Lords oder eines Offiziers im Ruhestand mit einer Schar unbändiger Kinder aussehen mochte.

»Aber das heute war ja nur mein erster Versuch«, sagte sie optimistisch. »Ich werde es morgen und übermorgen erneut versuchen. Irgendwann muss mir doch mal ein geeigneter Kandidat über den Weg laufen. Und mit den neuen Reitröcken, die Sie für mich anfertigen ...«

»Was ist mit dem Rest Ihrer Garderobe?«, fragte Mr Malik abrupt.

»Was soll damit sein?«

»Planen Sie, Abendveranstaltungen zu besuchen?«

»Früher oder später.« Sie war sicher, irgendwo schon eingeladen zu werden.

»Und Sie nehmen an einem Ball teil?«

»Ich hoffe doch, an mehr als einem, wenn meine Saison erst mal richtig begonnen hat. Was meine Garderobe für diese Veranstaltungen angeht, hat Lady Arundell darauf bestanden, dass ich morgen ihre Tochter zu Madame Elise' Salon in der Regent Street begleite.«

Mr Maliks Miene verfinsterte sich.

Schnell fügte Evelyn hinzu: »Ich weiß, dass Sie etwas gegen ihre Entwürfe einzuwenden haben, aber …«

»Es sind nicht ihre Entwürfe, gegen die ich etwas einzuwenden habe«, sagte er. »Sondern die Art und Weise, wie sie ihre Näherinnen behandelt.«

Auf Evelyns Lippen formte sich eine Frage. Doch noch bevor sie diese stellen konnte, beantwortete er sie.

»Haben Sie sich nie gefragt, wie eine beliebte Londoner Schneiderin eine Ballrobe so zügig nach der Bestellung liefern kann? Wie solche Aufträge – für eine exorbitante Summe – innerhalb weniger Tage fertig sein können?«

»Das habe ich nicht, da ich mich noch nie groß in solchen Etablissements aufgehalten habe. Eine Tatsache, die Ihnen völlig klar sein sollte. Selbst Ihrem Arbeitgeber Mr Doyle ist aufgefallen, wie schlecht ich gekleidet war, als er mich das erste Mal gesehen hat.«

»Er ist nicht mein …« Mr Malik verstummte. Er erhob sich, warf ihr einen kurzen Blick zu und stellte sich vor den Kamin. »Der Punkt ist, dass sich Schneiderinnen wie Madame Elise nicht im Geringsten um die bei ihnen angestellten jungen Mädchen scheren. Sie lässt sie von morgens bis abends schuften. Bis zu dreißig von ihnen, in kleinen unbelüfteten Räumen. Und wenn sie sich dann endlich zum Schlafen zurückziehen dürfen – falls sie nicht auch noch eine Nachtschicht einlegen müssen –, ist es in noch viel kleinere Räume ohne Fenster, wo sich zwei oder sogar drei ein einziges Bett teilen und die gleichen schädlichen Dämpfe einatmen.«

Evelyn starrte ihn an. Sie konnte sich nicht erinnern, wann Mr Malik schon mal so viel auf einmal gesagt hatte, noch dazu mit so viel Nachdruck. »Das wusste ich nicht.«

»Natürlich nicht.« Er fuhr sich durchs Haar. Die schwarzen, vom Regen noch leicht feuchten Strähnen schimmerten im Licht der Gaslampen. »Vergeben Sie mir. Es handelt sich um eines meiner Reizthemen.«

»Das kann ich Ihnen nicht verdenken. Wenn es so schrecklich ist, wie Sie sagen ...«

»Es ist noch viel schlimmer. Jedes Kleidungsstück, das Madame Elise anfertigt, hat praktisch Blut an sich. Wenn Sie für Ihr Ballkleid zu ihr gehen ...«

»Das werde ich nicht«, sagte Evelyn.

»Nein?«

»Jetzt nicht mehr. Wie könnte ich? Nach dem, was Sie mir gesagt haben, wäre das gewissenlos.«

Er wirkte gleichzeitig erleichtert und ein wenig skeptisch. »Sie werden feststellen, dass ein Gewissen in London ein Luxus ist, den sich nicht viele leisten. Besonders wenn es um die Ansprüche der feinen Gesellschaft geht.«

Sie hob trotzig ihr Kinn. »Nicht *mein* Gewissen.«

Seine Mundwinkel zuckten amüsiert. »Sie klingen sehr überzeugt.«

»Weil ich mich kenne. Und was mein Gewissen angeht ...«

Sie hatte während dieser Unternehmung schon zu viele ihrer Prinzipien geopfert. »… werde ich es nicht mit Madame Elise belasten, ganz gleich wie hübsch ihre Kleider sind.«

»Das freut mich zu hören.«

Sie musterte sein Gesicht. »Sind Sie darum gekommen? Um mir anzubieten, ein Ballkleid für mich zu entwerfen?«

»Nein. Zumindest nicht nur.« Er wurde wieder ernst und räusperte sich. »Ich bin hier, weil ich … ein Angebot für Sie habe.«

Sie blinzelte ihn an. *Ein Angebot?*

»Etwas, das uns beiden nutzen würde.« Er machte eine Pause und wirkte ernster, als Evelyn ihn je zuvor gesehen hatte. »Ich biete Ihnen meine Dienste als Schneider an. Nicht nur für Ihre Reitröcke und Abendkleider, sondern für Ihre gesamte Garderobe dieser Saison.«

13. KAPITEL

Ahmad stand vor dem knisternden Feuer und wartete auf Miss Maltravers' Antwort. Jede Faser seines Körpers war angespannt...

Sie aufzusuchen war ein Risiko gewesen, und es widerstrebte ihm, Risiken einzugehen, wenn es seine oder Miras Zukunft betraf. Hätte Lady Heatherton seine Arbeit nicht abgelehnt, hätte er es niemals riskiert. Er hasste es, sich angreifbar zu machen. Und in diesem Moment der Anspannung war er sehr angreifbar. Evelyn Maltravers seine Dienste anzubieten fühlte sich für ihn an, als würde er von einer Klippe in eine unbekannte Tiefe springen.

Was, wenn sie ihn abwies? Oder schlimmer noch: Was, wenn sie ihn sich nicht leisten konnte?

Das Haus ihres Onkels war zwar stattlich, doch es deutete nichts darauf hin, dass es sich um einen Mann von außergewöhnlichem Reichtum handelte. Das Vermögen schien eher im Schwinden zu sein, denn der Salon war mit verschlissenen Teppichen und altmodischen Möbeln dekoriert.

Miss Maltravers selbst sah ein wenig blasser aus als noch am Nachmittag. Nicht nur das, sie wirkte auch irgendwie kleiner. Es fiel ihm jetzt besonders auf, nachdem er sie reiten gesehen hatte. Zu Pferde hatte sie eine geradezu majestätische Haltung. Wie eine Königin. Eine vollkommen andere Person.

Als Ahmad am Zaun der Rotten Row gestanden hatte, war er von ihrem Anblick überwältigt gewesen. Sie hatte ihr Pferd in einem tänzelnden Trab geritten, in Gesellschaft einer blonden Dame auf einem goldenen Hengst. Ihre Reitknechte waren ihnen in kurzem Abstand gefolgt.

»Ist sie das?«, hatte Mira geflüstert. *»Auf dem braunen Pferd?«*

»Ja.« Ahmads Brust hatte sich schmerzhaft zusammengezogen, als Miss Maltravers vorbeigeritten war. Sie hatte mehr als nur schön ausgesehen. Sondern eindrucksvoll. Eine wahrhaftige Göttin zu Pferde, die die Blicke aller auf sich zog, an denen sie vorbeikam.

»Bist du sicher, dass sie keine Kurtisane ist?«, hatte Mira gefragt.

Nun, da Miss Maltravers mit einem altem Kaschmirschal um die Schultern und ihrer Brille tief auf der Nase ihm gegenüber saß, erkannte er keine Ähnlichkeit mehr zu einer Kurtisane. Keine Spur mehr von der kraftvollen Sinnlichkeit, die sie beim Reiten ausstrahlte.

»Meine ganze Garderobe?«, wiederholte sie ungläubig.

»Ja«, sagte er. »Außer dem, was Sie bereits bei Madame Lorraine bestellt haben.«

Er hatte gerade noch genug Ersparnisse, um die Ausgaben für Stoffe und Besätze zu decken und einige Näherinnen zu seiner Unterstützung zu entlohnen. Bis Miss Maltravers ihre Rechnung beglich, wäre er also völlig mittellos und hätte auch nicht das Geld, um Doyles Mietvertrag zu übernehmen.

Es war ein gewagtes Spiel.

Wenn er scheiterte, standen Mira und er vor dem absoluten Nichts.

»Ich habe nicht viel bestellt«, sagte Miss Maltravers. »Noch nicht. Ich muss zugeben, dass ich mich völlig auf meine Reitkostüme konzentriert habe.«

»Verständlich. Sie sind ein wichtiger Teil Ihres Plans.«

Sie schenkte ihm ein schwaches Lächeln. »Sie halten mich

bestimmt für lächerlich. Zu Ihnen zu kommen und zu behaupten, ich könne es mit dem Charme einer Miss Walters und dem der anderen Hübschen Bereiterinnen aufnehmen. Und das in Anbetracht ihrer Reize …«

»Die Ihren gehen weit über die dieser Frauen hinaus.«

»Zu Pferde? Möglicherweise.« Ein Funken dieser vertrauten Entschlossenheit erhellte ihr Gesicht. »Was die restliche Zeit angeht … ich werde mein Bestes geben, doch diesbezüglich mache ich mir keine Illusionen.«

»Sie glauben, Sie könnten Ihre Saison nicht zu einem Erfolg machen, außer Sie sitzen auf einem Pferd?«

»Nicht zu einem Erfolg, nein. Bei allem anderen außer dem Reiten kann ich nur darauf hoffen, mich nicht auf eine negative Art und Weise hervorzutun.«

Ahmad runzelte die Stirn. Er weigerte sich zu akzeptieren, dass sie leicht aufgab. Nicht sie. Nicht die junge Dame, die vor einer Woche in die Schneiderei gekommen war und von ihm praktisch verlangt hatte, ihr einen Reitrock anzufertigen. Die mit solch innerer Gelassenheit und Eleganz ritt. »Sie sind entweder zu bescheiden oder …«

»Ich bin nur realistisch.«

»Sind Sie nicht.«

»Aber ich hoffe doch, dass ich es bin, Sir. Man kann keinen erfolgreichen Plan schmieden, ohne sich seiner Stärken und Schwächen bewusst zu sein. Ich habe über beides nachgedacht. Und zwar recht objektiv, wenn ich das hinzufügen darf.«

»Höchst objektiv. Sie hatten noch nie eine Saison. Sind wohl auch zum ersten Mal überhaupt in London, so weit ich das beurteilen kann. Und doch sind Sie davon überzeugt, dass Sie jenseits der Rotten Row keine Vorzüge hätten.«

Plötzlich erhob sich Miss Maltravers. Sie schlang den Schal

um ihre Arme, kam auf ihn zu und blieb nur wenige Schritte entfernt stehen.

Sein Herz begann wild zu klopfen. Fast war sie nah genug, um sie zu berühren. Und wie sehr er sich danach sehnte, sie zu berühren. Ihre Hand zu ergreifen oder ihre Wange zu streicheln, um ihr irgendwie Mut zu machen.

»Ich kenne mich, Mr Malik«, sagte sie. »Und auch wenn ich unbedingt ein Ballkleid von Ihnen haben möchte, kann ich nicht versprechen, wie gut es ankommen wird, wenn ich diejenige bin, die es trägt.«

Er starrte sie an. Einerseits ärgerte ihn, wie sehr sie ihr Licht unter den Scheffel stellte, andererseits erregte ihn ihre Nähe.

Doch Letzteres war indiskutabel.

Er war nicht hier, weil er sich zu ihr hingezogen fühlte. Sondern wegen der Möglichkeiten, die sie ihm bot. *Unbestrittene* Möglichkeiten. Das Potenzial, ihre Saison und damit gleichzeitig auch *ihn* zu einem Erfolg werden zu lassen. Er sollte sie überzeugen, nicht umwerben.

»Das ist es doch, was Sie meinten, nicht wahr?«, fragte sie. »Als Sie sagten, dass es uns beiden nutzen würde, wenn Sie meine Garderobe anfertigen?« Sie schob ihre Brille zurecht. »Es ist offensichtlich, welchen Nutzen es für mich darstellen würde. Aber ich verstehe nicht ganz, was Sie für einen Vorteil daraus ziehen könnten.«

Ahmad nahm kein Blatt vor den Mund. »Ich habe vor, in einem halben Jahr meinen eigenen Salon zu eröffnen. Dafür ist es notwendig, dass Damen der Gesellschaft meine Entwürfe zu sehen bekommen.« Er sah sie nachdrücklich an. »Und Sie werden sich in der Gesellschaft bewegen.«

»Schon, aber ich kann nichts garantieren.«

»Sie werden doch auf einem Ball der Countess of Arundell eingeführt, oder nicht?«

Miss Maltravers verstummte. Sie ließ den Blick sinken.

»Oder nicht?«, fragte er erneut.

»Ja. Obwohl es wohl nicht die Art Ball werden wird, die Sie sich vorstellen.« Sie atmete tief aus. »Und auch nicht die Art, die ich mir vorgestellt habe.« Sie ging ans Fenster. Die Vorhänge waren zurückgezogen und durch das regennasse Fenster glich der Himmel einer Schiefertafel. »Es handelt sich offenbar um die Jahresversammlung der Gesellschaft von Spiritisten, der Lady Arundell und mein Onkel angehören.«

»Ah.« Er folgte ihr ans Fenster.

»Sie sehen also …«

»Spiritismus ist in letzter Zeit sehr populär.«

»Das wurde mir auch gesagt.« Sie wandte sich zu ihm um. »Aber ob Sie Ihre Entwürfe den richtigen Leuten präsentieren, kann ich nicht sagen.«

»Die feine Gesellschaft ist die feine Gesellschaft, besonders was Lords und Ladys angeht. Wenn Sie meine Kleider tragen, werden die richtigen Leute sie sehen.«

»Ja«, sagte sie grimmig. »Aber an mir.«

»Sie werden Eindruck machen, das verspreche ich Ihnen.«

»Ich weiß nicht, ob ich das kann.« Ihre Stimme hatte einen Unterton, vielleicht Verbitterung, vielleicht aber auch nur Wehmut. »Ich hatte noch nie viel Glück in einem Ballsaal. Nicht mal bei den Veranstaltungen in unserem Dorf. Ich war auf den vier Beinen eines Pferdes schon immer besser als auf meinen beiden.«

Er lehnte sich gegen den Fensterrahmen und betrachtete sie. Lange Sekunden vergingen, und der Regen klopfte beständig gegen das Glas. »Was ist es, das Ihnen beim Reiten Selbstvertrauen verleiht?«, fragte er schließlich.

»Das ist leicht. Es liegt daran, dass ich nicht allein bin. Ich habe Hephaestus als meinen Partner dabei.«

»Nur das?«

»Nicht nur. Ich nehme an, ich fühle mich sicher, weil ich die Regeln kenne. Ich weiß, was ich tun muss, um den gewünschten Effekt zu erzielen. Wie ich mein Gewicht verlagern und wie viel Druck ich mit Händen oder Beinen anwenden muss.«

»Und das wissen Sie alles instinktiv?«

Sie lachte. »Wohl kaum. Einiges liegt mir wohl auch im Blut, aber der größere Teil meines Könnens beruht auf jahrelanger Übung.«

»Übung mit Ihrem Partner.«

»Und den anderen vor ihm. Erfahrenen Pferden. Sie haben mir weitaus mehr beigebracht als ich ihnen.«

»Und Sie haben sich auf ihnen nie unsicher gefühlt?«

»Nein. Sie waren damals meine Partner, so wie es Hephaestus jetzt ist.«

»Dann ist es vielleicht das, was ich vorschlage«, sagte er. »Eine Partnerschaft.«

»Mit *Ihnen*?« Die bloße Vorstellung reichte aus, um Evelyns Magen erzittern zu lassen. Ob vor freudiger Erregung oder dunkler Vorahnung, konnte sie nicht sagen.

»Warum nicht?«

»Weil …« Sie stockte. Ihr Kopf war mit einem Mal wie leergefegt. »Weil es nicht das Gleiche wäre. Deshalb. Zum Beispiel würden Sie mich zu diesen hypothetischen Veranstaltungen nicht begleiten.«

»Stimmt«, sagte er. »Meine Entwürfe aber schon.«

»Und sie würden mir Mut verleihen, ist es das? Einfach, indem ich sie trage?«

Es war nicht so befremdlich, wie es klang. Nicht, wenn sie ehrlich mit sich war. Wie mochte es sein, eines seiner Ballkleider zu tragen? Eine Robe, die so strahlend und freizügig war wie die in der Schachtel, die er mitgebracht hatte?

»Sie haben bereits Mut«, entgegnete er. »Im Übermaß. Darum sind Sie zu mir gekommen.«

Sie wickelte sich enger in ihren Schal und verschränkte die Arme. Es gab keinen Grund, sein Angebot abzulehnen. Seine Kleider würden atemberaubend werden, davon war sie überzeugt. Ihr einziger Zweifel lag in ihr selbst begründet. Auf einem Pferd eine gute Figur zu machen war das eine. In einem Ballsaal voller wunderschöner Damen zu bestehen eine völlig andere Sache.

»Wenn es die Kosten sind, die Sie zögern lassen …«

»Es sind nicht die Kosten«, erwiderte sie. »Oder genauer … es gibt schon eine Art Budget, an das ich mich halten muss. Aber das ist es nicht, was mich zögern lässt.«

»Was dann?«, fragte er.

Sie lehnte sich ebenfalls an den Fensterrahmen und sah Mr Malik an. »Haben Sie diese Angelegenheit wirklich durchdacht? Was es für Ihre Zukunft bedeuten würde? All Ihre Hoffnungen auf meinen Erfolg zu setzen?«

»Sie *werden* Erfolg haben.«

»Und wenn nicht? Wenn ich alles in den Sand setze?

Er zuckte mit den Schultern. »Ich glaube an Sie.«

Er sprach die Worte so beiläufig aus. So völlig leichthin. Dennoch legten sie sich wie Balsam um Evelyns Herz. Es war ein wunderbares Kompliment. Besonders von ihm. Aber wie konnte sie es annehmen? Ihm vertrauen?

»Sie kennen mich nicht«, wandte sie ein.

»Ich weiß genug.«

»Das tun Sie nicht. Sie haben keine Vorstellung davon, wie ich mich in Gesellschaft verhalte. Bei einem Tanz oder Abendessen.«

»Sind Sie denn wirklich so unbeholfen?«

»Das nicht.« Sie war in den meisten Situation selbstbewusst genug. Tatsächlich sogar zu selbstbewusst. Äußerte frei heraus ihre Meinung, selbst wenn diese im Widerspruch zu den Meinungen anderer in der Dorfgemeinschaft stand.

»Musst du in deinen Ansichten so entschieden sein?«, hatte Tante Nora sie einst auf dem Heimweg von einem desaströsen Sonntagsessen im Pfarrhaus gefragt. »Wenn du anderer Meinung bist als ein Gentleman, ist es besser, nichts zu sagen, als zu widersprechen.«

»Aber er hatte Unrecht«, hatte Evelyn erwidert. »Er hat den ganzen Abschnitt falsch zitiert. *Und* ihn missverstanden. Was hätte ich denn tun sollen, als …«

»Du hättest schweigen können. Besserwisser sind nicht gern gesehen. Besonders keine weiblichen.«

Evelyn hatte das für ungemein ungerecht gehalten. Und tat es immer noch.

Das war einer der Vorteile, auf dem Rücken eines Pferdes zu sitzen. Keine heiklen Gespräche. Keine Notwendigkeit, einem langweiligen Herrn zuzustimmen oder zu widersprechen. Über seine schlechten Witze zu lachen. Zu Pferde musste sie nie viel mehr tun, als jemanden zu grüßen. Wenn überhaupt geredet wurde, waren es eher kurze Plaudereien, in denen es mit höchster Wahrscheinlichkeit um Pferde ging.

Doch es war nicht nur der Mangel an Gesprächen, der ihr am Reiten so gefiel. Es war die Stärke, die sie dabei demonstrieren durfte, ohne Repressalien befürchten zu müssen. Wenn sie auf ihrem Hengst ritt, erwartete niemand von ihr, still und gehorsam zu sein. Sie musste stark und kompetent sein. Kühn und tapfer. Und solange sie dabei noch ein wenig hübsch aussah, würden die Herren ihr dafür applaudieren. Sie sogar bewundern.

»Es ist nicht Unbeholfenheit, um die ich mich sorge«, sagte sie. »Es ist nur so, dass ich einfach nicht ins Bild passe. Ich bin nicht gerade der Inbegriff von Weiblichkeit. Nicht wie …«

»Nicht wie Ihre Schwester?« In seiner Stimme lag eine Spur Missbilligung.

»Wenn Sie es unbedingt wissen müssen – ja. Ich bin … ich bin *eigenartig*. Ich werde versuchen, es während dieser Saison weniger zu sein und alles tun, was nötig ist, um mir einen Ehemann zu sichern, doch die Aussichten, dass man mich als die Schönste oder Modischste sehen wird, sind verschwindend gering. Es ist mein Reiten, das dafür sorgen wird, dass ich bemerkt werde, aber nichts, was in einem Ballsaal geschieht.«

»Und da kommen meine Roben ins Spiel.« Er klang so zuversichtlich. So völlig von sich überzeugt. »Wenn Sie einwilligen würden, Sie zu tragen …«

»Natürlich werde ich sie tragen«, fiel sie ihm ins Wort. »Es wäre mir eine Ehre.«

Erleichterung blitzte in seinem Gesicht auf. Das überraschte sie. Gütiger Himmel. Hatte er wirklich befürchtet, sie würde ablehnen? Sie würde Madame Lorraine oder irgendeinen anderen Schneider ihm vorziehen?

»Danke.« Er richtete sich auf, trat vor und bot ihr seine Hand an.

Sie ergriff sie ohne Zögern, obwohl sie wusste, welche körperliche Reaktion es bei ihr hervorrufen würde. Die aufflammende Hitze und das Kribbeln im Bauch. Die Gänsehaut an ihren Armen und ihr Herz, das einen Sprung aussetzte.

Für einen atemlosen Moment trafen sich ihre Blicke.

Und bevor sie wusste, wie ihr geschah, bevor sie ihre Lippen zusammenpressen konnte, um die Worte aufzuhalten, hörte sie sich sagen: »Es gibt aber noch etwas, das ein Hindernis darstellen könnte.«

Mr Malik erstarrte. Sein Griff um ihre Hand verstärkte sich, bevor er sie losließ. Jede Spur von Erleichterung war aus seinem Gesicht verschwunden, war einer todernsten Miene gewichen.

Sie bemerkte die Veränderung an ihm, noch während ihr die Worte unkontrolliert über die Lippen kamen. »Die Sache ist … ich mag Sie.«

Was?

Sie war über sich selbst entsetzt. Es war die Wahrheit, aber … gütiger Himmel! Es gab Offenheit, und es gab *Offenheit*. Und gerade hatte sie …

… sich völlig entblößt.

Was für ein dummer Einfall. Als ob er Evelyn ihre Gefühle noch nicht längst angesehen hätte. Selbst wenn man ihren flüchtigen Kuss noch irgendwie als Unfall hätte betrachten können, war da immer noch ihre Zufallsbegegnung in der Buchhandlung. Er hatte ihre Reaktion auf ihn bemerkt. Sie erinnerte sich, wie amüsiert er über ihre offensichtliche Faszination für ihn gelächelt hatte.

Nun lächelte er nicht.

Er starrte sie nur weiter an, und sein Blick war intensiver als je zuvor.

Sie trat die Flucht nach vorn an. »Was zwischen uns in der Schneiderei passiert ist … als ich … als wir …« Oh, warum konnte sie es nicht einfach ausspucken? »Was ich zu sagen versuche, ist die Tatsache, dass ich in Ihrer Gegenwart immer etwas empfinde. Eine Art von Verbundenheit. Ich weiß nicht, wie ich es sonst beschreiben soll. Aber wenn wir regelmäßig zusammenarbeiten sollen, und ich nehme an, das müssen wir, wenn Sie meine gesamte Garderobe für die Saison anfertigen, ist es wohl besser, wir sind ehrlich zueinander, was diese Dinge angeht. Wir wünschen doch keine Wiederholung dessen, was letztes Mal geschehen ist.«

Er sagte immer noch nichts. Sie begann zu fürchten, dass ihm ihr Geständnis die Sprache verschlagen hatte.

Ihre Wangen begannen zu brennen. »Ich wage zu behaupten, dass nicht nur ich so empfinde. Zweifellos gab es schon unzählige Kundinnen, die …«

»Sie sind nicht die Einzige«, sagte er unwirsch.

»Das *weiß* ich. Genau das versuche ich ja zu sagen. Diese zahllosen Damen müssen in Ihrer Gegenwart ebenfalls …«

»Nein«, unterbrach er sie. »Das war es nicht, was ich …« Er trat einen Schritt vor, blieb abrupt vor ihr stehen und sah sie an. »Sie sind nicht die Einzige, die so empfindet. Ich habe es auch gefühlt.«

Evelyn war froh, dass der Fensterrahmen sie stützte. Ohne ihn wäre sie wohl zu Boden gesunken. »Es gefühlt?«, sagte sie. »Vergangenheitsform?«

Mr Malik lächelte flüchtig. »Ich fühle es jedes Mal, wenn ich in Ihrer Nähe bin.« Eine endlose Pause. »Ich fühle es auch jetzt, in diesem Moment.«

Ihr stockte der Atem so stark, dass sie kaum noch ein Flüstern herausbrachte. »So etwas habe ich noch nie zuvor empfunden. Bei niemandem.«

»Ich auch nicht«, gestand er.

»Was kann das wohl sein? Eine besonders starke Form der Anziehung? Etwas Chemisches oder so etwas in der Art?« Das musste es wohl sein. Etwas Primitives und Urgewaltiges. Was sonst? Er war nicht der erste attraktive Mann, dem sie begegnete, und noch nie hatte sie auf einen von ihnen so reagiert wie auf ihn.

»Keine Ahnung«, sagte er. »Ich weiß nur, dass Sie mich inspirieren, wie niemand es je zuvor vermochte. Und dass ich etwas fühle, wenn ich Sie ansehe. Hier.«

Er berührte seine Brust.

»Ach ja?« Ihre Frage war nur ein Hauch von Klang. So zart, dass sie sich wunderte, warum es nicht vom wilden Hämmern ihres Herzens übertönt wurde.

»Immer, wenn ich Sie sehe«, sagte er. »Und es liegt nahe, dass es anderen auch so gehen wird.«

Ihr Herz setzte einen Sprung aus. »Sie sprechen von Ihren Entwürfen?«

Er nickte. »Wir werden uns in den kommenden Wochen regelmäßig sehen müssen. Dieses Ding zwischen uns, diese Verbundenheit, die Sie beschreiben, ist etwas, das in der Kunstwelt wohl nicht unbekannt ist. Ich habe davon gehört, dass so etwas gelegentlich vorkommen kann. Wenn ein Künstler großes Glück hat, trifft er manchmal seine Muse. An dem Tag, an dem Sie in die Schneiderei gekommen sind, habe ich wohl meine getroffen.«

Sie musste schlucken. Wie war es möglich, von etwas gleichzeitig so bewegt und doch enttäuscht zu sein? Sie inspirierte ihn. Das war doch etwas.

Aber keine Romanze.

»Eine künstlerische Verbundenheit«, sagte sie. »Ah, daran habe ich nie gedacht.«

»Ein wirklich seltenes Ereignis, das es uns hoffentlich ermöglichen wird, das zu erreichen, was wir uns beide am meisten wünschen.«

»Einen florierenden Modesalon für Sie«, sagte Evelyn.

»Und einen reichen Ehemann für Sie«, erwiderte er.

Sie schob ihre Brille die Nase hoch. Er hatte recht. Dies war keine Romanze. Das konnte sie niemals sein. Ihre Ziele und ihr Stand in der Gesellschaft waren völlig entgegengesetzt. Dies war eine Partnerschaft. Eine *geschäftliche* Partnerschaft. Eine, die letztendlich beiden nutzen konnte. »Also gut«, sagte sie. »Wann fangen wir an?«

14. KAPITEL

Am folgenden Morgen saß Evelyn allein im Frühstückszimmer und überflog die Gesellschaftsspalten, während sie einen Toast mit Marmelade aß. Mr Malik hatte gesagt, dass vielleicht etwas über sie in der Zeitung stehen würde, und dies war die neueste Ausgabe. Ihr Blick streifte über den kleingedruckten Text.

Trotz aller Aufmerksamkeit, die sie bei ihrem Ausritt auf sich gezogen hatte, erwartete sie nicht wirklich, dass ihr Debüt in der Rotten Row erwähnt werden würde. Als dem doch so war, klopfte ihr das Herz bis zum Hals. Es war ein kleiner Absatz unten auf der Seite, zwischen einem Bericht über französische Putzmacherei und einem Artikel über Trauermode:

Die Hübschen Bereiterinnen

Es heißt, unsere schöne Anonyma sei nach Amerika entschwunden, und viele Gläubiger weinen ihr nach. Doch nun scheint eine andere Bereiterin ihren Platz eingenommen zu haben. Anonymas verlassene Bewunderer fragen sich, woher diese Circe mit dem tizianroten Haar kommen mag.

Eine Circe mit tizianrotem Haar? Evelyns Haare waren nicht rot. Rotbraun vielleicht, wenn das Licht richtig darauf fiel. Aber nicht rot.

Vielleicht meinte der Artikel eine andere?

Diese Vermutung äußerte sie gegenüber Lady Anne, als diese sie später am Morgen zu ihrem Einkaufsbummel abholen kam.

»Damit sind auf jeden Fall Sie gemeint«, sagte Lady Anne, nachdem Evelyn sie in den Salon gebeten hatte. »Ich hätte mich fast an meinem Tee verschluckt, als ich es vorhin gelesen habe.«

»Ist es sehr schockierend?«

»Es ist ein Triumph. So kurz nach Ihrer Ankunft in London in den Gesellschaftsspalten erwähnt zu werden. Und dann auch noch in einem Atemzug mit Miss Walters. Man fragt sich, ob sie wirklich nach Amerika gegangen ist.«

»Es würde erklären, warum wir sie nicht gesehen haben.« Evelyn bedeutete Lady Anne, Platz zu nehmen.

»Wir sollten uns auf den Weg machen. Es ist am besten, Madame Elise' Salon vor Mittag zu besuchen.«

»Was das angeht ...« Evelyn erklärte Lady Anne in hastigen Worten, warum sie nicht mitkommen würde.

Lady Anne sank aufs Sofa. Sie trug ein schwarzes Kutschenkleid mit weißem Kragen und weißen Spitzenärmeln. Ihr goldenes Haar war in einem Seidennetz gebunden. »Gütiger Himmel«, sagte sie, nachdem sie ihre voluminösen Röcke arrangiert hatte. »Sagen Sie bloß, Sie sind eine soziale Reformerin?«

Evelyn setzte sich ihr gegenüber. »Muss man an Reformen interessiert sein, um an solch skandalösen Praktiken Anstoß zu nehmen? Das ist doch nur menschlich.«

»Ich stimme aus vollem Herzen zu. Doch andere werden nicht so verständnisvoll sein. Madame Elise zählt die Ehefrauen und Töchter vieler Adliger zu ihren Kundinnen, darunter sogar der ein oder andere Earl. Nur wenige würden auf ihre hübschen Festroben verzichten, damit das Wohlergehen einer gemeinen Arbeiterin gewährleistet ist, die gezwungen ist, unter solchen Bedingungen zu arbeiten und zu schlafen.«

»Ich kann nur für mich sprechen«, sagte Evelyn. »Und ich werde ihren Salon nicht aufsuchen, ganz gleich, wie hübsch ihre Kleider sind.«

»Ebenso wenig wie ich«, verkündete Anne solidarisch. »Haben Sie einen anderen Schneider im Sinn? Ich muss Sie warnen, es gibt niemanden, der es mit Madame Elise aufnehmen kann. Außer man nimmt die Reise nach Paris auf sich, um eine von Mr Worth' Kreationen zu erwerben.«

»Nicht Mr Worth«, sagte Evelyn. »Jemand Besseren.«

Lady Anne zog die Augenbrauen hoch. »Besser als Worth? Sie machen mich neugierig. Wer ist diese Person?«

»Der Gentleman, der meine Reitkostüme anfertigt.«

»Ihr Schneider in der Conduit Street?«

Evelyn nickte. »Er hat eingewilligt, den Rest meiner Garderobe für diese Saison zu liefern. Just in diesem Augenblick wählt er Stoffe und Besätze für mein Ballkleid aus.«

»Ach du meine Güte. Das sind wirklich bemerkenswerte Umstände.«

Evelyn fühlte sich schuldig. »Ich hätte Ihnen wirklich eine Nachricht schicken sollen, aber ich habe nicht daran gedacht.« Sie schenkte Lady Anne ein entschuldigendes Lächeln. »Ich habe mich so auf Ihre Gesellschaft gefreut.«

»Und ich mich auf die Ihre. Ich hatte gehofft, dass heute der erste von vielen gemeinsamen Einkaufsbummeln stattfinden würde. Meine Mutter lässt mich nie aus den Augen, außer ich reite. Jedenfalls nicht, wenn sie meine Pläne nicht vorher abgesegnet hat. Und sie scheint geneigt, all meine Pläne mit Ihnen zu billigen.«

»Weil sie mit meinem Onkel befreundet ist?«

»Weil sich Mama ihrer Menschenkenntnis rühmt. Sie hat sofort erkannt, dass Sie vertrauenswürdig sind – jedenfalls behauptet sie das. Ich nehme an, es liegt an Ihrer Brille. Ihr würde nie in den Sinn kommen, dass ein Blaustrumpf gefährlich sein könnte.«

Evelyn runzelte die Stirn. »Ich bin kein Blaustrumpf.«

»Bitte fühlen Sie sich nicht gekränkt. Ich sehe mich ebenfalls als Blaustrumpf.« Lady Anne dachte nach. »Jedenfalls als so etwas in der Art.«

Evelyn hatte Anlass, dies zu bezweifeln. Mit ihrem makellosen Alabastergesicht und ihrer beneidenswerten Figur wirkte Lady Anne wie das völlige Gegenteil eines Blaustrumpfs. Sie war viel zu selbstsicher. Zu elegant. Der Inbegriff einer englischen Dame.

»Mama erwartet, dass wir bald aufbrechen«, sagte sie.

Evelyn warf einen Blick zur Tür. »Ihre Mutter ist hier?«

»Sie ist direkt ins Studierzimmer Ihres Onkels gegangen. Die beiden schwärmen gerade von einem neuen Bericht aus Birmingham. Ein Junge behauptet, eine Botschaft von Prinz Albert erhalten zu haben. Wenn das wahr ist …«

»Sie glauben, es könnte wahr sein?«

»Ich selbst bin keine Spiritistin. Doch wer weiß? ›Es gibt mehr Ding im Himmel und auf Erden, Horatio‹ und so weiter.«

Evelyn erkannte das Zitat aus Hamlet. Unter den Büchern, die in der bescheidenen Familienbibliothek verblieben waren, befand sich eine ramponierte Ausgabe des Gesamtwerks von William Shakespeare. Als junges Mädchen hatte sie es von vorn bis hinten durchgelesen und war von den Romanzen ebenso begeistert gewesen wie von den blutigen Historien. »Wenn Prinz Albert wirklich aus dem Jenseits eine Botschaft geschickt hätte, würde es dann nicht mehr Sinn ergeben, jemand im Buckingham Palace wäre der Empfänger gewesen?«

»Natürlich. Außer Birmingham ist aus irgendeinem Grund geeigneter.«

»Weshalb sollte es das sein?«

»Wegen des Jungen. Mama sagt, dass er eine mächtige spirituelle Antenne haben muss. Wie ein Telegrafenmast.«

Evelyns Mundwinkel zitterten.

Lady Annes Augen funkelten schelmisch. »Sie dürfen ruhig lachen, Miss Maltravers. *Ich* hingegen muss mit diesem Unsinn leben.«

»Oh, nennen Sie mich doch bitte Evie.«

»Und Sie mich Anne. Ich benutze diesen schrecklichen Titel nur, wenn es sein muss. Und nie mit meinen Freundinnen.«

Evelyn lächelte. Eine Freundin. Ihre erste hier in London, und sie hoffte, nicht ihre letzte.

Plötzlich stand Anne auf. »Würden Sie gern etwas anderes tun?«

Evelyn erhob sich ebenfalls. »Statt einzukaufen?«

»Mama erwartet, dass wir irgendwo hingehen. Also sollten wir das auch tun. Der Kutscher wird unser wahres Ziel nicht verraten, genauso wenig wie der Lakai.«

»Und was für ein Ziel haben wir?«

»Natürlich Julia Wychwood. Sie wird sich über einen Besuch freuen.«

Zwanzig Minuten später hielt die schwarz lackierte Kutsche der Countess of Arundell vor der Wychwood-Residenz am Belgrave Square. Die Fenster des großen weißen Hauses mit dem säulengeschmückten Eingang waren mit Tüchern verhängt, und der Türklopfer war entfernt worden. Das Gebäude sah vollkommen verlassen aus.

»Und es ist auch bestimmt jemand zu Hause?«, fragte Evelyn, während der Lakai ihr aus der Kutsche half.

Anne stieg hinter ihr aus und schüttelte ihre Röcke. »Achten Sie nicht auf den äußeren Eindruck. Die Wychwoods haben ständig mit Krankheiten zu kämpfen. Sir Eustace, Julias Vater, hat einst sogar Stroh auf die Stufen gelegt, als er befürchtete, das Ende sei nah.«

Evelyn beäugte nervös das Haus. »Was für Krankheiten?«

»Die Gallenkrankheit, Apoplexie, Grünfieber, Melancholie, Ohnmacht, Sumpffieber. Alle nur vorstellbaren bedauerlichen Befindlichkeiten, und darunter noch viel mehr undiagnostizierte.« Anne stieg die Stufen zur Haustür hinauf. »Julias Eltern halten die Ärzte von ganz London beschäftigt.«

»Solange es nichts Ansteckendes ist.« Evelyn konnte es sich nicht leisten, krank zu werden. Nicht in diesem Stadium ihres Plans.«

»Himmel, nein. Von den Wychwoods werden Sie sich nicht mal eine Erkältung einfangen.« Anne klopfte recht entschieden mit der Faust an die Tür.

Sie wurde von einem Lakaien mit beginnender Glatze und in einer kanariengelben Livree geöffnet.

»Guten Morgen, Jenkins«, sagte Anne. »Wir sind hier, um Miss Wychwood zu besuchen. Ich nehme an, sie ist in ihrem Zimmer?«

»Ja, Mylady.« Er trat zurück, um sie einzulassen. »Der Doktor war gerade da.«

»So schlimm, ja?« Anne nahm ihren schwarzen Seidenhut ab und zog die Handschuhe aus, dann reichte sie beides dem Lakaien.

Evelyn tat es ihr nach. Ihr Blick wanderte durch die Eingangshalle. Es war zu dunkel, um Wandschmuck oder Möbel richtig erkennen zu können. Nicht nur das, es war im Haus auch übermäßig warm.

Evelyn fühlte sich zunehmend unbehaglich.

Mamas Krankenzimmer nach der Geburt der kleinen Isobel war ganz ähnlich gewesen. Dunkel und abgeschieden. Evelyn konnte sich sogar noch an den metallischen Geruch von Blut erinnern. Da war so viel davon gewesen.

Diese Erinnerung rief ihr die Dringlichkeit ihrer Mission ins Gedächtnis. Ihre Schwestern waren auf sie angewiesen. Um ihretwillen musste sie eine gute Partie machen. Für Gussie, Caro, Bette und Izzy. Jede von ihnen hatte eine Chance auf Glück und Sicherheit verdient. Eine Chance auf Liebe. Und wenn Evelyn ohne Letzteres heiraten musste, um ihnen diese Chance zu verschaffen, dann würde sie es tun.

Und warum sollte sie auch nicht diejenige sein, die dieses Opfer brachte? Sie war die Unsentimentalste von ihnen.

Zumindest bis sie Mr Malik getroffen hatte.

Aber diese Gefühle würden vorbeigehen. Das Kribbeln im Bauch, wann immer sie ihn sah. Wie ihr der Atem stockte und sich ihr Puls beschleunigte. Schon bald würde sie jemand anderen treffen. Jemand Passenden. Das Leben würde weitergehen, und sie würde niemals wieder dieses exquisite Herzklopfen verspüren …

Nun denn.

Sie würde vergessen, dass sie es jemals verspürt hatte, nicht wahr? Sie würde wieder genauso sein, wie sie es bei ihrer Ankunft in London gewesen war. Vernünftig und pragmatisch. Entschieden unromantisch.

»Sir Eustace ist völlig außer sich«, sagte Jenkins im Flüsterton. »Er ist zu Bett gegangen.«

»Wie schade.« Anne ging zur Wendeltreppe aus Eichenholz. »Sie müssen uns nicht begleiten. Ich kenne den Weg.«

Evelyn folgte ihr die Stufen hinauf. »Es klingt, als wäre Miss Wychwood zu krank, um Besuch zu empfangen.«

Anne stieß ein undamenhaftes Schnauben aus. »Julia hat die Konstitution eines Gauls.«

»Aber …«

»Sie werden schon sehen.« Anne führte Evelyn durch einen mit Teppichen ausgelegten Flur bis zu einer großen holzgetäfelten Tür. Sie klopfte zweimal an.

Drinnen ertönte hektisches Rascheln. Schließlich antwortete eine schwache Stimme: »Herein.«

Als Anne die Tür öffnete, warf sie Evelyn einen vielsagenden Blick zu.

Miss Wychwoods Zimmer war so dunkel und warm wie der Rest des Hauses. Samtvorhänge verhüllten die Fenster, und im Kamin glühte ein ersterbendes Feuer. In der Mitte des Raums stand ein mit blauem Damast drapiertes Himmelbett. Darauf lag Julia Wychwood, den Kopf auf einen Stapel von Federkissen gebettet. Als sie eintraten, drehte sie ihr Gesicht zur Tür. Sie war kreidebleich.

»Du klingst, als wärst du kurz davor, dahinzuscheiden«, sagte Anne trocken.

»Anne!« Miss Wychwood setzte sich mühsam auf. Dabei rutschte ihr die Decke bis zur Taille hinab. Sie trug ein gerüschtes weißes Nachthemd. »Gott sei Dank bist du gekommen. Und ist das Miss Maltravers?«

»Ist es«, sagte Anne. »Würden Sie die Tür schließen, Evie?«

Evelyn tat es und ging zum Bett. »Ich wusste nicht, dass Sie krank waren, Miss Wychwood. Ich hoffe, Sie fühlen sich ein bisschen besser?«

»Jetzt schon viel besser«, sagte Miss Wychwood. »Wie nett von Ihnen, mich zu besuchen. Ich habe mich allerdings schon gefragt, wann wir uns wiedertreffen würden. Auch wenn ich niemals gedacht hätte, dass es unter solchen Umständen sein würde.« Sie blickte auf ihr Nachthemd und errötete. »Bitte verzeihen Sie mir meinen desolaten Zustand.«

Evelyn lächelte. »Nicht doch. Ich freue mich, Sie wiederzusehen, egal in welchem Zustand.«

»Meine Güte, Julia. Wie hältst du diese unerträgliche Hitze aus?« Anne durchquerte den Raum. »Wir müssen ein Fenster öffnen.«

»Ja, gern. Aber nur ein bisschen. Wenn Papa das mitbekommt …«

»Wird er nicht«, erwiderte Anne. »Jenkins sagt, er ist zu Bett gegangen.«

»Ach ja? Das ist eine Erleichterung.« Miss Wychwood deutete auf den Lehnsessel neben ihrem Bett. »Bitte nehmen Sie doch Platz, Miss Maltravers.« Und dann zu Anne: »Jetzt, da Mama in Bath ist, weicht er mir nicht von der Seite. Wie eine alte Glucke.«

Anne kämpfte mit dem Fenster, bis es ihr gelang, es wenigstens ein paar Zentimeter zu öffnen. Dann zog sie die Vorhänge wieder zu. »In dieser Hinsicht bist du nicht besonders hilfreich, meine Liebe. Nicht, wenn du weiter darauf bestehst, so zu tun, als stündest du an der Schwelle des Todes.«

Evelyn setzte sich und arrangierte ihre Röcke.

»Nicht ganz an der Schwelle des Todes«, sagte Miss Wychwood. »Und ich tue auch nicht so. Ich hab mich die letzten drei Tage wirklich nicht ganz auf der Höhe gefühlt.«

Anne kehrte zum Bett zurück. »Du hast dich die letzten drei Saisons nicht ganz auf der Höhe gefühlt.« Sie setzte sich auf die Bettkante. »Ich dachte, du würdest zumindest Cossack ausreiten. Aber ich habe dich nicht gesehen. Evie auch nicht. Sag nicht, du lässt das deinen Reitknecht erledigen?«

Miss Wychwood sah ihre Freundin verlegen an. »Ich wollte ihn heute Morgen reiten, doch Papa hat Stein und Bein geschworen, dass ich Fieber hätte.«

»In diesem Haus muss man ja Fieber bekommen«, sagte Anne.

»Papa lässt in jedem Kamin ein Feuer brennen. Er behauptet, seine Lunge wäre verkühlt.« Miss Wychwood warf ihre Decke zurück. Darunter kamen eine halb leergegessene Schachtel Pralinen und ein in blaues Leinen gebundenes Buch mit Goldprägung zum Vorschein. »Möchten Sie etwas Süßes?« Sie bot Evelyn die Schachtel an.

»Oh ja, sehr gern.« Evelyn nahm sich eine Praline.

»Anne?« Miss Wychwood hielt ihr die Schachtel hin. »Nimm dir so viele, wie du willst.«

Das ließ sich Anne nicht zweimal sagen. Sie bediente sich reichlich und schloss genießerisch die Augen, als sie sich die erste Praline in den Mund steckte.

»Lady Arundell gestattet Anne keine Süßigkeiten«, erklärte Miss Wychwood. »Sie ist furchtbar streng, was Essen angeht.«

»Das ist sie«, sagte Anne. »Aber ich lasse mich nicht ablenken.« Sie warf ihrer Freundin einen strengen Blick zu. »Du versteckst dich wieder.«

»Kannst du es mir verdenken?«

»Natürlich nicht. Wenn ich Schokolade und ein gutes Buch hätte, um mir Gesellschaft zu leisten, würde ich mich vielleicht auch in mein Bett verkriechen. Aber das ist keine Entschuldigung. Wir müssen uns alle dieser Saison stellen, ob wir wollen oder nicht.«

»Ist es denn wirklich so schrecklich?«, fragte Evelyn und biss erneut von ihrer Praline ab.

Miss Wychwood seufzte tief. »Nur, wenn man schon mehrere Saisons hinter sich hat, von denen keine zu einem Antrag geführt hat.«

»Das ist nicht der wahre Grund.« Anne aß eine weitere Praline. »Sondern weil Mr Hartford und seine idiotischen Spießgesellen uns das Leben in London zur Hölle machen. Wir können keinen gemeinsamen Schritt vor die Tür machen, ohne dass jemand eine abfällige Bemerkung macht.«

»Es ist wirklich sehr unerfreulich«, sagte Miss Wychwood. »Aber schlimmer als das ist …«

»Was kann schlimmer sein?«

»Übersehen zu werden. Wie eine abgelaufene Konserve im Regal.«

Anne runzelte die Stirn. »Konserven laufen doch nicht ab, oder?«

»Ungeöffnet halten sie ein paar Jahre«, erklärte Evelyn.

»Da hörst du es«, bekräftigte Anne. »Eine ungeöffnete Konserve. Du hast noch viel zu bieten. Wie wir alle, wenn sich jemand die Mühe machen würde, richtig hinzuschauen.«

»Ich würde lieber unverheiratet bleiben«, sagte Miss Wychwood leise.

»Von wegen«, erwiderte Anne. »Du musst mehr als jede andere der Fuchtel deiner Eltern entkommen. Wenn dich die Ärzte noch viel öfter zur Ader lassen, wirst du kein Blut mehr übrig haben. Du siehst schon halbtot aus.«

»Ich bin vollkommen in Ordnung. Abgesehen von der Hitze und der Tatsache, dass ich meinen Roman verstecken muss, wenn Papa hereinkommt.«

Evelyn lehnte sich vor, um einen Blick auf den Buchrücken zu werfen. »Was lesen Sie denn?«

»Den dritten Band von *Lady Audleys Geheimnis.* Es ist wunderbar spannend. Eines meiner Lieblingsbücher. Es geht um eine wunderschöne junge Dame, die …«

»Verrate nicht zu viel«, warnte Anne.

»Schon gut«, sagte Evelyn. »Ich kenne es bereits.« Anfang des Jahres war es der Leihbibliothek in Combe Regis gelungen, alle drei Teile für ihre Sammlung zu sichern. Die Reihe hatte sich als ungemein beliebt bei den örtlichen jungen Damen entpuppt, darunter vor allem Evelyn und ihre Schwestern. »Es ist wirklich packend, nicht wahr?«

»Oh ja«, sagte Miss Wychwood. »Lady Audley ist meine Lieblingsfigur.«

Anne lachte. »Natürlich die Schurkin.«

»Sie ist tatsächlich der Bösewicht der Geschichte«, sagte Miss Wychwood. »Aber man muss sie doch ein wenig bewundern. Stell dir nur vor, so verschlagen zu sein, so herrlich teuflisch zu sein, den eigenen Namen zu ändern und sich ein völlig neues Leben zu schaffen.«

So hatte Evelyn es noch nie betrachtet, doch in diesem Punkt hatte Miss Wychwood wohl recht. Die Vorstellung, dass eine Dame genau wusste, was sie wollte, und nicht zögerte, es sich zu nehmen, hatte durchaus etwas für sich. »Wenn sie nur dabei keine Bigamie und Mordversuche begangen hätte.«

»Ja«, pflichtete ihr Anne bei und steckte sich die letzte der Pralinen in den Mund. »In dieser Hinsicht ist sie wohl etwas zu weit gegangen.«

»Was mich angeht, wird Bigamie wohl kein Problem darstellen«, sagte Miss Wychwood. »Ich kann ja nicht mal hoffen, einen Ehemann zu finden, geschweige denn zwei.« Sie lehnte sich gegen ihren Kissenstapel. »Ich wünschte, ich könnte irgendwohin gehen, wo mich niemand kennt. An einen Ort, an dem ich mich neu erfinden und von vorn anfangen könnte. Genau wie Lady Audley, aber ohne die Straftaten.«

Anne zog ein Taschentuch aus ihrem weiten Pagodenärmel, um sich die geschmolzene Schokolade von den Fingerspitzen zu wischen. »Ja, aber wohin auch immer du gehst, eines wird gleichbleiben.«

»Was?«, fragte Miss Wychwood.

»Du natürlich. Niemand kann sich wirklich von Grund auf ändern.«

»Das stimmt«, sagte Evelyn. »Äußerlich aber schon. Mithilfe der richtigen Kleidung und der richtigen Umgebung.«

Anne und Miss Wychwood sahen sie beide interessiert an.

Evelyn zögerte einen Moment, dann gestand sie: »Ich habe genau das vor.«

Miss Wychwoods blasses Gesicht begann zu strahlen. »Wirklich? Wie aufregend!«

»Sie sind die Einzige von uns, die das könnte«, sagte Anne. »Sie sind ein unbeschriebenes Blatt. Niemand in der Stadt kennt Sie, außer diesem Gentleman, der Sie gestern im Park beobachtet hat. Wie sagten Sie noch war sein Name? Stephen irgendwas?«

»Connaught.« Die bloße Erwähnung seines Namens war genug, um Evelyns Laune zu verderben.

Es war keine vierundzwanzig Stunden her, seit sie ihn in der Rotten Row gesehen hatte. Und doch war seine Anwesenheit in London zu ihrem persönlichen Damoklesschwert geworden. Sie hatte keine Ahnung, was er vorhatte. Sie wusste nur, dass ihr Plan in ernsthafter Gefahr sein könnte.

Miss Wychwood sah zwischen ihnen hin und her. »Um wen handelt es sich?«

»Er ist einer meiner Nachbarn in Sussex. Wir sind früher regelmäßig ausgeritten. Eine Zeitlang dachte ich, er würde mir einen Antrag machen.«

Anne steckte ihr Taschentuch wieder weg. »Und ich nehme an, das hat er dann doch nicht getan.«

»Nein«, sagte Evelyn. »In Wahrheit sind wir nicht einmal mehr Freunde. Das ist lange her.«

»Was ist passiert?«, wollte Miss Wychwood wissen.

Bevor Evelyn antworten konnte, klopfte es an der Tür.

Miss Wychwoods Reaktion darauf reizte fast schon zum Lachen. Blitzschnell war sie wieder unter ihrer Decke, den Kopf auf den Kissen, Roman und Pralinenschachtel gut versteckt. »Herein«, rief sie mit schwacher Stimme.

Die Tür wurde einen Spalt breit geöffnet. Eine junge Dame steckte ihren Kopf hindurch. Sie trug einen Wollmantel mit Kapuze. »Ich bin es nur.«

»Stella!« Anne sprang vom Bett auf, um sie zu begrüßen. Die beiden hielten sich bei den Händen und küssten einander auf die Wange.

Evelyn erhob sich. Dies musste Miss Hobhouse sein, die dritte im Bunde der Furien. Sie war von seltsamer Schönheit, mit großen Augen, deren Blau so hell war, dass man es für Silber halten könnte. Noch nie hatte Evelyn solch eine Farbe gesehen. Sie hatte etwas fast Überirdisches an sich.

»Seit wann bist du zurück?«, fragte Anne.

»Seit gestern Abend. Ich dachte, ich würde dich heute morgen im Park sehen. Ich war dort um acht.«

»Ich reite erst heute Nachmittag aus und Julia gar nicht, außer wir können sie davon überzeugen, ihr Bett zu verlassen.« Anne zog Miss Hobhouse in den Raum. »Komm und lerne Miss Maltravers kennen. Sie ist erst vor Kurzem aus Sussex angekommen. Evie? Dies ist Stella Hobhouse, die beste Reiterin von uns.«

Miss Hobhouse lächelte verlegen. »Sie sagt das nur, weil ich so häufig reite. Und das ist mehr dem nervösen Temperament meines Pferdes als meinen Fähigkeiten geschuldet.« Sie reichte Evelyn die Hand. »Sehr erfreut, Sie kennenzulernen.«

»Gleichfalls«, sagte Evelyn.

»Miss Maltravers hat einen braunen spanischen Hengst«, sagte Miss Wychwood. »Als ich sie das erste Mal sah, ritt sie ihn nur mit einer Trense.«

»Wirklich? Dann muss er aber sehr gut trainiert sein.« Miss Hobhouse nahm ihre Kapuze ab.

Überrascht riss Evelyn die Augen auf. Das Haar der jungen Dame war auf makellose, schon fast übertriebene Weise hochgesteckt. Es glänzte gesund. Und es war vollkommen grau.

Miss Hobhouse bemerkte Evelyns Blick, und ihre Mundwinkel zuckten amüsiert. »Keine Sorge. Es ist seit meinem sechzehnten Lebensjahr grau.«

»Meine Mutter vermutet, dass es etwas mit der Geisterwelt zu tun hat«, sagte Anne.

»Und genau das werde ich jedem Gentleman sagen, der mich diese Saison danach fragt.« Miss Hobhouse setzte sich auf die Bettkante. »Das Problem ist nur, dass mich keiner fragt. Sie starren mich immer nur entsetzt an.«

Anne nahm neben Miss Wychwood Platz. »Evie ist auch für die Saison hier.«

»Ihre erste«, sagte Miss Wychwood.

»Tatsächlich?« Miss Hobhouse musterte Evelyn neugierig. »Aber Sie sind nicht frisch aus der Schule, oder?«

»Nein.« Evelyn kehrte an ihren Platz zurück. »Ich bin dreiundzwanzig.«

Miss Wychwood schnappte nach Luft. »So alt?«

»Also wirklich, Julia«, tadelte Anne und wandte sich an Evelyn. »Ignorieren Sie sie. Wir sind auch nicht viel jünger.«

»So ist es«, entgegnete Miss Wychwood. »Aber dies ist bereits unsere dritte Saison und Stellas zweite. Miss Maltravers fängt gerade erst an.«

Miss Hobhouse runzelte die Stirn. »Maltravers. Es kommt mir so vor, als hätte ich diesen Namen schon einmal gehört. Sie haben nicht zufällig eine Schwester, oder?«

»Mehrere. Vier davon jünger als ich.« Evelyn sammelte sich kurz, bevor sie hinzufügte: »Und eine ältere.«

»Das muss es sein«, sagte Miss Hobhouse. »Sie war in irgendeine Art von Vorfall verwickelt, nicht wahr?«

Evelyn sah zu Anne. Sie war die Einzige, die womöglich Bescheid wusste. Und wenn nicht, wusste ihre Mutter mit Sicherheit davon. Nicht weil Evelyn sich ihr anvertraut hätte, sondern weil Onkel Harris geplaudert hatte. Der Himmel allein wusste, wie viele Details er ihr erzählt haben mochte.

»Das ist Jahre her«, entgegnete Anne. »Darüber sollte nicht mehr gesprochen werden.«

»Gab es einen Skandal?«, fragte Miss Wychwood.

»Ein Skandal.« Miss Hobhouse' Augen leuchteten auf. »Jetzt erinnere ich mich. Sie ist durchgebrannt, nicht wahr? Mit dem Sohn eines Baronets oder …« Sie stockte, und ihre Wangen wurden rot. »Oh, tut mir leid. Es muss schmerzlich für Sie sein, sich daran zu erinnern. Und ich plappere immer weiter.«

»Nicht schmerzlich«, sagte Evelyn. »Nur ungünstig.«

»Das verstehe ich.« Miss Hobhouse verzog mitfühlend das Gesicht. »Ich muss mich erneut entschuldigen, Miss Maltravers.«

Evelyn glaubte ihr. Keine der Damen wirkte grausam oder niederträchtig. Tatsächlich schienen sie genau das zu sein, was Evelyn selbst war – Damen, die nicht ganz in die Gesellschaft passten. »Bitte«, sagte sie. »Ich wünschte, Sie würden mich alle mit Vornamen ansprechen. Oder mit Evie, wenn Ihnen das lieber ist. Es kommt mir albern vor, auf Förmlichkeiten Wert zu legen.«

Miss Hobhouse willigte sofort ein. »Es wäre mir eine Ehre, wenn Sie mich Stella nennen würden.«

Miss Wychwood nickte. »Und mich müssen Sie Julia nennen.«

»Nun, da wir die Höflichkeiten hinter uns gelassen haben, können wir uns vielleicht endlich auf die kommende Woche konzentrieren?«, schlug Anne vor. »Der Ball meiner Mutter ist nächsten Freitag und danach wird unsere Saison offiziell beginnen. Damit bleiben uns noch acht ganze Tage Freiheit. Und keiner davon sollte im Bett verschwendet werden.«

Julia runzelte die Stirn. »Aber, Anne …«

»Ich schlage vor, dass wir morgen ausreiten. Wenn ihr wollt, können wir uns morgens treffen, um das Gedränge zu vermeiden.« Anne warf Julia einen tadelnden Blick zu. »Und du legst dich nicht wieder hin. Das wird es nur schwerer machen, wenn du hinausgehen musst.«

Stella nahm Julias Hand. »Du wirst dich hinterher besser fühlen. Ein guter Galopp bringt immer alles wieder in Ordnung.«

»Der Meinung bin ich auch«, sagte Evelyn. »Mein Kopf ist nie so klar wie nach einem Ausritt. Er rückt alles im Leben wieder ins rechte Licht.«

Julia setzte sich aufrechter hin. »Dann komme ich wohl mit. Wenn wir sehr früh ausreiten. Und wenn wir es gemeinsam tun.«

Anne legte Julia einen Arm um die Schulter. »Natürlich tun wir das.«

15. KAPITEL

Ahmad verließ den überfüllten Omnibus, überquerte die Commercial Road und betrat die Slums des East Ends, die einst sein Zuhause gewesen waren. Es hatte keinen Grund zur Rückkehr gegeben, seit er aus Mrs Pritchards Dienst ausgeschieden war. Keinen Grund, durch die altbekannten Straßen zu gehen oder die Läden wieder zu besuchen, in denen er als Junge eingekauft hatte.

Bis jetzt.

Das Bild von Evelyn Maltravers kam ihm in den Sinn. Ihr apartes Antlitz, belebt durch das trotzige Heben des Kinns und das entschlossene Funkeln in ihren wie Samt schimmernden Augen.

»Die Sache ist …«, hatte sie gesagt. *»Ich mag Sie.«*

Wenn er nur daran dachte, wurde ihm ganz warm ums Herz.

In letzter Zeit war sie ihm nur selten aus dem Kopf gegangen.

Aber das war wohl verständlich. Schließlich war sie seine Muse. Die motivierende Kraft, wegen der er heute hier war.

Er fragte sich, was sie von diesem Ort halten würde – der Gegend, in der er dreizehn Jahre seines Lebens verbracht hatte. Würde sie sich davon abgestoßen fühlen? Angewidert? Auch wenn sie vom Land stammte, war sie doch eine Dame, die behütet aufgewachsen war.

Er konnte sich nicht vorstellen, dass sie jemals auch nur einen Fuß in dieses Viertel gesetzt hätte.

Nachdem er eine schmale Gasse entlanggeschlendert und dann in eine andere abgebogen war, stieg ihm der Gestank der East India Docks in die Nase und rief eine Flut von Erinnerungen wach.

Nichts hatte sich verändert.

Selbst die Menschen waren noch die gleichen.

Was nicht weiter verwunderlich war. Es war schwer, von hier wegzukommen, geschweige denn aufzusteigen, sei es im eigenen Umfeld oder in der größeren Welt jenseits des East End. Jene, die nicht dem Alkohol oder der Verzweiflung verfallen waren, schoben immer noch die gleichen Karren und gingen mit den gleichen Waren hausieren, lungerten vor den gleichen Wirtshäusern herum und lehnten in den gleichen Hauseingängen. Schmutzige Grobiane und betrunkene Frauen, die sich mit in Lumpen gehüllten Kindern um ein Obdach zankten, verlebte Huren und ausgemergelte Seeleute.

Unter ihnen sah Ahmad gelegentlich indische Gesichter. Laskaren – bengalische und jemenitische Matrosen, die auf britischen Schiffen dienten – auf Landurlaub oder entlassen und auf sich selbst gestellt in einem seltsamen Land weit weg von Daheim.

Das war nicht ungewöhnlich.

Während Ahmads früher Jahre bei Mrs Pritchard hatte er eine kleine Gemeinschaft muslimischer Inder in der Nähe gekannt. Sie kamen regelmäßig zum Beten zusammen. Er hätte sich ihnen angeschlossen, wenn er bereit gewesen wäre, ihren Glauben zu akzeptieren. Er war durchaus versucht gewesen.

Aber nein.

Seine Tante hatte Mira und ihn nur oberflächlich religiös erzogen – eine blasse Imitation des christlichen Glaubens, wie er von der Kolonialmacht praktiziert wurde. Es war jedoch nur eine Vorspiegelung des Englischseins gewesen. Es war eine

Folge ihrer gemischten Herkunft, dieser konstante Wunsch, wie die Briten zu sein. Britisch *zu sein*. Als würde das Ablehnen ihrer indischen Wurzeln sie für die Sahibs und Memsahibs, die ihr Land beherrschten, akzeptabler machen.

Doch das hatte nie funktioniert. Jedenfalls nicht Ahmads Erfahrung nach.

Ganz egal, wie sehr sich Mira und er angestrengt hatten, nichts davon hatte dafür gesorgt, dass sie in eine Welt passten, in die sie nicht gehörten. Dies war der Grund, warum ihn die anderen Inder im East End so fasziniert hatten. Warum er kurz mit dem Gedanken gespielt hatte, sich ihnen trotz mangelnden Glaubens anzuschließen. Als jungem Burschen hatte es ihm etwas bedeutet, andere zu sehen, die wie er waren, selbst wenn es überhaupt keine Gemeinsamkeiten gab. Selbst wenn sie völlige Fremde waren.

Das war die eine Sache, die für die Docks sprach: Sie mochten kein besonders erstrebenswerter Ort zum Leben sein, doch es herrschte eine Vielfalt, wie man sie in Mayfair vergeblich suchte.

Ahmad zog seinen Hut tiefer in die Stirn und ging weiter, bis er an die Ecke von Lost Hope Yard gelangte. Dort stand ein windschiefes Holzgebäude. Zur Straße hin gab es zwei große schmutzverschmierte Fenster, die dem Haus das Aussehen eines blinden Mannes verliehen, der auf den verlassenen Platz starrte.

Im Erdgeschoss war ein Trödelladen. Der gleiche wie in Ahmads Jugend. Darüber gab es zwei Wohnungen – die der Ladenbesitzerin Mrs McCordle und eine weitere, winzig kleine, in der Becky Rawlins lebte. Eine respektablere Unterkunft hatte sie nicht finden können, nachdem sie Mrs Pritchards Etablissement verlassen hatte.

Die Glocke über der Tür erklang, als Ahmad den Laden betrat. Der feuchte Geruch von verschimmeltem Stoff und verrottetem Holz schlug ihm entgegen.

Mrs McCordle saß auf der unteren Treppenstufe und sortierte einen Behälter mit alter Kleidung. Sie sah zu ihm auf. »Wer sind Sie?«

Ahmad sah keine Notwendigkeit, sich vorzustellen. »Ist Miss Rawlins zu sprechen?«

»Ja, sie ist oben. Aber keine Schweinereien. Das hier ist ein rechtschaffenes Haus.«

»Wenn Sie sie bitte holen würden, warte ich solange.«

Mrs McCordle runzelte die Stirn. »Sie wollen von mir, dass ich raufgehe? Mit meinem Rheuma?« Sie begann wieder mit dem Sortieren der Kleidung. »Holen Sie sie gefälligst selbst. Und seien Sie schnell wieder unten, sonst weiß ich, was Sie da oben treiben.«

Ahmad stieg die wackligen Stufen hinauf. Sie knarrten unter seinem Gewicht. Ein unheilvolles Geräusch. Der kurze Flur am oberen Ende der Treppe wirkte nicht viel stabiler. Die Dielen hingen durch, und an der Decke waren Wasserflecken. Es stank dunstig. Völlig verschimmelt.

Er klopfte an einer der beiden Türen.

»Einen Moment!«, rief eine hohe Stimme. Mehrere Sekunden vergingen, bevor die Tür so weit geöffnet wurde, wie die vorgelegte Sicherheitskette es zuließ. Im Spalt erschien Beckys verhärmtes Gesicht.

Sie war jung. Jünger als Mira, auch wenn man ihr das nicht ansah. Um ihre Augen waren Fältchen, und ihr Rücken war von der vielen Handarbeit gekrümmt. Sie war frei und unabhängig, keine kleine Sache, doch ihr Leben war nicht einfacher geworden, seit sie Mrs Pritchard verlassen hatte.

»Ahmad Malik! Bist du das?« Sie entriegelte die Tür. »Was machst du denn hier?«

»Ich wollte mit dir spazieren gehen«, sagte er. »Hol deinen Schal.«

Beckys Augenbrauen schossen in die Höhe, doch sie stellte keine Fragen. Sie verschwand kurz wieder in ihrem Zimmer. Als sie wieder auftauchte, hatte sie einen gestrickten Wollschal um die Schultern gelegt und eine alte Stoffhaube in der Hand. Sie setzte sie auf ihr stumpfes blondes Haar und band sie unterm Kinn zusammen. »Ich könnte ein bisschen frische Luft gebrauchen.«

»Für meinen Geschmack nicht frisch genug«, sagte Ahmad, während die beiden die Treppe herunterstiegen.

»Die Luft hier ist natürlich nicht mit Mayfair zu vergleichen. Aber immer noch besser als das, was ich in meinem Zimmer einatme. Manchmal kommt es mir so vor, als würde ich es tagelang nicht verlassen.« Im Vorbeigehen rief Becky Mrs McCordle zu: »Ich gehe aus!«

»Benimm dich, Kleine«, rief Mrs McCordle zurück. »Ich vermiete nicht an Mädchen, die sich in Schwierigkeiten bringen.«

Ahmad hielt Becky die Tür auf. Wieder ertönte die Glocke. »Wie kommst du voran?«

»Mit der Akkordarbeit?« Sie trat auf den Platz hinaus. »Hält mich beschäftigt. Und das ist auch gut so. Immer, wenn es gut läuft, erhöht Mrs McCordle die Miete.«

Ahmad folgte ihr und ließ die Tür hinter sich zufallen. Die beiden gingen Seite an Seite die Gasse entlang. »Dazu hat sie kein Recht. Nicht für dieses Rattenloch.«

Beckys Zimmer war nicht viel mehr als eine Dachkammer. Und die Umgebung tat noch viel weniger, um es zu empfehlen. Während sich einige ärmliche Straßen hier wenigstens noch den Anschein von Würde hatten bewahren können, war Lost Hope Yard so trostlos, wie sein Name es vermuten ließ.

Die Straße vor ihnen lag im Schatten der Schornsteinkästen und war bis auf ein zerlumptes Mädchen, das eine Horde gleichermaßen zerlumpter Kinder beaufsichtigte, verlassen. Schmutzige Gesichter blickten im Vorbeigehen zu Ahmad auf – Neugier vermischt mit Misstrauen.

»Hallo Becky«, sagte das ältere Mädchen.

»Hallo Lizzy.« Becky schenkte dem Mädchen ein Lächeln, bevor sie sich wieder an Ahmad wandte. »Ein Rattenloch nennst du es?«

»An seinen besten Tagen.«

»Für einige ist es gut genug«, erwiderte sie empört. »Nicht jedem gelingt es, in den Dienst adliger Herrschaften zu treten.«

»Die Finchleys sind wohl kaum Adlige. Und ich stehe auch nicht mehr in ihrem Dienst.«

Sie sah ihn besorgt an. »Wurdest du entlassen?«

»Nein. Ich kann endlich tun, was ich mir immer gewünscht habe.«

»Sag nicht, du bist jetzt Schneider?«

»Genau das.«

Sie grinste breit, was einen fehlenden Zahn sichtbar machte. »Meine Güte, sieh dich nur an! Ein richtiger Schneider!«

»Darum bin ich hier«, sagte er. »Ich habe einen Auftrag. Doch selbst mit Miras Hilfe fehlt mir die Zeit, ihn rechtzeitig auszuführen.«

Sie verschränkte die Arme. »Sprich weiter.

»Ich benötige ein weiteres Paar Hände. Jemanden, der nach meinen Angaben nähen und mit unterschiedlichen Besätzen umgehen kann. Glasperlen, Schwanendaunen und so weiter.«

Nach seiner Rückkehr aus dem Haus am Russell Square gestern Abend hatte er ein halbes Dutzend Skizzen angefertigt. Entwürfe für Ballroben und Tageskleider. Eine Garderobe, die Miss Maltravers' Vorzüge betonen und die feine Gesellschaft dazu bringen würde, sie zu bemerken. Damit sie so gesehen wurde, wie er sie sah.

»Und wo soll diese Arbeit stattfinden?«, fragte Becky. »Du hast doch kein eigenes Geschäft, oder?«

»Noch nicht. Doch ich arbeite oft von einer Schneiderei in der Conduit Street aus. Ich werde versuchen, den Besitzer davon zu überzeugen, Mira und dir den Arbeitsraum dort zu überlassen. Ansonsten …«

»Ich kann auch in meinem Zimmer arbeiten«, bot sie an. »Wie meine Akkordarbeit.«

Sie kamen an der schief in ihren Angeln hängenden Tür einer Armenunterkunft vorbei. Eine ungepflegte Frau mit rotem Gesicht lehnte sich aus einem Fenster im zweiten Stock und brüllte einer ihrer Nachbarinnen gegenüber etwas zu.

»Das könntest du«, sagte Ahmad. »Entweder dort oder in meiner Wohnung. Sie ist größer als deine. Und besser belüftet.«

»Wo wohnst du denn?«.

»In der King William Street.«

»Und Mira wäre auch da?«

»An den meisten Tagen schon.«

»Was ist mit dir?«

»Ich würde weiter im Geschäft arbeiten. Das ist praktischer. Und auf diese Weise müsstest du auch nicht mit mir allein sein.«

Sie schnaubte verächtlich. »Du bist der letzte Mann auf der Welt, bei dem ich mir Sorgen machen würde, dass er etwas versucht. Nach dem, was du für mich getan hast …«

»Es ist *dein* Ruf, um den ich mir Gedanken mache.«

»*Mein* Ruf?« Sie lachte. »Nur du würdest so etwas sagen. Für jeden anderen bin ich nur eine Hure.«

Ahmad runzelte die Stirn. Er nahm ihren Arm und führte sie um eine Schmutzpfütze herum. »Du bist keine Hure. Sondern eine Näherin.«

»Es spielt keine Rolle, was ich jetzt mache. Wenn man mal sein Geld auf dem Rücken verdient hat, wird man diesen Makel nicht mehr los.«

»Unsinn.« Es gefiel ihm nicht, sie so reden zu hören. Als gäbe es keine Möglichkeit, Mrs Pritchards Etablissement zu entkommen. Keine Aussicht auf ein glückliches Leben, sobald man in den Augen der Gesellschaft erst mal ruiniert war.

Genau das hatte seine Mutter geglaubt.

Sie hatte den Abscheu ihrer Gemeinschaft nicht ertragen. Hatte lieber aufgegeben, statt in Schande zu leben. So war Ahmad in der Obhut seiner Tante gelandet. In seinem kleinen Heimatdorf war Ahmad mit Frauen aufgewachsen, die von Männern benutzt und weggeworfen worden waren. Sie waren stark gewesen – Überlebende. Wie die meisten der Frauen, die er bei Mrs Pritchard kennengelernt hatte.

»Merk dir meine Worte«, sagte Becky. »Ich werde in diesem Zimmer über Mrs McCordles Laden hocken, bis ich den Löffel abgebe – wenn ich Glück habe. Es gibt sonst nichts, was mir offenstehen würde. Und sag jetzt bloß nichts von wegen einer Ehe. Ich kann niemals heiraten oder eine Familie gründen. Kein anständiger Mann wird mich haben wollen.«

»Wenn sie dich wegen deiner Vergangenheit ablehnen, sind es keine guten Männer. Jedenfalls nicht, was mich angeht.«

Sie stieß ihn mit der Schulter an. »Idiot. Du hattest zu lange mit Frauen wie mir zu tun. Kein wahrer englischer Gentleman würde einer wie mir eine Arbeit anbieten.«

»Ich habe nie danach gestrebt, ein wahrer englischer Gentleman zu werden.« Er sah sie an. »Also, was sagst du? Kannst du die Zeit erübrigen?«

Sie zuckte mit den Schultern. »Vielleicht. Zahlst du mir das Gleiche, wie ich bei meiner Akkordarbeit verdiene?«

»Mehr sogar.«

»Mehr?«

»Mitsamt einem Bonus.«

Sie lachte. »Als würde der Lohn an sich nicht reichen!«

»Zusätzlich zu dem Lohn bekommst du die Gewissheit, mir dabei geholfen zu haben, meine Zukunft zu sichern. Unser aller Zukunft, wenn alles nach Plan läuft.«

»Was bedeutet das?«, fragte sie. »Unser aller Zukunft?«

»Wenn genug Leute meine Entwürfe sehen … sie sehen und dann selbst eine Bestellung aufgeben … werde ich am Ende der Saison in der Lage sein, mein eigenes Geschäft aufzumachen.«

Ihre müden Augen leuchteten verstehend auf. »Und dann wirst du gute Näherinnen brauchen.«

Er lächelte. »In der Tat.«

Am nächsten Tag bei Sonnenaufgang ritt Evelyn auf Hephaestus durch den Park, Lewis dicht hinter sich. Nebel lag über der hügeligen Landschaft, verhüllte das Buschwerk und hing in den Baumkronen. Noch war es kalt und feucht, doch das Grau verschwand schnell, wurde ersetzt durch strahlendes Sonnenlicht, das durch die Wolken brach.

Evelyn schaute erleichtert in den heller werdenden Himmel. Es war keine Spur mehr von den Gewitterschauern zu entdecken, die sie gestern Nachmittag vom Reiten abgehalten hatten.

Sie hatte inständig gehofft, der Regen würde nicht zurückkehren. Sie konnte es sich nicht leisten, weitere Tage zu verlieren. Nicht, wenn ihr ganzer Plan darauf gründete, sich der Gesellschaft zu präsentieren.

Hephaestus tänzelte leicht und kaute auf seiner Trense.

»Er ist heute Morgen ziemlich überdreht«, bemerkte Lewis. »Passen Sie auf, dass er mit der Stute nichts versucht.«

»Mit welcher Stute?«

»Diese da«, sagte Lewis.

Evelyn folgte seinem Blick.

Von der anderen Seite der Rasenfläche näherte sich Stella Hobhouse auf einer imponierenden silberweißen Stute. Trotz seiner Größe hatte das Tier einen elegant geformten Kopf und weit auseinanderliegende Augen. Hals und Schweif bog es wie ein übernervöser Araber.

Stella führte die temperamentvolle Kreatur ganz hervorragend, mit ruhiger Hand und makellosem Sitz, obwohl die Stute tänzelte und scheute.

Evelyn war beeindruckt. Sie ritt auf ihre neue Freundin zu. »Guten Morgen.«

»Guten Morgen«, sagte Stella. »Sind wir die Ersten?«

»Offenbar.« Evelyn brachte Hephaestus in einen Schritt. »Ich hoffe, Julia ist dem Reiten heute Morgen gewachsen.«

»Das wird sie schon.« Stella brachte ihre Stute neben Hephaestus. Ein sanfter Wind zerzauste den Schleier ihres Reithuts. Er bestand aus schwarzem Netzstoff und bedeckte ihre grauen Haare völlig. »Anne wollte sie persönlich abholen.«

»Sollen wir in diesem Fall schon mal in die Rotten Row vorreiten?«

»Sie haben bestimmt recht. Locket kann nicht klar denken, bevor sie sich so richtig ausgaloppiert hat.«

»Sie nennen sie Locket?« Es war ein bezaubernder Name für ein bezaubernd schönes Pferd. »Anne sagte, sie sei eine Vollblutkreuzung.«

Stella nickte. »Sie ist von Stockwell.«

Mit diesem Namen war Evelyn vertraut. Stockwell war einer

von Englands bekanntesten Deckhengsten. »Und ihre Mutter?«

»Eine Mischlingsstute. Halb Araber und halb der Himmel weiß was. Offenbar dachte der Besitzer der Stute, es würde in einer größeren Ausdauer resultieren. Stattdessen bekam er ein so schreckhaftes Pferd, dass sie für den Abdecker bestimmt war, als ich sie fand.«

Evelyn konnte es nicht glauben. »Aber wenn Stockwell ihr Vater ist …«

»Hätte man sie noch als Zuchtstute einsetzen können. Leider hat sie ihren letzten Reiter fast getötet, das dumme Tier. Es handelte sich auch noch ausgerechnet um den Sohn eines Earls. Er hielt sich für einen Pferdekenner.« Stella lächelte ironisch. »Ich befürchte, das Erlebnis hat seine zarten männlichen Gefühle verletzt.«

»Was für ein Glück, dass sie bei Ihnen gelandet ist.«

»Ein außerordentliches Glück. Sie wurde zu einem Schlachthof jenseits meines Dorfs geführt, als ich sie das erste Mal sah. Ich habe sie dem Mann auf der Stelle abgekauft. Wirklich leichtsinnig von ihm, sie einer jungen Dame zu verkaufen. Das hat jedenfalls mein großer Bruder behauptet. Er war ziemlich empört.« Stella hielt inne und erklärte dann: »Er ist mein Vormund und ein sehr strenger dazu. Er lässt mich nur deshalb reiten, weil er es als eine der Gesundheit förderliche Aktivität ansieht. Eine, gegen die seine Gemeinde nichts einzuwenden hat.«

»Ihr Bruder ist Geistlicher?«

»In der Tat. Und äußerst fromm.« Für einen kurzen Moment spiegelte sich Resignation in ihrer Miene wider, machte aber rasch Belustigung Platz. »Sie können sich wohl vorstellen, wie meine erste Saison unter seinem wachsamen Auge verlaufen ist.«

»War es sehr schwer?«

»Es war fürchterlich. Ständig wurde ich wegen meiner grauen Haare aufgezogen. Ein Gentleman hat sogar ein gemeines Gedicht über mich verfasst. Die Leute haben monatelang darüber gelacht.«

»Wie schrecklich.«

»Das war es.« Stella korrigierte die Haltung ihrer Zügel. »Das einzig Gute im letzten Jahr war, dass ich Anne und Julia kennengelernt habe. Sie waren es, die mich davon überzeugt haben, für eine zweite Saison zurückzukehren. Ohne sie und Locket hätte ich wohl den Mut verloren.«

»Sie reiten sie sehr gut«, sagte Evelyn, als sie die Rotten Row erreichten.

»Ich kenne sie sehr gut. Sie will richtig verausgabt werden, das ist alles. Ansonsten gewinnen ihr Übermut und ihre Energie die Oberhand.« Mit diesen Worten trieb sie Locket in einen leichten Galopp. »Sollen wir?«

Hephaestus schnaubte und schüttelte seine dichte schwarze Mähne. Er wusste sich in Gegenwart von Stuten zu benehmen, aber er war immer noch ein Hengst. Seine Muskeln waren angespannt, und er wirkte noch energiegeladener als sonst. Es würde nicht viel erfordern, um ihn losgaloppieren zu lassen.

Evelyn achtete darauf, dass ihr Sitz stabil und ihre Hände an den Zügeln ruhig waren, als sie ihn vorantrieb, erst in einen leichten, dann in einen donnernden Galopp.

Der Wind peitschte ihr ins Gesicht und pfiff ihr in den Ohren, während die Röcke ihres dunkelgrünen Reitkostüms sich um sie bauschten. Sie fühlte sich, als würde sie an einem Pferderennen teilnehmen. Dem St. Leger oder den Newmarket Stakes.

Hephaestus war größer und stärker als die Stute, doch Locket hatte einen längeren Schritt. Jedes Mal, wenn er vorauseilte, holte sie ihn wieder ein, mit angelegten Ohren und ihre samtgraue Nase ausgestreckt, als würde sie eine unsichtbare Ziellinie suchen.

»Sie ist fest entschlossen, sich niemals von einem Hengst besiegen zu lassen«, lachte Stella, während sie Locket wieder in einen Trab brachte. »Selbst nicht von so einem hübschen Teufel wie Ihrem.«

Evelyn wurde ebenfalls langsamer, bis die beiden Pferde im Gleichschritt gingen. »Das muss ihr Rennpferdblut sein.«

»Ich denke auch. Sie will immer schnell sein … und gewinnen. Zu schade, dass sie den Ruf hat, schwierig zu sein. Sie hätte eine umwerfende Karriere haben können.«

»Sagt nicht, ihr habt die beiden bereits erschöpft?«, rief jemand hinter ihnen.

Es war Anne, die sich ihnen auf Saffron näherte. Julia ritt auf ihrem großen schwarzen Jagdpferd neben ihr her. In einiger Entfernung folgten zwei livrierte Reitknechte.

»Sei nicht lächerlich«, erwiderte Stella. »Ich könnte sie den ganzen Tag laufen lassen, und sie hätte immer noch einen weiteren Galopp in sich.«

»Entschuldigt die Verspätung«, sagte Julia.

Anne verzog das Gesicht. »Es war meine Schuld. Ich war schon fast aus der Tür, als mir meine Mutter aufgelauert hat. Sie hat die ganze Nacht kein Auge zugetan und ist völlig außer sich. Offenbar hat Lady Heatherton gesagt, der jährliche Arundell-Ball hätte seinen Reiz verloren.«

Eine Brise verfing sich in den Federn von Julias Reithut. »Das stimmt doch nicht.«

»Besonders nicht dieses Jahr«, sagte Anne. »Mama spart keine Koste und Mühen. Sie hat sogar diesen Burschen eingeladen, der den astrologischen Almanach schreibt. Er wird den Gästen die Zukunft vorhersagen. Mama ist vor Vorfreude schon völlig aus dem Häuschen. Wenn allerdings Lady Heatherton sagt …«

»Ich würde Lady Heatherton in keiner Hinsicht als Autorität ansehen«, sagte Stella. »Sie ist eine boshafte Katze, die willkürlich ihre Krallen zeigt.«

»Das ist wahr«, erwiderte Anne. »Dennoch gibt sie den Ton an. Ihre Worte, wie gehässig sie auch sein mögen, haben Gewicht.«

»Wer ist Lady Heatherton?«, fragte Evelyn.

»Die Frau des Viscount Heatherton«, erklärte Julia. »Sie ist sehr reich und sehr schön.«

»Und ihr Ehemann ist sehr alt«, fügte Stella hinzu.

Julia nickte. »*Sehr* alt.«

»Weshalb sie ständig auf der Jagd ist.« Anne richtete die Falten ihres Reitrocks. »Wir halten uns diese Saison besser alle von ihr fern. Das Alter hat sie nicht milder werden lassen. Wenn überhaupt, ist sie noch gemeiner als je zuvor.«

Stella schnaubte. »Das scheint mir kaum möglich.«

»Mir tut sie leid«, sagte Julia.

»Da empfinde ich doch mehr Mitleid für eine Kobra«, entgegnete Stella.

»Ich nehme an, dass sie uns drei ohnehin meiden wird«, sagte Anne. »Das ist einer der wenigen Vorteile, auf dem Heiratsmarkt als kolossaler Fehlschlag zu gelten.« Sie warf Evelyn einen nachdrücklichen Blick zu. »Sie sind es, die sie als Bedrohung empfinden wird.«

»Mich?«, fragte Evelyn überrascht. »Warum sollte sie?«

»Lady Heatherton liebt es, ihre Krallen an Debütantinnen zu schärfen«, sagte Stella. »Und Sie sind etwas Neues – etwas anderes.«

»Stella hat recht«, warf Anne ein. »Ihr Ritt am Mittwochnachmittag hat bereits das Interesse der Leute geweckt.«

Evelyn bekam Herzklopfen. Sie wusste, dass sie ein provozierendes Bild abgegeben hatte, als sie auf Hephaestus die Rotten Row entlanggeritten war. Sie hatte die Reaktionen der Menge mit eigenen Augen gesehen. Doch eine Dame anzustarren und sie für interessant genug zu halten, um über sie zu reden, waren zwei unterschiedliche Dinge.

»Woher wissen Sie das?«, fragte sie.

»Ich habe Augen im Kopf«, sagte Anne. »Und nicht nur das, gestern Abend hat Mr Fillgrave mit Mama gespeist. Der vorgeschobene Grund war eine Angelegenheit der Antiquarischen Gesellschaft, doch er hat mich lang und breit über meine ›reizende Reiterfreundin‹ ausgefragt.«

»Mr Fillgrave.« Es dämpfte Evelyns Freude ein wenig, als sie sich an den Herrn mit dem ausgeprägten Backenbart erinnerte. »Der mit den spanischen Stuten?«

»Genau der.« Anne schnalzte mit der Zunge, um Saffron anzutreiben. »Er kommt auch zum Ball.«

»Ist er das Beste, was wir diese Saison zu erwarten haben?«, fragte Stella.

»Ich habe keine Ahnung«, entgegnete Anne. »Prinz Alberts Tod hat einen Schatten über diese Saison geworfen. Ich nehme an, dass dieses Jahr nicht so viele Familien nach London reisen werden, und wenn, wird es nicht vor Juni oder Juli sein.«

»Solange sie überhaupt kommen«, sagte Evelyn.

Julia lenkte Cossack neben Hephaestus. »Keine Sorge. Es gibt immer noch die nächste Saison.«

Unwillkürlich verstärkte sich Evelyns Griff um die Zügel. »Für mich leider nicht.«

16. KAPITEL

Später an diesem Tag saß Evelyn auf dem Holzpferd im Anproberaum der Schneiderei, während Mr Malik den Saum ihres zweiten Reitkostüms feststeckte. Es war aus schimmernder schwarzer Superfine-Wolle gearbeitet und bestand aus einer Schößchenjacke, die Evelyn im Rücken bis über die Taille reichte. Unter der Jacke mit den breiten Kragenaufschlägen, Revers genannt, trug sie eine elegante Weste. Die Jackenärmel lagen eng an, der Rock des Kostüms war weit geschnitten. Als Vervollständigung gehörte ein bordeauxfarbenes Halstuch zu dem Ensemble.

Evelyn war von dem Kostüm so überwältigt, dass sie fast nicht bemerkte, dass Mr Malik vor ihr kniete.

Fast.

Er hielt den Kopf über seine Arbeit gebeugt, und seine schwarzen Haare schimmerten. Er trug keine Jacke, nur sein Hemd, wie immer, wenn er ihre Kleider absteckte. Es verlieh dem Vorgang eine Intimität, die sie bis ins Mark spürte.

Als ob ihre Beziehung noch nicht intim genug wäre.

Gütiger Himmel. Bei ihrer letzten Begegnung hatte sie ihm gesagt, dass sie ihn *mochte*. Dass sie sich zu ihm hingezogen fühlte. Und er hatte geantwortet, dass er das Gleiche empfand.

Eigentlich sollte jetzt alles anders sein zwischen ihnen, oder nicht? Sie beide waren erneut allein im Anproberaum, weil Agnes fortgegangen war, um Evelyns Bestellung vom Handschuhmacher abzuholen.

»Das haben Sie aber schnell fertiggestellt«, sagte sie.

»Ich hatte Hilfe«, erwiderte Mr Malik, ohne den Kopf zu heben.

»Oh?«

»Ich habe zwei Näherinnen zu meiner Unterstützung eingestellt. Ich nehme an, Sie werden sie früher oder später kennenlernen.«

»Sind sie jetzt nicht hier?«

Mr Malik schüttelte den Kopf. »Doyle will keine Frauen im Arbeitsraum.« Er steckte den Saum mit einer weiteren Nadel fest. »Bis er nachgibt, müssen Mira und Becky in meiner Wohnung arbeiten.«

Mira und Becky.

Evelyn fragte sich, ob sie jung und hübsch waren. Ob sie Mr Malik auf Augenhöhe begegneten. Sie vermutete, dass dem so war. Und nun waren sie in seiner Wohnung und durften eine Seite von ihm sehen, die Evelyn auf ewig vorenthalten bleiben würde. »Leben Sie in der Nähe?«

»Über einem Teehandel in der King William Street. Wirklich schade, dass wir Ihre Anproben nicht dort durchführen können. Für Ihre Ballrobe brauche ich ein zusätzliches Paar Hände.«

»Sie könnten zum Russell Square kommen«, schlug sie vor. »Mein Onkel hätte nichts dagegen. Nicht, wenn es zu seinem Vorteil ist.«

Mr Malik warf ihr einen fragenden Blick zu.

»Je eher ich einen Ehepartner finde, desto schneller ist mich Onkel Harris los«, erklärte sie.

Ein Stirnrunzeln verdüsterte Mr Maliks Gesicht. Er schien einen Moment zu zögern. »Meinetwegen. Solange uns Mira und Becky zur Verfügung stehen, können wir auch das Beste daraus machen.«

»Sie haben sie nicht dauerhaft eingestellt?«

»Mira ist die Cousine, von der ich Ihnen erzählt habe. Sie hilft mir aus, wann immer sie kann.«

Mira ist seine Cousine!

Evelyn verspürte einen kurzen Anflug von Erleichterung. »Und Becky? Ist sie auch eine Verwandte von Ihnen?«

»Nein. Sie ist eine alte Bekannte. Eine fähige Näherin auf Arbeitssuche. Auch ihre Zukunft hängt von dem ab, was diese Saison geschieht. Wie viele Bestellungen ich bekomme.«

»Mit anderen Worten: von mir«, sagte sie.

Er hielt inne und sah schließlich wieder zu ihr auf. »Nervös?«

»Ein wenig.« Ihre Lippen verzogen sich zu einem freudlosen Lächeln. »Mehr als ein wenig.«

Er erhob sich. »Ich habe etwas, das helfen könnte.« Er verließ den Anproberaum und kehrte kurz darauf mit einem Ballen schimmernder weißer Seide im Arm zurück.

Evelyn richtete sich auf. »Ist das mein Ballkleid?«

»Das wird Ihr Ballkleid.« Er kam näher, um ihr den Stoff zu zeigen. Der perlfarbene Ton der Seide war so zauberhaft wie Mondlicht.

Sie strich mit den Fingerspitzen darüber. Anne und Lady Arundell würden zum Ball wahrscheinlich Schwarz tragen, doch es gab keine Beschränkungen, was Evelyns Robe anging. Sie hatte die Auswahl völlig Mr Malik überlassen.

»Sehen Sie, wie er Ihrem Teint schmeichelt?« Er war ihr sehr nah, als er ihr den Stoff präsentierte: Fast berührten sich ihre Schultern. »Er wird im Ballsaal noch besser aussehen. Mira bestickt den Rock mit Glasperlen – gerade genug, um beim Tanzen das Licht der Kronleuchter einzufangen.«

»Meine Güte«, murmelte sie.

»Stickarbeiten sind ihr besonderes Talent. Niemand auf dem Ball wird etwas Vergleichbares tragen.«

»Es klingt großartig. Ich hoffe inständig, dass ich dem Kleid gerecht werden kann.«

»Das werden Sie. Vertrauen Sie mir.«

Sie hob den Kopf, sah ihm in die Augen und hielt seinen Blick.

Ein Schauer des Verlangens durchlief sie.

Genau so hatten sie sich gegenüber gestanden, als ihre Lippen die seinen gestreift hatten. Dachte er ebenfalls daran? Erinnerte er sich, wie es sich angefühlt hatte?

Vielleicht war es für ihn gar kein Kuss gewesen. Vielleicht war es für einen Mann mit seiner Erfahrung nicht mehr als ein plumpes Ungeschick gewesen. So bedeutungslos, wie auf der Straße versehentlich mit jemandem zusammenzustoßen.

Was für ein niederschmetternder Gedanke!

»Ich vertraue Ihnen«, sagte sie. »Ich weiß, dass Sie mich ins rechte Licht setzen werden. Das hält mich nur leider nicht davon ab, mir um jedes einzelne Detail Sorgen zu machen.«

Er nickte kurz, als könnte er ihre Ängste nachvollziehen. »Zur nächsten Anprobe bringe ich meine Skizzen mit. Wird das helfen?«

Ihre Schultern lockerten sich. Ihr war gar nicht bewusst gewesen, wie angespannt sie gewesen waren. »Ja. Danke.«

»Keine Ursache.« Er legte den Stoffballen auf den Tisch. »Ich hätte sie heute schon mitbringen sollen. So hätten Sie sehen können, was ich im Sinn habe.«

»Schon gut. Wir haben unser Arrangement erst vor zwei Tagen getroffen. Ich nehme nicht an, dass Sie schon Zeit hatten, sich viele Entwürfe für mich zu überlegen.«

Er warf ihr vom Tisch aus einen durchdringenden Blick zu. In seinen dunklen Augen lag ein grüblerisches Funkeln. Es war der gleiche Ausdruck, der sie immer an einen gefallenen Engel erinnerte. »Sie sind alles, woran ich gedacht habe.«

Evelyn schlug das Herz bis zum Hals. Das meinte er nicht so. Nicht auf die Art, die sie sich ersehnte. Es ging um Mode, das war alles. Nichts Persönliches. Auf keinen Fall etwas Romantisches. Dennoch konnte sie nicht aufhören, ihn anzustarren.

Seine Mundwinkel verzogen sich zu einem ironischen Lächeln. »Ich habe Ihnen doch gesagt, dass Sie meine Muse sind. Sie haben mich die ganze Nacht wachgehalten.« Er kehrte zu ihr zurück und zog den Ärmel ihrer Jacke zurecht. Fast kam es ihr wie eine zärtliche Berührung vor. »Genau das ist ja das Problem. Ich habe nicht zu wenig Ideen für Sie, sondern zu viele.«

Die nächsten Tage verbrachte Ahmad damit, Miss Maltravers' Ballrobe zuzuschneiden und zu nähen. Es bedeutete frühes Aufstehen und lange Abende. Momente, in denen er fürchtete, seine Vision könnte seine Fähigkeiten übersteigen. Noch nie in seinem Leben hatte er an etwas gearbeitet, das so vielen Menschen so viel bedeutete.

Stundenlang saß er über den Arbeitstisch gebeugt, trennte Stiche auf, überarbeitete Säume und glich das, was er erschuf, immer wieder mit seinen Skizzen ab.

Seine ersten, noch groben Entwürfe zeigten ein Seidenkleid mit einem formidablen Rockteil. Der Unterrock war in Watteau-Falten gelegt, während der Oberrock aus bestickter Gaze bestand, die zu beiden Seiten mit Schleifen hochgebunden war. Der gleiche feine Stoff rahmte das außergewöhnliche Dekolleté ein, das vorn und hinten so tief ausgeschnitten war, dass es gewagt viel Haut zeigte.

Und zwar nicht irgendjemandes Haut.

Evelyn Maltravers ging ihm während der Arbeit nie aus dem Sinn und verließ seine Gedanken nicht einmal für einen Moment. Dies war genauso sehr ihr Kleid wie seines, von den

Schultern bis hin zu der verborgenen Tasche in einem der Rocksäume.

»Du bist erschöpft«, sagte Mira, als er sie am Abend vor Miss Maltravers' letzter Anprobe in die Half Moon Street zurückbegleitete. Anders als Becky, die schon früh gegangen war, um vor Einbruch der Nacht wieder im East End zu sein, wartete Mira immer darauf, dass er sie nach Hause eskortierte, egal wie spät es wurde.

»Und du nicht?« Er warf ihr einen kurzen Blick zu. Sie saß ihm gegenüber in der Mietdroschke. Eine flackernde Lampe warf einen schwachen Lichtschein auf ihr Gesicht. »Du hast Ringe unter den Augen, *bahan*.«

»Es wird die Anstrengung am Ende wert sein«, entgegnete sie. »Ich wünschte nur, ich könnte dabei sein, um sie es tragen zu sehen.«

»Du wirst es doch sehen.« Er wurde am nächsten Morgen am Russell Square erwartet. Und Mira würde ihn begleiten. Was Becky anging, so musste sie sich auf einige der anderen Kleider für Miss Maltravers konzentrieren.

Es gab genug Arbeit, um sie alle drei in den nächsten Wochen zu beschäftigen. Skizzen für Tages- und Abendgarderobe sowie Kutschenkleider. Farbenprächtige Röcke und Garibaldi-Blusen. Die modische Kleidung einer jungen Debütantin, alle inspiriert von seiner Vorliebe für elegante Linien und sinnliche Silhouetten und von Evelyn Maltravers selbst.

»Das ist nicht das Gleiche, wie es im Ballsaal zu sehen«, sagte Mira. »Im Schein von Kerzen und Kronleuchtern. Sie wird beim Walzer wie ein Stern funkeln. Wie ein Mondstrahl leuchten.«

Ahmad erwartete, bei dem Gedanken Genugtuung zu verspüren. Schließlich war es sein Kleid. Seine Kreation. Doch es verschaffte ihm überhaupt keine Befriedigung, sich vorzustellen, wie Miss Maltravers in den Armen eines namenlosen, gesichtslosen Engländers Walzer tanzte. Nicht einmal dann, wenn sie dabei so funkelte wie ein Stern. Nicht einmal, wenn sie so hell strahlte, dass jede Dame in London bei *Doyle und Heppenstall* erschien und genau so ein Kleid verlangte.

Der Zeitpunkt hätte nicht unpassender sein können. Diese Gefühle, die er für sie empfand. Seine Muse. Seine Reiterin mit dem kastanienbraunen Haar.

Er wollte sie für sich selbst.

Am nächsten Morgen machte er sich mit Mira und Miss Maltravers' Ballrobe zum Russell Square auf. Sie klopften an der Küchentür und wurden über die Gesindetreppe ins Wohnzimmer geführt. Die Vorhänge waren zurückgezogen, und im Kamin brannte ein Feuer.

Miss Maltravers stand am Fenster. Das Sonnenlicht schimmerte in ihrem Haar. Ein Lächeln lag auf ihrem Gesicht, als sie auf Mira und ihn zuging. Zuerst leuchtete es in ihren Augen, dann spielte es auch um ihren Mund. »Mr Malik. Wie geht es Ihnen?«

Ihr Anblick schnürte ihm die Kehle zu.

Diese verfluchten Reaktionen seines Körpers!

Und dabei hatten sie sich noch nicht mal berührt.

Er hatte nicht mehr getan, als sie anzusehen. Nicht mehr, als das sanfte Schwingen ihrer Röcke zu bemerken und dass sich eine kastanienbraune Locke aus ihrem Haarknoten befreit hatte. Es juckte ihn in den Fingern, sie wieder zurückzustecken.

Das Vorrecht eines Liebhabers. Oder eines Ehemanns.

Er musste sich ins Gedächtnis rufen, dass er keines von beidem war und keine Intimität der Welt – wie das Maßnehmen und Abstecken ihrer Kleidung – ihn dazu machen würde.

»Miss Maltravers.« Er verbeugte sich. »Darf ich Ihnen meine Cousine Mira vorstellen?«

Miss Maltravers reichte ihr freundlich lächelnd die Hand. Mira zögerte kaum merklich, bevor sie sie ergriff.

»Ich freue mich so, Sie kennenzulernen«, sagte Miss Maltravers. »Wie ich gehört habe, sind Sie für die Stickereien meines Ballkleids verantwortlich.«

»Ja, Miss.« Mira zog ihre Hand zurück.

»Ich kann kaum erwarten, es zu sehen.« Sie führte sie weiter in den Raum. »Mrs Quick, die Haushälterin meines Onkels, hat mir diesen Raum überlassen. Ich hoffe, er ist für unsere Zwecke geeignet?«

Er stellte die Kleiderschachteln auf einem Polstersessel ab. In einer Ecke des Zimmers stand ein dreiteiliger Wandschirm und daneben ein niedriger Schemel in genau der richtigen Höhe, um Änderungen an der Robe vorzunehmen. »Das ist er.«

Miss Maltravers rief ihre Zofe Agnes herbei, die ihr beim Umziehen helfen sollte. Mira ging mit den beiden hinter den Wandschirm, und nach einigem Geflüster und dem Rascheln von Stoff erschien Miss Maltravers schließlich in ihrer Ballrobe.

Es war ein schimmerndes Juwel von einem Kleid, mit einem prächtigen Rockteil, das hinten eine kleine Schleppe bildete. Das Mieder war durch kunstvolle Abnäher auf Figur geschnitten und bot einen sinnlichen Rahmen für ihre üppige Büste. Kurze Volantärmel ließen ihre Arme nackt und ein Seidengürtel betonte ihre schmale Taille.

Ahmad trat zurück, um sie ernst und schweigend zu betrachten, während es ihm gleichzeitig so vorkam, als wolle ihm sein Herz aus der Brust springen.

Gütiger Himmel.

Sie war all die abstrusen, kitschigen Dinge, die Mira vorhergesagt hatte. Sternenlicht und Mondstrahlen. Eine Vision leuchtender Schönheit. Elfenbeinfarbene Haut und rötlich schimmernde Locken, die sich hier und da aus ihrer Hochsteckfrisur gelöst hatten.

Er musstc schlucken.

Dies war nicht der richtige Augenblick, um die Konzentration zu verlieren. Das Kleid war noch nicht fertig und brauchte seine Aufmerksamkeit. Was die Dame in diesem Kleid anging …

»Ich habe keinen Spiegel«, sagte Miss Maltravers. »Und Ihren Gesichtern nach zu urteilen, bin ich froh darüber. Denn sonst würde es mich vielleicht zum Weinen bringen, mich in etwas so Schönem zu sehen.«

»Oh, Miss«, flüsterte Agnes. »Es ist unglaublich.«

Mira arrangierte den zarten Stoff des Oberrocks. Er wurde von Schleifen hochgebunden, um die Watteau-Falten des Seidenrocks darunter zu enthüllen. Sonnenlicht ließ die zarten Stickereien schimmern und die Glasperlen wie winzige Sterne funkeln. »Sie müssen darauf achten, die Gaze nicht zu zerreißen, wenn Sie nach Ihrer Tasche greifen.«

Überrascht riss Miss Maltravers hinter ihrer Brille die Augen auf und musterte den Rockteil. »Eine Tasche? Was für eine Tasche?«

»Hier.« Ahmad stellte sich vor sie.

Er war sich ihres tiefen Ausschnitts fast schmerzhaft bewusst. Auch wenn er das Mieder absichtlich so freizügig gestaltet hatte, war er doch nicht auf diesen Anblick vorbereitet gewesen.

Hitze kroch ihm in den Nacken, während er sanft ihre Hand zu der Tasche führte, die er versteckt in den Seidenunterrock eingenäht hatte. »Für Ihre Brille. Sie sagten, Sie benötigen Sie nicht für die Fernsicht. Nun können Sie sie sicher verstauen, wenn Sie sie nicht benutzen.«

In ihren Augen lag ein seltsamer Glanz. Das gleiche beunruhigende Schimmern, das erschienen war, als sie sich zum ersten Mal in einem seiner Reitkostüme gesehen hatte. »Darum habe ich Sie nie gebeten.«

»Das mussten Sie nicht. Es ist meine Aufgabe, solche Dinge zu bedenken.«

Ihre Hand glitt in die Tasche und wieder heraus. »Sie haben ein Problem gelöst, das mir zuvor nicht einmal bewusst gewesen ist.«

»Wenn Sie möchten, kann ich sie in all Ihre Kleider einnähen.«

»Wirklich?«

»Natürlich.«

»Und das wird Ihre Entwürfe auch nicht verderben?«

»Ein Kleid kann nicht nur hübsch, sondern auch praktisch sein«, entgegnete er. »Und da es meine Entwürfe sind, kann ich damit machen, was immer mir gefällt.«

»Dieses Kleid ist doch nicht praktisch«, bemerkte Agnes und strich vorsichtig über die Stickereien. »Es ist so leicht wie Spinnfäden. Wie Feenflügel.«

»Vorsicht bitte«, sagte Mira heftig. »Die Gaze ist sehr empfindlich.«

Ahmad und Miss Maltravers warfen sich einen Blick zu. Ihre grünbraunen Augen schimmerten wie Samt. So sanft wie das Lächeln, das ihre Lippen umspielte.

Und in diesem Moment wusste er, dass sie nicht nur mit dem zufrieden war, was er für sie geschaffen hatte.

Sondern mit *ihm*.

Und endlich kam die Genugtuung. Nicht wegen des Kleides oder wie sie darin aussah. Sondern weil er ihr hatte nützen können. Er hatte dafür gesorgt, dass sie sich wahrgenommen fühlte – in guten Händen.

Es wäre keine Kleinigkeit, für Evelyn Maltravers zu sorgen. Richtig für sie zu sorgen.

So schnell dieser Gedanke gekommen war, so schnell wurde er von der Realität brutal vertrieben.

Er war nicht in der Position, sich überhaupt mit irgendjemandem einzulassen, am allerwenigsten mit einer wohlbehüteten englischen Dame. Er hatte ihr nichts zu bieten. Nicht jetzt. Und selbst wenn es eines Tages doch so sein sollte, konnten sie niemals darauf hoffen, einander mehr zu bedeuten als in diesem Moment: ein Mann und eine Frau, getrennt durch Vermögen, Rang und die gesamte Geschichte der britischen Kolonialherrschaft.

»Wo soll ich mich hinstellen?«, fragte sie.

»Hier bitte.« Er nahm sie an der Hand und half ihr auf den Schemel. »Mira wird an den Röcken arbeiten, während ich mich um das Mieder kümmere, wenn Sie einverstanden sind.«

»Vollkommen einverstanden.«

In der nächsten halben Stunde zwang sich Ahmad, an nichts anderes zu denken als an Seide, Gaze und Besätze. An Stecknadeln und möglichst unsichtbare Stiche. An alles außer Miss Maltravers selbst.

Es war leichter, als es vielleicht im Anproberaum der Schneiderei gewesen wäre.

Wegen Miras und Agnes' Anwesenheit gab es keine Gelegenheit für intensive Blicke oder private Unterhaltungen. Keine Illusion von Intimität. Stattdessen war Miss Maltravers auf die Rolle einer Marmorstatue reduziert.

»Wird es rechtzeitig fertig werden?«, fragte sie, als eine weitere Viertelstunde vergangen war. Mira kniete vor ihr auf dem Boden und steckte die Watteaufalten des Unterrocks neu ab.

»Das wird es.« Ahmad sicherte eine Falte aus schimmernder Gaze entlang ihres Ausschnitts mit einer weiteren Stecknadel.

Seine Fingerknöchel streiften flüchtig die seidig-warme Rundung ihres Brustansatzes. Er versuchte es zu ignorieren, genau wie jede andere notwendige Intimität zwischen ihnen. »Ich lasse es Ihnen morgen von Becky bringen. Sie kann bleiben, um Ihnen hineinzuhelfen.«

Agnes schnaubte empört über dieses Vordringen in ihr Territorium.

»Sie benötigen eine Näherin«, erklärte er schnell. »Für den Fall, dass Änderungen in letzter Minute nötig sind.«

»Ja, natürlich.« Miss Maltravers' Dekolleté und Hals hatten eine rosige Farbe angenommen – ein Erröten, das sich seinen Weg zu ihren Wangen bahnte. »Ich wäre froh über die Hilfe.«

»Der Ball ist um neun?«, fragte er.

Bevor sie antworten konnte, erschien wie aus dem Nichts Mrs Quick in der Tür. Es war eine unheimliche Fähigkeit, über die Ahmads Erfahrung nach nur das effizienteste Personal verfügte.

»Ich bitte um Verzeihung, Miss«, sagte die Haushälterin. »Aber Sie haben einen Besucher. Ein Herr namens Stephen Connaught.«

Dieser Name hatte auf Miss Maltravers einen beunruhigenden Effekt.

Sie erbleichte, und ihre Knie gaben nach. Einen entsetzlichen Moment lang sah es so aus, als würde sie mitsamt der Seide und bestickten Gaze zu Boden sacken.

Blitzschnell legte Ahmad einen stützenden Arm um ihre Taille. »Alles in Ordnung?«

Sie drehte sich zu ihm um und blinzelte hinter ihrer Brille, als müsste sie ihre Augen erst dazu bringen, wieder richtig zu sehen. »Was? Oh … ja. Ein kleiner Schwindelanfall, mehr nicht. Ich habe wohl nicht genug gefrühstückt.«

Unsinn.

Sie hatte ausreichend gefrühstückt – bis die Haushälterin diesen Besuch angekündigt hatte.

»Sic sind ja kreidebleich.« Er half ihr herunter. »Setzen Sie sich besser.«

Agnes eilte an ihre Seite. »Soll ich das Riechsalz holen, Miss?«

»Es geht mir gut.« Miss Maltravers erwiderte Ahmads Blick. »Wirklich.« Für einen Moment legte sich ihre Hand beschwichtigend auf seinen Unterarm.

Er verstand. Sie wollte keine Umstände machen. Und sie wollte auch nicht als fragiles Mädchen behandelt werden, das in Ohnmacht fiel.

Doch ihre Gefühle zu verstehen machte es ihm auch nicht einfacher, sie loszulassen.

Doch schließlich nahm er seinen Arm von ihrer Taille.

»Wo ist er, Mrs Quick?«, fragte sie.

»Ich habe ihn in den Salon geführt, Miss«, erwiderte Mrs Quick. »Soll ich Tee bringen?«

»Nicht nötig«, sagte Miss Maltravers. »Dafür wird sein Besuch nicht lang genug sein.«

Die Haushälterin zog sich zurück.

Miss Maltravers wandte sich an Agnes und Mira. »Ich muss mich sofort wieder umziehen.« Dann sah sie Ahmad an. »Ich befürchte, ich muss unsere Anprobe heute früher beenden.«

Er nickte.

Und musste sich erneut daran erinnern, dass er nur ihr Schneider war, nicht ihr Bruder oder ihr Vater.

Und mit Sicherheit nicht ihr Liebhaber.

Er hatte kein Recht, Fragen zu stellen – und auch nicht die Gelegenheit, es zu tun.

Als sie mit Mira und Agnes hinter den Wandschirm trat,

konnte er nichts tun, als nervös auf und ab zu gehen und sich Sorgen zu machen.

Wer zum Teufel war Stephen Connaught?

17. KAPITEL

Im Nu trug Evelyn wieder ihr schlichtes Wollkleid und stieg die Stufen zum Salon hinauf. Sie versuchte, sich zu beruhigen. Schließlich war sie keine Frau, die zu Ohnmachten neigte.

Außerdem gab es keinen Grund, in Panik zu geraten.

Es war klar gewesen, dass Stephen Connaught früher oder später wieder auftauchen würde. Tatsächlich hatte sie seinen Besuch erwartet, seit sie ihn in der Rotten Row gesehen hatte.

Nun musste sie nur überlegen, wie sie ihm am besten begegnete.

Als sie den Salon betrat, stand er vor dem kalten Kamin, einen Arm auf den Sims gestützt. Sein Gehrock stand offen und enthüllte eine grell gemusterte, zweireihige Weste.

Sie war zweifellos modern, doch verglichen mit der zurückhaltenden Eleganz von Mr Maliks dreiteiligen schwarzen Anzügen wirkte Stephen wie ein eitler Pfau.

In Wahrheit hatte seine ganze Erscheinung nichts an sich, was es mit dem attraktiven, grüblerischen Schneider aufnehmen konnte, den sie im Wohnzimmer zurückgelassen hatte.

Mr Malik war dunkel, Stephen hell. Mr Malik war groß und kräftig, Stephen kleiner und schmaler, mit einem jungenhaften Gesicht, das weniger aus Granit gemeißelt zu sein schien, sondern eher von einem fantasielosen Künstler zu einer schon zahllose Male zuvor verwendeten Form gestaltet worden war.

Ihr wurde bewusst, dass er nichts Besonderes an sich hatte. Nichts Einzigartiges.

Und es waren diese Unterschiede, die einer Person wahre Schönheit verliehen. War es nicht das, was Mr Malik ihr gesagt hatte?

Gleichheit war angenehm, doch sie rührte die Seele nicht an.

Während sie Stephen betrachtete, war sie völlig ungerührt. Kein Kribbeln im Bauch, kein Erröten. Nichts außer Verärgerung über die Unannehmlichkeit, die er für sie darstellte.

»Miss Maltravers.« Er verbeugte sich.

Sie runzelte die Stirn.

Einst hatte er sie Evelyn genannt. Offenbar war sie nicht länger würdig, von ihm mit ihrem Vornamen angesprochen zu werden.

»Mr Connaught.« Sie erwiderte seine Förmlichkeit. »Was tun Sie hier?«

Er deutete auf einen Sessel. Es war eine gebieterische Geste, doch mit nur vierundzwanzig fehlte ihm die Autorität eines Mannes von Mr Maliks Jahren. »Nehmen Sie Platz.«, forderte er sie auf.

Sie rührte sich nicht. »Was tun Sie hier?«, wiederholte sie.

Seine Lippen wurden zu einer schmalen Linie. »Ich habe Neuigkeiten über Ihre Schwester.«

Evelyn zuckte zurück, als hätte er sie geschlagen.

Von allen Dingen, die er hätte sagen können, war dies das Letzte, was sie erwartet hatte.

Sie legte eine stützende Hand auf die Rückenlehne des Sofas. »Sie haben etwas von Fenny und Ihrem Bruder gehört?«

»In der Tat.« Er richtete sich auf. »Ich habe Anlass zu glauben, dass sie sich in der Stadt befinden.«

Evelyn sank auf die gepolsterte Sitzfläche des Sofas, da sie befürchtete, ihre Knie würden erneut nachgeben. »In London?« Sie konnte es kaum glauben. »Haben Sie sie gesehen?«

»Das habe ich nicht.« Er setzte sich ihr gegenüber in den Sessel. »Anthony hat meinem Vater geschrieben und eine Versöhnung vorgeschlagen. Er hat nicht erwähnt, wo Ihre Schwester und er untergekommen sind, nur dass sie sich in London aufhalten. Er hat darum gebeten, dass mein Vater ihm über die Privatbank Hoare antwortet. Und das hat er auch getan, aber nicht zu Anthonys Zufriedenheit. Darum hat mein Vater mich geschickt. Ich soll meinen Bruder finden und ihn zur Vernunft bringen. Hoffentlich ist er nicht schon wieder nach Frankreich zurückgekehrt.«

Evelyn war erstaunt. »Da sind sie also die ganze Zeit gewesen?«

»Überrascht Sie das?«

»Wir vermuteten, dass sie den Kanal überquert haben, hatten aber keine Beweise.«

»Genauso wenig wie wir, bis mein Bruder aus Paris geschrieben und um Erlaubnis gefleht hat, Ihre Schwester heiraten zu dürfen. Natürlich hat mein Vater dies sofort abgelehnt.«

»Wann war das?«

»Vor etwa zwei Jahren?«

Evelyn war fassungslos. »Wollen Sie damit sagen … dass Ihre Familie die ganze Zeit mit ihnen korrespondiert hat?«

»Mit meinem Bruder, ja. Auch wenn man es kaum Korrespondenz nennen kann. Er schreibt aus den verschiedensten Städten im Ausland, wenn er Geld braucht. Mein Vater schickt es ihm an die von Anthony angegebene Bank – solange mein Bruder nicht ohne seinen Segen heiratet.«

Empörung stieg in Evelyn auf. All diese Jahre, die sie gewartet und sich gesorgt hatte, und die Connaughts hatten die ganze Zeit gewusst, wo sich Fenny und Anthony aufhielten? »Warum in aller Welt haben Sie nie etwas gesagt?«

»Wir nahmen an, Sie würden es wissen. Darum bin ich auch hier. Um Ihnen zu sagen, dass Sie es mir sofort mitteilen müssen, wenn Sie etwas von Ihrer Schwester hören.«

Es fiel Evelyn schwer, nicht die Stimme zu erheben. »Meine Familie hat seit drei Jahren nichts von Fenny gehört!«

Er kniff die Augen zusammen. »Und warum sind Sie dann in London?«

»Jedenfalls nicht wegen Fenny.«

»Warum sonst? Sie haben nie ein Interesse daran gezeigt, die Stadt zu besuchen. Nur eine familiäre Verpflichtung hätte Sie dazu bringen können. Wenn nicht Ihre Schwester …«

»Ich hatte keine Ahnung, wo Fenny ist. Wir haben die ganze Zeit kein einziges Wort von ihr gehört.«

Die Wahrheit ihrer Worte schien endlich in Stephens Gehirn anzukommen.

»Nun«, sagte er schließlich. »Wenn dem so ist, kann ich nicht behaupten, dass es mich besonders schockiert. Ihre Schwester war nie besonders vernünftig.«

»Ist das alles, was Sie mir zu sagen haben?« Sie konnte ihr Temperament nicht länger im Zaum halten. »Gütiger Himmel, Stephen, wir wussten nicht, ob Fenny lebt oder tot ist!«

»Ihre Schwester war nie in Gefahr. Frauen ihres Schlages landen immer auf den Füßen. Es ist mein Bruder, der …«

»Ich bitte um *Entschuldigung*?«

»Anthony ist meines Vaters Erbe. Er kann nicht ohne seine Erlaubnis heiraten und kommt vor seinem nächsten Geburtstag auch nicht zu eigenem Geld. Wenn Ihre Schwester vorhat, ihn noch ein weiteres Jahr am Haken zappeln zu lassen …«

»Ihr Bruder hat meine Schwester *ruiniert*.«

Stephen schnaubte verächtlich.

»Und seine Entscheidungen waren es, die meine Familie fast in den Ruin gestürzt haben. Warum konnte er Fenny nicht einfach in Ruhe lassen?«

»Versuchen Sie ja nicht, die Schuld meinem Bruder in die Schuhe zu schieben.«

»Es ist nicht allein die Schuld meiner Schwester.«

»Ihre Schwester war die *Koketterie* in Person.« Er lud die abfällige Bezeichnung mit so viel boshafter Andeutung auf, wie er konnte.

Evelyn sprang vom Sofa auf. Nur weil Tante Nora und sie Fenny kritisierten, bedeutete das nicht, dass sie tatenlos zuhören würde, wie jemand anderer über sie herzog.

»Weigert sich Ihr Vater deshalb, sie endlich heiraten zu lassen? Weil Fenny zu viel gelächelt und gelacht hat? Weil sie sich gern ein wenig amüsiert hat?«

Stephen erhob sich ebenfalls. »Seien Sie nicht absurd. Er weigert sich aus den gleichen Gründen, aus denen er dies immer schon getan hat.«

»Weil es meiner Familie an Vermögen und Stammbaum mangelt?« Evelyn verabscheute es, die Worte aussprechen zu müssen. »Diese Bedenken haben angesichts eines solchen Skandals wohl kaum Gewicht.«

»Ach nein?« Stephens Blick war eiskalt. »Sie denken also, meinem Vater sollte die Aussicht gefallen, dass sein Titel eines Tages an einen Enkel fällt, der ein halber Maltravers ist? *Meinem Vater*, der unsere Abstammung bis zu den Tudors zurückverfolgen kann?«

Sie sah keinen Sinn darin, zu erwähnen, dass Sir William keine Einwände gehabt zu haben schien, was seinen zweiten Sohn anging. Sonst hätte sie nämlich niemals gewagt, sich Hoffnungen zu machen, Stephen würde ihr eines Tages einen

Antrag machen. Doch für Anthony hatten die Regeln immer anders ausgesehen.

»An einem solchen Enkel wäre nichts Falsches«, entgegnete sie. »Und schämen Sie sich, so etwas zu sagen.«

Stephen zeigte keine Reue. »Die unzureichende Ahnentafel Ihrer Familie ist nicht der einzige Grund.«

»Was sonst?«

»Wenn Sie es unbedingt wissen wollen, heißt er es nicht gut, dass sich mein Bruder an eine Frau binden will, die außerhalb einer Ehe mit einem Mann zusammengelebt hat.«

»Aber der Mann, mit dem sie lebt, ist *doch* Ihr Bruder!«

»Ein schönes Verhalten für eine zukünftige Lady Connaught.« Stephen strich seinen Gehrock glatt. »Ich bin fest entschlossen, die beiden auf den Boden der Tatsachen zurückzuholen. Mit ein wenig Glück gelingt es mir, Anthony zu überreden, nach Hause zu kommen. Er hat schon immer mehr auf mich gehört als auf Vater.«

»Und Fenny? Wenn Sie die beiden finden, was geschieht dann mit ihr?«

»Ihre Tante kann mit ihr machen, was sie will.« Er verzog angewidert die Lippen. »Ich bedaure es, dass Fennys Betragen Ihren Ruf und den Ihrer Schwestern beschmutzt hat. Sie sind zu bemitleiden.«

Evelyn wollte sein Mitleid nicht. Außer Schweigen wollte sie gar nichts mehr von ihm. »Fennys Betragen ist allein ihre Verantwortung. Mein Ruf – und der meiner jüngeren Schwestern – ist makellos. Solange Sie diesen Skandal nicht wieder schüren.«

»Welche Rolle kann das jetzt noch spielen.«

»Natürlich spielt es noch eine Rolle. Fennys Schande könnte meinen Aussichten sehr wohl schaden. Ich würde Sie darum bitten, Diskretion walten zu lassen.«

»*Ihre* Aussichten?« Seine Augenbrauen schossen bis fast zu seinem Haaransatz hinauf. »Sind Sie deshalb hier und setzen sich im Park dergestalt in Szene?«

»Ich bin für die Saison hier. Was ich während dieser Zeit mache, geht Sie nichts an, Sir.«

»In der Tat. Doch wenn Sie meinen Rat hören möchten …«

»Möchte ich nicht.« Evelyn ging zum quastengeschmückten Glockenzug neben dem Kamin und zog daran. »Wenn Sie keine weiteren Informationen mehr haben, wünsche ich Ihnen einen schönen Tag.«

Stephen warf ihr einen finsteren Blick zu. Er hatte es noch nie leiden können, nicht das letzte Wort zu haben. Er öffnete den Mund, um etwas zu sagen, nur um ihn wieder zu schließen, als Mrs Quick den Raum betrat.

»Mr Connaught verlässt uns jetzt«, informierte sie die Haushälterin.

»Jawohl, Miss.« Mrs Quick deutete auf die Tür. »Bitte hier entlang, Sir.« »Miss Maltravers.« Stephen verbeugte sich steif. »Sollten Sie etwas von Ihrer Schwester hören, können Sie mir eine Nachricht ins Brown's Hotel schicken.«

Evelyn sah ihm nach und ihre Wut wurde nur noch größer, nachdem er aus ihrem Blickfeld verschwunden war.

Wie konnte er es wagen, herzukommen und all ihre Pläne zu verderben?

Drei Jahre lang hatte er sie nur allzu gern ignoriert und vorgegeben, sie würde nicht existieren. Warum in aller Welt musste er ausgerechnet jetzt auftauchen? Um ihr zu sagen, dass Fenny hier in London war. Ausgerechnet.

Evelyn hatte keine Ahnung, was sie mit dieser Information anstellen sollte.

Mit Sicherheit wusste sie nur, dass sie sofort Tante Nora schreiben musste. Onkel Harris würde sie es auch sagen müssen. Und sogar Lady Arundell. Nicht auszudenken, sollte Fenny plötzlich irgendwo auftauchen und Evelyns Aussichten auf eine Ehe für immer zerstören.

Mit diesen Gedanken ging sie die Treppe nach unten, um Onkel Harris in seinem Studierzimmer aufzusuchen.

Alles in ihr war in Aufruhr. Als sie am Wohnzimmer vorbeiging, hätte sie den Mann darin fast nicht bemerkt, wäre er nicht zur Tür gekommen, um sie auf sich aufmerksam zu machen.

»Miss Maltravers?«

Die tiefe vertraute Stimme ließ sie innehalten. »Mr Malik!« Das Sonnenlicht der Wohnzimmerfenster fiel auf ihn und blendete sie einen Moment lang. »Ihre Cousine und Sie haben doch nicht etwa auf mich gewartet?«

»Ich habe Mira mit der Ballrobe zurück in die King William Street geschickt.«

Sie runzelte die Stirn. »Aber Sie sind noch hier.« Sie studierte sein Gesicht. Mit seinen breiten Schultern, die den Türrahmen ausfüllten, war Ahmad Malik plötzlich beeindruckender als jeder andere Herr, den sie kannte.

Die Wirkung, die er auf sie hatte, war ebenso mächtig.

Ihr wurde ganz heiß, und sie verspürte ein Kribbeln im Bauch.

Gütiger Himmel, gerade hatte sie noch den Atem angehalten, als er die Spitze am tiefen Ausschnitt ihres Kleids festgesteckt hatte. Jedes Mal ein Erröten unterdrückt, wenn seine Finger ihren Brustansatz berührt hatten. Nur die Effizienz und stoische Professionalität seiner Arbeit hatten verhindert, dass sie in Flammen aufgegangen war.

Zweifellos sollte sie außerhalb ihrer Anproben nicht an solche Dinge denken. Doch jetzt, als sie ihn ansah, war es ihr unmöglich, es nicht zu tun.

»Ich war um Ihretwillen besorgt«, sagte er.

»Das hätten Sie nicht sein müssen.«

»Sie sind fast in Ohnmacht gefallen.«

Sie verschränkte die Arme. »Ich habe Ihnen doch gesagt, dass mir nur ein wenig schwindlig war.«

»Weil Sie zu wenig gefrühstückt haben.«

»Richtig.« Es war nur halb gelogen. Lady Arundells Ball war morgen Abend, und Evelyn wurde langsam nervös. Darum hatte sie am Morgen kaum etwas gegessen. »Ich hatte so viel zu tun …«

»Wer ist Stephen Connaught?«, fragte er.

Sie warf ihm einen scharfen Blick zu.

Es war eine impertinente Frage. Eine, die ein Schneider niemals einer seiner Kundinnen stellen sollte.

Doch Mr Malik war nicht länger nur ihr Schneider, sondern ihr Partner.

So lautete ihre Abmachung.

Wenn ihr Ruf auf dem Spiel stand, tat es seiner ebenfalls. Er hatte ein Recht auf eine Erklärung.

»Er ist jemand aus meinem Dorf«, sagte sie. »Es ist ziemlich kompliziert.«

Mr Maliks Lippen verzogen sich zu einem freudlosen Lächeln. »Ist es das nicht immer?«

»Ja. Das stimmt wohl.« Sie verstummte für einen Moment. »Wollen Sie es wirklich wissen? Ich muss Sie warnen, es ist eine lange und traurige Geschichte. Und schlimmer noch.«

Er sah sie fragend an.

»Es kommt eine Romanze darin vor«, sagte sie.

Etwas flackerte in seinem Blick auf. Ein Ausdruck, der schwer zu deuten war. »*Ihre* Romanze?«

»Nein. Nicht meine.« Stephen und sie hatten nie eine Romanze gehabt. Das war ihr nun bewusst geworden. »Würden

Sie mich auf einen Spaziergang im Garten begleiten? Dort können wir frei sprechen. Auch wenn ich vermute, dass Sie weder die nötige Zeit dafür haben noch ein Interesse daran verspüren. Und ich kann es Ihnen in beiderlei Hinsicht nicht verübeln.«

»Im Gegenteil«, sagte er. »Ich stehe Ihnen vollkommen zur Verfügung.«

Ahmad wartete, während Miss Maltravers nach oben eilte, um ihren Schal zu holen. Nach ihrer Rückkehr führte sie ihn durch eine Hintertür in den Garten.

Tatsächlich handelte es sich mehr um eine vernachlässigte Wildnis, die dringend die Hand eines richtigen Gärtners gebraucht hätte. Schiefe Bäume und wuchernde Rosenbüsche hingen über den Weg und den Zaun, hinter dem die Stallungen lagen.

Doch es war abgeschieden. Und das war alles, was für Ahmad zählte.

Die Hände hinter dem Rücken verschränkt, ging er an Miss Maltravers' Seite, während sie ihm alles über die Schande ihrer Schwester erzählte.

»In der Nähe des Cottages unserer Familie in Combe Regis liegt ein großes Anwesen namens Babbington Heath. Es ist das Eigentum von Sir William Connaught, einem Baronet. Seine zwei Söhne Anthony und Stephen sind im gleichen Alter wie meine Schwester Fenny und ich. Wir sind praktisch zusammen aufgewachsen.«

»Sie waren Kindheitsfreunde?«

Sie gingen unter einem dichten Dach aus Zweigen hindurch. Das Sonnenlicht schien durch die Blätter und fiel fleckig auf Miss Maltravers' Gesicht.

»Mehr als das«, sagte sie. »Von früh auf waren Anthony und Fenny unzertrennlich. Natürlich dachte sich niemand von uns etwas dabei. Anthony war schließlich noch ein Kind. Doch als die Jahre vergingen, zog er meine Schwester immer noch allen anderen Mädchen vor. Meine Tante Nora nannte es eine Jugendschwärmerei. Sie glaubte nicht an etwas Ernstes. Sicher lich an nichts, das Fenny davon abhalten könnte, ihr Debüt in London zu machen.«

»Das war vor drei Jahren?«

Miss Maltravers nickte grimmig. »Die Trauerzeit für meinen Vater war gerade vorbei, und es war höchste Zeit, dass Fenny in die Gesellschaft eingeführt wurde. Sie war die Schönste von uns. Das schönste Mädchen in ganz Sussex. Meine Familie erwartete, dass sie eine hervorragende Partie machen würde. Und es sah auch alles danach aus. Doch sie war keine zwei Monate in der Stadt, als Anthony ihr folgte.«

Ahmad runzelte die Stirn. »Wozu?«

»Diese Frage habe ich mir seitdem auch immer wieder gestellt. Er wollte sie, so viel ist klar. Und er wollte sie nicht gehen lassen, damit sie einen anderen heiratete. Doch sollte Anthony ohne die Einwilligung seines Vaters die Ehe eingehen, würde er alles verlieren. Den Titel, das Vermögen. Und sein Vater wird der Heirat mit meiner Schwester niemals zustimmen.«

»Warum nicht?«

»Weil Sir William furchtbar stolz auf seinen Stammbaum ist. Die Tochter eines niederen Landedelmanns ist für seinen Erben einfach nicht gut genug. Dies hat er von Anfang an deutlich gemacht und Anthony damit in eine unmögliche Situation gebracht. Bis er sechsundzwanzig wird, hat er kein eigenes Geld zur Verfügung – und dann auch nur, wenn er nicht ohne Zustimmung seines Vaters heiratet. Sie sehen also, er hätte Fenny unmöglich ehelichen können, selbst wenn er gewollt hätte.«

»Natürlich hätte er das«, sagte Ahmad. »Sehr leicht sogar.«

Sie sah ihn skeptisch an. Eine Brise in den Bäumen löste eine Haarsträhne aus ihrer Frisur. Es war die gleiche irritierende Locke, die er schon zuvor hatte zurückstreichen wollen. »Und wie hätte er sie ernähren sollen?«

»Er hätte sich eine Arbeit suchen können.«

»Aber er ist doch ein Gentleman.«

Gentleman.

Wie sehr Ahmad dieses Wort hasste. Es drückte mehr widerliches männliches Privileg aus als jedes andere, das er kannte.

Bis auf *Engländer*, vielleicht.

»Und das entschuldigt es?«, fragte er.

»Nein«, gab sie zu. »Aber das erklärt es.«

Nicht zu seiner Zufriedenheit.

Er kannte die Aversion des Adels gegen ehrliche Arbeit, aber er akzeptierte sie nicht.

Es war nichts Schändliches daran, zu tun, was immer nötig war, um seine Familie zu ernähren. Diese Gentlemen, die sich dem verweigerten – die vor Arbeit zurückschreckten und ihre Familien mitsamt ihren Anwesen lieber in den Ruin stürzen ließen –, verdienten seine Verachtung, nicht sein Mitleid. Und mit Sicherheit nicht sein Verständnis.

Miss Maltravers zog den Schal fester um ihre Schultern. »Eines Tages, als ich vom Reiten zurückkehrte, fand ich meine Tante über einen Brief weinend vor, den sie von der Dame bekommen hatte, die auf meine Schwester in London achtgeben sollte. Darin stand, dass Fenny mit Anthony durchgebrannt war, auf den Kontinent, wie sie befürchtete. Tante Nora verbrachte die nächsten Monate damit, all ihren Freunden zu schreiben und sie nach Neuigkeiten zu befragen. Sie flehte Sir William um Hilfe an.« Ein Schatten fiel über ihr Gesicht. »Doch er war zu wütend, um ihrer Bitte nachzukommen. Wütend auf Fenny. Wütend auf Tante Nora. Sogar auf mich. Die Beziehung zwischen unseren Familien wurde ohne viel Federlesen beendet.«

»Er gab nicht seinem eigenen Sohn, sondern Ihrer Familie die Schuld?«

»Oh ja. Er behauptete, Fenny hätte Anthony eingefangen. Dass sie ihn verführt und in die Falle gelockt hätte, um eines Tages Lady Connaught zu werden. Als ob Fenny durchtrieben genug wäre, an so einen Plan auch nur zu denken. Doch Sir William war von dieser Überzeugung nicht abzubringen.«

»Und welche Rolle spielt nun Stephen Connaught?«

Sie seufzte schwer. »Wir waren Reitgefährten und, wie ich damals glaubte, Freunde. Doch er übernahm die Ansichten seines Vaters und sprach nie wieder ein Wort mit mir.«

»Bis heute?«

»Bis heute.« Sie zögerte kurz, bevor sie weitersprach. »Meine Schwester und sein Bruder sind wohl nie wirklich untergetaucht. Augenscheinlich haben die Connaughts in den letzten drei Jahren wiederholt von Anthony gehört und ihm sogar über diverse Banken auf dem Kontinent Geld zukommen lassen, während meine Familie im Dunkeln gelassen wurde. Und nun sagt Stephen, dass Fenny und Anthony hier in London seien.«

»Verheiratet?«

»Nein«, sagte sie. »Es scheint nicht so. Wenn dem so wäre, hätte Sir William niemals zugestimmt, ihm Geld zu schicken.«

»Vielleicht haben sie heimlich geheiratet«, schlug Ahmad vor.

»Vielleicht.« Sie klang von dieser Möglichkeit nicht besonders überzeugt. »Stephen hat vor, sie zu finden, um seinen Bruder davon zu überzeugen, meine Schwester zu verlassen und nach Hause zurückzukehren. Und deshalb befürchte ich, dass er der Gesellschaft dadurch diesen vergessenen Skandal wieder ins Gedächtnis ruft.«

»Und damit Ihren Aussichten schadet.« Völlig unvorbereitet überkam Ahmad ein Anflug von Verbitterung. »Ist es Ihnen wirklich so wichtig, ein Vermögen zu heiraten?«

Sie blieb wie angewurzelt stehen. »Ist es das, was Sie denken?«

»Ich verurteile Sie nicht dafür. Es ist schließlich der ganze Zweck der Saison, nicht wahr? Für Damen wie Sie?«

Auf ihren Wangen erschien ein tiefes Rosa. »Damen wie mich?«, wiederholte sie in einem gefährlich ruhigen Tonfall.

»Adlige Damen«, sagte er. »Englische Damen.«

»Sie halten wohl von beiden nicht viel.«

Er zuckte mit den Schultern. »Ich habe doch gesagt, dass ich Sie nicht verurteile.«

»Aber Sie tun es. Das sehe ich doch. Sie können unmöglich verstehen …«

»Weil ich kein Engländer bin.«

»Weil Sie ein Mann sind! Sie wissen nicht, wie es ist, eine Frau zu sein. Alle Lasten des Lebens schultern zu müssen, ohne eigene Macht zu haben. Das Schicksal meiner Schwestern und mir hing davon ab, dass Fenny eine gute Partie macht, damit auch wir die Aussicht auf Glück und Sicherheit bekommen. Was denken Sie, in wessen Hand nun das Schicksal meiner Schwestern liegt?«

Ahmad starrte sie an. Endlich verstand er. »Sie tun das hier für sie.«

»Natürlich.« Sie ging weiter.

Er holte sie ein. »Sie opfern sich.«

»Das würde implizieren, dass ich selbstlos bin. Doch dem ist nicht so. Ich verfolge auch meine eigenen Interessen.«

»Die da wären?«

»Sicherzustellen, dass ich auch in Zukunft ein Dach über dem Kopf, genug zu essen und Kleidung habe. Die Großzügigkeit meines Onkels hat Grenzen. Und meine Tante hat selbst kaum Geld. Irgendwann wird es erschöpft sein und dann müssen wir Schwestern für uns selbst sorgen. Was sollen wir ohne Ehemänner tun?«

»Sie könnten sich eine Arbeit suchen.« Er erwartete, dass sie den Vorschlag empört von sich wies. Schließlich war sie eine Dame.

Doch Miss Maltravers wirkte völlig ungerührt. »Selbst wenn uns das gelänge, würde es nicht ausreichen. Nicht für meine Zwecke.«

Der überwachsene Weg vor ihnen endete an einem Gartentor.

Sie legte ihre Hand auf den Riegel und blieb stehen. Nach einem Moment schien sie zu einer Entscheidung gekommen zu sein. Sie öffnete das Tor und ging hindurch. »Sehen Sie selbst.«

Er folgte ihr zu den Ställen, wo ihr Onkel seine Pferde stehen hatte. Es waren gerade keine Stallknechte hier, um Ahmad in der Gesellschaft von Miss Maltravers zu beobachten. Niemand außer den Pferden – und einem Pferd besonders.

Sie näherte sich einer Box in der Ecke. Darin stand ihr großer brauner Hengst und kaute zufrieden auf einer Portion Heu herum. Er begrüßte sie mit einem sanften Wiehern und schwang den Kopf über die Tür. Heu hing ihm aus dem Maul.

»Hier«, murmelte sie, legte die Hand auf seine Nüstern und gab ihm einen Kuss auf die Nase. »Das hier ist mein Grund.«

Ahmad stellte sich neben sie. Bis jetzt hatte er ihren Hengst immer nur aus der Ferne im Park gesehen. Dort hatte er schon gewaltig gewirkt, doch hier kam er ihm noch größer und mächtiger vor. Er war locker ein Meter dreiundsechzig hoch, breit und muskulös gebaut, hatte eine römische Nase und eine üppige schwarze Mähne. Seine braunen Augen funkelten vor Intelligenz.

»Darf ich?«, fragte Ahmad.

»Natürlich. Er ist sehr sanft.«

Ahmad strich über den glatten Hals des Hengstes. Er fühlte sich an wie mit Samt bezogener Marmor.

»Mein Vater war ein Abenteurer«, sagte Miss Maltravers. »Nach dem Tod meiner Mutter verbrachte er den Rest seines Lebens auf Reisen. Es war während seiner Zeit in Südspanien, als er Hephaestus kaufte. Er hatte vor, ihn auf spanische Weise zu trainieren und dann nach England zu schicken, um eine Zucht zu begründen.« Sie kraulte das Kinn des Tieres. »Stattdessen starb mein Vater in Spanien an einem Fieber. Sein Reitknecht brachte Hephaestus mit dem Rest seiner Sachen nach England zurück.«

»Tut mir leid.«

»Braucht es nicht. Ich kannte meinen Vater nicht so gut, wie ich sollte, und er kannte mich gar nicht – bis auf ein kleines Detail. Er wusste, dass ich reite. Auf seinem Sterbebett schrieb er eine Nachricht, in der stand, dass er Hephaestus mir vererbt. »›Für meine Tochter Evie‹ stand darin. ›So Gott will, kann sie etwas mit ihm anfangen.‹«

Evie.

Ahmad fügte den Spitznamen der privaten Liste von Dingen hinzu, die er bereits über Evelyn Maltravers erfahren hatte. Es war eine Liste, die jede Minute länger wurde. Jede neue Tatsache wurde von ihm registriert und katalogisiert, um sie in den langen Arbeitsstunden oder den vor Sehnsucht ruhelosen Nächten durchzugehen. »Sie haben ihn selbst trainiert?«

»Nicht direkt. Hephaestus war damals erst zwei. Immer

noch ein Fohlen. Er und ich haben dieses erste Jahr damit verbracht, einander kennenzulernen. Aber dann habe ich ihn mit Lewis' Hilfe trainiert. Durch die Reisen mit meinem Vater kennt er die Grundlagen der Hohen Schule. Doch ich war es, der Hephaestus an Sattel und Zaumzeug gewöhnt hat. Ich war es, der ihm beigebracht hat, auf meinen Sitz, Beine und Hände zu reagieren. Er kennt nur eine einzige Reiterin. Wenn ich ihn verkaufen müsste …«

»Hat Ihre Familie das vorgeschlagen?«

»Nein. Sie würden nicht im Traum daran denken. Doch wie selbstsüchtig wäre ich, es nicht selbst in Betracht zu ziehen? Reitpferde sind ein teures Vergnügen und Hephaestus ist immer noch etwas wert. Wäre ich ein Mann, würde ich den Wünschen meines Vaters entsprechen und Hephaestus als Deckhengst anbieten. Doch ich bin kein Mann, sondern eine unverheiratete Frau in einem Haus voll weiterer unverheirateter junger Damen. Also ist es völlig ausgeschlossen.«

»Haben Sie gar keine Alternativen?«

»Keine. Nicht, wenn meine ganze Familie weiß, dass Hephaestus für eine hohe Summe verkauft werden könnte.« Sie ließ die Hand von den Nüstern des Pferdes sinken. »Glücklicherweise ist es noch nicht so weit. Aber es wird eine Zeit kommen, in der ich es nicht mehr rechtfertigen kann, ihn zu behalten. Nicht, wenn wir anderen uns mit großen Schritten dem Ruin nähern. Wenn dieser Tag da ist, wird es mir das Herz brechen.«

»Bedeutet Ihnen das Reiten denn so viel?«

»Es bedeutet mir alles. Es ist die einzige Sache, in der ich wirklich gut bin. Die einzige Sache, die ich liebe. Ich kann mir mein Leben ohne ihn nicht vorstellen.« Sie trat ein paar Schritte zurück, nahm ihre Brille ab und wandte Ahmad den Rücken zu. »Vielleicht geht es Ihnen mit dem Schneidern ja ähnlich.«

Natürlich liebte er seine Entwürfe. Die Arbeit erfüllte ihn, und es machte ihn stolz, sie an jemandem wie Miss Maltravers zu sehen. Doch er hatte von klein auf gelernt, dass es im Leben eines Mannes wenig gab, auf das er nicht verzichten konnte.

»Das ist nicht zu vergleichen«, sagte er. »Der Stoff, mit dem ich arbeite, ist kein Lebewesen. Es würde mir nicht das Herz brechen, wenn man ihn mir nehmen würde.«

Sie wischte sich über die Augen. »Aber Sie wären enttäuscht, eine Gelegenheit für Ihre Entwürfe zu verlieren, oder? Es würde Sie bekümmern, wenn sich alle Ihre Pläne in Rauch auflösten?«

Er war nicht sicher, ob sie sich Tränen oder die staubige Luft des Stalls aus den Augen wischte. Er befürchtete Ersteres.

Plötzlich fiel ihm das Atmen schwer.

Es kostete ihn all seine Kraft, nicht zu ihr zu gehen, ihre Arme zu greifen und sie dazu zu bringen, ihn anzusehen.

Doch er ging nicht zu ihr.

Er blieb, wo er war, und hatte seine Gefühle perfekt unter Kontrolle. »Natürlich wäre ich enttäuscht.«

»Und genau deshalb ist die Ankunft meiner Schwester in der Stadt für Sie eine ebensolche Bedrohung wie für mich.« Sie setzte sich ihre Brille wieder auf. »Nach dem Arundell-Ball wird Ihr Ruf untrennbar mit meinem verbunden sein. Und wenn mein Name durch diesen Skandal beschmutzt wird …«

»Das wird er nicht«, sagte er. »Sie haben nichts Falsches getan.«

Sie drehte sich wieder zu ihm um. »Wann hat das jemals eine Rolle gespielt? Der gute Ruf einer Frau ist schneller dahin, als Sie glauben.«

»Und was wollen Sie jetzt tun?«

»Ich sage Ihnen, was ich *nicht* tun werde. Ich werde nicht herumsitzen und darauf warten, dass mir der Himmel auf den

Kopf fällt.« Mit verschränkten Armen kehrte sie zu ihm zurück. Der Saum ihrer Röcke schleifte über den mit Stroh bedeckten Boden. »Wenn ich sie zuerst aufspüren könnte, wäre ich vielleicht in der Lage, Fenny davon zu überzeugen, London wieder zu verlassen, bevor sie weiteren Schaden anrichten kann.« Sie runzelte die Stirn. »Aber wie soll ich sie finden? Es kommt mir unmöglich vor.«

»Es ist nicht unmöglich. Nicht, wenn man sich in der Stadt auskennt.«

»Aber das tue ich nicht. Und ich habe auch nicht die Mittel, um einen Privatdetektiv zu engagieren.«

Ahmad wägte die unterschiedlichen Ergebnisse der Situation ab. Keines davon war gut, außer jemand griff im Interesse von Miss Maltravers ein.

Es dauerte nur einen Moment, bis er zu einer Entscheidung kam.

»Sie brauchen niemanden zu engagieren, um Ihre Schwester zu finden«, sagte er. »Ich werde es tun.«

Sie sah ihn überrascht an. »Sie?«

»Warum nicht?« Er hatte auch schon geholfen, den vermissten Earl of Castleton zu finden, nicht wahr? Und diese Suche hatte sich auf einem Kontinent abgespielt, der dreizehnmal größer als England war. Im Vergleich dazu war London nichts.

Sie schüttelte langsam den Kopf. »Ich bin Ihnen für das Angebot dankbar, aber … ich kann es nicht annehmen. Nicht mit gutem Gewissen. Sie sind bereits vollkommen mit der Anfertigung meiner Garderobe ausgelastet. Ich kann nicht auch noch von Ihnen verlangen, meiner Schwester hinterherzujagen. Sie haben ganz einfach nicht die Zeit.«

Ahmad musste zugeben, dass sie damit recht hatte. »Also gut. Wenn nicht ich, dann jemand anders. Ich kenne einen Anwalt, der helfen könnte.«

»Ich kann mir nicht leisten …«

»Er würde keine Bezahlung verlangen.« Zumindest nahm Ahmad das an. »Nicht für etwas, das so wenig Arbeit erfordert. Und für ihn wäre es nur eine Kleinigkeit.«

Finchley war nicht auf Geld aus. Er handelte mit Informationen. Ein geflüstertes Wort ins Ohr einer seiner alten Kontakte und ein ganzes Netzwerk von Informanten würde in Aktion treten.

»Kennen Sie diese Person gut?«, fragte sie.

»Seine Frau und er haben mich aufgenommen, als ich Mrs Pritchards Etablissement verließ. Mira arbeitet immer noch für sie. Es sind gute Menschen, wenngleich auch leicht exzentrisch.«

Ein flüchtiges Lächeln umspielte ihre Lippen. »Gegen Exzentrik habe ich nichts einzuwenden.«

»Und gegen den Plan im Allgemeinen?«

»Nein. Nicht, wenn Sie es für klug halten, sich an diesen Mann zu wenden.«

Er nickte. »Überlassen Sie die Sache mir.«

Ein Teil der Anspannung verließ ihr Gesicht. »Danke.«

»Noch habe ich nichts getan.«

»Doch, das haben Sie.« Ihre Stimme klang rau. »Sie haben mir Ihre Hilfe angeboten. Und … Sie haben mir zugehört. Das ist es, wofür ich dankbar bin. Für alles, was Sie …«

Ihre Stimme verlor sich, als er endlich tat, was er schon den ganzen Morgen hatte tun wollen.

Er strich ihr die verirrte Strähne hinter ihr zartes Ohr. Ebenso impulsiv wie diese Handlung war die nachfolgende Frage. »Darf ich Sie Evelyn nennen?«

Als sie zu ihm aufsah, waren ihre Wangen bezaubernd gerötet. »Wenn Sie möchten.«

Sein Herz pochte wie wild.

Evelyn.

Er hatte nicht vorgehabt, sie um dieses Privileg zu bitten. Doch er hatte es sich gewünscht.

Gütiger Himmel, und wie er es sich gewünscht hatte.

Er zwang sich, seine Hand von ihrem Gesicht sinken zu lassen. Sie hatte dort lange genug verweilt. Noch länger und er würde nicht mehr in der Lage sein, es als bedeutungslose Geste abzutun. Ein simples Ordnen ihrer Frisur – genau das, was jeder Schneider tun würde.

Noch länger und es würde zu einer Liebkosung werden. Einer zärtlichen Berührung.

Gerade als er seine Hand zurückgezogen hatte, schwang der Hengst erneut seinen Kopf über die Tür seiner Box und schob sich so entschieden zwischen sie wie eine Anstandsdame.

Evelyn kraulte die Nase des großen Tiers. »Wie soll ich Sie nennen?«

»Wie Sie möchten«, sagte Ahmad.

»Ich möchte Sie bei Ihrem Taufnamen nennen.«

Seine Mundwinkel zuckten amüsiert. »Leider bin ich nicht getauft.«

»Sie wissen, was ich meine. Ich … ich möchte Sie sehr gern Ahmad nennen. Natürlich nur, wenn Sie nichts einzuwenden …«

»Ich habe nichts einzuwenden.«

Sie sah ihn unsicher an. Er hatte das Gefühl, dass sie ebenso im Nebel stand wie er. »Es muss nichts bedeuten«, sagte sie leise.

»Nein«, sagte Ahmad.

Und doch befürchtete er, dass es genau dies tat.

18. KAPITEL

»Ahmad. Komm und setz dich.« Tom Finchley stand von seinem Schreibtisch auf, um Ahmad in seinem Büro in der Fleet Street zu begrüßen. Die Wand hinter ihm war mit Regalen gesäumt, in denen ordentliche Reihen ledergebundener Bücher sicher hinter Glas standen.

Ahmad nahm in einem der gepolsterten Sessel vor dem Schreibtisch Platz.

Es war nicht das erste Mal, dass er Finchley so gegenübersaß.

Er war schon einmal hier gewesen, nach dem Vorfall bei Mrs Pritchard. Damals hatte Ahmad die Deportation gedroht, doch Finchley hatte ihn vor diesem Schicksal bewahrt. Und dann hatte er ihn erneut gerettet, indem er ihm eine Anstellung als Diener bei seiner zukünftigen Frau Jenny Holloway angeboten hatte.

»Das wäre dann alles, Poole«, sagte Finchley und schickte damit seinen spindeldürren Angestellten, der Ahmad zu ihm geführt hatte, weg.

Der junge Mann nickte und schloss die Tür hinter sich.

Finchley kehrte an seinen Platz zurück. Sein Halstuch und seine Weste waren zerknittert, und seine Haare waren zerrauft. So sah er immer aus, wenn er mitten in einem seiner Fälle steckte. Der Schreibtisch war bedeckt mit Stapeln von Papieren und Dokumentenrollen. »Ich würde dir ja gern einen Tee anbieten, aber ich befürchte, dass ich nicht mehr als zehn Minuten Zeit habe. Ich muss gleich ins Gericht.«

»Es wird nicht lange dauern.«

»Ich hoffe, es geht nicht um Mira?«

Ahmad runzelte die Stirn. »Warum sollte es?«

»Irgendetwas scheint sie in letzter Zeit zu beschäftigen.«

»Dem ist so, denn ich habe sie mit vielen Näharbeiten beauftragt.«

»Und du bist sicher, dass das alles ist? Dass sie nicht irgendwas auf dem Herzen hat?«

Ahmad glaubte nicht.

Zwar sah er Mira jeden Tag, aber immer nur kurz. Während sie mit Becky in der King William Street arbeitete, schuftete er von morgens bis abends im Hinterzimmer der Schneiderei.

Fühlte sich Mira immer noch isoliert und allein? Als würde sie nirgendwo hingehören? Selbst jetzt, mit ihrer Arbeit und Becky als Gesellschaft?

»Hat sie etwas gesagt?«, fragte er.

»Nein, nein. Es ist nur so ein Gefühl.« Finchley ließ das Thema so schnell fallen, wie er es angesprochen hatte. »Zweifellos habe ich da etwas falsch gedeutet. Ich bin in letzter Zeit selbst ein wenig abgelenkt.«

»Die Arbeit ist gut für sie«, sagte Ahmad. »Sie gibt ihr ein Gefühl von Sinnhaftigkeit.«

»Das bezweifle ich nicht. Aber du sagtest, es geht nicht um Mira.«

»Nein. Sondern um eine andere Dame.« Schnell erklärte Ahmad seine missliche Lage. Oder genauer, Evelyns missliche Lage.

Finchley hörte schweigend zu. Seine Stirn war gerunzelt und seine intelligenten blauen Augen wirkten nachdenklich.

»Ich hatte gehofft, dass Sie vielleicht einen Ihrer Informanten darauf ansetzen könnten«, sagte Ahmad schließlich. »Falls Sie sie noch beschäftigen.«

Finchleys Mundwinkel zuckten amüsiert. »*Falls.*«

Dieses eine Wort sprach Bände.

Seit Finchley glücklich verheiratet war und seine neugewonnene Häuslichkeit genoss, arbeitete er nicht länger für die zwielichtigen Elemente der Gesellschaft. Stattdessen widmete er seine Talente dem guten Zweck.

Doch Wissen war immer noch Macht.

Ahmad konnte sich nicht vorstellen, dass Finchley seine Mittel, um es sich zu verschaffen, völlig aufgegeben hatte.

»Dann werden Sie es tun?«, fragte er.

»Natürlich«, sagte Finchley. »Doch da ist eine Sache, die mich verwirrt.«

Ahmad sah seinen ehemaligen Arbeitgeber über den Schreibtisch hinweg an. Er kannte diesen Blick, und er gefiel ihm nicht. »Und was?«

»Du hast mir gesagt, dass diese Miss Maltravers nur eine junge Dame aus Sussex sei. Eine Kundin, die bei dir Reitkostüme bestellt hat, die jenen gleichen, die du für Miss Walters angefertigt hast.«

»Das ist sie.«

»Und das ist alles?«

Ahmad antwortete nicht.

»Sie bedeutet dir offensichtlich mehr als das«, stellte Finchley fest. »Wenn du dich so für sie bemühst …«

»Mich bemühen. Ist es das, was ich tue? Und das von dem Mann, der der Dame seines Herzens per Schiff, Zug und Büffelkarren durch Frankreich und Ägypten bis in den dunkelsten Winkel Indiens gefolgt ist?«

In Finchleys Augen funkelte Belustigung auf. »So ist es also?«

Ahmad wünschte, er könnte es leugnen. Doch das konnte er nicht. Nicht, wenn er mit Finchley ehrlich sein wollte – und zu sich selbst. »Ja«, sagte er schließlich. »Ich nehme an, so ist es wohl.«

Evelyn starrte in den großen Wandspiegel ihres Schlafzimmers und betrachtete sich, von der perfekten Frisur bis zu den Spitzen ihrer seidenen Tanzschuhe.

Es war das erste Mal, dass sie sich in ihrer kompletten Ballgarderobe sah. Das erste Mal, dass sie die ganze Herrlichkeit von Ahmads Kreation bewundern konnte.

Sie war den ganzen Tag schrecklich nervös gewesen und hatte sich unentwegt vorgestellt, was alles schiefgehen konnte.

Völlig lächerlich.

Es war nur ein Ball, nicht die Schlacht von Waterloo. Sie tröstete sich damit, dass es sich zwar um den ersten handelte, zu dem sie eingeladen war, aber bestimmt nicht den letzten.

Außer sie machte sich völlig lächerlich.

Die Aussicht kam ihr jetzt sehr viel unwahrscheinlicher vor.

Mit dem gewagten Ausschnitt, den voluminösen Röcken und dem kunstvoll bestickten, funkelnden Gazestoff war die Ballrobe, die Ahmad für sie geschaffen hatte, bezaubernder als jedes Kleid, das sie je gesehen hatte. Und natürlich mehr als jedes Kleid, das sie jemals hatte tragen dürfen.

Doch es war nicht nur die Art, wie es aussah, die ihr den Atem stocken ließ. Sondern wie sie sich darin fühlte. Als ob ihr Körper nicht nur etwas war, das in die gewünschte Form gezwängt werden musste, sondern etwas Begehrenswertes an sich.

Sie fühlte sich schön. Mächtig. Genauso wie sie es tat, wenn sie in einem von Ahmads Reitkostümen auf Hephaestus die Rotten Row entlangjagte.

»Wie schafft er das nur?«, fragte sie sich laut.

»Keine Ahnung, Miss.« Becky Rawlins richtete den Seidengürtel an Evelyns Taille. Sie war eine junge Frau mit einer lebensüberdrüssigen Art, die ihr eine gewisse Härte verlieh. Ihr offenes Nähkästchen stand am Fußende des Betts hinter ihr, zusammen mit der nun leeren Kleiderschachtel. »Mr Malik hat ein seltenes Talent.«

»Das hat er.« Evelyn hob eine Hand, um über ihr kunstvoll hochgestecktes Haar zu streichen. Agnes hatte es mit juwelenbesetzten Kämmen, Haarnadeln und einer halben Flasche Bandoline fixiert. »Genau wie Sie und Mira. Sie haben beide geholfen.«

»Ja, Mira hat ebenfalls Talent. Aber ich …« Becky schnaubte verächtlich. »Ich bin nur eine gewöhnliche Näherin. Ich könnte nicht mehr, als Socken ausbessern, wenn Mr Malik es mir nicht beigebracht hätte.«

Evelyn sah sie neugierig an. »Er hat Ihnen beigebracht, wie man Kleider näht?«

»Das hat er.« Becky fuhr damit fort, den Oberrock des Ballkleids zu arrangieren. Sie schien nicht zum Reden aufgelegt zu sein.

Ihr Unwille verstärkte Evelyns Neugier jedoch nur. »Kennen Sie Ihn schon lange?«

»Seit ich nach London gekommen bin. Wir haben eine Weile im selben Etablissement gearbeitet. Er war immer gut zu mir.«

Evelyn wartete darauf, dass Becky weitersprach, doch das tat sie nicht. Evelyn vermutete, den Grund dafür zu kennen. Es gab nur ein Etablissement, das Ahmad je erwähnt hatte. Ein Haus von üblem Ruf, hatte er gesagt. Ein Hurenhaus.

War Becky eine der Frauen dort gewesen? Eine, an der Ahmad ein besonderes Interesse hatte?

Evelyn verspürte einen Anflug von Eifersucht. »Sind Sie beide …?«

»Was? Oh nein!« Becky lachte. »Nicht, dass sich nicht alle Mädchen um ihn gerissen hätten. Er war der schönste Mann, den wir je gesehen haben. Ich hätte auch nicht Nein gesagt, doch er ist schon immer mehr wie ein Bruder für mich gewesen. Außerdem ist Mr Malik an so etwas nicht interessiert.«

»Er hat also niemand … Bestimmtes?«

»Bestimmtes?« Becky rümpfte die Nase. »Sie meinen eine Liebste?«

Evelyn nickte. Sie schämte sich dafür, wie sehr sie das wissen wollte. Denn sie hatte kein Recht, eifersüchtig oder auch nur neugierig zu sein. Ahmad gehörte ihr nicht. Ganz gleich, ob seine Lippen die ihren gestreift hatten. Dass er sie berührt und gehalten und in ihrer Unterwäsche gesehen hatte. Es war eine künstlerische Nähe, nicht mehr. Sie gehörte zur Arbeit eines Schneiders. Genau wie der Moment, als er ihr eine Strähne hinters Ohr gestrichen hatte.

»Nicht, dass ich jemals gehört hätte«, sagte Becky.

»Nein?«

Becky schüttelte den Kopf. »Er ist schon ein wenig ungewöhnlich. Bleibt immer für sich. Doch er respektiert Frauen. Er hat immer auf uns aufgepasst. Ohne ihn …« Sie stockte, als ihr klar wurde, dass sie schon zu viel gesagt hatte.

»Was?«, fragte Evelyn und sah Becky im Spiegel an.

Die junge Frau richtete die Bordüre an Evelyns Mieder. »Da war mal so ein Herr. Ein richtiger Grobian. Hat wegen einer Kleinigkeit die Beherrschung verloren. Hätte mich fast umgebracht, wenn Mr Malik nicht dazwischengegangen wäre.«

Evelyn lauschte mit angehaltenem Atem. »Und das ist dort passiert, wo Sie beide gearbeitet haben?«

Scham blitzte in Beckys Gesicht auf. »Es war eine Art Taverne. Nicht der eleganteste Ort, von dem man je gehört hätte, doch Mr Malik hat für Sicherheit gesorgt. Wenn er diesem

Kerl nicht die Schulter gebrochen hätte, wäre er vielleicht immer noch dort. Ist schon seltsam, wie sich die Dinge fügen. Ich war mir sicher, man würde ihn wegschicken. Stattdessen fertigt er nun für Damen wie Sie Kleider an.«

»Ja. Wirklich seltsam.« Evelyn war nicht sicher, ob sie Becky richtig verstanden hatte. Ahmad hatte sie vor einem gewalttätigen Mann gerettet? Er hatte diesen Burschen aus dem Hurenhaus geworfen und ihm dabei die Schulter gebrochen? »Vergeben Sie mir ... wollen Sie damit sagen, dass Mr Malik in Schwierigkeiten geraten ist, weil er diesen Mann verletzt hat?«

»Das kann man wohl sagen. Der Herr war ein Baronet, verstehen Sie? Wollte keine Ruhe geben, bis Mr Malik bestraft wurde.« Becky führte eine letzte Änderung an der Ballrobe aus. »So, das sollte es gewesen sein. Und es ist sehr gut geworden.« Zufrieden verstaute sie Nadel und Fingerhut in ihrem Nähkästchen und ließ den Deckel zuklappen. »Benötigen Sie sonst noch etwas, Miss?«

Ja, wollte Evelyn sagen. Erzählen Sie mir mehr von ihm. Erzählen Sie mir alles.

Doch als sich Becky wieder umdrehte, wirkte ihr Gesichtsausdruck wieder völlig verschlossen.

Evelyn musste keine Gedankenleserin sein, um zu wissen, dass dieses Gespräch beendet war.

Onkel Harris' Kutsche näherte sich in behäbiger Weise Lady Arundells Stadthaus am Grosvenor Square. Die Räder klapperten über das unebene Pflaster, und Evelyn wurde auf ihrem Platz ordentlich durchgeschüttelt. Es war kurz vor neun Uhr. Die Luft war kalt und feucht, der sternlose Himmel pechschwarz. Ein Abend, an dem man es sich daheim gemütlich machen sollte.

Doch nicht in London.

Und nicht während der Saison.

Hier füllten glänzende Kutschen die mit Gaslaternen erhellten Straßen und das Klippklapp von Hufen vermischte sich mit den Rufen der Droschkenkutscher und dem Lachen der Feiernden.

»Du wirst heute Abend viel Spaß haben«, verkündete Onkel Harris, der neben Evelyn saß. Er trug einen schwarzen Anzug, ein elegantes satinbesetztes Cape um die Schultern und hielt einen Stock aus Elfenbein in der Hand.

»Ihre Ladyschaft hat einen Wahrsager angeheuert. Einen berühmten Burschen namens Zadkiel. Er benutzt eine Kristallkugel, die er angeblich von einem ägyptischen Magier bekommen hat.«

Evelyn erinnerte sich, dass Anne so etwas erwähnt hatte. »Ist das der Herr, der den astrologischen Almanach schreibt?«

»Genau der.«

»Wird er uns Zaubertricks vorführen?«

Onkel Harris warf ihr einen strengen Blick zu. »Kristallomantie ist kein Trick, mein Mädchen. Nicht, wenn es ein Fachmann durchführt, der in dieser Kunst so bewandert ist.«

»Und dieser Zadkiel ist ein solcher Fachmann?«

Ihr Onkel machte eine ernste Miene. »Der Beste. Er war es, der den Tod des Prinzgemahls vorausgesehen hat.«

Sie hatte nicht gewusst, dass jemand Prinz Edwards Tod vorhergesagt hatte, noch dazu ein berühmter Wahrsager. »Wann war das?«

»Letztes Jahr. Hätte der Palast den Mann ernst genommen, hätte sein Tod verhindert werden können. Aber leider werden diese Mysterien vollkommen missverstanden.«

Das konnte sie sich vorstellen. Es kam ihr völlig albern vor. Für sie war es die gleiche Art aristokratischer Absurdität wie

Lady Arundells Geisterberater. Am liebsten hätte Evelyn etwas gesagt, doch sie wollte ihren Onkel nicht kränken. Also lehnte sie sich zurück und schwieg.

Ihr Onkel hatte seit ihrer Ankunft nur selten mit ihr gesprochen, und nie über Spiritismus. Sie wollte nicht mit ihm streiten. Der Himmel allein wusste, dass sie noch genug Anlass zum Streiten haben würden, sobald sie ihn darüber informierte, dass Fenny in London sein könnte.

Noch hatte sie es nicht getan, und sie hatte auch Tante Nora nicht geschrieben. Nach ihrem Gespräch mit Ahmad hielt es Evelyn für das Beste, noch etwas abzuwarten.

Es kam ihr so natürlich vor, sich auf ihn zu verlassen.

Und auch ein wenig seltsam.

Noch nie hatte sie jemanden gehabt, dem sie absolut vertrauen konnte. Jemanden, der ihr eine Last abnahm. Ein Problem für sie löste. In der Vergangenheit hatte sie immer auf ihren eigenen Einfallsreichtum vertrauen müssen.

Doch nicht dieses Mal.

Ahmad hatte gesagt, sie solle es ihm überlassen. Und genau das würde sie auch tun.

Er hatte versprochen, sich bald wieder bei ihr zu melden. Bis dahin hatte es keinen Zweck, ihre ganze Familie verrückt zu machen. Nicht, wenn noch die Möglichkeit bestand, dass sie das Problem ohne deren Einmischung lösen konnte.

Die Kutsche kam zum Stehen. Evelyn zog den Samtvorhang zurück und blickte aus dem Fenster. Ein Stück die Straße voraus erhob sich die prächtige Steinfassade des Arundell-Hauses. Vor der Tür reihte sich eine wartende Kutsche an die andere.

Onkel Harris reckte den Hals. »Warum halten wir?«

»Wegen der anderen Gäste, nehme ich an. Ich denke, wir müssen ein Weilchen warten.«

»Unsinn.« Er klopfte mit seinem Stock gegen die Decke, um den Kutscher auf sich aufmerksam zu machen. »Wir steigen hier aus.«

Es war eine weise Entscheidung. Die beiden erreichten den Eingang, bevor die meisten anderen Gäste auch nur aus ihren Kutschen hatten steigen können.

Lady Arundell empfing sie in der mit Marmor ausgelegten Empfangshalle. Sie trug eine schwarze Samtrobe mit Spitzenbesätzen an Ausschnitt und Ärmeln. Ihr Haar war hochgesteckt, und sie trug eine große Gagatbrosche.

Anne stand halb verdeckt hinter ihrer Mutter. Ihre schimmernden blonden Locken wurden von einem schwarzen Haarnetz gehalten. Es harmonierte mit ihrem schwarzen Seidenkleid, dessen einziger Schmuck ein dezenter Kordbesatz am sittsamen Dekolleté, den kurzen Ärmeln und dem Saum war. Ein wirklich langweiliges Kleid, das viel besser zu einer Witwe mittleren Alters gepasst hätte als zu einer jungen Dame.

»Fielding«, sagte Lady Arundell. »Miss Maltravers.« Mit ihrem schwarzen Spitzenfächer bedeutete sie Evelyn, sich zu drehen. »Kommen Sie, Mädchen. Lassen Sie mich einen Blick auf Sie werfen.«

Evelyn legte ihren Mantel ab und reichte ihn einem wartenden Lakaien. Dann vollführte sie eine schnelle Pirouette für Lady Arundell. Das Licht des Kronleuchters über ihnen fing sich in den Glasperlen ihres Oberrocks und ließ die kunstvollen Stickereien funkeln und glänzen.

Anne riss die Augen auf. »Meine Güte, Sie haben nicht übertrieben.«

»Was war das?«, fragte Lady Arundell ihre Tochter.

»Miss Maltravers hat gesagt, ihr Schneider wäre besser als Mr Worth. Augenscheinlich hat sie die Wahrheit gesagt.«

Lady Arundell zog ihre Stielbrille aus dem Ärmel und unterwarf Evelyn einer gründlichen Untersuchung. »Außergewöhnlich.«

»Es handelt sich um einen neuen Schneider in der Conduit Street«, sagte Evelyn. »Mr Ahmad Malik.«

»Ein Inder? Hmm. Die Farbe kann ich nicht wirklich gutheißen. Angesichts der Umstände vielleicht eine Spur zu fröhlich, denken Sie nicht? Doch Ihr Schneider scheint Talent zu haben.« Sie klappte die Stielbrille wieder ein. »Fürwahr, Fielding, ich erkenne das Mädchen kaum wieder. Es besteht also vielleicht doch noch Hoffnung für sie.«

Ein größeres Kompliment konnte Evelyn nicht von Ihrer Ladyschaft erwarten.

»In der Tat, in der Tat«, murmelte Onkel Harris abgelenkt. »Ist Zadkiel schon eingetroffen?«

»Bereits vor einer Stunde«, antwortete Lady Arundell. »Er hat sich in der Bibliothek eingerichtet und benötigt vollkommene Ruhe, um den Kontakt herzustellen.«

Während sich Onkel Harris und Lady Arundell weiter unterhielten, hakte sich Anne bei Evelyn unter und führte sie still und leise aus der belebten Empfangshalle.

»Müssen Sie nicht die anderen Gäste begrüßen?«, fragte Evelyn.

»Jetzt, da Ihr Onkel hier ist, nicht mehr. Mama und er werden sich darum kümmern.« Anne sah sie an. »Sie hat übrigens recht. Sie sehen außerordentlich prachtvoll aus. Ich nehme an, Sie werden die begehrteste Dame des Balls sein.«

Evelyn schlug verlegen den Blick nieder. »Gefällt es Ihnen wirklich?«

»Mir gefallen? Ich bin regelrecht grün vor Neid.« Anne führte sie einen Korridor entlang. Livrierte Lakaien eilten vorbei, um sich um die neu eingetroffenen Gäste zu kümmern. »Die meisten Damen tragen heute Abend Farbe, doch Mama zwingt mich, aus Respekt gegenüber Prinz Albert Schwarz zu tragen. Ein schwarzes Ballkleid, man stelle sich das vor! Ich sehe aus wie eine junge Witwe.«

»Nein«, widersprach Evelyn. »Die Farbe schmeichelt Ihnen.«

»Und dann ist da so viel davon. Schwarzes Mieder, schwarze Röcke, schwarzer Besatz. Wenn man das hier Besatz nennen kann.« Anne warf einen weiteren Blick auf Evelyns Robe. »Ich frage mich, was Ihr Mr Malik mit schwarzem Stoff und ein bisschen Besatz bewirken könnte.«

Ohne zu zögern, antwortete Evelyn: »Ein Wunder.«

»Denken Sie wirklich?«

»Ich weiß es. Er würde sich geehrt fühlen, ein Kleid für Sie anfertigen zu dürfen.«

»Ich werde Mama überzeugen müssen«, sagte Anne. »Vielleicht erlaubt sie es, solange er sich an ihre Vorgaben hält.«

»Schwarz?«

»Und noch mehr Schwarz. Mama behauptet, die Trauerkleidung würde ihr helfen, der Geisterwelt nah zu sein. Sie trägt heute übrigens auch ihre besten Memento Moris – eine Brosche, in die eine Haarsträhne meines Vaters eingearbeitet wurde, ein Onyxmedaillon mit dem Totenporträt meiner verstorbenen Tante und eine schwarz lackierte Haarnadel, die angeblich aus dem Fingerknochen eines Orakels aus dem sechzehnten Jahrhundert besteht.«

Evelyn verzog das Gesicht. »Aus einem menschlichen Knochen?«

»Oh ja. Es ist alles ungemein morbide. Doch Mama ist fest entschlossen, ihre Rituale durchzuführen.«

»Wie entschlossen genau?«, überlegte Evelyn. »Werden Sie tanzen dürfen?«

Sie durchquerten erst ein luxuriöses Vorzimmer, dann ein

weiteres. Wandleuchten erhellten den Weg, die prachtvollen Seidentapeten und die goldgerahmten Ölgemälde, auf denen Pferde, prunkvolle Landhäuser und goldhaarige Deveril-Ahnen abgebildet waren.

»Für jede andere so gekleidete Dame wäre es in der Tat höchst exzentrisch, zu tanzen«, sagte Anne. »Und wenn wir wahrhaft in Trauer wären, hätten wir den Ball ganz abgesagt. Aber das würde selbst meiner Mutter zu weit gehen. Welchen Sinn hätte schließlich eine Darbietung ohne Publikum?«

Evelyn meinte, in Annes beiläufiger Bemerkung einen Unterton herauszuhören. »Macht es die Dinge sehr schwierig für Sie?«

»Das hängt von Ihrer Definition von *schwierig* ab. Ich bin nicht arm, und ich leide auch nicht an einer Krankheit oder einem Gebrechen.« Annes Mund verzog sich zu einem Lächeln. »Ich gebe zu, dass meine Situation gelegentlich recht anstrengend ist, aber solange man sich seinen Sinn für Humor bewahrt, ist es zu ertragen.«

»Da haben Sie wohl recht.«

»Unbedingt. Außerdem bin ich ja nicht allein. Stella, Julia und ich haben während unserer Saisons alle Hindernisse gemeinsam genommen.« Anne zog Evelyn weiter. »Suchen wir sie.«

Die anderen Damen waren nicht im nächsten Raum, den sie durchquerten. Und auch nicht im sich schnell füllenden Ballsaal mit der bemalten Kuppeldecke, den drei massiven Kronleuchtern und den Orchestermitgliedern, die auf einem Podium ihre Instrumente stimmten.

Evelyn erhaschte nur einen flüchtigen Blick auf die Pracht – Damen in schimmernden Roben und Herren in schwarzweißen Anzügen –, bevor Anne sie zu einer geschlossenen Tür im hinteren Bereich des Hauses zog.

»Das Studierzimmer meines verstorbenen Vaters«, sagte sie.

Dort fanden sie Stella und Julia, die nebeneinander auf einem Ledersofa saßen. Julia hielt ein Kristallglas in der Hand und trank daraus.

»Hör auf, daran zu nippen wie ein Kolibri«, sagte Stella gerade. »Kipp das ekelhafte Zeug in einem Schluck herunter.«

»Wenn es unbedingt sein muss.« Julia schloss die Augen und leerte den Inhalt des Glases in einem geräuschvollen Zug. Sobald sie ihn heruntergeschluckt hatte, begann sie zu husten. »Igitt! Das ist ja *grässlich*!«

»Was in aller Welt veranstaltet ihr hier?« Anne marschierte in den Raum, gefolgt von Evelyn. »Ist das etwa der Scotch meiner Mutter?«

»Es ist das, was sich in der Karaffe dort befindet«, sagte Stella. »Eine bernsteinfarbene Flüssigkeit. Ich nehme an, es könnte sich um Scotch handeln.«

»Brennt Scotch wie Feuer?«, fragte Julia mit tränenden Augen.

»Wie alles Hochprozentige.« Anne nahm Julia das Glas aus der Hand und brachte es zu dem Silbertablett zurück, das auf einem Tischchen aus Mahagoni stand. »Ich dachte, ihr wolltet in den Ballsaal.«

»Da sind wir auch gewesen«, sagte Stella.

Julia hustete erneut. »Es ist meine Schuld. Wir standen in der Mauerblümchenecke, als ich plötzlich ein so schweres Gewicht auf der Brust verspürte, dass ich nicht mehr atmen konnte.«

»Oh je.« Annes Blick wurde mitfühlend. »Du bist wieder nervös geworden, oder?«

»Diesmal war es wirklich schlimm«, sagte Julia.

»Noch viel schlimmer«, ergänzte Stella. »Ein Herr hat sie angesprochen.«

Anne sah Julia überrascht an. »Was für ein Herr?«

»Er war groß und ernst, mit schwarzem Haar und einem wettergegerbten Aussehen.« Julia befeuchtete ihre Lippen. »Ein Soldat, denke ich. Er hatte eine ganz furchtbare Narbe im Gesicht.«

»Captain Blunt?« Anne klappte vor Überraschung der Mund auf.

»Er war in Gesellschaft von Lord Ridgeway«, sagte Stella. »Seine Lordschaft hat versucht, die beiden einander vorzustellen. Er war noch nicht fertig, als Julia geflohen ist.«

»Captain Blunt?«, wiederholte Anne. »Der Held der Krim?«

Evelyn hatte den Namen schon einmal von Anne gehört. »Doch nicht der mit der Schar unehelicher Kinder?«

»*Und* dem Anwesen in Yorkshire, in dem es spukt«, sagte Stella. »Sein Ruf eilt ihm voraus. Alle wissen, dass er irgendeine bemitleidenswerte Frau sucht, die er mit in den Norden nehmen kann, um ihm den Haushalt zu führen.«

Julia wirkte wie erstarrt. »Er ist direkt auf mich zugekommen.«

»Was hat er gesagt?«, fragte Anne.

»Ich weiß es nicht«, erwiderte Julia benommen. »Ich hatte ein Dröhnen in den Ohren und konnte nicht atmen. Ich dachte, ich würde in Ohnmacht fallen.«

Anne verzog ihr Gesicht. »Aber das bist du doch hoffentlich nicht, oder?«

»Nein, keine Sorge.« Stella rubbelte ermutigend Julias Arm. »Sie hat den Ballsaal mit hoch erhobenem Kopf verlassen. Und es geht ihr schon wieder viel besser, nicht wahr?«

Julia stöhnte. »Du hättest sehen sollen, wie er mich angeschaut hat. Er war ganz bestimmt angewidert.«

»Soldaten halten nicht viel von Damen, die in Ohnmacht fallen«, sagte Anne. »Außer, der Soldat ist jung und galant.«

»Und Captain Blunt ist weder das eine noch das andere.« Stella erhob sich von ihrem Platz neben Julia, damit sich Anne setzen konnte.

»Er hat dich nur überrascht, das ist alles«, sagte Anne. »Ich frage mich, was er vorhatte.«

»Vielleicht wollte er nur sein Interesse bekunden?«, schlug Evelyn vor. »Das wäre doch nicht weiter verwunderlich. Du siehst heute Abend wirklich sehr hübsch aus.«

Es war die Wahrheit. Julia trug eine kornblumenblaue Ballrobe aus Krepp. Mit ihren vielen Volants und Schleifen war sie das völlige Gegenteil von Ahmads Kreation, doch die Farbe betonte Julias blaue Augen und ließ sie wie polierte Saphire funkeln.

»Das tust du«, stimmte Anne zu. »Doch ausgerechnet Captain Blunt? Die Sache gefällt mir nicht.«

»Mir auch nicht«, sagte Stella. »Schließlich war er in Gesellschaft von Lord Ridgeway. Und wir wissen ja, wie Ridgeway ist.«

Evelyn trat zurück, denn sie fühlte sich plötzlich fehl am Platz.

Ihre drei neuen Freundinnen kannten die besagten Herren alle. Wenn nicht durch persönliche Erfahrung, dann durch ihren Ruf. Sie wussten, wer von ihnen ein Unhold war und wer ein Wüstling. Wer wahrscheinlich schlecht mit seinen Pferden umging und wer nur eine arme Seele suchte, die sich um sein Spukhaus voller Bastarde kümmerte.

Währenddessen wusste Evelyn mit Sicherheit nur eines: dass sie unter all diesen Unholden, Lebemännern und Wüstlingen einen Ehemann finden musste. Und so gern sie auch bei ihren neuen Freundinnen bleiben wollte, würde sie ihn doch nicht finden, indem sie sich hier drin versteckte.

Stella warf ihr einen Blick zu. Sie schien den gleichen

Gedanken zu haben. »Wir sollten in den Ballsaal zurückkehren.«

»Oh, ich kann nicht!«, rief Julia aus. »Noch nicht.«

»Geh du ruhig mit Evie«, sagte Anne zu Stella. »Ich bleibe bei Julia, bis sie ihren Mut wiedergefunden hat.«

Stella begleitete Evelyn aus dem Studierzimmer und schloss die Tür hinter ihnen. »Du musst das verstehen«, sagte sie, während sie über den Korridor zurückgingen. »Julias Schüchternheit ist nicht nur in ihrem Kopf. Sie manifestiert sich in ihrem Körper wie eine Krankheit. Ein voller Ballsaal ist für sie regelrechte Folter.«

»Dann war es sehr tapfer von ihr, heute Abend trotzdem herzukommen.«

»Sie hat keine andere Wahl. Ihre Eltern erwarten von ihr, dass sie sich diese Saison angemessen zur Geltung bringt. Die einzige Entschuldigung, die sie akzeptieren, ist eine schlechte gesundheitliche Verfassung. Darum zieht sie sich ins Bett zurück, wann immer es ihr zu viel wird.«

»So wie letzte Woche?«

Stella nickte. »Wirklich eine Schande, dass sie das nicht regelmäßiger tun kann. Doch im Wychwood-Haushalt eine Krankheit vorzuschieben geht mit seinen ganz eigenen Gefahren einher. Ihre Eltern unterwerfen sich allen möglichen Quacksalbereien. Schlimmer noch, sie sind vom Nutzen des Aderlasses überzeugt. Das ist der Preis, den Julia jedes Mal bezahlen muss, wenn sie vorgibt, sich unwohl zu fühlen.«

Evelyn lief ein kalter Schauder über den Rücken. Sie konnte Praktiken wie den Aderlass nicht ausstehen. Der Doktor in Combe Regis hütete sich, ihr so etwas auch nur vorzuschlagen. »Das klingt schrecklich.«

»Es *ist* schrecklich. Und wirklich eine Schande. Julia ist so süß und liebenswert, aber ihr Zustand macht ihr mehr und mehr zu schaffen. Diese lähmende Schüchternheit und Nervosität. Anne sagt, es erfordert einen besonderen Gentleman, um den Fluch zu brechen.«

Einen besonderen Gentleman.

Der Satz wirbelte in Evelyns Kopf herum und beschwor ein Bild. Nicht das schwer zu fassende eines Unbekannten, sondern das eines Mannes, der ihr überaus vertraut war. Ein Mann mit schwarzen Haaren und breiten Schultern, der ihr sehr nah stand, während er sein Maßband fest um ihre Taille zog.

Stella lachte auf. »Ja, ich weiß. Ist es nicht das, wonach wir alle suchen?«

Doch Evelyn fehlten die Worte.

Die Erkenntnis traf sie wie ein Blitz, raubte ihr den Atem und brachte ihr Herz zum Stehen. Die schonungslose Wahrheit ließ sie innehalten.

Gütiger Himmel.

Sie musste nicht nach einem besonderen Gentleman suchen.

Denn sie hatte ihn bereits gefunden.

19. KAPITEL

Evelyn blieb keine Gelegenheit, um weiter über ihre Erkenntnis bezüglich Ahmad Malik nachzudenken. Als sie den Ballsaal betrat, rief Lady Arundell sie zu sich und stellte sie erst einem bereits in die Jahre gekommenen, alternden Aristokraten vor, danach einem anderen.

Prompt folgten Tanzeinladungen.

Es kostete Evelyn alle Mühe, sich die Namen der Herren zu merken, die auf ihrer Tanzkarte standen, und sich an die Schritte zu erinnern, während ebenjene Herren sie auf die polierte Tanzfläche führten.

Anne hatte vorhergesagt, dass Evelyn die begehrteste Dame des Balls sein würde, und während sie mit ihrem vierten Partner des Abends tanzte, begann sie das Gefühl zu haben, es könnte wahr sein.

Es war ihr Kleid. Wie es im Kerzenlicht funkelte, wie sich das Mieder an ihre Büste schmiegte und ihr Röcke sich bauschten. Es ließ sie so sinnlich wie eine Kurtisane wirken und so reich wie eine Herzogin. Eine duftende Gewächshausblüte, die nur darauf wartete, gepflückt zu werden.

»Sind alle jungen Damen in Ihrem Dorf so charmant wie Sie, Miss Maltravers?«, fragte Lord Trent, als er sich mit ihr durch die Mittellinie eines schwungvollen Kontratanzes bewegte. »Nun, da ich Sie kenne, bedaure ich es, nie nach Sussex gereist zu sein.«

Es war harmloses Geplauder von der Art, mit der sie die

Herren schon den ganzen Abend bedachten. Evelyn hatte kein Talent, es zu erwidern. Sie wagte nicht einmal, es zu versuchen. Denn das würde Lord Trent nur ermutigen. Und das wollte sie vermeiden. Er war alt genug, um ihr Vater zu sein, daran änderten auch seine Bemühungen nichts.

»Sie nehmen mich auf den Arm, mein Herr«, sagte sie.

»Sehe ich aus, als würde ich Sie auf den Arm nehmen, meine Liebe?«

Evelyn hatte keine Ahnung. Beim Betreten des Ballsaals hatte sie ihre Brille abgenommen und in die im Kleid verborgene Tasche gesteckt. Ihrer Weitsichtigkeit war das dienlich gewesen, hatte es ihr möglich gemacht, die Deckengemälde und hohen Spiegelwände zu bewundern. Doch nun bereute Evelyn es, sie nicht wieder aufgesetzt zu haben. Lord Trents Gesicht war nur ein unscharfer Fleck.

Ihre Freundinnen hingegen konnte sie deutlich sehen. Stella und Julia hatten am anderen Ende des Saals Platz genommen. Sie saßen nebeneinander in der – so hatte Julia dazu gesagt – Mauerblümchenecke. Anne war nicht bei ihnen. Sie tanzte ein Stück von Evelyn entfernt mit einem uralten weißhaarigen Herrn.

Die Geiger ließen die Musik zu einem Crescendo anschwellen, und dann war der Kontratanz zu Ende.

Lord Trent ließ Evelyn los und verbeugte sich.

Sie machte einen Knicks. Beim Aufrichten zog sie ihre Brille aus der Tasche und setzte sie auf. Das Gesicht Seiner Lordschaft wurde deutlich.

Er bot Evelyn seinen Arm an und geleitete sie zu Onkel Harris und Lady Arundell, die am Rand der Tanzfläche standen. Sie waren in Gesellschaft einiger anderer Gäste, die sich eifrig über den Jungen in Birmingham unterhielten, der Botschaften von Prinz Albert aus dem Jenseits erhalten hatte.

»Es heißt, er besitzt eine starke spirituelle Kraft«, sagte Lady Arundell. »So stark wie die Zadkiels.«

»Nein, nein«, widersprach Onkel Harris. »Das glaube ich nicht. Ein ungebildeter Junge kann sich nicht mit einem ausgebildeten Seher wie ihm messen.«

Lord Trent schloss sich der Unterhaltung begeistert an. »Ist es wahr, dass die Vertreter des Jungen mit Ihrer Majestät korrespondieren?«

Die Umstehenden schnappten überrascht nach Luft, ehe sie ihre Gespräche mit neuem Elan fortsetzten.

Als sich unvermittelt eine große Hand auf Evelyns Arm legte, drehte sie sich überrascht um und sah einen großen, makellos gekleideten Fremden vor sich stehen.

Nein, keinen Fremden.

Es handelte sich um Mr Hartford, den unverschämten Herrn, dem sie und Anne im Hyde Park begegnet waren, der ihre Freundin mit solch unverhohlenem Spott angesprochen hatte.

Evelyn hatte seine Anwesenheit bisher nicht bemerkt.

»Ich bitte um Verzeihung, Miss Maltravers«, sagte er. »Aber dieser Tanz gehört mir, denke ich.«

Unter anderen Umständen hätte sie sich geschmeichelt gefühlt. Mr Hartford machte eine gute Figur. Er war stattlich und attraktiv und einen guten Kopf größer als die meisten anderen anwesenden Männer.

Und er war gefährlich.

Evelyn hätte das auch ohne Annes Warnung erkannt. Er hatte etwas Berechnendes an sich. Ein Funkeln in den Augen, das eher auf Strategie statt Impuls schließen ließ.

Wenn er sie zum Tanzen aufforderte, dann nicht aus einer spontanen Laune heraus.

»Ich denke nicht, Sir.« Sie klappte ihre Tanzkarte auf, die

sie an einem Seidenband am Handgelenk trug, und schaute auf den Eintrag für den Walzer. »Dieser Tanz gehört Mr Babcock.«

»Und Mr Babcock hat ihn mir großzügigerweise überlassen.« Mr Hartford reichte ihr seine Hand. »Sollen wir?«

Schnell warf Evelyn einen Blick in den Ballsaal, dorthin, wo Mr Babcock in einiger Entfernung stand – ein älterer Mann, wie all die anderen, die bis jetzt mit ihr getanzt hatten. Er zuckte entschuldigend mit den Schultern.

Verärgerung stieg in ihr auf. »Wenn es sich um eine Art Scherz handelt …«

»Ah. Wie ich sehe, hat Lady Anne von mir erzählt. Ein kleiner Ratschlag. Was mich angeht, sollten Sie alles, was sie sagt, mit Vorsicht genießen.« Er hielt seine Hand immer noch ausgestreckt. »Es ist nur ein Walzer, Ma'am, das verspreche ich. Kein Streich, kein Scherz, nichts dergleichen.«

Das Orchester spielte die ersten Noten. Es war Strauß. Eine gewagte, mitreißende Komposition. Musik erfüllte den Saal.

Und Evelyn stand nur da. Statt zu tanzen, schien sie sich mit einem Gentleman zu streiten.

Die anderen Gäste begannen, sie anzustarren.

Widerwillig nahm sie Mr Hartfords Hand und gestattete ihm, sie auf die Tanzfläche zu führen. Sie konnte Anne nirgendwo entdecken. Ihre Abwesenheit löste ein sehr unangenehmes Gefühl in Evelyns Magengegend aus. Sie wollte nicht für illoyal gehalten werden.

Mr Hartford legte einen Arm um ihre Taille und führte sie in die erste Drehung.

Ein Anflug von Unsicherheit ließ Evelyn fast stolpern.

Ihren letzten Walzer hatte sie in der Sicherheit ihres Zuhauses in Sussex getanzt. Ihre Schwestern waren abwechselnd ihre

Tanzpartner gewesen, während Tante Nora das Pianoforte gespielt hatte. Jede von ihnen hatte Evelyn auf ihre eigene Weise geholfen, sich auf die Saison vorzubereiten.

Sie waren der Grund, warum sie das alles tat. Alles, von der neuen Frisur und dem Korsett bis zu den elegant geschneiderten Reitkostümen und Kleidern. Ihre Schwestern waren es, für die sie einen reichen Ehemann finden musste. Ihre eigenen Gefühle waren unwichtig. *Alles andere* war unwichtig. Und dennoch …

Und dennoch konnte sie nicht aufhören, an Ahmad zu denken.

Sie fragte sich, wie es wäre, mit ihm zu tanzen. In seinen Armen zu liegen.

»Entspannen Sie sich«, sagte Mr Hartford. »Nicht zu viel darüber nachdenken.«

Sie hielt sich an seiner Schulter fest, um das Gleichgewicht nicht zu verlieren.

»Nicht nach unten sehen. Schauen Sie mich an.«

Sie schaute ihn an. Zumindest versuchte sie es. Andere Paare wirbelten an ihnen vorbei, wiegten und drehten sich zur Musik. Es kam ihr vor, als wären alle Gäste gleichzeitig auf der Tanzfläche, so dass ihnen kaum genug Platz blieb, um zwischen all den wogenden Röcken durchzukommen.

»Es ist ziemlich voll«, bemerkte Evelyn. »Vielleicht sollten wir …«

»Ignorieren Sie die anderen.« Mr Hartford manövrierte sie mühelos durch das Gedränge. »Lassen Sie sich einfach von mir führen.«

Es widersprach jedem ihrer Instinkte, ihm zu folgen. Doch andererseits wusste er offensichtlich, was er tat. Nach und nach entspannte sie sich und ließ sich von ihm über die Tanzfläche wirbeln.

Sie bemerkte, dass die Gäste, die am Rand der Tanzfläche standen, sie beobachteten. Herren gafften, und Damen tuschelten hinter ihren Fächern.

Evelyns Selbstbewusstsein wuchs.

Sie empfand einen Hauch dessen, was sie bei ihrem Debüt in der Rotten Row verspürt hatte. Diese unglaubliche feminine Macht.

»So ist es richtig«, sagte Mr Hartford. »Gar nicht so schwierig, oder?«

»Schwierig nicht, nein. Ich bin nur aus der Übung.«

»Wird in Ihrem Dorf denn nicht getanzt?«

»Doch, natürlich. Combe Regis ist nicht Timbuktu.«

»In der Tat. Aber es ist alles, was Ihre Bewunderer erwähnen. Ihre ländliche Herkunft.«

»Ich wüsste nicht, warum«, erwiderte sie.

»Wirklich nicht? Ein kleines Dorf verleiht einem hübschen Gesicht eine belebende Frische. Einem unattraktiven Gesicht hingegen nicht.«

Sie sah ihn misstrauisch an. »Ist das eine Ihrer als Kompliment getarnten Beleidigungen?«

Seine große Hand verstärkte ihren Griff auf Evelyns Taille. »Eine weitere Warnung von Lady Anne?«

Sie stritt es nicht ab.

Er ging mit ihr in eine letzte Drehung, als die Musik ihren Höhepunkt erreichte. »Würden Sie ihr bitte etwas von mir ausrichten?«

»Was?«, fragte sie leicht atemlos.

Er beugte sich zu ihr vor. »Sagen Sie ihr, dass keine Pflanze im Schatten einer anderen gedeihen kann.«

Sie sah ihn stirnrunzelnd an und wünschte, sie könnte seinen Gesichtsausdruck deuten. »Ich bin mir nicht sicher, ob das *immer* der Fall ist.«

»Richten Sie es ihr einfach aus«, sagte er. Die Musik endete. Er ließ sie sofort los und verneigte sich höflich. »Miss Maltravers.«

»Mr Hartford.« Als sie sich aus ihrem Knicks wieder aufgerichtet hatte, verschwand er bereits in der Menge. Sie starrte ihm verwirrt nach.

Was für ein seltsamer Mann!

Sie schob ihre Brille ein wenig herunter, um sich nach ihren Freunden umsehen zu können. Den nächsten Tanz setzte sie aus, konnte sie doch wirklich eine Erfrischung gebrauchen. Aber noch wichtiger war es ihr, Anne zu finden.

Es war nicht schwer. In ihrem schwarzen Kleid stach Anne aus der Gästeschar heraus wie ein bunter Hund.

Sie schickte sich gerade an, den Ballsaal zu verlassen, als Evelyn zu ihr trat. »Wo wollen Sie hin?«

Anne blieb stehen. »Ich muss mich kurz zurückziehen. Lord Dawlish ist mir auf den Rock getreten. Der Besatz muss wieder angebracht werden.«

Evelyn sah nach unten. Der schwarze Kordstreifen entlang des Saums war abgerissen. »Was für ein Ärgernis.«

»In der Tat.«.

Zwischen ihnen breitete sich Stille aus.

»Mr Hartford hat mich zum Walzer aufgefordert«, platzte es aus Evelyn heraus.

Anne wirkte gleichgültig. »Ich sah es.«

»Er stand nicht auf meiner Tanzkarte. Er hat sich einfach dazwischengedrängt. Es gab keine Möglichkeit, ihn abzuweisen, ohne eine Szene zu machen.«

»Warum sollten Sie ihn abweisen?«

»Weil Sie ihn für ein Schwein halten.« Nach einem Moment fügte Evelyn hinzu: »Er hat mich gebeten, Ihnen etwas auszurichten.«

Nun verrieten Annes bernsteinfarbene Augen einen Funken Interesse. »Ach ja?«

»Ich soll Ihnen sagen, dass keine Pflanze im Schatten einer anderen gedeihen kann. Was auch immer das bedeutet.«

Anne zuckte zusammen. »Ach wirklich.« Das Interesse in ihrem Blick wurde durch Zorn ersetzt. Sie ging weiter. »Ich hatte recht. Er *ist* ein Schwein.«

Evelyn folgte ihr. Sie wartete auf eine Erklärung, doch für ihre Freundin war das Thema erledigt. »Ich habe Sie vorhin tanzen sehen. Wer …«

»Der Earl of Gresham. Er will unbedingt eine Ehefrau. Oder genauer gesagt will er unbedingt einen Erben. Er ist weit über fünfzig.«

»Er sah nicht sehr vielversprechend aus«, sagte Evelyn.

»Es hätte schlimmer sein können. Gresham kam Mr Fillgrave für den Kontertanz knapp zuvor.«

»Mr Fillgrave ist hier?«

»Unglücklicherweise ja. Er hat bereits mit Stella getanzt, dem armen Ding. Mir wäre es fast lieber gewesen, es wäre Hartford gewesen als dieser herablassende Windbeutel.«

»Warum lädt Ihre Mutter solche Männer ein?«

»Mama lädt jeden ein, der ein Interesse an Spiritismus zeigt. Solange sie reich sind und Mama sie für respektabel und eine gute Partie hält …«

»Anne!« Lady Arundells dröhnende Stimme erklang hinter ihnen.

Anne blieb wie angewurzelt stehen. Als Evelyn und sie sich umdrehten, ragte Lady Arundell vor ihnen auf wie ein schwarzes Flaggschiff mit vollen Segeln.

»Wohin willst du?«, fragte sie herrisch.

»Ins Gesellschaftszimmer«, sagte Anne. »Mein Rock muss repariert werden.«

»Vergiss deinen Rock, Mädchen. Zadkiel wird nun meine Sitzung abhalten. Du musst mich begleiten. Dmitri sagt, dass sich Familienbande positiv auf die Verankerung der Geister auswirken.«

»Aber …«

»Ich dulde keinen Widerspruch.« Lady Arundell sah zu Evelyn. »Sie auch, Miss Maltravers. Ihr Onkel wurde ebenfalls gerufen. Ihre Anwesenheit als Blutsverwandte wird helfen, Zadkiels Energien zu leiten.« Sie begann, den Korridor entlangzueilen. »Hopp, hopp, Mädchen. Nicht trödeln.«

Gehorsam folgte Anne ihrer Mutter.

Evelyn begleitete sie. »Ist das …«

»Eine Farce? Ja.« Anne senkte ihre Stimme. »Zadkiel ist kein Mystiker, sondern ein alternder ehemaliger Marineoffizier namens Morrison, dem es irgendwie gelungen ist, ganz London davon zu überzeugen, dass er mit Geistern kommuniziert. Er wird uns zweifellos eine gute Darbietung liefern.«

»Mein Onkel sagt, er hätte den Tod Prinz Alberts vorhergesagt«, flüsterte Evelyn zurück.

»Das hat er.« Anne wirkte nicht besonders beeindruckt. »Er hat auch behauptet, wir würden im Januar einen Großbrand erleben. Und dass Lord Palmerston letzten Monat einen plötzlichen Schlag erleiden würde. Nichts davon ist eingetroffen.«

Sie folgten Lady Arundell in die Bibliothek, einen großen holzgetäfelten Raum, der schwach nach Lederpolitur und Pfeifentabak roch. In den Schatten ragten Bücherregale auf, ab und an unterbrochen von hinter schweren Vorhängen versteckten Fenstern. Die Gaslampen waren heruntergedreht und hüllten die dunklen Mahagonimöbel und kunstvollen Teppiche in ein unheimliches Licht.

An einem Ende des Raums stand ein runder schwarzer

Tisch, auf dem ein Filztuch ausgebreitet worden war. Zwei Herren saßen daran, ihre Gesichter wurden vom Schein einer einzigen Kerze beleuchtet.

Einer von ihnen war Onkel Harris.

Der andere war ein älterer Herr in einem schlichten Anzug, zu dem er ein akkurat geknotetes Halstuch trug. Er schien in seinen Sechzigern zu sein, war gut rasiert und hatte ausgeprägte Geheimratsecken über einer hohen Stirn.

Evelyn vermutete, dass es sich um Zadkiel handeln musste.

Vor ihm auf dem Tisch lag eine Kristallkugel von vielleicht fünf Inches Durchmesser.

»Lady Arundell«, sagte er und erhob sich wie Onkel Harris.

Ihre Ladyschaft bedeutete den Herren, wieder Platz zu nehmen. »Ich habe meine Tochter Anne mitgebracht. Und dies ist Fieldings Nichte, Miss Maltravers.«

Zadkiel verbeugte sich und setzte sich wieder. »Wenn Sie bitte auch Ihren Platz einnehmen würden, Mylady. Sie ebenfalls, Miss Maltravers. Und ich bitte Sie alle, Ihre Handschuhe abzulegen.«

Evelyn setzte sich auf den Stuhl neben Onkel Harris. Lady Arundell und Anne nahmen nebeneinander Platz. Alle vier zogen ihre Handschuhe aus.

»Die Hände bitte auf den Tisch«, gab Zadkiel Anweisung. »Handinnenflächen nach unten, die Finger gespreizt.«

Evelyn und die anderen taten wie geheißen. Die Kerzenflamme flackerte und zuckte, wie von einem unsichtbaren Wind getroffen.

Zadkiel musterte jeden von ihnen. »Ich spüre, dass unter uns Zweifler sind.«

Lady Arundell schnaubte empört. »Die Jugend hat keine Vorstellung von den Mysterien des Lebens.«

»Das war zu erwarten«, sagte Zadkiel. »Und doch recht seltsam unter diesen Umständen. Ich spüre eine mächtige Energie unter uns.«

»Ach ja?« Onkel Harris lehnte sich vor. »Sie stammt doch nicht etwa von meiner Nichte, oder?«

»Es ist Anne«, sagte Lady Arundell mit Bestimmtheit. »Sie muss es sein. Dmitri hat immer schon gesagt, dass meine Tochter Potenzial hat.«

»Es ist nicht Lady Anne.« Zadkiels Blick richtete sich auf Evelyn. »Sie geht von Ihnen aus, Ma'am.«

Evelyn blinzelte. »Von mir? Aber … aber ich glaube nicht daran.«

»Geister sind keine Feen, die durch den Glauben an sie belebt werden. Es sind Seelen, die ins Jenseits übergegangen sind.« Zadkiels Stimme nahm einen hypnotisierenden Klang an. Er starrte in seine Kristallkugel, an deren an mehreren Stellen gesprungenen Oberfläche sich das Kerzenlicht brach.

Anne hatte recht gehabt. Es *war* eine ziemlich gute Darbietung. Obwohl Evelyn wusste, dass nichts daran wahrhaftig war, lief ihr dennoch ein Schauder über den Rücken, als Zadkiel schließlich verkündete: »Ich sehe einen Mann.«

Lady Arundell schnappte hörbar nach Luft. »Ist es der Prinzgemahl?«

Zadkiel runzelte die Stirn. »Die Nebel haben sich noch nicht geteilt. Sein Gesicht ist unklar. Doch die Geister sind heute in großer Anzahl anwesend. Wir werden schon bald den Kontakt herstellen.« Er beugte sich über seine Kristallkugel. »Ah! Er wird deutlicher. Ein Anführer, geschickt, um uns zu leiten.«

Onkel Harris reckte den Hals, um ebenfalls etwas zu sehen. »Können wir mit ihm kommunizieren?«

»Ja, wir müssen mit dem Mann sprechen.« Lady Arundell

blickte unverwandt auf die Kristallkugel. »Lassen Sie uns ihn befragen.«

»Er verblasst«, sagte Zadkiel. »Bitte, Mylady, ich brauche Ruhe.«

Lady Arundell lehnte sich verdrossen zurück.

Evelyn und Anne warfen sich einen Blick zu.

Annes Mundwinkel zuckten.

»Ruhe«, mahnte Zadkiel erneut. »Sie alle. Er versucht, uns zu erreichen und uns eine Vision zu schenken. Wir müssen es ihm hier so einladend wie möglich machen.«

Lady Arundell und Onkel Harris gehorchten. Zusammen mit Anne und Evelyn verbrachten sie die nächste halbe Stunde in angespanntem Schweigen, starrten auf die Kristallkugel und warteten darauf, dass etwas passierte.

Das Dämmerlicht strengte Evelyns Augen an. Fast begann sie sich einzubilden, eine Bewegung auf der Kristalloberfläche wahrzunehmen. Den Schatten einer Gestalt. Es war tatsächlich ein Mann. Ein attraktiver, dunkelhaariger Mann. Je länger sie hineinsah, desto deutlicher wurde er.

Sie war nicht die Einzige, die sich einbildete, etwas zu sehen.

»Ich sehe eine Schlossruine«, verkündete Lady Arundell. »Die verwitterten Überreste eines roten Gebäudes.«

Onkel Harris nickte eifrig. »Ich sehe es auch.«

Anne starrte stirnrunzelnd in die Kristallkugel. Dann warf sie Evelyn einen fragenden Blick zu.

Evelyn schüttelte unauffällig den Kopf. Sie sah keine rote Schlossruine.

»Da ist ein Torhaus«, sagte Onkel Harris aufgeregt.

»Und ein efeuumrankter Turm«, ergänzte Lady Arundell.

Onkel Harris blickte versonnen in die Kugel. »Könnte das ein Burggraben sein?«

»Ist es, ist es.« Euphorie zeigte sich in Lady Arundells Miene. »Auf mein Wort … es ist Kirby Castle!«

Onkel Harris sprang fast von seinem Platz auf. »Gütiger Himmel, Sie haben recht!«

»Ist dieses Schloss von Bedeutung für Sie, Madam?«, fragte Zadkiel. »Oder Sie, Sir?«

»Eigentlich nicht«, antwortete Lady Arundell. »Doch angesichts kürzlicher Ereignisse in der Geisterwelt muss dieser Standort von höchster Bedeutung sein.«

»Kirby Castle liegt in Leicestershire«, sagte Onkel Harris. »Das junge Medium wurde in Leicestershire geboren. Das ist mit Sicherheit ein Zeichen.«

Lady Arundells formidable Büste begann vor Erregung zu beben. »Die Botschaften des Prinzen an den Jungen – sie sind echt, sie müssen es sein …« Sie richtete ihren Blick auf Evelyn. »Und es war Ihre Energie, die es uns ermöglicht hat, es zu erkennen.«

»Meine?« Evelyn wich zurück. »Ich glaube wirklich nicht …«

»Ihre Ladyschaft hat recht«, sagte Zadkiel. »Ich spüre es deutlich. Sie haben eine Gabe.«

Onkel Harris starrte Evelyn taxierend an. Es war, als würde er sie zum ersten Mal sehen. »Nun«, murmelte er. »Das ändert alles.«

20. KAPITEL

Zadkiels Behauptung zeigte eine umfassende und sofortige Wirkung. Sie ließ Evelyn nicht nur im Ansehen ihres Onkels steigen, sondern auch in dem der restlichen Okkulten Gesellschaft. Am Montagnachmittag nach dem Ball hatte sie bereits fast ein Dutzend Einladungen zu diversen Veranstaltungen erhalten, alle auf irgendeine Art mit Astrologie, Kristallomantie und der Welt der Geister verbunden.

»Es gibt Schlimmeres, um bekannt zu werden, als eine positive psychische Energie zu haben«, erklärte Anne, als sie später an diesem Tag in Gesellschaft von Julia und Stella zu Besuch in den Russell Square kam.

Im Salon schenkte Evelyn jeder von ihnen eine Tasse Tee ein. »Es hat auf jeden Fall das Interesse meines Onkels an mir geweckt.«

»Aber das ist doch gut, oder?«, fragte Stella.

Evelyn war sich da nicht so sicher. »Ich hätte gegen diese zusätzliche Aufmerksamkeit nichts einzuwenden, wäre das, was Zadkiel gesagt hat, wahr. Doch ich komme mir wie eine Betrügerin vor.«

»Warum?«, fragte Anne. »Du bist doch nicht diejenige, die behauptet hat, eine Gabe zu besitzen.«

»Stimmt.« Evelyn reichte ihren Freundinnen den Tee.

»Vielleicht *ist* es wahr«, sagte Julia, die auf dem Sofa Platz genommen hatte. »Der menschliche Verstand ist voller Geheimnisse.«

Stella nickte. »Vielleicht verfügst du ja wirklich über Kräfte, die du nur noch nicht erschlossen hast.«

»Ganz bestimmt nicht«, versicherte Evelyn.

Anne trank einen Schluck Tee. »Es spielt eigentlich auch keine Rolle. Durch die bloße Andeutung hat Zadkiel dafür gesorgt, dass du Einladungen zu den besten Veranstaltungen bekommen wirst.«

»Und Besucher«, prophezeite Stella. »Jede Menge Besucher.«

In dieser Hinsicht sollte sie recht behalten.

Kurz nachdem Evelyns Freundinnen gegangen waren, traf Lady Blackstone ein. Sie war es, die den Ball in Cremorne Gardens nächsten Monat veranstaltete. Nach ihr kamen Mrs Holt-Simmons und ihre Schwester vorbei – zwei ganz in Schwarz gekleidete junge Witwen mit einem starken Glauben an die Kristallomantie.

Sie waren kaum gegangen, als Mrs Quick die Visitenkarte von Evelyns nächster Besucherin brachte. Darauf war in eleganter Schrift ein Name gedruckt.

Mildred Lacey, Viscountess Heatherton

Evelyn unterdrückte einen Anflug von Unbehagen. Anders als ihre vorherigen Besucherinnen, die sie alle beim Ball der Arundells kennengelernt hatte, war ihr Lady Heatherton nicht persönlich bekannt. Sie wusste nichts von ihr außer dem, was ihre Freundinnen ihr über sie erzählt hatten.

»Führen Sie sie herein, Mrs Quick«, sagte sie schließlich. Dann wartete sie und befürchtete das Schlimmste.

Doch die Krallen Ihrer Ladyschaft, von denen sie schon so viel gehört hatte, waren momentan nicht ausgefahren.

Mit einem Lächeln in ihrem perfekten Porzellangesicht rauschte sie in den Salon. Sie war eine außergewöhnlich schöne

Frau – schlank, zart und mit einer Taille, die dank ihres eng geschnürten Korsetts nur wenige Zentimeter zu betragen schien. »Miss Maltravers«, sagte sie und neigte hoheitsvoll den Kopf.

Evelyn erhob sich, um die Begrüßung zu erwidern. »Lady Heatherton.«

»Ich hoffe, Sie halten es nicht für impertinent von mir, Ihnen auf diese Weise einen Besuch abzustatten. Schließlich wurden wir einander noch nicht offiziell vorgestellt. Allerdings bin ich mit Ihrem Onkel bekannt.«

Evelyn bot ihr einen Platz an. »Ich befürchte, er ist gerade nicht hier.«

»Unwichtig. Sie sind es, die ich sehen wollte.« Lady Heatherton nahm auf dem Sofa Platz und ordnete ihre Röcke. Das war keine leichte Aufgabe. Ihr Seidenkleid war ein Wunder aus Quasten, Fransen, Rüschen und Schleifchen. Ein Zeugnis ihres Reichtums. Nur jemand mit großem Vermögen konnte sich so viele komplizierte Besätze leisten.

Evelyn kehrte an ihren Platz zurück. »Ach ja?«

Lady Heathertons Lippen verzogen sich erneut zu einem Lächeln, das nicht ganz ihre Augen erreichte. »Nach dem Bericht in der heutigen Zeitung musste ich Sie mir einfach selbst ansehen.«

Evelyn hatte den kurzen Text gesehen. Sie war nicht mit Namen erwähnt worden. Ganz im Gegenteil, es war als weiterer Bericht über die Hübschen Bereiterinnen formuliert worden:

Es heißt, unsere Bereiterin mit den tizianroten Haaren ist keine gewöhnliche Inkognita, sondern eine Dame vom Land auf der Suche nach einem Ehemann. Sie wurde am Freitag auf Lady A---s Ball gesehen, und der Schreiber dieser Zeilen kann berichten, dass sie ohne ihren Hengst ebenso hinreißend ist wie mit.

Evelyn war über die Erwähnung zwar erfreut, so verblümt sie auch sein mochte, sie hatte jedoch keine tieferen Emotionen geweckt. Es fiel ihr schwer, Begeisterung für einen Plan zu empfinden, der nicht länger zu den Wünschen ihres Herzens passte.

»Sie müssen hocherfreut sein, so früh in der Saison ein solches Lob zu erhalten«, sagte Lady Heatherton. »Ein Mädchen wie Sie, frisch vom Lande.«

»Ich würde es nicht gerade als hocherfreut bezeichnen«, erwiderte Evelyn lächelnd. Zumindest war sie erfreut, dass die Erwähnung in der Zeitung Ahmads Geschäften nutzen konnte. Je mehr Lob sie erhielt, desto mehr Aufmerksamkeit wurde seinen Kreationen geschenkt.

Wenn er großen Erfolg hatte, vielleicht …

Vielleicht würde sie dann eine Zukunft mit ihm haben können.

Ein berechnender Gedanke. Und einer, dem sie nicht nachgehen sollte.

Sie wusste nicht mal, ob er das Gleiche für sie empfand. Sicher, er hatte zugegeben, von ihr inspiriert zu werden. Sie als Muse seiner Entwürfe zu betrachten. Doch ihre eigenen Gefühle reichten weit über den Bereich der Mode, der sie miteinander verband, hinaus. Das hatte sie auf dem Ball erkannt.

»Ach kommen Sie«, erwiderte Lady Heatherton. »Sie können nicht vorgeben, es nicht auf Bekanntheit abgesehen zu haben. Nicht weniger als drei meiner Freunde erwähnten das Kleid, das Sie auf Lady Arundells Ball am Freitag getragen haben. Laut ihnen war es ein Triumph.«

»Alle Anerkennung gebührt meinem Schneider.«

»Ein Inder, heißt es.«

Evelyns Lächeln erstarb. »Ich wüsste nicht, welche Rolle das spielen sollte.«

»Es ist nur interessant, das ist alles.« Lady Heathertons Tonfall nahm eine gewisse Schärfe an. »Wer ist diese Person?«

Evelyn verspürte einen plötzlichen Widerwillen, es ihr zu sagen. Trotz ihrer Schönheit hatte Lady Heatherton etwas Berechnendes und Falsches an sich, das sie in der Tat wie die Kobra wirken ließ, mit der Stella sie verglichen hatte.

»Seinen Namen werden Sie doch wohl kennen«, drängte Ihre Ladyschaft.

»Mr Malik«, antwortete Evelyn widerwillig. »Er arbeitet bei *Doyle und Heppenstall* in der Conduit Street.«

Lady Heathertons Augen funkelten. »Er hat mehr als Ihre Ballrobe angefertigt.« Es war keine Frage.

»Einige meiner Kleider«, gab Evelyn zu.

»Und dieses Kleid, das Sie jetzt tragen? Ich nehme an, das hat er auch für Sie gemacht?«

»In der Tat.« Evelyn trug ein Tageskleid aus goldfarbener Alpakawolle. Ihm fehlten die üppigen Verzierungen von Lady Heathertons Kleid, doch es war perfekt geschnitten und die Farbe schmeichelte Evelyns Haar und Teint auf ungewöhnliche Weise. »Er ist sehr talentiert.«

»Und wie man hört, auch sehr gut aussehend.«

Evelyn antwortete nicht.

»Eine junge Dame kann nicht vorsichtig genug sein«, sagte Lady Heatherton. »Einem Mann zu gestatten, ihre Kleider anzufertigen …«

»Mr Worth ist ebenfalls ein Mann.«

»Ein Engländer, ausgebildet in französischem Stil. Wo wurde Mr Malik ausgebildet?«

Evelyn wusste genau, wo er sein Handwerk gelernt hatte, doch sie hatte nicht vor, diese Information weiterzugeben. Schon gar nicht an Lady Heatherton. »Ich habe mich nicht erkundigt«, sagte sie. »Es scheint mir kaum relevant, wenn ein Schneider solch erstaunliche Fähigkeiten an den Tag legt.«

Lady Heathertons Lächeln wirkte starr und maskenhaft. »Sie sind noch sehr jung, nicht wahr? Oder liegt es daran, dass Sie vom Land kommen? Mädchen aus kleinen Dörfern wissen wenig über die Londoner Gepflogenheiten. Sie müssen mir erlauben, Ihnen einen Rat zu geben.« Sie durchbohrte Evelyn mit ihrem Blick. »Seien Sie vorsichtig, bei wem Sie Ihr Geld lassen. Der Ruf einer Dame ist eine fragile Angelegenheit.«

Evelyn lief ein Schauer über den Rücken. Lady Heathertons Worte klangen auf beunruhigende Weise nach einer Drohung.

Wusste sie von Fenny? Von dem Skandal, der sich vor drei Jahren zugetragen hatte?

Ihre Ladyschaft konnte an solchen Dingen doch wohl kein Interesse haben?

Nein. Sie schärfte nur ihre Krallen, genau wie Stella gesagt hatte. Demonstrierte ihre Dominanz, um Evelyns zunehmenden Erfolg zu schmälern.

Evelyn entschloss sich, es zu ignorieren. Beim Reiten brachte man es nicht weit, wenn man sich auf die Ungezogenheit eines Pferdes konzentrierte. Ungehorsam und Widerspenstigkeit konnten nur ausgebügelt werden, indem man weiter voran ritt. Probleme lösten sich so stets früher oder später in Luft auf.

»Mein Ruf ist einwandfrei«, erwiderte sie. »Aber ich danke Ihnen für den Rat.«

Ahmad stellte den Stapel Kleiderschachteln auf das Sofa im Wohnzimmer. Die Vorhänge waren offen, und das Kaminfeuer knisterte. Sonnenschein drang durch die hohen Fenster und machte die in der Luft schwebenden Staubkörnchen sichtbar. Es war halb elf. Die meisten Damen der Gesellschaft lagen um diese Zeit noch im Bett. Würde es um jemand anderes gehen, hätte er seinen Besuch verschoben.

Doch Evelyn Maltravers war keine typische Londonerin.

Sie war ein Landmädchen mit den entsprechenden Gewohnheiten. So viel wusste er über sie. Manchmal ritt sie bereits im Morgengrauen mit ihren neuen Freundinnen aus. Der Tochter Lady Arundells und zwei anderen jungen Damen, einer Miss Wychwood und einer Miss Hobhouse.

Ahmad hatte sie heute Morgen im Hyde Park gesehen. Er war bei Sonnenaufgang spazieren gegangen, um einen klaren Kopf zu bekommen. Und da waren die vier gewesen, plaudernd und lachend, während sie vorbeigetrabt waren.

Evelyn hatte ihr neuestes Reitkostüm getragen. Das aus dem nerzbraunen venezianischen Stoff, das er für sie angefertigt hatte. Es war wie ein opulenter Liebesbrief. Jeder Stich und Saum geschaffen mit sinnlicher Absicht. Das prächtige Kostüm umschloss Evelyn wie eine Umarmung, so, wie er sich danach sehnte, sie voller Zuneigung und Ehrfurcht in die Arme zu schließen.

Kammwolle war nur ein unzureichender Ersatz für seine Arme, doch es musste genügen.

Denn die Alternative bestand darin, ihr gar nichts geben zu können.

Schon bald würde sie jemanden kennenlernen und heiraten. Es war unausweichlich. Sie zog bereits Aufmerksamkeit auf sich. Sie war schon zwei Mal in der Zeitung erwähnt worden, das letzte Mal gestern. Es war um ihre Teilnahme am Arundell-Ball gegangen.

Beim Lesen des Berichts hatte Ahmad nagende Eifersucht verspürt. Er hätte sie gern mit eigenen Augen auf dem Ball gesehen. Er hätte gern mit ihr getanzt.

»Guten Morgen.« Miss Maltravers betrat den Raum, als

hätten seine Gedanken sie heraufbeschworen. Ihre kunstvolle Frisur wurde von einem unsichtbaren Haarnetz gehalten. Sie hatte ihre Brille aufgesetzt und trug ein Tageskleid aus perlfarbenem Popelin.

Eine seiner Kreationen.

Es war mit Solferino-Samt besetzt, der entlang des Saums ihres Oberrocks und an einer Seite hinauf führte, um an ihrer Taille eine Schleife aus leuchtendem Lila zu bilden.

Es war eine bezaubernd weibliche Robe ohne die typische Umständlichkeit eines Tageskleids. Es gab keine unnötigen Stoffmassen. Keine Fülle an Volants oder Schleifen. Es gab nur *sie*. Ihre zarten Kurven, geehrt statt verhüllt.

»Als mir Mrs Quick gesagt hat, dass Sie hier wären, habe ich befürchtet, ich hätte einen unserer Termine vergessen«, sagte sie mit einem warmen Lächeln. »Aber wir hatten für heute Morgen nichts ausgemacht, oder?«

»Nicht heute, nein.«

Ihr Blick fiel auf den Stapel Kleiderschachteln. »Ist das meine letzte Bestellung?«

»Ein Teil davon. Die Röcke und Blusen, und noch einige Tageskleider.«

Sie ging zum Sofa und nahm den Deckel der obersten Schachtel ab. »Wie schnell Sie damit fertig geworden sind.«

»Einige Entwürfe sind weniger zeitraubend als andere.« Noch dazu mit Miras und Beckys Unterstützung sowie der Hilfe der Nähmaschine in der Schneiderei. »Die Roben mit komplizierteren Besätzen und Stickereien werden länger dauern.«

Sie sah ihn neugierig an. »Normalerweise liefern Sie nicht selbst aus.«

Nein, das tat er nicht. Dafür fehlte ihm die Zeit. Nicht, wenn es so viel zu tun gab.

Doch heute war es anders.

»Ich brauchte einen Vorwand, um Sie zu sehen«, gab er zu.

Sie erstarrte. »Sie haben Neuigkeiten über meine Schwester?«

»In der Tat. Finchley hat mir vor knapp einer Stunde eine Nachricht geschickt.« Ahmad zog den gefalteten Zettel aus der Innentasche seines Gehrocks.

Sie eilte nervös zu ihm, ihre Röcke raschelten. »Was steht darin?«

Er reichte ihr den Zettel. »Es ist eine Adresse in der Nähe der Docks. Ein Gasthof.«

»Und dort ist Fenny? Mit Anthony?«

»So scheint es.«

Evelyn presste eine Hand an ihre Taille. »Oh, Gott sei Dank.« Sie atmete zitternd aus. »Ich habe nicht zu hoffen gewagt.« Sie faltete den Zettel auseinander und las die Adresse. »Ich muss zu ihr.«

Ahmad wappnete sich. Nun kam der schwierige Teil. Der Moment, in dem er den Bogen möglicherweise überspannte. Es würde ihr nicht gefallen.

Doch es half alles nichts.

»Sie können dort nicht hin«, sagte er.

»Natürlich kann ich das«, entgegnete sie. »Ich muss.«

»Sie können nicht«, wiederholte er. »Es ist dort nicht sicher für Sie.«

»Fenny ist dort. Also ist es wohl sicher genug.«

»Zur Sicherheit Ihrer Schwester kann ich nichts sagen, aber ich kenne diesen Teil von London. Es ist dort nicht sicher für eine Dame – nicht einmal am Tage. Sie riskieren, ermordet zu werden. Oder Schlimmeres.«

Sie schnaubte. »Was könnte schlimmer sein, als ermordet zu werden?«

Er sah sie ernst an.

Als es ihr dämmerte, bekam sie rote Wangen.

Er war erleichtert, dass er es nicht aussprechen musste.

»Ich habe nicht vor, mich dort lange aufzuhalten«, versuchte sie es erneut. »Nur so lange, wie ich brauche, um mit Fenny zu reden. Ich werde im Nu wieder zurück sein.«

»Glauben Sie wirklich, das würde eine Rolle spielen? Dort sind wirklich verzweifelte Leute. Männer, die Ihnen im Handumdrehen die Kehle aufschlitzen könnten. Es würde keine fünf Minuten dauern.«

»Ich habe keine Angst.«

»Aber das sollten Sie. Und wenn Sie schon nicht um Ihr Leben fürchten, sollten Sie wenigstens Ihren Ruf in Betracht ziehen. Was denken Sie denn, was geschieht, wenn man Sie in den Slums der Docks herumwandern sieht? Ihre Ehre wäre irreparabel beschädigt und Ihre Hoffnungen auf eine vorteilhafte Verbindung unwiderruflich dahin.«

Sie presste die Lippen zusammen, und ihr Gesicht nahm einen frustrierten Ausdruck an. Langsam faltete sie den Zettel wieder zusammen. »Was schlagen Sie vor?«

»Lassen Sie mich gehen. Ich werde in Ihrem Namen mit ihr sprechen.«

»Warum sollte Ihnen meine Schwester zuhören? Sie sind ein Fremder. Sie wird Sie nicht einmal empfangen.« Evelyn schüttelte den Kopf. »Nein. Ich muss selbst gehen. Ich kann Lewis mitnehmen oder …«

»Ihren betagten Reitknecht? Gütiger Himmel, Evie, dies ist London, nicht Ihr Dorf in Sussex!«

Sie starrte ihn überrascht an.

Zu spät wurde ihm klar, dass er nicht ihren Vornamen benutzt hatte, sondern die vertrauliche Verkleinerungsform, die jenen vorbehalten war, die ihr am nächsten standen. Eine unerhörte Intimität.

Verflucht!

»Vergeben Sie mir«, bat er. »Ich wollte nicht …«

»Schon gut. Es macht mir nichts aus. Es ist nur …«

»Sie sorgen sich um Ihre Schwester. Das verstehe ich.« Er fuhr sich durchs Haar. »Wenn Sie weiterhin darauf bestehen, selbst zu gehen …«

»Das tue ich.«

»Dann werden Sie eine Begleitung brauchen, die sich dort auskennt. Die nicht unbedarft dort herummarschiert und vielleicht noch dafür sorgt, dass Sie beide verletzt werden.«

»Eine Begleitung.« Sie sah ihn aufmerksam an. »Damit meinen Sie … sich selbst?«

Genau das meinte er.

Er war nicht für sie verantwortlich. Keineswegs. Er war ihr Schneider, nicht ihr Beschützer. Nachdem er Finchleys Nachricht zugestellt hatte, sollte er die Sache abhaken und gehen. Das wusste er.

Doch er konnte ihre Sicherheit einfach keinem anderen anvertrauen.

»Wir müssten es abends machen«, sagte er. »Im Schutz der Dunkelheit. Ansonsten riskieren Sie, dass man uns zusammen sieht.«

Trotz blitzte in ihrem Blick auf. »Ich schäme mich nicht dafür, mit Ihnen gesehen zu werden.«

Seine Wangen drohten zu erröten. Er unterdrückte es mit aller Kraft. »Darum geht es nicht. Sondern darum, dass es Ihrem Ruf ebenso viel Schaden zufügen kann, außerhalb der Schneiderei mit mir gesehen zu werden wie in einem Gasthof an den Docks.«

Diesmal widersprach sie nicht.

Dafür war er dankbar. Sie war zwar überaus entschlossen, aber keine Närrin.

»Dann also abends«, sagte sie. »Aber lassen Sie es uns bald tun.« Eine aufgeladene Pause. »Gleich heute.«

Ahmad starrte sie schweigend an. Sein Herz klopfte eine unmissverständliche Warnung.

Er hatte das Gefühl, sie würden eine unausgesprochene Barriere durchbrechen. Eine Mauer, die sie nach und nach niederrissen. Sie hatte vom ersten Augenblick zwischen ihnen gestanden. Die gleiche undurchdringliche Barriere, die alle Menschen unterschiedlicher ethnischer Herkunft, Rassen und Klassen trennte. Sie war vor langer Zeit errichtet worden, verstärkt durch Jahrhunderte der Angst, der Feindseligkeit und des Misstrauens.

Er wusste nicht, was hinter dieser Mauer lag. Aber sobald er sie überwand, gab es kein Zurück mehr.

Er nickte. »Gleich heute.«

21. KAPITEL

Ahmad half Evelyn in die Kutsche, die er gemietet hatte. Sie trug einen schlichten grauen Umhang, dessen Kapuze sie tief in die Stirn gezogen hatte, um ihr Gesicht zu verbergen. Das Fuhrwerk schwankte, als er nach ihr einstieg. Er schloss die Tür und setzte sich neben sie. Der Einspänner, ein Brougham, verfügte nur über zwei Sitzplätze. Die Enge zwang sie, zusammenzurücken, sodass sie Schulter an Schulter saßen. Evelyns Röcke drängten gegen Ahmads Beine, und er neigte sich zur Seite, um ihnen mehr Raum zu geben.

Doch nicht nur das.

Er wollte Evelyns Gesicht sehen.

Die Kutsche fuhr an und rumpelte über das Kopfsteinpflaster. Die kleine Lampe im Innern begann hin- und herzuschwanken, ihr Schein warf Licht und Schatten auf Evelyns Antlitz.

Hinter ihnen verschwand das Stadthaus ihres Onkels im dichten Nebel.

»Hatten Sie Probleme, sich hinauszuschleichen?«, fragte er.

Evelyn schlug die Kapuze zurück, ihr Haar war zu einem schlichten Knoten frisiert. »Ich musste Agnes einweihen, sie hätte ansonsten Alarm geschlagen. Und ich nehme an, dass Mrs Quick es weiß. Denn sie weiß alles, was im Haus meines Onkels geschieht.«

»Wird sie es ihm sagen?«

»Das bezweifle ich.«

Es war halb elf. Immer noch früh, was die Londoner feine Gesellschaft anging, doch spät genug für ihre Zwecke. Dunkelheit hatte sich über die Stadt gelegt, nur durchbrochen vom Lichtschein einiger Straßenlaternen und den Lampen vorbeifahrender Kutschen.

»Ich bin noch nie mit einem Brougham gefahren«, sagte sie. »Haben Sie ihn für den Abend gemietet?«

Er nickte. Ein Brougham war nicht so schwerfällig wie eine zweispännige Kutsche und bot sehr viel mehr Privatheit, denn seine Kabine war – anders als bei einem Hansom – geschlossen. »Dort, wo wir hinwollen, müssen wir schnell sein. Und Sie wollen dort auch nicht gesehen werden.«

»Sie müssen mir sagen, wie viel ich Ihnen für Ihre Auslagen schulde«, sagte sie.

»Das spielt keine Rolle.«

»Das tut es sehr wohl. Ich möchte nicht, dass Sie sich meinetwegen verausgaben.«

Ein Anflug von Verärgerung überkam ihn.

Sei nicht albern.

Er sollte dankbar sein, dass sie auf so etwas achtete. Er konnte es sich nicht leisten, seine schwindenden Ersparnisse zu vergeuden. Und Evelyn schien entschlossen, ihn das auch nicht tun zu lassen. Nicht für sie.

Sie hatte bereits einige seiner Rechnungen beglichen. Eine Seltenheit bei den Damen der Gesellschaft, so schnell für etwas zu bezahlen, das bestellt worden war.

Es war eine Erinnerung daran gewesen, dass ihre Beziehung rein geschäftlicher Natur war.

Eine Erinnerung, die ihm nicht gefiel. Die er nicht gewollt hatte.

Nachdem Mira und Becky ihren Lohn erhalten hatten, hatte er den Rest der Summe in seine Arbeit investiert. Er hatte

Stoff und Besätze für ihre nächste Ballrobe und weitere Kleider gekauft, die sie schon bald benötigen würde.

Er brauchte ihre Bestellungen. Doch dafür eine Bezahlung anzunehmen war ihm nicht richtig vorgekommen. Nicht angesichts dessen, was er für sie empfand.

»Wenn es unbedingt sein muss, können wir uns hinterher darum kümmern«, sagte er steif.

Sie beharrte nicht weiter darauf. Stattdessen richtete sie ihre Röcke und machte es sich in der engen Kabine etwas komfortabler.

Einige Minuten vergingen, in denen der Brougham die Straßen Londons entlangklapperte. In denen das Schweigen zwischen ihnen immer länger und bedrückender wurde.

Evelyn versuchte es zu füllen. »Ich habe Ihnen noch gar nicht von Lady Arundells Ball erzählt.«

Er warf ihr einen finsteren Blick zu. Er hatte gerade überhaupt keine Lust, sich vorzustellen, wie sie mit einem reichen Engländer nach dem anderen tanzte. »Ich nehme an, Sie waren ein großer Erfolg.«

»Nicht auf die Weise, die Sie sich vorstellen«, sagte sie. »Ihr Kleid wurde natürlich allgemein bewundert. Viele Damen erkundigten sich danach. Doch mein persönlicher Triumph fand nicht im Ballsaal statt.« Ihre Mundwinkel zuckten.

»Es ist eine recht amüsante Geschichte.«

Er zog die Brauen hoch.

»Lady Arundell hatte einen bekannten Wahrsager eingeladen«, erklärte sie. »Einen Mann namens Zadkiel. Lady Anne und ich mussten während der Darbietung anwesend sein, die er Lady Arundell und meinem Onkel gab.«

Ahmad lauschte Evelyns Schilderung ihrer Begegnung mit dem Wahrsager. Dass dieser Zadkiel behauptet hatte, sie verfüge über eine außergewöhnlich starke übersinnliche Energie.

»Und nun erwartet Lady Arundell von mir, dass ich an weiteren ihrer Spiritistensitzungen teilnehme. Ich habe bereits Einladungen zu einem Tanz und Feuerwerk in Cremorne Garden, zu einem Abendessen mit der Antiquarischen Gesellschaft und einigen anderen Veranstaltungen.«

Die Kutsche holperte über ein Schlagloch, und sie stießen gegeneinander. Ahmad legte seinen Arm über die Rückenlehne.

»Und nicht nur das«, fuhr Evelyn fort. »Lady Arundell versucht, einen Besuch bei diesem Jungen in Birmingham zu arrangieren. Der Bursche, der behauptet, Botschaften von Prinz Albert erhalten zu haben. Sie und mein Onkel wollen den Wahrheitsgehalt seiner Aussagen überprüfen, und sie glauben, dass ich in der Lage bin, sie dabei zu unterstützen.«

»Aufgrund Ihrer Gabe«, sagte er trocken.

»Lachen Sie nicht.«

»Ich lache nicht.«

»Wären Sie dabei gewesen, hätten Sie gesehen, wie ernst sie es meinen. Sie scheinen wahrhaft zu glauben, etwas in der Kristallkugel gesehen zu haben.«

»Und was ist mit Ihnen?«, fragte er.

Evelyn senkte den Blick und zog ihre Handschuhe glatt.

Sofort war sein Interesse geweckt. »Sie haben etwas gesehen?«

»Nichts Besonderes.« Sie zögerte. »Das heißt … vielleicht doch.« Eine weitere Pause. »Nachdem ich eine Zeitlang in die Kugel geblickt habe, meinte ich … das Gesicht von jemanden zu erkennen.«

»Natürlich haben Sie das.«

Sie sah ihn an. »Das überrascht Sie nicht?«

»Nicht im Geringsten.«

»Aber ich habe keine Gabe«, betonte sie.

»Eine Gabe ist nicht erforderlich, um etwas in einer Kristallkugel zu sehen. Nicht mehr, als es bei automatischem Schreiben der Fall ist. Die Visionen und Worte, die vermeintlich in der Kugel erscheinen, haben nichts mit Geistern zu tun, sondern entstehen aus den eigenen Gedanken.«

Ein erneutes Ruckeln der Kutsche ließ sie wieder gegeneinander stoßen. Ihre Beine berührten sich durch die zahllosen Lagen von Evelyns Röcken. »Damit wollen Sie sagen, dass es sich um eine Täuschung handelt?«

»Nicht so, wie Sie denken.« Er ließ einen Moment verstreichen, ehe er weitersprach. »Als ich noch ein kleiner Junge war, gab es in meinem Dorf einen Mann, der immer in eine Schüssel mit Wasser starrte. Es war eine Art von Meditation. Etwas, um seine Gedanken zu klären und seinen Verstand zu schärfen. Es half ihm, Entscheidungen zu treffen. Zu erfahren, was er wirklich wollte.«

»Sie sprechen von Hydroskopie.«

»Nennen Sie es, wie Sie möchten«, sagte Ahmad. »In eine Kristallkugel zu blicken ist nicht anders. Je länger man hineinstarrt, desto wahrscheinlicher ist es, dass sich darin die eigenen Gedanken und Gefühle manifestieren. Und dass man dann zum Beispiel Bilder von Verstorbenen zu erkennen meint …«

»Aber es sind nicht nur Tote, die sich manifestieren.«

»Nein. Genauso gut kann es sein, dass jemand seine geheimsten Sehnsüchte sieht. Gute wie schlechte. Einen Feind, dem man Schlechtes wünscht. Oder eine Person, für die man zärtliche Gefühle hegt.«

»Mit anderen Worten, diese sogenannten Visionen sind nur im Kopf.«

Er zuckte mit den Schultern. »Man sieht, was man sehen will. In etwas wie einen Kristall oder eine Kerzenflamme zu blicken hilft nur dabei, das zu offenbaren, was man wirklich will.«

Sie wurde merklich still.

Er fragte sich, ob er sie beleidigt hatte. »Ich weise die Existenz anderer Mächte nicht grundsätzlich von der Hand. Wenn Sie an Geister glauben …«

»Das tue ich nicht. Was Sie gesagt haben, erscheint mir absolut sinnvoll.« Nachdenklich zupfte sie am Daumen ihres Handschuhs. »Ich frage mich nur, warum Zadkiel meinem Onkel gegenüber darauf beharrt hat, dass ich eine kraftvolle Energie in mir trage.«

Ahmad brauchte nicht zu raten. »Diese Scharlatane verdienen ihr Geld damit, sich bei den einflussreichsten Mitgliedern der feinen Gesellschaft anzubiedern.«

»Aber zu denen gehöre ich nicht.«

»Noch nicht. Aber Sie sind schön und faszinierend. Und Sie kleiden sich wie keine andere Dame in London. Er müsste blind sein, um das nicht zu sehen. Ihr Stern ist im Aufgehen begriffen.«

Sie wandte sich ihm zu und stieß dabei gegen seinen ausgestreckten Arm. Er legte seine Hand auf ihre Schulter, um sie festzuhalten. Eine instinktive Bewegung ohne Hintergedanken.

Dennoch heizte sie die Intimität der Situation um ein paar Grad an.

Gütiger Himmel.

Er hatte den Arm um sie gelegt. Es war praktisch eine Umarmung. Und … es fühlte sich nicht falsch an.

Ganz im Gegenteil. Es kam ihm auf abgrundtiefe, verstörende, aber gleichzeitig herrliche Weise richtig vor.

Die Kehle schien sich ihm zuzuschnüren.

Das war doch lächerlich. Diese unangebrachte, bis zum Zerreißen gespannte Verbindung zwischen ihnen.

»Glauben Sie das alles wirklich?«, fragte sie.

Ihm gelang ein schwaches Lächeln. »Natürlich. Schließlich biedere ich mich Ihnen ja auch an.«

Ein Stirnrunzeln überschattete ihr Gesicht. »Das ist nicht das Gleiche.«

Sein Lächeln erstarb. Er konnte nicht weiter Humor vorschieben. Nicht in dieser Sache. Nicht, wenn es um sie ging. »Nein«, sagte er. »Das ist es wohl nicht.«

Die Kutsche wurde langsamer. Von draußen drangen Geräusche durch die zugezogenen Vorhänge der Fenster – raue betrunkene Stimmen, Gelächter und die durchdringenden Töne einer Hornpfeife. Es war die Musik der Docks. Ein allzu vertrauter Klang.

Ahmad spürte, dass seine Muskeln sich anspannten. Er nahm den Arm von der Rückenlehne. »Ziehen Sie Ihre Kapuze über. Wir sind fast da.«

Als die Kutsche zum Stehen kam, schlug Evelyn die Kapuze hoch.

Neben ihr machte sich Ahmad bereit, er stellte seinen Kragen hoch und schob sich den Hut tief in die Stirn. Er war ganz in Schwarz gekleidet – groß, gebieterisch und in der Lage, jederzeit in den Schatten zu verschwinden. Wieder kam ihr das Bild eines gefallenen Engels in den Sinn.

Sie verspürte einen Anflug von Nervosität, als er die Tür öffnete, doch Angst hatte sie nicht. Nicht mit ihm an ihrer Seite.

Seine starke Hand half ihr sicher aus der Kutsche.

Sofort stieg ihr der unverkennbare Gestank der Themse in die Nase. Ein Geruch, der im besten Fall unangenehm sein konnte, doch hier, so nah am Wasser, war er absolut überwältigend.

Und er existierte nicht allein.

Das Aroma von Tabak und Rum begleitete ihn, vermischt mit dem beißenden schwarzen Rauch, der aus den hohen Schornsteinen der Gebäude drang.

Die Docks waren gleichzeitig wach und am Schlafen. In den Lagerhäusern war es dunkel, während auf den Straßen das Leben wimmelte. Überall torkelten Männer herum. Evelyn spürte ihre neugierigen Blicke auf sich gerichtet. Die meisten von ihnen waren Seeleute.

Zumindest hielt Evelyn sie dafür.

Unter den rotgesichtigen Engländern waren Gestalten jedweder Herkunft.

Eine Gruppe blonder Männer schwatzte laut auf Deutsch miteinander. An der Wand eines Lagerhauses lehnte ein chinesischer Herr und rauchte eine lange Pfeife. Und ein schwarzer Seemann mit einem leuchtend bunten Halstuch ging Arm in Arm mit einer Frau in einem billigen Satinkleid.

Die Frau warf Ahmad im Vorbeigehen einen schlüpfrigen Blick zu.

Evelyn erstarrte. »Kennen Sie diese Person?«

»Nein.«

»Sie scheint Sie aber zu kennen.«

»Es ist ihre Aufgabe, Männer zu kennen.«

»Oh!« Evelyn sah ihr unauffällig nach. Die einzigen Kurtisanen, die sie je gesehen hatte, waren die Hübschen Bereiterinnen. Diese Frau gehörte zu einer völlig anderen Kategorie. Sie war stark geschminkt und gepudert und trug eine ungepflegte Perücke.

Eine arbeitende Frau. Hatte Ahmad diesen Begriff nicht vor Kurzem benutzt? Er hatte ihn völlig wertfrei verwendet.

Er zog Evelyns Hand unter seinen Arm und führte sie über die belebte Straße zum Eingang des Gasthofs. Es war ein durch Wind und Wetter verwittertes, windschiefes Gebäude. Über der Tür hing ein ramponiertes Schild und verkündete den Namen des Etablissements: *The Jolly Tar.*

Evelyn verzog das Gesicht.

Oh Fenny. Wie tief bist du gesunken?

»Halten Sie den Kopf gesenkt«, wies Ahmad sie an. »Und überlassen Sie mir das Reden.«

Sie widersprach nicht. Er hatte bereits erklärt, dass sie unbedingt verhindern musste, dass sich irgendjemand an sie erinnerte. Darum hatte sie auch ihre Brille abgenommen.

Das Innere des Gasthofs wurde vom Licht einer Vielzahl an Öllampen erhellt. Jeder Tisch im rauchgeschwängerten Speiseraum schien besetzt zu sein. Laute Gespräche wurden von schrillem Gelächter und dem Klirren von Bierkrügen begleitet.

Hinter dem Tresen stand ein grauhaariger Mann und füllte eine Reihe schmutziger Gläser aus einer ebenso schmutzigen Flasche. Er sah zwischen Ahmad und Evelyn hin und her. Sein breiter Mund verzog sich zu einem Grinsen. »Auf der Suche nach 'nem Zimmer?«

»Auf der Suche nach zwei Ihrer Gäste.« Ahmad zog eine Half Crown aus der Tasche und legte sie auf den Tresen. »Eine Dame und ein Herr.«

Der Wirt nahm die Münze, ohne mit der Wimper zu zucken. Dann schenkte er weiter ein. »Oben. Drittes Zimmer rechts.«

»Das war einfacher, als ich dachte«, murmelte Evelyn erleichtert, während sie mit Ahmad die schmale Treppe im hinteren Teil des Schankraums hinaufstieg.

Sie hatte keine Ahnung, worauf sie sich gefasst machen sollte. Auf eine Gefahr vielleicht. Ein Handgemenge – oder Schlimmeres.

Zweifellos wäre die Sache völlig anders verlaufen, wenn sie allein gewesen wäre. Sie war außerordentlich dankbar, dass dem nicht so war.

»Es könnte noch aufregend werden«, mahnte Ahmad. »Bleiben Sie auf der Hut.«

»Das werde ich«, versprach sie.

Er blieb vor der Tür des dritten Zimmers auf der rechten Seite stehen. »Ich warte hier.«

»Sie müssen nicht …«

»Das ist eine Sache zwischen Ihnen und Ihrer Schwester.«

Er hatte recht. In seiner Anwesenheit würde Fenny ihr nicht zuhören. Evelyn sammelte all ihren Mut zusammen und klopfte leise an der Tür.

Keine Antwort.

Eben wollte sie es erneut versuchen, als eine Frauenstimme misstrauisch fragte: »Wer ist da?«

Es war Fenny.

Als Evelyn die Stimme hörte, brannten ihre Augen plötzlich vor unerwarteter Tränen. Sie senkte den Kopf, lehnte die Stirn gegen das Holz der Tür und flüsterte: »Fenny? Ich bin es. Evie.«

»Evie?« Sekunden später wurde die Tür aufgerissen. Vor ihr stand Fenny. Die dunklen Haare fielen ihr offen über die Schultern, und ihr hübscher Mund war in schockierter Überraschung aufgerissen. Das Mieder ihres Kleids spannte über ihrem geschwollenen Bauch. »Bei allen Heiligen. Was tust *du* denn hier?«

22. KAPITEL

Evelyn verschränkte die Hände auf ihrem Schoß, damit sie nicht so zitterten. Sie saß in einem schäbigen Lehnstuhl neben einem gleichermaßen schäbigen Waschtisch und sah ihrer schwangeren Schwester dabei zu, wie diese in dem winzigen Raum auf und ab ging. Fenny war in verwaschenes Leinen gehüllt und trug weder Korsett noch Strümpfe. Ihre nackten Füße bewegten sich lautlos über den mit Brandlöchern übersäten Teppich.

Sie sah viel älter aus, als Evelyn sie in Erinnerung hatte.

Und nicht nur an Jahren.

In Fennys Gesicht waren Falten, die zugleich von Entbehrung und ausschweifendem Leben zeugten.

»Wie weit bist du?«, fragte Evelyn.

»Sechster Monat.«

»Seid ihr deshalb zurückgekommen?«

Fennys Miene verhärtete sich. »Anthony war davon überzeugt, dass uns sein Vater endlich die Erlaubnis zum Heiraten geben würde. Doch Sir William will keinen Fingerbreit nachgeben. Sein Stolz lässt es nicht zu. Er kann Anthony immer noch nicht vergeben, dass er sich ihm widersetzt hat und mir nach London nachgereist ist.«

»Weiß Sir William, dass du ein Kind erwartest?«

»Das ist ihm egal. Er sagt, viele Gentlemen zeugen mit ihren Mätressen Kinder, doch das bedeutet nicht, dass sie auch verpflichtet sind, sie zu heiraten.«

Evelyn verzog ihr Gesicht. »Das hat er wirklich gesagt?«

»Er schrieb es als Antwort auf Anthonys Brief. Anthony war sehr aufgebracht. Er wollte umgehend nach Frankreich zurückkehren, aber wir haben nicht genug Geld für die Überfahrt. Wir hatten Auslagen. Essen und Unterkunft an diesem grässlichen Ort. Sir William hat uns über eine Woche auf seine Antwort warten lassen. Er muss gewusst haben, dass es unser mageres Budget erschöpfen würde, länger hier ausharren zu müssen.«

Aus dem Schankraum drangen die lauten Stimmen betrunkener Seeleute und Hafenarbeiter herauf. Ein beunruhigendes Geräusch. Evelyn war dankbar, dass Ahmad vor der Tür Wache stand.

»Was habt ihr jetzt vor?«

Fenny zuckte mit den Schultern. »Irgendwie Geld auftreiben. Das versucht Anthony gerade. Er spielt mit ein paar Matrosen, die er auf dem Dampfer aus Frankreich getroffen hat, um zwei Tickets für uns.«

Evelyn gefiel diese Vorstellung überhaupt nicht. Es kam ihr waghalsig und gefährlich vor. »Ich glaube nicht, dass Glücksspiel die Antwort ist.«

»Und was denkst du, wie wir mit Sir Williams vierteljährlichem Taschengeld so lange ausgekommen sind? Ich will mir gar nicht vorstellen, wo wir ohne Anthonys Talent am Spieltisch gelandet wären.«

»Ich wusste nicht einmal, dass Sir William in Kontakt mit euch steht«, sagte Evelyn. »Ich habe erst von Stephen davon erfahren. Du kannst dir vorstellen, wie froh ich war zu hören, dass du am Leben und wohlauf und hier in London bist.«

Fenny blieb stehen. Ihr Mund verwandelte sich zu einer harten Linie. Weder bat sie um Entschuldigung noch erkundigte sie sich nach Tante Nora oder ihren Schwestern. Sie stand einfach da und starrte Evelyn wütend an.

Diesen Blick kannte Evelyn aus ihrer Kindheit. Fenny war schon damals halsstarrig gewesen. Stur und selbstsüchtig. Es war einer der Gründe, warum sie Evelyn nie so nahegestanden hatte wie ihre jüngeren Geschwister.

Doch das bedeutete nicht, dass sich Evelyn nichts aus ihr machte. So schwierig Fenny über die Jahre auch gewesen war, hatte es dennoch Momente schwesterlicher Zuneigung zwischen ihnen gegeben.

»Warum hast du uns nicht geschrieben?«, fragte Evelyn.

»Und was hätte ich schreiben sollen?«

»Du hättest es uns erklären können.«

»Nachdem Tante Nora all ihre Ersparnisse für mein Debüt verwendet hat? Und unsere Schwestern und du sich auf mich verlassen haben? Es gab nichts, was ich hätte schreiben können.«

»Du hättest uns sagen können, wo du lebst. Tante Nora ist vor Sorge um dich ganz krank geworden. Ich ebenfalls.«

»Du? Ich dachte, du würdest froh sein, mich loszuwerden. Dir hat es doch immer missfallen, wenn ich ein bisschen Spaß hatte.«

Evelyn runzelte die Stirn. So hatte ihre Schwester sie wahrgenommen? Das war völlig von der Wahrheit entfernt. »Es tut mir leid, wenn es dir so vorgekommen ist. Unsere Leben waren so verschieden. Du mit deinen Freundinnen und Festen …«

»Und du mit deinem Pferd. Ständig bist du mit ihm ausgeritten, völlig sorgenfrei.«

»Ich hatte ebenso viele Sorgen wie du.«

Fenny schnaubte verächtlich. »Von dir hat man aber nicht erwartet, uns alle zu retten. Für die Familie dein Glück und deine Zukunft aufzugeben.«

Evelyn zog sich der Magen zusammen.

Damals war es nicht von ihr erwartet worden, nun aber mit Sicherheit.

Bei ihrer Ankunft in London war es ihr noch wie ein angemessenes Opfer vorgekommen. Doch jetzt nicht mehr. Nicht, seit diese Gefühle in ihr geweckt worden waren.

Und wie sie geweckt worden waren.

Denn während der gemeinsamen Fahrt mit Ahmad in der engen Kutsche war ihr eines vollkommen klar geworden.

Er war der Richtige für sie. Der *Einzige*. Es konnte keinen anderen geben.

In nur wenigen Wochen war er für ihr Glück unentbehrlich geworden. Selbst jetzt, da er nur ein paar Schritte entfernt war, war alles, woran sie denken konnte, ihn wiederzusehen.

So war es also, sein Herz an einen Mann zu verlieren? Dieses Gefühl, alles riskieren und aufgeben zu wollen, nur um bei ihm zu sein?

»Darum bist du hier, nicht wahr?«, fragte Fenny. »Da ich nicht mehr zur Verfügung stehe, bist du das nächste Opferlamm in der Reihe. Nimm meinen Rat an und erspare dir die Mühe. Unsere Schwestern werden es dir nicht danken, außer sie haben sich in den letzten drei Jahren sehr geändert.«

»Ich weiß nicht, was du meinst.«

»Ach nein?« Fenny sah sie mit all der Herablassung der großen Schwester an. »Gussie würde sich über eine Saison in London vielleicht freuen, aber Caro? Bette? Als ich sie das letzte Mal sah, konnten sie es kaum erwarten, sich den Reihen der Blaustrümpfe anzuschließen. Genau wie du.«

»Ich bin kein …«

»Bist du doch.«

Evelyns Haltung wurde starr. Doch sie weigerte sich, es zu einem Streit kommen zu lassen. Sie war hergekommen, um Fennys missliche Lage zu besprechen, nicht ihre eigene.

»Ich wünschte, du hättest geschrieben. Ich hatte Angst um dich.«

»Das war nicht nötig.«

»Ich habe befürchtet, dich könnte das gleiche Schicksal wie Mama ereilen.«

Fennys Miene wurde ernst. Sie war erst sechzehn gewesen, als ihre Mutter im Kindbett gestorben war, und hatte den Verlust sehr schwer genommen. »Dafür bestand keine Gefahr. Die Franzosen haben da so ihre Methoden, weißt du?«

Evelyn sah ihre Schwester ausdruckslos an.

»Um die Empfängnis eines Kindes zu vermeiden«, fügte Fenny ungeduldig hinzu. »Wir haben sie für zuverlässig gehalten. Was sie offensichtlich nicht waren, und so finde ich mich jetzt in diesem Zustand wieder. Es ist alles recht lästig.«

Lästig.

So konnte man es auch nennen.

Evelyn erhob sich. Ihr blieb nicht mehr viel Zeit. Sie hatte Ahmad versprochen, sich zu beeilen. »Du hast aber vor, ihn zu heiraten.«

»Sobald Anthony sechsundzwanzig wird, werden wir vor einem Pfarrer stehen. Denn dann hat er Zugang zu den Geldmitteln seiner Mutter. Es wird mehr als genug sein, um davon zu leben.«

»Und bis dahin?«

Sie zuckte mit den Schultern. »Solange wir nicht ohne Sir Williams Einwilligung heiraten, schickt er Anthony weiter ein Taschengeld. Das wird reichen müssen.«

»Wo werdet ihr leben?«

»Natürlich in Frankreich. Es geht zweimal die Woche ein Schiff nach Calais. Sobald Anthony unsere Tickets besorgt hat, reisen wir ab. Und dann werde ich mein Kind bekommen und du deine Saison. Obwohl ich vorschlage«, fügte Fenny schroff hinzu, »dass du von Ausflügen an Orte wie diesen in Zukunft absehen solltest, wenn dir dein guter Ruf wichtig ist.«

»Ich kam her, um dich zu sehen.«

»Nachts. In Begleitung eines Mannes …« Fenny lachte. »Das würde Tante Nora sicherlich brennend interessieren.«

»Ich wüsste nicht, warum eine von uns Tante Nora mit irgendwas hiervon belasten sollte.«

Fenny erstarrte. »Du hast ihr nicht von mir erzählt?«

»Noch nicht.«

»Sie wird es ohnehin nicht wissen wollen. Nicht nach dem, was ich getan habe.«

Evelyn empfand Mitleid mit ihrer Schwester. »Willst du wirklich zurück nach Frankreich reisen? Dein Kind so weit von zu Hause entfernt bekommen?«

Der Schatten eines Lächelns fiel auf Fennys Lippen. »Ich dachte, dir wäre es lieber, wenn ich gehe? Besser für dich und deine Heiratsaussichten.«

»Es *wäre* am besten. Aber ich werde dich nicht vertreiben. Nicht, wenn du in diesem Zustand bist.« Evelyn meinte es ernst. Es würde für ihre Schwester nicht leicht werden, nach Combe Regis zurückzukehren. Für keine von ihnen. Aber es war für Fenny und ihr Kind einfach die beste Option. »Du musst nach Hause kommen.«

»Nach Sussex? Um unter Tante Noras Fuchtel zu leben?« Fenny setzte sich auf das ungemachte Bett. Die Laken waren so zerwühlt, als wäre sie gerade erst aufgestanden. »Combe Regis ist schon seit langer Zeit nicht mehr mein Zuhause.«

»Aber Frankreich schon?«

»Nicht Frankreich«, entgegnete Fenny. »Anthony.« Sie legte schützend den Arm auf ihren Bauch. »Du wirst es eines Tages verstehen, wenn du dich selbst verliebst. *Falls* du dich verliebst. Einige Frauen tun das nie.«

»Das hier ist also Liebe?« Evelyn deutete in das schäbige Zimmer. »Für einen Mann alles aufzugeben? Sich seinen Pflichten zu entziehen? Seine Familie zu enttäuschen?«

Fenny Wangen wurden rot. »Das war es nicht, was wir beide wollten.«

»Und warum …«

»Weil es keinen anderen Weg gab«, sagte Fenny. »Ich musste mich entscheiden.«

Das wollte Evelyn nicht glauben. Liebe war doch mit Sicherheit keine Frage von Entweder-Oder. Das konnte es nicht sein. Es musste eine Möglichkeit geben, beides zu bekommen. Den Verpflichtungen einer Dame nachzukommen und mit dem Mann zusammen zu sein, den sie liebte.

Nur weil Fenny diese Möglichkeit nicht gefunden hatte, bedeutete das nicht, dass sie nicht existierte.

Evelyn war seltsam still, als Ahmad sie durch den Schankraum des *Jolly Tar* und hinaus auf die dunkle Straße führte. Doch es blieb keine Zeit, um sie nach ihrer Gemütsverfassung zu fragen. Nachdem sie den Gasthof verlassen hatten, nahm Ahmad eine deutliche Veränderung der Stimmung im Hafenviertel wahr. Mit jeder Minute wurde es hier gefährlicher. Enthemmt vom Alkohol und ermutigt durch den Schutz der Dunkelheit kamen die schlimmsten Bewohner der Docks auf die Straßen, um sich zu vergnügen. Zwielichtige Kerle, die keine Sekunde lang zögerten, Gewalt anzuwenden.

Ahmad geleitete Evelyn zur wartenden Kutsche. Eine Gruppe Seeleute beobachtete sie dabei.

»Wo soll's denn hingehen, Liebchen?«, rief einer der Männer.

»Nicht so schüchtern«, sagte ein anderer. »Lass uns dein Gesicht sehen.«

Die Männer begannen, ihnen zu folgen.

Evelyn klammerte sich an Ahmads Arm.

»Einfach ignorieren«, sagte er, öffnete die Tür des Brougham und half ihr schnell hinein.

Der Kutscher hatte eine Reiterpistole dabei. Sie waren also sicher. Blieb nur noch, ein Exempel an einem der Seeleute zu statuieren.

Ahmad war mehr als bereit dazu.

»Schauen Sie nicht heraus«, sagte er zu Evelyn.

»Ahmad …«

Er schloss den Kutschenschlag, bevor sie etwas einwenden konnte.

Langsam drehte er sich zu den drei Rohlingen um. Nebel vom Fluss waberte um ihre Beine, während sie auf ihn zukamen. Das Licht einer Straßenlaterne fiel auf ihre Gesichter. Sie stammten nicht aus einem fremden Land, es waren Engländer. Einer von ihnen grinste, als er sah, dass Ahmad Inder war.

»Eine hübsche Kutsche für einen Chichi«, sagte er.

»Und eine hübsche Frau«, sagte der zweite Seemann. »Wie viel kostet ihre Gesellschaft denn?«

Der dritte und größte der drei Männer trat vor. »Lass sie uns mal ansehen.«

»Das würde ich nicht tun«, warnte Ahmad ihn.

Der Matrose lachte nur. Er streckte den Arm aus, um Ahmad beiseite zu stoßen.

Ahmad packte den Mann am Kragen und hob ihn fast von den Füßen. »Vielleicht hast du mich nicht richtig gehört.«

Der Seemann kämpfte gegen Ahmads Griff und stieß eine Reihe von Beleidigungen und Drohungen aus.

Seine Freunde eilten ihm zu Hilfe.

Keiner von ihnen war ein würdiger Gegner. Ihre Schläge waren ungenau und ihr Stehvermögen durch zu viel Rum beeinflusst.

Es war in Sekunden vorbei.

Sie humpelten davon, wobei zwei von ihnen den Dritten im Bund zwischen sich genommen hatten, um ihn zu stützen. Schon bald waren sie im Nebel verschwunden.

Ahmad stieg in die Kutsche und ließ sich neben Evelyn nieder. Mit einem Ruck fuhr die Kutsche an.

Evelyn wirkte entsetzt. »Haben Sie etwa gegen diese Männer gekämpft?«

»Es war kein Kampf.«

»Sie bluten!«

Vorsichtig fasste er sich an den Mund und bemerkte dort überrascht warme Feuchtigkeit. »Nur ein Kratzer. Es spielt keine Rolle.«

Sie zog ein Taschentuch aus ihrem Ärmel. »Hier. Lassen Sie mich.« Sie beugte sich zu ihm vor und tupfte das Blut weg. »Ich weiß wirklich nicht, was Sie sich dabei gedacht haben. Diese Männer hätten Sie töten können.«

»Diese Gefahr bestand zu keinem Zeitpunkt.«

»Es waren drei gegen einen.«

»Sie waren betrunken.«

»*Drei gegen einen.*« Sie tupfte seine Lippe mit neuem Eifer ab.

Er hielt ihre Hand fest. »Ich war nicht in Gefahr. Mit solchen Situationen umzugehen war mein halbes Leben lang meine Aufgabe. Das ist nichts Neues für mich.«

Sie starrte ihm in die Augen. »Das haben Sie also bei Mrs Pritchard gemacht? Gegen solche Männern gekämpft?«

»Ich habe Ihnen doch gesagt, dass das kein Kampf war.«

»Was war es denn sonst?«

»Sie haben sich danebenbenommen, also habe ich sie zurechtgewiesen.« Seine Finger legten sich um ihre. »Ich wollte Ihnen keine Angst machen.«

»Es waren diese Kerle, die mir Angst gemacht haben. So über mich zu reden. Und über Sie. Was war das für ein Wort, das sie Ihnen zugerufen haben?«

Ahmad bemühte sich, nicht das Gesicht zu verziehen. »Nichts.« Er ließ ihre Hand los. »Nur ein dummes Schimpfwort für jemanden, der halb indisch ist.«

Sie runzelte die Stirn und sah aus, als würde sie gern noch mehr fragen. Zum Beispiel, was das Wort bedeutete. Aber sie tat es nicht.

Eine Tatsache, für die er sehr dankbar war.

Sie faltete ihr Taschentuch zusammen und steckte es wieder weg. »Es tut mir leid, dass Sie meinetwegen solche Dinge erdulden mussten.«

»Für Ihre Sicherheit würde ich noch viel mehr erdulden.«

Im schwachen Licht der Kutschenlampe fand ihr Blick seinen. In ihren Augen lag etwas Unerklärliches.

Seine Brust zog sich zusammen, und er wünschte, er hätte nichts gesagt.

»Sie sind sehr freundlich«, sagte sie. »Mich hierher zu begleiten und meinetwegen diesen Männern gegenüberzutreten …«

»Ich fürchte, diese ganze Aufregung hat von Ihrer Wiedervereinigung mit Ihrer Schwester abgelenkt.«

»Ach ja. Das.«

»War Ihre Mission erfolgreich?«

»Sie meinen, ob ich sie davon überzeugen konnte, London zu verlassen?« Evelyn seufzte. »Sie will gehen. Doch Sie hätten ihren Zustand sehen müssen.«

Ahmad *hatte* ihn gesehen. Er war nicht überrascht gewesen. Tatsächlich handelte es sich für ihn um den am wenigsten überraschenden Aspekt dieser ganzen Situation.

Doch er gestattete sich kein Urteil, sondern hörte zu, während Evelyn das Dilemma ihrer Schwester beschrieb.

Er konnte nur wenig Mitleid aufbringen. Denn die Situation ließe sich ändern – wenn das Paar sofort heiraten und der Mann einer Arbeit nachgehen würde.

»Ich frage mich, ob es richtig war, Sie hierher zu bringen«, sagte er, als Evelyn geendet hatte.

»Warum sagen Sie das?«

»Weil es mir so vorkommt, als hätte dieser Besuch wenig dazu beigetragen, Sie zu beruhigen.«

Tatsächlich zeigte ihre Miene den gleichen besorgten Ausdruck wie vor dem Betreten des Gasthofes. Hinzu kam, dass sie jetzt sehr nachdenklich wirkte. Als hätte ihr das Wiedersehen mit ihrer Schwester nur noch mehr Sorgen aufgebürdet.

»Das liegt nicht an Ihnen«, versicherte Evelyn ihm. »Ich weiß Ihre Hilfe zu schätzen und bin äußerst dankbar für Ihre …« Sie brach ab.

Er fragte sich, was sie hatte sagen wollen. Für seine Güte? Seine Freundschaft? »Was ist es dann?«, fragte er.

»Meine eigene Charakterschwäche. Ich kann nicht anders, als über die Ungerechtigkeit des Ganzen nachzudenken. Wenn Anthony Fenny im Stich lässt und zu seinem Bruder nach Sussex zurückkehrt, kann er sein Leben fortsetzen, als wäre nie etwas geschehen. Er wird für das, was er getan hat, keine Konsequenzen tragen. Das müssen Männer nie. Es sind die Frauen, die diese Last zu tragen haben, nicht nur für ihr eigenes Fehlverhalten, sondern für das der Männer obendrein.«

»Sie geben ihm die Schuld.«

»Ihnen beiden. Ich gebe der Welt, in der wir leben, die Schuld. Einer Welt, die es einem unmöglich macht, zu heiraten, wen man will.« Ihre Stimme wurde rau. »Und mir selbst gebe ich auch die Schuld.«

Er runzelte die Stirn. »Was haben Sie denn damit zu tun?«

»In diesen letzten Jahren habe ich Fenny immer als selbstsüchtig betrachtet. Sie hätte eine gute Partie machen sollen, um unserer Familie zu nützen. Ich dachte, es wäre ihre Pflicht. Ich habe keinen Gedanken an ihre eigenen Wünsche verschwendet. Wen sie vielleicht liebte. Erst als ich selbst nach London kam, begann ich, ihre tiefen Gefühle für Anthony zu verstehen. Ich hatte zuvor so etwas nie selbst empfunden, verstehen Sie?«

Ahmads Herz begann wild zu schlagen. »Und jetzt schon?«

Wieder trafen sich ihre Blicke im Licht der Kutschenlampe. »Ich denke schon. Zumindest eine Annäherung.«

Er glaubte zu wissen, was sie damit meinte. Dennoch zögerte er, es auszusprechen. »Wegen dieser Sache zwischen uns.«

»Ja.«

Er sah ihr tief in die Augen. Was er dort fand, raubte ihm den Atem. »Evelyn …«

»Sie haben mich gefragt, ob ich an jenem Abend bei Lady Arundell etwas in der Kristallkugel gesehen habe. Aber nicht, was.«

»Sie sagten, es sei jemand gewesen, den Sie kennen.«

»Und Sie sagten«, erinnerte sie ihn, »dass die Bilder auf der Oberfläche einer Kristallkugel eine Projektion der eigenen Gedanken seien. Der Dinge, die man sich am allermeisten wünscht.«

»Er schüttelte den Kopf. »Evie … sagen Sie es nicht.«

»Sie waren es, den ich im Kristall sah«, flüsterte sie. »*Ihr* Gesicht. Weil Sie der Richtige für mich sind.«

23. KAPITEL

Evelyn wartete mit angehaltenem Atem darauf, dass er etwas erwiderte. Sie hatte nicht vorgehabt, das zu sagen. Nicht hier. Doch nach allem, was an diesem Abend geschehen war, hatte sie ihre Gefühle nicht mehr für sich behalten können. Nicht, wenn sie allein waren, Seite an Seite in dieser dunklen Kutsche.

Die Luft zwischen ihnen schien zu knistern, die Spannung fast greifbar zu sein. Sie hatte es gespürt, als sie sich um seine Wunde gekümmert hatte, als er seine Hand auf ihre gelegt hatte.

Er sah sie an. »Sie irren sich. Ich bin nicht der Richtige für Sie.«

Unverwandt erwiderte sie seinen Blick. Ihr Puls raste. Genauso fühlte es sich an, wenn sie auf Hephaestus galoppierte. Ein kribbelndes Gefühl banger Erregung. Das Wissen, dass sie gerade Leib und Leben riskierte.

»Doch, das sind Sie«, sagte sie. »Ich weiß, dass es wahr ist. Die Gefühle, die wir füreinander empfinden …«

»Und wohin würden uns diese Gefühle bringen, wenn wir ihnen nachgeben? Geradewegs in den Ruin. Direkt in die gleiche Lage, in der Sie Ihre Schwester vorgefunden haben. Arm. Elendig. Aus der Gesellschaft verbannt.«

Evelyn schüttelte den Kopf. »So müsste es nicht für uns enden.«

»Nein. Für uns wäre es noch viel schlimmer.« Er legte seine Hand an ihre Wange. Seine Berührung ließ ihr den Atem stocken. Sie war so sanft. Fast ehrfürchtig. Als würde sie aus feinster französischer Seide bestehen. »Wie sollte ich Sie ernähren, Evie? Wie könnte ich Sie jemals glücklich machen?«

»Sie machen mich jetzt schon glücklich.«

Er neigte den Kopf. Sie waren sich bereits gefährlich nahe. Die kleine Bewegung brachte sie einander noch näher.

Ihr Herzschlag beschleunigte sich. In der Sekunde, bevor sich seine Lippen auf ihre senkten, wusste sie, dass er sie küssen würde.

Es war eine kurze Zärtlichkeit, die dem versehentlichen Kuss im Anproberaum der Schneiderei ähnelte.

Doch nein.

Es war mehr als das – anders. Dieser Kuss geschah bewusst. Eine zarte, forschende Frage. Er bat sie um Erlaubnis.

Bereitwillig erteilte Evelyn sie ihm. Sie hob den Kopf, und ihre Lippen gaben ihm die unausgesprochene Antwort: *Ja, bitte.*

Und er küsste sie erneut. Sanft, behutsam.

Es war unerträglich schön, ließ ihr Herz schneller schlagen und wärmte ihr Blut. Und doch …

Evelyn erkannte die zurückgehaltene Kraft, die direkt unter der Oberfläche brodelte. Sie kannte es durch das Reiten eines Hengstes gut genug. Doch was sie jetzt spürte, war nicht nur gezügelte Kraft, sondern etwas anderes. Etwas noch viel Stärkeres und Gefährlicheres.

Leidenschaft.

Ahmads Leidenschaft für *sie*. Und er hielt sie zurück. Unterdrückte sie, als müsse er Evelyn davor beschützen.

Sie hob eine Hand und schob ihre Finger in das dichte Haar in seinem Nacken. »Du musst nicht behutsam mit mir sein.«

Er lehnte seine Stirn an ihre. »Doch, das muss ich.«

»Wenn du mich wirklich willst …«

»Ich will dich«, gestand er. »So sehr. Aber das hier … es darf nicht sein.«

Ihr wurde bang ums Herz. Er zog sich von ihr zurück. Nicht körperlich, aber auf jede andere Weise, die zählte.

Sie wollte ihn fester halten, um das zu verhindern.

Ein erbärmlicher Impuls.

Sie sammelte all ihre Würde zusammen und ließ ihre Hand von seinem Nacken sinken. »Habe ich mich zum Narren gemacht?«

Ein beunruhigtes Stirnrunzeln verfinsterte sein Gesicht. »Nein.«

»Aber du weist mich zurück?«

Er stritt es nicht ab. Sein Daumen streichelte langsam ihre Wange. »Weil das hier nicht gutgehen kann.«

»Warum nicht?« In ihrer Stimme lag eine Spur Trotz. Sie hasste, wie es klang. Aber gütiger Himmel, es tat *weh*.

»Ich kann dir nicht geben, was du willst«, sagte er.

Sie wollte widersprechen, aber er kam ihr zuvor.

»Du brauchst einen vermögenden Ehemann«, erinnerte er sie. »Darum bist du hier. Das hast du mir selbst gesagt.«

»Das war vorher.«

Seine Lippen verzogen sich zu einem freudlosen Lächeln. »Bevor du mein Gesicht in der Kristallkugel gesehen hast.«

»Ich habe dich darin gesehen, weil du bereits in meinen Gedanken warst. All die Männer, die ich auf dem Ball getroffen habe … ich habe sie alle mit dir verglichen und keiner hat dem Vergleich standhalten können.«

»Das ist sehr schmeichelhaft, aber …«

»Nicht.« Sie wich vor seiner Berührung zurück. »Sei nicht herablassend zu mir.«

Er ließ die Hand sinken. »Das bin ich nicht. Ich versuche

nur, dir bewusst zu machen, dass es nicht zu deinem Plan gehören kann, mit mir zusammen zu sein.«

»Pläne können sich ändern«, sagte sie. »Meine haben es bereits.«

Es stimmte. Ihr sorgfältig zurechtgelegter Plan für die Saison hatte bereits innerhalb der ersten zwei Wochen einige Änderungen erfahren. Und nach dem Besuch Stephens und nach Fennys Rückkehr war er so gut wie hinfällig geworden. Und auch wegen der Tatsache, dass all die Bälle und Veranstaltungen, an denen Evelyn nun teilnehmen würde, auf irgendeine Art mit Spiritismus zu tun hatten.

Und er war von Ahmad verändert worden. Eine Änderung nicht nur ihrer Pläne, sondern ihrer selbst. Es war in dem Moment geschehen, als sie seine Stimme hinter dem Vorhang der Schneiderei gehört hatte. In dem Moment, als sie ihn zum ersten Mal gesehen hatte.

»So ist es also?« Er musterte ihr Gesicht. »Hast du deine Meinung geändert? Entschieden, all das aufzugeben?«

»Nein, aber …«

»Nein«, sagte er. »Das kannst du nicht, oder? Du musst an deine Schwestern denken.« Nach einem Moment fügte er hinzu: »Und an dein Pferd.«

Genauso gut hätte er ihr einen Schwall kaltes Wasser ins Gesicht schütten können. Denn genau so fühlte es sich an.

»Ich denke doch an sie«, entgegnete Evelyn. »Ich denke immer an sie.«

»Natürlich tust du das. Sie sind deine vorrangigste Sorge.«

Das konnte sie nicht abstreiten. »Das sind sie. Doch das bedeutet nicht, dass in meinem Herzen kein Platz für jemand anders ist.«

»Evie …«

»Es muss eine Möglichkeit für uns geben, zusammen zu

sein. Es muss. Das benötigt nur ein wenig Einfallsreichtum. Wenn wir nur unsere finanzielle Situation verbessern könnten …«

»Es geht nicht nur ums Geld«, sagte er schroff.

Ihr Herz setzte einen Schlag aus. »Um was sonst?«

»Du und ich, wir sind verschieden. Deine Welt … ist nicht die Welt, in der ich lebe.«

»Sie kommt mir ähnlich genug vor.«

»Nicht von meiner Warte aus.«

»Weil du Inder bist?« Sie runzelte die Stirn. »Aber du bist auch Engländer.«

»Ich bin beides«, sagte er. »Und keines von beidem. Ich gehöre weder in die eine noch die andere Welt. Ich bin heimatlos.«

Plötzlich hatte sie einen Kloß im Hals. »Sag das nicht.«

»Aber es ist die Wahrheit. So ist es in Indien für Leute wie mich. Und hier ebenfalls. Und so würde es auch für dich sein, wenn wir zusammen wären.«

»Du lässt es so klingen, als wärst du unglücklich.«

Er antwortete nicht.

Evelyn starrte ihn mit gerunzelter Stirn an. Sie wollte ihn so gern verstehen. Ihn kennenlernen und verstehen, wie er so geworden war. All diese geheimen Teile von ihm, die sich in der Schönheit seiner Entwürfe manifestierten. »*Bist* du unglücklich?«

Der Lärm der Docks wurde nach und nach durch die Geräusche des Verkehrs einer respektableren Umgebung verdrängt – von Hufgeklapper und dem Rattern anderer Kutschen. Schon bald würden sie wieder in Bloomsbury sein und den Russell Square erreichen. Ahmad würde Evelyn am Gartentor absetzen und davonfahren. Und dann …

Und dann würde sie mit ein wenig Glück vergessen, dass irgendwas hiervon je passiert war.

Ahmad sah sie an und erinnerte sich daran, wie ihr Mund geschmeckt hatte. Wie sich ihre Lippen angefühlt hatten, weich und sinnlich und unter seinen halb geöffnet. Es weckte eine hilflose Sehnsucht in ihm. Eine Sehnsucht, die sich nur vertiefte, als ihm ihre Worte wieder in den Sinn kamen, die sie mit solch aufrichtiger Intensität ausgesprochen hatte.

»Es muss eine Möglichkeit für uns geben, zusammen zu sein.«

Sein Herz ließ die Worte in frustriertem Schweigen widerhallen.

Verfluchte Hölle.

Er hatte gewusst, dass so etwas geschehen würde. Es war das Risiko gewesen, heute Abend mit ihr herzukommen. Doch er hatte nicht vorausgesehen, wie sehr sich das auf ihn auswirken würde. Wie schwer es sein würde, zu wenigstens dem Anschein von Normalität zurückzukehren.

Gütiger Himmel.

Sie hatten mehr getan, als die Mauer zwischen ihnen zu überwinden. Sie hatten sie ganz und gar niedergerissen. Und sie konnten sie nicht wieder aufbauen.

»Bist du es?«, fragte sie erneut. Ihre Hand ruhte zwischen ihnen, gefährlich nah an seiner.

Er konnte nicht anders, als sie zu ergreifen. »Ich bin nicht unglücklich.«

»Und doch nimmst du an, ich würde es sein, wenn wir zusammen wären.«

»Der Unterschied liegt darin, dass ich daran gewöhnt bin, ein Leben jenseits der Gesellschaft zu führen. Doch für eine Frau … eine Dame …« Er hielt inne. »Du weißt nicht, wie es ist. Wie es sich auf dich auswirken kann. Meine Mutter …« Seine Stimme verlor sich.

»Was ist mit deiner Mutter?«

Er schwieg einen Moment. »Nicht lange nach meiner Geburt ist sie in den Fluss gegangen und hat sich ertränkt.«

Ihre Hand schloss sich fest um seine. »Oh, Ahmad. Wie furchtbar.«

Es war furchtbar, wenngleich es auch etwas war, das außerhalb seiner Erinnerung lag. Einer der Vorteile davon, sie in den ersten Tagen seines Lebens verloren zu haben. Er konnte sich nicht an den Schmerz erinnern. Sie war einfach immer fort gewesen. Fast so, als hätte sie nie existiert, außer als eine Art warnendes Beispiel.

»Warum hat sie das getan?«, fragte Evelyn.

»Aus Scham.«

Sie wartete auf eine Erklärung.

»Wie viel weißt du über die britische Besetzung Indiens?«, fragte er.

»Nicht viel, fürchte ich. Nur das, was ich in der Zeitung über den Aufstand gelesen habe. Wir waren wohl lange dort?«

Wir.

Er hätte auf diese Erinnerung verzichten können.

Doch es war nicht zu vermeiden. Sie waren beide, wer sie waren. Es würde keine Akzeptanz geben, ohne sich das vorher einzugestehen.

»Eine sehr lange Zeit«, sagte er. »Die britischen Soldaten haben sich oft Einheimische zur Frau genommen. Sie hatten Kinder. Ganze Familien. Heutzutage werden Soldaten dazu angehalten, diese Beziehungen rechtsverbindlich zu machen, doch in der Vergangenheit handelte es sich bei diesen Arrangements um nicht mehr als inoffizielle Zweckdienlichkeiten, um die Bedürfnisse des Mannes zu stillen. Wenn die Soldaten nach England zurückkehrten, ließen sie ihre indischen Familien meist zurück.«

In ihrem Blick erschien erst Verständnis, dann Mitgefühl. »Und so war es auch bei dir und deiner Mutter?«

Er nickte. »Sie glaubte, mit einem Soldaten verheiratet zu sein, doch als er bei der ersten Gelegenheit nach Hause zurückkehrte, kam die Wahrheit über ihr Arrangement ans Licht. Es war nie eine richtige Ehe gewesen. Er ließ sie allein und mit Kind zurück. Sie konnte nicht zu ihrer Familie zurückkehren. Sie war entehrt worden. Sie konnte nirgendwo hin. Außer ihrer jüngeren Schwester war niemand bereit, ihr zu helfen.«

Tatsächlich war es seine Tante gewesen, von der Ahmad die Geschichte das erste Mal gehört hatte. Als Junge war es ihm wie eine Sage vorgekommen.

»Viele glaubten an einen Unfall, aber meine Tante kannte die Wahrheit. Meine Mutter ging absichtlich ins Wasser. Glücklicherweise für mich hat sie damit gewartet, bis ich geboren war. Meine Tante hat behauptet, dass meine Mutter ihre Sünde nicht noch verschlimmern wollte. Aber wer weiß schon, ob das wahr ist?

»Es tut mir leid«, sagte Evelyn. »Ich hatte ja keine Ahnung.«

»Es ist lange her. So lange, dass ich mich nicht daran erinnern kann.«

»Dennoch war sie deine Mutter.«

»Meine Tante war die einzige Mutter, die ich kannte.« Sein Daumen strich gedankenverloren über die Innenseite ihrer Hand. »Sie verfiel ebenfalls dem Zauber eines britischen Soldaten. So wie wir lebten, war es schwierig, das zu vermeiden.«

»Weshalb?«, fragte sie. »Wie habt ihr denn gelebt?«

»Am Rand der kolonialen Gesellschaft«, sagte er. »Das Dorf, in dem mich meine Tante aufzog, war voller Menschen gemischter indischer und englischer Herkunft. Es war ein zweifelhaftes Privileg. Wir imitierten die Briten – ihre Sprechweise und Gepflogenheiten. Ihre Religion. Aber mehr war es nicht. Mimikry. Eine Verfälschung britischen Lebens.« Es gelang ihm nicht, die Verbitterung aus seiner Stimme zu halten. »Zweifellos war meine Tante davon überzeugt, Mira und mir damit unser Geburtsrecht bewusst zu machen. Doch wir waren genauso wenig Engländer wie Inder. Wir waren gar nichts.«

Evelyn drückte seine Hand noch fester. So klein und zierlich sie sein mochte, war ihre Hand doch in der Lage, einen Hengst unter Kontrolle zu halten. Ihr Griff war eine unmissverständliche Rüge. »So etwas solltest du nicht sagen.«

»Ich sage es deinetwegen. Damit du weißt, wie es ist, auf diese Weise zu leben. Was es nach und nach aus dir macht. Das ist nichts für schwache Nerven, Evie. Niemals richtig irgendwo hinzugehören. Niemals eine eigene Identität zu haben. Für eine Dame ist das selten eine Gleichung, die zum Glück führt. Kannst du das nicht verstehen?«

»Ich verstehe es. Doch es gibt einen Fehler in deiner Gleichung.« Sie hob trotzig das Kinn. »Du glaubst, ich bin jemand mit schwachen Nerven.«

Sein Herz zog sich fast schmerzhaft zusammen. Gütiger Himmel, sie hatte recht. Plötzlich verspürte er den verbitterten Drang, aufzulachen. Sie hatte recht, und es machte nicht den geringsten Unterschied.

»Nein, das bist du nicht, oder?« Seine Stimme wurde tiefer. »Du stürzt dich in einem waghalsigen Galopp auf jedes Hindernis, ganz gleich, was es kostet. Aber ich sage dir, dass der Preis diesmal zu hoch ist.«

»Du irrst dich«, beharrte sie. »Nichts davon ist ein waghalsiger Galopp. Ich bin nicht so unbesonnen wie meine Schwester. Das solltest du inzwischen wissen. Ich würde nicht alles aufgeben, nicht mal für jemanden, den ich …« Sie zögerte. »Für jemanden, der mir wichtig ist.«

Er hörte ihr unausgesprochenes Geständnis so deutlich, als

hätte sie es von den Dächern geschrien. Nicht nur für jemanden, der ihr wichtig war. Jemanden, den sie liebte.

Es war *Liebe*, nicht wahr?

Diese seelenaufwühlende Anziehungskraft, begleitet von unerschütterlicher Bewunderung und Respekt. Er fühlte es auch, wenn sie zusammen waren. Und auch, wenn sie nicht zusammen waren. Das Verlangen, für sie Berge zu versetzen. Ihr Hindernisse aus dem Weg zu räumen, ganz gleich, was es kostete. Es war ihm zur zweiten Natur geworden.

Sie beide waren dabei, sich ineinander zu verlieben.

Oder vielleicht hatten sie das schon längst.

»Ich würde dich niemals alles aufgeben lassen«, sagte er. »Nicht für mich.«

»Das wird auch nicht nötig sein. Ich bin davon überzeugt, dass mir etwas einfallen wird. Ein Weg, um meinen Verpflichtungen nachzukommen und gleichzeitig …«

»Auf keinen Fall. Du darfst nichts für mich riskieren. Ich meine es ernst.«

»Und was schlägst du dann vor?«, fragte sie.

Ein bleiernes Gewicht legte sich auf sein Herz. »Das Einzige, was wir tun können. Wir müssen zu dem zurückkehren, was wir zuvor waren. Partner. Freunde, hoffe ich.«

»Und nicht mehr?« Sie sah ihn bestürzt an. »Obwohl du behauptest, mich ebenso sehr zu wollen wie ich dich?«

»Das tue ich«, sagte er grimmig, während sich die Kutsche stetig dem Russell Square näherte. »Aber ich bin daran gewöhnt, nicht zu bekommen, was ich will.«

24. KAPITEL

Evelyn wartete schon den ganzen Tag darauf, ihrem Onkel von Fenny zu erzählen. Nach dem Frühstück hatte sie sich sogar in sein Studierzimmer gewagt. Doch Onkel Harris hatte das Haus bereits verlassen. Wohin, wusste Evelyn nicht.

Sie sah ihn erst am späten Nachmittag wieder, und dann auch nur zufällig. Er kehrte nach Hause zurück und durchquerte die Empfangshalle im gleichen Moment, als sie in ihrem dunkelgrünen Reitkostüm die Treppe herunterkam.

»Willst du ausreiten und etwas frische Luft schnappen?«, fragte er.

»In der Tat.« Evelyn konnte heute nur wenig Begeisterung dafür aufbringen. Nach den Ereignissen des gestrigen Abends kam ihr die Aussicht, sich in der Rotten Row zu zeigen, genauso sinnlos vor wie die Teilnahme an weiteren Bällen oder Abendessen. Es war nicht mehr erforderlich. Sie hatte den Gentleman, den sie wollte, bereits gefunden.

Auch wenn er sie abgewiesen hatte.

Die Erinnerung daran war niederschmetternd, doch sie gestattete sich nicht, in Selbstmitleid zu baden. Hephaestus brauchte Bewegung. Und Ahmads Kreation musste präsentiert werden.

Und genau diese beiden Umstände waren es, die sie dazu gebracht hatten, das Bett zu verlassen, als sie am Morgen mit gebrochenem Herzen erwacht war.

Sie ging weiter die Stufen hinab und ließ ihre Hand leicht

über das geschwungene Geländer gleiten. »Wo warst du heute?«

»Ich habe mich mit Lady Arundell beratschlagt.« Onkel Harris reichte dem wartenden Lakaien Hut und Gehrock. »Es gibt noch ein paar offene Fragen über dieses junge Medium in Birmingham. Und ich hatte gehofft, dass du mir behilflich sein könntest.«

»In welcher Hinsicht?«

Statt zu antworten, schlug ihr Onkel den Weg zu seinem Studierzimmer ein.

Evelyn zögerte einen Moment. Sie wollte sich mit Stella um halb sechs an der Hyde Park Corner treffen. Und sie wollte sich nicht verspäten.

Andererseits musste Evelyn die Gelegenheit zu einem Gespräch mit ihrem Onkel nutzen.

Also folgte sie ihm eilig. In seinem Studierzimmer herrschte die gleiche Unordnung wie immer. Dies war der eine Raum im Haus, in dem das Personal nicht Hand anlegen durfte.

Onkel Harris ließ sich hinter seinen überfüllten Schreibtisch sinken. »Eine kurze Frage oder zwei zum Thema spiritueller Verstärkung.«

»Spiritueller *was*?«

»Diese Energie, die du in dir trägst. Ihre Ladyschaft behauptet, sie würde die Fähigkeit der Geister verstärken, Kontakt herzustellen. Ihnen helfen, eine klare Botschaft zu übertragen.«

Evelyn runzelte die Stirn. »Woher will sie das wissen?«

»Ihr Geisterberater hat es ihr erst heute Morgen mitgeteilt. Dmitri, wie er sich nennt. Ein ziemlich widersprüchlicher Bursche, wie ich sagen muss. Doch er hat Zadkiels Einschätzung deiner Gabe bestätigt.«

»Bei allem Respekt, aber Zadkiel hat Unsinn geredet. Und was Dmitri angeht, glaube ich nicht daran, dass …«

»Was mich zu meiner ersten Frage bringt.« Ihr Onkel lehnte sich vor und musterte sie über den Rand seiner Halbbrille hinweg. »Wie fühlt sich diese Energie an?«

Evelyn seufzte. »Ich fühle keine besondere Energie. Und ganz gewiss nichts von übersinnlicher Natur.«

Er schnalzte mit der Zunge. »Keine seltsamen Empfindungen? Vibrationen in deinen Gliedmaßen oder deiner Bauchgegend?«

Ihre Wangen wurden heiß. Gestern Abend hatte sie seltsame Vibrationen in Gliedmaßen und der Bauchgegend verspürt. Und zwar ausgelöst durch Ahmads Küsse.

Doch Gefühle dieser Art waren nicht übersinnlich, sondern nur allzu menschlich. Emotional. Körperlich.

Hinreißend körperlich.

Evelyn fragte sich, ob eine Dame solche Aktivitäten genießen durften.

»Nein, Onkel«, sagte sie. »Nichts dergleichen.«

»Was ist mit Botschaften?«

»Botschaften von wem?«

»Worte von Bedeutung aus dem Jenseits. Informationen, um uns anzuleiten.«

Ihr kam ein aufrührerischer Gedanke.

Sie trat einen Schritt näher an den Schreibtisch und wählte ihre nächsten Worte mit Bedacht. »Manchmal verspüre ich das sehr starke Gefühl, dass ich jemandem etwas sagen muss. Ich nehme an, man könnte es eine Botschaft nennen.«

Onkel Harris sah sie aufgeregt an. »Aus dem Jenseits?«

»Nicht auszuschließen.«

»Hast du schon mal eine Botschaft über mich erhalten?«

»Ja«, erwiderte sie. »Jetzt, da du es erwähnst.«

»Nun?«, fragte er mit wachsender Ungeduld.

Sie räusperte sich. »Ich habe das entschiedene Gefühl, dass

es … an der Zeit ist, dich weniger mit den Toten und mehr mit den Lebenden zu beschäftigen.«

Onkel Harris starrte sie mit offenem Mund an.

Sie verspürte einen Anflug von Schuld.

Verflixt.

Es war nicht fair, ihn an der Nase herumzuführen. Nicht einmal in guter Absicht. Es war besser, sich auf die Wahrheit zu beschränken, egal wie unangenehm diese war.

»Fenny ist in der Stadt, Onkel«, sagte sie abrupt.

»Fenny?«

»Fenella. Meine ältere Schwester. Die mit Anthony Connaught durchgebrannt ist. Die beiden sind in einem Gasthof am Hafen gestrandet. Sie brauchen Geld, um ihre Rückreise nach Frankreich bezahlen zu können.«

Er wirkte absolut erstaunt. »Und das haben dir die Geister gesagt?«

»Nein. Das weiß ich sicher. Und wenn du dich mit den Lebenden befassen willst, könntest du bei den beiden anfangen.«

Onkel Harris dachte einen Moment darüber nach. Dann nickte er. »Wie viel benötigen Sie?«

»Er hat es offensichtlich für eine Botschaft aus der Geisterwelt gehalten«, sagte Stella, als sie Locket an Hephaestus' Seite brachte.

»Das nehme ich auch an.« Evelyn hielt die Zügel kurz, damit Stella und sie nebeneinander reiten konnten. »Es war falsch von mir, ihn so an der Nase herumzuführen.«

»Unsinn. Biedere alte Männer müssen gelegentlich an der Nase herumgeführt werden. Ich necke meinen älteren Bruder regelmäßig.«

»Dein Bruder ist doch wohl kein alter Mann?«

»Aber er führt sich so auf. Er ist viel zu ernst und selbstgerecht. Grässlich altmodisch. Er schätzt es nicht, auf den Arm genommen zu werden. Was ein sicheres Zeichen dafür ist, dass man ihn unbedingt auf den Arm nehmen sollte.«

Die beiden lenkten ihre Pferde durch die Menschenmenge, die die Rotten Row wie an jedem Nachmittag bevölkerte.

Stellas Einwilligung, mit ihr um diese Zeit auszureiten, hatte Evelyn überrascht. Anne tat es nicht mehr und zog es vor, sich stattdessen mit Julia morgens zu treffen. Evelyn wäre es auch lieber gewesen, hätte sie keinen Plan in die Tat umsetzen müssen.

Ihr Plan.

Bis jetzt bestand er aus wenig mehr als der Entschlossenheit, Ahmads Entwürfe der Gesellschaft zu präsentieren. Was den Rest anging …

Sie verspürte einen Anflug von Frustration.

Vielleicht hatte Fenny recht. Vielleicht benötigten ihre drei jüngeren Schwestern kein Debüt in London und vorteilhafte Verbindungen.

Evelyn nahm an, dass es möglich war.

Doch das entließ sie nicht aus ihrer Pflicht. Sie musste dennoch einen Weg finden, um für sie zu sorgen.

Angesichts der veränderten Umstände war das ein kühnes Unterfangen.

Zumindest Fennys missliche Lage hatte sich etwas gebessert. Sobald Onkel Harris einen Scheck ausgeschrieben hatte, war er von Evelyn in einen Umschlag gesteckt worden, zusammen mit einer kurzen Nachricht an ihre Schwester, und sie hatte ihn von einem der Diener in den Gasthof bringen lassen.

Nun musste sich Evelyn noch um ihre verbliebenen Probleme kümmern. Keine geringe Aufgabe. Nicht, wenn Ahmad bereits kapituliert und das Feld geräumt hatte, bevor der Kampf überhaupt begonnen hatte.

Er wollte nobel sein. So viel war ihr klar. Darum hatte er ihr von seiner Mutter und den Mühsalen erzählt, die Evelyn erwarten würden, sollte sie sich entscheiden, Teil seines Lebens zu werden. Er versuchte, sie vor Leid zu bewahren. Davor, alles für ihn aufzugeben.

Er ahnte nicht, dass seine Warnung vor diesen Widrigkeiten nur dafür gesorgt hatte, dass sie ihn noch mehr bewunderte.

»Wird deine Schwester jetzt nach Frankreich zurückkehren?«, fragte Stella.

»Ich denke schon.« Evelyn hatte ihrer Freundin ein wenig über Fennys missliche Lage anvertraut. Gerade so viel, um die Gefahr zu veranschaulichen, die ihre Schwester darstellte, sollte sie in der Stadt verbleiben.

Stella hatte eine Art an sich, die zu solcherart Geständnissen einlud. Vielleicht lag es daran, dass sie wie Evelyn aus relativ einfachen Verhältnissen stammte. Während Annes und Julias Eltern sehr vermögend waren, stellte Stellas Bruder ihr gerade genug finanzielle Mittel zur Verfügung, um ihr Pferd versorgen und sich eine bescheidene Garderobe für die Saison kaufen zu können.

Oder vielleicht waren es Stellas silberfarbene Augen und das graue Haar, die sie besonders vertrauenswürdig wirken ließen.

Im Moment konnte Evelyn die Haare ihrer Freundin nicht sehen, denn wann immer sie miteinander ausritten, verbarg Stella sie unter einem dicht gewebten Seidenhaarnetz und einem Hut.

»Dann scheint es so, als wäre die Krise abgewendet«, sagte sie.

Evelyn warf ihr einen Seitenblick zu. »Zumindest *diese* Krise.«

Stella lachte. »Hast du denn so viele?«

»Diverse«, sagte Evelyn. Sie lenkte Hephaestus um eine offene Kutsche. Er war heute in guter Form. Er hielt den kräftigen Hals gebogen und seine Ohren nach vorn gestellt. In diesem Moment war er so energiegeladen, dass er in eine Passage verfiel. Es kostete Evelyn viel Aufmerksamkeit, ihn im Schritt zu halten.

Unter Einsatz des Beins und ihres Sitzes, zusammen mit der Beständigkeit ihrer Hände, ermutigte sie ihn dazu, seine Hinterhand einzusetzen. Es war eine empfindliche Balance von Gewicht und Druck. Eine Art Kommunikation in einer Sprache, die Hephaestus verstehen konnte.

Es war eine Sprache, die sie perfekt beherrschte.

Hinter dem Reiten steckte mehr, als ein Pferd anzutreiben, damit es schneller lief, oder sein Maul zu traktieren, damit es ruhiger wurde. Eine Tatsache, die vielen der Reiter, die heute unterwegs waren, unbekannt zu sein schien. Lady Heatherton gehörte dazu.

Sie saß prächtig gekleidet und eng geschnürt auf einer eleganten Stute und verpasste dieser immer wieder harte Schläge mit der Reitgerte. Im Vorbeireiten warf sie Evelyn einen Blick zu. »Miss Maltravers.«

Evelyn neigte den Kopf. »Lady Heatherton.«

Ohne auch nur ein Wort des Grußes an Stella zu richten, ritt Ihre Ladyschaft weiter.

Stella schien nicht gekränkt zu sein. »Gott sei Dank ist sie nicht stehen geblieben, um sich mit uns zu unterhalten.«

»Ich glaube, sie mag mich nicht besonders«, sagte Evelyn.

»In der Tat. Sie hat dich angesehen, als wärst du ihre Rivalin.«

»Das bin ich mit Sicherheit nicht.« Bevor Evelyn etwas sagen konnte, näherte sich noch ein Reiter. Sie erstarrte in ihrem Damensattel.

»Miss Maltravers.« Stephen Connaught tippte sich an den Hut. Er ritt einen mageren braunen Hengst.

Eilig brachte Evelyn die Vorstellung hinter sich.

Stella begrüße ihn höflich, wenn auch nicht freundlich.

Stephen schien es nicht zu bemerken Er war zu sehr damit beschäftigt, Hephaestus zu bewundern. »Er sieht gut in Schuss aus«, sagte er. »Wie gewöhnt er sich denn an das Stadtleben?«

»Wunderbar«, sagte Evelyn. »So wie ich.«

Stephens Blick wanderte über ihre Figur. »Es steht Ihnen.«

Einst hätte ihr das Kompliment etwas bedeutet. Doch nun nicht mehr. »Was ist mit Ihnen?«, fragte sie. »Wie lange haben Sie vor, noch in London zu bleiben?«

»Bis die Angelegenheit, wegen der ich hergekommen bin, erledigt ist«, sagte er.

Die Angelegenheit mit Fenny und Anthony.

Evelyn hoffte inständig, dass Stephen sie nicht finden würde. Mit ein wenig Glück hatte Fenny den Scheck bereits erhalten und sie würde mitsamt Anthony auf dem nächsten Schiff nach Frankreich verschwinden.

»Dann wollen wir Sie nicht davon abhalten.« Evelyn trieb Hephaestus an und nickte Stephen zum Abschied höflich zu. »Einen schönen Tag noch.«

Stephen drehte sich in seinem Sattel um, als sie an ihm vorbeiritten.

»Ist es für dich ein Problem, dass er noch in London bleibt?«, erkundigte sich Stella, als sie außer Hörweite waren.

»Nicht mehr. Außer, er lässt sich zu einer Indiskretion hinreißen, was meine Schwester angeht.«

»Würde er das?«

»Wohl eher nur aus Nachlässigkeit. Er nimmt mein Debüt nicht besonders ernst.« Es war ein bedrückender Gedanke, doch Evelyn hatte ihn akzeptiert. »Er hat mich noch nie als hübsches Mädchen gesehen, das einem Verehrer gefallen könnte.«

»Jetzt sieht er dich aber mit Sicherheit so.«

»Er kann denken, was immer er will. Ich habe kein Interesse mehr an ihm.«

»Wirklich? Er ist nicht unattraktiv. Irgendwie erinnert er mich an einen dieser harmlosen blonden, jungen Helden in Julias Romanen.«

»Stephen ist kein Held. Ein Held lässt eine Dame nicht im Stich, wenn sie sich in Not befindet. Und er beschämt sie nicht drei Jahre lang, indem er vorgibt, sie würde nicht existieren.« Evelyn verzog das Gesicht. »Genug von meinen ermüdenden Problemen. Was ist mir dir? Wie läuft die Saison für dich?«

»Hmm. Du könntest damit anfangen, einen respektablen Galan für mich ausfindig zu machen. Vielleicht einen deiner jungen abgelegten Verehrer?«

»Ich habe keine abgelegten Verehrer, und schon gar keine jungen. Beim Ball war jeder Mann, der mit mir getanzt hat, steinalt.«

»Dann schlägst du dich immer noch besser als ich. Schau dir doch nur an, wie all die Herren dort drüben dich anstarren. Du ziehst alle Blicke auf dich. Und *dieser* Bursche dort ist nicht steinalt. Genauso wenig wie der auf dem Schweißfuchs dort. Wenn er so weitermacht, fallen ihm gleich die Augen aus dem Kopf.«

Evelyn hatte die Blicke der Männer bemerkt, wie sie es immer tat, wenn sie im Park war. Doch es machte inzwischen weniger Eindruck auf sie, besonders in Anbetracht ihrer Gefühle für Ahmad. »Es ist Hephaestus, den sie bewundern … und mein Reitkostüm. Als ich es in Auftrag gab, wollte ich ja schließlich auch, dass es Aufmerksamkeit erregt.«

Stella lächelte. »Es ist nicht dein Reitkostüm, du Dummerchen. Du bist es. Keine Kleidung kann eine Frau begehrenswert machen, wenn sie es nicht bereits ist.«

»Mr Maliks Kleidung schon.« Die Erwähnung seines Namens versetzte Evelyn einen Stich ins Herz. Es war der gleiche Schmerz, den sie empfand, seit sich Ahmad und sie am Abend zuvor getrennt hatten.

Er hatte ihr nicht einmal einen Abschiedskuss gegeben, bevor sie aus der Kutsche gestiegen war. Sie fürchtete, er würde sie womöglich nie wieder küssen.

Doch er hatte ihre Hand gedrückt.

Und seine Stimme hatte sich auf diese ganz besondere Weise vertieft, die ihr bis ins Mark gegangen war.

Er wollte sie. Das hatte er selbst gesagt.

Alles lag nun bei ihr.

»Seine Kreationen bringen bei denen, die sie tragen, das Beste hervor«, sagte sie. »Es ist, als könne er zaubern.«

»Vielleicht sollte ich mir dann auch ein Reitkostüm anfertigen lassen«, überlegte Stella. »Und wenn ich schon mal dabei bin, auch eines seiner Ballkleider.«

Evelyn begann zu strahlen. »Oh, das solltest du unbedingt. Er wird dir etwas Wunderschönes anfertigen, da bin ich mir sicher.«

Stellas Lächeln wurde rätselhaft. »Du bist ja wirklich sehr von ihm überzeugt.«

»Nicht ohne Grund.« Evelyn zögerte kurz, bevor sie zugab: »Sein Erfolg bedeutet mir alles.«

Stella brachte Locket näher an Hephaestus heran. »Warum?«

Evelyns Worte waren von unausgesprochener Emotion erfüllt. »Weil ich ihn für den besten Mann auf der Welt halte.«

Stella schwieg für einen Moment. »Wenn das so ist«, sagte sie schließlich, »müssen wir sehen, was wir für den Burschen tun können.«

25. KAPITEL

Ahmad schnitt an seinem Arbeitstisch im Hinterzimmer der Schneiderei einen dunkelgrünen Barege-Stoff zu, als Doyle zu ihm hereinsah.

»Zwei Damen sind hier«, sagte er leise. »Sie haben sich nach Ihren Kleidern erkundigt.«

Ahmad legte die Schere beiseite und faltete den hauchdünnen Stoff zusammen, den er für eines von Evelyns Tageskleidern ausgesucht hatte.

Er hatte neue Kundschaft erwartet. Nach Evelyns Erscheinen auf Lady Arundells Ball war es praktisch unausweichlich gewesen. Dennoch verspürte er freudige Erwartung.

Das hier war es, was er angestrebt hatte. Keine Romanze oder sich zu verlieben, sondern eine achtbare Klientel aufzubauen. Es war höchste Zeit, dass er sich darauf konzentrierte, anstatt jede wache Stunde über Evelyn nachzugrübeln.

Denn das hatte er.

Dabei war es schon zwei Tage her, seit er sie geküsst hatte. Seit er ihr von seiner Mutter und seiner Kindheit in Indien erzählt hatte. Geheimnisse, die er sonst noch niemandem anvertraut hatte.

Es war eine hässliche Geschichte. Doch sie gehörte zu ihm. Er bereute es nicht, sie ihr anvertraut zu haben.

Er hatte es als Warnung gemeint. Erst später, nachdem er Evelyn nach Hause gebracht hatte und allein in der Kutsche weiterfuhr, war ihm klargeworden, wie wichtig es ihm war, dass sie es wusste. Nicht nur für sie, auch für ihn selbst.

Das war ein weiterer, äußerst ärgerlicher Teil der Anziehung, die er ihr gegenüber empfand. Dieses vermaledeite Verlangen, jeden kleinsten Aspekt von sich mit ihr zu teilen.

Es war dumm. Und gefährlich.

Wenn er nicht achtgab, würden solche Impulse sie beide ins Verderben ziehen.

Er griff nach seinem Gehrock und zog ihn an.

Beamish und Pennyfeather, die am Nebentisch arbeiteten, sahen ihn gereizt an, als er an ihnen vorbei zur Tür des Ausstellungsraums ging. Sie waren momentan verantwortlich dafür, Doyles Aufträge für Herrenanzüge auszuführen. Aufträge, die in letzter Zeit immer unregelmäßiger kamen.

Aber das sollte jetzt nicht seine Sorge sein.

Er betrat den sonnendurchfluteten Ausstellungsraum und sah zwei Damen am Verkaufstresen stehen. Eine war von Kopf bis Fuß in Schwarz gekleidet. Die andere hatte auffallend graues Haar, obwohl sie nicht älter als Anfang zwanzig sein konnte.

Er erkannte die beiden sofort. Es waren Evelyns Reitgefährtinnen, Lady Anne Deveril und Miss Stella Hobhouse. Begleitet wurden sie von einer elegant gekleideten Zofe und einem Lakaien in Arundell-Livree. Der Lakai trug einen Stapel ordentlich verschnürter Schachteln auf dem Arm.

»Mr Malik, nehme ich an?« Lady Anne musterte ihn. »Sie sind Miss Maltravers' Schneider?«

»Das bin ich«, sagte er.

»Derjenige, der ihre Reitkostüme und Ballroben anfertigt?«

»Ebenjener.«

Die Damen warfen sich einen bedeutungsschwangeren Blick zu.

Ahmad sah mit wachsender Besorgnis zwischen den beiden hin und her.

Hatte Evelyn ihnen etwas erzählt?

Das bezweifelte er. Auf keinen Fall etwas von ihrem Kuss. Doch vielleicht hatte sie etwas anderes erwähnt. Junge Damen tauschten untereinander oft Vertrauliches über Männer aus. Bei Mrs Pritchard war Ahmad regelmäßig das Thema geheimer Blicke und erheiterten Flüsterns gewesen. Er hatte sich über das Alter hinaus gewähnt, in dem ihn solche Dinge in Verlegenheit bringen konnten.

Doch das hier war etwas anderes.

Hier ging es um Evelyn.

Er spürte, wie Hitze in seine Wangen kroch.

»Kann ich Ihnen helfen, Mylady?«, fragte er.

»Da bin ich mir sicher.« Lady Anne legte ihre behandschuhten Fingerspitzen auf den Rand der polierten Holztheke. »Ich benötige eine schwarze Ballrobe. Etwas mit minimalem Besatz – keine Volants oder Schleifen. Miss Maltravers hat mir versichert, dass Sie der richtige Mann für diese Aufgabe seien.«

»Schwarz«, wiederholte er stirnrunzelnd.

»In der Tat. Und dazu ein schwarzes Reitkostüm. Im gleichen Stil wie das grüne, das Sie für Miss Maltravers angefertigt haben.«

»Ich benötige ebenfalls ein Reitkostüm«, meldete sich Miss Hobhouse zu Wort. »Aber eines wie Miss Maltravers' nerzbraunen Reitrock.«

»Ich kann etwas Ähnliches anfertigen«, sagte er. »Aber nicht identisch. Ich dupliziere keine Entwürfe. Was immer Sie bei mir bestellen, wird nur für Sie angefertigt.«

»Was das angeht …« Ein Schatten von Unsicherheit fiel über Miss Hobhouse' Gesicht. »Miss Maltravers sagte, Sie hätten ein Ballkleid, das von einer anderen Dame zurückgegeben wurde. Sie sagte, ich solle fragen, ob Sie es vielleicht zu einem vergünstigten Preis für mich abändern würden.«

Sein Stirnrunzeln vertiefte sich. »Hat sie das?«

»Natürlich nur, wenn mir die Farbe steht«, fügte Miss Hobhouse hinzu.

Ahmad dachte an das eisblaue Musselinkleid, das ordentlich zusammengefaltet in einer Truhe in seiner Wohnung lag. Er hatte es bereits als Verlust abgeschrieben, schließlich hatte er es speziell für Lady Heatherton angefertigt. Doch dieser kühle Blauton würde jemandem mit dem Teint von Miss Hobhouse ebenfalls stehen. Tatsächlich könnte es durch ihre grauen Haare und silberblauen Augen sowie ein paar kleinere Änderungen sogar ziemlich überwältigend an ihr wirken.

»Hat Miss Maltravers noch weitere Botschaften für mich?«

Lady Anne zupfte ihre Handschuhe glatt. »Ich bin überzeugt, unsere Aufträge sind Botschaft genug.«

Das waren sie in der Tat.

Evelyn hatte ihn nicht vergessen. Nicht nur, dass sie die Damen, die ihre Robe auf dem Arundell-Ball bewundert hatten, an ihn verwiesen hatte, sie schickte auch ihre Freundinnen zu ihm, um Kleider bei ihm zu bestellen.

Die Geste rührte ihn.

Rührte ihn tief.

Und machte ihn dankbar. Geschäft war schließlich Geschäft.

Lady Anne und Miss Hobhouse waren keine modischen Vorreiterinnen, doch sie würden sich diese Saison in den richtigen Kreisen bewegen. Sollten sie seine Entwürfe tragen, konnte ihm das nur nutzen.

Die nächste Stunde verbrachte er damit, den jungen Damen einige seiner Skizzen zu zeigen und mit ihnen über Stoffe und Besätze zu diskutieren. Nachdem er ihre Maße genommen hatte, war es nach ein Uhr. Er kehrte in den Arbeitsraum zurück, den Kopf voller Ideen für Lady Annes Ballrobe.

Seltsam, dass es gerade diese Bestellung war, die sein kreatives Interesse weckte.

Schwarz. Das war bespiellos, etwas ganz Neues. Keine Dame in Trauer würde es wagen, einen Ball zu besuchen. Doch Lady Anne war nicht in Trauer, ebenso wenig wie ihre Mutter. Jedenfalls nicht im strengen Sinne des Wortes. Sie waren Spiritisten, die den Tod Prinz Alberts würdigten. Und Schwarz war ein universales Zeichen für Respekt gegenüber den Toten.

Er würde den Entwurf angehen müssen, wie er es bei seinen Reitkostümen tat. Genau wie diese zeichnete sich ein Trauerkleid durch seine Schlichtheit aus. Sollte es also eine besondere Note, einen besonderen Stil haben, musste sich das durch luxuriöse Stoffe und die Eleganz des Schnitts zeigen.

Und genau das war Ahmads Spezialität.

Genau das war es, was die Hübschen Bereiterinnen an seiner Arbeit bewunderten. Was Evelyn bewunderte.

Und zum Glück für ihn waren sie nicht die Einzigen.

Am nächsten Tag sprach eine andere Dame in der Schneiderei vor und am Tag darauf noch drei weitere. Und so ging es die folgende Woche weiter – Montag und Dienstag liefen gut, der Mittwoch noch besser. Als die letzte Kundin gegangen war, zog sich Ahmad wieder ins Hinterzimmer zurück, um an seinen Aufträgen zu arbeiten. Er dachte gerade über Farbschattierungen für das Abendkleid einer verwitweten Lady nach, als Doyle zu ihm kam.

»Diese Woche waren recht viele Damen im Geschäft«, sagte er. »Allmählich sind die Herren in der Minderheit.«

Ahmad ging um ihn herum zu seinem Arbeitstisch. »Das war ja auch der Plan, als wir unsere Abmachung trafen.«

Doyle folgte ihm. »Ist es wirklich schon so weit gekommen?«

»Fast.« Ahmad setzte sich auf die Tischkante. »Ich werde noch eine Näherin einstellen müssen. Möglicherweise sogar zwei.«

Beamish und Pennyfeather hielten in ihrer Arbeit inne und sahen nervös zu Doyle und Ahmad.

»Und die wollen Sie hier unterbringen?«, fragte Doyle.

»Natürlich.«

»Und was ist mit Beamish und Pennyfeather? Was soll aus ihnen werden?«

»Das hängt davon ab, ob sie bereit sind zu lernen, wie man meine Entwürfe anfertigt.«

Beamish war sofort auf den Beinen. »Mr Doyle, ich muss entschieden protestieren. Ich lasse mir doch nicht mein eigenes Handwerk von einem … einem …« Sein Gesicht lief rot an. »… von einem *Ausländer* erklären.«

»Ich protestiere ebenfalls, Sir.« Pennyfeather erhob sich in Solidarität mit seinem Kollegen. »Seit Mr Heppenstalls Tod hat sich das Niveau dieses Etablissements in einem solchen Ausmaß gesenkt, dass ich nicht länger …«

»Dann gehen Sie«, sagte Ahmad ruhig. »Niemand zwingt Sie, zu bleiben.«

»Von Ihnen lasse ich mir gar nichts sagen«, erwiderte Pennyfeather mit zitternder Stimme. »Ich arbeite für Mr Doyle.

Der alte Schneider seufzte. »Ihr enttäuscht mich, Burschen.« Er ging zu Ahmads Arbeitstisch und hob ein zugeschnittenes Stück roten Barege-Stoff hoch. Sein gichtiger Daumen strich nachdenklich darüber. »Hat sich keiner von euch je gefragt, warum so viele unserer Kunden darum bitten, dass Mr Malik ihre Anzüge fertigt? Oder warum die Damen vorstellig werden und verlangen, dass er ihnen Reitkostüme schneidert?«

Beamish und Pennyfeather schwiegen.

»Unsere Kunden erkennen sein Talent«, sagte Doyle. »Und das würdet ihr auch, wenn ihr selbst auch nur einen Funken davon hättet.« Er ließ den Stoff wieder auf den Tisch fallen. »Und darum habe ich auch eingewilligt, dass er das Geschäft übernimmt, wenn ich mich zur Ruhe setze.«

»Mr Doyle, nein!«, rief Beamish.

Pennyfeather trat vor. »Sie wollen ihm doch nicht wirklich die Schneiderei überlassen?«

Doyle hob eine Hand. »Mr Malik hat gesagt, dass ihr bleiben könnt. Ich rate euch, darüber nachzudenken. Vielleicht lernt ihr noch etwas dabei. Aber wenn ihr es nicht über euch bringen könnt, für ihn zu arbeiten, zahle ich euch den Lohn für diese Woche aus und wünsche euch viel Glück für die Zukunft.«

Ahmad machte sich keine Illusionen darüber, welchen Weg die beiden jungen Zuschneider wählen würden. Schließlich hatten sie ihn stets nur mit Misstrauen betrachtet und nie ein Interesse an seiner Arbeit gezeigt. Als die beiden empört den Raum verließen, sah er ihnen ungerührt nach.

»So ist es das Beste«, sagte Doyle erschöpft. »Es kommen ohnehin kaum noch Bestellungen für Anzüge rein. Vielleicht, wenn Sie …«

Ahmad schüttelte den Kopf. »Ich habe kein Interesse mehr daran, Herrenkleidung anzufertigen.«

»Nein. Warum sollten Sie auch, wenn Sie mit solchen Stoffen arbeiten können?« Doyles Blick fiel auf die zugeschnittenen Teile auf dem Tisch. »Musselin, Samt und Seide. Eine willkommene Abwechslung zu schwarzer und grauer Wolle.«

Ahmad sah ihn neugierig an. Ihm fiel ein, wie oft Doyle seine Arbeit begutachtet hatte. »Glauben Sie das wirklich? Was Sie über mein Talent gesagt haben?«

Doyles faltiges Gesicht war so ernst wie immer. »Das tue ich wohl«, gab er zu. »Warum sonst sollte ich Ihnen mein Geschäft überlassen?«

26. KAPITEL

»Ein Brief für Sie, Miss«, sagte Mrs Quick, als sie den Frühstücksraum betrat.

Evelyn sah von der Zeitung auf. Sie saß wie immer allein am Tisch, vor sich die Überreste ihres Frühstücks – kalter Tee und eine halb aufgegessene Portion Eier, Toast und Marmelade. »Die Post kommt doch sonst nicht so früh, oder?«

»Es kam nicht mit der Post.« Mrs Quick gab Evelyn den Brief. Es war nicht mehr als ein nachlässig gefalteter Zettel, versiegelt mit einem unförmigen Klecks aus rotem Wachs. »Ein Junge hat ihn gebracht.«

Sofort war Evelyn alarmiert. Sie legte die Zeitung beiseite, brach das Siegel und warf der Haushälterin einen kurzen Blick zu. »Danke, Mrs Quick.«

Die ältere Frau nickte. »Ich lasse eine frische Kanne Tee bringen«, sagte sie, bevor sie sich zurückzog.

Evelyn hörte sie kaum noch. Der Brief war von Fenny. Eine hastig hingekritzelte Notiz in ihrer typisch unordentlichen Handschrift.

Liebe Evie,
ich sollte dich für deine Einmischung schelten, doch ich kann es nicht. Wir waren am Rand der Verzweiflung, als dein Brief eintraf. Wie in aller Welt hast du unseren Onkel dazu überredet, uns Geld zu schicken? Wie auch immer du es angestellt hast, ich danke dir und Anthony ebenfalls.

Er hat uns eine Überfahrt auf dem nächsten Schiff nach Frankreich gebucht. Wenn du diesen Brief in Händen hältst, werden wir bereits in Calais angekommen und auf dem Weg nach Paris sein. Ich habe dem Gastwirt genaue Anweisungen erteilt, den Jungen erst loszuschicken, wenn Anthony und ich den Kanal überquert haben. Solange sich Stephen in der Stadt aufhält, können wir nicht vorsichtig genug sein.

Sobald wir uns in unserer neuen Unterkunft eingerichtet haben, schicke ich dir die Adresse. Vielleicht könnten wir einander schreiben? Es wäre nett, jemandem Bescheid sagen zu können, wenn das Kind da ist.

Deine Schwester

Fenny

Erleichterung überwältigte Evelyn, als sie mit Lesen fertig war. Fenny war wieder in Frankreich und hatte dem Namen Maltravers kaum Schaden zugefügt.

Evelyn wünschte ihr alles Gute. Sie konnte das, was Fenny getan hatte, um mit Anthony zusammen zu sein, nicht gutheißen, doch Evelyn verstand die Beweggründe ihrer Schwester nun besser als jemals zuvor.

Was konnte eine Frau in einer solchen Situation schon anderes tun, als ihrem Herzen zu folgen?

Am folgenden Montag stand Evelyn auf dem Podest im Anproberaum der Schneiderei, während Ahmad das Mieder ihres neuen grünen Tageskleids absteckte. Seit ihrem Ausflug zu den Docks waren sie nicht mehr miteinander allein gewesen.

Doch jetzt schon.

Dafür hatte sie gesorgt. Gerade erst hatte sie Agnes in die Bond Street geschickt, um etwas abzuholen. Es war offensichtlich ein Vorwand, und Ahmad wusste es.

»Du bist entschlossen, dich über jede Schicklichkeit hinwegzusetzen«, sagte er. Sein üppiges schwarzes Haar war zerwühlt und die Ärmel seines weißen Leinenhemds bis zu den Ellbogen hochgekrempelt.

Evelyns Blick verweilte auf seinen muskulösen Unterarmen. Sie verspürte ein vertrautes Kribbeln im Bauch. »Du hättest zum Russell Square kommen können. Dort wäre es schicklich genug gewesen.«

»Ich habe heute zu viel zu tun, um das Geschäft zu verlassen.« Er steckte eine Nadel in den Saum eines Ärmels. »Wenn ich deine Kleider nicht heute Morgen fertig anpasse, werde ich den Rest der Woche keine Zeit dafür haben.«

Es waren drei Kleider, die auf ihre letzte Anprobe warteten: das Tageskleid, das sie gerade trug, ein Nachmittagskleid und eine Ballrobe. Die beiden letzteren Kleidungsstücke lagen auf dem Tisch in der Ecke. Alle drei sollten am Mittwoch geliefert werden.

Weitere Garderobe hatte Evelyn nicht bestellt. Sie benötigte keine weiteren Reitkostüme oder Kleider. Für den Rest der Saison war sie reichlich ausgestattet und wagte nicht, die Großzügigkeit ihres Onkels darüber hinaus zu strapazieren.

Außerdem bedeuteten ihr die Veranstaltungen der Saison kaum noch etwas. Jedenfalls nicht mehr auf die Weise wie zu Beginn. Auch wenn sie immer noch regelmäßig ausging – an Essenseinladungen, Tänzen und Abendveranstaltungen teilnahm –, tat sie es nicht mehr mit dem Ziel, einen Ehemann zu finden. Inzwischen ging es ihr nur noch darum, Ahmads Kreationen zu präsentieren. Sie hoffte, dass die anderen Damen sie genug bewunderten, um ihre Kleider bei ihm zu bestellen.

Unter diesen Umständen kam es ihr nicht richtig vor, weiter das Geld ihres Onkels auszugeben. Es fühlte sich an, als würde sie ihn ausnutzen.

Bis jetzt war er sehr freigiebig gewesen, was ihre Garderobe anbelangte. Jetzt vielleicht noch mehr, da er von ihr erwartete, sie zu einigen Veranstaltungen seiner Spiritistenfreunde zu begleiten. Doch selbst seine Großzügigkeit hatte Grenzen.

Dies bedeutete, keine weiteren Besuche bei *Doyle und Heppenstall*. Und keine weiteren Gelegenheiten, mit Ahmad allein zu sein.

Dieser Tatsache war sie sich schmerzhaft bewusst.

»Das Geschäft läuft gut?«, fragte sie.

»Die Arbeit hört nicht auf. Ganz zu schweigen davon, dass die neuen Näherinnen hier sind und der Arbeitsraum dadurch im Chaos versinkt.«

»Neue Näherinnen?« Sie war kurzzeitig abgelenkt. »Sind sie auch Freundinnen wie Becky?«

»Nicht ganz wie Becky, aber ja. Ich kenne sie von früher. Sie haben letztes Jahr für Madame Elise gearbeitet und waren sehr glücklich über die Veränderung.«

»Wusstest du deshalb von den Arbeitsbedingungen in ihrem Salon?«

Er nickte. »Als sie die Anstellung in der Regent Street angenommen haben, meinten sie sich zu verbessern. Diese Hoffnung hat ihnen Madame Elise schnell ausgetrieben.«

»Sie hatten Glück, dass du sie übernehmen konntest.«

»Ich habe Glück, sie zu haben. Gerade habe ich mehr Aufträge, als ich erfüllen kann, selbst mit Beckys und Miras Hilfe. Fast jeden Tag kommen neue Kundinnen.«

»Sie warten bestimmt ungeduldig auf ihre Bestellungen«, sagte sie. »Es macht mir nichts aus, auf meine Kleider zu warten, wenn du ihre zuerst fertigstellen willst.«

Er warf ihr einen finsteren Blick zu. »*Du* kommst zuerst.«

Die Worte ließen ihr das Herz aufgehen. Ihr war nicht klar gewesen, wie sehr sie sich nach ihnen gesehnt hatte.

Die ganze letzte Woche hatten diverse Damen der Gesellschaft erwähnt, Bestellungen bei »diesem hübschen indischen Schneider in der Conduit Street« in Auftrag gegeben zu haben. Evelyn hatte dies mit einer Mischung aus Triumph und Eifersucht aufgenommen. Sie hatte sich jede dieser Damen – viele davon viel schöner als sie selbst – dabei vorgestellt, wie sie so wie Evelyn jetzt auf diesem Podest standen. Hatte sich vorgestellt, wie Ahmad ihre Maße nahm. Sie berührte und mit ihnen sprach.

Und schlimmer noch.

Sich von ihnen inspiriert fühlte.

Sie befürchtete, es würde nicht lange dauern, bis sie von einer von ihnen in seiner Zuneigung ersetzt wurde. Sie wusste ja nicht einmal, woran sie war, nicht nachdem er ihr deutlich zu verstehen gegeben hatte, dass ihre Romanze keine Zukunft hatte.

»Mein Ballkleid sieht hinreißend aus«, sagte sie. Die bernsteinfarbene Seide hing über den Rand des Tischs. Es war ein Überrock aus Krepp und ein Unterrock aus Spitze und Tüll. Am Abend des Balls in den Cremorne Gardens würde es an Mieder und Rockteil mit frischen Rosen besetzt sein.

»Du wirst hinreißend darin aussehen«, sagte er. Es war zwar ein Kompliment, jedoch beiläufig ausgesprochen, denn er konzentrierte sich ganz und gar auf die Fertigstellung des Kleids.

Und so sollte es ja auch sein.

Dennoch verspürte sie einen Anflug von Enttäuschung. »Ich wusste nicht, was für eine Art Robe für einen Ball unter freiem Himmel angemessen ist. Ich war noch nie an einem Ort wie den Cremorne Gardens.«

Er steckte weiter einen Saum ab. Entweder hatte er sie nicht gehört, oder er war zu beschäftigt, um zu antworten.

Sie stand einige Minuten stumm da und ließ ihn arbeiten.

Das Schweigen zwischen ihnen wurde immer drückender. Ihre Enttäuschung verwandelte sich nach und nach in stille Verärgerung. Wusste er nicht, dass dies ihr letzter gemeinsamer Moment war?

Sie unternahm einen weiteren Versuch, ein Gespräch zu beginnen. »Lady Anne hat mir gesagt, dass du bei ihrer Ballrobe ganz wunderbare Fortschritte machst.«

»In der Tat. Vielen Dank, dass du mich ihr empfohlen hast.«

»Miss Hobhouse und sie sind sehr gern zu dir gegangen.« Tatsächlich lobten Evelyns Freundinnen Ahmad schon seit Tagen über den grünen Klee. Sie fanden ihn erstaunlich talentiert – und erstaunlich attraktiv. »Sie sind große Bewunderinnen … deiner Arbeit.«

Ahmad beugte sich vor, um den Saum ihres Mieders zu richten. »Es kamen noch mehr Damen.«

»Dessen bin ich mir bewusst.«

»Auch dafür danke ich dir.«

»Du musst mir nicht danken, denn ich habe nicht mehr getan, als deine Entwürfe zu tragen. Ich wage sogar zu behaupten, dass du mir damit ebenso viel geholfen hast wie ich dir.« Sie war besessen von dem Drang, ihm eine Reaktion zu entlocken. Ein kindischer, wenn nicht sogar verzweifelter Impuls. Aber sie konnte nicht anders. »Das ist es doch, was wir mit unserer Partnerschaft beabsichtigt haben, nicht wahr? Dass wir beide bekommen, was wir wollen.« Das Zittern in ihrem Magen strafte ihren beiläufigen Tonfall Lügen. »Und das haben wir erreicht.«

Seine Hände erstarrten auf ihrer Taille. »Du hast einen Verehrer?«

»Mehrere«, sagte Evelyn.

Es war keine Lüge. Nicht, wenn die betagten Lords Trent und Gresham sowie der grauenhafte Mr Fillgrave zählten. Letzterer hatte sogar im Haus am Russell Square vorgesprochen. Sie hatte zehn unerträgliche Minuten mit ihm im Salon verbracht und ihm dabei zuhören müssen, wie er über die Blutlinien seiner spanischen Stuten schwadronierte. An sich ein interessantes Thema für sie, doch Mr Fillgrave ließ eine Frau niemals zu Wort kommen. Statt *mit* Evelyn zu reden, hatte er *zu* ihr gesprochen.

Was jüngere Herren anging, so schienen sie sich damit zufrieden zu geben, sie aus der Ferne zu bewundern. Selbst Stephen Connaught. Regelmäßig tauchte er in der Rotten Row auf und wünschte ihr stets einen guten Tag.

»Ich freue mich für dich«, sagte Ahmad.

Doch er hatte damit aufgehört, ihr Kleid abzustecken.

Stattdessen sah er sie stirnrunzelnd und mit sichtlich angespannten Schultern an.

»Und ich mich für dich. Ich hoffe, deine neuen Kundinnen … sie alle …« Evelyns Stimme verlor sich. Sie wusste nicht, was sie hoffte. Das alles war so verwirrend.

»Was?«, fragte er.

»Nichts.« Ihre Sicht wurde undeutlich. »Nur … ich frage mich, was ich in all dem für dich bin.«

Er runzelte die Stirn. »Evie …«

»Nur eine weitere Kundin?«

»Ich habe dir gesagt, was du für mich bist«, sagte er schroff. »Du bist meine Muse.«

»Ja. Nun, das ist wunderbar.« Sie setzte ihre Brille ab. »Aber ich denke, ich wäre gern mehr als das.«

»Das *bist* du.«

»Dann sag mir das auch«, flüsterte sie.

Seine Miene wurde grimmig. Er nahm ihr die Brille aus der Hand, zog aus seiner Westentasche ein sauberes Tuch und begann die tränenbeschlagenen Gläser zu putzen. »Es hat keinen Sinn.«

»Warum nicht?«

»Weil das zu nichts führen würde.«

Sie weigerte sich, das zu akzeptieren. »Nur weil du das sagst, muss es nicht wahr sein. Ich glaube …«

»Was du glaubst, ist irrelevant.« Vorsichtig setzte er ihr die Brille wieder auf die Nase. Seine Finger strichen über das dünne Metall hin zu ihren Ohren. »Das weiß ich aus eigener Erfahrung.«

Und das war der Punkt. Sie hatte keine Erfahrungen aufzuweisen, die sie ihm entgegenhalten konnte. Nur ihr Herz und ihre Entschlossenheit. Sie musste es von einer Position der Stärke heraus angehen, so wie es ihre Mutter ihr beigebracht hatte. Das musste genügen.

Doch das tat es nicht.

Evelyn sah es in seinem Gesicht. Egal, wie zärtlich er sie berührte, sich seine Stimme vertiefte oder er sich schützend vor sie stellte. Ungeachtet all dessen war er davon überzeugt, dass sie niemals zusammen sein konnten.

Ihre Kehle zog sich vor unerwarteter Gefühlswallung zusammen. »Mir ist klar, dass ich sehr unerfahren bin. Durch mein bisheriges Leben in Combe Regis fühlt sich die übrige Welt weit entfernt an. Ich verbringe jeden Tag damit, mir wegen der Probleme meiner Familie Sorgen zu machen. Es gab nur wenig Gelegenheit, auch an die von anderen zu denken. Dies lässt mich zweifellos engstirnig und provinziell wirken, doch ich versuche aufrichtig, mich zu bessern. Zuzuhören und zu lernen. Wenn du mir nur eine Chance geben würdest …«

»Du bist nicht engstirnig, sondern unschuldig. Du kannst dir nicht vorstellen, wie mein Leben Tag für Tag ist. Die misstrauischen Blicke und die geflüsterten Bemerkungen und Anspielungen. Sie kommen mit solcher Regelmäßigkeit, dass ich sie kaum noch bemerke. Aber du würdest es. Und sie würden dich kränken.«

Sie fühlte Frustration in sich aufsteigen. Er versuchte, sie zu beschützen. Es rührte sie an, machte sie gleichzeitig aber auch wütend. »Ahmad ...«

»Du kannst nicht mehr ohne deine Zofe herkommen«, sagte er. »Wir dürfen nicht mehr auf diese Weise allein sein. Es ist zu gefährlich.« Er wandte sich zum Gehen.

Evelyn legte eine Hand auf seinen Unterarm. Seine nackte Haut fühlte sich unter ihren Fingern unerträglich warm an. Sie erschauerte.

Sie konnte ihm ansehen, dass er es auch spürte. Ihre Berührung ließ ihn innehalten, dann runzelte er die Stirn.

Es war nicht besonders ermutigend.

Sie ließ die Hand sinken und machte einen letzten Versuch. »Ich bin stärker, als du denkst.«

Er wich ihrem Blick aus. »Stärke hat nichts damit zu tun.«

»Oh doch«, entgegnete sie. »Ich würde für jemanden, der mir am Herzen liegt, alles ertragen.«

Er blickte sie über die Schulter an. In seinen dunklen Augen lag enttäuschtes Verlangen. »Das weiß ich«, sagte er. »Aber ich würde dich niemals darum bitten.«

27. KAPITEL

Um künstliche Blüten, Blattwerk und Früchte zu erwerben, gab es in London kein besseres Warenhaus als *Valmar & Richardson's* in Cripplegate. Es war ein recht kleines Geschäft, doch gut sortiert und ausgestattet.

Die Hände in den Hosentaschen schlenderte Ahmad mit Mira an den Ausstellungsvitrinen vorbei. Darin befanden sich Blüten jeder nur vorstellbaren Farbe und Größe. Rosen in all ihren Formen – von der einfachen Hundsrose bis hin zu den exquisitesten französischen Züchtungen – neben Orangenblüten, Jasmin und üppigen rosafarbenen und weißen Kamelien.

»Dürfte ich mir die hier bitte mal ansehen?«, fragte Mira. »Die in Blassrosa?«

Der Verkäufer zog das Tablett mit Kamelien aus der Vitrine und stellte sie auf die Verkaufstheke. »Ist sie für einen Hut gedacht, Ma'am?«

»Für ein Kleid.« Mira zog ihren Handschuh aus und nahm eine der Kamelien in die bloßen Finger. Die Blütenblätter waren fast durchsichtig.

»Sie besteht aus Reispapier«, erklärte der Verkäufer. »Mit einem biegsamen Stiel.«

Mira sah zu Ahmad. Ihr fragendes Gesicht war von einer kleinen eleganten Haube eingerahmt. Die breiten Bänder waren unter ihrem Kinn zu einer großen Schleife gebunden. »Was denkst du?«

Er schüttelte den Kopf.

Miras Mund wurde zu einer schmalen Linie. Sie legte die Reispapierkamelie auf das Tablett zurück.

Ahmad ging zur nächsten Vitrine. Er blieb stehen, um eine Rosengirlande zu bewundern. Sie war exquisit gefertigt und wirkte, bis zu einer Spur Braun an einigen der Blätter, schon fast unheimlich echt.

Mira gesellte sich zu ihm. »Ist das mehr nach deinem Geschmack? Das würde ganz hübsch am Rock aussehen.«

»Nein.«

»Du hast eine Girlande erwähnt.«

»Aus echten Blüten«, sagte er. »Nicht aus künstlichen.« Er ging zur nächsten Vitrine. Sie enthielt Efeuranken, in die Früchte eingebunden worden waren.

»Dir hat von all dem, was wir heute gesehen haben, noch nichts gefallen«, stellte Mira fest, die ihm folgte.

»Das habe ich dir doch vorher gesagt.«

»Ja, denn wenn es nach dir gehen würde, hätte jedes Kleid, das du entwirfst, die gleiche Menge an Besatz wie die schwarze Ballrobe für Lady Anne. Nämlich gar keinen.« Sie schnaubte frustriert. »Was hast du nur gegen Verzierungen?«

Er zuckte mit den Schultern. »Ich mag einfach keinen unnötigen Tand.«

»Aber Tand ist in Mode. Mr Worth' Kleider …«

»Ich will nichts von Worth hören.« Ahmad ging weiter.

Mira marschierte hinter ihm her. Das laute Rascheln ihrer Röcke schien ihren Ärger auszudrücken. »Ich weiß wirklich nicht, warum du mitgekommen bist.«

»Weil ich etwas frische Luft nötig hatte. Ich dachte, da könnte ich dich auch begleiten.«

»Was du nötig hast, ist, dass dir jemand mal ordentlich den Kopf wäscht.« Sie zog ihn in eine Ecke und senkte ihre Stimme zu einem wütenden Flüstern. »Seit ein paar Tagen bist du immer schlecht gelaunt. Und du arbeitest zu viel. Du nimmst dir nicht mal fünf Minuten, um zu essen.«

Dies war weder der richtige Ort noch die richtige Zeit für ein solches Gespräch. Doch das hielt Ahmad nicht davon ab, in gleicher Weise zu antworten. »*Ich*? Und was ist mit *dir*?«

Sie erstarrte. »Was ist mit mir?«

»Du bist ebenso schlecht gelaunt wie ich.« Er nahm ihre nackte rechte Hand in seine und drehte sie mit der Innenfläche nach oben. »Alles voller Tintenflecke«, sagte er. »Du schreibst ziemlich viele Briefe.«

Mira riss ihre Hand zurück. »Na und?« Schnell zog sie ihren Handschuh wieder an. »Briefe zu schreiben ist ja wohl kein Verbrechen.«

»Wem schreibst du?«

»Das geht dich nichts an.«

»*Wem?*«, wiederholte Ahmad. Es gefiel ihm nicht, den Tyrannen zu spielen. Doch Mira war in letzter Zeit nicht sie selbst gewesen. Selbst Finchley hatte es bemerkt. Sie war mit den Gedanken woanders. Hatte etwas auf dem Herzen.

Ich treibe dahin, hatte sie gesagt. Sie kannte ihren Platz in der Welt nicht.

Ahmad hatte versucht, sie zu verankern. Ihr Bücher angeboten, die sie in ihrer Freizeit lesen konnte. Und Arbeit, um sie zu beschäftigen. Arbeit, die sie liebte – Kleider nähen und kunstvolle Muster sticken. Es hatte ihre Tage gefüllt und ihr einen Lebensinhalt gegeben.

Doch egal, wie zeitintensiv all das gewesen war, es hatte ihr nicht die Last von den Schultern nehmen können.

Sie warf ihm einen bösen Blick zu. »Musst du dich denn in alles einmischen?«

»Ja, wenn es etwas ist, was dich aufregt«, sagte er, ohne zu zögern.

»Mir geht es gut«, entgegnete sie. »Ich bin nicht diejenige, die sich vor Leidenschaft verzehrt. Wer verliert denn Gewicht, weil er nichts isst?«

»Wechsle jetzt nicht das Thema.«

»Du siehst langsam aus wie ein hungriger Wolf. Es verschreckt die Kundinnen.«

Er verzog das Gesicht. »So schlimm kann es nicht sein. Sie rennen uns immer noch die Tür ein, oder nicht?« Allein letzte Woche hatte er vier neue Kundinnen angenommen.

»Oh ja, die Damen rennen dir die Tür ein«, bestätigte Mira. »Zweifellos verschafft ihnen das einen Nervenkitzel, so wie den Mädchen bei Mrs Pritchard.«

»Du wirfst sie und unsere Kundschaft in einen Topf?«

»Warum nicht? Du tust es doch auch. Du hast nie einen Unterschied zwischen jenen Frauen und dem Rest gesehen. Für dich sind sie alle gleich. Nur eine weitere Figur für deine Kreationen.« Sie verschränkte die Arme. »Bis du *sie* getroffen hast.«

Ahmad warf seiner Cousine einen finsteren Blick zu.

»Warum gehst du nicht zu ihr?«, fragte sie.

Seine Stimmung verschlechterte sich weiter, obwohl er dies für unmöglich gehalten hatte. Denn er fühlte sich bereits so schlecht, wie man nur konnte.

Es war zwei Wochen her, seit Evelyn das letzte Mal in die Schneiderei gekommen war. Ganze vierzehn Tage, seit sie in den zusammengehefteten Einzelteilen des grünen Tageskleids vor ihm gestanden hatte, das er für sie anfertigte. Dunkelgrünes Band an Mieder und Rock und um die schmale Taille ein dunkelgrüner Gürtel. Sie hatte wunderschön ausgesehen. Voller Leben, wie der Frühling persönlich.

Und er hatte sie so sehr gewollt.

Er wollte sie immer noch.

Doch das nutzte ihm nichts.

»Ich habe ihr nichts zu bieten«, sagte er.

Nichts, außer sie der Gesellschaft zu entreißen, in die sie geboren worden war. Sie zu einer Ausgestoßenen zu machen. So wie jede Engländerin, die sich an einen Mann einer anderen Herkunft band.

Und das war nur das erste Hindernis, das ihnen im Weg stand.

Selbst wenn sie dieses irgendwie überwinden konnten, wären da immer noch Ahmads unzureichenden finanziellen Mittel.

»Nichts zu bieten?«, wiederholte Mira empört. »Du wirst innerhalb eines Jahres der am meisten gefeierte Schneider Londons sein!«

Seine Mundwinkel zuckten. »Du hast aber sehr viel Vertrauen in mich, *bahan*.«

»Ich sage, wie es ist«, entgegnete sie. »Behaupte nicht, du wärst anderer Meinung.«

»Nicht in dieser Hinsicht.« Trotz allem blieb sein Vertrauen in seine Arbeit unerschütterlich. »Aber innerhalb eines Jahres? Ist das wirklich deine Einschätzung?«

»Wenn es in diesem Tempo weitergeht, ja. Warum? Geht es dir nicht schnell genug?«

Es ging ihm nicht schnell genug. Jedenfalls nicht, was Evelyn betraf. Sie brauchte sofort einen reichen Ehemann, nicht erst in zwölf Monaten. Einen respektablen Gentleman mit den Mitteln, ihre Familie sowie ihr Pferd zu versorgen. Einen Mann, der finanzielle Sicherheit bot, keinen frisch gebackenen Damenschneider, der von den Launen der Londoner Gesellschaft abhängig war.

»Ein Jahr ist noch sehr weit weg«, sagte er. »Zu weit.«

Wo würde Evelyn in einem Jahr sein? Wahrscheinlich mit einem anderen verheiratet. Einem der vielen Verehrer, die um sie herumscharwenzelten – bei Essenseinladungen oder im Theater. Die Gesellschaftsspalten berichteten regelmäßig über sie und spekulierten darüber, wer letztendlich ihre Hand gewinnen würde.

Der bloße Gedanke war wie ein Messerstich in Ahmads Herz. Allmählich fühlte es sich an, als ob er innerlich blutete.

Mira hakte sich bei ihm unter. »Lass uns rausgehen.«

»Möchtest du dich nicht noch oben umschauen?« Die obere Etage von *Valmar & Richardson'* war exklusiv den Federn gewidmet. Federn von Strauß, Pfau und Marabu. Jede Farbe und Form, die sich ein Schneider oder eine Putzmacherin nur vorstellen konnte, alle in gleichen Vitrinen arrangiert wie hier unten.

Ahmad hatte daran gerade kein Interesse, doch er würde Mira nicht um das Vergnügen bringen.

»Nicht heute«, sagte sie. »Ein anderes Mal, wenn du besserer Laune bist.« Sie zog ihn zur Tür. »Komm. Du wirst dich besser fühlen, nachdem du etwas gegessen hast.«

Evelyn betrat *Hatchards* mit zwei ledergebundenen Büchern im Arm. Sie ließ sie lautstark auf die Theke fallen.

Der Verkäufer sah erschrocken zu ihr auf. Es war derselbe ältere Herr, der ihr bei ihren letzten zwei Besuchen weitergeholfen hatte. »Kann ich Ihnen helfen, Miss?«

»Ja, das können Sie. Ich brauche ein Buch über Indien.«

Er zog die Augenbrauen in die Höhe. »Noch eines?«

»Ein besseres. Diese beiden sind ganz und gar nicht, wonach ich suche.« Sie schob ihm die Bände zu. Sie hatte einen davon erst vor zwei Wochen gekauft und den anderen eine Woche darauf. Beide Male war sie enttäuscht gewesen. »Ich würde sie gern zurückgeben.«

»Mit welcher Begründung?« Der Verkäufer nahm eines der

Bücher in die Hand, schlug es auf und warf einen Blick auf das kunstvoll gestaltete Titelbild. »Sie baten um die Geschichte Indiens. Dazu gibt es kein besseres Werk als Fletchers *England und seine Kolonien*. Und für etwas Lokalkolorit ist Captain Atkinsons Biografie unübertroffen.«

»Das sagten Sie. Aber diese Bücher sind beide nicht von jemandem geschrieben worden, der selbst in Indien lebt.«

»Natürlich hat Captain Atkinson dort gelebt, Miss«, erwiderte der Verkäufer. »Wie er sehr ausführlich beschreibt.«

»Ja, seine Beschreibungen sind in der Tat schmerzhaft ausführlich, doch Captain Atkinson ist leider kein Inder.«

»Ich verstehe. Sie suchen also nach einem Geschichtsbuch, das von einem Einheimischen verfasst wurde.«

»Korrekt«, sagte sie entschlossen. »Führen Sie so etwas?«

Draußen eilten Passanten im hellen Sonnenschein am Schaufenster vorbei. Es war kurz nach Mittag. Evelyn hatte keine Zeit zum Verweilen. Sie musste rechtzeitig zurück im Haus ihres Onkels sein, um sich für etwaige Besucher bereitzuhalten.

Es war Agnes' freier halber Tag. Evelyn hatte den Omnibus zum Piccadilly Square genommen und war froh gewesen, den Fesseln der Schicklichkeit wenigstens für kurze Zeit zu entkommen. In der letzten Stunde war sie so frei und anonym wie die Frau eines Händlers durch die Stadt gebummelt.

Nun, vielleicht nicht völlig anonym.

Sie wurde jetzt von vielen Leuten erkannt. Damen und Herren, die sie bei Kartenpartien, Tanveranstaltungen und Abendessen kennengelernt hatte oder die sie in der Rotten Row hatten reiten sehen. Selbst während sie jetzt an der Kasse stand, war sie sich einiger Seitenblicke bewusst.

Vielleicht hätte sie doch nicht allein ausgehen sollen?

Doch es war zu spät, einen Rückzieher zu machen.

»Wir könnten etwas in dieser Art auf Lager haben«, sagte der Verkäufer. »Aber ich würde es nicht gerade einen zuverlässigen Bericht nennen. Dafür sollten Sie sich besser einer der Militärchroniken widmen. Vielleicht dem Tagebuch von Colonel Brough-Cholmondeley?«

»Nein, danke. Ich habe genug vom langweiligen Geschwafel ehemaliger Soldaten.«

Hinter ihr räusperte sich jemand.

Evelyn warf einen Blick über ihre Schulter. Und erstarrte.

Es war Captain Blunt, der berühmt-berüchtigte Held der Krim.

Sie hatte ihn erst ein Mal gesehen und war ihm noch nicht offiziell vorgestellt worden, doch sein entstelltes Gesicht war unverkennbar. Eine große Narbe reichte von seinem rechten Auge bis zu seinem Mund und verlieh den Lippen dauerhaft das Aussehen eines höhnischen Lächelns.

An seiner düsteren Wirkung änderte auch der Rest seiner Erscheinung nichts. Er war groß, dunkel und mürrisch, mit einem militärischen Gehabe, das einen sofort an einen Soldaten auf dem Schlachtfeld denken ließ. Tatsächlich sah er so aus, als könnte er sie mit bloßen Händen entzweibrechen.

Kein Wunder, dass Julia fast in Ohnmacht gefallen war, als er darum gebeten hatte, ihr vorgestellt zu werden.

»Bitte verzeihen Sie die Einmischung, Ma'am«, sagte er. »Sie suchen nach einem Bericht über Indien, verfasst von einem Einheimischen?«

»In der Tat«, sagte sie.

»Dann versuchen Sie es doch mit *Die zwei Schwestern* von Shahid Khan.«

Sie blinzelte ihn an. »Ist das ein Geschichtsbuch?«

»Ein Roman«, sagte er. »Eine Geschichte über die Wichtigkeit weiblicher Erziehung, vor Kurzem aus Urdu übersetzt.«

Evelyn musste sich zusammennehmen, um den Mann nicht mit offenem Mund anzustarren. Sie wusste nicht, was sie mehr überraschte, dass er sich mit Romanen auskannte, mit indischen Autoren oder der Erziehung von Frauen.

»Dieses Buch führen wir nicht«, sagte der Verkäufer.

»Aber Sie können es doch sicherlich bestellen«, erwiderte Captain Blunt. »Falls die Dame es wünscht.«

»Ich wünsche es«, sagte Evelyn rasch. »Vielen Dank, Sir.«

Der Captain verbeugte sich. Er hielt ein braunes, in Leinen gebundenes Buch in der Hand und wartete darauf, dass sie fertig wurde, damit er es erwerben konnte.

Evelyn warf einen Blick auf den goldgeprägten Einband. Als sie erkannte, was es war, riss sie überrascht die Augen auf. *Die Frau in Weiß* von Wilkie Collins.

Sie sah Captain Blunt an. Noch nie hatte sie einen Herrn gesehen, der weniger sentimental wirkte. Und doch … las er Romane.

»Dann werde ich mich für Sie nach Mr Khans Buch erkundigen«, sagte der Verkäufer und schob die anderen Bücher zu ihr zurück. »Doch die hier kann ich nicht zurücknehmen. Sie haben Sie bereits gelesen.«

»Das habe ich«, sagte sie. »Aber …«

»Dies ist keine Leihbibliothek, Miss.«

Evelyn hätte gern widersprochen, doch hinter ihr hatte sich bereits eine Schlange gebildet. Nachdem sie dem Angestellten ihre Adresse gegeben hatte, sammelte sie widerwillig ihre Bücher ein, nickte Captain Blunt zum Abschied zu und verließ das Geschäft.

Auf der Straße rollten Hansoms vorbei, zusammen mit Einspännern und Kutschen. Evelyn marschierte entschlossen auf die Omnibushaltestelle zu, als eine Kutsche neben ihr hielt.

Es war die der Arundells. Anne ließ das Fenster herunter. »Wohin willst du denn so eilig?«, fragte sie.

»Nach Hause«, sagte Evelyn.

»Steig ein. Ich nehme dich mit.«

Ein livrierter Lakai sprang herunter und öffnete die Tür. Evelyn dankte ihm leise, als er ihr hineinhalf. Als sich die Tür hinter ihr schloss, ließ sie sich auf den Platz neben Anne sinken. »Ich schulde dir was.«

»Keineswegs. Ich bin froh über die Gesellschaft.«

»Bist du heute Morgen allein unterwegs?«

»Vorübergehend. Mama trifft sich mit einem Vertreter dieses jungen Mediums aus Birmingham. Was für ein Drama! Bald wird es eine Séance geben.«

»Wird der Junge anwesend sein?«

»Bestimmt. Mama ist völlig aus dem Häuschen – viel zu abgelenkt, um auf mich zu achten. Sie sagte, dass ich die Kutsche haben könnte, um ein paar Einkäufe zu erledigen. Ich hatte eine ganze Stunde für mich.« Anne richtete den Rock ihres schwarzen Seidenkleids, während die Kutsche weiterrollte. »Kommst du gerade von *Hatchards*?«

»Genau. Und du wirst nie raten, wen ich dort getroffen habe.« Evelyn beschrieb ihre Begegnung mit Captain Blunt. »Denkst du, der Mann hat verborgene Tiefen in sich?«, fragte sie, als sie fertig war.

»Ich nehme es an«, sagte Anne. »Aber selbst seine offenbare Liebe zu Romanen kann die Tatsache nicht ausgleichen, dass er mit einer Schar unehelicher Kinder lebt. Eines könnte ich verzeihen. Möglicherweise sogar zwei. Aber ein ganzes Haus voll?«

»Ein ganzes Spukhaus voll, wenn man Stellas Beschreibung Glauben schenken kann.«

»Nicht nur ihrer. Andere reden ebenfalls über sein angeblich verfluchtes Anwesen.« Anne runzelte die Stirn. »Nein. Captain Blunt kann für niemanden von uns als angemessener Verehrer betrachtet werden. Am allerwenigsten für Julia. Sie braucht einen sanften Mann.«

»Hast du jemanden im Sinn?«

»Noch nicht. Aber ich halte Augen und Ohren offen.« Anne lehnte sich vor, um Evelyns Bücher anzuschauen. »Was hast du gekauft?«

»Dies sind keine Neuanschaffungen. Ich habe versucht, sie zurückzugeben.«

»Was stimmt denn nicht damit?«

»Sie sind bigotter Unsinn.«

Anne nahm das obere Buch in die Hand und las den Titel vor. »*England und seine Kolonien.*«

»Geschrieben von einem übereifrigen Kolonialisierer, wie sich herausgestellt hat.«

»Oh, und was ist mit diesem?« Anne griff nach dem zweiten Buch. »*Curry und Reis auf vierzig Platten oder Die Zutaten des Lebens in ›Unserer Station‹ in Indien.*«

»Weiterer Unsinn.« Evelyn hatte das Buch des Autors als mehr als beleidigend empfunden. Was die Einheimischen und jene von gemischter Abstammung betraf, war es verächtlich und herablassend. Von einigen Passagen war ihr regelrecht schlecht geworden.

»Ich meine ein Thema zu erahnen.« Anne warf ihr einen ironischen Blick zu. »Wenn du etwas über Indien erfahren willst, warum fragst du dann nicht einfach ihn?«

Evelyn musste nicht fragen, wen Anne meinte. »Es ist nicht seine Aufgabe, mich zu belehren. Es ist meine Ignoranz, also bin ich es auch, die etwas dagegen tun muss.«

»Es wäre mit Sicherheit leichter, als dich über diesen Unsinn aufzuregen.« Anne blätterte das erste Buch durch. »›Der

Hindu und der Mohammedaner erkennen die Überlegenheit der Europäer bereitwillig an‹«, las sie vor, »›und sind geneigt, sich ihm für Anleitung und Schutz zuzuwenden.‹ Du meine Güte. Das klingt ja furchtbar.« Sie klappte das Buch wieder zu. »In gedruckter Form so entsetzlich wie in der Praxis, nehme ich an.«

»Du missbilligst die britische Präsenz in Indien?«

»Ich missbillige Einmischungen in jeglicher Form. Und wir sind eine Nation von Einmischern ... mit oftmals katastrophalen Folgen. Das kann man nur missbilligen.«

»Nicht jeder ist so erleuchtet«, sagte Evelyn.

Anne zuckte mit den Schultern. »Wenn ich mich um die Meinungen anderer sorgen würde, käme ich nie aus dem Haus.« Sie legte das Buch wieder auf den Sitz. »Was wirst du tun, wenn du dich ausreichend informiert hast? Wirst du zu ihm gehen?«

Der Gedanke versetzte Evelyn einen Stich ins Herz. »Nein. Ich werde ihn nicht mehr in seinem Geschäft belästigen.«

Er hatte ihr gesagt, sie solle nicht mehr ohne Zofe kommen. Hatte ihr gesagt, dass sie nicht mehr allein sein durften. Und sie würde sich ihm nicht aufzwingen. Der Himmel wusste, dass sie bereits leichtsinnig genug gewesen war, was ihn anging.

»Und was dann?«, fragte Anne.

»Ich werde warten«, sagte Evelyn. »Wenn Mr Malik mich wiedersehen will, wird er mich aufsuchen müssen.«

28. KAPITEL

Am folgenden Tag saß Evelyn im Salon bei einer Tasse Tee und las die Nachmittagsausgabe der Zeitung, als Mrs Quick in der Tür erschien.

»Mr Connaught, Miss«, verkündete sie.

Stephen marschierte an der Haushälterin vorbei in den Salon. Er hatte weder Mantel noch Handschuhe abgelegt und hielt seinen Hut in der Hand. »Miss Maltravers«, sagte er und verbeugte sich.

Evelyn verspürte einen Anflug von Beunruhigung.

Zwischen eins und drei kamen regelmäßig Besucher vorbei. Sie hatte sich daran gewöhnt, sie willkommen zu heißen, alle von Lord Gresham bis zu Mr Fillgrave. Doch Stephen war nie einer von ihnen gewesen. Seit seinem unangenehmen letzten Besuch hatten sie lediglich Höflichkeiten ausgetauscht, wenn sie sich in der Rotten Row begegnet waren.

»Mr Connaught.« Sie stellte die Teetasse ab und erhob sich. Ihr topasfarbener Seidenrock raschelte leise. Zusammen mit einer Garibaldi-Bluse aus cremefarbenem weißen Musselin war das Ensemble dank Ahmad so bequem wie hübsch.

Sie konnte keines ihrer Kleidungsstücke tragen, ohne an ihn denken zu müssen.

Er hatte recht damit gehabt, dass die Kleidung ihr Selbstbewusstsein geben würde.

Obwohl sie ihn seit Wochen nicht gesehen hatte, war er doch immer bei ihr. Dort, in den Abnähern, die ihre Taille formten, im tiefen Ausschnitt eines Abendkleids, den eleganten Röcken. Sie fühlte sich stark darin. Wunderschön.

Stephen musterte sie anerkennend. »Ich habe ein neues Gig gekauft«, sagte er. »Ich wollte Sie fragen ob Sie mich vielleicht auf eine Fahrt begleiten möchten.«

Die Einladung überraschte sie. »Ich bin mir nicht sicher, ob das eine gute Idee ist.«

»Der Wagen ist offen. Es wäre nicht unschicklich, darin mit mir gesehen zu werden.«

»Das bezweifle ich auch nicht. Ich frage mich nur, ob es weise ist …«

Er trat vor und sah sie flehend an. »Ich wäre äußerst dankbar über die Gelegenheit, unter vier Augen mit Ihnen zu sprechen.«

Sie erstarrte. »Geht es um Fenny und Ihren Bruder?«

»Ja«, sagte er. »Und … andere Themen.«

Evelyn legte eine Hand auf ihren Bauch. Soweit sie wusste, war ihre Schwester sicher nach Frankreich zurückgekehrt. Das bedeutete aber nicht, dass Fenny außer Gefahr war. Eine schwangere Frau war immer gefährdet. Besonders eine, die so weit weg von daheim unter Fremden lebte.

»Also gut«, sagte sie. »Geben Sie mir einen Moment, um meine Jacke zu holen.«

»Wir treffen uns draußen«, sagte Stephen.

Kurz darauf half er ihr in sein neues Gig. Es war ein hübsches Gefährt mit schwarz lackierter Kabine und leuchtend gelben Rädern. Zwei dazu passende schwarze Pferde tänzelten in den Strängen.

»Sehr elegant«, bemerkte Evelyn, während sie ihre Brille in der Tasche ihres Rocks verschwinden ließ.

»Es hat auch entsprechend gekostet.« Stephen stieg ein, nahm die Zügel und gab den Pferden das Signal zum Aufbruch. »Ich muss sagen, in Sussex hätte ich weniger bezahlt.«

»Warum haben Sie es nicht dort gekauft? Ich dachte, Sie wollten schon vor Wochen zurückkehren.«

Er lenkte die Pferde vom Haus fort, ihre Hufe klapperten laut über das Pflaster. »Das bin ich auch.«

Evelyn richtete ihren breitkrempigen Hut. »Haben Sie etwas von ihnen gehört?«

»Von meinem Bruder? Ja. Er ist wohl tatsächlich nach Frankreich zurückgekehrt. Und Ihre Schwester mit ihm.«

»Ach wirklich?« Sie bemühte sich, überrascht zu klingen. »So ist es wohl am besten.«

»Für Ihre Schwester vielleicht. Aber für Anthony? Das bezweifle ich. Manchmal denke ich, dass er verrückt sein muss.« Er schnalzte mit der Zunge, um die Pferde in den Trab zu bringen. »Sie wird das natürlich freuen.«

»Das tut es.«

»Nicht wegen der beiden. Sondern um Ihrer selbst willen. Sie waren besorgt, dass Ihre Schwester Ihren Aussichten schaden könnte.« In seiner Stimme lag ein fast spöttischer Unterton.

Sie warf ihm einen scharfen Blick zu.

»Ich habe es damals nicht richtig verstanden«, sagte er. »Doch nun tue ich es.«

»Ach ja?« Das bezweifelte sie stark. Er klang nicht sehr verständnisvoll.

»Ich muss zugeben, dass es mich überrascht hat«, sagte er. »Ein Mangel an Vorstellungskraft meinerseits.«

Das hingegen glaubte Evelyn sofort. »Sie haben in mir nie etwas anderes gesehen als einen Kameraden.«

»Kameraden. Ja. Das waren wir wirklich, nicht wahr?«

»Ich glaubte, wir wären Freunde«, sagte sie. »Bis wir es nicht mehr waren.«

»Dafür können Sie mir nicht die Schuld geben. Sie wissen, wie mein Vater ist.«

Das wusste sie genau, doch das entschuldigte Stephens Verhalten keineswegs. »Ihr Vater war nicht in der Nähe, als Sie mich vor drei Jahren im Dorf plötzlich ignoriert haben.«

»Vor drei Jahren war ich noch ein Kind.«

»Sie waren einundzwanzig. Fast mein Alter.« Sie hielt sich an der Seite des Gigs fest, um nicht gegen ihn geschleudert zu werden. »Es hat keinen Sinn, über die Vergangenheit zu streiten. Was geschehen ist, ist geschehen.«

»Ja«, pflichtete er ihr bei. »Lassen wir diese unschöne Zeit hinter uns. Sie macht keinen Unterschied für unsere Zukunft.«

»Was meinen Sie mit unserer …« Sie brach ab und sah sich um. »Sie fahren in die falsche Richtung! Zum Hyde Park geht es dort entlang.«

»Wir fahren nicht in den Hyde Park.« Er lenkte die Pferde durch den Verkehr. »Es gibt etwas am anderen Ende der Stadt, das ich Ihnen zeigen will. Es ist eine Viertelstunde entfernt. Die Fahrt wird uns Zeit zum Reden geben.«

»Was ist es, das Sie mir zeigen wollen?«, fragte sie.

Stephen blickte starr geradeaus auf die Straße, ohne ihr zu antworten. Jedenfalls nicht direkt. »Ich hatte keine Ahnung, dass Sie sich in London aufhalten. Als ich Sie damals in der Rotten Row sah, hätte ich Sie fast nicht erkannt. Sie haben sich sehr verändert, seit Sie hergekommen sind.«

Evelyns Besorgnis wuchs, während die Straße rasch an ihnen vorbeiglitt. »Stephen …«

»Ich kritisiere Sie nicht. Sie sind sich mit Sicherheit bewusst, dass ich diese Veränderungen anziehend finde. Das ist einer der Gründe, warum ich wieder in der Stadt bin. Und wie Sie ja bereits sagten, waren wir immer Kameraden. Wir haben gut zusammengepasst, was Interessen und Temperament angeht.«

Evelyn gefror das Blut in den Adern.

Gütiger Himmel.

Er würde ihr einen Antrag machen.

All die Jahre des Wartens und Hoffens. Sie hatte davon geträumt, dass er sie eines Tages bitten würde, seine Frau zu werden. Und nun, da der Moment gekommen war, wollte sie nur noch aus der Kutsche springen und fliehen.

»Bitte sagen Sie nichts mehr«, flehte sie. »Es wäre wirklich besser, wenn Sie …«

»Ich weiß, es hat Sie gekränkt, dass wir in den letzten Jahren getrennte Wege gegangen sind. Aber das kann im Großen und Ganzen keine Rolle spielen. Sie müssen an Ihren Platz in der Welt denken. Sie möchten es angenehm haben. Und Sie möchten, dass Hephaestus versorgt ist. Das kann ich Ihnen bieten.«

»Das ist wirklich sehr großzügig, aber …«

»Ich habe vor, großzügig zu sein«, sagte Stephen. Er hielt die Pferde in einem zügigen Tempo. »Warten Sie nur, bis Sie das Haus sehen, das ich gefunden habe.«

Sie starrte ihn fassungslos an. »Sie haben ein Haus für uns gesucht?«

Er nickte. »Auf der Suche nach meinem Bruder war ich überall in der Stadt. Zuerst habe ich Mayfair durchpflügt, dann Bloomsbury. Von dort habe ich mich nach Osten in Richtung St. Paul vorgearbeitet.«

Sie hörte zu, wie er seine Suche minutiös beschrieb. Ihre Beunruhigung bezüglich der Aussicht auf seinen Antrag wurde nach und nach durch Erstaunen über seine unglaubliche Dummheit ersetzt. »Ist Ihnen nie in den Sinn gekommen, in der Nähe der Docks zu suchen?«

»Um die Passagierlisten der Schiffe aus und nach Frankreich zu überprüfen? Das habe ich. Dort war keine Spur von ihnen zu finden.«

»Nicht nur in den Passagierlisten. In den Gasthöfen und Tavernen dort.«

Er schnaubte. »Anthony würde sich nie im Leben an einem solchen Ort sehen lassen. Und können Sie sich vorstellen, dass Ihre Schwester einwilligt, in einem gewöhnlichen Gasthof zu übernachten?«

»Ja«, erwiderte sie nüchtern. »Nur zu gut.«

»Nun, ich nicht. Ich hielt es für am Besten, meine Suche auf Orte zu beschränken, an denen sich die beiden tatsächlich aufhalten würden. Ich kam bis zur Gracechurch Street. Dort fand ich auch das Haus, zu dem ich Sie nun bringe.«

Gracechurch Street?

»Es ist natürlich keine elegante Wohngegend«, räumte er ein. »Sie möchten ja sicherlich nicht ständig jemandem begegnen, den Sie vorher kannten.«

Ihr kam ein widerlicher Verdacht. »Was genau haben Sie im Sinn?«

»Ein Arrangement.«

»Ein Arrangement«, wiederholte sie. »Keine Ehe?«

Er zuckte zusammen und zog dadurch unwillkürlich an den Zügeln. Die Pferde gingen in einen leichten Galopp und er musste seine ganze Aufmerksamkeit darauf richten, sie wieder in den Trab zu bringen.

»Angesichts Ihrer Reaktion also keine Ehe«, stellte sie fest. Während die Kutsche weiterrumpelte, herrschte ein paar Sekunden ein unangenehmes Schweigen zwischen ihnen. Es war die Bestätigung Evelyns schlimmster Befürchtungen. »Ich würde Sie nun bitten, mich umgehend zum Haus meines Onkels zurückzubringen.«

»Aber was ist mit …«

»Ich möchte nicht in die Gracechurch Street«, sagte sie. »Sondern zurück zum Russell Square. Und zwar sofort.«

Er warf ihr einen Blick zu. Sein Gesicht hatte sich rot gefärbt. »Sie können doch nicht wirklich gedacht haben, dass ich Ihnen einen Antrag machen würde?«

Einst hätten Evelyn diese Worte tief verletzt. Nun empfand sie lediglich Entrüstung. Sie wollte ihn nicht mehr. Das bedeutete aber nicht, dass sie sich von ihm beleidigen lassen würde. »Warum sollten Sie nicht, wenn Ihnen etwas an mir liegt?«

»Weil mein Vater nicht zustimmen würde. Und«, fügte er hinzu, »weil Sie nicht die Art Frau sind, die ein Gentleman heiraten würde.«

Sie starrte ihn an.

»Das muss Ihnen doch klar sein«, sagte er. »Warum sonst paradieren Sie jeden Nachmittag in diesem Reitkostüm die Rotten Row entlang? Es ist doch eindeutig, auf was Sie es abgesehen haben.«

»Sie denken ernsthaft, dass ich mich als Kurtisane etablieren möchte?« Evelyn lehnte sich zurück. Sie wusste nicht, warum die Vermutung sie empören sollte. Ahmad hatte es ebenfalls gedacht, als sie wegen der Reitkostüme das erste Mal zu ihm gekommen war. Doch das hier war etwas anderes. Ahmad respektierte Frauen – alle Frauen –, während Stephen sie herabsetzen wollte. »Und Sie dachten, Sie könnten … was? Meine Dienstleistungen erwerben?«

»Seien Sie nicht vulgär.«

»Sie sind es, der hier vulgär ist, nicht ich. Was für ein Mann schlägt einer respektablen Dame ein solches Arrangement vor? Es ist eine Beleidigung.«

»Respektabel!« Stephen lachte. »Der Name Ihrer Familie wird niemals respektabel sein. Ihre Schwester lebt mit meinem Bruder zusammen, ohne mit ihm verheiratet zu sein. Sie sind entehrt. Sie und Ihre Schwestern. Je eher Sie sich das eingestehen …«

»Halten Sie an«, verlangte Evelyn.

»Das werde ich nicht. Sie müssen sich nur beruhigen und vernünftig darüber nachdenken. Der einzige Weg, der Ihnen noch offensteht …«

»Ich sagte, Sie sollen anhalten. Sofort.« Als er nicht auf sie hörte, tat sie, als würde sie aufstehen.

»Um Himmels willen!« Er packte sie am Arm. »Wollen Sie sich umbringen?«

»Halten Sie die Kutsche an und lassen Sie mich aussteigen.« Ihre Stimme war hart wie Stahl.

Endlich gehorchte ihr Stephen. Er brachte das Gig am Straßenrand zum Stehen. »Was haben Sie vor, Evelyn? Sie wissen doch nicht einmal, wo wir sind.«

»Ich weiß genau, wo ich bin«, log sie. »Und bevor ich gehe, sollen Sie noch wissen, dass ich Sie nicht einmal dann heiraten würde, wenn Sie der letzte Mann auf der Welt wären. Sie haben übrigens recht. Sie waren vor drei Jahren ein Kind, und Sie sind es heute noch. Bevor Sie sich eine Mätresse zulegen, schlage ich vor, dass Sie besser erst *erwachsen* werden.«

Sie wartete nicht darauf, dass er ihr herunterhalf. Sie raffte ihre Röcke, sprang aus dem Gig und landete hart auf dem schmutzigen Gehweg.

Stephen fluchte leise.

Sie ignorierte ihn, schaute nach links und rechts und versuchte sich zu orientieren. Diesen Teil der Stadt kannte sie nicht. Die Straße war von wenig elegant wirkenden Geschäften gesäumt. Von stämmigen Arbeitspferden gezogene Frachtkarren rumpelten vorbei, und ein Straßenhändler bot lauthals seine Waren an.

»Sie haben Ihren Standpunkt deutlich gemacht«, sagte Stephen. »Seien Sie nicht albern.«

»Leben Sie wohl.« Sie marschierte los.

»Warten Sie, verflucht. Ich kann Ihnen nicht folgen. Ich habe niemanden, der meine Pferde halten kann. Evelyn. Evelyn!«

Sie ging schneller, eher von Wut als gesundem Menschenverstand angetrieben. Stephens Stimme verklang hinter ihr, verloren inmitten der Rufe von Straßenhändlern und Frachtkutschern. Er versuchte mit Sicherheit, ihr in seinem Gig zu folgen.

Und das wollte sie nicht.

An der ersten Kreuzung bog sie nach rechts in eine Straße ein, die noch belebter wirkte als die davor. Sie war lang und erstreckte sich weiter, als Evelyn sehen konnte. Überall standen Holzfässer herum. Sie ging um sie herum und duckte sich unter der Markise eines Geschäfts hindurch. Davor lud ein stämmiger Mann etwas von einem Karren.

Als sie vorbeiging, stieß er einen anerkennenden Pfiff aus. »Schenk mir ein Lächeln, Liebes.«

Ein Anflug von Angst ließ Evelyn schneller gehen. Sie behielt die Straße im Auge und hoffte, eine Mietdroschke oder zumindest einen Omnibus zu entdecken.

Vor ihr musterten zwei schlicht gekleidete Frauen mit Einkaufskörben die Auslage eines Obsthändlers. Eine von ihnen sah sie neugierig an.

Evelyn zwang sich zu einem Lächeln. »Ich bitte um Entschuldigung, Ma'am. Gibt es in der Nähe eine Omnibus-Haltestelle?«

»Haben Sie sich verlaufen?«, fragte die Frau.

»In der Tat«, gab Evelyn zu. »Ich kenne nicht mal den Namen dieser Straße.«

Die zweite Frau lachte. »Dies ist die King William Street, Miss.«

»Die King William Street?« Evelyn stockte der Atem.

Gütiger Himmel. Hier lebte Ahmad. Er hatte ihr einst erzählt, dass er über einem Teegeschäft wohnte.

Sie sah zu den gemalten Ladenschildern auf und ihr Puls beschleunigte sich. Da war es, nicht mehr als einen Häuserblock entfernt: *Teehandel.*

»Am Ende der Straße hält regelmäßig ein Omnibus«, sagte die erste Frau.

»Aye, alle zehn Minuten«, fügte die zweite hinzu.

Evelyn dankte ihnen, bevor sie weiterging. Das Teegeschäft kam mit jedem Schritt näher. Sie konnte nicht aufhören, das Schild anzustarren und an Ahmad zu denken. Sie war so in ihren Tagträumen versunken, dass sie den Mann, der ihr entgegenkam, erst bemerkte, als er direkt vor ihr stand.

»Miss Maltravers?«

Evelyn blieb ebenfalls stehen. Ihr schlug das Herz bis zum Hals. Sie war sich nicht vollkommen sicher, ob es sich nicht um einen weiteren Tagtraum handelte. »Mr Malik. Guten Tag.«

Der Lärm der belebten Straße schien zu verstummen, als gäbe es nur sie beide.

Ahmad riss sich sichtlich zusammen. Er trug einen schwarzen Dreiteiler und sah wie immer unglaublich attraktiv aus. Doch irgendwie hatte er sich verändert. Er wirkte schmaler. Als wäre er krank gewesen.

Und dies war nicht die einzige Veränderung.

Sein Blick hatte etwas von seiner künstlerischen Intensität verloren, die sie so bewunderte. An ihre Stelle war Erschöpfung getreten. Er wirkte müde und mürrisch. Gar nicht wie er selbst.

»Was tun Sie denn hier?«, fragte er förmlich, schließlich waren überall Augen und Ohren.

»Ich versuche, einen Omnibus zu finden.«

»Sind Sie hier, um mich zu besuchen?«

»Nein. Das hatte ich nicht vor. Mir war bis vor fünf Minuten nicht mal klar, wo ich mich befinde. Doch nun, wo ich schon mal hier bin …« Sie hatte sich geschworen, ihn nicht zu bedrängen. Dass sie darauf warten würde, dass er sie aufsuchte. Doch das hier war etwas anderes. Sie straffte die Schultern. »Gibt es einen Ort, an dem wir reden können? Unter vier Augen?«

Sie wartete darauf, dass er es verneinte. Dass er sie zur nächsten Haltestelle bringen würde, um sie loszuwerden.

Doch er sah sie nur schweigend an. Dann nickte er. »Meine Wohnung. Dorthin können wir gehen.«

29. KAPITEL

Evelyns Erstaunen über Ahmads Einladung in seine Wohnung währte nur kurz.

»Mira und Becky sind da«, sagte er.

»Oh?« Evelyn folgte ihm die knarzende Treppe im hinteren Bereich des Teehandels hinauf. Sie musste zugeben, dass sie das ein wenig enttäuschte. »Die beiden arbeiten nicht in der Schneiderei?«

»Nicht regelmäßig. Es gab Meinungsverschiedenheiten mit den anderen Näherinnen.«

»Tut mir leid, das zu hören.« Die Stufen führten hinauf zu einem schmalen Flur, an dessen Ende sich eine ebenso schmale Tür befand.

»Das ist nicht ungewöhnlich.« Er warf ihr einen Blick zu, während er einen Schlüssel aus seiner Tasche zog. »Es ist eine regelrechte Kunst, mit Näherinnen umzugehen. Eine, die ich noch nicht perfekt beherrsche.« Er schloss die Tür auf, öffnete sie und trat einen Schritt zurück, um Evelyn eintreten zu lassen.

Sie duckte sich unter seinem Arm hindurch und betrat ein spärlich eingerichtetes Wohnzimmer. Es gab einen runden Holztisch und vor dem erkalteten Kamin standen ein verschlissenes Sofa und ein Sessel.

Der Raum war vollkommen leer.

Ahmad folgte ihr und schloss die Tür hinter sich. »Mira? Becky?«

Keine Antwort.

Evelyn wartete mit vor der Brust verschränkten Händen, während er im Nebenzimmer verschwand. Ihr Blick schweifte durch das Wohnzimmer. Die Vorhänge und Teppiche waren so verblasst wie die Möbel, doch es war sehr sauber. Die Kissen auf dem Sofa waren einladend aufgeschüttelt und auf jeder verfügbaren Oberfläche lagen Stapel von Büchern, Magazinen und Skizzenblöcken.

»Sie sind nicht da«, sagte Ahmad, als er zurückkehrte. »Sie müssen ausgegangen sein, um etwas zu essen. In der Nebenstraße gibt es einen Bäcker.«

»Dann werden sie wohl bald wieder zurück sein?«

»Jeden Moment, denke ich. Vielleicht sollten wir …« Doch er sagte nicht, was sie tun sollten, sondern sah sie nur stirnrunzelnd an, als hätte er vergessen, was er sagen wollte.

»Es kann doch nicht schaden, auf sie zu warten«, sagte sie. »Wenn wir schon mal hier sind.«

Sein Stirnrunzeln vertiefte sich. Er machte einen Schritt auf sie zu, nur um doch wieder stehen zu bleiben. In seinen Augen lag ein Blick, der schwer zu deuten war. »*Warum* bist du hier? Du sagtest, du hättest nicht mal gewusst, wo du dich befindest …«

»Das stimmt.«

»Und wie …«

»Ich bin ausgefahren«, sagte sie. »Mit … Stephen Connaught.« Sie überlegte, wie sie den Vorfall, der sie zur King William Street gebracht hatte, am besten wiedergab. Doch es gab keine Möglichkeit, die Sache zu beschönigen. Wie gewöhnlich würde die Wahrheit genügen müssen.

Als sie es ihm erzählt hatte, verfinsterte sich Ahmads Gesicht wie eine Gewitterwolke. »Er hat *was*?«

Evelyn wich unwillkürlich einen Schritt zurück. Ihre Röcke streiften die Wand hinter ihr. »Er ist ein Idiot.«

Ahmad verringerte den Abstand zwischen ihnen. »Warum bist du mitgefahren?«

»Er sagte, er wolle über Fenny und seinen Bruder reden. Ich dachte, er hätte vielleicht Neuigkeiten. Nie hätte ich erwartet, dass er mir einen solchen Vorschlag machen würde. Mir war nicht einmal klar, dass er mich auf diese Weise betrachtet.«

»Hat er dich verletzt?«

»Nur meinen Stolz. Und der wird sich schnell erholen. Eines Tages werde ich darüber lachen.«

Er sah sie aufmerksam an. »Du zitterst.«

Er hatte recht. Es war ein unangenehmes Gefühl. Sie lehnte sich mit dem Rücken an die Wand, um sich zu stützen. »Ich ... ich habe nicht erwartet, dich zu sehen.«

Er runzelte die Stirn. »Du warst seit zwei Wochen nicht mehr in der Schneiderei.«

»Du hast mir gesagt, ich solle ihr fernbleiben.«

»Ich sagte, du solltest nicht mehr ohne deine Zofe kommen. Ich habe nie gesagt, du solltest dich fernhalten.«

»Unter welchem Vorwand hätte ich kommen sollen? Du hast all meine Aufträge ausgeführt. Und ich habe nicht das Geld, um mehr zu bestellen. Außerdem habe auch ich meinen Stolz.«

»Was hat denn Stolz damit zu tun?«

»Wenn du mich nicht willst ...«

Er sah sie entgeistert an. »Du denkst, ich will dich nicht?«

Bevor Evelyn eine Antwort formulieren konnte, drängte er sich gegen sie und legte ihr seine Hände auf die Wangen.

Und sie konnte sich nicht bewegen. Konnte nicht atmen. Sie konnte ihn nur anstarren. Ihr Herz donnerte wie Hephaestus' Hufe auf dem harten Boden der Rotten Row.

Er neigte den Kopf, und seine Stimme war voller kaum unterdrückter Emotionen. »Was ich für dich empfinde, ist so mächtig, dass es uns beide zerstören könnte.«

Einen Moment lang dachte sie, er würde sie küssen. Sie wollte es. Doch in diesem kurzen Augenblick kam es ihr wahrscheinlicher vor, dass er sie wieder loslassen würde.

Und das sollte er nicht. Noch nicht.

Sie schloss die Hände um seine Handgelenke. »Wie?«

Wie?

Ahmad hielt es für offensichtlich. »Es könnte Gerede geben. Es würde genügen, dass du mit mir gesehen wirst. Auch nur der Hauch eines Skandals würde deinen Aussichten auf dem Heiratsmarkt schaden.«

»Oh. Das.«

»Ja, das. Der Grund, warum du überhaupt in der Stadt bist.« Seine Daumen streichelten ihre Wangen. Er konnte einfach nicht damit aufhören, sie zu berühren. Sie war so seidig zart. So warm und liebreizend und hübsch.

Und sie war sein.

Jede Faser seines Körpers verkündete es mit unmissverständlicher Überzeugung.

Evelyn Maltravers war sein.

Er wusste es seit Wochen. Hatte mit aller Kraft dagegen angekämpft. Doch jetzt nicht mehr. Sie war hier. War bereitwillig in seine Wohnung gekommen. Ihm fehlte die Stärke, um sie sich weiter zu versagen.

»Darüber mache ich mir keine Gedanken mehr«, sagte sie.

»Deine Verehrer …«

»Ich habe keine Verehrer. Ich hätte nicht behaupten sollen, ich hätte welche.«

Ihm wurde eng ums Herz. Keine Verehrer? Das schien ihm kaum möglich. Nicht, wenn er sich die letzten zwei Wochen vorgestellt hatte, wie man sich um Evelyn riss.

»Es gibt einige ältere Herren, die bei Abendessen und Bällen mit mir schäkern«, sagte sie. »Und die mir im Haus meines Onkels ihre Aufwartung machen, aber das ist nichts Ernstes. Nichts, was man Umwerben nennen könnte. Tatsache ist, dass es in der Stadt nicht viele junge Herren gibt, und von denen ist kaum einer besonders beeindruckend.«

»Nur, weil du noch niemanden getroffen hast, heißt das nicht ...«

»Ich habe jemanden getroffen«, sagte sie. »Dich.«

Ihre Worte waren wie eine Liebkosung. So lindernd für seine Seele wie die Berührung ihrer Fingerspitzen auf seinen Handgelenken.

Er musste schlucken.

»Ich nehme nur deshalb weiterhin an Veranstaltungen teil, damit man mich in deinen Kleidern sieht. Und weil mein Onkel es von mir verlangt.« Ihre Lippen verzogen sich zu einem zarten Lächeln. »Allein diese Woche musste ich an einem Kartenspielabend und einer Teegesellschaft der Spiritisten teilnehmen. Was sich, wie mir nun auffällt, nicht sehr von üblichen Kartenspielabenden und Teegesellschaften unterscheidet, abgesehen davon, dass die Gäste unentwegt von diesem jungen Medium aus Birmingham gesprochen haben.«

»Evie ...«

»In ein paar Wochen gibt es eine Séance. Das genaue Datum hat Lady Arundell noch nicht bestätigt, aber ich werde sicher dabei sein müssen. Anne hat mir gesagt, ich bräuchte ein schwarzes Tageskleid. Wie du siehst, werde ich also zumindest deshalb bald wieder zu dir kommen müssen.«

»Evie, ich kann nicht ...«

Ihre Lippen zitterten. »Bitte weise mich nicht wieder ab.«

Er drängte sich näher an sie, fast wie gegen seinen Willen zu ihr hingezogen. In diesem Moment kam sie ihm wie eine leibhaftige Sirene vor, und er war nur ein armer Seemann, der sich für sie gegen die Felsen warf. »Dich abweisen? Gütiger Himmel. Alles was ich will …«

»Das will ich auch«, flüsterte sie.

Ihr Duft, der so unverwechselbar zu ihr gehörte, vermischt mit dem von Orangenblüten und gestärktem Leinen, raubte ihm die Sinne. Er war so berauschend wie ein Aphrodisiakum. Er wollte sein Gesicht in ihrer Halsbeuge vergraben. Sie küssen. Sie besitzen.

Seine Stimme wurde rau. »Du hast keine Ahnung, worum du mich bittest. Du bist unschuldig.«

Sie ließ die Hände sinken und hob das Kinn. »Ich bin eine Frau. Und ich empfinde immer noch etwas für dich. Sollten sich deine Gefühle verändert haben …«

»Meine Gefühle sind immer noch dieselben. Aber wenn wir damit anfangen … weiß ich nicht, ob ich in der Lage sein werde aufzuhören.«

»Dann höre nicht auf«, flüsterte sie.

Ihn nur anzusehen ließ Wärme durch Evelyns Adern fließen. Zu spüren, wie er ihr Gesicht mit solch unendlicher Zärtlichkeit in den Händen hielt. Es war entwaffnend, dass ein Mann seiner Statur so sanft sein konnte. Doch Ahmad war keiner dieser durchschnittlichen Gentlemen, die ungeschickt mit einer Dame umgingen. Er war daran gewöhnt, mit kostbaren Dingen umzugehen. Und in seinen Händen fühlte sie sich unendlich kostbar.

Es war schwindelerregend, seine ungeteilte Aufmerksamkeit zu haben. Und dieses Mal nicht wegen einer seiner Kreationen, sondern um ihrer selbst willen.

Er ließ eine Hand von ihrer Wange sinken und neigte seinen Kopf, um ihre Lippen zu küssen, ebenso sanft, wie es ihr letzter Kuss gewesen war.

»Ich habe dir doch gesagt, dass du nicht so behutsam sein musst«, murmelte sie gegen seinen Mund.

»Sei nicht so ungeduldig«, erwiderte er leise. »Ich fange gerade erst an.«

»Vergib mir. Mach weiter.« Sie spürte, dass er lächelte. Lachte er über sie? Doch er schien nicht amüsiert zu sein. Er küsste sie erneut. Eine unendlich süße Liebkosung, die ihr den Atem raubte.

Sie seufzte.

Und diesmal hielt er sich nicht zurück. Sein Arm legte sich um ihre Taille, und seine Lippen pressten sich so fest auf ihre, dass sich die Wärme in ihren Adern zu einem lodernden Flächenbrand entzündete.

Sie schloss die Augen und schmolz gegen ihn. Ein seltsames Gefühl – teils Triumph, teils Kapitulation. Sie gab sich für einen Moment völlig hin.

Und dann erwiderte sie seinen Kuss.

Sie hatte nicht viel Erfahrung. Nur die Küsse im Anproberaum und in der Kutsche. Doch sie hielt sich zugute, körperliche Feinheiten wahrnehmen zu können. Sie spürte, wie sich der Druck seiner Lippen veränderte. Sein Mund schien etwas zu suchen. Als Antwort teilten sich ihre Lippen. Ihr Atem vermischte sich. Und …

»*Oh*«, sagte sie. »So?«

»Genau so«, flüsterte er heiser und zog sie näher.

»Das wusste ich nicht.« Niemand hatte ihr je gesagt, dass ein Kuss so warm und intim sein konnte. Dass man weiche Knie und ein seltsames ziehendes Gefühl im Unterleib bekommen konnte. Sie fühlte sich vollkommen seltsam. Und noch viel seltsamer, als er ihr heiße, berauschende Küsse aufs Kinn und die hochempfindsame Stelle hinter ihrem Ohr presste.

Als sein Mund ihren Halsansatz fand, gaben ihre Knie nach.

Sie klammerte sich an ihn, während er sich weiter gegen sie drängte.

Er begann, die Nadeln aus ihrem Haar zu ziehen, die Agnes heute Morgen so sorgfältig hineingesteckt hatte. Einige fielen zu Boden. Wie betäubt sah Evelyn hinunter. Sie waren in eine Ecke am Rand des Kamins gefallen. Dort lag ein zusammengefaltetes Stück Papier. Darauf stand in schwarzer Tinte Ahmads Name.

»Was ist das?«, fragte sie.

Er fuhr damit fort, sie zu küssen.

Sie zog an seinem Halsband. »Sieht aus wie eine Nachricht.«

Endlich hielt er inne, hob den Kopf und folgte ihrem Blick.

Ein langer Moment verging, bevor er sich von ihr löste.

Evelyn blieb weiter an die Wand gepresst stehen. Sie wagte nicht, sich zu bewegen. Sie hatte das Gefühl, dass sie am Rand einer weiteren Intimität standen. Eine gewisse Ahnung hatte sie, was diesen Akt anging. Doch sie hatte mit Sicherheit nicht geplant, ihn vor der Heirat zu vollziehen.

Und plötzlich wurde ihr klar, wie wenig Planung damit zu tun hatte.

In den Armen eines Mannes, vor Leidenschaft glühend, zitternd und sich nach ihm verzehrend, war das Einzige, was man wollte, mehr und mehr und mehr.

Es war alles, was *sie* gewollt hatte.

Der Abstand half, ihre wildesten Sehnsüchte abzukühlen, doch nur ein wenig.

Ahmad bückte sich nach dem gefalteten Zettel. »Sie muss vom Kaminsims geweht sein, als ich die Tür geöffnet habe.«

Evelyn setzte ihre Brille auf. »Ist sie von Mira?«

»Das ist sie.« Er überflog die Nachricht darin. Sein Gesichtsausdruck verhärtete sich zu einer unerbittlichen Maske.

Evelyn hatte ihn noch nie so angsteinflößend gesehen. »Was ist denn? Ist etwas geschehen?«

»Becky und sie sind ins East End gegangen.«

»Ins East End?«

»Dorthin, wo wir früher gelebt haben. Um einen Freund zu besuchen, schreibt Mira. Sie sind um neun Uhr losgegangen.« Er drehte sich zu Evelyn um und jede Spur von Leidenschaft war aus seinem Gesicht verschwunden. »Sie hätten längst zurück sein müssen.«

Evelyn löste sich von der Wand. Es ging doch nichts über eine Krise, um einen wieder in die Realität zurückzuholen. Sie ging zu ihm. »Was willst du jetzt tun?«

»Sie suchen.«

»Ich komme mit dir.«

»Nein«, sagte er. »Dieser Ort … ich will dich nicht in seiner Nähe sehen. Ich setze dich in eine Mietkutsche und schicke dich nach Hause.«

Er wirkte so entsetzlich grimmig. So entschlossen, sich allem allein zu stellen. Ihr Herz blutete für ihn, auch wenn sich gleichzeitig ihr Wille dem seinen entgegenstellte.

»Das wirst du nicht.« Sie legte ihre Hand auf seine Wange und sah ihm in die Augen. In ihrer Berührung lag etwas Ermutigendes. Und noch mehr. Etwas bisher Unausgesprochenes. »Ich komme mit dir.«

Er sagte nichts. Bewegte sich nicht. Wie lange war er allein auf der Welt gewesen? Hatte er das Gefühl gehabt, sich seinen Weg allein bahnen zu müssen, ohne Gefährten an seiner Seite?

Das wollte sie für ihn sein. Sie wollte, dass sie der Zukunft gemeinsam ins Auge blickten. Selbst wenn sie sich dafür zuerst seiner Vergangenheit stellen musste.

Er sah ihr in die Augen und schien zu erkennen, was sie für

ihn empfand. Es war keine Schwärmerei, sondern stark, so wie sie. Stark und wahrhaftig und bereit, alles zu riskieren.

Er widersprach nicht mehr. »Also gut.«

30. KAPITEL

Die Mietkutsche rumpelte in einem waghalsigen Tempo durch die Straßen von London. Es war ein aus Privatbesitz übernommener Brougham. Unter einer Extraschicht Farbe an der Tür war noch schwach das Wappen seines ehemaligen Besitzers zu erkennen. Ahmad hatte dem Fahrer eine zusätzliche Half Crown versprochen, wenn er sie besonders schnell zur Commercial Road brachte. Er hatte nicht daran gedacht, wie unkomfortabel die Geschwindigkeit sein würde. Evelyn saß von Schulter bis Knie eng an ihn gepresst und wurde immer wieder gegen ihn geschleudert, während die Kutsche durch jedes Schlagloch hüpfte.

Sie reichte ihm die Nachricht, nachdem sie diese gelesen hatte. »Mira erwähnt Mrs Pritchard nicht.«

»Das muss sie auch nicht.« Ahmad schob den gefalteten Zettel in die Westentasche. Er kannte nur zwei Orte, an die Mira gegangen sein konnte. Entweder Beckys Zimmer oder Mrs Pritchards Etablissement. Angesicht der kürzlichen Ereignisse war Letzteres wahrscheinlicher. »Sie hat davon gesprochen, alten Freunden dort zu schreiben«, sagte er. »Sie weiß, dass ich einen Besuch dort nicht gutheiße. Als wir vor zwei Jahren von dort weggegangen sind …«

»Becky hat mir erzählt, dass es eine Art Auseinandersetzung gab.«

»So kann man es auch nennen.« Er lehnte sich zurück und strich sich durchs Haar.

»Sie hat gesagt, du hast einem Mann die Schulter gebrochen. Einem Baronet, der ihr Gewalt antun wollte.«

Er verzog sein Gesicht. »Hat sie das?«

»Ist es wahr?«

»Leider ja.« Es war eine der seltenen Gelegenheiten gewesen, an denen Ahmad die Beherrschung verloren hatte. Mit katastrophalen Konsequenzen. »Er hat sie verprügelt. Ihr ein blaues Auge verpasst und ihr einen Zahn ausgeschlagen. Sie war noch sehr jung und gerade erst vom Land gekommen. Und er war betrunken. Aggressiv und reuelos. Ich habe ihn auf die Gasse gezerrt und gegen eine Mauer geschleudert.«

»Oh je.«

»Er brach sich die Schulter. Eine verdiente Strafe.«

»Becky sagte, du hättest ihr das Leben gerettet.«

Er atmete aus. »Ich weiß es nicht. Wahrscheinlich. Aber ich hätte den Mann nicht so schwer verletzen müssen, um es zu tun.«

»Ich nehme an, er hat es nicht gut aufgenommen.«

»Nein, das hat er nicht. Genauso wenig wie Mrs Pritchard.« Ahmad erinnerte sich an die folgenden Wochen, in denen alles danach ausgesehen hatte, dass man ihn hängen oder deportieren würde. Mira wäre vollkommen auf sich gestellt zurückgeblieben. »Der Baronet bestand darauf, dass ich angeklagt werde, was auch geschah. Glücklicherweise verlief die Angelegenheit im Sande. Mr Finchley hat früher oft Fälle wie meinen angenommen. Er nannte ihn ›eine Frage des Gewissens‹. Sobald er ihn übernommen hatte, war eine mögliche Deportation vom Tisch.«

»Bist du so in seinen Dienst gekommen?«, fragte sie.

Er nickte. »Nachdem mich Mrs Pritchard fortgejagt hatte, verschaffte Finchley Mira und mir eine Anstellung bei seiner zukünftigen Frau Miss Holloway. Sie hatte vor, für ein paar

Monate nach Indien zu reisen und brauchte einen Diener und eine Zofe.«

»Gott sei Dank«, murmelte Evelyn.

Ahmad war dankbar gewesen. Nach seinem Rauswurf bei Mrs Pritchard hatte er eine Zeitlang nicht gewusst, was er mit sich anstellen sollte.

»Warst du froh, Indien wiederzusehen?«, fragte sie.

»Es war eine Erfahrung. Ich hatte es mit fünfzehn verlassen. Lange vor dem Aufstand.«

»Ich habe darüber gelesen«, sagte sie.

Er runzelte die Stirn. »Warum?«

»Ich habe alles über Indien gelesen. Es auf jeden Fall versucht.«

»Ja, aber … warum?«, fragte er erneut.

Sie errötete. »Weil ich alles über dich wissen will.«

Etwas in seinem Innersten bekam Risse. Etwas, das durch Zeit und Erfahrung hart geworden war. Er spürte es in seiner Brust aufbrechen. »Evie …«

Sie sah ihn über ihre Brille hinweg ernst an. »Es gibt nicht viele Bücher mit einer klaren Perspektive. Alles bei *Hatchards* scheint aus britischer Perspektive geschrieben zu sein.«

Seine Züge wurden weicher. Sie wirkte so ernst neben ihm. Und so verdammt schön. Sie trug einen braunen Seidenrock, den er für sie gemacht hatte, und die dazu passende Zouavenjacke mit schwarzem Bortenbesatz. Aus den weiten Pagodenärmeln lugten weiße Musselinspitze und die Leinenstulpen der Garibaldi-Bluse, die sie darunter trug.

Das alles war von ihm. Kleidung, die er für sie entworfen hatte. Mit seinen eigenen Händen genäht hatte, unter Berücksichtigung jeder Kurve ihres Körpers.

Es verlieh ihm ein Gefühl von Besitz, sie in seinen Kleidern zu sehen. Das Gefühl, dass sie ihm gehörte.

Als ob er noch weitere Beweise brauchte.

Vor nicht mal einer halben Stunde hatte er sie umarmt. Ihre Lippen geküsst, ihr Gesicht, ihren Hals. Seine Finger hatten mit ihren Haaren gespielt und die Metallnadeln aus den dichten Locken gezogen. Und sie hatte sich an ihn geklammert und seine Küsse mit warmen, halb geöffneten Lippen erwidert.

Der Himmel allein wusste, was ohne die Unterbrechung sonst noch geschehen wäre.

»Du wirst durch das Lesen von Büchern nichts über mich lernen«, sagte er. »Niemand schreibt über das Indien, das ich kannte. Außerdem … liegt das alles in meiner Vergangenheit. Als ich dorthin zurückkehrte, war ich ein Fremder. Ich passte dort genauso wenig hin, wie ich hierher passe.«

»Allmählich glaube ich, dass es vielleicht gar nicht das Wichtigste ist, hineinzupassen. Alle, die ich seit meiner Ankunft in London kennengelernt habe, sind auf irgendeine Weise seltsam. Fast so seltsam wie ich.«

»Du bist wirklich seltsam, oder?« Seine Stimme wurde zu einem tiefen Murmeln. »Das wunderbarste seltsame Mädchen, das ich je gekannt habe.«

Sie schob ihre Hand in seine. »Das nehme ich mal als Kompliment.«

»Das hoffe ich doch. So ist es nämlich auch gemeint.«

Es gab noch mehr zu sagen, doch keiner sprach es aus. Sie hatten jetzt nicht die Zeit dazu.

Mit einem Ruck blieb die Kutsche an der Commercial Road stehen.

Ahmad spannte sich an, als er vertraute Anblicke und Gerüche wahrnahm. Dies war das zweite Mal in ebenso vielen Monaten, dass er zurückkehrte. Doch dieser Besuch war anders. Denn diesmal war er nicht allein.

Mrs Pritchards Etablissement stand am Ende einer schmalen Gasse. Es war ein altes, windschiefes Gebäude, zusammengehalten von Schmutz und Ruß und einer dünnen Schicht abblätternder weißer Farbe. Das gnadenlose Licht der Mittagssonne enthüllte jeden Makel und Riss.

Es war fast zwei Jahre her, seit Ahmad ihn das letzte Mal gesehen hatte, diesen Ort, an dem er sein halbes Leben verbracht hatte. Mit verkrampften Schultern und grimmig zusammengebissenen Zähnen ging er näher. Auch wenn er starr geradeaus blickte, war er sich jeder kleinen Bewegung um sich herum bewusst. Jedes Zucken eines Vorhangs und jeder schattenhaften Gestalt in Hauseingängen.

Eine Gruppe von Kindern in zerlumpter Kleidung verfolgte sie ein paar Meter, nur um von einem Mann davongejagt zu werden, der einen Eimer Unrat auf die Straße ausleerte. Sein Inhalt fügte der bereits überwältigenden Sinfonie aus Fäkalien, verrottetem Essen und fauligem Flusswasser eine weitere Note hinzu.

Evelyn bedeckte ihre Nase.

»Es ist schlimmer, wenn die Sonne scheint«, sagte Ahmad. »Man gewöhnt sich daran.«

Sie sah ihn skeptisch an. »Bist du sicher, dass Mira hier ist?«

»Nein.« Er war sich überhaupt nicht sicher. »Aber sie sagte, dass sie einen alten Freund besuchen will. Und hier sind die einzigen Freunde, die sie jemals hatte.«

Die Stufen zur Haustür waren in der Mitte eingebrochen. Er führte Evelyn am Rand zum Eingang hinauf. An einem lockeren Nagel hing ein verrosteter Türklopfer. Eine nutzlose Einrichtung. Er ignorierte ihn und schlug stattdessen mit der Faust an die Tür.

Sie wurde von einem stämmigen älteren Mann in einem schlecht sitzenden, abgetragenen Anzug geöffnet. Sein mürrischer Gesichtsausdruck wurde durch ein Lächeln ersetzt. »Malik!«

Ahmad erkannte den Mann. Es wäre auch schwierig gewesen, es nicht zu tun. Joe Tweed hatte früher im Wirtshaus an der Ecke gearbeitet und streitsüchtige Betrunkene hinausgeworfen. Er war groß wie ein Ochse. »Tweed«, sagte Ahmad. »Du arbeitest jetzt hier?«

»Aye. Seit du weg bist.« Tweed grinste Evelyn an und ließ so sein stark beschädigtes, lückenhaftes Gebiss sehen. »Und wer ist deine Begleitung? Ein neues Mädchen für die Missus?«

Ahmad trat schützend vor Evelyn. Sein Kiefermuskel zuckte. Er verspürte das überwältigende Verlangen, seinem alten Bekannten einen Schlag zu verpassen. »Sie gehört zu mir«, sagte er. »Ich würde dich bitten, deine Augen bei dir zu behalten.«

Lachend hob Tweed eine Hand. »Ganz ruhig, Junge. Ich wollte nichts Böses. Hab mich nur gefragt, warum du zurück bist.«

»Ich suche nach meiner Cousine. Ist sie drinnen?«

»Die kleine Mira?« Tweed wirkte ehrlich überrascht.

»Du hast sie nicht gesehen?«

»Nicht, seit ihr beide gegangen seid.«

Ahmad hörte es mit wachsender Sorge.

Sofort begann er sich das Schlimmste auszumalen und stellte sich vor, wie Mira irgendwo hier draußen war, allein und verletzlich, leichte Beute für jeden Schurken, dem sie über den Weg lief.

Evelyn drückte seinen Arm. »Sie hat Becky bei sich.«

Er nickte düster. Mira und Becky zusammen war besser als eine von ihnen allein unterwegs. Doch es beruhigte ihn nicht sehr. Wenn sich ein Rohling etwas Schlimmes in den Kopf gesetzt hatte, würde er es auch mit zwei Frauen gleichzeitig aufnehmen.

»Soll ich die Missus holen?«, fragte Tweed.

»Ich bin schon hier«, ertönte hinter ihm eine vertraute weibliche Stimme. Es war Lily Pritchard höchstpersönlich. Sie trug ein weites Hauskleid, ihr grau gesträhntes Haar wurde in einem nachlässigen Knoten zusammengehalten.

Instinktiv wich Ahmad vor ihr zurück.

Dreizehn Jahre lang hatte er für sie gearbeitet. Sie hatte nie Hand an ihn gelegt. Ihn nie in ihr Bett gezwungen. Dennoch waren ihre Absichten stets klar gewesen. Ständig hatte sie ihn gegen seinen Willen angefasst, denn sie hatte gewusst, dass er es ertragen musste, wenn er nicht wieder auf der Straße landen wollte, und seine Cousine mit ihm.

»Malik.« Sie musterte ihn auf die gleiche Weise, wie Lady Heatherton es getan hatte. »Was soll denn das bedeuten, dass du am helllichten Tag an meine Tür schlägst, als wärst du die Polizei? Du weißt doch, dass wir vor Sonnenuntergang keine Gäste empfangen.«

»Er sucht nach Mira«, sagte Tweed.

Mrs Pritchards blutunterlaufene Augen funkelten gierig. »Na so etwas.« Sie blieb in der Tür stehen. »Hast du dein kleines Mündel schließlich doch verloren?« Ihr Blick fiel auf Evelyn. »Und wer sind Sie?«

»Eine Freundin«, sagte Evelyn und schob ihre Brille hoch. »Darüber hinaus gehe ich Sie nichts an.«

»Oh ho!« Mrs Pritchard lachte. »Da hat sich Malik wohl einen kleinen Blaustrumpf geangelt.«

Ahmad wandte sich zum Gehen und führte Evelyn wieder die Stufen hinunter. Ein Gespräch mit Mrs Pritchard war vollkommen sinnlos.

»Wenn sie herkommt, nehme ich sie gern zurück«, rief sie

ihnen nach. »In meinem Haus ist für hübsche Mädchen immer Platz – wenn sie bereit sind, zu arbeiten. Das gilt auch für dich, du feine Dame.«

Evelyn erstarrte.

Ahmad zog sie weiter die Straße entlang, um so viel Abstand wie möglich zwischen sie und das Hurenhaus zu bringen. »Ignoriere sie«, sagte er.

»Was für eine schreckliche Frau.«

»Du machst dir keine Vorstellungen.«

»Das muss ich auch nicht. Deine extreme Abneigung gegen sie reicht mir vollkommen.«

Seine Muskeln entspannten sich ein wenig. »Ist es so offensichtlich?«

»Für mich schon«, sagte sie. »Hat sie dich nicht gut behandelt? Ich weiß, dass sie dich entlassen hat, aber …«

»Es war nicht nur das.« Die beiden gingen die Gasse zurück zur Hauptstraße. »Sie ist eine sehr spezielle Frau. Seit ich in England bin, habe ich viele ihrer Art getroffen. Im besten Fall sind sie unangenehm, im schlimmsten Fall gefährlich.«

»Gefährlich? Wie meinst du das?«

»Wenn man sie verärgert, nutzen sie all ihre Macht, um sich zu rächen. Und sie haben viel Macht.«

»Sie wirkte nicht besonders mächtig auf mich.«

»Wegen ihres Standes? Sie ist immer noch Engländerin.« Ahmad starrte auf die Kreuzung vor ihnen. »Wenn Mira nicht zum Hurenhaus gegangen ist, fällt mir nur noch ein anderer Ort ein, an dem sie sein könnte.«

»Wo?«

»Lost Hope Yard. Dort hat Becky ein Zimmer über einem Trödelladen.« Er zog Evelyns Hand fest unter seinen Arm, als sie nach rechts in eine Gasse abbogen.

»Ich dachte, Becky wohnt jetzt über der Schneiderei?«

»Nicht immer. Ihr Zimmer bei Mrs McCordle ist bis zum Ende des Monats bezahlt. Sie geht immer noch gelegentlich dorthin zurück, wenn sie genug von den anderen Näherinnen hat.«

Sie bogen in eine weitere enge Straße ein und schlugen ein rasches Tempo an, um keine Bettler oder andere Leute anzulocken, die zwischen den Gebäuden herumlungerten.

Schließlich erreichten sie die Ecke von Lost Hope Yard und das windschiefe Holzgebäude, in dem sich der Trödelladen befand. Davor lief Becky mit verschränkten Armen auf und ab.

Erleichtert rief er: »Becky!«

Sie sah erschrocken auf. »Verfluchte Hölle. Warum bist du hier?« Ihr Blick fiel auf Evelyn. »Und warum zum Teufel hast du sie mitgebracht?«

Evelyns Hand sank von seinem Arm, als er zu Becky eilte.

»Wo ist Mira?«, fragte er.

»Sie ist oben, aber … Warte!« Becky hob die Hände, um ihm den Weg zu versperren, als er zum Eingang des Ladens gehen wollte. »Sie besucht einen Freund.«

»Welchen Freund?«

»Ihre Jugendliebe.«

»*Was?*« Einen Moment lang konnte Ahmad sie nur anstarren. Mira hatte nie eine Jugendliebe gehabt. Sie hatte überhaupt nie etwas mit einem Mann gehabt. Sie war viel zu schüchtern.«

»Sie wusste, dass du es nicht gut aufnehmen würdest«, sagte Becky. »Schließlich behandelst du sie immer noch wie ein Kind.«

Ahmad ignorierte diese Bemerkung. »Wer ist er?«

»Ein Seemann. Er kam erst gestern zurück. Sie dachte, er wäre vielleicht auf See gestorben. Entweder das oder er hätte sie vergessen. Sie war regelrecht außer sich.«

»Also hast du … ihnen einfach dein Zimmer überlassen?« Er schob Becky beiseite.

Sie lief ihm nach. »So ist das nicht!«

Evelyn folgte ihnen in den Laden. Die Türglocke erklang laut und klar und kündigte ihr Eintreten an.

Mrs McCordle sah von ihrem Platz am unteren Ende der Treppe auf. »Oh nein. Da oben ist schon ein Mann. Das hier ist kein Hurenhaus.«

»Wartet hier«, sagte Ahmad zu Evelyn und Becky. Sein Tonfall ließ keine Widerworte zu.

Er eilte die Treppe hinauf. Die Holzstufen ächzten protestierend unter ihm. Er war schon fast an der Tür zu Beckys Zimmer, als ein Mann herauskam.

Es war ein dunkelhäutiger Seemann in einer Cabanjacke und Wollhose.

Er war Inder.

Mira kam hinter ihm aus der Tür. »Ich begleite dich zurück«, sagte sie. Dann sah sie Ahmad. Sie riss die Augen auf und erstarrte.

Von unten rief Becky: »Ich hab dir gesagt, du sollst ihm keine Nachricht schreiben.«

»Sie müssen Miras Cousin sein«, sagte der Mann. Er hatte einen britischen Akzent mit einer Spur bengalischer Sprachmelodie.

»Und wer sind Sie?«, fragte Ahmad gefährlich ruhig.

Mira stellte sich zwischen sie, als würde sie einen Kampf befürchten.

»Ahmad, dies ist mein Freund Tariq Jones. Tariq, mein Cousin Ahmad.«

Ahmad kniff die Augen zusammen. Es schien, als wäre Mr Jones wie sie auch halb englischer Abstammung. »Dein *Freund*?«

»Genau.« Sie hob trotzig das Kinn. Die kleine Geste erinnerte ihn an Evelyn.

Es besänftigte ihn nicht. Dafür war er zu wütend. Doch es ließ ihn innehalten. »Wir beide müssen uns unterhalten.«

»Wenn Sie mir etwas zu sagen haben, Sir, bin ich bereit, es mir anzuhören«, erwiderte Mr Jones.

»Nicht Sie«, sagte Ahmad.

»Er meint mich.« Mira schob Mr Jones sanft Richtung Treppe. »Schon gut. Du kannst gehen. Bitte. Ich schreibe dir heute Abend.«

Mr Jones' Widerwille, sie allein zu lassen, steigerte sein Ansehen in Ahmads Augen beträchtlich.

»Gehen Sie«, sagte er. »Mira ist bei mir in Sicherheit.«

Mr Jones verbeugte sich, warf Mira einen letzten Blick zu und verschwand nach unten.

Ahmad deutete auf Beckys Zimmer. »Da hinein.«

Der herrische Befehl ließ Mira erstarren, doch schließlich folgte sie ihm.

»Becky?«, rief Ahmad nach unten. »Bitte kümmere dich um Miss Maltravers.«

»Miss Maltravers?«, wiederholte Mira entsetzt. »Du hast sie hergebracht?«

Ahmad zuckte innerlich zusammen. Er hatte noch gar nicht weiter über die Tatsache nachgedacht, dass er Evelyn all diesem Elend aussetzte. Doch gerade jetzt wollte er sich nicht ablenken lassen. »Miss Maltravers ist die geringste deiner Sorgen.«

Er folgte seiner Cousine in den kleinen feuchten Raum und schloss die Tür hinter sich. Er warf einen Blick auf das Bett. Es war ordentlich gemacht und die dünne Tagesdecke nicht zerwühlt.

»Es ist nichts Unschickliches passiert«, sagte Mira.

»Du warst allein mit ihm, hinter geschlossener Tür.«

»Ich musste unter vier Augen mit ihm sprechen.« Sie strich über ihren Rock aus besticktem Musselin, bis er so ordentlich und glatt war wie die Tagesdecke. »Warum warst du zu dieser Tageszeit in deiner Wohnung? Du kommst doch normalerweise nicht vor sechs nach Hause?«

Das stimmte. Normalerweise nicht. Doch heute war er zu ruhelos gewesen, um im Arbeitsraum der Schneiderei zu bleiben. Er hatte frische Luft gebraucht, um wieder einen klaren Kopf zu bekommen, und hatte gedacht, dass er dann auch ebenso gut den Fortschritt der Kleider betrachten könnte, an denen Becky und Mira arbeiteten.

»Gut, dass ich es getan habe«, sagte er. »Denn sonst hätte ich deine Nachricht nicht gesehen.«

»Die solltest du auch gar nicht sehen. Ich habe sie nur als Vorsichtsmaßnahme dagelassen, für den Fall, dass etwas passiert und ich bis abends nicht wieder zurück bin.« Sie schien sofort zu begreifen, dass sie dies nicht hätte sagen sollen. »Es wäre nichts passiert«, fügte sie hastig hinzu. »Ich war nicht in Gefahr.«

»Ach nein? Kommt dir irgendwas an dieser Situation ungefährlich vor?«

»Ungefährlich genug. Schließlich hast du sogar Miss Maltravers mitgebracht, oder nicht?«

»Lass sie aus dem Spiel«, warnte er.

»Ist sie der Grund, warum du mitten am Tag in deiner Wohnung warst?« Mira warf ihm einen herausfordernden Blick zu. »Vielleicht wolltest du mit ihr auch einen privaten Moment wie ich mit Mr Jones.«

»Der Unterschied ist, dass ich dachte, Becky und du wärt da. Ich hatte nicht vor, mit ihr allein zu sein.« Unwillkürlich hob er die Stimme. »Und ich hatte keinen Freund, der unten auf der Straße Schmiere steht, damit ich nicht erwischt werde.«

»Becky stand nicht Schmiere. Sie wollte warten, bis mein Gespräch mit Tariq vorbei ist.« Mira wurde ebenso laut wie er. »Und ich musste mit ihm sprechen. Bis heute Morgen glaubte ich ihn auf See verloren.«

Ahmad zählte stumm bis zehn. Es hatte keinen Sinn, mit ihr zu streiten. »Genug von diesem Gezänk«, sagte er. »Erzähl mir besser alles.«

Sie spitzte die Lippen, verschränkte die Arme vor der Brust und ging zum schmutzigen Fenster. »Ich traf ihn vor zwei Jahren. Kurz bevor uns Mrs Pritchard hinauswarf.«

»Wo?«

»Auf dem Markt. Er hat mir meinen Korb nach Hause getragen.«

»Wie zuvorkommend von ihm.« Ahmads Stimme triefte vor Ironie.

Sie warf ihm einen finsteren Blick zu. »Siehst du jetzt, warum ich es dir nicht erzählt habe?«

»Vergib mir. Sprich weiter.«

Sie atmete tief ein. »Er war freundlich und respektvoll. Und er brachte mich zum Lachen. Es machte ihm nichts aus, dass ich bei Mrs Pritchard lebte oder dass …«

»Welches Recht hätte er auch dazu?«

»Musst du mich immer wieder unterbrechen? Ich versuche zu erklären, dass wir uns mochten. Er versteht mich. Er ist geduldig und freundlich …«

»Das sagtest du bereits.«

»Nun, er ist freundlich. Und er schreibt die wunderschönsten Briefe. Aber eines Tages vor sechs Monaten kamen plötzlich keine mehr. Ich dachte, er hätte mich aufgegeben.«

»Und darum ging es dir so schlecht.« Ahmad begann zu verstehen.

»Ja. An diesem Abend, als wir uns bei den Finchleys unterhalten haben, hatte ich jede Hoffnung aufgegeben, ihn jemals wiederzusehen. Erst als du Becky engagiert hast, erfuhr ich, dass sein Schiff von der letzten Reise nicht in den Hafen zurückgekehrt ist. Ich schrieb Briefe an alle, die mir einfielen, doch niemand wusste etwas. Ich befürchtete das Schlimmste.«

»Du hast ihn für tot gehalten.«

»Richtig. Bis heute. Als Becky heute Morgen in die King William Street kam, hat sie mir gesagt, dass sein Schiff gestern Abend heimgekommen sei. Es war in eine Flaute geraten, verstehst du? Und dann ist die Mannschaft krank geworden, und sie mussten Reparaturen durchführen. Fast hätte es Tariq nicht zurückgeschafft. Doch nun ist er hier und wird sich Arbeit an den Docks suchen. Wenn er …«

»Liebst du ihn?«, fragte Ahmad plötzlich.

Sie zögerte nicht. »Ja.«

»Warum hast du das nicht gesagt? Wenn du mir etwas von ihm erzählt hättest, hätte ich vielleicht …«

»Weil er nicht gut genug für dich ist«, sagte sie. »Und weil ich wusste, dass du sagen würdest, er wäre auch nicht gut genug für mich.«

Er schüttelte den Kopf. »Mira …«

»Mir ist klar, dass ein Seemann nicht so gut verdient wie ein Schneider.«

Er sah sie ironisch an. Es war sinnlos, einen geschickten Geschäftsmann mit einem gemeinen Arbeiter zu vergleichen. Ein Seemann konnte sich nicht mal darauf verlassen, das ganze Jahr über beschäftigt zu sein. Und wenn er Arbeit hatte, war es eine, die ihn monatelang von seinem Zuhause fernhielt. Seine Familie blieb zurück und musste von seinem mageren Verdienst existieren.

»Es macht mir nichts aus, arm zu sein«, fuhr Mira entschieden fort. »Wenn es sein muss, kann ich auf die feineren Dinge des Lebens gut verzichten, solange ich jemanden nur für mich habe. Ich kann nicht mein ganzes Leben lang ein Außenseiter sein. Ein Beobachter wie du.«

Er runzelte die Stirn. »Was soll das denn nun wieder bedeuten?«

»Das bist du eben. Darum verletzt dich auch nichts. Du stehst draußen und beobachtest, nicht weil du musst, sondern weil du es so haben willst. Weil es sicher ist. Aber ich wollte das nie. Ich muss nicht mehr beschützt werden. Ich will Teil dieses Lebens sein, selbst wenn es alles andere als perfekt ist.«

»Ich verstehe.« Er betrachtete sie einen langen Moment und fragte sich, wie ihm all das entgehen konnte. Er war so mit Evelyn und seinen Entwürfen beschäftigt gewesen, dass er sich nicht die Mühe gemacht hatte, Mira genauer zuzuhören. Dann wären die Dinge vielleicht anders verlaufen.

Oder vielleicht auch nicht.

Mira war kein kleines achtjähriges Mädchen mehr, das sich an seine Jacke klammerte und ihr Gesicht gegen seinen Ärmel drückte. Sie war eine erwachsene Frau mit Talent, Intelligenz und entschiedenen Meinungen.

Er respektierte ihr Urteil in Fragen der Mode. War es zu viel von ihm verlangt, es auch in Angelegenheiten des Herzens zu respektieren?

Ahmad kannte die Antwort bereits.

»Ich will ihm richtig vorgestellt werden«, sagte er.

Ein Ausdruck der Erleichterung fiel über ihr Gesicht. »Natürlich.«

Er verspürte einen schwachen Anflug von Reue. War er als ihr Vormund wirklich so unverhältnismäßig streng gewesen? Hatte er wirklich von ihr verlangt, dass sie sich von anderen Leuten fernhielt?

Das war es, was sie von ihm behauptete. Dass er sich vom Leben fernhielt – von der Liebe.

Einen Beobachter hatte sie ihn genannt.

Er fragte sich, ob in dieser Behauptung nicht ein Körnchen Wahrheit steckte.

Es war bereits früher Abend, als die Kutsche wieder an der Hintertür des Hauses am Russell Square hielt.

Ahmad hatte Becky und Mira in einer anderen Kutsche nach Hause geschickt. Evelyn hatte zwar gesagt, sie könne allein nach Hause fahren, doch er hatte darauf bestanden, sie zu begleiten. Nicht um zu reden. Er hatte nicht mehr als drei Worte gesagt, seit sie das Haus von Mrs McCordle verlassen hatten. Er hatte schweigend aus dem Fenster geschaut, während die baufälligen Gebäude des East End von den eleganten Anwesen des West End abgelöst wurden.

Sie vermutete, dass er es bereute, sie mitgenommen zu haben. Nicht weil sie dort in Gefahr gewesen wäre, sondern weil sie Aspekte seines Lebens gesehen hatte, die er lieber versteckte. Spuren einer gar nicht so weit zurückliegenden Vergangenheit. Das windschiefe Hurenhaus mit der abblätternden Farbe und den zerbrochenen Eingangsstufen sowie den ebenso baufälligen Trödelladen.

An solchen Orten lebten Menschen.

Und zwar nicht nur die Frauen, die bei Mrs Pritchard arbeiteten, sondern auch andere Leute. Familien mit Kindern. Freunde und Nachbarn. Paare wie Mira und Tariq, die sich ineinander verliebt hatten und zusammenziehen wollten.

Die Hindernisse auf dem Weg zu Evelyns eigenem Glück wirkten im Vergleich dazu unbedeutend.

»Wann werde ich dich wiedersehen?«, fragte Evelyn, bevor sie aus der Kutsche stieg.

»Bald«, sagte er. »Du musst dein schwarzes Tageskleid anprobieren.«

»Ich meinte nicht in der Schneiderei.«

»Nein.« Er runzelte die Stirn. »Das ist mir klar.«

Sie raffte ihre Röcke. Bei ihren letzten Begegnungen war sie sich seiner Zuneigung nicht sicher gewesen. Jetzt war es anders. Nach der leidenschaftlichen Umarmung in seiner Wohnung. Nach den Worten, die er auf der Schwelle zu Mrs Pritchards Etablissement gesagt hatte.

»Sie gehört zu mir«, hatte er gesagt, und es hatte fast wie ein Knurren geklungen.

Evelyn hatte diesen Satz bis ins Mark gespürt. Sie gehörte zu ihm. Und er zu ihr. Es konnte keine Verstellung mehr zwischen ihnen geben.

»Wenn du mich wiedersehen willst«, sagte sie, »musst du zu mir kommen.«

Sein Gesicht lag halb im Schatten der Droschkenkabine. »Du willst, dass ich dich hier besuche? Im Haus deines Onkels?«

Sie stellte sich vor, wie er durch die Vordertür hereinkam anstatt durch den Bediensteteneingang. Im Salon den Tee mit ihr einnahm. Ein richtiger, offizieller Besuch. »Ja«, sagte sie. »Oder du kannst mich auf einer der Veranstaltungen ansprechen, an denen ich teilnehme.«

Er warf ihr einen finsteren Blick zu. »Man wird mich wohl kaum zu einem Spiritistenball einladen, Evie.«

Ihre Mundwinkel zuckten. »Wer hat etwas von einer Einladung gesagt?«

31. KAPITEL

Evelyn hatte oft von den Cremorne Gardens in der Zeitung und in Damenmagazinen gelesen. Beschreibungen festlicher Anlässe mit Seiltänzern, Heißluftballons und Militärausstellungen. Es ließ diesen Ort unglaublich aufregend wirken. Ein wahrer Lustgarten, in dem man unter dem Sternenhimmel Musik, Tanz und Spektakel genießen konnte.

Und die Realität erwies sich als ebenso magisch.

Evelyn war nicht auf die Schönheit der riesigen beleuchteten Landschaft vorbereitet gewesen, als sie mit ihren Freundinnen durch das Gelände lief. Zwölf prächtige Acres entlang des nördlichen Ufers der Themse, voller Springbrunnen, Statuen und Tischen in jeder verfügbaren Nische, um die feine Gesellschaft unterzubringen, die in Scharen der Einladung gefolgt war.

Doch es war immer noch ein Park. Umsäumt von uralten Bäumen und Privatwegen, voller verborgener Ecken für geheime Stelldicheins.

»Passt bloß auf euch auf«, sagte Anne. »Nach Einbruch der Dunkelheit kann es ein bisschen chaotisch werden.« Ihr Alabasterdekolleté schimmerte im Mondschein. Sie trug die schwarze Ballrobe, die Ahmad für sie angefertigt hatte. Es war ein Traum aus schwarzer Seide mit gewagtem Ausschnitt und einem ausladenden Rockteil.

Julia schlenderte neben ihr her und hielt ihre Röcke gerafft. »Nur wenn man sich von der Musik und dem Tanz entfernt.«

Vor ihnen ragte der Orchesterpavillon auf – eine majestätische chinesische Pagode, beleuchtet von Hunderten farbiger Lampen. Umgeben war er von einer runden hölzernen Tanzfläche.

»Ich habe gelesen, dass dort bis zu viertausend Tänzer Platz haben«, sagte Stella.

»Oh«, stöhnte Julia. »Mir wird schon schlecht, wenn ich nur an so viele Leute denke.«

Evelyn blickte völlig verzaubert zu der hell erleuchteten Pagode auf. Kühle Abendluft küsste ihre nackten Schultern, und in ihren Adern spürte sie das Vibrieren der Orchestermusik.

Ihre Ballrobe war aus bernsteinfarbener Seide und Krepp gearbeitet, der so blass war, dass er an das Licht von Gaslampen erinnerte. Becky war am Nachmittag zum Russell Square gekommen, um Goldrosen und Blattwerk an Rock, Mieder und in Evelyns Frisur zu befestigen.

»Lady Blackstone hat die Hälfte für uns reserviert«, sagte Anne. »Auch wenn es schwierig sein wird, die beiden Seiten davon abzuhalten, sich zu vermischen. Das gelingt bei Veranstaltungen dieser Art nie, selbst wenn man die Flächen abteilt.«

»Warum benutzt sie nicht ihren eigenen Ballsaal?«, fragte Evelyn.

»Sie bevorzugt es, ihre Feste unter freiem Himmel zu veranstalten.« Anne warf ihr einen genervten Blick zu. »Ein Medium hat ihr einmal gesagt, es solle nichts zwischen ihr und den Sternen sein. Und wenn Vollmond ist, umso besser.«

»Und sie hat dennoch ein Dach über dem Kopf, wenn sie ihre Feste gibt«, bemerkte Stella.

»Ich ziehe es einem Ballsaal vor«, sagte Julia. »Es ist weniger beengt.«

Evelyn nickte. »Es erinnert mich ans Reiten. Die frische

Luft und die Aufregung. Ich kann es in meinem Blut spüren.«

»Ich weiß genau, was du meinst«, sagte Stella und glättete die Spitze an ihrem Mieder und den Ärmeln. Sie trug ebenfalls eine von Ahmads Kreationen. Der eisblaue Musselin hob das Silber ihrer Haare und Augen hervor und verlieh ihrem Teint einen ätherischen Schimmer. Niemand wäre jemals auf den Gedanken gekommen, dass die Robe ursprünglich für eine andere Dame angefertigt worden war. »Vorausgesetzt, wir finden alle einen Partner.«

»Das werden wir«, meinte Anne.

Stella lächelte. »Du bist sehr zuversichtlich.«

»Warum sollte ich das nicht sein? Fast alle Gäste, die von Lady Blackstone eingeladen wurden, sind Spiritisten. Und wir vier haben in dieser Hinsicht viel zu bieten. Ich wegen meiner Mutter, du wegen deines grauen Haars, Evie wegen ihrer angeblichen übersinnlichen Energie und Julia …«

»Ich habe nichts, was mich empfehlen würde«, sagte Julia missmutig. »Nicht einmal mein Ballkleid.«

»Warum bist du nicht zu Mr Malik gegangen und hast dir ein neues bestellt?«, wollte Evelyn wissen.

»Weil seine Kleider ihre Trägerinnen wunderschön aussehen lassen. Und ich habe nicht den Wunsch, Aufmerksamkeit zu erregen. Zu viel Aufmerksamkeit und ich breche zusammen.«

»Oh, Julia.« Anne seufzte. »Sehnst du dich nicht danach, zur Abwechslung mal etwas Schönes zu tragen?«

»Das einzige Kleidungsstück, nach dem ich mich verzehre, ist ein Tarnmantel, der mich unsichtbar macht.« Julia sah zur Tanzfläche. Dort blieben Paare nach und nach stehen, während eine lebhafte Polka zu ihrem Ende kam. »Das bedeutet nicht, dass ich mir nicht auch gelegentlich zu tanzen wünsche.«

»Ich tanze mit dir«, bot Stella an.

Julia strahlte. »Oh, das würdest du tun?«

»Natürlich. Aber ich will führen.«

Das Orchester begann mit einem Kontratanz.

Stella und Julia brachen in Gelächter aus, dann gingen sie Arm in Arm auf die Tanzfläche. Schnell verschwanden sie in der Menge.

»Meine Güte«, sagte Anne. »Ist es da noch ein Wunder, dass sie keine Ehemänner finden?«

Evelyn lächelte. »Lass sie doch ihren Spaß haben.«

»Die Saison soll keinen Spaß machen.«

»Hast du denn keinen?«

»Gelegentlich. Das Reiten gefällt mir natürlich. Und mein neues Kleid.« Anne lächelte. »Ich hätte nicht gedacht, dass Schwarz so verführerisch aussehen kann.«

»Ich wette, du wirst keinen Tanz auslassen«, sagte Evelyn.

Und damit lag sie nicht falsch. Ihre Tanzkarten füllten sich schnell, und als das Orchester mit dem nächsten Stück anfing, waren alle vier auf der Tanzfläche und in den Armen eines Gentlemans.

Natürlich waren es nicht die Gentlemen, die sie sich gewünscht hätten.

Doch Evelyn war fest entschlossen, sich davon nicht den Abend ruinieren zu lassen.

Es war der Tanz, nicht ihr Partner, der ihr Freude bereitete. Sie verspürte ein wunderbares Gefühl von Leichtsinnigkeit, geweckt von der frischen Luft, der berauschenden Musik und den vielen bunten Lichtern. Es war nichts Romantisches. Dieser Teil von ihr war für jemand anderen reserviert. Doch sie genoss das Tanzen über alle Maßen, genau wie jede sportliche Betätigung. Und die überschwänglichen Polkas, Reels und Kontratänze waren für sie nichts anderes.

Kurz vor elf, der Stunde, zu der das große Feuerwerk stattfinden sollte, schnappte sie mit Anne am Rand der Tanzfläche ein wenig Luft, und sie tranken Champagner.

»Ich bin während des schottischen Reels so viel gehüpft, dass ich fast aus meinem Mieder gefallen wäre«, sagte Anne.

Evelyn verschluckte sich an einem Lachen. »Das wärst du nicht.«

»Es war ziemlich knapp.« Mit den Fingerspitzen berührte Anne ihren tiefen Ausschnitt. »Ich habe noch nie so viel Busen gezeigt. Schau nur!« Evelyn und sie kicherten. »Kein Wunder, das ich so viele Partner hatte.«

Hinter ihnen erklang ein nicht sehr subtiles Räuspern.

Evelyn und Anne drehten sich um und sahen Mr Hartford in Gesellschaft von Captain Blunt. Mr Hartford sah aus, als müsste er mit aller Gewalt ein Lachen unterdrücken.

»Mylady. Miss Maltravers.« Er verneigte sich. »Dürfte ich Ihnen Captain Blunt als sehr würdigen Partner anempfehlen?«

Anders als Mr Hartford sah Captain Blunt nicht so aus, als würde er die Situation amüsant finden. Tatsächlich wirkte er viel zu grimmig für eine so fröhliche Umgebung wie Cremorne Gardens. Er verneigte sich steif und sehr militärisch.

Anne errötete, doch in ihren Augen loderten Flammen. »Ich muss schon sagen, Mr Hartford. Müssen Sie sich so heranschleichen?«

»Ich bitte um Entschuldigung. Bin ich herumgeschlichen? Ich wollte Sie lediglich fragen, ob Sie mit mir den Walzer tanzen möchten.«

Während die beiden miteinander sprachen, sah Evelyn zu Captain Blunt. Ursprünglich hatte sie ihn für alt gehalten, doch wenn man sich nicht auf sein vernarbtes Gesicht konzentrierte, schien er wohl doch erst Mitte dreißig zu sein. Und es war nicht nur die Narbe, die ihn älter wirken ließ. Sondern seine Augen. In ihnen lag ein Ausdruck von Weltverdrossenheit.

Eine gewisse kalte Ablehnung, als wäre er überall anders lieber als hier.

Er musste sehr dringend eine Ehefrau brauchen, wenn er dafür die Mühen der Saison ertrug. Evelyn konnte sich keinen Mann vorstellen, der weniger dafür geeignet war.

»Miss Maltravers«, sagte er und bot ihr seinen Arm an. »Dürfte ich um das Privileg bitten?«

»Sie dürfen.« Evelyn hakte sich bei ihm unter und ließ sich von ihm auf die Tanzfläche führen. Sie warf einen Blick über ihre Schulter.

Anne schien Mr Hartford ordentlich den Kopf zu waschen. Er sah nicht mehr so aus, als müsse er gleich loslachen. Er stand stumm da und hörte Anne so aufmerksam und ernst wie ein Pfarrer zu.

Evelyn konnte keine Spur von Stella oder Julia entdecken. Auch nicht von Lady Arundell und Onkel Harris. Kurz nach der Ankunft hatten sich die beiden einer Gruppe befreundeter Spiritisten angeschlossen. Dort hatte Evelyn sie auch das letzte Mal gesehen. Genau genommen nahmen sie ihre Aufsichtspflicht, was Evelyn betraf, offensichtlich nicht sehr ernst.

Nicht, dass sie sich darüber beschweren würde.

Captain Blunts Hand legte sich auf ihren Rücken, während er sie in die ersten Schritte einer lebhaften Polka führte.

Sie lächelte. Nicht, weil sie ihn mochte oder weil er ein besonders guter Tänzer war, sondern weil die Musik so beschwingt und der Abend um sie herum so lebendig war. Es verlieh ihr ein seltsames Gefühl von Euphorie. Sie tanzten eine Weile, bevor Captain Blunt schließlich zu sprechen geruhte.

»Ihre Freundin ist heute Abend nicht anwesend?«, fragte er.

»Meine Freundin? Welche Freundin?«

»Miss Wychwood.«

Evelyn warf ihm einen beunruhigten Blick zu. Fast hätte sie ihm gesagt, dass Julia doch unter den Gästen war, doch sie schwieg, weil ihre Freundin allein beim Anblick des Mannes in Ohnmacht fallen würde. »Sie haben ein besonderes Interesse an Miss Wychwood?«

Er antwortete nicht. Jedenfalls nicht direkt. »Sagen Sie mir, spricht sie niemals?«

»Doch, sehr angeregt«, sagte Evelyn. »Doch ich befürchte, nicht in einem Ballsaal.«

Er kniff die Augen zusammen. »Wo dann?«

»Warum möchten Sie das wissen?«

Sein Mund verzog sich zu einem kühlen Lächeln. Dies verzog seine Narbe und ließ sein Gesicht regelrecht bedrohlich wirken. »Führen Sie es auf meine verdammenswerte Neugier zurück.«

Evelyn starrte ihn an und fragte sich, ob er so gefährlich war, wie er aussah. Er war doch ein Kriegsheld, oder nicht? Und er las Romane. Das musste doch irgendetwas besagen. »Miss Wychwood fühlt sich wohler, wenn sie reitet.«

»Ah.«

»Reiten Sie auch, Sir?«, fragte sie.

Sein Lächeln erstarb. »Ich war Kavallerieoffizier, Ma'am.«

»Auf der Krim, habe ich gehört.«

Er nickte.

Sie beendeten ihren Tanz schweigend. Als die Musik verstummte, führte er sie an den Rand der Plattform zurück. Sie wollte gerade heruntersteigen, als sie jemanden an dem Eisentor zur Pagode stehen sah.

Jemand Vertrautes, der im Schein der bunten Lampen stand.

Ihr Herz begann wild zu klopfen.

»Kennen Sie diese Person?«, fragte Captain Blunt.

Sie ließ ihre Hand von seinem Arm sinken. »Ja. Ich kenne ihn sehr gut.«

Es war Ahmad.

In seinem eleganten Anzug in Schwarz und Weiß sah er attraktiver aus als jemals zuvor. Wahrhaftig ein gefallener Engel. Diesmal nicht widerwillig, sondern mit voller Absicht.

Er war gekommen. Für sie.

Ahmad hatte sich die Entscheidung, nach Cremorne Gardens zu kommen, alles andere als leichtgemacht. Natürlich war es ein öffentlicher Park, doch es gab viel, was gegen ein Auftreten dort sprach. Auch wenn jeder Fremde unter Lady Blackstones Gästen wandeln konnte, war es dennoch eine Privatveranstaltung. Seine Anwesenheit würde von den Gästen bemerkt werden.

Egal, wie diskret er sich Evelyn näherte, es würde Gerede geben.

Selbst im Mondlicht würden die Leute sehen, dass er nicht völlig englisch war. Einige würden ihn sogar als ihren Schneider erkennen. Sein Auftreten würde als Demonstration gesehen werden, für das Eintreten für die Gleichheit – nicht nur der Herkunft, sondern auch des Standes. Eine eindeutige Erklärung seiner romantischen Absichten gegenüber Evelyn.

Für ihn persönlich spielten solche Dinge keine Rolle, doch für sie schon. Er würde nicht zulassen, dass sie seinetwegen beleidigt oder erniedrigt wurde.

Doch als Evelyn ihn sah, schien sie nichts anderes zu empfinden als Freude. Ihre weichen Lippen verzogen sich zu einem Lächeln, und ihre Augen strahlten ihn an.

Sie schien den mürrischen Gentleman neben sich kaum noch zu bemerken, mit dem sie die Polka getanzt hatte, denn sie ließ ihn einfach stehen und stieg in ihrem rosenbesetzten

Kleid vom Podest herunter. Sie kam zu dem Eisentor geeilt, an dem Ahmad wartete.

»Du bist hier«, sagte sie atemlos.

»Wie du siehst.« Es gelang ihm nicht, den grimmigen Ton aus seiner Stimme zu verbannen.

»Captain Blunt. Möchtest du ihn kennenlernen?«

»Nein.«

Ihr Lächeln wurde noch etwas breiter. »Wie lange bist du schon hier?«

»Noch nicht lange. Ich bin geradewegs zum Pavillon gekommen.«

»Ach ja?«

»Ich dachte, du könntest hier sein«, sagte er. »Und … hier bist du.«

Sie starrten einander einen angespannten Moment lang an.

»Davon habe ich geträumt«, sagte Evelyn. »Dass du zu einem Ball kommst und mich in einem deiner Kleider siehst.« Sie trat zurück. »Was denkst du?«

Er verschlang sie mit seinen Blicken. Sie strahlte regelrecht im Licht der bunten Lampen, die am Pavillon hingen. In ihrem dichten kastanienbraunen Haar schimmerten Rosenblüten und ihre cremig weißen Schultern wurden von einem kunstvoll drapierten Streifen schimmernd bernsteinfarbenen Tüllstoffs und Spitze eingerahmt.

Ein Seidengürtel umfasste ihre Taille, geschmückt von einer kleinen Goldschnalle. Darunter breiteten sich anmutig Röcke aus Seide und feinem Krepp aus. Das ganze Ensemble betonte jede ihrer Kurven – vom Halsansatz bis zu Taille und Hüfte – und schrie geradezu danach, sie in seine Arme zu nehmen.

»Du runzelst die Stirn«, sagte sie. »Sind die Rosen nicht richtig platziert? Becky sagte, sie sollen …«

»Es sind nicht die Rosen.«

Das Orchester begann einen Walzer zu spielen.

Evelyn sah ihn erwartungsvoll an.

Er reichte ihr seine Hand. Es war ein bedeutungsschwerer Moment. Als sie seine Hand nahm, war er sich der neugierigen Blicke einiger Umstehender deutlich bewusst. Eine der Damen flüsterte etwas halblaut hinter ihrem Fächer.

Und … es war ihm egal.

Er war hergekommen, um sich zu erklären, und genau das würde er auch tun.

Er führte sie auf die belebte Tanzfläche. Sie war voller Paare, die sich bereits zu den Walzerklängen drehten. Er legte den Arm um Evelyns Taille, verstärkte den Griff auf ihre Hand und führte sie in eine Drehung.

Sie lachte erfreut. »Wo hast du das gelernt …?«

Er lächelte. »Bei Mrs Pritchard. Kaum zu glauben, oder?«

Die Frauen dort hatten ihn irgendwann alle mal als Tanzpartner benutzt. Früher hatte er es nicht besonders genossen. Einem mürrischen Burschen von fünfzehn machte es nicht viel Spaß, mit einem Mädchen zu tanzen, für das er nicht schwärmte.

Doch das hier war etwas anderes.

Evelyn war seine Freundin. Seine Muse. Und noch viel mehr als das.

Er schwärmte wie verrückt für sie.

»Die Leute starren uns an«, warnte er sie.

»Lass sie starren«, sagte sie. »Es spielt keine Rolle.«

Während er mit ihr tanzte, begann er es selbst zu glauben. Violinen sangen zusammen mit Flöten, Oboen und dem herzergreifenden Vibrato des Cellos. Während sie sich tief in die Augen sahen, schien die Welt um sie herum sich aufzulösen. Es gab nur noch sie beide, allein mit den bunten Lichtern und dem Orchester, und sie tanzten unter den Sternen.

In diesem einen Moment hatte sie recht. Es spielte keine Rolle, was der Rest der Gesellschaft dachte. Es zählte nur, dass er sie in seinen Armen hielt.

Er hatte nicht die Absicht, sie gehen zu lassen.

Als die Musik endete, ließ er seine Hand an ihrer Taille ruhen, während er sie von der Tanzfläche führte. Hinter ihnen ertönten die ersten Klänge des nächsten Tanzes – eine lebhafte Harmonie aus Flöten, Streichern und hallenden Hörnern. Stampfende Schritte dröhnten auf dem Holzpodest, während Hunderte von Paaren den Galopp tanzten.

»Können wir irgendwo hingehen, wo es ruhiger ist?«, fragte er.

Sie hakte sich unter. »Sehr gern.«

Fast befürchtete Ahmad, jemand würde sie aufhalten, vielleicht Evelyns Onkel oder Lady Arundell.

Doch niemand sagte etwas.

Ungehindert ließen sie den Pavillon hinter sich. Sie überquerten den Rasen auf einem der breiten, von Bäumen gesäumten Wege, für die Cremorne bekannt war. Lampen in den Ästen beleuchteten den Weg und flackerten in der Dunkelheit. Es war fast elf Uhr. Am Sternenhimmel über ihnen stand ein hell strahlender Vollmond.

»Warst du schon mal hier?«

»Als ich jünger war, sehr oft. Wann immer das Wetter gut war und ich ein paar zusätzliche Shillings in der Tasche hatte, habe ich mir mit Mira die Ausstellungen angesehen.« Er warf ihr einen Blick zu. »Warum? Sehe ich fehl am Platz aus«

Der Griff ihrer Hand auf seinen Arm verstärkte sich. »Du siehst perfekt aus. Ich habe dich noch nie in Abendgarderobe gesehen.«

»Es gibt ja auch nicht viel Anlass dazu.« Er bemerkte ihre geröteten Wangen. Sein Puls beschleunigte sich. »Gefällt es dir?«

»Wie könnte es anders sein?«, fragte sie. »Als ich dich am Tor stehen sah, war es, als würden alle anderen verschwinden. Es kam mir so vor, als gäbe es nur uns beide.«

»Ein romantischer Gedanke.«

Sie antwortete nicht.

Er fürchtete, sie gekränkt zu haben. »Evie …«

»Warum bist du heute Abend hergekommen?«

Vor ihnen führte ein dunkler und von dicht stehenden Bäumen umsäumter Pfad vom Hauptweg ab. Eine berühmte Institution der Londoner Lustgärten, besonders für Paare, die ein wenig Privatsphäre suchten. Er führte Evelyn den Pfad entlang, dann bogen sie in einen weiteren, noch dunkleren Weg ab, beleuchtet nur von einer einzigen Laterne, die an einer Ulme hing.

Unter der Lampe blieb er stehen und sah sie an. »Warum ich hergekommen bin?«, wiederholte er. »Ich dachte, das wäre offensichtlich.«

»Du kamst, weil ich dich darum gebeten habe.«

»Du hast nie gesagt, dass ich in die Cremorne Gardens kommen soll.«

»Nicht ausdrücklich, aber ich sagte, dass du mich bei einer der Veranstaltungen, an denen ich teilnehme, aufsuchen sollst. Und dies ist der einzige Ort, der keine Einladung erfordert.« Sie runzelte die Stirn. »Ich hoffe, du hast es nicht als Ultimatum verstanden?«

»Nein. Und ich bin auch nicht hergekommen, weil du es mir gesagt hast. Ich kam her, weil …« Er schüttelte den Kopf.

Ihre Kleider zu entwerfen war das eine. Er konnte jeden einzelnen Stich mit seinem Herz und seiner Seele erfüllen. Sich mit Worten auszudrücken war etwas ganz anderes. Noch nie hatte er sich weniger eloquent gefühlt.

Ihr Gesichtsausdruck wurde unsicher. »War es mein Kleid?«

»Was?«

Das Mondlicht funkelte auf dem Gestell ihrer Brille. »Weil du mich darin sehen wolltest? Tanzend und so weiter?«

»Dein Ballkleid ist mir völlig egal.«

Sie trat zurück. »Warum dann?«

Um sie zum Schweigen zu bringen, legte er die Hände auf ihre Oberarme. »*Du* bist mir wichtig, Evie. Darum bin ich gekommen. Ich bin hier, weil du mir wichtig bist.«

Sie blickte zu ihm auf, die Lippen in bebender Hoffnung halb geöffnet.

»In diesen vergangenen Wochen habe ich immer wieder über unsere Situation nachgedacht. Ich habe das Urteil der Gesellschaft und die Beschränkungen meiner finanziellen Mittel erwogen. Deine Schwestern und meine Cousine bedacht. Sogar den Unterhalt deines Pferdes. Und ich bin zu einem Schluss gekommen.«

Ihre schimmernden Augen waren starr auf seine gerichtet. »Zu welchem?«

»Dass ich nicht ohne dich leben kann.« Er neigte den Kopf zu ihrem, und seine Stimme wurde zu einem rauen Flüstern. »Du hattest recht. Du bist mehr als meine Muse. Du bist meine Liebe.«

Ein leises Seufzen entrang sich ihrer Brust. »Ahmad …«

»Ich habe mich in dich verliebt. Aber es ist nicht …«

»Ich glaube nicht daran, dass etwas unmöglich ist«, sagte sie eilig. »Nicht, wenn zwei Menschen etwas aneinander liegt und sie bereit sind, so hart dafür zu arbeiten, wie sie können.«

Er lehnte seine Stirn an ihre.

Und da spürte er mit einem Mal die volle Verantwortung seiner Liebe zu ihr. Es bedeutete mehr als Zärtlichkeit. Mehr als Leidenschaft oder Begehren. Es bedeutete, sich um sie zu kümmern.

Eine feierliche Verpflichtung. Wichtiger als alles, was er bis zu diesem Zeitpunkt unternommen hatte.

»Ich wollte nicht sagen, dass es unmöglich ist. Sondern dass es nicht leicht werden wird.« Er konnte ihr nicht das privilegierte Leben einer Dame der Gesellschaft bieten. Kein großes Haus mit einer Schar Dienern und einer Kutsche und einem Stall voller Pferde. Er konnte ihr nur sich selbst anbieten. Ein bescheidenes Leben, mit der Chance auf eine bessere Zukunft, wenn sie sich anstrengten.

Sie presste ihre behandschuhten Finger flach auf seine Brust und strich mit unendlicher Zärtlichkeit über seine Weste. Es waren kleine Hände, aber stark. Stark genug, um ein ganzes Leben in ihnen zu halten.

»Ich will nicht, dass du falsche Erwartungen hast«, sagte er. »Die Geschäfte laufen gerade ganz gut, aber es gibt keine Garantien. Mein Glück könnte sich im Handumdrehen wenden. Es wird Zeit brauchen. Und sollte ich versagen …«

»Das wirst du nicht.«

»Aber sollte es geschehen …« Er blieb hartnäckig. Sie musste die Risiken kennen, ganz egal, wie sehr es seinen Stolz verletzte. »Zu sagen, dein Leben würde einfach sein, wäre eine Untertreibung. Du könntest schon bald bereuen, dein Schicksal mit meinem verwoben zu haben.«

»Niemals.« Sie legte eine Hand in seinen Nacken. »Ich glaube an dich.« Sie zog ihn näher, bis ihre Lippen nur noch Zentimeter von seinen entfernt waren. »Und ich liebe dich so sehr.«

Er schloss für einen Moment seine Augen. Ihre Gefühle waren keine Überraschung. Sie hatte bereits einige Male darauf angespielt. Dennoch brachen ihre Worte über ihm zusammen wie eine Flutwelle. *»Evie.«*

Die Privatsphäre hier war nur eine Illusion. Sie befanden

sich nicht in einer Kutsche oder in seiner Wohnung. Sondern auf einem Weg in Cremorne Gardens. Nicht der beste Ort für Intimität zwischen einer respektablen jungen Dame und ihrem Verehrer.

Doch das war ihm in diesem Moment völlig egal.

Im Mondlicht fand sein Mund den ihren, und er küsste sie sanft und zärtlich.

Ihr Körper drängte sich so fest gegen ihn, dass ihre Röcke sich aufbauschten.

Seine Arme legten sich um ihre Taille und hielten sie fest, während seine Lippen über ihre glitten. Sie waren warm und weich.

»Das wollte ich dir schon so lange sagen«, hauchte sie.

Er küsste sie erneut und fühlte sich unbeholfen und völlig berauscht. Wie ein unerfahrener Jüngling mit seiner ersten jungen Dame. »Wie lange?«

»Seit wir zum *Jolly Tar* gefahren sind.«

»Da hast du schon so für mich empfunden, meine Liebste?«

»Ja, obwohl ich es zu diesem Zeitpunkt nicht einmal mir selbst eingestehen konnte.« Ihre Arme schlangen sich um seinen Nacken. »Ich dachte, ich sei zu vernünftig für die Liebe. Dass ich sie in meinem Leben nicht brauchen würde.«

»Und nun?«

»Nun weiß ich es besser.« Sie streckte sich, um ihn zu küssen. Ihre Lippen legten sich in einer zärtlichen Liebkosung auf seine.

Über ihnen begann das Feuerwerk und erhellte den Nachthimmel in einem flammenden Funkenregen.

Evelyn schnappte begeistert nach Luft. Sie starrte in den Himmel, während ein weiterer Feuerwerkskörper und dann noch einer explodierten.

Ahmad hielt sie in seinen Armen und starrte ebenfalls nach

oben. Er fühlte ehrfürchtiges Staunen über das Spektakel, als würde er es zum ersten Mal sehen.

Als die Darbietung endete, sah sie ihn an und lächelte. »Was passiert jetzt?«

»Eine ausgezeichnete Frage«, erklang Lady Heathertons Stimme vom Ende des Wegs. »Ich bin ebenfalls sehr neugierig, das herauszufinden.«

32. KAPITEL

Evelyns Arme sanken von Ahmads Nacken. Sie wäre zurückgetreten, doch er machte das unmöglich, da seine Hand noch fest um ihre Taille lag. Ein Zeichen seiner Unterstützung und seines Schutzes.

Sie wusste es zu schätzen, brauchte es aber nicht. Sie hatte keine Angst vor dieser Frau. »Lady Heatherton«, sagte sie. »Können wir etwas für Sie tun?«

Es war eine unter den gegebenen Umständen unglaublich ruhig vorgetragene Frage. Evelyn war ziemlich stolz auf sich.

Doch Lady Heatherton schien sie nicht einmal zu hören.

Ihr Blick war starr auf Ahmad gerichtet. Ihr kühles schönes Gesicht lag halb im Schatten. Sie trug ein himmelblaues Seidenkleid mit Unmengen von Rüschen und Satinbesatz, das sich an ihre schlanken Kurven schmiegte. »So viel dazu, dass Sie sich nicht mit Kundinnen einlassen«, sagte sie. »Ich dachte, Ihnen fehlt es nur in Ihrem Privatleben an Skrupeln, doch wie es scheint, sind selbst Ihre Geschäftsprinzipien auf Wasser gebaut.«

Evelyn warf Ahmad einen unsicheren Blick zu. Sein Kiefermuskel zuckte und in seinen Augen loderten Flammen. Keine Flammen der Leidenschaft, sondern der Wut.

Gütiger Himmel. *Er kannte sie.*

Und plötzlich ergab Lady Heathertons Besuch am Russell Square Sinn. All diese Fragen, die sie über Ahmad gestellt hatte, und die Warnung, die sie Evelyn gegenüber ausgesprochen hatte.

»Sie haben die Situation missverstanden«, sagte Ahmad. »Eine Ihrer typischen Schwächen.«

Lady Heathertons Augen funkelten auf. »Unsere Situation? Oder *diese* hier? Sie und Ihre kleine Reiterin aus Sussex?«

»Das reicht jetzt«, sagte er.

»Aber was ist denn los, mein Lieber? Wollen Sie etwa einen Skandal vermeiden?« Lady Heatherton lachte. »Dieser Dampfer hat in dem Moment abgelegt, als Sie beide den Pavillon verlassen haben.«

»Sind Sie uns gefolgt?«, fragte Evelyn.

Lady Heatherton warf ihr einen beiläufigen Blick zu. »Seien Sie nicht lächerlich.«

»Und wie sind Sie dann …«

»Sie sind nicht die einzigen von Lady Blackstones Gästen, die auf dem Gelände einen kleinen Spaziergang machen. Es gibt hier viele andere.« Lady Heatherton sah sie giftig an. »Am besten eilen Sie zu Ihrer Anstandsdame zurück, bevor Ihr Ruf unwiederbringlich zerstört ist.«

Ahmads Griff um Evelyns Taille verstärkte sich. »Sie geht nirgendwo hin.«

»Ich habe es Ihnen doch schon gesagt«, erwiderte Evelyn. »Mein Ruf ist in bester Ordnung.«

»Nicht mehr lange, meine Liebe. Was *Ihren* Ruf angeht …« Lady Heatherton wandte sich an Ahmad. »Wie können Sie es wagen, dieser entsetzlichen grauhaarigen Kreatur *mein* Kleid zu geben?«

»Es war nicht Ihr Kleid«, sagte Ahmad sofort. »Sie haben es zurückgegeben.«

Evelyns Empörung in Stellas Namen verflog, als ihr etwas anderes klar wurde.

Darum war Ahmad also an jenem Abend zum Haus ihres Onkels gekommen und hatte Evelyn gefragt, ob sie einer Partnerschaft zustimmen würde. Er hatte Lady Heatherton als Kundin verloren und brauchte eine andere Dame, die seine Entwürfe trug.

Evelyn nahm an, dass sie Lady Heatherton wohl dankbar sein musste, ihre Aufträge storniert zu haben. Denn wenn nicht, wäre Ahmad nie zu ihr gekommen. Doch Evelyn fühlte sich gerade nicht besonders dankbar.

Wachsende Angst stieg in ihr auf. Sie war allein mit einem Mann in einer dunklen Ecke des Parks entdeckt worden. Wenn das herauskam …

Und das würde es.

Lady Heatherton würde sich niemals überzeugen lassen, den Mund zu halten.

Evelyn war maßlos frustriert. Die ganze Zeit hatte sie sich Sorgen gemacht, ob ihr Fennys Anwesenheit schaden würde, und nun hatte sie sich selbst ruiniert.

»Wir sollten zum Pavillon zurückkehren«, sagte sie leise.

»Ja. Das sollten wir.« Ahmad nahm ihre Hand und führte sie um Lady Heatherton herum in die Richtung des Balls. Sie hatten erst ein paar Schritte hinter sich gebracht, als Lady Arundell auftauchte und ihnen den Weg versperrte.

Sie war nicht allein.

Anne war bei ihr, genau wie Stella und Julia.

Evelyn wurde das Herz schwer. Gütiger Himmel. Waren ihnen denn alle gefolgt?

Ihre drei Freundinnen liefen zu ihr.

»Ich habe versucht, sie aufzuhalten«, sagte Anne leise.

»Sie hat darauf bestanden, herzukommen«, flüsterte Stella.

Und Julia fügte hinzu: »Dein Onkel hätte sie fast begleitet.«

Evelyn verzog ihr Gesicht. Onkel Harris wusste über diese Situation Bescheid?

»Miss Maltravers.« Lady Arundells Tonfall war so eisig und herrisch, dass sich Evelyns Puls beschleunigte. »Lady Heatherton. Und Sie, Sir?«

»Dies ist Mr Malik, Ma'am«, sagte Evelyn.

Lady Arundell schien nicht an seinem Namen interessiert zu sein. »Sie haben sich also das Feuerwerk angeschaut? Je weiter man sich von der Pagode entfernt, umso besser kann man es beobachten. Das liegt wahrscheinlich an dieser Dunkelheit.«

Lady Heatherton warf einen vernichtenden Blick auf Stellas eisblaue Ballrobe, bevor sie ihren Zorn auf Lady Arundell richtete. »Sie haben sich nicht das Feuerwerk angesehen. Wenn ich nicht rechtzeitig dazugekommen wäre …«

»Unsinn. Miss Maltravers ist ein vernünftiges Mädchen.« Lady Arundell ging zu Lady Heatherton. »Ich bin mehr um Sie besorgt, Mildred. Ihr Gatte würde bestimmt nicht gern hören, dass Sie allein die dunklen Wege entlanggegangen sind. Hoffentlich erfährt er nichts davon.«

Lady Heatherton kniff die Augen zusammen. »Soll das etwa eine Drohung sein?«

»Ich will Sie lediglich daran erinnern, dass Gerüchte in alle Richtungen gehen können. Ich lasse nicht zu, dass der Ruf eines Mädchen unter meiner Obhut ruiniert wird, weil Sie den Mund nicht halten konnten.«

Die beiden standen sich einen langen Moment gegenüber. Wenn Lady Heatherton eine elegante Kobra war, handelte es sich bei Lady Arundell in ihrer Trauerkleidung um einen schwarzen Mungo. Sie hatte nicht nur einen höheren Rang als ihre Gegnerin, sondern war auch größer und aggressiver. Tatsächlich wirkte sie in diesem Moment ziemlich furchteinflößend.

Anne lächelte stolz.

»Ihr Mündel hat von mir keine Gefahr zu befürchten«, sagte Lady Heatherton schließlich. »Ich habe keinen Zwist mit ihr.«

»Das freut mich zu hören.« Lady Arundell deutete auf das Ende des Weges. »Dann wünsche ich Ihnen noch einen schönen Abend.«

Lady Heatherton verzog wütend ihr Gesicht. Sie warf Ahmad noch einen letzten Blick zu, dann rauschte sie davon.

Erst als sie weg war, holte Evelyn wieder Luft. Doch es war nur eine kurze Ruhepause, bevor sich Lady Arundell zu ihr umdrehte.

»Ich bin sehr von Ihnen enttäuscht, Miss Maltravers. Ist Ihnen denn nicht klar, was die Leute denken werden? Dabei wollten Sie sich doch in der Gesellschaft einen Namen machen!«

»Es ist meine Schuld«, sagte Ahmad.

»Völlig richtig, Sir«, schoss Lady Arundell zurück. »Doch für Sie bin ich nicht verantwortlich. Diese Ehre gebührt Ihnen, Madam. Aber ich werde nicht zulassen, dass Sie Ihren guten Ruf ruinieren, indem Sie sich mit einem Fremden zurückziehen.«

»Mr Malik ist kein Fremder«, sagte Evelyn.

»Ja, ich weiß«, erwiderte Lady Arundell ungeduldig. »Er ist Ihr Schneider. Sie haben Ihn ja oft genug erwähnt. Doch dies ist nicht die Bond Street oder wo auch immer sein Geschäft sein mag. Sie dürfen mit einem Mann unter keinen Umständen allein sein. Außer er ist Ihr Gatte oder Verlobter.«

Evelyn sah Ahmad an.

Er erwiderte ihren Blick.

Und wie er das tat.

Es lag keine Wut mehr in seinen Augen, sondern nur noch liebevolle Besorgnis. Zuneigung und eine Spur Reue.

»Vielleicht hätten wir für den Galopp bleiben sollen«, sagte er.

Sie lächelte. »Ich bin froh, dass wir es nicht taten.«

Doch er lächelte nicht. Sein Gesicht wirkte ernst und entschlossen. »Ich werde morgen bei deinem Onkel vorstellig werden, wenn das für dich akzeptabel ist.«

Ihr Herz begann wild zu klopfen. »Ja.«

Ein letztes Mal drückte er ihre Hand, bevor er sie losließ und auf Lady Arundells Drängen hin ging.

Ihre Ladyschaft sah ihm aufgebracht nach. »Ihr indischer Schneider!«

»Ich liebe ihn«, sagte Evelyn. Und er liebte sie auch. Das hatte er selbst gesagt. Und morgen würde er zu ihrem Onkel gehen. Für einen solchen Besuch konnte es nur einen Grund geben. Sie verspürte einen Anflug wilder Vorfreude.

»Liebe!«, wiederholte Lady Arundell verächtlich. »Wie könnte das nur sein?«

»Er hat Taschen in all ihre Röcke genäht«, sagte Anne.

»Taschen«, seufzte Julia. »Man stelle sich das nur vor.«

»Und sie musste ihn nicht einmal darum bitten«, sagte Stella.

»Taschen?« Lady Arundell scheuchte sie stirnrunzelnd zurück zum Pavillon. »Das ist alles höchst irritierend«, sagte sie. »Ja, in der Tat sehr irritierend. Ich werde Dmitri dazu konsultieren müssen.«

»Er will *mich* besuchen?« Onkel Harris saß Evelyn in der Kutsche gegenüber und starrte sie entgeistert an. Seine Abendgarderobe war zerknittert und seine Wangen von zu viel Champagner gerötet.

Sie waren vom Fest aufgebrochen, sobald Lady Arundell Evelyn wieder am Pavillon abgeliefert hatte. Es war fast Mitternacht. Nach den Maßstäben der Saison immer noch recht früh. Onkel Harris schien ein wenig darüber verärgert zu sein, dass sein Abend so plötzlich abgebrochen werden musste.

»Was habe ich denn damit zu tun?«, fragte er. »Es ist Nora, die ihre Einwilligung geben muss, nicht ich.«

Evelyn runzelte die Stirn. »Du willst, dass er sich an Tante Nora wendet?«

»Sie ist dein Vormund.«

»Nicht offiziell. Aber wenn du es vorziehst, dass Mr Malik nach Sussex fährt …«

»Malik«, wiederholte Onkel Harris verächtlich schnaubend. »Ich habe wirklich keine Ahnung, was schlimmer ist. Dass er aus Indien stammt oder ein Krämer ist.«

Sie erstarrte. »Er ist ein brillanter Schneider. Und er ist mehr Engländer als Inder.«

»Denkst du, das würde einen Unterschied machen? Eine Spur indischen Bluts ist ebenso verdammend wie ein Übermaß davon.« Onkel Harris sah sie neugierig an. »Ich nehme nicht an, dass er als Engländer durchgehen könnte?«

Evelyn presste die Lippen zusammen. Sie war so kurz davor, die Geduld zu verlieren. »Also wirklich, Onkel.«

»Es ist eine angemessene Frage.«

»Es ist eine beleidigende Frage. Mr Malik schämt sich nicht für seine Herkunft. Wenn jemand damit ein Problem hat, ist das sein Problem, nicht Mr Maliks.«

»Es wird aber schnell zu deinem Problem werden, wenn du diesen Burschen heiratest.«

Daran musste Evelyn nicht erinnert werden. Sie machte sich keine Illusionen, was ihre Zukunft anging. Es würde viele Hindernisse geben. Doch Ahmad und sie würden ihnen gemeinsam entgegentreten. »Die Leute sagen, was immer sie wollen. Ich habe keine Angst vor der Meinung von Fremden.«

»Nicht nur von Fremden, mein Mädchen. Du wirst Freunde verlieren.«

»Keine wahren Freunde«, sagte sie. »Niemanden, der wichtig ist.«

»Du wirst es nie wissen, bis es so weit kommt, nicht wahr? Du könntest alles verlieren. Ist dieser Mann das alles wert?«

Evelyn rief sich ins Gedächtnis, wie Ahmad mit ihr im Pavillon getanzt hatte. Wie er sie in seinen Armen gehalten und geküsst hatte, während der Himmel über ihnen vom Feuerwerk erhellt worden war. Wärme breitete sich in ihr aus. »Er ist es wert«, sagte sie. »Und noch viel darüber hinaus.«

Die Kutsche rollte durch den Nebel. Das Licht der Straßenlaternen schimmerte durch die Lücken in den Samtvorhängen der Kutschenfenster und fiel in unregelmäßigen Abständen auf Onkel Harris' Gesicht.

Er schüttelte enttäuscht den Kopf. »Nora sagte, du seist die Vernünftige. Und nun wiederholst du alle Fehler deiner Schwester.«

»Das ist überhaupt nicht das Gleiche«, stellte Evelyn fest.

Fenny hatte sich all ihrer Verantwortung entzogen, um mit Anthony durchzubrennen. Sie hatte sich für die Liebe und gegen ihre Pflicht entschieden. Evelyn weigerte sich, diese Wahl zu treffen. Sie hatte nicht vor, gegen Windmühlen anzukämpfen. Schließlich musste sie auch an Hephaestus denken. Und an ihre jüngeren Schwestern. Es waren mehr als Verpflichtungen; sie waren für Evelyns Glück ebenso essentiell wie Ahmad selbst. Sie würde die einen nicht für den anderen aufgeben.

Was sie brauchte, war ein neuer Plan.

Er begann bereits in ihrem Kopf Gestalt anzunehmen. Erst nur vage und ohne Erfolgsgarantie, dennoch ein Plan.

»Am liebsten würde ich dich nach Hause schicken«, sagte Onkel Harris.

Sie schlang ihren Schal eng um ihre nackten Schultern. »Vielleicht gehe ich ohnehin.«

»Wie bitte?«

»Wenn Mr Malik dorthin reisen muss, um Tante Nora um Erlaubnis zu fragen, wäre ich gern dabei. Ich könnte direkt nächste Woche aufbrechen.«

Ihr Onkel sah sie über den Rand seiner Halbbrille stirnrunzelnd an. »Das wirst du nicht.«

Sie runzelte die Stirn. »Aber du hast doch gerade gesagt …«

»Ich weiß, was ich gesagt habe«, blaffte er. »Die Séance ist nächste Woche. Ich habe Lady Arundell und den anderen versprochen, dass du teilnehmen wirst.«

»Meine Anwesenheit ist wohl kaum notwendig. Wir wissen beide, dass ich in dieser Hinsicht kein Talent habe.«

»Was ist mit der Botschaft, die du erhalten hast? Als du mir sagtest, es wäre höchste Zeit, meinen Blick auf die Lebenden statt auf die Toten zu richten.«

Sie errötete. »Das war nur meine eigene Meinung.«

»Unsinn. Es war eine jenseitige Weisheit.«

»Es war nur gesunder Menschenverstand.«

»Es war Führung von der anderen Seite. Und auch vorausahnend. Wenn ich mich nicht nach deinem Verbleib gefragt hätte, wäre Lady Arundell nie nach dir suchen gegangen. Und wo wärst du dann jetzt?«

Evelyn blinzelte überrascht. »Du hast Lady Arundell auf die Suche geschickt?«

»In der Tat.« Onkel Harris lehnte sich zurück. »Es bringt Unglück, Ratschläge aus dem Jenseits zu ignorieren.«

33. KAPITEL

Wie immer erwachte Ahmad am nächsten Tag noch vor Sonnenaufgang. Er blieb einen Moment im Bett liegen und starrte auf die Schatten an der Decke. Die Ereignisse des gestrigen Abends kamen ihm wie ein Traum vor.

War er wirklich in Cremorne Gardens gewesen und hatte mit Evelyn Maltravers vor den Augen der feinen Gesellschaft Walzer getanzt? Hatte er ihr wirklich gesagt, dass er sie liebte?

Und er liebte sie wirklich.

Er legte einen nackten Arm hinter den Kopf und lächelte.

Doch dann dachte er daran, was er noch getan hatte. Er hatte nicht nur mit Evelyn getanzt und ihr seine Liebe gestanden, sondern sie auch kompromittiert.

Sein Lächeln erstarb.

Gütiger Himmel. Was hatte er sich nur dabei gedacht? Sie auf einen der dunklen Wege zu führen, wo sie von jedem Vorbeigehenden entdeckt werden konnten.

Und sie *waren* entdeckt worden. Zuerst von Lady Heatherton, dann von Lady Arundell.

Es würde sich herumsprechen. Das war unausweichlich.

Heute Nachmittag würde er zum Russell Square gehen und Evelyns Onkel formell um ihre Hand bitten. Mit ein wenig Glück würde sein Antrag jeden Schaden wieder gutmachen, den er ihrem Ruf zugefügt hatte.

Natürlich war ihm bewusst, welchen Skandal wiederum das auslösen würde.

Das war zu erwarten.

Evelyn und er kannten die Konsequenzen, die ihre Beziehung haben würde, und sie akzeptierten sie. Er konnte nur hoffen, dass sie ihre Entscheidung nicht bereuen würde.

Er stand auf, wusch sich, kleidete sich an und verließ die Wohnung. Auf der Straße kaufte er von einem Jungen die Morgenausgabe der Zeitung, bevor er eine Mietdroschke Richtung Conduit Street nahm.

Er arbeitete am frühen Morgen immer ein paar Stunden allein in der Schneiderei, bevor er Mira von den Finchleys abholte. Wegen der Näherinnen, die er eingestellt hatte, war es die einzige Zeit des Tages, zu der Ahmad etwas Ruhe hatte.

Während die Droschke durch die Straßen rollte, schlug er die Zeitung auf und blätterte zu den Gesellschaftsspalten vor. Die Befürchtung, etwas über Evelyns Auftreten in Cremorne zu lesen, verursachte ein flaues Gefühl in seinem Magen.

Lady Heatherton hatte keinen Zweifel daran gelassen, dass sie Ahmad als ihren Feind betrachtete. Als eine der Wortführerinnen der feinen Gesellschaft genügte eine Bemerkung zu ihrem Kontakt bei der Zeitung, um Evelyn zu ruinieren. Dass Lady Heatherton versprochen hatte zu schweigen, beruhigte ihn nicht. Ahmad traute dem Wort seiner ehemaligen Gönnerin nicht mehr über den Weg, als er einer Viper trauen würde.

Doch als er die Seite mit den Gesellschaftsnachrichten überflog, stellte er fest, dass Lady Heatherton Wort gehalten hatte. Der Artikel, auf den er schließlich stieß, erwähnte Evelyn überhaupt nicht.

Es ging um ihn.

Ein Arme-Leute-Schneider

Das scharfe Auge unseres Korrespondenten hat in letzter Zeit unter den hübschen Damen Londons eine neue Vorliebe bemerkt: einen deutlichen Mangel an Verzierungen an ihrer Garderobe. Bei genauerem Hinsehen können wir keinen der üppigen Besätze finden, die die Kleider unserer Pariser Schwestern schmücken. Stattdessen zeichnen sich die Entwürfe des exotischen Mr M– durch eine betonte Schlichtheit aus. An wem mag er sich wohl ausrichten? An Damen in eingeschränkten Verhältnissen? Oder ist er selbst verarmt? Urteilen Sie selbst.

Ahmad gefror beim Lesen das Blut in den Adern.

Er begriff sofort, was die vernichtenden Worte für seine Karriere als Damenschneider bedeuteten. Sie kamen einem Todesstoß gleich. Doch in diesem Moment dachte er nicht daran, was es für ihn heißen würde, sein Geschäft aufgeben zu müssen. Er dachte nur daran, dass er Evelyn nicht verlieren durfte.

Ahmad traf um halb elf vor dem Haus am Russell Square ein. Er stieg die Stufen zum Haupteingang hinauf und stellte sich korrekt als Besucher vor, als ihm die Haushälterin öffnete. Ihre Miene war undurchdringlich, als sie ihn in den Salon führte. Kurze Zeit nachdem sie gegangen war, um seinen Besuch zu melden, betrat Evelyn das Zimmer. Sie hatten einander kaum begrüßt, da drückte er ihr schon die Zeitung in die Hand.

Sie setzte sich aufs Sofa, um den Artikel zu lesen. Dabei breitete sich der Rockteil ihres bernsteinfarbenen Morgenmantels elegant um ihre Beine herum aus. »Was implizieren sie damit?«

Ahmad fuhr sich mit der Hand durchs Haar. »Schlimmstenfalls, dass die Damen, die meine Entwürfe tragen, zu arm sind, um sich Besatz leisten zu können.«

Sie sah zu ihm auf. Das Licht der Morgensonne drang durch die Vorhänge und ließ die Gläser ihrer Brille funkeln. »Das kann doch wirklich niemand mit Augen im Kopf glauben. Jeder Narr kann sehen, wie wunderschön deine Kleider sind.«

»Es geht nicht nur um Schönheit. Sondern darum, Reichtum und Status auszudrücken.« Ahmad setzte sich zu ihr auf das Sofa. »Ein Rock voller Volants und Rüschen mag für einige Frauen unvorteilhaft sein, doch er zeigt, dass sich seine Trägerin den finanziellen Aufwand leisten kann.«

Sie faltete die Zeitung zusammen und legte sie beiseite. »Das tut mir leid.«

»Mir auch«, sagte er. »Und mir tut es leid, dass ich so früh hier bin, und dann auch noch aus so einem Anlass. Ich hätte dich nicht damit belasten sollen.«

»Du musst dich nicht entschuldigen. Ich hätte es früher oder später ohnehin gesehen.« Sie wandte sich zu ihm. »Normalerweise lese ich die Zeitung beim Frühstück, doch nach dem gestrigen Abend habe ich befürchtet, in den Gesellschaftsspalten könnte etwas Garstiges über mich stehen.«

»Wenigstens dafür können wir Lady Heatherton danken.«

»War das ihr Werk?«

»Ich vermute es. Andererseits … vielleicht war es auch Madame Elise. Ich habe ihr einige Kundinnen abspenstig gemacht.«

»Und zwei ihrer Näherinnen«, erinnerte ihn Evelyn.

Er lächelte leicht. »Ja. Das auch.«

Sie sah ihn fragend an. »Was ist zwischen dir und Lady Heatherton passiert?«

Die Frage hätte ihn nicht erschrecken sollen, dennoch tat sie es. Er zögerte, bevor er antwortete. »Nichts ist passiert.«

»So sah es aber nicht aus. Tatsächlich schien sie ziemlich wütend auf dich zu sein.«

»Sie ist wütend«, sagte er, »weil eben *nichts* passiert ist.« Es widerstrebte ihm, die unschöne Angelegenheit im Detail zu erklären. Doch es war wohl nicht zu vermeiden. »Darum hat sie das Kleid zurückgeschickt. Weil ich ihre Avancen zurückgewiesen habe.«

Ein Ausdruck des Begreifens zeigte sich auf Evelyns Gesicht, gefolgt von einem Erröten. »Ich verstehe.«

Er hatte das Gefühl, selbst ein wenig zu erröten. Dies war nicht die Unterhaltung, die er mit ihr an diesem Morgen zu führen gehofft hatte. Oder jemals, wenn er ehrlich war.

»Kommt so etwas häufig vor?«, fragte sie.

Er rieb sich verlegen den Nacken. »Manchmal. Mit gewissen Frauen.«

»Wem genau?«

»Soll ich eine Liste anfertigen?«

Sie wirkte gleichzeitig fasziniert und entsetzt. »Waren es denn so viele?«

»Ein paar«, gab er zu.

»Und … weist du sie immer zurück?«

»Immer. Ich vermische Geschäft und Vergnügen nicht.« Sobald er es gesagt hatte, konnte er ihr ansehen, was sie denken musste.

»Und was ist dann mit mir?«, fragte sie schließlich.

»Du warst etwas anderes. Etwas Unerwartetes. Wie du an jenem Abend in die Schneiderei gekommen bist. Wie du mit mir gesprochen und mir die Hand gegeben hast. Du hast mich überrascht.«

»Zweifellos«, sagte sie. »Du musst entsetzt gewesen sein, als ich dich bei der Anprobe geküsst habe.«

Er lachte auf. »Wohl kaum. Ich habe deinen Kuss doch erwidert, oder nicht?«

»Hast du? Ich war mir nicht sicher.«

»Das habe ich«, versicherte er ihr. »Und fast hätte ich etwas sehr Dummes gesagt.«

Ihr Mundwinkel zuckte. »Was?«

»Wahrscheinlich etwas darüber, wie schön du bist.« Er nahm ihre Hand und hielt sie in seiner, Haut an Haut. Da war es wieder, das seltsame Kribbeln, das sie seit der ersten Begegnung verspürt hatten. Es wärmte sein Blut und beschleunigte seinen Puls. »Oder wie sehr ich dich bewundere. Etwas, das uns beide beschämt hätte.«

»Schockierend«, murmelte sie.

»Ungemein schockierend«, pflichtete er ihr bei.

Ihre Finger verschränkten sich mit seinen. »Wird der Artikel deinem Geschäft schaden?«

Er antwortete, ohne mit der Wimper zu zucken: »Ja.«

»Bist du dir sicher?«

»Wenn die Damen der Gesellschaft fehlende Verzierungen an ihren Kleidern mit Armut assoziieren, werden sie sich von meinen Entwürfen abwenden.«

»Deine Entwürfe werden von jedem bewundert, der sie sieht«, sagte Evelyn. »Die Leute werden schnell wieder vergessen, was für ein Unsinn in der Zeitung stand.«

»Vielleicht«, sagte er.

Doch er rechnete nicht wirklich damit.

Er hatte das ungute Gefühl, dass dies nur der Anfang vom Ende seines kurzzeitigen Aufstiegs war. Und wenn seine berufliche Karriere zu Ende war, zerstörte das auch jegliche Chance auf eine gemeinsame Zukunft mit Evelyn.

Er zog ihre Hand auf sein Knie. »Evie … es gibt noch einen weiteren Grund, warum ich heute hergekommen bin.«

Ihre Wangen röteten sich. »Weil du mit meinem Onkel sprechen willst.«

»Das hatte ich vor, aber …«

»Ich fürchte, das ist unmöglich. Erstens ist er gerade in seinem Club. Zweitens sagt er, dass du dich nicht an ihn wenden musst, sondern an meine Tante Nora. Was bedeutet … wenn du eine bestimmte Frage stellen willst, wirst du nach Sussex reisen müssen.«

»Ah. Das ist ein wenig schwierig.«

Ihr Blick wurde weich. »Ja, ich weiß. Du bist sehr beschäftigt. Du musst nicht sofort aufbrechen.«

Ahmad verspürte einen Stich bitterer Reue im Herzen. Er konnte genauso wenig nach Sussex fahren, um bei Evelyns Tante um ihre Hand anzuhalten, wie er ihren Onkel fragen konnte. Er musste abwarten, wie das alles sein Geschäft beeinflussen würde. Wenn in den nächsten Wochen alles vor die Hunde ging, wäre er finanziell nicht mehr in der Lage, Evelyn zur Frau zu nehmen.

Doch er würde Evelyn nicht mit dieser Möglichkeit beunruhigen. Nicht heute. Er könnte es nicht ertragen, die Enttäuschung in ihren Augen zu sehen.

»In der Tat«, sagte er, hob ihre Hand an seine Lippen und küsste sie. »Ich muss schließlich noch dein schwarzes Tageskleid fertigstellen.«

Evelyn galoppierte auf Hephaestus die Rotten Row entlang. Ihre drei Freundinnen begleiteten sie. Annes alter Hengst Saffron behielt ein etwas gemächlicheres Tempo bei und fiel manchmal zurück. Stella hingegen preschte gelegentlich auf Locket voraus, während Julia auf Cossack beständig an ihrer Seite blieb.

Es war halb sechs, und die Londoner Gesellschaft war in voller Stärke erschienen. Damen ritten ihre teuren Pferde, Herren fuhren elegante Einspänner und imposante Matronen paradierten in luxuriösen offenen Kutschen.

Evelyn und ihre Freundinnen ließen die Pferde galoppieren, bis sie die Menge hinter sich gelassen hatten, dann ließen sie die Pferde im Trab und schließlich im Schritt gehen. Die Reitknechte folgten in gebührendem Abstand.

»Das habe ich gebraucht«, sagte Anne. »Ich war den ganzen Morgen mit Mama und ihren Spiritistenfreunden eingesperrt.«

»Weitere Vorbereitungen für das Treffen mit dem jungen Medium?«, fragte Stella.

»Endlose Vorbereitungen«, sagte Anne.

»Ich war noch nie in den West Midlands«, sagte Evelyn. »Das wird ein Abenteuer.«

Anne warf ihr einen amüsierten Blick zu. »So weit würde ich nicht gehen. Wahrscheinlich werden wir auf der Zugreise dorthin mehr Spaß haben als in der Stadt selbst.«

»Wo seid ihr untergebracht?«, fragte Stella. »Bei der Familie des Jungen?«

»Nein, wir haben uns für zwei Nächte in einem Hotel eingemietet.« Anne richtete die Röcke ihres Reitkostüms. »Die Séance wird im Haus des Jungen stattfinden. Mama sagt, dass er dort am besten mit seinem Geisterführer kommunizieren kann.«

»Er hat auch einen?« Evelyn hatte geglaubt, Lady Arundell sei die Einzige, die mit einem solchen ausgestattet war.

»Oh ja«, erwiderte Anne. »Jedes Medium, das etwas auf sich hält, hat einen.«

»Mein Bruder sieht das anders«, warf Stella ein. »Er hält Spiritismus für das Werk des Teufels und die Geisterführer für Dämonen, die die Menschen in die Sünde führen.«

»Wenn es nur wirklich so aufregend wäre«, erwiderte Anne. »In Wahrheit ist Dmitri schlimmer als jede alte Jungfer. Ständig gibt er meiner Mutter neue Maßregeln für mein Verhalten vor. Zumindest behauptet sie, dass sie von ihm stammen.«

Julia kicherte, was die anderen ebenfalls ansteckte.

Zwei wohlhabende Damen in einer Barouche warfen ihnen tadelnde Blicke zu. Es galt als Zeichen schlechter Erziehung, in der Öffentlichkeit unangemessene Emotionen zu zeigen.

Evelyns Lachen erstarb.

Julia ritt an ihrer Seite. »Morgens gefällt es mir hier besser. Dann kann man reiten, ohne gerügt zu werden.«

»Irgendjemand sieht immer zu und beurteilt dein Verhalten«, erwiderte Anne, die auf Julias anderer Seite auftauchte. »Das Geheimnis besteht darin, es zu ignorieren.«

Stella lehnte sich vor, um Lockets silbernen Hals zu streicheln. »Nicht alle von uns haben das Privileg, die Meinung der Gesellschaft ignorieren zu können.«

»Warum sollten wir das nicht tun?«, fragte Evelyn. »Wenn sie doch falsch liegen?«

Ihre Freundinnen warfen sich wissende Blicke zu. Sie waren dabei alles andere als subtil.

»Ich stimme dir zu«, sagte Anne. »Man sollte sich nur seinem eigenen Gewissen unterwerfen.«

»Und seinem eigenen Herzen«, fügte Julia hinzu.

»Apropos Herzen …« Stella sah Evelyn an. »Hat Mr Malik bei deinem Onkel vorgesprochen?«

Evelyn antwortete nicht. Ahmads Besuch im Haus am Russell Square lag inzwischen zwei Tage zurück. Und er war gekommen, um sie zu sehen, nicht ihren Onkel. Sie spürte einen Widerwillen in ihm. Nicht gerade einen Sinneswandel, doch etwas anderes.

Es war dieser verflixte Zeitungsartikel.

Zweifellos befürchtete Ahmad, er würde das Ende von allem sein. Nicht nur seiner Karriere, sondern auch ihrer gemeinsamen Zukunft.

»Es ist kompliziert«, sagte sie schließlich.

Julia runzelte die Stirn. »Aber … du liebst ihn doch noch, oder?«

»Das tue ich«, sagte Evelyn. »Leider gibt es einige Hindernisse.«

Anne sah sie an. »Unüberwindbare Hindernisse?«

»Natürlich nicht«, sagte Evelyn.

»Ich nehme an, du hast einen Plan«, sagte Stella. »Einen glorreichen Plan.«

»Ob er glorreich ist, weiß ich nicht … aber ja«, gab Evelyn zu. »Ich habe etwas im Sinn.«

Vor ihnen bog Mr Fillgrave um eine Ecke und kam auf seinem glänzenden kastanienbraunen Wallach auf sie zu.

»Oh nein«, flüsterte Julia.

»Schaut bloß nicht zu ihm hin«, mahnte Anne. »Ohne Blickkontakt wird er uns nicht ansprechen.«

Bei jeder anderen Gelegenheit wäre Evelyn die Erste gewesen, die dem Rat ihrer Freundin folgt, doch nicht heute. Als Mr Fillgrave näher kam, sah sie ihm direkt ins Gesicht.

»Oh, Evie, nein«, flüsterte Stella. »Was hast du getan?«

»Reitet ruhig weiter«, sagte Evelyn ihren Freundinnen. »Ich muss unter vier Augen mit ihm sprechen.«

»Ich nehme an, das gehört zu deinem Plan«, sagte Anne.

»Richtig.« Evelyn trieb Hephaestus an und ritt Mr Fillgrave entgegen, während ihre Freundinnen in die entgegengesetzte Richtung davongaloppierten.

»Miss Maltravers«, grüßte Mr Fillgrave. »Einen schönen Tag wünsche ich.« Sein Blick fiel auf Hephaestus. »Was für ein beeindruckendes Tier. Jedes Mal, wenn ich ihn sehe, bin ich von Neuem beeindruckt. Habe ich Ihnen bei meinem letzten Besuch schon von dem spanischen Hengst erzählt, dem ich während meiner ausgedehnten Europareise begegnet bin?«

Evelyn hörte ihm ein paar Minuten schweigend zu. Mr Fillgrave hielt nur selten inne, um Luft zu holen. Es war seine Angewohnheit, seine Gesprächspartner mit einer undurchdringlichen Mauer aus Worten zu überwältigen.

Evelyns Erfahrung nach war diese Technik nur zu überwinden, indem man eine rivalisierende Mauer konstruierte. Früher oder später musste einer der beiden Beteiligten nachgeben.

Sie hatte nicht vor, diese Person zu sein.

»Was das angeht«, fiel sie ihm entschlossen ins Wort, »habe ich mich immer schon gefragt, was die Qualität der von Ihnen beschriebenen spanischen Pferde ausmacht. Und auch ihre Diversität. Die meisten sind grau, nicht wahr? Und viele der Hengste sind nicht größer als fünfzehneinhalb Hände, mit kurzen Hälsen und ebenso kurzen Beinen. Viele würden diesen Stil wohl als barock bezeichnen, doch ich frage Sie, wie diese Eigenschaften unseren englischen Pferden nutzen sollen? Eine Kreuzung würde bei unseren Vollblütern doch nur zu kürzeren Beinen bei gleichzeitig größerer Körpermasse führen. Und was Reitpferde anbelangt, würden wir auch hier nichts durch die berühmten Qualitäten der Andalusier gewinnen. Die Geschmeidigkeit des Gangs und die Eleganz der Erscheinung – diese besondere majestätische Schönheit. Wenn Sie hingegen einen Hengst wie Hephaestus hätten …«

»Ja, ja«, ergriff wieder Mr Fillgrave das Wort, nachdem er sich zuvor gezwungen gesehen hatte, seine eigene Darlegung abbrechen zu müssen. »Genau das habe ich auch gedacht, als ich ihn zum ersten Mal sah. Ein Brauner seiner Größe, mit diesen Beinen und diesem Gang …«

»Sie werden außerhalb Spaniens keinen besseren andalusischen Hengst finden«, behauptete Evelyn. »Und keinen mit einem milderen Temperament.«

Mr Fillgrave kam näher. Sein Backenbart zitterte vor Aufregung. »Würden Sie es in Erwägung ziehen, ihn mir zu verkaufen?«

Der bloße Gedanke – wie flüchtig auch immer – war genug, um Evelyn vor dem Mann zurückschrecken zu lassen. Ihre Finger schlossen sich fester um die Zügel. Unter ihr stampfte Hephaestus ruhelos auf. Sie brachte ihn mit Leichtigkeit wieder unter Kontrolle.

»Nein«, sagte sie entschlossen. »Er steht nicht zum Verkauf. Aber ich habe vor, ihn am Ende des Sommers als Deckhengst einzusetzen.«

Mr Fillgrave lief rot an. »Miss Maltravers, ich bitte um Verzeihung, aber …«

»Es war der Wunsch meines verstorbenen Vaters.«

»Ihr Vater war ein Gentleman. Womit ich sagen will, ein Mann. Eine Dame sollte nicht davon sprechen …«

»Einen Hengst zur Zucht zu verwenden? Warum nicht? Selbst die Königin hat doch einen Deckhengst, den sie zu Zuchtzwecken einsetzt. Ich bin mir sicher, dass sie weiß, wie so etwas vonstatten geht. Und es ist ja auch nicht so, als würde ich mich selbst um die tatsächliche Durchführung kümmern.«

Mr Fillgrave gab einen erstickten Laut von sich.

»Natürlich wird das mein Reitknecht übernehmen«, sagte sie. »Doch die finanziellen Arrangements würden völlig in meinen Händen liegen.«

»Es mag kühn von mir sein, dies zu sagen, Ma'am, aber das ist eine Angelegenheit, mit der sich nur Männer beschäftigen sollten. Sie hingegen sind eine unverheiratete junge Dame.«

»Aber in diesem Fall keine unkundige«, erwiderte sie.

Sie wünschte, sie würde sich so selbstsicher fühlen, wie sie klang.

Denn Tatsache war, dass Mr Fillgrave in gewisser Hinsicht recht hatte. Die Familie Maltravers befand sich bereits auf dünnem gesellschaftlichem Eis. Da war es nicht besonders hilfreich, wenn Evelyn etwas so Exzentrisches tat. Tatsächlich hatte sie es zuvor nie gewagt, auch nur darüber nachzudenken.

Doch jetzt lagen die Dinge anders.

Sie versuchte nicht mehr, von der feinen Gesellschaft akzeptiert zu werden. Stattdessen kämpfte sie für die Liebe. Für ihre Zukunft.

»Wenn ich richtig verstehe, sind Sie also interessiert? Sie haben mehrfach Ihre spanischen Stuten erwähnt.«

»Ganz recht. Ganz recht. Ich kann es nicht leugnen.« Mr Fillgrave ritt neben ihr her, sein Gesicht so rot wie eine Tomate. »Haben Sie schon einen Preis im Kopf?«

Ihre Hände waren schweißnass. »Tatsächlich habe ich das.«

34. KAPITEL

Ahmad stellte Evelyns Kleid für die Séance fertig, die kommende Woche stattfinden sollte. Als die letzten Stiche getan und der letzte Seidenknopf auf der Rückseite des Mieders angebracht war, brachte er es ihr persönlich in die Russell Street.

Leider gab es sonst nicht viel tun.

Seit der Veröffentlichung des Artikels waren Bestellungen für neue Kleider fast um die Hälfte zurückgegangen. Nicht nur das, mehrere Damen hatten bereits ihren Auftrag für eine Ballrobe storniert.

Man musste kein Mitglied der Spiritistischen Gesellschaft sein, um zu sehen, wohin das führte.

Ahmad wappnete sich, als er der Haushälterin ins Wohnzimmer folgte. Evelyn war bereits dort. Sie saß an einem Sekretär aus Walnussholz und schrieb einen Brief. Ihre Schreibfeder kratzte eilig über das Papier.

»Mr Malik, Miss«, sagte die Haushälterin.

Evelyn sah überrascht auf, dann lächelte sie. »Danke, Mrs Quick. Das wäre dann alles.«

Die Haushälterin zog sich zurück und ließ Ahmad mit Evelyn allein.

Sie ging mit ausgestreckter Hand auf ihn zu.

Er nahm sie in seine. In diesem Moment kam sie ihm wie eine Art Rettungsleine vor. »Wem schreibst du?«

»Meiner Tante Nora«, sagte sie. »Nach so vielen Tagen des Schweigens schulde ich ihr einen langen Brief.«

»Sonst schreibst du ihr jeden Tag?«

»Ich versuche es zumindest. Und meinen jüngeren Schwestern auch. Sie freuen sich immer sehr über Post.« Sie zog ihre Hand aus seiner, um ihm die Kleiderschachtel abzunehmen. »Du hättest es doch nicht selbst bringen müssen.«

»Ich hatte Zeit.« Eine Untertreibung. Es war nicht die Arbeit, die ihn in den vergangenen Tagen von Evelyn ferngehalten hatte, sondern die Befürchtung einer bevorstehenden Katastrophe. Ihm war klar gewesen, dass sie über ihre Zukunft reden mussten, wenn sie sich das nächste Mal sahen.

Wenn sie denn noch eine gemeinsame Zukunft hatten.

»Und jetzt, da du mit dem Kleid fertig bist, wirst du noch mehr haben.« Ihr Gesicht erhellte sich vor zurückhaltender Hoffnung. »Wirst du diese Woche nach Sussex reisen?«

Ahmad betrachtete sie mit einem brennenden Schmerz in der Brust.

Er wusste nicht, was er sagen sollte. Nichts, was ihrer Beziehung ein Ende setzen würde, bevor er dazu bereit war.

»Du musst dich dem nicht allein stellen«, sagte sie. »Ich habe vor, ebenfalls dorthin zu fahren.«

Das erstaunte ihn. »Wann?«

»Am Tag nach der Séance.« Sie legte die Schachtel auf einen Stuhl. »Ich hätte es dir sagen sollen. Lewis bringt Hephaestus diese Woche nach Combe Regis zurück. Ich will ihm beistehen.«

Sofort war Ahmad an ihrer Seite. »Ist etwas geschehen? Er ist doch nicht krank oder …«

»Nein, nein«, erwiderte sie rasch. »Nichts dergleichen. Es ist etwas anderes. Eine Geschäftsentscheidung, die ich vor Kurzem getroffen habe.«

Er lauschte in wachsendem Erstaunen, während sie ihren Plan erklärte, Hephaestus als Deckhengst anzubieten.

»Was denkst du dir nur dabei?«, fragte er, als sie fertig war.

»Ich denke an die Zukunft«, entgegnete sie. »Ich versuche, pragmatisch zu sein.«

Er konnte es nicht glauben. »Hattest du nicht gesagt, dass es dem Ansehen deiner Familie schaden würde, dich mit so etwas zu beschäftigen?«

»Ja«, gab sie widerwillig zu. »Doch nur nach den Maßstäben der feinen Gesellschaft.«

»Sind das nicht die einzigen, die zählen?«

»Ist dem so?«, fragte sie. »All diese Regeln, die Frauen vorschreiben, was sie zu denken und wie sie sich zu benehmen haben. Sie beschränken unser Leben auf die engen Grenzen eines bestimmten Wohnviertels und die Anerkennung einer bestimmten Art von Menschen. Wir sollen so tun, als würde die Welt da draußen nicht existieren. Dass es für eine Frau nichts Schlimmeres gibt, als ohne Zofe einen Omnibus zu besteigen oder zu vergessen, während eines nachmittäglichen Besuchs Handschuhe zu tragen.«

Er konnte ihren Frust verstehen. Doch das machte die Realität ihrer Situation nicht weniger prekär. »Du hast recht«, sagte er. »Aber dein guter Ruf ist mehr als ein philosophisches Argument. Die Regeln mögen lästig sein, aber …«

»Sie sind ungerecht. Und heuchlerisch angesichts dessen, was die meisten englischen Herren regelmäßig anstellen. Das musst du doch erkennen.«

Er seufzte. Was sie beschrieb, war nichts Neues für ihn. Er hatte jeden Tag mit den Auswirkungen von Ungerechtigkeit und Ungleichheit zu tun. »Natürlich erkenne ich es«, sagte er. »Dennoch spielen die Regeln eine wichtige Rolle. Ein guter Ruf ist unabdinglich, besonders für eine junge Dame wie dich.«

Hinter den Brillengläsern nahmen ihre Augen einen kämpferischen Ausdruck an. »Es kommt mir in letzter Zeit so vor, dass wir Frauen in eine tobende See geworfen werden, man es uns aber verbietet, zu zeigen, dass wir schwimmen können. Doch ich weiß, wie man schwimmt und bin mir auch nicht zu schade, es zu zeigen. Nicht mehr. Ich weigere mich zu glauben, dass es respektabler ist, zu ertrinken, statt mich selbst zu retten.«

»Evelyn …«

»Außerdem«, fuhr sie fort, »habe ich nichts getan, um meinem Ruf zu schaden, nicht nach rationalen Gesichtspunkten. Hephaestus zur Zucht anzubieten ist nur vernünftig. Genau genommen könnte man es sogar als größere Sünde betrachten, nicht das Beste aus seiner Blutlinie zu machen. Ganz zu schweigen vom finanziellen Aspekt der Angelegenheit. Effizient arrangiert, könnte ich von dem eingenommenen Geld seinen Unterhalt bestreiten und noch ein ordentliches Sümmchen beiseitelegen.«

Ahmad war in der Stadt aufgewachsen. Reitpferde waren ein Luxus. Er wusste nicht viel über ihren Unterhalt und noch viel weniger darüber, wie viel ein Deckhengst einbrachte. »Wie hoch die Summe auch sein mag, kann sie nicht rechtfertigen, deinen guten Ruf zu gefährden.«

»Fünfzehn Pfund.«

»*Fünfzehn Pfund?*« Fast so viel, wie Ahmad für eines seiner Kleider verlangte. Der Unterschied bestand darin, dass er nicht die volle Summe behalten konnte, sondern die Materialkosten abziehen musste.

»Du hältst es für zu viel? Ich versichere dir, das ist es nicht. Tatsächlich habe ich als Anreiz die Gebühr im ersten Jahr auf zehn Pfund gesenkt. Ich finde, das ist ein regelrechtes Schnäppchen.«

»Nach welchem Maßstab?«

»Nach jedem Maßstab. Man muss nur einen Blick auf die Sportseiten der Zeitung werfen. Preisgekrönte Hengste werden für ähnliche Summen angeboten. Und wenn man berücksichtigt, dass ich das beste Pferd der Welt habe …«

»Evie … wer bei klarem Verstand würde eine solche Gebühr bezahlen?«

»Du würdest dich wundern«, sagte sie. »Lewis hat bereits fünf Voranmeldungen, einschließlich einer von Mr Fillgrave für seine zwei spanischen Stuten.«

Ahmad starrte sie entgeistert an. Fünf Voranmeldungen? Das waren fünfzig Pfund.

Plötzlich verspürte er den Drang, zu lachen.

Dieser wurde ersetzt von einem sehr viel düsteren Impuls.

Er wusste, warum sie das tat. Weil sein Traum von einem eigenen Salon zu zerbrechen drohte. Sie versuchte, ihren Teil der Last zu übernehmen.

Und der Himmel wusste, dass er sie dafür bewunderte.

Gleichzeitig hasste er es, dass sie sich verpflichtet fühlte, über diese Dinge auch nur nachzudenken. Ein Mann musste sich um die Frau, die er liebte, kümmern. Er nahm nichts von ihr. Und er gestattete nicht, dass sie um seinetwillen ihren guten Ruf ruinierte.

»Darum muss ich nach Combe Regis zurück«, sagte sie. »Ich will, dass sich Hephaestus wieder gut einlebt, und ich will meine Schwestern wiedersehen. Es wäre die perfekte Gelegenheit für dich, bei meiner Tante vorzusprechen.«

»Wie lange hast du vor, dort zu bleiben?«

»Ein paar Tage.«

»Länger nicht?«

Sie runzelte unsicher die Stirn. »Du schlägst vor, dass ich länger bleibe?«

Letzte Woche, als sie sich nach dem Besuch der Cremorne

Gardens getrennt hatten, wäre ihm nicht in den Sinn gekommen, so etwas vorzuschlagen. Doch seitdem hatte sich die Landschaft seines Lebens dramatisch verändert. Er konnte sich nichts mehr sicher sein.

»Das tue ich«, sagte er.

Evelyn starrte ihn an. Seine Worte standen in solchem Gegensatz zu seinem aufmerksamen Verhalten, dass sie nicht wusste, wie sie sie aufnehmen sollte. »Was ist das hier?«, fragte sie. »Was versuchst du mir zu sagen?«

»Nur dass es angesichts der Umstände vielleicht am besten wäre, wenn wir uns eine Zeitlang nicht sehen.«

Ihr stockte der Atem. »Was für Umstände?« Ihr kam ein entsetzlicher Gedanke. »Du nimmst doch wohl keinen Anstoß an meinen Plänen für Hephaestus?«

»Nein, das ist es nicht. Es hat mit meiner eigenen Situation zu tun.«

Sie sah ihn fragend an. »Geht es um diesen lächerlichen Zeitungsartikel?«

»Teilweise.« Er ging ans Fenster und drehte ihr den Rücken zu. »Ich sah mich in letzter Zeit gezwungen, der Wirklichkeit ins Auge zu blicken.«

Wie erstarrt wartete sie darauf, was er als Nächstes sagen würde.

Als er weitersprach, schien es, als ob er sich die Dinge ebenso sehr selbst erklärte wie ihr. »Ein Schneider muss nicht berühmt sein, um heiraten zu können. Selbst ein einigermaßen erfolgreicher Schneider kann eine Frau versorgen. Doch sollte sein Geschäft gänzlich den Bach hinuntergehen …«

»Das wird deines nicht«, sagte sie.

»Aber wenn doch …« Er drehte sich um und sah sie an, als würde ihr Anblick ihn schmerzen. »Ich werde dich nicht gerade jetzt an mich binden, wenn sich mein Schicksal zum Schlechten wendet.«

Sie verspürte Mitgefühl in sich aufsteigen. Gütiger Himmel, war es das, was er fürchtete?

»Ich verstehe«, sagte sie.

Und das tat sie.

Aber es bedeutete nicht, dass sie ihm zustimmte.

Ihre Schritte waren auf dem Teppich des Wohnzimmers nicht zu hören, als sie zu ihm ans Fenster ging. »Was soll diese Trennung bewirken?«

»Sie wird uns die Gelegenheit geben, um noch einmal über alles nachzudenken.«

Das klang beunruhigend. »Mit *alles* meinst du uns, nehme ich an?«

»Uns. Unsere Zukunft. Wie auch immer du es nennen willst.«

»Kann ich nicht auch hier in London über unsere Zukunft nachdenken?«

»Nicht richtig«, sagte er. »In Sussex bist du frei von meinem Einfluss und von dieser verflixten Anziehung, die wir füreinander empfinden. Du wirst in der Lage sein, deine Gefühle richtig zu beurteilen. Und sollten sie sich ändern …«

»Das werden sie nicht.«

»Aber sollten sie das …«

»Was ist mit deinen Gefühlen?«, fragte sie.

Sein Gesichtsausdruck wurde verbissen. »Meine Gefühle für dich werden sich nicht ändern. Ich bin an dich gebunden. Aber *du* wirst frei sein. Wenn du nach einem Monat immer noch diesen Weg gehen willst …«

»Ein Monat!« Sie starrte ihn an. »Ich hätte eingewilligt, zwei Wochen zu bleiben. Aber ich werde keinen Monat dort verbringen, nur für den unwahrscheinlichen Fall, dass ich plötzlich aufhöre, dich zu lieben. Ich bin doch keine von diesen wankelmütigen Damen, die jede Woche für einen anderen Herrn schwärmen.«

Er sah sie an. »Und ich bin kein Wüstling, der eine junge Dame dazu zwingt, mich gegen ihre besten Interessen zu heiraten.«

»Du nimmst an, ich wüsste nicht, was in meinem besten Interesse liegt.«

»Du bist jung.«

Trotzig hob sie das Kinn. »Ich bin dreiundzwanzig.«

»Genau. Jung. All das ist neu für dich. Und nichts davon wolltest du, als du hergekommen bist. Ist es so indiskutabel, dass ich dich bitte, noch mal gründlich über alles nachzudenken?«

Seine große Hand legte sich um ihre Taille. Die Zärtlichkeit seiner Berührung milderte seine Worte. Er zog sie näher an sich, bis ihre weiten Röcke gegen seine Beine drängten. »Ich versuche doch nur, das Ehrenhafte zu tun, Evie.«

Evelyn verstand seine Argumentation nur zu gut.

Er war nicht um sein Geschäft besorgt, sondern er befürchtete, dass er sie ausnutzte. Dass die ungewohnte Intimität während der Anproben in der Schneiderei sie dazu gebracht hatte, sich in ihn zu verlieben. Die sinnliche Vertrautheit, mit der er sie dabei berührt hatte.

Vielen jungen Damen würde eine solche Nähe den Kopf verdrehen.

Das war auch bei Evelyn der Fall gewesen. Doch es war nie nur darum gegangen. Es hatte immer mehr gegeben. Respekt. Bewunderung. Freundschaft und gegenseitige Unterstützung. Er hatte an sie geglaubt, von Anfang an. Und sie an ihn.

»Das weiß ich«, sagte sie. »Und darum werde ich tun, worum du mich bittest.«

Erleichterung blitzte in seinen Augen auf. »Wirst du das?«

»Ja.« Sie legte ihre Hände auf seine Brust. »Aber wenn zwei Wochen vorüber sind … erwarte ich dich in Sussex.«

35. KAPITEL

Das kleine Backsteinhaus in Birmingham war nicht besonders bemerkenswert. Es stand in einer Reihe fast identischer Gebäude, die um einen Gemeinschaftshof herum errichtet worden waren. Evelyn stand mit Anne im bescheidenen Wohnzimmer des Hauses. Die schweren Vorhänge waren zugezogen und hielten das schwache Licht der untergehenden Sonne ab. Die verblichene blaue Tapete wirkte im schwachen Schein einer Gaslampe fast schwarz.

Auf der anderen Seite des Raums unterhielten sich Onkel Harris, Lady Arundell und sechs weitere in Schwarz gekleidete Personen leise. Unter ihnen befand sich Robert James Lees, der Junge aus Birmingham, der seit Kurzem die spiritistische Welt in Atem hielt.

Evelyn konnte nichts Außergewöhnliches an ihm finden. Tatsächlich sah er aus wie jeder Junge von zwölf oder dreizehn, wenngleich er seinen Sonntagsstaat trug, einen schlichten schwarzen Anzug. Und seine dunklen Haare waren mithilfe einer großzügigen Menge Makassaröl makellos gekämmt.

Er stand vor einer schweren Mahagoni-Anrichte, an seiner Seite ein Herr. Nicht sein Vater, schätzte Evelyn, sondern sein spiritistischer Vertreter.

Anne betrachtete den Jungen mit einem Ausdruck vager Enttäuschung.

Evelyn konnte es ihr nicht verdenken. Nach einer stundenlangen Eisenbahnfahrt in die West Midlands und einer Nacht in einem lauten und höchst unbequemen Hotel war ihr erster Blick auf das hochgelobte junge Medium ziemlich ernüchternd.

»Er hat Pickel«, bemerkte Anne leise.

»Er ist nur ein Kind«, sagte Evelyn. »Ich frage mich, ob er weiß, was er tut?«

»Ich nehme es an«, erwiderte Anne zynisch. »So oder so.«

»Anne? Miss Maltravers?« Lady Arundell winkte sie heran. »Kommt und lernt Mr Lees kennen.«

Evelyn und Anne schlossen sich der Gruppe Spiritisten an. Lady Arundell stellte ihnen zuerst Mr Lees und dann die anderen Anwesenden vor. Da war Mrs Inkpen, eine ältere Dame mit mehreren Ketten aus Gagatperlen, und Mr Vance, ein kleiner Bursche mit gezwirbelten Schnurrbart. Daneben standen eine elegante blonde Dame namens Mrs Brown und zwei Herren mittleren Alters mit Backenbärten, die ihnen als Mr Popplewell und Mr Burns vorgestellt wurden.

Mr Burns war Herausgeber eines wöchentlichen spiritistischen Magazins. »Ich werde das Geschehen für die nächste Ausgabe verfolgen«, erklärte er. »Meine Leser sind fasziniert von Berichten über Ihre Gaben, Mr Lees.«

Mr Lees sagte kein Wort. Er schien für einen Jungen seines Alters recht stoisch zu sein.

»Sie werden feststellen, dass Miss Maltravers' Anwesenheit einen Nutzen für Ihre Arbeit darstellt«, sagte Lady Arundell stolz. »Zadkiel persönlich hat sie als Person von beträchtlicher Energie bezeichnet.«

Die restliche Gesellschaft murmelte ehrfürchtige Zustimmung.

»Sind Sie auch ein Medium, Ma'am?«, fragte Mr Popplewell.

Evelyn räumte diesen Irrtum sofort aus dem Weg. »In dieser Hinsicht habe ich absolut kein Talent.«

»Und Sie?«, fragte Mr Popplewell Anne.

»Ich bin lediglich eine interessierte Beobachterin«, sagte sie.

Mrs Brown lächelte. Es lag ein Hauch Ironie in ihrem Gesichtsausdruck. »Wie wir alle angesichts eines solchen Talents.«

Mr Popplewell deutete auf einen Tisch, auf dem ein dickes Tuch lag. »Wollen wir beginnen?«

Evelyn und die anderen nahmen Platz. Während sie ihre Handschuhe auszogen, zündete Mr Popplewell die Kerzen auf dem Tisch an und drehte das Gaslicht herunter. Dann setzte er sich auf den Stuhl neben Mr Lees.

Es gab keine Kristallkugel. Keine Karten oder andere Utensilien der Wahrsagerei. Nur die Kerzen, ein paar Notizblätter und einen Stift.

»Bitte nehmen Sie sich an den Händen«, sagte Mr Popplewell.

Evelyn griff nach den Händen ihrer Sitznachbarn. Zu ihrer Rechten saß Anne, zur Linken Mrs Brown. Währenddessen behielt sie Mr Lees genau im Blick. Seine Jugend ließ ihn in ihren Augen nicht weniger verdächtig erscheinen. Ihrer Erfahrung nach waren Kinder nicht immer unschuldig. Viele waren zu Unaufrichtigkeit ebenso fähig wie Erwachsene.

War Mr Lees ein solcher Junge?

Nichts an ihm gab einen Hinweis auf Betrug oder Heimtücke, als er kerzengerade auf seinem Platz saß, Augen und Mund geschlossen.

Mrs Brown beobachtete ihn genauso intensiv wie Evelyn.

»Er muss sich vorbereiten«, sagte Mr Popplewell.

Bedrückende Stille breitete sich im Raum aus. Die Kerzenflammen flackerten und knisterten. Plötzlich ertönte ein lautes Klopfen.

Evelyn zuckte zusammen. Sie sah fragend zu Anne.

Ihre Freundin schenkte ihr ein beruhigendes Lächeln und flüsterte: »Das passiert oft bei Séancen.«

»Psst!«, zischte Mrs Inkpen.

»Ruhe, meine Damen«, mahnte Mr Popplewell. »Wir müssen uns konzentrieren.«

Wieder breitete sich Stille aus.

»Der Schleier ist heute Abend sehr dünn«, sagte Mr Lees schließlich, ohne die Augen zu öffnen. »Ich werde versuchen, in den Äther zu gehen, um meinen Geisterführer zu finden.«

Anne drückte Evelyns Hand.

Diese biss sich auf die Zunge, um nicht lachen zu müssen. Dies war eine ernste Angelegenheit, wenn schon nicht für sie, dann doch für Lady Arundell und Onkel Harris. Die beiden verfolgten fasziniert Mr Lees' Handlungen.

Der Atem des Jungen wurde lauter. Seine Lippen bewegten sich stumm. Plötzlich schwankte sein Körper zur Seite, erst nach links, dann nach rechts, nur um sich dann wieder aufzurichten. Er öffnete den Mund, und ein Seufzen entfuhr ihm.

»Wen sucht ihr?«, fragte er. Doch es war nicht mehr seine Stimme, sondern die von jemand Älterem mit deutlich hörbarem schottischen Akzent.

»Ein Highlander«, murmelte Mr Vance. »Erstaunlich.«

»Wir würden gern mit dem verstorbenen Prinzgemahl reden«, sagte Mr Popplewell laut. »Ist er bei Ihnen, Sir?«

»Prinz Albert ist hier«, sagte Mr Lees mit dem gleichen schottischen Akzent. »Er erwartet eure Fragen.«

Mr Popplewell richtete sich an die Anwesenden. »Bitte einer nach dem anderen. Ich kann nicht versprechen, wie lange seine Trance anhalten wird.«

Evelyn hatte sich keine Frage überlegt, was aber nicht weiter schlimm war. Es sollte sich ohnehin keine Gelegenheit ergeben, sie zu stellen. Die nächsten fünf Minuten überhäuften die Teilnehmer Mr Lees mit Fragen zu allem Möglichen, von Prinz Alberts Meinung zum Leben nach dem Tod bis zu seinen Ansichten über Staatsangelegenheiten.

Nur Mrs Brown hielt sich zurück und begnügte sich damit, Mr Lees zu beobachten. »Ich habe eine Frage«, sagte sie schließlich mit ihrer eleganten Stimme.

»Wer ist das?«, fragte Mr Lees. »Sind Sie das, Lady Seymour?«

Lady Arundell und Onkel Harris drehten sich entgeistert zu Mrs Brown um.

Das Gesicht der Dame blieb ausdruckslos. »Ich bin es.«

Lady Arundell schnappte nach Luft. »Also so was. Eine Hofdame der Königin!«

Evelyns Puls begann zu rasen. Anne und sie warfen sich einen erstaunten Blick zu. Die Königin hatte eine geheime Vertreterin entsandt. Und Mr Lees hatte sie identifiziert!

Onkel Harris konnte seine Begeisterung nicht mehr verbergen. »Bedeutet dies, Ihre Majestät glaubt …«

»Ruhe bitte«, mahnte Mr Popplewell. »Mr Lees kann die Verbindung nicht aufrechterhalten, wenn er von der sterblichen Welt gestört wird.«

»Wie lautet Ihre Frage, Lady Seymour?«, fragte Mr Lees.

Mrs Brown – beziehungsweise Lady Seymour – räusperte sich. »Ihre Majestät will einen Namen.«

»Welchen Namen?«, fragte Mr Lees.

»Den geheimen Spitznamen, den der Prinzgemahl in ihrer privaten Korrespondenz für sie verwendete. Sie sollen ihn aufschreiben, damit ihn Ihre Majestät persönlich bestätigen kann.«

Mr Lees erstarrte und stieß ein zitterndes Seufzen aus, an dessen Ende er in sich zusammensank.

»Wir müssen den Kreis brechen«, sagte Mr Popplewell. »Der

Geist ist fort.« Er ließ Mr Lees Hand los und gab ihm Papier und Stift.

Mr Lees richtete sich wieder auf und begann zu schreiben. Als er fertig war, faltete er das Papier zusammen und reichte es Mr Popplewell.

Dieser übergab es Lady Seymour.

Sie nahm den Zettel, ohne ihn anzusehen, verstaute ihn in ihrem schwarzen Handtäschchen und klappte dieses geräuschvoll zu. »Ich danke Ihnen.«

Alle am Tisch starrten Lady Seymour an. Mit welcher Erwartung, wusste Evelyn nicht. Vielleicht die einer königlichen Proklamation. Einer Botschaft der Königin persönlich.

Doch als Lady Seymour wieder sprach, hatte es nichts mit dem Königshaus zu tun. »Könnte ich mir irgendwo die Hände waschen?«

»Natürlich, Mylady«, sagte Mr Popplewell. »Es ist am anderen Ende des Hauses. Ich kann es Ihnen zeigen …«

»Miss Maltravers wird mich begleiten.« Sie erhob sich. »Natürlich nur, wenn es Ihnen recht ist?«

»Ja, natürlich.« Evelyn folgte ihr und war sich bewusst, dass ihnen alle nachstarrten.

»Man sollte niemals an unbekannten Orten allein herumwandern«, sagte Lady Seymour. »Und niemals in Begleitung eines unbekannten Gentleman.«

»In der Tat«, pflichtete ihr Evelyn bei.

Lady Seymour und sie gingen durch einen dunklen Salon voll schwerer Möbel. Als sie die Eingangshalle erreichten, erschien ein junges Dienstmädchen in einem schlechtsitzenden Kleid. Sie knickste ungelenk.

»Das Bad?«, fragte Lady Seymour.

»Hier entlang, Ma'am.« Das Dienstmädchen führte sie durch die Küche zu einem kleinen Raum. Darin befanden sich ein Waschbecken, eine Badewanne und nicht viel sonst. »Der Abort ist draußen.«

»Dies wird genügen.« Lady Seymour entließ das Dienstmädchen, ging zum Waschbecken und stellte den Hahn an. Wasser stotterte heraus. »War dies Ihre erste Séance, Miss Maltravers?«

»Woher wissen Sie das?«, fragte Evelyn erstaunt.

Lady Seymour warf ihr einen Seitenblick zu. »Sie haben meine Hand recht fest gegriffen.«

Evelyn lächelte verlegen. Es war schwer gewesen, sich nicht von der unheimlichen Atmosphäre anstecken zu lassen, als die Séance erst mal lief. »Mr Lees Bewegungen haben mir ein bisschen Angst gemacht.«

»Halten Sie seine Gabe für echt?«, fragte Lady Seymour, während sie sich die Hände wusch.

»Ich glaube generell nicht daran«, sagte Evelyn. »Andererseits hat er Sie identifiziert.«

»Das hätte jeder tun können. Ich übernachte in einem nahe gelegenen Gasthof. Wenn man mit Dienern reist, ist man nie ganz inkognito.«

»Was ist mit Ihrer Frage? Er scheint eine Antwort darauf gehabt zu haben.«

»Das hat er, nicht wahr? Und doch … der Prinzgemahl hatte keinen geheimen Spitznamen für die Königin.«

Evelyns Lächeln wurde breiter. »Sie haben ihn hereingelegt?«

Lady Seymours Mundwinkel verzogen sich zu einem wissenden Lächeln. »Ich habe ihn geprüft.«

»Und nun? Halten Sie ihn für einen Betrüger?«

»Es steht mir nicht zu, das zu entscheiden«, sagte Lady Seymour. »Es bleibt dem Urteil Ihrer Majestät überlassen.«

»Sind Sie nicht neugierig, was er geschrieben hat?«

»Nicht im Geringsten.«

Evelyn wartete, bis sich Lady Seymour erfrischt hatte, und strich sich währenddessen ihre Röcke glatt. Nachdem Lady Seymour sich die Hände abgetrocknet hatte, kam sie zu Evelyn, um ihre Garderobe näher in Augenschein zu nehmen.

»Dieses Kleid ist mir sofort aufgefallen, als Sie mit Lady Arundell eingetroffen sind«, sagte sie. »Eine atemberaubende Kreation.«

Da konnte Evelyn nicht widersprechen.

Das Kleid war aus schwarzem französischen Grenadine über schwarzer Seide gearbeitet, es war figurbetont und makellos genäht. Es tat mehr, als Evelyns Kurven zu schmeicheln; es verehrte sie und brachte ihre schmale Taille perfekt zur Geltung.

Ein eng sitzendes Oberteil ging in bauschige Röcke über, es hatte lange Ärmel und eine Reihe zierlicher Seidenknöpfe im Rücken.

Besatz gab es kaum, bis auf einen Hauch schwarzer Spitze und einen fein gefältelten Saum, dennoch wirkte das Kleid alles andere als bescheiden. Im Gegenteil. Es war ein Meisterwerk kunstvoll platzierter Abnäher und Säume.

»Sie müssen vor Kurzem in Frankreich gewesen sein«, stellte Lady Seymour fest.

»Leider nein. Ich habe England noch nie verlassen.«

»Es wurde hier genäht?« Lady Seymour sah sie überrascht an. »Sie erstaunen mich.«

»Es wurde von einem Schneider in London geschaffen«, sagte Evelyn. »Einem brillanten Künstler.«

»Das muss er wohl sein. Noch nie habe ich ein Kleid gesehen, das der Figur seiner Trägerin so sehr schmeichelt, ohne ihr die Würde des Trauerns zu nehmen. Dürfte ich?«

»Wenn Sie möchten.«

Lady Seymour berührte Evelyns Röcke. »Wir sind momentan alle in Trauer. Der ganze Hof. Das kann sehr eintönig sein. Alles was ich sehe, ist Krepp und nochmals Krepp.« Sie betrachtete die Ärmel und das Mieder des Kleides. »Sie müssen mir den Namen Ihres Schneiders verraten.«

»Natürlich.« Lächelnd griff Evelyn in ihr Handtäschchen. »Ich habe zufällig seine Karte dabei.«

Am nächsten Morgen verließen sie Birmingham. Am Bahnhof von London musste Evelyn die Züge wechseln, um ihre Reise nach Sussex fortzusetzen. Ihr Onkel wartete, während sie Anne zum Abschied umarmte.

»Es ist ja nur für zwei Wochen«, sagte Evelyn. Ein ohrenbetäubender Pfiff übertönte ihre Worte, begleitet vom Zischen des Dampfs und dem grauenerregenden Quietschen von Metall, als ein weiterer Zug in den Bahnhof einrollte.

»Ja, ich weiß«, erwiderte Anne laut. »Du wirst im Handumdrehen zurück sein. Aber in der Zwischenzeit musst du mir schreiben.«

»Das werde ich«, versprach Evelyn.

Passagiere strömten aus den Abteilen des gerade angekommenen Zuges und eilten vorbei. Einige riefen nach Gepäckträgern, andere nach Freunden, die sie auf dem Bahnsteig erwarteten. Alle schienen es ungemein eilig zu haben.

»Also wirklich, Fielding«, sagte Lady Arundell. »Du solltest das Mädchen wirklich von einer Zofe begleiten lassen.«

»Ich danke Ihnen, Mylady«, entgegnete Evelyn. »Aber ich benötige keine Zofe. Was Zugreisen angeht, bin ich inzwischen ein alter Hase.«

Onkel Harris rief einen Gepäckträger herbei, um Evelyns Koffer im Gepäckwagen verstauen zu lassen. »Ganz schön viel Aufwand«, brummte er, während er sie zu dem Bahnsteig begleitete, von dem ihr Zug abfuhr. »Dafür, dass du in zwei Wochen wieder zurück sein wirst.«

Sie hakte sich bei ihm unter und ging mit ihm durch die Wolken aus Rauch und Dampf. »Ich bedauere die Unannehmlichkeiten.«

Er tätschelte ihre Hand. »Es gab eine durchaus angemessene Kompensation. Spirituelle Verstärkung und so weiter. Doch ein Mann meines Alters gewöhnt sich schnell an Ruhe und Frieden.«

»Ja, ich weiß. Mein Besuch ist recht störend gewesen, befürchte ich.«

»In der Tat. Für diese bedauerliche Angelegenheit in den Cremorne Gardens gebe ich allerdings mir selbst die Schuld. Wenn die anderen Mädchen kommen, werde ich darauf bestehen, dass Nora sie begleitet.«

Evelyn sah ihn stirnrunzelnd an. Es war recht laut hier. Vielleicht hatte sie ihn falsch verstanden? »Welche anderen Mädchen?«

»Deine nächstjüngere Schwester. Wie nennt ihr sie noch mal? Augusta? Und die drei jüngeren danach. Ich erinnere mich nicht an ihre Namen.«

»Caroline, Elizabeth und Isobel.« Evelyn starrte ihn an. »Es tut mir leid, aber ich verstehe nicht ganz. Willst du damit sagen, dass … du jeder meiner Schwestern eine Saison ermöglichst?«

Nie hätte sie gedacht, dass Onkel Harris dazu bereit sein würde. Er war viel zu exzentrisch. Zu unwillig, seinen Alltag durcheinanderbringen zu lassen. Er hatte Evelyn nur geduldet, weil seine Schwester darauf bestanden hatte. Mehr zu verlangen hatte nie zur Debatte gestanden.

»Es scheint mir kein allzu großer Aufwand zu sein, vorausgesetzt, Nora gelingt es, euch von Schwierigkeiten fernzuhalten.« Er sah sie mürrisch an. »Wirklich eine Schande, dass sie dich nicht begleitet hat.«

Ein Lächeln breitete sich auf Evelyns Gesicht aus. Spontan reckte sie sich, um ihrem Onkel einen Kuss auf die Wange zu geben. »Du beschäftigst dich wirklich mehr mit den Lebenden«, sagte sie. »Das befürworte ich aus ganzem Herzen.«

36. KAPITEL

Als Mädchen waren Evelyns Sommer in Combe Regis lang und müßig gewesen und hatten sich im Sonnenschein scheinbar endlos ausgedehnt. Sie war die mit Bäumen gesäumten Wege entlanggeritten, spazieren gegangen oder mit ihren Schwestern durch die Gegend gestreift. Als erwachsene Frau schritt die Zeit allerdings völlig anders voran.

So verflogen zum Beispiel sieben Tage ungewöhnlich schnell. Und die darauffolgenden sieben Tage waren ebenfalls im Handumdrehen vorbei.

Bevor sie es so recht wusste, waren zwei Wochen vergangen – ohne ein Wort von Ahmad. Keine Briefe. Kein Telegramm. Kein Überraschungsbesuch, um bei Tante Nora um ihre Hand anzuhalten.

Evelyn verstärkte den Griff auf die Zügel und brachte Hephaestus auf einer Anhöhe zum Stehen. Unter ihr breitete sich das Dorf Combe Regis aus. Reetdächer und Steinkamine, bodenständige Landmenschen, die ihrem Tagwerk nachgingen.

Sie blickte über die flache Landschaft. Die Mittagssonne ließ sie die Augen zusammenkneifen.

Er hatte versprochen, ihr zu schreiben. Seine Absicht war es gewesen, ihr Zeit fernab seines Einflusses zu geben, dennoch hatte Evelyn … irgendetwas erwartet.

In ihren schlimmsten Momenten begann sie zu denken, dass das schwarze Kleid, das er für sie angefertigt hatte, sein Abschiedsgeschenk gewesen war. Eine Kreation, schöner als alle anderen, so bedeutend in ihrer Schönheit wie in ihrer Feinheit. Ein Trauerkleid, um das Ende ihrer Romanze zu besiegeln.

Er war ein ehrenhafter Gentleman, der Bedenken hatte, sie aus ihrem bisherigen Lebensumfeld zu reißen. Sollte darüber hinaus auch noch sein Geschäft scheitern …

Nun.

Evelyn wusste, was er denken könnte. Was er tun könnte.

Sie wendete Hephaestus, ließ ihn erst traben, dann in den Galopp fallen. Die Röcke ihres grünen Reitkostüms flatterten, als sie ihren Hengst nach Hause lenkte.

Als sie die Ställe erreicht hatte, war sie schweißnass. Ein paar Haarssträhnen waren dem Netz entkommen und hingen ihr in die Stirn.

Lewis trat aus der alten Holzscheune.

»Kannst du ihn übernehmen?«, fragte sie und wollte ihr Bein über den Sattelknauf schwingen, als sie erstarrte.

Hinter Lewis tauchte plötzlich Ahmad auf. Wohl wegen der Hitze hatte er sich seinen Gehrock nur um die Schultern gelegt und sich die Hemdsärmel hochgekrempelt.

Ihr Herz setzte einen Schlag lang aus.

Es waren nur zwei Wochen vergangen. Sie hatte nicht vergessen, wie gut er aussah. Wie sein Anblick ein wohliges Kribbeln in ihr auslöste. Doch die Erinnerung wurde der Realität nicht gerecht. Sie fragte sich, ob sie in der Lage sein würde, abzusteigen, ohne eine Närrin aus sich zu machen.

Sie hätte sich keine Gedanken machen müssen.

Ahmad warf seinen Gehrock beiseite und kam ihr zu Hilfe. Er griff nach ihrer Taille. »Du gestattest.«

Seine Berührung verursachte in ihr ein kleines Erdbeben. Als er sie aus dem Sattel hob und auf den Boden stellte, war sie sich ihres zerzausten Zustands mehr als bewusst.

Falls er es bemerkte, schien es ihm nichts auszumachen. Sein Blick wanderte über ihr Gesicht. Er schien sich nicht an ihr sattsehen zu können, als ob er sie ebenso sehr vermisst hatte wie sie ihn.

»Du bist gekommen«, flüsterte sie.

»Wie abgemacht.« Er ließ sie los, trat aber nicht zurück, sondern blieb nah genug, um sie berühren zu können, während Lewis Hephaestus in den Stall führte.

»Bist du gerade erst vom Bahnhof gekommen?«, fragte sie. »Du musst am Verdursten sein.« Sie drehte sich um. »Ich bringe dich ins Haus.«

Er hielt sie sanft am Handgelenk fest. »Ich war schon im Haus.«

Evelyn stockte der Atem. »Du hast Tante Nora getroffen?«

»Und auch deine kleinen Schwestern. Sie haben mir Tee und Kümmelkuchen serviert.« Der Hauch eines Lächelns umspielte seine Lippen. »Sie schienen alles über mich zu wissen.«

Sie drohte zu erröten. »Es könnte sein, dass ich dich das ein oder andere Mal erwähnt habe.«

Er sah sie unverwandt an und in seinem Blick lag eine Emotion, die schwer zu deuten war. »Deine Tante sagte, es gäbe am Ende des Gartens einen hübschen Hain, wo man unter sich sein könnte. Sollen wir dorthin spazieren?«

Sie nickte benommen.

Gütiger Himmel.

Dies war der Moment. Es geschah wirklich.

Mit unsicherer Hand strich sie sich die Haare aus dem Gesicht und wünschte sich inständig, sie hätte einen Moment, um sich herzurichten. Um sich ein hübsches Sommerkleid anzuziehen und sich Orangenblütenparfüm hinter die Ohren zu tupfen.

Stattdessen trug sie ihr zerknittertes und wahrscheinlich nach Pferd riechendes Reitkostüm.

Doch es war auch Ahmads Reitkostüm. Das erste, das er für sie angefertigt hatte.

Es schien in gewisser Weise passend.

Zusammen gingen sie zu dem überwucherten Pfad, der zum Tor am Rand des Anwesens führte. »Wenn ich richtig verstanden habe, warst du mit deiner neuen Geschäftsidee gut beschäftigt.«

Evelyn raffte die langen Röcke und legte sie über einen Arm. »Hat dir meine Tante erzählt, was passiert ist?«

»Kein Wort«, sagte er. »Sie errötete beim bloßen Erwähnen des Projekts.«

Arme Tante Nora. Sie fühlte sich äußerst unwohl bei dem Gedanken daran, Hephaestus als Zuchthengst einzusetzen. Die Unternehmung war für einen Haushalt unverheirateter Damen tatsächlich ziemlich gewagt. Dennoch war Evelyn stolz darauf, sie in die Tat umgesetzt zu haben. »Wir haben fünf weitere Buchungen für Hephaestus erhalten. Das macht insgesamt zehn.«

»Beeindruckend.«

»Finde ich auch.« Es bedeutete, dass sich Hephaestus selbst finanzieren würde. Somit stellte er weder für Tante Nora noch für Evelyns zukünftigen Ehemann eine finanzielle Bürde dar.

Ahmad öffnete das schiefe Gartentor und ließ Evelyn vorangehen. »Ich habe ebenfalls Neuigkeiten.«

»Gute Neuigkeiten?«

Er schloss das Tor hinter ihnen. »Ziemlich gute.« Sie schlenderten weiter den Pfad entlang. »Und dafür habe ich dir zu danken.«

»Was habe ich denn damit zu tun?«

»Sehr viel. Vor zehn Tagen kam eine sehr elegante Dame in die Schneiderei und erkundigte sich nach einem Trauerkleid.«

Evelyn sah ihn erstaunt an. »Lady Seymour?«

»Du hast sie zu mir geschickt.«

»Ich gab ihr deine Karte. Ich wusste nicht …«

»Ach nein?«

»Ich habe es gehofft«, gab Evelyn zu. »Hat sie ein Kleid bestellt?«

»Sogar zwei.« Er warf ihr einen amüsierten Blick zu. »Aber das ist noch nicht die gute Neuigkeit.«

»Es ist noch mehr geschehen?«

Vor ihnen lag der Hain – alte Eichen, deren ineinander verwobenen Äste einen Baldachin gegen die sengende Sonne bildeten.

»In der Tat«, sagte er. »Ein paar Tage, nachdem Lady Seymours Bestellung ausgeliefert worden war, brachte ein Lakai in königlicher Livree eine Einladung in den Palast.«

Die Bedeutung von Ahmads Worten ließ Evelyn wie angewurzelt stehen bleiben. Sie sah erstaunt zu ihm auf. »Um Trauerkleidung für die Königin anzufertigen?«

Sein Blick füllte sich mit Wärme. »Vielleicht eines Tages. Jetzt sind es erst mal nur einige Mitglieder ihres Hofes.«

»*Nur*«, wiederholte Evelyn. Dann lächelte sie, so voller Stolz auf ihn, dass sie hätte platzen können. »Oh Ahmad.«

»Offenbar habe ich ein Talent für Trauerkleidung. Es hat wohl etwas damit zu tun, dass sie schön ist, ohne pompös zu wirken.«

»Wie deine Reitkostüme.«

»In der Tat«, sagte er. »Weißt du, was das bedeutet?«

Sie strahlte ihn an. »Dass du eines Tages ›Hoflieferant‹ an dein Geschäft schreiben kannst?«

Diese begehrte Auszeichnung bedeutete, dass sich ein Geschäft die offizielle Anerkennung der Königin verdient hatte. Diejenigen, denen eine solche Ehre zuteil wurde, präsentierten sie voller Stolz in ihren Läden.

»Vielleicht.« Ahmad schien an der Möglichkeit nicht besonders interessiert zu sein. Seine Aufmerksamkeit war ganz auf sie gerichtet. »Weißt du, was es sonst noch bedeutet?«

Evelyns Lächeln erstarb. Plötzlich fühlte sie sich sehr jung und sehr unsicher. Nicht weil sie ihn nicht wollte, sondern weil sie ihn zu sehr wollte. Es war gefährlich, etwas so sehr zu wollen. Eine Herausforderung an das Universum, es wegzunehmen. Und sie hatte in ihrem Leben bereits so viel verloren.

Doch wundervolle Dinge geschahen nicht, wenn man vorsichtig war. Sie geschahen, weil man mutig war.

Und um mit ihm zusammen zu sein, war sie bereit, mutig zu sein, selbst wenn sie dafür riskierte, dass ihr Stolz verletzt wurde.

»Es bedeutet, dass sich deine Aussichten verbessert haben«, sagte sie. »Und dass du gekommen bist, um mich zu fragen, ob meine Gefühle unverändert geblieben sind. Das sind sie übrigens.« Sie hielt inne, als kurz ihr Mut schwankte. »Und wenn deine ebenfalls unverändert sind … solltest du besser schnell handeln, bevor ich etwas Dummes sage.«

Ahmad wurde von zärtlicher Liebe für sie fast überwältigt. Trotz all ihren Muts war dies völliges Neuland für sie. Aber nicht nur für sie, sondern auch für ihn.

Den ganzen Weg aus London hierher war er gleichzeitig voller Vorfreude, aber auch voller Angst gewesen.

Seine Nervosität hatte während der Begegnung mit Evelyns Tante und Schwestern nicht nachgelassen. Sie alle waren zauberhaft gewesen, dennoch hatte er sich im kleinen Salon ihres Cottages sehr groß und entschieden männlich gefühlt, während er Tee aus einer winzigen Porzellantasse getrunken hatte und sie ihn mit entzückter weiblicher Neugier angestarrt hatten.

Ein Teil von ihm hatte einen kühlen Empfang erwartet – kaum verhüllte Verachtung für seinen Beruf und seine Abstammung. Er hatte sich innerlich darauf vorbereitet, es zu ignorieren, wie er es immer tat, obwohl er um Evelyns willen natürlich gehofft hatte, dass dem nicht so sein würde.

Doch ihre Familie war ihm mit nichts anderem als der erstaunten Neugier begegnet, plötzlich einen Mann in ihrer Mitte zu haben, der gekommen war, um einer der ihren den Hof zu machen.

Evelyns Tante hatte ihm ihren Segen gegeben, begleitet von den Ermutigungen ihrer Schwestern. Danach hatte er nur noch darauf warten müssen, dass Evelyn von ihrem Ausritt zurückkehrte.

Als er sie auf Hephaestus in den Hof hatte reiten sehen, hatte er ein Gefühl absoluter Gewissheit verspürt.

Dies war richtig. Genau so sollte es sein.

»Meine Gefühle sind ebenfalls unverändert«, sagte er. »Ich habe dir doch gesagt, dass es so sein würde.«

Evelyns Augen schimmerten vor Erleichterung. Und noch etwas anderem. Etwas, von dem er weiche Knie bekam. Ein Lächeln umspielte ihre Lippen, als sie ihn tiefer in den Hain führte.

Sie war eine leibhaftige Sirene. *Seine* Sirene.

Er war völlig machtlos und musste ihr folgen. »Es gibt gewisse Dinge, die wir zuerst besprechen müssen.«

»Haben wir nicht bereits alles besprochen?«

»Du weißt doch gar nicht, was ich sagen will.«

»Doch, das tue ich.« Im kühlen Schatten der Blätter blieb sie stehen. »Du willst mir das Gleiche sagen wie in Cremorne Gardens. Dass es nicht leicht werden wird.«

»Das wird es auch nicht. Es wird Gerede geben. Und ich werde dich möglicherweise nicht davor schützen können.«

»Ich brauche kein Schutzschild.« Sie lehnte sich gegen den knorrigen Stamm einer Eiche. Ihre Wangen waren leicht gerötet, und sie hob entschlossen das Kinn. »Das Einzige, was ich will – was ich immer gewollt habe –, ist das, was du mir an dem Abend vorgeschlagen hast, als du ins Haus meines Onkels kamst. Eine Partnerschaft.«

Sein Blut begann zu kochen. »Ah. Aber da ging es ums Geschäft.« Er stützte sich mit einer Hand gegen den Stamm. »Was ich jetzt vorschlage, ist etwas anderes.«

Sie sah in zitternder Erwartung zu ihm auf.

»Ich werde dein Partner sein, Evie«, sagte er. »Dein Schutzschild, dein Halt, dein Beschützer. Und dafür bitte ich nur um eine einzige Sache.« Seine Stimme wurde tiefer. »Ich bitte dich, meine Frau zu werden.«

Sie biss sich auf die Lippen. In ihren Augen sammelten sich Tränen.

»Ich liebe dich.« Er klang atemlos. »Ich liebe dich«, wiederholte er. »Und du musst mich nicht heiraten, um mich als deinen Partner zu haben – deinen Freund und Beschützer. Es ist keine Bedingung meiner Hochachtung. Aber ich wäre geehrt, wenn …«

»Ja«, sagte sie. »*Ja.*«

Und dann lag sie in seinen Armen.

Eine unglaubliche Zufriedenheit breitete sich in ihm aus. Er hob sie hoch. Sie klammerte sich so fest an ihn, wie sie konnte. Und er genoss das Gefühl ihrer Arme um seinen Hals. Sie war so stark, seine Sirene. Stark und einzigartig und wunderschön.

Er barg sein Gesicht in ihrer Halsbeuge.

Ihre Finger spielten mit seinem Haar. »Ich habe mir diesen Moment seit unserem Abschied an die tausend Mal und bis ins kleinste Detail vorgestellt. Doch das echte Leben ist selten so, wie man es plant.« Ihre Lippen streiften sein Ohr, ihre Worte ein intimes Flüstern. »Es ist besser. So viel besser.«

»Evie«, murmelte er.

»Ich liebe dich, Ahmad.«

Er schloss die Augen und spürte die sanften Worte ebenso sehr, wie er sie hörte. Die gleichen kostbaren Worte, die sie in Cremorne Gardens gesagt hatte. Genau wie damals hallten sie sanft in ihm wider und legten sich wie Balsam auf die scharfen Kanten seiner Seele. »Sag es mir noch einmal, meine Liebste.«

»Ich liebe dich. Und ich werde auch dein Schutzschild und Halt sein. Deine Freundin. Deine Partnerin. Und mehr.«

Er legte den Kopf in den Nacken, um sie anzusehen. »Mehr?«

Ihre feuchten Wangen waren tief gerötet.

Er setzte sie sanft auf den Boden, ohne sie loszulassen. »Es wird mehr geben«, versprach er. Dann neigte er den Kopf und gab ihr einen Kuss, der viel mehr sagte, als er jemals mit Worten würde ausdrücken können.

Sie hatte recht. Das Leben verlief nur selten nach Plan. Es bog auf unerwartete und außergewöhnliche Pfade ab. Seines hatte das jedenfalls. Es hatte ihn von Indien nach England gebracht, vom East End nach Mayfair und schließlich den ganzen Weg bis nach Sussex … hier in die Arme der Frau, die er liebte.

Seiner Muse. Seiner Reiterin mit dem kastanienbraunen Haar.

Sie grub die Finger in sein zerknittertes Halstuch. »Mit solchen Dingen kenne ich mich leider gar nicht aus«, gestand sie.

Er lächelte gegen ihren Mund. »Dann wirst du dich wohl vollkommen in meine Hände begeben müssen, meine Liebste.«

Ihre Lippen verzogen sich zu einem Lächeln. »Weißt du was?«, fragte sie und küsste ihn erneut. »Ich denke, das werde ich.«

Epilog

London, England
September 1863

Evelyn trat ein paar Schritte zurück, um das neue Schild im Salon ihres Mannes zu bewundern. Es war erst heute angekommen, ausgestellt vom Lord Chamberlain's Office. Sie hatte es persönlich angebracht, direkt über dem polierten Verkaufstresen aus Mahagoni und unter einer Wandlampe. Ihr Licht fiel nun auf das königliche Wappen und die geschwungene Schrift darunter:

Hiermit wird auf Befehl der Königin
Mr Ahmad Malik
als offizieller Schneider
Ihrer Majestät
bestätigt

Ahmad legte den Arm um Evelyns Taille. Er hatte die Ärmel seines Hemdes hochgekrempelt und von seiner letzten Anprobe trug er noch das Maßband um den Hals. »Ist es so, wie du es dir vorgestellt hast?«

Evelyn schmiegte sich in seine Umarmung. Sie wusste, dass er nie angestrebt hatte, Hoflieferant zu werden. Bei ihrer ersten Begegnung hatte er lediglich die Anerkennung der feinen Gesellschaft angestrebt.

Doch seitdem hatten sich die Dinge verändert.

Seine vornehmen Trauerkleider waren nun ebenso bewundert wie seine eleganten Reitkostüme. Nicht nur, dass seine Entwürfe von mehreren Hofdamen getragen wurden, vergangenen Sommer hatte man ihn sogar beauftragt, ein Trauerkleid für die Königin anzufertigen.

»Das ist es.« Evelyn strahlte ihn an. »Ich bin so unglaublich stolz auf dich, mein Liebling.«

Er gab ihr einen Kuss auf die Schläfe. Es war kurz vor Feierabend, und sie waren allein im Laden. »Das habe ich alles nur dir zu verdanken, meine Liebste. Wenn du nicht an dieser Séance teilgenommen hättest …«

»Unsinn.« Sie legte die Hand auf seinen Arm. »Es waren einzig und allein deine Entwürfe. Der Rest war reiner Zufall.«

»Du kannst nicht abstreiten, dass du mir enorm viel Glück gebracht hast.«

»Ich bin diejenige, die Glück hat«, erwiderte sie zärtlich.

Nachdem sie letztes Jahr geheiratet hatten, war sie mit ihm in das große Unbekannte aufgebrochen. Obwohl sie einander absolut sicher sein konnten, hatte das leider für kaum etwas anderes gegolten.

Würde man sie aus der Gesellschaft verstoßen? Sie an den Rand drängen? Würden sie um jeden Shilling kämpfen müssen?

Evelyn hätte sich keine Sorgen zu machen brauchen.

In ihrer Ehe hatte sich alles zum Besten entwickelt, angefangen hatte es mit einer unglaublich romantischen Hochzeitsnacht, die sie im Claridge's Hotel verbracht hatten. Die Erinnerung daran ließ ihre Wangen noch immer erröten.

Es sprach viel für einen Mann, der so mit der weiblichen Anatomie vertraut war wie Ahmad. Einen Mann, der jeden Zoll ihres Körpers verehrte. Der ebenso geduldig wie leidenschaftlich war.

Er hatte sie über diese Seite der Ehe so viel gelehrt. Und ihr gefiel der Gedanke, dass sie ihm noch viel mehr beigebracht hatte. Sie war zwar nicht so sehr mit dem männlichen Körper vertraut gewesen wie er mit dem weiblichen, doch sie war kühn, abenteuerlustig und lernte mit dem richtigen Anreiz sehr schnell.

Tatsächlich gab es nichts Befriedigenderes, als ihren frischgebackenen Ehemann vor Leidenschaft in den Wahnsinn zu treiben. Von Küssen und intimen Umarmungen über die schlaftrunkenen Momente an sonnigen Morgen, wenn sie warm und wohlig in seinen Armen erwachte und ihr von Neuem bewusst wurde, dass dies nun ihr Leben war. Ein Leben, in dem sie sicher und beschützt war. In dem sie verehrt wurde.

Wie erwartet hieß nicht jeder ihre Beziehung gut. Doch die Welt war größer als Mayfair.

In Hampstead hatte Ahmad ein altes Bauernhaus für sie gefunden. Es war nicht die Upper Belgrave Street oder der Grosvenor Square. Für sie war es viel besser als das. Es lag nah genug zu Ahmads Geschäft und bot gleichzeitig Evelyn die Möglichkeit, morgendliche Ausritte in der weitläufigen Landschaft zu unternehmen.

Wenn Anne, Julia und Stella in der Stadt waren, schlossen sie sich Evelyn oft für einen Galopp über die Heide an, gefolgt von Tee und glasierten Zitronenküchlein, serviert im altmodischen Wohnzimmer des Bauernhauses.

Es gab noch andere Besucher. Mira und Tariq. Onkel Harris und Lady Arundell. Sogar die Finchleys. Evelyn und Ahmad waren mit einem Reichtum an Familien und Freunden gesegnet, und ihr Heim stand allen offen. Es war ein warmer und einladender Ort ohne aristokratische Affektiertheit.

Evelyn war dort sehr glücklich.

Hephaestus ebenfalls. Er hatte hinter dem Haus seinen eigenen kleinen Stall, und sein Unterhalt wurde von seiner erfolgreichen Karriere als Zuchthengst gedeckt.

Und jeder Tag brachte mehr Glück.

Die Nachricht, dass Fenny einen gesunden Jungen zur Welt gebracht hatte.

Die Bekanntmachung, dass Mira und Tariq endlich ein Datum für ihre Hochzeit festgesetzt hatten.

Der verzückte Brief von Tante Nora, in dem sie verkündete, dass Onkel Harris im nächsten Frühling Gussie bei sich aufnehmen und die Kosten ihres Debüts tragen werde.

Und dann der Tag, an dem das Ladenschild der Schneiderei ausgetauscht worden war. Fort mit *Doyle und Heppenstall*, denn nun verkündete ein neues Schild stolz *Mr Ahmad Malik, Schneider*.

Und nun auch noch dies.

Königlicher Hoflieferant.

Evelyn drehte sich in Ahmads Armen zu ihm um und schlang die Arme um seinen Nacken. »Das muss gefeiert werden.«

Leidenschaft flammte in seinem Blick auf. »Da würde mir schon etwas einfallen.«

»Du musst es nur sagen.«

Lächelnd neigte er den Kopf. Seine raue Stimme war eine einzige Einladung. »Lass uns nach Hause gehen, Evie.«

Sie lächelte ebenfalls. »Nach Hause«, murmelte sie. »Mir gefällt, wie das klingt.«

Anmerkungen der Autorin

Dieser Roman wurde von mehreren echten Menschen und Ereignissen aus der viktorianischen Zeit inspiriert, darunter die Hübschen Bereiterinnen, die berühmte Kurtisane Catherine Walters, der Modeschöpfer Charles Frederick Worth, die Hofschneiderin Madame Elise, der Astrologe Zadkiel und das junge Medium Robert James Lees. Nach Prinz Alberts Tod im Dezember des Jahres 1861 trafen viele dieser Elemente zusammen. Ich habe Ahmads und Evelyns Liebesgeschichte in dieser Zeit spielen lassen und versucht, so viele der tatsächlichen historischen Abläufe einzubauen wie möglich.

Immer ist es mir nicht gelungen. In einigen Fällen (wie dem genauen Monat, in dem Catherine Walters England verließ, oder dem exakten Datum, an dem Robert James Lees behauptete, Prinz Albert kontaktiert zu haben) musste ich ein wenig mit der Zeit spielen, damit sie zu meiner Geschichte passte. Für weitere Informationen zu diesen historischen Persönlichkeiten folgen nun meine Anmerkungen.

Die Hübschen Bereiterinnen

Die Hübschen Bereiterinnen waren Kurtisanen in den 1860ern, berühmt für ihre körperbetonten Reitkostüme wie für ihre Reitkünste, die sie in der Rotten Row im Hyde Park präsentierten. Die gefeiertste unter ihnen war Catherine Walters. Die Zeitungen bezeichneten sie damals als »Anonyma« oder

»Inkognita«, doch vielen in der Gesellschaft war sie schlicht als »Skittles« bekannt, eine Anspielung auf die Kegelhalle, in der sie in ihrer Jugend gearbeitet hatte. Während ihrer erfolgreichen Karriere stand sie wiederholt unter dem Schutz von Dukes, Marquesses und gerüchteweise sogar Mitgliedern der königlichen Familie.

1862 verließ Catherine Walters England, um nach Amerika zu reisen. Die Zeitungen berichteten, dass ihr »viele Gläubiger nachweinen« würden. Der Ruf, Rechnungen unbeglichen zu lassen, folgte ihr über die Jahre. 1872 wurde sie von ihrer Schneiderei in der Conduit Street verklagt, weil sie Reitkostüme im Wert von 334 Pfund und 3 Shillings nicht bezahlt hatte. Der Fall diente als Inspiration für die Adresse von Ahmad Maliks Schneiderei und Miss Walters offener Rechnung über hundert Pfund.

Viktorianischer Spiritismus

Richard James Morrison, bekannt unter dem Namen Zadkiel, war ein viktorianischer Astrologe und Kristallomant. Eine Zeitlang war er im Besitz einer kleinen Kristallkugel, von der es hieß, sie hätte einst einem ägyptischen Magier gehört. Zadkiel präsentierte diese Kugel dem Adel und viele behaupteten, in seiner gebrochenen Oberfläche Visionen gesehen zu haben.

Nachdem er aus der Königlichen Marine ausgetreten war, machte sich Zadkiel einen Namen als Verfasser astrologischer Almanache. In seinem Almanach von 1861 sah er den Tod Prinz Alberts vorher. Die Viktorianer hatten bereits ein morbides Interesse an Séancen, Wahrsagerei und Kristallomantie, doch nach dem Tod des Prinzgemahls wurde der Spiritismus noch beliebter. Es hieß, Königin Victoria persönlich würde versuchen, in Kontakt mit ihrem verstorbenen Gatten zu treten. Die hartnäckigsten Gerüchte rankten sich um das junge Medium Robert James Lees.

In den Jahren nach Prinz Alberts Tod (der sich, je nach Bericht, 1862 oder 1863 ereignete), behauptete der Jugendliche Lees, Kontakt mit dem Prinzen aufgenommen zu haben. Als die Queen dies hörte, so heißt es, habe sie zwei offizielle Mitglieder des Hofes inkognito zu Lees nächster Séance geschickt. Mithilfe seines Geistervertrauten gelang es Lees, beide zu identifizieren. Als weiteren Beweis der Echtheit seiner Gaben wurde er nach dem geheimen Spitznamen gefragt, den Prinz Albert in der Korrespondenz mit seiner Gattin benutzt hatte. Es heißt, Lees hätte ihn bereitstellen können.

Laut einiger Quellen begann Lees wenig später, mit Königin Victoria persönlich zu korrespondieren und sogar für sie Séancen am Hof abzuhalten.

Stimmen diese Geschichten über Lees? Die Antwort lautet Ja – bis zu einem gewissen Grad. Robert James Lees war bekannt als Spiritualist und Medium, doch obwohl er behauptete, in Kontakt mit Prinz Albert zu stehen, gibt es keine tatsächlichen Beweise dafür, dass diese Behauptungen jemals zu einem direkten Umgang mit der Königin oder ihrem Hof geführt hätten.

Viktorianische Mode

Während der 1850er und 1860er verdankte der vorherrschende Stil der Frauenmode viel dem Einfluss von Kaiserin Eugénie, der Gattin Napoléons III. Sie war die unangefochtene Herrscherin des modischen Frankreichs des neunzehnten Jahrhunderts. Es war ihre Vorliebe für enorme bauschige Röcke, die den Krinolinentrend einleitete, und ihre Unterstützung des Pariser Modeschöpfers Charles Frederick Worth, die seine Kleider so begehrt wie kostspielig machten.

Um 1860 hatten Damenröcke ihren größten Umfang des Jahrhunderts erreicht, mit Säumen, die im Umfang bis zu viereinhalb Meter lang sein konnten. Die Besätze waren nicht weniger gewaltig. Worth' Beispiel folgend, bestanden die meisten eleganten Roben aus luxuriösen Stoffen, geschmückt mit einer Fülle an Spitze, Rüschen, Fransen und Schleifen.

Londoner Putzmacherinnen wie Madame Elise in der Regent Street beschäftigten ein ganzes Heer von Näherinnen, um Kleider in diesem Stil herzustellen. Sie war berüchtigt dafür, dass sich ihre Angestellten wortwörtlich zu Tode arbeiteten. Sie zwang diese Frauen, endlose Stunden in engen, schlecht belüfteten Räumen zu schuften. Im Jahr 1863 wurde eine von Madame Elises Näherinnen tot im Bett aufgefunden. Der daraus resultierende Skandal erregte eine Welle öffentlicher Empörung.

Glücklicherweise begann sich die Silhouette der Damenkleider allmählich wieder zu ändern.

Man begann damit, Röcke an den Seiten keilförmig zuzuschneiden, so dass die Vorderseite flacher wurde und ein Großteil der Fülle nach hinten wanderte. Mit den Jahren wurden Frauen immer aktiver, was dazu führte, dass die Stofffülle im Rücken immer stärker betont wurde. Dies führte schließlich zum sogenannten »Cul de Paris« der 1870er und 1880er.

Ich stelle mir Ahmad als Vorreiter dieser Mode vor. Die Kleider, die er entwirft, lassen diese Evolution bereits erahnen. Sie unterscheiden sich von der vorherrschenden Silhouette der Zeit und deuten die größeren Veränderungen an, die folgen sollten, sowohl modisch als auch in Bezug auf die wachsende Unabhängigkeit der Frauen.

Darüber hinaus zeichnen sich Ahmads Kreationen durch

das Fehlen übermäßiger Schmuckelemente aus. Er bringt seine eigene Ästhetik in die Entwürfe ein, etwas, das er durch seine Zeit als Herrenschneider gelernt haben würde. Die besten Reitkostüme wurden damals von Herrenschneidern geschaffen. Es handelte sich um praktische, aber gleichzeitig elegante Kleidungsstücke, die sich durch die Qualität ihrer Stoffe und ihren figurbetonten Schnitt auszeichneten. Diese Tendenz zur Schlichtheit zahlte sich für Ahmad aus, als er sich der Herstellung von Trauerkleidern zuwandte.

Inder im viktorianischen England

Ich habe in meinen Liebesromanen schon oft über Inder in der viktorianischen Ära geschrieben, doch das Vermächtnis des britischen Kolonialismus ist kein romantisches. Dies wird besonders in britischen Büchern des neunzehnten Jahrhunderts wie jenen deutlich, die Evelyn bei Hatchards erwirbt. Die Verfasser dieser Werke hatten die Tendenz, die einheimische Bevölkerung Indiens zu entmenschlichen, zu dämonisieren, zu exotisieren oder zu infantilisieren. Die Beschreibungen von Halb-Indern war oftmals sogar noch schlimmer.

In meinem Roman habe ich Bezüge auf echte Geschichtsbücher mit fiktiven vermischt. Die fiktionalen Bücher basieren entweder auf einem einzigen historischen Buch oder einem Amalgam. Zum Beispiel das Zitat, das Lady Anne in Kapitel 27 laut vorliest und das dem fiktionalen Werk *England und seine Kolonien* zugeschrieben wird. Dabei handelt es sich um eine umformulierte Passage in John Holloways *Essays on the Indian Mutiny* (1865), genau wie *Die Zwei Schwestern* von Shahid Khan – der fiktionale Roman, den Captain Blunt Evelyn empfiehlt –, der von Nazir Ahmads Roman *Mirat-ul-Uroos* (1869) inspiriert wurde.

Wenn man einige koloniale Texte liest, könnte man zu der Auffassung gelangen, dass es für Menschen in Ahmads und Miras Umständen damals kein glückliches Ende geben konnte. Doch niemandes Geschichte ist völlig frei von Schmerz. Bestimmt nicht die der Inder im London des neunzehnten Jahrhunderts. Überall in der Stadt lebten, liebten und arbeiteten sie und gingen ihrer Religion nach, während sie sich gleichzeitig mit den Hindernissen konfrontiert sahen, denen sich eine Person of Color im viktorianischen England stellen musste.

Es waren Herausforderungen innerer und äußerer Art. Während der langen Herrschaft der Britischen Ostindien-Kompanie gab es viele Engländer, die mit indischen Frauen Kinder zeugten. Diese Kinder wurden in einer schwierigen Situation zurückgelassen – nicht ganz indisch, aber auch nicht ganz englisch. Beim Schreiben dieses Romans habe ich mich entschieden, mich mehr auf diesen inneren Kampf um Identität und Selbstwahrnehmung zu konzentrieren. Es ist ein Kampf, mit dem ich persönlich ebenfalls vertraut bin.

Danksagungen

Ein Buch zu schreiben ist eine höchst einsame Angelegenheit. Umso mehr während einer globalen Pandemie. Die Isolation hat mich noch dankbarer für alle gemacht, die mich währenddessen unterstützt haben. Hier ist eine Liste einiger Menschen, denen ich mein herzlichstes Dankeschön schulde:

Deb für das Feedback zum ersten Kapitel.

Rachel für die Ermutigung, diesem Prozess eine Chance zu geben.

Flora, Dana und Alissa für das Beta-Lesen des ersten Entwurfs.

Jackie und Sandy für ihre Hilfe beim Übersetzen.

David und Christiane dafür, dass sie mir (und meinen Pferden) so viel über Dressurreiten beigebracht haben.

Meiner Mutter, die mich fragte, »Wie kommst es, dass die einzigen Leute, die in deinen Geschichten so aussehen wie du, die Nebenfiguren sind?«, was mich dazu veranlasst hat, etwas zu schreiben, bei dem Ahmad und Mira im Mittelpunkt stehen.

Und meinem Vater, der mein Schreiben unterstützt, obwohl er nie eines meiner Bücher gelesen hat.

Besonderen Dank schulde ich außerdem meiner Literaturagentin Sarah Hershman, meiner unglaublichen Lektorin bei Berkley, Sarah Blumenstock, und Farjana Yasmi für das wunderschöne Titelbild.

Schließlich möchte ich meiner Tierfamilie dafür danken, dass sie mir bei der Recherche und beim Schreiben so viel emotionale Unterstützung geboten hat. Ein Dank an Stella, Tavi und Bjou. Und natürlich Centelleo, meinem andalusischen Dressurpferd, der zwei Wochen nach Abgabe des Manuskripts an einer Kolik starb. Er war fast zwanzig Jahre lang mein Freund und Gefährte. Ich hoffe, diese Geschichte kann für die Stärke unserer Partnerschaft so etwas wie ein Denkmal sein. Ich habe ihn sehr geliebt und werde ihn immer lieben.